Oek de Jong
Ein Kreis im Gras

Oek de Jong

Ein Kreis im Gras

Roman

Aus dem Niederländischen von
Thomas Hauth

Piper
München Zürich

Die Originalausgabe erschien 1985 unter dem Titel »Cirkel in het gras«
bei J. M. Meulenhoff, Amsterdam.
Die Übersetzung wurde vom Nederlands Literair Produktie- en Vertalin-
genfonds, Amsterdam, gefördert.

ISBN 3-492-04052-7
© Oek de Jong und J. M. Meulenhoff bv, Amsterdam 1985
Deutsche Ausgabe
© Piper Verlag GmbH, München 1999
Gesetzt aus der Garamond
Satz: Uwe Steffen, München
Druck und Bindung: Pustet, Regensburg
Printed in Germany

And their feet move

Rhythmically, as tender
feet of Cretan girls
danced once around an

altar of love, crushing
a circle in the soft
smooth flowering grass

Sappho

TEIL EINS

Der Regen hatte sich angekündigt. Windstöße waren durch die Pinien auf den Hügeln gestoben, in den Straßen Roms waren Zeitungen aufgewirbelt worden, einige wenige frühe Spaziergänger hatten die Spritzer einer Fontäne im Gesicht gefühlt, und danach hatte der Regen nicht mehr lange auf sich warten lassen.

Hanna Piccard sah die Wolkenwand, die über der Stadt heraufzog: Sie ließ sich von einem Taxi durch die sich dahinschlängelnde Via Garibaldi zum Gipfel des Gianicolo fahren und sah das alte Rom auf der anderen Seite des Tibers liegen. Sie ging nicht schwanger mit Vorahnungen, im Gegenteil, sie litt unter Nachwehen: Letzte Nacht hatte sie zum erstenmal in ihrem Leben das Bett mit einem Italiener geteilt. Sie freute sich auf einen Platzregen.

Am Abend zuvor war sie betrunken geworden, hin und her gerissen zwischen einer ungestümen Heiterkeit und einer ebenso ungestümen Trübseligkeit. Gegen Mitternacht hatte sich die Runde aufgelöst. Plötzlich war sie allein mit dem Mann gewesen, der sie so beharrlich mit Blicken verfolgt und so angestrengt versucht hatte, sich etwas von seiner Reise in die Niederlande in Erinnerung zu rufen, daß es von einer geradezu rücksichtslosen Härte gezeugt hätte, ihm jetzt noch seine Belohnung vorzuenthalten. Sie empfand genug Gleichgültigkeit, um mit ihm mitgehen zu können. Beim Anblick seines Appartements war ihr der Schreck in die Glieder gefahren, doch hatte sie dem Gedanken, daß sie im Begriff war, sich wegzuwerfen, noch ein wenig Genuß abgewinnen können.

Bei diesem Genuß war es geblieben. Zuerst wurde, trotz ihrer

9

Einwände, das Licht gelöscht, womit ihr die Sicht auf die Wölbungen eines männlichen Körpers genommen war. Daraufhin war ihr zu verstehen gegeben worden, daß sie sich vor allem willenlos und tatenlos zu verhalten habe, wenn sie ihrem Gastgeber entgegenkommen wollte. Zwar hatte sie es gern, passiv zu sein und verführt zu werden, zwar hatte sie es gern, überhaupt nichts mehr zu wollen, nicht aber, wenn ihr das mehr oder weniger befohlen wurde. Sie hatte ihn gewähren lassen, doch allzuviel Verführungskunst war ihr nicht geboten worden. Nach zehn Minuten war er offenkundig befriedigt gewesen. Was sie für die Vorspeise gehalten hatte, stellte sich als die ganze Mahlzeit heraus. Sie hatte sich aufgerichtet, summend die begehrlichen Speckröllchen des vierzigjährigen Journalisten geknetet und zu guter Letzt selbst das Heft in die Hand genommen. Da hatte sich ihr nahezu unsichtbarer Liebhaber aus irgendeinem Grund auf einmal verletzt gefühlt. Er war aufgestanden und hatte den Rest der Nacht in einem anderen Raum verbracht.

Als die ersten Regentropfen auf das Taxi fielen, drehte Hanna Piccard die Fensterscheibe herunter, um den Geruch des einsetzenden Regens zu genießen. Der Chauffeur legte eine Hand in seinen Nacken – seinen überempfindlichen Nacken, wie sie später erzählen sollte – und bat sie, das Fenster zu schließen. Sie ließ es lange genug offen, um ihm zu zeigen, daß sein Ton ihr nicht gefiel. Regenschleier trieben über den Tiber. In einer ausgestorbenen Via del Corso bremste der Chauffeur so abrupt ab, daß Hanna vornüberfiel. Sie beschwerte sich, und diesmal war es *ihr* Ton, der ihm nicht gefiel. Er fuhr ohne eine Entgegnung weiter, wenn auch mit der Geschwindigkeit eines Spaziergängers. Mittlerweile prasselte der Regen auf das Auto.

Hätte sie dieses Im-Schrittempo-Fahren hingenommen, dann wäre sie wahrscheinlich doch noch trocken nach Hause gekommen und hätte sich später an nichts Außergewöhnliches an diesem Sonntagmorgen im Herbst des Jahres 1976 erinnert. So aber wagte sie es, ihrer Ungeduld durch eine Geste Ausdruck zu verleihen. Prompt nahm der Chauffeur den Fuß vom Gaspedal, ließ den Wagen über das Kopfsteinpflaster der soeben erreichten

Piazza della Rotonda holpern und hielt vor dem Pantheon an. An seinen Kiefer sah sie, daß er redete, wegen des prasselnden Regens aber war er nicht zu verstehen.

»Was sagen Sie?« rief sie.

»Ob Sie so gut sein wollen, meinen Wagen zu verlassen«, antwortete er, mit erhobener Stimme und ohne sich umzudrehen.

»Ich bitte Sie, ich wohne hier ganz in der Nähe. Was habe ich denn getan? Wenn Sie mich noch drei Minuten ertragen könnten, wäre ich Ihnen dankbar.«

»Ihr nächster Kunde wird doch wohl einen Moment warten können.«

»Signore, Sie gehen zu weit!«

»Raus aus meinem Wagen! Und zahlen Sie mir nichts, Ihr Geld bringt mir nichts als Unglück.«

»Hören Sie, ich will nach Hause!«

Der Chauffeur steckte sich eine Zigarette an, langsam. Fest entschlossen, nicht nachzugeben, schlug Hanna Piccard die Arme übereinander. Fünf Minuten verstrichen, in denen sie dem Regen lauschte. Als sie die Augen schloß, sehnte sie sich nach den Herbsttagen, die sie im Park der Villa Borghese so genossen hatte: diese Tage der reglosen Bäume und der Diesigkeit, diese Tage der drückenden Wärme, an denen sie sich auf angenehme Weise von der Spannung, die in der Luft hing, beengt fühlte: die Spannung des noch nicht Entschiedenen.

»Wie lange muß ich noch warten?« rief sie schließlich.

Der Chauffeur ignorierte sie. Es hatte keinen Sinn, länger zu warten. Hanna Piccard warf ihm ein paar Geldscheine hin, wand sich aus dem Taxi und rannte über das glitschige Kopfsteinpflaster zum Pantheon. Das Taxi fuhr augenblicklich weg. Als sie die Säulen des Portikus erreicht hatte, tropfte ihr das Regenwasser bereits aus dem kurzgeschnittenen Haar.

Zwischen den Säulen, zwischen den kolossalen Säulen aus rosa und grauem Granit, fühlte sie sich geborgen, und sie genoß das Prasseln und Klatschen, das Schlagen und Peitschen, das Rauschen und Strömen des Regens. Schon als Kind hatte sie Türen und Fenster geöffnet, wenn es in Strömen regnete. Fröstelnd schob sie die Hände in ihre Jackenärmel und ging mit kurzen, rhythmischen Schritten im westlichen Teil des Portikus auf und ab, den Kopf gebeugt, als wäre sie in Gedanken versunken.

»Ach, man darf nicht so engherzig sein«, murmelte sie. »Das Leben ist groß.«

Der Wolkenbruch und das Gewahrwerden des Raumes beim Gehen zwischen den Säulen nahmen ihr nach und nach das Gefühl der Beklemmung, und sie holte tiefer Atem. Die Säulen waren Monolithe, wie sie wußte, und indem sie das Wort »Monolith« in Gedanken wiederholte und sich klarmachte, daß diese Säulen bereits seit zweitausend Jahren hier standen, stellte sie den erschütterten Glauben an ihre eigene innere Kraft wieder her. Kurz darauf dachte sie an ihren kleinen Fels, den Fels in ihrem tiefsten Innern, der alles immer wieder unerschüttert überstand. Sie blieb stehen, kämmte sich das nasse Haar und hatte noch immer nicht bemerkt, daß sie nicht allein war. Ihre einzige Vorahnung betraf das plötzlich aufkommende Glücksgefühl: Sie ahnte, daß es gegen Abend allzu hoch angestiegen sein würde. Daraufhin begab sie sich zum östlichen Teil des Portikus.

Dort saß unter einem Sonnenschirm eine beleibte Frau von ungefähr fünfzig Jahren, die aus einem Boulevardblatt vorlas. Zwischen den noch leeren Eimern für die Blumen stand ein alter Mann, der sich mit gebeugtem Kopf die Berichte der Sensationspresse anhörte. Die Frau saß breit und vergnügt auf einem Hocker, der Mann stand mager und gefügig zwischen den Eimern und hörte ihr zu. Hanna Piccard war gerührt über diese beiden im rückwärtigen Teil des Portikus, über die vergnügte Stimmung der Frau, die Treuherzigkeit des alten Mannes und das Band, das zwischen ihnen zu bestehen schien. Sie zerging vor Rührung und murmelte, wie gewöhnlich: »Ach Gott.«

Ein paar Sekunden später entdeckte sie zwischen den Säulen eine dritte Person. Es war ein Mann von ungefähr dreißig Jahren. Er saß auf dem Fuß einer Säule und betrachtete die Szene, die sie so gerührt hatte. Hanna Piccard stand schräg hinter ihm, und das Geräusch des auf den Boden prasselnden Wassers hatte ihre Schritte übertönt. Im Nu hatte sie einige Routinemessungen vorgenommen: die Größe, das Gewicht, die Proportionen und das

Alter eines Männerkörpers. Die eintreffenden Daten verarbeitete sie unbewußt, und doch ging eine gewisse Anziehungskraft von diesem schlanken Mann und seiner Körperhaltung aus, denn ihr Blick blieb an ihm hängen. Das erste, was sie wirklich traf, war seine Art, die Frau unter dem Sonnenschirm und den Mann zwischen den Eimern zu beobachten, denn diese entsprach nicht ihren Grundsätzen. Diese Art zu schauen hielt sie für höchst unverschämt. Der Mann saß regungslos da, die Unterarme auf die Knie gestützt, und schaute aus den Augenwinkeln, den Kopf zur Seite gedreht wie ein Raubvogel. Er schien vergessen zu haben, daß er schaute.

Junge, Junge! Diese Worte schossen ihr durch den Kopf. Junge, Junge, dachte sie, wie man andere nur so schamlos beobachten kann; es sieht so aus, als wolle er sie mit Blicken verschlingen wie ein Voyeur. Die Empörung, von der sie einige Sekunden lang beherrscht wurde, ließ nach, als sie die Farbe seines Sakkos bemerkte: Es war eine Herbstfarbe. Trotz des verbissenen und beinahe beängstigenden Interesses, das von dem gebeugten Oberkörper und dem zur Seite gedrehten Kopf ausging, witterte Hanna Piccard in diesem Mann das Ätherische und Abwesende der Herbsttage, die sie im Park der Villa Borghese so genossen hatte. In einer halben Minute nahm sie den Unbekannten in sich auf. Dann lenkte das am Rande des Portikus auf den Boden prasselnde Wasser ihre Aufmerksamkeit ab, und in ihr stieg eine lang vergessene Erinnerung auf.

Sie war jung, und es regnete in Strömen. Da waren zwei Freundinnen, und da war ein Baum im Park eines Landguts in der Veluwe. Ein Baum zum Unterstellen, ein Baum zum Umarmen, ein Baum, so dick, daß drei Mädchen, die einander mit ausgestreckten Armen an den Händen zu fassen versuchten, ihn nicht umarmen konnten. Umarmen konnten sie ihn nicht, aber sie genossen es, ihren Oberkörper gegen die rauhe Rinde zu drücken. Sie lachten, keuchten und streckten die Arme aus. Unterdessen hatte sie über die Schulter zu den grauen Regenschleiern hinübergesehen, die am Waldrand entlangzogen, trotz ihrer Erregung von einer tiefverwurzelten Gleichgültigkeit gepeinigt.

Ohne daß Hanna Piccard den Mann sah, wußte sie, daß er sie

jetzt bemerkt hatte und sie beobachtete. Sie ertrug seinen Blick nicht länger als zwei Sekunden und sah ihn dann an, um nicht verschlungen zu werden. Sie erschrak über ein längliches und knochiges Gesicht und schob die Hände tiefer in ihre Jackenärmel. Ihr Schreck ließ jedoch nach, als sie die Farbe seiner Augen bemerkte: Sie waren schwarzblau. Der Abstand von vier Metern kam ihr auf einmal zu gering vor. Der Mann lächelte ihr zu, als wollte er sein Interesse an der noch immer vorlesenden Matrone und an dem noch immer geduldig zuhörenden alten Mann mit ihr teilen. Und obwohl sie ihm gern zugelächelt hätte, brachte sie es nicht fertig; eine solche Vertraulichkeit, das brachte sie nicht fertig: Sie setzte eine undurchdringliche Miene auf und wandte sich von ihm ab. Sie ärgerte sich über sich selbst, doch schon bald kam es ihr vor, als ärgere sie sich über das Lächeln eines Wildfremden, der andere völlig schamlos beobachtete. Und Ärger, ein Gefühl des Ärgers, sollte später ihre Erinnerung an diese erste Begegnung beherrschen.

Sie kehrte zu ihrem Ausgangspunkt zurück und ging, darauf wartend, daß der Regen aufhören würde, noch geraume Zeit zwischen den Säulen auf und ab, mit kleinen rhythmischen Schritten, in dem vergeblichen Versuch, das Gefühl der Ausgeglichenheit wieder hervorzurufen. Ab und zu erhaschte ihr Blick den Mann auf dem Fuß der Säule: Das Arglose war aus seiner Haltung verschwunden.

Neben dem Portikus hielt ein Lieferwagen. Im strömenden Regen wurden die Blumen ausgeladen und in die Eimer gestellt. Sie wollte sich selbst mit drei Blumensträußen überraschen und den alten Mann ein wenig Geld verdienen lassen, traute sich aber nicht, sich an die beleibte Frau zu wenden, wie sie sich auch nicht traute, erneut unter die schwarzblauen Augen zu treten. Sie kaufte keine Blumen – und auch das ärgerte sie.

Der Regen dauerte ihr zu lang, sie wurde ungeduldig und trat aus dem Schutz des Portikus. Sie ging langsam und kam triefnaß nach Hause. Als sie die Schlösser der Wohnungstür geöffnet hatte und nach einem Streifzug von vierundzwanzig Stunden den leisen Trommelwirbel von Katzenpfoten auf einem Holzfußboden vernahm, vergaß sie den Mann zwischen den Säulen auf der Stelle.

14

Der Sommer war noch in vollem Gange, als Hanna Piccard in Rom ankam. Sie war mit dem Zug gefahren, um ihre beiden Katzen, schwer betäubt und in einer luftdurchlässigen Reisetasche versteckt, ins Land schmuggeln zu können und sie so vor Krankheit, Hunger oder Tod in einer Quarantänestation zu bewahren. Der Sommer war noch in vollem Gange, und es fiel ihr schwer, sich an den Gedanken zu gewöhnen, daß sie dieses Mal nach Rom gekommen war, um hier zu arbeiten: Schließlich mußte sie sich jetzt als die Italienkorrespondentin einer niederländischen Abendzeitung betrachten.

Hanna Piccard trat die Nachfolge eines ehemaligen Jesuiten an, der in nur wenigen Wochen von einer Krankheit dahingerafft worden war und sich in Rom hatte bestatten lassen. Die Nachfolge war schnell geregelt, da sie die einzige Kandidatin war, die in Frage kam: Sie sprach Italienisch, sie kannte das Land von vielen Reisen, sie war ehrgeizig und wurde von bauchigen Redakteuren schon seit Jahren als »kluges Kind« oder »bissiges Frauenzimmer« bezeichnet. Sie ballte die Fäuste oder trieb einen gestreckten Zeigefinger in einen imaginären Hintern, wenn sie so – kluges Kind oder bissiges Frauenzimmer – genannt wurde, und diese Gesten erweckten bei dem einen oder anderen den Eindruck, sie hätten es mit einer starken Persönlichkeit zu tun. Nachdem sie einen Vertrag unterzeichnet hatte, der sie zu einem zweijährigen Aufenthalt in Rom verpflichtete, hatte sie Zuflucht in einer Kneipe gesucht: Es tat ihr leid, Amsterdam verlassen zu müssen, und noch mehr leid tat ihr, daß sie keinen Geliebten hatte, der sie an die Stadt gebunden hätte.

Einen Monat später trug sie zwei bewußtlose Katzen durch Rom. Sie begrub sich unter Terminen, um sich von den Fakten durchdringen zu lassen, wagte sich in das Gebäude des ausländischen Presseklubs und ließ Visitenkarten drucken. Die Rückseite der Karten zierte die Devise ihrer Zeitung, eine Devise, wie sie für Liberale des neunzehnten Jahrhunderts typisch gewesen war und der sie sich vollkommen verschrieben hatte. »Lux et Libertas«, stand da geschrieben, Licht und Freiheit.

Das erste passable Appartement, das ihr angeboten wurde, lag in der Nähe von San Ivo della Sapienza, und das betrachtete sie als einen merkwürdigen Zufall. Aus dem Küchenfenster konnte sie die Kuppel von San Ivo sehen, der ersten römischen Kirche, die sie – vor vierzehn Jahren – besucht hatte. Sie war damals von der steinernen Spirale auf der Laterne angezogen worden. Diese Spirale hatte sie an eine Zikkurat erinnert und an Astronomen unter dem Sternenhimmel des alten Babylon denken lassen, aber auch an das Sahnehäubchen auf einem Kuchenstück. Sie stellte die Wohnungssuche ein, mietete das Appartement und konnte von nun an jeden Morgen einen Blick auf ihren ersten Orientierungspunkt in Rom werfen.

Außerdem lag das Appartement in der Nähe der Piazza della Rotonda, auf der sie ihren ersten Eindruck von Rom gewonnen hatte. An einem Sonntagmittag war sie hier, mit einem vollgestopften Koffer kämpfend, aus dem Bus gestiegen, und es war ihr vorgekommen, als sei sie auf einem Dorfplatz gelandet, denn die Straßencafés gab es damals noch nicht. Sie sah einen ausgestorbenen Platz, über dem die sengende Sonne stand. Die Farben der Häuser waren alt und verstaubt, der Verputz abgebröckelt, der Springbrunnen gurgelte, und zwischen den Säulen vor dem Pantheon stand ein schläfriges Pferd. Der Eindruck ländlicher Ruhe nahm noch zu, als die anderen Passagiere verschwunden waren und der Fahrer den Motor abstellte. Ein Zittern lief durch den Buskörper – und auch durch den ihren. Ja, hatte sie damals gedacht, ja. Ein paar Minuten später war sie gestolpert und gefallen: Ihr Koffer war zu voll und zu schwer, schon damals. Sie war achtzehn.

Nachdem sie sich nun in Rom eingerichtet hatte, erwachte diese erste und mit Schmerzen verbundene Erfahrung wieder in ihr zum Leben. In einem Straßencafé an der Piazza della Rotonda tastete sie unwillkürlich ihre Kniescheiben ab und dachte wieder an den ausgestorbenen Platz, die alten Farben, das Gurgeln des Brunnens, das schläfrige Pferd, das Zittern in ihrem Körper, das naive »Ja«, das Stolpern und Hinfallen. Sie schüttelte den Kopf und ermahnte sich, es habe keinen Sinn, dieser Art, wie sie mit Rom Bekanntschaft geschlossen hatte, besondere Bedeutung beizumessen. Es war nichts als ein erster Eindruck, ein klischeehafter erster Eindruck. In vielen anderen italienischen Städten hätte ihr das auch passieren können. Außerdem macht, wie sie nur allzu gut wußte, die Liebe abergläubisch.

»Liebe Dita, endlich, hier bin ich. Ich habe Deinen wundervollen Brief zweimal in einen Umschlag gesteckt, meinen eigenen Namen und meine eigene Adresse daraufgeschrieben und ihn auf die Post gebracht. Auf diese Weise konnte ich ihn dreimal aus dem Briefkasten holen.

Du fragst, ob ich noch die alte sei. Ich habe etwas zugenommen, das ist alles. Die Welt verändert sich, mein Leben verändert sich, nur ich bleibe immer dieselbe. Es will mir auch nicht in den Kopf, aber so ist es.

Zur Zeit stehe ich um halb sieben auf. In der Küche finde ich dann das Tablett unserer stundenlangen Frühstücke. Den Toaster meines Vaters, die Orangenpresse aus Glas und die Zwiebackdose. Die Aussicht aus meinem Küchenfenster würde Dir gefallen. Flachdächer und Wäsche, die jemand über Nacht draußen hängengelassen hat. Ein Stück Mauer, mattrot, schwungvolle Ornamente über zwei Fenstern und dazwischen ein eingemauertes Relief. Ein Stück Straße, die Leuchtreklame eines Restaurants, die Stühle noch auf den Tischen (schön und traurig). Wenn ich mich weit nach rechts beuge, kann ich die Kuppel von San Ivo sehen. Gestern habe ich herausgefunden, daß Carlo Borromini, der Architekt von San Ivo, in einem Wutanfall aus dem Fenster sprang, nachdem ihm zu Ohren gekommen war, daß der soundsovielte wichtige Auftrag in Rom nicht an ihn, sondern an einen anderen vergeben worden war.

Kees hat sich schon nach zwei Tagen auf die Dächer getraut,

groß, stark, gutmütig und furchtlos. Willst du was? Aus dem
Weg! Backpfeife gefällig? Offensichtlich hat er nun seine festen
Adressen, denn von seinen Streifzügen kommt er jedesmal vollgefressen zurück. Es hat viel länger gedauert, bevor auch Janneman sich endlich dazu aufgerafft hat, seine ersten Erfahrungen im
Ausland zu machen. Dieses Nervenbündel geriet natürlich sofort
in Schwierigkeiten, wodurch ich die Bekanntschaft meiner Nachbarn machte. Vorläufig konzentriert er nun seine Aufmerksamkeit auf allerlei technische Probleme innerhalb der Wohnung.
Was er alles mit den Vorderpfoten anstellen kann, erstaunt mich
jedesmal wieder. Im Moment langweilt er sich zu Tode. Gerade
kam er ganz mutlos vorbei, blieb stehen und ließ sich saft- und
kraftlos auf die Seite fallen. Baff! Jetzt gähnt er und streckt eine
Vorderpfote in die Höhe.

Ich habe wieder mit Italienischstunden angefangen, um meine
Aussprache zu verbessern. Mein Lehrer sagt: Das R bleibt Ihre
Schwachstelle. Rrrrotto! Probieren Sie es mal. Als ob ein Wecker
in Ihrer Kehle rasselt. Ja? Und dann rufen wir unisono: Rrrrotto!
Mein Lehrer ist 1,56 und scheint all seinen Schülern augenblicklich zu erzählen, daß er es immerhin noch auf 1,56 gebracht hat.
Ich überrage ihn also um volle acht Zentimeter. Wenn ich zu ihm
gehe, ziehe ich flache Schuhe an, auch wenn ich mir damit sofort
Rückenschmerzen einhandele. (Das ist gelogen. Bisher habe ich
beim Unterricht immer die Schuhe mit den höchsten Absätzen
getragen.) Er ist ein lieber Kerl. Kurz bevor man bei ihm eintritt,
kämmt er sich die Haare. Ich würde ihm so gern einmal den Arm
um die Schultern legen.

Letzte Nacht habe ich zum erstenmal auf italienisch geträumt.
Das läßt die Schlußfolgerung zu, daß mich der tägliche Umgang
mit der Sprache zu beeinflussen beginnt. Ob dieses Murmeln,
dieses ewige Murmeln, jetzt wohl endlich aus meinem Leben verschwindet? Im Vergleich mit der Aussprache, die das Italienische
verlangt, ist das Niederländische nur ein undeutliches Murmeln.
Italienisch muß man deutlich artikulieren und vor allem lebhaft
und voller Überzeugung aussprechen. Voller Überzeugung reden
hat natürlich nicht unbedingt zur Folge, daß man von den eigenen Fähigkeiten überzeugt ist.

Über Rom weiß ich nichts zu schreiben. Mir fehlt die Zeit, mich umzuschauen. Ich fühle mich hier zu Hause, das ist alles. Heute mittag mußte ich zwei Minuten auf einen Attaché warten. Zufälligerweise habe ich diese zwei Minuten im Innenhof des grandiosen Palazzo Farnese verbracht, und zufälligerweise ist dieser Innenhof zum größten Teil von einem gewissen Michelangelo entworfen worden. Man verbringt also zwei Minuten in der Nähe eines Genies und seines Gefühls für Proportionen. Eigentlich passiert mir das jeden Tag. Du mußt irgendwo hin, du mußt irgendwo warten, du wirfst einen Blick durchs Fenster, du starrst eine Decke an – und beiläufig stellt sich dir die Schönheit vor.

Ich muß (noch) furchtbar hart arbeiten, denn ich habe absolut keine Ahnung. Oft schreibe ich einfach aufs Geratewohl, doch zum Glück haben die alten Knacker in Amsterdam noch weniger Ahnung als ich. Hast Du meinen Artikel vom letzten Samstag gelesen? Der längste Satz hatte elf Wörter. Das sagt alles. Glücklicherweise haben sie ungefähr die Hälfte gestrichen.

Ich trinke kaum noch was und leide weniger unter meinen zerstörerischen Neigungen. Ich habe keine Zeit zum Nachgrübeln mehr. Disziplin braucht der Mensch. Zum hundertsten Mal werde ich mich jetzt bei Dir für Deine Treue in der Zeit des Glases Wasser bedanken. (Es wollte mir einfach nicht mehr in den Kopf, daß einfach so ein Glas Wasser auf dem Tisch stand. Und ich konnte es weder mir noch jemand anderem erklären, warum mir das einfach nicht mehr in den Kopf wollte.) Siehst Du Léon noch ab und zu? Wie stehen seine Augen? Mir liegt vieles am Herzen (und doch liegt mir nie nur eine einzige Sache so richtig am Herzen, denke ich zuweilen). Es ist spät geworden. Ich freue mich auf Dein Kommen. Wenn Du in den nächsten drei Monaten nicht hier auftauchst, schicke ich Dir ein Flugticket alias Vorladung. Kuß, Kuß. Deine Hanna.«

Sie arbeitete, um zu vergessen. Gegen halb acht holte sie die Morgenzeitungen ab, die ein Kioskbesitzer für sie zu einem Paket zusammengeschnürt hatte. Zu Fuß ging sie zu dem Gebäude von *Il Tempo* an der Piazza Colonna, in dem sie ein Büro hatte ergattern können. Sie rief in Amsterdam an, erkundigte sich nicht mehr nach dem Wetter und vernahm, wieviel Zeilen auf der Auslandsseite ihr zur Verfügung standen. Gegen zehn hatte sie ihre Berichte durchgegeben, die Bluse klebte ihr am Rücken, sie verließ das Gebäude, grüßte den Obelisken auf dem Platz mit einer heftigen Aufwärtsbewegung ihres Kopfes und fuhr zur Piazza del Popolo, um Kaffee zu trinken und ihr restliches Tagesprogramm zusammenzustellen.

Sie war zu einer Allesfresserin geworden. Sie verfolgte die Debatte über die Abtreibungs- und die Scheidungsgesetze und schenkte ab und zu der italienischen Frauenbewegung widerwillig ihre Aufmerksamkeit. Italien befand sich in einer Wirtschaftskrise, auch wenn sich das Land in der Tabelle der wohlhabendsten Länder der Welt ständig nach oben arbeitete. Sie amüsierte sich über den Zirkus um den alljährlichen Regierungswechsel, und Streiks mußten, um der Rede wert zu sein, schon besondere Ausmaße annehmen. Dem Papst schenkte sie kaum Beachtung – bis er starb. Die Folgen eines Erdbebens sah sie sich persönlich an, in Begleitung des Ministerpräsidenten, eines Anwalts aus Neapel, der Schmiergelder einer amerikanischen Fluggesellschaft in die eigenen Taschen fließen ließ. In mageren Zeiten konnte sie immer auf Korruptionsskandale um christdemokratische Politiker oder auf blutige Abrechnungen in Mafiakreisen zurückgreifen. Immer wenn antike Kunstgegenstände auftauchten, war ihr dies einen Bericht wert. Außerdem verfolgte sie die Geschicke der niederländischen Archäologen in Ostia Antiqua. Sport – das war das einzige Thema, worüber sie nichts wissen mußte.

All diese Themen wurden jedoch von dem Terror der Roten Brigaden in Genua, Turin, Mailand und Rom in den Schatten gestellt. Die Bombenmeldungen und Bombenattentate waren nicht mehr zu zählen, und nahezu täglich wurde Richtern, Anwälten, Industriellen und Journalisten in die Knie geschossen, eine Praktik, welche an die der sizilianischen Mafiosi erinnerte, die in früheren Zeiten die Kniesehnen von Tieren durchschnitten hatten. Die wichtigsten Politiker umgaben sich mit Leibwächtern, die Hersteller gepanzerter Fahrzeuge machten gute Geschäfte, und in den Großstädten stieß man vor den Drehtüren der Banken auf bewaffnetes Wachpersonal. Auf den Fahndungsfotos erschienen die gesuchten Terroristen zumeist als etwas scheue Männer und Frauen im Alter von zwanzig bis fünfunddreißig Jahren. Ihre politischen Ideen fanden dank der Massenmedien große Verbreitung.

Der Einsatz der Polizei und der Streitkräfte hatte bislang kaum etwas genützt. Die verschiedenen Geheimdienste schienen nebeneinanderher zu operieren und sich sogar gegenseitig Konkurrenz zu machen. Nach dem Blutbad im Jahre 1969 auf der Piazza Fontana in Bologna gab es Hinweise, daß Geheimdienstangehörige nicht nur Bomben entdecken, sondern sie durchaus auch selbst verstecken und zur Detonation bringen konnten, um den Verdacht auf andere zu lenken und die öffentliche Meinung aufzustacheln.

Journalisten publizierten Interviews mit Terroristen, die sich dem Zugriff der Justizbehörden entzogen. Die Befragten prangerten die jahrzehntelange Korruption der Christdemokraten und deren Kontakte zur Mafia an, ließen sich ziemlich vage über eine Verschwörung der weltweit operierenden Konzerne aus, dafür aber um so deutlicher über die Losungen und Lügen der bürgerlichen Demokratie und meinten, es werde nicht mehr lange dauern, bis das italienische Proletariat sich gegen die Unterdrückung und Ausbeutung erheben würde. Allem Anschein nach war der Marxismus-Leninismus die Inspirationsquelle der politischen Theoretiker, von denen einige in Paris untergetaucht waren. Das Ziel der Terroristen war die Zerstörung einer in Klassen unterteilten Gesellschaft.

Soziologen und Psychologen betrieben Terrorismusforschung und stellten fest, es gebe Anlaß zu der Vermutung, die Geistesverfassung dieser Extremisten sei schizoid oder paranoid. Die Terroristen selbst erklärten sich für gesund.

Die politischen Machthaber hatten sich in schwerbewachten Villen verschanzen müssen, welche regelmäßig auf Abhörgeräte untersucht wurden. Eintretenden Besuchern wurde mit Kameras nachspioniert, und das Licht der Abendsonne ließ die Glasscherben aufflammen, mit denen die Mauerkronen gespickt waren. Die Machthaber verurteilten die Gewalt der Roten Brigaden und ähnlicher Gruppierungen selbstverständlich auf das schärfste; sie hatten zudem die Neigung, den Terrorismus als das absolute Böse hinzustellen. Sie wiesen auf die Spielregeln der Demokratie hin, doch leider war das Vertrauen in diejenigen, die auf diese Regeln hinwiesen, nicht allzu groß. Die Beschuldigungen von seiten der Roten Brigaden, kurz zusammengefaßt in dem Ausdruck »Staatsterror«, wurden als grotesk zurückgewiesen. »Grotesk« wurde überhaupt zum Modewort, und immer wenn Beschuldigungen geäußert wurden, die man zurückweisen wollte, wurden diese einfach als grotesk bezeichnet.

Unterdessen war man sich natürlich der Mängel voll bewußt, die das Staatssystem noch aufwies. Gesellschaftliche Reformen wurden angekündigt, doch es waren schon so oft gesellschaftliche Reformen angekündigt worden, um soziale Unruhen zu unterbinden. Die Bürokratie wurde von Spöttern zuweilen mit einem Wasserkopf verglichen; dieser Vergleich war Gemeingut geworden, und auch die Machthaber sprachen jetzt von Zeit zu Zeit sorgenvoll vom Wasserkopf der Bürokratie. Das wichtigste politische Problem blieb ungelöst: Die Kommunisten saßen schon seit Jahren in großer Zahl auf der Oppositionsbank und wurden von den Christdemokraten bei den Verhandlungen über eine Koalitionsregierung übergangen, auch wenn ihre führenden Köpfe unmißverständlich anklingen ließen, daß das Verlangen nach einer Revolution und einer kommunistischen Gesellschaft definitiv der Vergangenheit angehöre. Der »historische Kompromiß« blieb ein eindrucksvoller Ausdruck für ein Ereignis, das erst noch stattfinden mußte. Eine Regierung nach der anderen trat an, Minister wechselten ihre Posten, und der als neu präsentierte Stil der neuen Köpfe unterschied sich schon nach wenigen Monaten nicht mehr von dem der alten Garde. Übrigens war es für die meisten kaum zu spüren, ob eine Regierung noch im Amt oder schon zurückgetreten war – das Leben nahm seinen Lauf.

Das Ziel der Terroristen war schlechthin, die in Klassen unterteilte Gesellschaft zu zerstören. Die Schlichtheit dieses Strebens rief Argwohn hervor, und man war geneigt, hinter den Roten Brigaden die Schemen von Organisationen mit etwas weniger schlichten Absichten zu erkennen. Manche waren der Ansicht, daß die Brigadisten, in isolierten Gruppen lebend und von ihnen unbekannten Personen geführt, vom amerikanischen Geheimdienst manipuliert wurden, der durch eine Eruption linksradikaler Ideen die Angst vor dem Kommunismus schüren wollte. Andere vermuteten ein Komplott des russischen Geheimdienstes, der schließlich großes Interesse an einer Störung des Gleichgewichts in einer stabilen westlichen Demokratie hatte, die von den Amerikanern so geschätzt wurde. Wieder andere, radikale und machtlose Intellektuelle, waren allmählich zu der Überzeugung gelangt, daß die Roten Brigaden im Laufe der Jahre in staatlichem Auftrag infiltriert worden waren. Die Extremisten waren so zum Instrument in der Hand gewisser Seilschaften innerhalb der Geheimdienste und der Ministerien geworden. Ziel der Bombenattentate und Entführungen war es, Panik in der Bevölkerung zu verbreiten und diese in die beschützenden Arme des Staates zu treiben – auf diese Weise konnte der Status quo gewahrt werden.

Alle fanden die Beweise, die sie suchten, und die Verwirrung war groß. Cartoonisten stellten den Terrorismus als vielköpfige Hydra oder als riesenhaften Kraken dar, der seine Tentakel über die Halbinsel ausstreckte. Für alle Parteien in diesem Kampf hatte ein Machiavelli-Wort Gültigkeit: »Je weniger man weiß, desto mehr wird man vermuten.«

Auch in Rom wurden sich die Tage immer ähnlicher – hektische Tage waren hektische Tage, und öde Tage waren öde Tage. Dem konnte man sich nicht entziehen; und Hanna Piccard hatte auch nicht den Wunsch, sich dem zu entziehen. Sie übte sich in Selbstdisziplin und hielt eine gewisse Gleichförmigkeit daher für ein großes Gut. Sie hatte kein Interesse an einer Störung ihres inneren Friedens. Nachdem sie die notwendigen Erkundungen hinter sich gebracht hatte und ihr das Muster ihrer neuen gesellschaftlichen Verpflichtungen deutlich geworden war, führte sie ein geregeltes Leben. Ihr war klar, daß sie nach Ausschweifungen verlangte, sobald sie ein geregeltes Leben führte, und gönnte sich immer wieder einmal eine Ausschweifung. Von nun an mußten auch die Ausschweifungen unter das Joch der Regelmäßigkeit gezwungen werden.

Jeder Tag endete mit einem Bad. Sie warf die Schriften Gramscis, Togliattis und anderer Kommunisten beiseite und ließ sich kurz darauf in das dampfende Badewasser gleiten. Sie lauschte dem Tenor, der im Wohnzimmer sein Lied zum besten gab, und griff ab und zu träge nach einem Glas, einem großen Glas Tee, Tee, der mit einem vollkommen unsichtbaren Schuß Rum abgeschmeckt worden war. Janneman, die Katze, die sie aus einer Gracht gefischt hatte, balancierte auf dem Rand der Badewanne und streckte immer wieder, ängstlich und neugierig, eine Vorderpfote in Richtung Wasser. Sobald der Tenor sein Lied beendet hatte, drang das Dröhnen der Stadt wieder an ihr Ohr, ein leises, monotones Dröhnen, an das sie sich bereits so gewöhnt hatte, daß sie es nicht mehr wahrnahm – nun war es still. Auf dem Wannenboden lagen die siebzehn Kiesel, die sie während einer ihrer ersten Urlaubsreisen nach Italien in einem Bach gefunden und mitgenommen hatte. Summend ordnete Hanna diese schwarzgrünen, blaugrauen und weißen Kiesel zwischen ihren Beinen und kam so zur Ruhe.

Nachdem sie sich abgetrocknet hatte, drehte sie sich zum Spiegel um. Ihr kräftig gebauter Körper ging an einigen Stellen etwas auseinander, aber so ist nun mal das Leben. Das rosige Fleisch ihres Körpers erinnerte sie häufig an das glatte, dicke Fleisch eines Ferkels, und ihr Gesicht ließ sich, dank der kleinen Augen und der Stupsnase, mit einem Schweinekopf vergleichen. Sie fand diesen Vergleich einerseits angenehm, erschreckend angenehm, andererseits aber auch unangenehm, erschreckend unangenehm. Mit ihrer Stupsnase hatte sie sich übrigens versöhnt, wie auch mit dem Umfang ihrer Brüste, der eigentlich nur noch sie selbst von Zeit zu Zeit in Unruhe versetzen konnte. Prüfend betrachtete sie ihre sanfte und sorgfältig gepflegte Gesichtshaut und legte sich anschließend eine lange Goldkette um den Hals. Sie wog die Kette in der Hand, genußvoll, so wie sie früher Léon Brests Geschlechtsteile in der Hand gewogen hatte. Die Kette war ein Erbstück ihrer Urgroßmutter, einer Fischersfrau, die sich damals als einzige im Dorf erlauben konnte, ihren Mann aus der Kneipe heimzuholen.

Sie betrachtete ihren Körper, vermied es aber, sich in die blauen Augen zu sehen. Immer wenn sie sich länger als ein paar Sekunden im Spiegel betrachtete, stieg ein Gefühl der Entfremdung in ihr auf, und sie empfand Ekel vor ihrem Gesicht. Bin ich das? Es schien kaum ein Zusammenhang zu bestehen zwischen den Vorstellungen, in denen sie lebte, und dem Apparat, der sie hervorbrachte. Es war die Reduktion eines nach ihrem Gefühl immateriellen Bewußtseins auf einen dem Zerfall ausgesetzten Körper, die Reduktion eines vielförmigen Seelenlebens auf eine einzige Form, ein Äußeres, bestehend aus Rumpf und Gliedern, die sie in Unruhe versetzte, beklemmte und im Nu mit Todesahnungen erfüllte.

In einem zwölf Jahre alten Bademantel ging sie vor ihrem gut gefüllten Bücherschrank hin und her und ließ ihren Blick nach jeder Kehrtwendung über eine andere Reihe gleiten. Sie hatte sich eine kleine Trittleiter angeschafft, mit der sie auch die Bücher in der obersten Reihe erreichen konnte, und ihren Bücherbestand fortan als Bibliothek bezeichnet. Sie ging auf und ab, die Hände in den Ärmeln des Bademantels, mit kleinen und rhythmischen Schritten, um ein Gefühl der Gleichmäßigkeit heraufzubeschwören. Nahezu jeden Abend fiel ihr Blick auf die prachtvoll gebundene Ausgabe von Spinozas *Ethica*, ein Buch, das sie lesen würde, wenn sie alt wäre und auf ein erfülltes Leben zurückblicken könnte, ebenso wie eine Reihe anderer Bücher, in denen das Leben unberührt und vom Himalaja herab in Augenschein genommen wurde – später, später, zuerst mußte das Leben gelebt werden. Oft dachte sie in diesen späten Stunden an die Feste zurück, die sie gegeben hatte. Hanna Piccard hatte nie kleine Feste gegeben. Sie gab große Feste und lief die Hälfte der Zeit mit Tränen in den Augen herum, weil wieder mal alle gekommen waren; es kostete sie ein Heidengeld, es war wie eine Rippe aus ihrem Körper, doch sie gab sie liebend gern, diese Rippe.

Nur ganz selten schlug Trübsinn wie eine nasse Decke über ihr zusammen. Methoden und Techniken, manchmal jedoch wollte nichts helfen. In solchen Fällen pflegte sie, egal wie spät es war, einen ihrer Getreuen in der Amsterdamer Innenstadt anzurufen, und aus Versehen wählte sie manchmal auch Léon Brests Nummer, die Nummer des Mannes, den sie neun Jahre lang hatte heiraten wollen, des Mannes, der sie auf ihrem Weg in das letzte Zimmer am Spaarne in Haarlem hätte begleiten sollen.

Joe Kurhajec war Amerikaner, ein rotblonder, kräftig gebauter und wohlbeleibter Amerikaner mit rumänischen Vorfahren. Er war Kriegsberichterstatter in Vietnam gewesen, hatte für den militärischen Nachrichtendienst in Kambodscha einige Aufträge ausgeführt und sich anschließend, im Alter von fünfunddreißig Jahren, alt und verschlissen gefühlt. Nach Washington zurückgekehrt, hatte er im Handumdrehen seine Ehe ruiniert. Mit seiner Tochter Joey, die er aus der Konkursmasse hatte retten können, war er nach Rom gezogen, um dort für eine amerikanische Presseagentur zu arbeiten und seine Wunden verheilen zu lassen. In den alten Stadtvierteln fühlte er sich geborgen. Anders als viele Europäer stand er dieser bis zum Überdruß beschriebenen und gerühmten Stadt vollkommen unbefangen gegenüber: Für ihn war das alte Rom schlicht etwas Neues.

Anfangs hatte er amouröse Abenteuer gesucht und in hohem Tempo eine Geliebte nach der anderen verschlissen, nicht dazu imstande, die Geschwindigkeit in seinem Körper, die während seiner Tropenjahre immer mehr zugenommen hatte, zu drosseln. Die eine nahm zu, die andere nahm ab, doch keine dieser Frauen hatte noch ihr ursprüngliches Gewicht, wenn Kurhajec seinen Abschied ankündigte und sie dann, ohne viele Worte zu verlieren, im Stich ließ. Zu guter Letzt war er Rosa Ponti begegnet. Die ersten Worte dieser Frau, die er in ständiger Erinnerung behalten sollte, lauteten: »Joe, ich mag deinen Arm, deinen linken Arm.«

Infolge einer Kinderkrankheit war Kurhajec' linker Arm nicht ganz ausgewachsen: Er war ein Kinderarm geblieben, mit einer Hand, die nach innen verdreht war und einen hilflosen Eindruck machte.

»Wie bitte?«

»Ich sagte: Ich mag deinen linken Arm.«

»Und was hältst du vom Rest?«

»Das weiß ich noch nicht.«

»Was ist dein erster Eindruck?«

»Du kommst mir ziemlich schwach vor.«

Nachdem Kurhajec ihr im Bett seine Kraft zum erstenmal bewiesen hatte, wollte er wissen, wieviel sie wog, denn dieses Mal wollte er aufpassen, ob sich ihr Gewicht verändern würde. Er vergaß es. Drei Monate später jedoch zog Rosa Ponti die Bettdecke über ihrem sehnigen Körper weg, ihre bloßen Füße klatschten auf die Fliesen, nackt stand sie auf der Waage und musterte über die Schulter den geräuschvollen Amerikaner in ihrem Bett.

»Immer noch fünfundfünfzig Kilo«, sagte sie.

»Was willst du damit sagen?«

»Vielleicht sollten wir endlich heiraten, Joe.«

Sie hatten geheiratet und kurz nacheinander zwei Kinder bekommen: Laura und Pepe. Kurhajec arbeitete für die Presseagentur und fertigte nun in seiner Freizeit Zeichnungen von den Fassaden römischer Kirchen an. Er verkehrte hauptsächlich mit Ausländern und konnte sich einfach nicht dazu aufraffen, die Sprache seiner Frau gründlich zu lernen. Rosa Ponti hatte die Sprache auch nicht wirklich nötig: Wenn die Spannungen zu groß wurden, hielt sie ihm in einem unverständlichen Dialekt eine Standpauke, die sie nach einer halben Stunde beendete, indem sie ihre Bluse aufriß.

»Hier, sieh her!«

Sie zeigte ihm ihre Brüste, die Brüste aus Fleisch und Blut, mit denen sie Laura und Pepe gestillt hatte. Worüber sie sich auch gestritten hatten und wie sehr er auch überzeugt war, recht zu haben – Kurhajec gab nach: So viel Natur machte ihn demütig.

Mit der Zeit verstand es Rosa Ponti, die ungehobelte Kraft und Zerstörungswut ihres Mannes in geordnete Bahnen zu lenken. Ihr fiel auf, daß Kurhajec etwas für Werkzeug übrig hatte: Häufig kehrte er von seinen Spaziergängen durch die Stadt mit irgendeinem Werkzeug in der linken Hand nach Hause zurück. Vor allem Meißel, jene Meißel mit Köpfen aus Holz und den scharfen Schneiden, gerade oder gebogen, konnte er nicht liegenlassen.

»Hier, Rosa, fühl mal. Beinahe antik. So ein Meißel wird heute nicht mehr hergestellt, der hält ewig.«

»Sehr schön, wirklich sehr schön. Aber wieviel hast du dafür bezahlt?«

»So gut wie nichts. Der Mann hat gesehen, daß er bei mir in guten Händen ist.«

»Hat er das gesagt?«

»Wie meinst du das?«

»Hat er zu dir gesagt, er kann sehen, daß er bei dir in guten Händen ist?«

»Ja.«

»Dann hast du zuviel bezahlt.«

Außerdem fiel Rosa auf, daß er auf seinen Spaziergängen über die Hügel ständig Steine aufhob, die er in die Taschen seiner Soldatenhose steckte, bis diese überquollen und aus den Nähten zu platzen drohten. Ohne daß er direkt nach ihnen suchte, fand er zudem immer Steine von außergewöhnlicher Form oder Farbe. Rosa wollte keine Steine in der Wohnung haben, doch sie mochte den Anblick von Steinen in seinen Händen, und sie liebte den Ausdruck in seinen Augen, wenn er die Steine betrachtete. Daraus den richtigen Schluß zu ziehen fiel ihr leicht; sie machte den Vorschlag im richtigen Moment und verstand es, das Ganze so zu drehen, daß es den Anschein hatte, er wäre selbst auf die Idee gekommen.

Kurhajec ging auf die Vierzig zu, als der Gedanke in ihm aufkam, Bildhauer zu werden: Er saß auf dem Balkon seiner Wohnung und sah auf einmal zwischen Pepes Spielsachen einen Steinbrocken und einen Meißel nebeneinander liegen. Genau. Später sollte es ihn wundern, daß er so viele Jahre des Sichtens und Aussonderns gebraucht hatte, daß ein Mann so viele Jahre dafür benötigt, eine fest umrissene Perspektive zu entwickeln. Daß er inzwischen in seiner Lebensmitte angelangt war, störte ihn nicht; im Gegenteil, dieses Wissen wurde zu einer Quelle der Kraft: jetzt oder nie. Ein paar Weinkrämpfe, die Stunden dauerten und wahre Wolkenbrüche waren, markierten seine Entfesselung, und es hatte den Anschein, als habe mit diesen Tränen auch das Gift der Ziellosigkeit seinen Körper verlassen.

Voller Optimismus und mit grenzenloser Energie machte sich Kurhajec, ein Amerikaner, der begann, anderen Amerikanern aus dem Weg zu gehen, ans Werk; er gab sich selbst fünf Jahre Zeit, um herauszufinden, ob ein Künstler in ihm steckte, der von seiner Arbeit leben konnte. Er nahm Unterricht, um zu lernen, nach Vorlagen zu zeichnen und zu modellieren. Ein Rentner mit einer halben Lunge, ein Mann, der seit seinem fünfzehnten Lebensjahr Grabsteine gemacht hatte, brachte ihm die ersten Grundsätze der Steinbearbeitung bei. Er hielt es für das beste, sich mit Hammer und Meißel durch die gesamte Geschichte der Bildhauerkunst zu arbeiten, und so dauerte es einige Jahre, bis er als Bildhauer in das zwanzigste Jahrhundert zurückgekehrt war.

Eines Tages stieß Kurhajec in einer Seitenstraße des Boulevards am Tiberufer eine Tür in einem Bretterzaun auf, ging zwischen ausrangierten und aufeinandergestapelten Waschmaschinen hindurch, um kurz darauf, mitten in Rom, einen alten, leerstehenden Schuppen zu entdecken. Es überraschte ihn keineswegs.

An einem klaren Herbsttag ging Hanna Piccard mittags am Tiber spazieren. Sie betrachtete die Blätter der Platanen und schüttelte ab und zu heftig den Kopf, um düstere Gedanken zu verjagen. Das Dröhnen des Verkehrs, der vierspurig über den Boulevard brauste, wurde ihr bald zuviel; sie bog in eine Seitenstraße ab und atmete auf, als der Lärm hinter einer Kurve etwas abnahm. Sie ging an einer Bretterwand entlang und wechselte auf die andere Straßenseite, um drei Männern und einem Auto aus dem Weg zu gehen. Die Hecktür des Kombis war hochgeklappt, und darunter standen die drei Männer, vornübergebeugt und vernehmbar stöhnend: Sie luden einen Stein aus dem Wagen auf einen Karren. Die Straße hatte leichtes Gefälle. Kaum war sie an den Männern vorbei, als sie eine Stimme hörte: »He, Vorsicht! Der Wagen!«

Augenblicklich wurde ihr klar, daß sich der weiße Kombi, von seiner Last befreit, führerlos davongemacht hatte, und sie blieb stehen, ohne sich umzudrehen.

»Vorsicht! Aus dem Weg!«

Daraufhin machte sie doch noch einen Schritt zur Seite, zufälligerweise in die richtige Richtung, und eine Sekunde später rollte der Kombi haarscharf an ihren Beinen vorbei. Ganz ruhig sah sie, ohne ein Anzeichen des Erschreckens, dem Wagen hinterher, bis dieser nach zwanzig Metern gegen eine Hauswand prallte und zum Stillstand kam. Sie hörte lautes Lachen. Daraufhin drehte sich Hanna Piccard abrupt um, denn sie dachte, der Anlaß dieses Lachens zu sein. Ein großer Mann mit einem Kinderarm und einer nach innen verdrehten Hand kam auf sie zu und entschuldigte sich bei ihr in einem rührend schlecht artikulierten Italienisch. Er lud sie zu einem Glas Wein ein, damit sie sich von dem Schreck erholen konnte.

»Ich habe mich nicht erschrocken«, sagte sie ruhig. Sein überraschtes Gesicht löste ein Lächeln bei ihr aus, und sie war versucht, ihm mit dem Zeigefinger die Schweißtropfen von der Oberlippe zu wischen. Eine Stunde danach trat Hanna Piccard mit leichten Schritten aus dem Schuppen und hinterließ dort den Eindruck einer sehr netten und distinguierten Frau. Nach einer Woche waren die heiteren Herbsttage vorbei, und nach anderthalb Wochen ließ sie sich von einem vierzigjährigen italienischen Journalisten abschleppen, der äußerlich eine gewisse Ähnlichkeit mit Joe Kurhajec aufwies.

Eines Abends im November ließ Hanna Piccard sich in einem vietnamesischen Restaurant in Trastevere von Kurhajec auf beide Wangen küssen. Er hatte sie nachmittags angerufen und den Eindruck gemacht, daß er Gesellschaft brauchte. Das traf auch zu: Rosa war mit den beiden Kindern zu Verwandten in ein Dorf nördlich von Rom gefahren; Kurhajec ertrug ihre Abwesenheit nie lange. Er wolle mit ihr essen gehen, noch am selben Abend. Hanna Piccard fühlte sich von dem gebieterischen Ton, in dem er ihr diesen Vorschlag unterbreitete, brüskiert, doch sie hatte zugestimmt, um sich für ihren ersten Auftritt zu revanchieren, den sie im nachhinein für ziemlich schwach gehalten hatte. Rennen, die Tür des fahrenden Autos aufreißen, hineinhechten und auf dem Vordersitz liegend die Handbremse anziehen – so hätte sie reagieren müssen.

»Ich will nicht allzuviel essen«, sagte sie und nahm ihre Finger von der fettigen Speisekarte.

»Warte ab, bis alles aufgetischt ist.«

Kurhajec füllte die Gläser mit Reiswein und bestellte. Der Tisch wurde mit Schalen und Schälchen vollgestellt, und selbst mit ausgestreckten Armen konnten sie die am weitesten entfernt stehenden Gerichte kaum erreichen.

»Es riecht herrlich«, sagte Hanna Piccard, und das meinte sie auch so. »Was ist das alles, Joe?«

Joe erklärte ihr alles, was sie wissen wollte, wobei ihm der Ober zu Hilfe kam, mit dem er sich in einem gebrochenen Vietname-sisch unterhielt.

»In Saigon haben wir, wie sich hier in Rom herausgestellt hat, ein Jahr lang nicht mehr als drei Straßen voneinander entfernt ge-wohnt. Seine alte Mutter sitzt in der Küche, ich werde sie dir vor-stellen. Das heißt, wenn du nichts dagegen hast.«

»Mal sehen, Joe.«

Vorläufig hatte sie kaum Gelegenheit, sich zu revanchieren; sie war noch nie in Südostasien gewesen. Kurhajec erzählte ihr von den Tempeln im Dschungel Kambodschas.

»Eigentlich waren es große Skulpturen, und manche wurden schon lange nicht mehr gepflegt: Bäume und Sträucher machten sich darin breit, wucherten in diesem herrlichen grünen Licht und drückten die heiligen Steine langsam, aber sicher auseinan-der. Wir haben eine Menge davon dem Erdboden gleichgemacht. Nach der Landung in der Normandie, nach der Landung auf Si-zilien, hatten sie Offiziere dabei, Kunsthistoriker, schnieke Typen aus Harvard und Princeton, die bestimmten, um welche Kathe-dralen die Granaten eine Kurve machen mußten. Aber das war Europa. In Kambodscha haben wir in kurzer Zeit eine jahrhun-dertealte Kultur zerstört, die soziale Ordnung aus dem Gleichge-wicht gebracht, und ich schäme mich deswegen, denn wir hatten da nichts zu suchen.«

»Das sehe ich auch so. Letztes Jahr habe ich meinen Bruder be-sucht, er ist nach Australien ausgewandert, es war ihm zu voll in den Niederlanden. Vom Flugzeug aus konnte ich Vietnam ganz deutlich sehen. Hier ist es also passiert, wurde mir auf einmal klar, hier ist es also passiert, und ich brach in Tränen aus.«

»Fünftausend Fuß über Vietnam.«

»Macht das was aus?« Sie errötete und legte ihr Besteck aus der Hand.

»Gestern habe ich mich mit jemandem unterhalten, der auf Kosten einer europäischen Wohltätigkeitsorganisation zwei Wochen in Peru war. Diese Organisation macht sich Sorgen um ein paar Hundert peruanische Bauern, ein Bergvolk, das infolge von Maßnahmen, die die peruanische Regierung ergriffen hat, vom Untergang bedroht ist. Der Typ war noch nie in Peru gewesen, konnte die Sprache nicht, war nicht vertraut mit dem Leben dort, aber nachdem er zwei Wochen in einer Bibliothek gesessen hatte, fühlte er sich mit einemmal solidarisch mit jenen Bauern auf einem anderen Planeten. Er verließ das Land wieder und machte eine eindringliche Fernsehreportage von siebeneinhalb Minuten Länge.«

»Okay, das ist natürlich absurd. Aber ich war noch nicht fertig, Signore Kurhajec. Natürlich habe ich mich für meine Tränen geschämt. Man sitzt in einem Flugzeug, in einem bequemen Sessel, man ist vollgefressen, die Aussicht himmlisch, aber man langweilt sich, und plötzlich wird einem bewußt, daß da unten die Massengräber sind und die entlaubten Wälder, die ausgehungerten und verstümmelten Menschen. Ich war geschockt, ich ekelte mich vor mir selbst, und ich heulte, weil ich mich so ohnmächtig fühlte.«

»Das ist natürlich etwas ganz anderes, entschuldige«, sagte Kurhajec mit gespielter Demut. Doch Hanna Piccard saß bereits mit gesenktem Kopf da und starrte minutenlang mit blinzelnden Augen auf ihren Teller.

»Tut mir leid«, sagte Kurhajec daraufhin noch einmal, ein wenig ungeduldig, ein wenig verärgert, weil sie so schnell eingeschnappt war, und legte seine Hand auf ihre. Sie zog ihre Hand zurück und schwieg noch eine Weile.

»Braucht dir nicht leid zu tun, es ist ein Mißverständnis.«

Hanna Piccard sah auf, und zufrieden stellte sie fest, daß Kurhajec sich von ihrer Reaktion hatte beeindrucken lassen. Sie drückte mit der Serviette gegen seine fettig gewordenen Finger und stellte sich vor, daß sie die Zunge herausstreckte – sich selbst.

»Im Schuppen hast du mal eine griechische Insel erwähnt, Joe. Hast du dort ein Haus?«

»Ich? Was glaubst du denn? Nein, wir waren im Sommer da. Zu siebt haben wir in zwei Zimmern und einem Zelt gehaust: Rosa, die Kinder und ich, ein Freund von mir und seine Tochter. Ich wollte hin, weil Marmor dort so günstig zu kriegen ist. Ich habe mir in einem Steinbruch einen Marmorblock besorgt und angefangen, an zwei Büsten zugleich zu arbeiten, an einem Mann und an einer Frau, aus einem einzigen Block. Ich brauche nur die Augen zu schließen, um sie vor mir zu sehen, an einem dieser griechischen Abende. Nächstes Jahr gehe ich zurück auf die Insel, um sie fertigzustellen. Dann lasse ich sie nach Rom bringen.«

»Das muß herrlich sein, so mit allen zusammen auf einer Insel zelten und draußen leben. Jeden Morgen ins Wasser. Und abends mit allen an einem großen Tisch sitzen und essen und trinken.«

»Es war auch herrlich, es war der schönste Sommer meines Lebens. Ich komme endlich so richtig in Fahrt. Die meisten Bildhauer kommen erst in ihrer zweiten Lebenshälfte zur Entfaltung. Langsam und beständig, du mußt nur langsam sein können.«

»Sieht dir gar nicht ähnlich.«

»Ich habe mir Zeit gelassen, um zu reifen, um Tiefe zu gewinnen«, sagte Kurhajec ernsthaft.

»Mmh.«

»Hör mal, ich werde dich mit meinem Freund bekannt machen, der mit uns dort war; er heißt Andrea. Ja, du mußt ihn unbedingt kennenlernen, ich werde ihn dir vorstellen. Das heißt, wenn du möchtest. Diesen Sommer ist Andrea mein offizieller Traumdeuter geworden. Was hältst du davon? Mein offizieller Traumdeuter!«

Nachdem er ihr diese Enthüllung unterbreitet hatte, brach Kurhajec in Lachen aus; und mit diesem lauten und unbändigen Lachen nahm er Hanna ganz für sich ein. Junge, Junge, dachte sie, daß jemand so schamlos lachen kann. Ach, das Leben geht ganz an dir vorbei, Piccard.

»Was ist bloß mit dir los, Joe? Hör endlich auf.«

Kurhajec beruhigte sich.

»Du hältst mich für einen Affen«, stellte er daraufhin fest, denn Rosa Ponti verglich ihn immer mit einem Affen, wenn er aus vollem Hals lachte. »Ach du lieber Gott, ich glaube, ich habe sie alle aufgeweckt.«

Er drehte sich zu den sechs Vietnamesen um, die sich in der Tür zur Küche drängten, und verbeugte sich höflich.

»Asiaten.«

»Worüber hast du denn so lachen müssen?« fragte Hanna Piccard.

»Keine Ahnung.«

»Wir sprachen gerade von deinem Freund Andrea.«

»O ja, mein offizieller Traumdeuter. Schenk mir noch mal nach. Andrea, ja. Er behauptet, daß mir meistens nicht ganz klar sei, wovon mein Leben überhaupt handelt, als ob mein Leben ein Thema hätte. Und Rosa sagt das auch. So versuchen sie mich zu lenken und zu zügeln, denn ich bin noch immer ein wildes Tier.«

»Du hast Schweißtropfen auf der Stirn.«

»Das kommt vom Essen. Ich esse jeden Monat hier, ich bin ein guter Freund des Besitzers und seiner alten Mutter, und doch kann ich die Vorstellung nicht unterdrücken, daß sie dabei sind, mich zu vergiften. Merkwürdig. Ich schäme mich, daß ich so mißtrauisch bin.«

»Kann ich verstehen.«

»Das kannst du verstehen?« Dies schien ihn zu enttäuschen.

»Ja, natürlich, aber was ist denn eigentlich so bemerkenswert an deinem Freund?« fragte Hanna und lächelte voller Zärtlichkeit. Sie wollte Kurhajec weiter aus der Reserve locken.

»Du kannst vielleicht fragen. Was so bemerkenswert ist an Andrea? Möchtest du noch ein wenig hiervon? Nimm kleine Happen, ganz kleine Happen. Er ist subtil. Er hat eine zurückhaltende Art, die mich anzieht. Warte, ich zeig’ dir was.«

Während er seine Brieftasche suchte, überfielen Kurhajec Skrupel: Er schien kurz davor zu stehen, einen Teil seines Freundes einer Unbekannten zu überlassen. Er gab ihr ein zweimal zusammengefaltetes Blatt: Auf der einen Seite stand ein Gedicht in Schreibmaschinenschrift, auf der anderen Seite haftete ein Foto. Hanna hatte sein Zögern bemerkt, und es schien ihr das beste, erst das Gedicht zu lesen, so daß er noch Gelegenheit hatte, ihr das Foto vorzuenthalten. Es war ein zwölfzeiliges Gedicht, offensichtlich war es auf der griechischen Insel entstanden; die Arbeit des Bildhauers wurde zum Gleichnis.

»Das ist doch phänomenal«, rief Kurhajec schon nach einer halben Minute aus. »Findest du es nicht auch subtil? Warte, ich lese es dir vor. So ist es besser. Du mußt es hören.«

Kurhajec griff mit ausgestreckter Hand nach dem Papier und stieß dabei sein Weinglas um. Hanna preßte das Dokument gegen ihre Brust.

»Immer mit der Ruhe, ich habe gerade erst angefangen zu lesen.«

Der Wein breitete sich schnell auf dem Tischtuch aus. Kurhajec schloß seufzend die Augen. Im Dunkel sah er den Laderaum eines Hubschraubers, Füße, die zerschossene Körper hinausschoben, Leichname, die durch die Luft taumelten. Er riß die Augen auf.

»Ein schönes Gedicht«, urteilte Hanna unbestimmt. Sie hatte noch keinen Blick auf das Foto geworfen und hielt das Blatt jetzt so, daß Kurhajec es ihr, ohne unhöflich zu sein, wieder wegnehmen konnte. »Ein schönes Gedicht«, wiederholte sie.

»Hast du es wirklich gut gelesen? Es ist so subtil. Vielleicht kennst du dich mit der Bildhauerei einfach nicht gut genug aus, um es ganz verstehen zu können.«

»Ich habe es gut gelesen, Signore Kurhajec, ich habe es verstanden, ich finde es wirklich wundervoll, aber ich kann meine Bewunderung einfach nicht so gut in Worte fassen.«

»Und warum ist es gut?«

»Immer mit der Ruhe. Es ist einfach, direkt und in der Tat sehr subtil. Es erinnert mich an die klassische griechische Lyrik.«

»Ja, ganz genau. Homer und so.«

»Homer nicht gerade – ich dachte mehr an Sappho und Archilochos, die ersten griechischen Dichter, die über sich selbst sprachen. Homer sprach nicht über sich selbst.«

»Gut, aber es handelt sich doch ungefähr um dieselbe Zeit!«

»So ungefähr. Sappho wurde ungefähr zweihundert Jahre nach Homer geboren, wenn es wirklich einen Homer gegeben hat.«

»Und hast du dir das Foto schon angesehen?«

Daraufhin sah sie sich endlich das Foto an, das auf die Rückseite des Gedichtes geklebt worden war. Der Verfasser dieser Zeilen saß an einem runden Tisch vor einem griechischen Café, auf seinem Schoß und gegen seinen Oberkörper gelehnt saß ein schlafender Junge, der kleine Pepe, wie sie annahm. Der Mann hielt die pummlige Kinderhand in der seinen, sie lag auf seinen Fingern, als wolle er sich selbst diese Hand zeigen. Die Sonne brannte vom Himmel. Später sollte sich Hanna Piccard genau an dieses Foto erinnern und unbegreiflich finden, daß sie ihn an diesem Abend nicht erkannt hatte, denn sie hatte ihn schon einmal gesehen, vor nicht allzulanger Zeit, zwischen den Säulen vor dem Pantheon. Der Mann trug einen Augenschirm, wodurch sein Gesicht zum größten Teil unsichtbar war, aber sie hätte ihn an seiner Haltung, an seiner Art zu schauen erkennen können.

»Und du, woher kommst du?« fragte Kurhajec, nachdem er das Blatt in der Brieftasche hatte verschwinden lassen.

»Woher ich komme? Was spielt das für eine Rolle, Joe?«

Doch der Anstand gebot, daß auch sie nun einen Teil ihres Lebens offenbarte. Kurhajec machte einen gereizten Eindruck.

»Ich komme aus dem Gebiet der großen Flüsse«, waren ihre ersten Worte, und sie wiederholte sie, da sie an ihnen hing. »Ich komme aus dem Gebiet der großen Flüsse, mehrere hundert Meter breite Flüsse zwischen hohen Deichen.«

»Deichen.«

»Sommerdeichen und Winterdeichen. Früher, als es in Holland noch wirklich strenge Winter gab, froren die Flüsse manchmal zu, und dann schoben sich die Eisschollen über die Deiche. Ich habe das nur ein einziges Mal erlebt. Mein Vater hatte eine Steinfabrik.«

»Naturstein?«

»Backstein, Signore. Mein Vater hatte eine Steinfabrik, wie schon sein Vater und dessen Vater. Er kam aus einer Familie von hart arbeitenden Kleinunternehmern, die mit nichts angefangen und sich langsam nach oben gearbeitet haben. Das halbe Dorf arbeitete bei uns in der Fabrik. Wir hatten Geld, jetzt nicht mehr, und wir lebten nach einigen unerschütterlichen und unumstößlichen Grundsätzen. Was hast du?«

»Gib mir ein Beispiel.«

»Man hält, was man verspricht. Das war der wichtigste dieser unerschütterlichen Grundsätze: Man hält, was man verspricht.« Stolz schlug Hanna Piccard die Arme übereinander, wobei sie die Goldkette zwischen ihren sich wölbenden Brüsten spürte.

»Die Nachfrage nach Backstein nahm ab, und vor fünfzehn Jahren wurde die Fabrik geschlossen. Die Familie war zu diesem Zeitpunkt eigentlich bereits auseinandergefallen. Die vierte Generation war in allzu großem Wohlstand aufgewachsen, ihre Hände waren das Arbeiten nicht mehr gewohnt. Hier und dort wohnen noch ein paar exzentrische Onkel. Onkel Jan und sein dicker Mercedes, Herrgott, Onkel Jan und sein dicker Mercedes. Als ich ungefähr neun war, kam mir nichts schöner vor, als meinen Vater nach der Arbeit abzuholen. Ich ging auf dem Deich am Fluß entlang zur Fabrik und war mir absolut sicher, ihm zu begegnen. Ich mochte es sehr, auf ihn warten zu müssen. Ich saß in seinem Büro, das Abendlicht strömte herein, die Arbeit war getan, und ich hörte die Spatzen in den Schuppen tschilpen. Ich starrte den graublauen Teppichboden an, in der vollen Überzeugung, daß ich das Geschäft später weiterführen würde. Mein Bruder – ich habe nur einen – wollte nicht. Ich hätte es gekonnt. Wenn die Fabrik nicht geschlossen worden wäre, hätte ich sie weitergeführt, selbst wenn es nur aus einem Gefühl der Treue gegenüber meiner Familie heraus gewesen wäre. Wie wär's, erzählst du mir jetzt einen Witz?«

Kurhajec schwieg. In kurzer Zeit war das liebevolle Gesicht des Mannes, der einen Freund in den höchsten Tönen lobte, zu einer Totenmaske erstarrt. Hanna Piccard fühlte, daß der Ober sie ansah, wechselte einen Blick mit ihm und begriff auf der Stelle, was ihr bevorstand. Sie erschrak, als Kurhajec seine schweren Unterarme auf den Tisch legte.

»Was willst du mir erzählen, Joe?«

»Mach dir keine Sorgen. Das habe ich im Griff.«

»Bist du dir sicher, daß du es mir erzählen willst?«

»Ich saß in einer Canberra«, begann Kurhajec, »ich flog meinen ersten Bombenangriff, ein paar Tage nach meiner Ankunft in Vietnam, und ich wollte etwas Schönes darüber schreiben. Die Nase des Flugzeugs war bemalt mit den wohlbekannten Haifischzähnen, auf den Rumpf in der Nähe des Cockpits hatte jemand die wohlbekannten Pin-ups geklebt, und das Flugzeug hieß natürlich Bloody Mary. Dieser Flug war ein Erlebnis. Wir stiegen auf, ganz beiläufig, alles geschah so beiläufig. Nach dem Durchbrechen der Schallmauer wurde es vollkommen still. Das Flugzeug sauste geräuschlos durch die blaue Luft, strahlend weiß, und über meinem Kopf und meinen Schultern wölbte sich eine durchsichtige Kuppel. Ich war glücklich. Wir fingen an zu singen, der Pilot und ich, wir sangen aus voller Brust, als das Flugzeug zum Sturzflug ansetzte, eine Kurve drehte und sein Zeug abwarf. Dort unten im Grünkohl entstanden im Nu einige winzig kleine Krater. Wie Wassertropfen im Sand, mehr war es nicht. Keine Flak, nichts. Ich hatte Urlaub. Eine halbe Stunde später ging ich, die Hände in den Taschen, auf unserem Stützpunkt zum Duschen. So fing es an.«

In den nächsten anderthalb Stunden veränderte sich Kurhajec' Gesichtsausdruck kaum noch, seine Stimme war ausdruckslos, und er erzählte, als ginge ihn das, was er erzählte, nichts mehr an. Er sprach selten oder nie über seine Kriegserfahrungen, und doch machten seine Geschichten den Eindruck, als wären sie durch häufiges Wiederholen ausgefeilt worden. Es hörte sich an wie eine Tonbandaufnahme. Furchterregend war der Kontrast zwischen der scheinbaren Teilnahmslosigkeit, mit der er von seinen Irrfahrten berichtete, und der Anspannung, die von seinem Körper ausging.

Hanna Piccard hatte die Arme übereinandergeschlagen und atmete tief und ruhig, weil sie weiterhin das Gewicht ihrer Goldkette spüren wollte. Anfangs ärgerte sie sich darüber, daß Kurhajec ihr schon bei der zweiten Begegnung seine Kriegsgeschichten zumutete. Er war doch verheiratet, hatte Freunde? Es befremdete sie, daß er gerade sie eingeladen hatte, ihm in seinem vietnamesischen Restaurant Gesellschaft zu leisten. Ihr Befremden schlug um in Mißtrauen, ein Mißtrauen, das durch sein unübersehbares Imponiergehabe neue Nahrung erhielt. Ohne Zweifel wollte dieser Mann mit seinen Kriegserlebnissen – auch wenn dies nicht ausgesprochen wurde – Zuwendung, Mitleid, Liebe und Verehrung erzwingen. Warum in aller Welt war er geblieben, nachdem ein befreundeter Fotograf vor seinen Augen von Kugeln zerfetzt worden war? Und was hatte ihn gefesselt an der mit Argumenten untermauerten Mordlust, an dem mit Argumenten untermauerten Wahnsinn von Männern wie ihm, stinknormalen netten Männern? Sie sah, wie Schweißtropfen an seinen Ohren entlang Richtung Kinn rollten. Seine Beklemmung war nicht zu übersehen, war echt, und sie ärgerte sich über ihr Mißtrauen und ihre unbestimmte Angst, daß Rosa Ponti plötzlich auftauchen könnte. Sie hörte zu, versuchte jedenfalls zuzuhören, fühlte sich beschämt und machtlos wie damals im Flugzeug hoch über Vietnam, und als ihr Widerwille zu groß wurde, schweiften ihre Gedanken zu dem Bild von dem Mann ab, der sich Pepes Hand auf die eigenen Finger gelegt hatte, um sie sich anzusehen.

Kurhajec' Stimme war rauh geworden, als er ihr schließlich von dem kambodschanischen Tempel erzählte, in dem er sich vier Tage lang vor schemenhaften Verfolgern verborgen hatte, zusammen mit einem Mädchen, das er gekauft hatte. Während er ohne zu stocken und mit schockierender Präzision beschrieb, wie ein Mensch zum Tier werden kann, kam es ihr vor, als wucherten in seinem Körper, geradeso wie in den Tempeln, Bäume und Sträucher, die ihn langsam, aber sicher auseinanderdrückten. Das Mädchen war seinen Mörderhänden nur mit knapper Not entkommen: Er hatte sich den Kopf an den Steinen gestoßen und das Bewußtsein verloren.

Guardi und P. L. Tak

Eines Abends im November
wurde Hanna Piccard von Kurhajec in einen Kreis von Italienern
und Ausländern eingeführt, die sich einmal im Monat in einem
noch volkstümlichen Restaurant mit echt römischer Küche trafen. Wahrscheinlich war es das allerletzte noch volkstümliche Restaurant in Rom, und aus diesem Grund wurde der Ort des Tref-
fens mehr oder weniger geheimgehalten. Die Speisen waren einfach, aber gut, ein alter und ein junger Ober quetschten sich in
Hemdsärmeln zwischen den nahe beieinanderstehenden Tischen
durch, man unterhielt sich lautstark, und als Hanna Piccard an
jenem Abend das Restaurant in ihrer ledernen Fliegerjacke betrat,
waren die Fensterscheiben beschlagen.

Unter den fünfzehn Personen, die sich um einen langen Tisch
geschart hatten, erkannte sie den Mann auf dem Foto; er erwies
sich außerdem als derjenige, den sie zwischen den Säulen des Pantheons beobachtet und danach auf der Stelle vergessen hatte. Der
Mann richtete sich auf, er war sehr groß, und verbeugte sich
ebenso verlegen wie spöttisch in Kurhajec' Richtung.

Nachdem sie Andrea Simonetti vorgestellt worden war, lag ihr
auf der Zunge, ihm von dieser ersten und zufälligen Begegnung
zu erzählen, was sie dann doch nicht tat, weil der Mann auch
nicht ansatzweise zu erkennen gab, daß er sie wiedererkannte;
auch in seinem Blick, den sie für einen Moment mit dem ihren
festhielt, leuchtete nichts auf. Warum sollte er sie auch erkennen?
Sie aber wollte erkannt werden. Kurz darauf wurde Kurhajec von
einer platinblonden Italienerin gerufen, die er noch fünf Minuten
warten ließ, bevor er langsam zu ihr eilte. Simonetti ließ durch-
schimmern, daß er ihren Namen nicht verstanden habe. Verärgert
gab sie ihm ihre Karte.

40

»Lux et Libertas«, murmelte Simonetti und sah sie aus schwarzblauen Augen mit einer verführerischen Scheu an, die ihr bisher nur bei Frauen aufgefallen war.

»Was machen wir jetzt? Joe hat in seiner unergründlichen Weisheit beschlossen, daß wir einander kennenlernen sollen.«

»So, hat Joe das beschlossen.«

Sie hatte noch keine Gelegenheit gehabt, sich umzusehen, fühlte sich nach diesem Blick zudem erfüllt von allerlei Wanken und Schwanken, und als der junge Ober sie eindringlich bat, sich zu setzen, damit er ungestört seiner Arbeit nachgehen könne, verspürte sie den Wunsch wegzulaufen. Sie setzte sich auf den Stuhl, der für sie freigehalten worden war, und warf Kurhajec einen gequälten Blick zu. Ihr direkt gegenüber saß der Mann, dem sie sich, da über ihre erste Begegnung kein Wort gefallen war, auf irritierende Weise verbunden fühlte. Denn daß er sich an den heftigen Regen an jenem Sonntagmorgen, den alten Mann zwischen den leeren Eimern, ihr klatschnasses Haar und alles andere erinnerte, davon war sie inzwischen aufgrund einiger nicht anders zu deutender Wahrnehmungen überzeugt.

Simonetti erklärte ihr zunächst, wer die anderen Mitglieder der Runde waren, wobei er versuchte, diejenigen, die er am meisten mochte, mit einem einzigen Detail zu charakterisieren. Dann gab er ihr in hohem Tempo seine eigenen Koordinaten durch. Er wohne mit seiner dreizehnjährigen Tochter, der Busenfreundin von Kurhajec' ältester Tochter Joey, an der Piazza Farnese. Kurz nach seiner Rückkehr aus den Vereinigten Staaten, wo er zwei Jahre gewohnt habe, sei er Kurhajec in San Carlo alle Quattro Fontane begegnet und habe diesem zu einer Wohnung verholfen. Er arbeite an drei Tagen in der Woche für das Museo Nazionale d'Arte Moderna, wo er versuche, mit wenig Geld eine Graphikkollektion aufzubauen, und sei von der Teilnahme an allen Sitzungen befreit. Mit ein paar Kollegen stelle er einen Werkkatalog über das Schaffen des Malers Caravaggio zusammen; dies sei ein umfangreiches Projekt, an dem schon seit zwei Jahren nichts mehr getan werde, um gewisse Eigentümlichkeiten im Charakter der Italiener zu ihrem Recht kommen zu lassen. Die Abende und Wochenenden widme er dem Verfassen von Gedichten. Er stehe jeden Tag durchschnittlich zwei Stunden am Fenster. Er liebe es, lange Spaziergänge in der Stadt zu machen, und tue dies zu seiner eigenen Überraschung seit kurzem mit den Händen auf dem Rücken.

Während Hanna dieser Darlegung lauschte, hatte sie ausreichend Gelegenheit, Simonetti zu beobachten, da er sie kaum anzusehen wagte. Sie fühlte sich älter und weiser als dieser zweiunddreißigjährige Mann, und das verlieh ihr die gebotene Ruhe. Das längliche und knochige Gesicht, über das sie im Portikus so erschrocken war, flößte ihr keine Angst mehr ein. In seinen Gesichtszügen entdeckte sie etwas immer noch Jungenhaftes, die Art, in der er ihr Zugang zu seiner Welt verschaffte, war so unbefangen und naiv, daß sie ihm doch nicht recht zutraute, die Erinnerung an jenen Sonntagmorgen vor ihr verborgen zu halten. Sein Kopf und sein Gesicht kamen ihr vor wie ein beinahe pathetisch anmutender Ausdruck eines einzigen Begriffs: Form. Die größte Anziehungskraft aber übten seine Hände auf sie aus, vor allem die langen Finger, die mit ihrer Karte spielten.

»Du bist dran«, hörte sie ihn auf einmal sagen, als wäre sie mit Würfeln und Ziehen an der Reihe.

»Sollten wir nicht zuerst etwas zu essen bestellen? Ich möchte gern die Speisekarte sehen.«

»Ich denke, daß es hier keine Speisekarte gibt.«

»Natürlich gibt es eine Speisekarte.«

Bevor ihr klar war, was sie tat, hatte sie den jungen Ober angehalten. Dieser bestätigte Simonettis Vermutung, zählte im Eiltempo alle zur Auswahl stehenden Vor- und Hauptgerichte auf und lächelte über den ihr gegenübersitzenden Mann, der gerade wie fasziniert die Gewölbe des Restaurants betrachtete. Hanna Piccard wurde mißtrauisch und bestand auf ihrer Bitte. Der junge Ober dampfte beleidigt ab. Sie hüllte sich in Schweigen, so lange, bis eine beinahe unleserlich gewordene Speisekarte vor ihr auf den Tisch geknallt wurde. Im selben Augenblick bestellte sie ein Antipasto.

»Ein Antipasto, sonst nichts?«

»Ich habe nicht so viel Appetit, Signore.«

»Sind Sie sicher, daß Sie essen wollen?«

»Ich habe gerade ein Antipasto bestellt.« Ruckartig wandte sie sich zu Simonetti um. »Könntest du mich jetzt vielleicht wieder ansehen?«

»Böse?« fragte er. »Hier fragt man nicht nach der Speisekarte. Das mögen sie nicht. Du mußt reden. Die Leute wollen deine Stimme hören. Du mußt reden, reden, reden, du mußt sie anfassen, du mußt ihnen das Gefühl geben, daß sie existieren.«

»Weiß ich, weiß ich«, rief sie, »aber ich bin heute abend einfach nicht in Form.«

»Reden und noch mal reden. Joe Kurhajec kam am Anfang auch nicht so gut damit zurecht: daß man so viel reden muß, bevor sie einen sehen und etwas für einen tun wollen. Aber er hat sich angepaßt. Ich nicht, ich habe es schon als Kind nicht gemocht, dabei bin ich keine hundert Meter von hier zur Welt gekommen. Warum wollen die Leute immer Kontakt, Kontakt, Kontakt? Sie sind unsicher. Als ob sie sich jede Minute in ihrer Existenz bestätigt fühlen wollen. Da kommt dein Antipasto. Der junge Ober heißt Piero. Sag was Nettes, es wird ihm guttun.«

Sie wußte nicht, was sie sagen sollte. Sie aßen. Simonetti sprach niemanden an, und auch sie unternahm keinen Versuch, das Eis zu brechen, und so erweckten sie beide den Eindruck, als wären sie aus Versehen in einer fremden und lärmenden Runde gelandet.

»Ich bin zweimal in den Niederlanden gewesen«, sagte Simonetti schließlich. »Das erste Mal, um mir den sozialen Wohnungsbau der zwanziger und dreißiger Jahre anzusehen, dann, um Studien über einige Epigonen Caravaggios zu betreiben. Ich habe einen Monat in Amsterdam gewohnt, große Teile des Landes gesehen, auch die Inseln, aber an eine Steinfabrik kann ich mich nicht erinnern. Dein Vater hatte eine Steinfabrik, wie ich gehört habe. Wo befinden sich diese Steinfabriken?«

»Im Gebiet der großen Flüsse. Ich komme aus dem Gebiet der großen Flüsse.«

Diese Worte benutzte sie an diesem Abend zum letztenmal. Nicht viel später fertigte sie auf Simonettis Bitte hin auf ihrer Serviette eine Skizze an, auf der sie die Steinfabrik, den Fluß und das in der Nähe gelegene Dorf eintrug. Sie nahm ihn mit auf eine

Führung durch die Fabrik, wobei sie ihre Lieblingsorte mit dem Bleistift markierte, und als sie beim Bodenbelag im Büro ihres Vaters angekommen war, hatte sie ihre Seelenruhe wiedergefunden. Simonetti nahm seinen Füllhalter zur Hand und schlug eine Serviette auf.

Eine Zeitlang amüsierten sich ihre Tischgenossen nun heimlich über den Anblick, den die beiden boten: Sie waren wie zwei Kinder, die sich gerade erst kennengelernt haben und an einen Tisch gesetzt worden sind, um dort behutsam, ohne aufzublicken oder sich umzusehen und bei jedem Beben der Tischplatte hochfahrend, eine Zeichnung anzufertigen, die schon im voraus dazu verurteilt war, zu mißlingen.

Simonetti zeichnete einige Amsterdamer Straßen und zeigte ihr, wo er damals gewohnt hatte. Er erinnerte sich an den Innenhof, die vielen Balkone und das viele Leben um ihn herum – diese Aussicht hatte ihn unzählige Stunden gekostet. Hanna Piccard kannte diese Gegend gut und stellte insgeheim fest, daß er jeden Tag an ihrer Stammkneipe vorbeigekommen sein mußte. Vielleicht hatte sie ihn damals das ein oder andere Mal vorbeigehen sehen. Mit schnellen Zügen zeichnete Simonetti anschließend den Straßenplan des P.-L.-Tak-Viertels, in dem er sich die Häuserblocks der Wohnungsbaugenossenschaft »De Dageraad« angesehen hatte.

»Du sprichst den Namen nicht richtig aus«, bemerkte Hanna. »Hör mal: P. L. Tak. P. L. Tak.« Simonetti versuchte es so auszusprechen wie sie. »Nein, hör mal richtig hin, du hörst einfach nicht richtig hin. Du sagst: Takke. Viel zu weich. So muß es klingen: Tak! Tak, tak, tak, tak!«

Ihr Gesicht begann zu strahlen. Sie zeichnete die Italienische Galerie im Rijksmuseum und zog eine Wellenlinie an der Stelle, an der Guardis venezianisches Landschaftsbild hing: ein Blick über die Lagune und eine kleine Insel mit einem Garten hinter Mauern. Simonetti kannte das Gemälde.

»Tak! Sag's noch mal!«
»Nein, jetzt reicht es.«
»Tak. Komm schon, ein einziges Mal.«
»Tak.«

»Jetzt klingt es gut. Guardi. Sprech' ich das richtig aus? Ich habe mich immer gefragt, wie spät es auf diesem Gemälde Guardis eigentlich ist: frühmorgens oder kurz vor Sonnenuntergang?«

»Letzteres, denke ich. Das sieht man am Licht, warm und diesig.«

»Aber da sind Menschen bei der Arbeit, sie entladen ein Schiff.«

»Es wird bis Sonnenuntergang gearbeitet, außerdem ist Guardi in meinen Augen kein Mensch, der die frühen Morgenstunden liebt.«

Inzwischen erschienen unter Simonettis rechter Hand die ausladenden Umrisse einer Watteninsel, er zeichnete nun langsam und schweigend, als wolle er wieder zu Atem kommen. Hanna Piccard nahm einen Schluck aus ihrem Weinglas, ließ die Augen auf der dünnen Haut und den beweglichen Muskeln seiner Hand ruhen und genoß das Stimmengewirr und das Klappern des Bestecks um sie herum. Simonetti war, angelockt von dem Begriff »Wanderinsel«, aufs Geratewohl nach Vlieland gereist. Seit damals bestand sein Bild vom hohen Norden aus Erinnerungen an breite Strände, stiebenden Sand und Helmgras, langsam ansteigende Sicheldünen, das Kreischen der Möwen in einer sich schnell verändernden Wolkenlandschaft und die blendende Helligkeit mancher Tage.

»Du hast dir gleich die schönste Insel ausgesucht. Vlieland ist wunderschön. Wir haben dort immer die Ferien verbracht. O Gott!« Piero hatte erneut die Speisekarte vor ihr auf den Tisch geworfen. »Ich glaube, daß ich noch was bestellen muß. Was nimmst du? Ich will ein Kindereis. Für mich bitte ein Kindereis, Piero. Das Antipasto war phantastisch. Guck nicht so böse.«

»Ein Kindereis?«

»Mit einem Schirmchen. Habt ihr das? Und du? Das wär's.«

Auf einen Zug trank Hanna Piccard ihr fünftes Glas Wein aus, wonach ihr die Außenwelt mit einemmal entglitt. Junge, Junge, dachte sie, nimmt das eine Fahrt, nimmt das eine Fahrt, schrecklich. Worüber sollen wir uns jetzt noch unterhalten? Über *Näher zu Dir*? Dieses Buch wird er wohl nicht kennen. Und doch komm ich dir näher. Hallo, Léon, ich muß auf einmal an dich denken, ich bin in einem römischen Restaurant, wo ich so richtig losgelegt habe, mach's gut, mein Großer, mehr gibt es nicht zu sagen, nimm deinen Hut und geh spazieren, mach's gut. Abrupt nahm sie, ohne sich weiter um Simonetti zu kümmern, einen Ärmel ihrer über der Stuhllehne hängenden Fliegerjacke und preßte ihn gegen ihre Nase, um den Ledergeruch einzuatmen. Schau nur, du arroganter Scheißer, schau nur. Simonetti saß ein wenig geistesabwesend nach hinten gelehnt und strich sich mit seinem leeren Glas über die Unterlippe.

Ein paar Minuten später trafen sie sich wieder. Simonetti schrieb etwas für sie auf, zögerte, änderte die Form der Buchstaben ein wenig; und später sollte ihr klar werden, daß er am liebsten so sitzen geblieben wäre: die Stirn in einer Handfläche, den Füllhalter in der Hand, auf die Sätze eines Briefes wartend.

»Kennst du diesen Ausdruck? Ich habe ihn heute mittag gelesen und mich gefragt, was damit genau gemeint ist.«

Sie las.

»Sterbende beginnen, Dinge aufzuheben. Ja. Verstehst du das nicht? Ich habe gesehen, wie mein Vater versucht hat, etwas aufzuheben. Kurz vor seinem Tod zupfte er mit den Händen am Bettuch, als ob ihm die Welt entgleite, als ob er Halt suche.«

»Verzeih mir.«

»Was sollte ich dir denn verzeihen? Er ist tot. Was ist dabei?«

»Aber ich erinnere dich an deinen Kummer. Als ob ich von einem Baum mitten in ein Blumenbeet gesprungen wäre.«

»Natürlich hat es mir Kummer bereitet, doch in Gedanken ist er immer bei mir. Mach dir keine Sorgen. Wie viele hast du gehen sehen?«

»Nicht einen.«

»Dann weist deine Erziehung eine Lücke auf. O Gott, da kommt er ja schon wieder!«

Sie duckte sich erschrocken, als der Arm des jungen Obers über sie hinweg nach unten stieß. Simonetti bekam den kleinen Sonnenschirm des Kindereises, der ihn an einen großen Sonnenschirm erinnern sollte, welcher an einem Sonntagmorgen im Portikus des Pantheons gestanden hatte, und nachdem er ihn pflichtschuldig zwischen den Fingern hin und her bewegt hatte, bohrte er ihn durch ihre Visitenkarte. Er erzählte ihr von seinem Vater, der jahrelang merkwürdige Phänomene gesammelt habe, die in der Nähe von Sterbenden auftraten. Manche dieser im Sterben liegenden Personen verfügten beispielsweise offenbar plötzlich über die Gabe, in die Zukunft blicken zu können.

»Es ist sein Hobby, und er spricht genauso begeistert darüber wie ein anderer über seine Schmetterlingssammlung. Er will wissen, wissen und noch mal wissen. Er ist Arzt.«

»Und was ist das Prunkstück seiner Sammlung?«

»Ich denke, nein, ich bin überzeugt, daß dies der Fall des unbekannten Musikstücks ist. Folgende Situation: Drei Personen hören zu verschiedenen Zeitpunkten und ohne etwas voneinander zu wissen in der Nähe eines Toten genau denselben Gesang – von Frauenstimmen, wie sie meinen. Soviel man weiß, handelt es sich um ein nicht komponiertes oder zumindest um ein unbekanntes Stück. Der Verstorbene war Musiker, und die drei Zeugen, zwei Frauen und ein Mann, sind alle musikalisch. Sie können das Thema des Stücks nachpfeifen und die Zahl der Stimmen angeben. Es handelt sich um ein A-cappella-Stück für sechs Frauenstimmen und könnte aus dem sechzehnten Jahrhundert stammen. Plattensammlung des Toten durchsucht. Nichts, das so ähnlich klingt. Und so weiter. Niemand kennt das Stück. Mein Vater hat die Melodie in Noten schreiben lassen und sich mit Musikwissenschaftlern in Verbindung gesetzt. Vielleicht ist es ein existierendes, aber in Vergessenheit geratenes Stück, das irgendwo vergraben in einer Bibliothek liegt. Selbst wenn man etwas herausfinden würde, bliebe die Frage ungeklärt: Wie ist es möglich, daß drei Personen, unabhängig voneinander, in der Nähe eines Toten genau denselben Gesang gehört haben?«

Hanna Piccard hatte den Eindruck, ohne zu wissen warum, daß er sich diese Geschichte hier vor ihren Augen aus dem Daumen sog. Trotzdem suchten sie gemeinsam nach einer Erklärung für dieses mysteriöse Phänomen. Gemeinsam tappten sie im dunkeln, und es hatte den Anschein, als wollten sie etwas berühren, was nicht berührt werden wollte. Hanna Piccard wurde ungeduldig, ihre Konzentration ließ ebenso nach wie seine, und sie ärgerte sich, daß ein Gespräch selten oder nie im richtigen Moment beendet werden konnte.

»Mein Vater sehnt sich natürlich nach so etwas wie einer wissenschaftlichen Erklärung«, sagte Simonetti abschließend, ohne eine Miene zu verziehen. »Als ob solch eine Erklärung wirklich zufriedenstellend sein könnte. Um ihn zu ärgern, frage ich ihn dann, ob er die Gefühle der Liebe und Freundschaft, die diese vier Personen miteinander verbanden, messen kann. Das natürlich nicht, aber er hofft auf die Zukunft, jetzt sammelt er nur die Informationen. In fünf Jahrhunderten wird dann in einem Labor nachgewiesen, was wir schon seit Tausenden von Jahren wissen: daß aus den Gefühlen der Liebe und Freundschaft heraus in verschiedenen Köpfen dieselbe Musik entsteht. Von Mysterien sollte man die Finger lassen.«

»So ist es. Erzähl mir jetzt einen Witz.«

»Einen Witz? Ich kenne keine Witze, ich kann sie mir nicht merken. Und du?«

»Ich kann sie mir auch nicht merken. Sekunde. Es ist grün, aber kein Gras. Dreimal darfst du raten.«

»Den kenn' ich schon. Du hast ihn von Joe, und Joe hat ihn von Pepe.«

»Dann darfst du nicht antworten. Von Mysterien sollte man die Finger lassen.«

Sie stand auf. In der wohl letzten volkstümlichen Toilette Roms kauerte sie eine ganze Zeitlang zwischen den Rundungen zweier antiker Säulen, die in die Mauer eingelassen waren. Danach schloß sie sich Joe Kurhajec und einem Exilchilenen an, einem gewissen Ernesto Canal.

»Was waren denn das für Straßenpläne?« wollte Kurhajec wissen. Das ging ihn nichts an. »Und, wie findest du ihn?«

»Arrogant, widerlich arrogant! Erzähl mir jetzt einen Witz.«

»Es ist grün.«

»Aber kein Gras.«

»Viel Menschenkenntnis hast du nicht«, sagte Kurhajec kopfschüttelnd.

»Mir doch egal. Signore Kurhajec, ich gebe dir jetzt einen Kuß. Komm her!«

48

»Mir einen Kuß? Du hast sie wohl nicht alle. Kommt nicht in Frage. Erst läßt du mich auf der Couch schlafen, und jetzt willst du mir einen Kuß geben. Was soll denn das? Such dir einen anderen.«

»Du alter Fiesling, ich gebe dir einen Kuß«, rief sie mit ungestümer Heiterkeit und hielt Kurhajec an den Ohren fest.

Eine halbe Stunde danach nahm sie mit einem Händedruck und einigen Höflichkeitsfloskeln Abschied von Simonetti. Sie ging am Tiber entlang zurück, schaute sich die feucht glänzenden Platanen an und gestikulierte majestätisch mit den Armen.

Der Winter in Rom war kälter, als sie erwartet hatte: Temperaturen knapp über dem Gefrierpunkt waren nichts Außergewöhnliches. In Kurhajecs Schuppen behielt sie die Jacke an; in San Luigi dei Francesi und Santa Maria del Popolo, die sie besuchte, um sich die Gemälde Caravaggios anzusehen, bekam sie blaue Lippen von der Kälte. Im Januar lag eines Morgens sogar etwas Schnee auf der Kuppel von San Ivo. An diesem Tag lief sie auf dem Flughafen Fiumicino mit klopfendem Herzen Dita van der Waals entgegen.

»Ich hab' gedacht, du kommst nie«, rief Hanna Piccard, nachdem sie sich hastig aus den Armen ihrer ein Meter achtzig großen Freundin befreit hatte. »Da bist du ja endlich. Heute morgen habe ich noch in Schiphol angerufen und gefragt, ob das Flugzeug überhaupt startet. Hier schneit es.«

»Du machst dir noch immer grundlos Sorgen.«

»Du siehst prächtig aus.«

Während der Fahrt nach Rom bereitete es Hanna Piccard größte Mühe, den genauen Abstand zwischen sich und ihrer Freundin zu bestimmen, ein Problem, das in ihrem Kampf mit der urplötzlich hakenden Gangschaltung zum Ausdruck zu kommen schien. Als sie in ihrem Appartement angekommen waren, wurde sie schläfrig und wäre am liebsten sofort in den Armen ihrer Freundin eingeschlafen. Wie immer war Dita van der Waals' Verhalten von Ruhe und Würde geprägt. Sie ließ sich durch nichts aus dem Gleichgewicht bringen.

»Ganz und gar unversehrt«, stellte Hanna fest.

»Wie bitte?«

»Als ob du ganz und gar unversehrt durchs Leben gehst, Dita.«

»Ich leiste mir nun mal keine psychischen Probleme, das ist die beste Medizin, das beste Mittel. Solltest du auch probieren.«

»Ich hoffe, du hast all meine Briefe weggeworfen.«

Hanna Piccards Verlegenheit nahm immer mehr zu, und am späten Nachmittag traute sie sich kaum noch, ihre Freundin anzusehen. Sie hielt sie für so schön, daß sie mit beiden Händen den Rand der Tischplatte ergriff, als suche sie Halt, um nicht die ein oder andere Dummheit, etwas Undenkbares, Unvorstellbares, zu begehen. Wenn sie Dita van der Waals nur ansah, war ihr, als würden die dunklen Augen der Frau, die einen harten Job in einer Anwaltskanzlei mit der Erziehung ihrer drei Kinder und der Beaufsichtigung ihres alkoholabhängigen Mannes zu kombinieren verstand, sie trübsinnig machen. Wie könnte sie diesem aufreizend freundlichen, diesem aufreizend spöttischen Blick entkommen?

»Möchtest du dich nicht ein wenig ausruhen, Dita? Du kannst dich auf die Couch legen.«

»Das klingt wie eine dringende Bitte.«

»Na ja, du hast eine Reise hinter dir, du bist in einer neuen Umgebung ...«

»Du bist mir sehr vertraut, Hanna.«

»Und du gähnst.«

»Das kommt von der gemütlichen Atmosphäre.«

»Dann leg dich doch gemütlich auf die Couch. Magst du eine Decke?«

»Wie du willst. Muß ich auch einschlafen?«

»Ja.« Sagte sie leise. Dita van der Waals kam ihrer Bitte nach, schlief beinahe sofort ein und fing an zu schnarchen, ruhig und würdevoll. Kichernd zog sich Hanna Piccard in die Küche zurück. Sie sah hinaus auf die Kuppel von San Ivo, die in der Dämmerung schimmerte, und auf den schnell fallenden nassen Schnee und fühlte sich zum erstenmal in ihrer eigenen Wohnung vollkommen ruhig und geborgen.

An diesem Abend aßen sie in einem noch volkstümlichen Restaurant mit echt römischer Küche. Ein alter und ein junger Ober quetschten sich in Hemdsärmeln zwischen den nahe beieinanderstehenden Tischen durch, man unterhielt sich lautstark, und die Fenster waren beschlagen. Die zwei Frauen saßen einander genau gegenüber. Beide hatten sich stark geschminkt. Die Distanz, die sich durch den beinahe wöchentlichen Briefwechsel über eine Entfernung von eintausendachthundert Kilometern hinweg verwischt hatte, wurde wieder eingenommen.

Erst am letzten Tag des Staatsbesuchs wurde Hanna Piccard wieder von der Verwirrung überwältigt, die sie auch schon bei der Umarmung auf dem Flughafen überfallen hatte. Wenn Frau van der Waals sie auch nur ansah, sah sie sich gezwungen, ihren Blick zu senken, und ein törichtes, nicht zu unterdrückendes Lächeln legte sich auf ihre Lippen. Wenn sie sich in Frau van der Waals' Nähe wagte und sie riechen konnte, rieselte ein Verlangen durch ihre Brust. Sie schämte sich ihrer Unbeholfenheit. Wurde ein Mensch denn nie älter? Warum sagte sie es nicht? Warum stotterte sie es nicht einfach heraus: Dita, ich liebe dich so sehr, es ist schrecklich, wie sehr ich dich liebe. Warum brachte sie es nicht über die Lippen? Schließlich konnte sie sicher sein, daß Dita mit großer Gelassenheit und liebevollem Spott reagieren würde. Herrje, Kleines, willst du ein Glas Wasser? Ach, aber warum in Worte fassen, was schon lange empfunden wird? Und doch wollte sie es aussprechen. Dita, ich bete dich an, nimm es mir nicht übel, aber ich bete dich an. Herrje, Kleines, was für eine Freude. Ja, ich bete dich an, es ist schrecklich, wie sehr ich dich anbete. Raus mit dem Korken aus der Flasche! Nach dem dritten Glas Wein fall' ich dir zu Füßen, bin ich ohnmächtig dein. Nach dem fünften Wein bespring' ich dich, mein Schätzelein. Nach dem siebten Wein gehöre ich dir ganz allein. Was? Ich geile dich so auf, daß du platzt. Ich werde dich platzen lassen. Ich will dich entehren, ja, ich will dich entehren. Willst du was? Kleines, es war herrlich, und ich fühle mich absolut nicht entehrt.

»Dita, was bist du doch für ein solider Mensch«, rief sie aus der Küche, in der sie sich auf die Zubereitung eines Abschiedsessens zu konzentrieren versuchte.

»Das merkst du erst jetzt?« kam es spottend aus dem Wohnzimmer zurück.

»Du bist aus stoßfestem Beton.«

»Du meinst wohl aus Rüttelbeton?«

»Stoßfestem Beton.«

»Schneide dir nicht in die Finger.«

Nach dem Essen zählte Hanna Piccard die Stunden und jedes Glas Wein. Sie hatten beschlossen, sich nicht zu betrinken, da jede von ihnen am nächsten Tag wieder zum Nutzen der Allgemeinheit arbeiten mußte. Die eine saß auf der Couch, die andere auf einem Stuhl. Dita van der Waals schmuste mit Kees, dem Kater, und legte sich ab und zu seine Vorderpfoten auf die Schultern. Hanna Piccard hielt sich an den nervösen Janneman und warf ihn von Zeit zu Zeit auf den Boden. Das Gespräch verlief stockend, jede Kadenz wurde von dem Gedanken an den bevorstehenden Abschied gestört, und zu guter Letzt flüchteten sie sich in Erinnerungen an die Jahre, die wilden Jahre, in denen sie in Amsterdam zusammengewohnt hatten.

Gefühlt hatte sie es schon so lange. Jetzt wollte sie es aussprechen. Frau van der Waals, ich liebe dich so sehr, es ist schrecklich, wie sehr ich dich liebe. Das war es. Setz dir doch bitte eine Sonnenbrille auf. Nach dem siebten Wein schlage ich dich kurz und klein. Als hätte ich nicht mehr alle Latten im Zaun. Ich sage es ihr um halb elf. Halte deine Hände noch mal so. Ja, so. Piccard, nimm dich in acht, es hat keinen Sinn. Muß es denn einen Sinn haben? Ich will es lediglich aussprechen, flüstern, murmeln, ja, beinahe unhörbar murmeln. Das ist alles.

Punkt halb elf schleppte sich Hanna Piccard mit angehaltenem Atem zum Bücherschrank und wühlte in ihrer Plattensammlung herum. Bis halb zwölf hörten sie sich Opern an, wie in der guten alten Zeit, und sangen die bekannten Arien mit. Dita van der Waals sang aus voller Brust, sie hatte eine gute Stimme, einen Alt. Hanna Piccard summte leise mit, da sie keine Melodie halten konnte und immer falsch sang. Und während der ganzen Zeit bereitete sie sich auf ihren Sprung vor.

»Dita, hör mal.«

»Ich höre.«

»Ja, jetzt kommt das Stotterduett von Papageno und Papagena. Das finde ich wundervoll. Daß ein Mensch das singen kann. Pa, pa, pa. Dann sie. Und dann wieder er. Ich vergesse immer, wie viele Kinder sie sich wünschen. Sechzehn? Papageno, Papagena, und einen kleinen Papageno und eine kleine Papagena. Pa pa pa paa! Gewöhnliche, irdische Bauernliebe. Mich nervt noch immer das andere Liebespaar, Prinz und Prinzessin, diese beiden weltentrückten Geliebten. Himmlische Liebe. Was hat man davon? Pa pa pa pa paa.« Dreimal hörten sie sich das Stotterduett an und sangen mit. Dann wurde es still. Und dann schloß sich endlich ein schroffes, freudloses Geständnis an.

Dita van der Waals streckte ihre langen Beine und musterte ihr leeres Glas. »Das wurde aber Zeit«, sagte sie munter. »Warum rückst du erst jetzt damit heraus? In wen? Wer ist der Glückliche? Sieh mich an.«

Hanna Piccard machte sich krumm, als stünde ihr eine Tracht Prügel bevor, faßte sich dann aber, drehte sich um und hatte es, bevor sie recht wußte, was sie sagte, schon ausgesprochen.

»In einen Italiener, Dita.« Lachend warf sie sich auf die Couch. »Einen Italiener!« Und nach dem elften Wein mache ich es mir allein.

»Einen Italiener. Typisch Hanna. Kleine, wie schön für dich – und was für eine Katastrophe. Überrascht mich nicht.«

»Mich überrascht es sehr.«

Sie sahen einander an. Hanna Piccard fühlte, wie sich ihr Blick, der sich endlich aufgehellt hatte, wieder verschleierte und willenlos wurde.

»Komm zu mir, Kleine.«

»Komm du doch zu mir, Lange.«

Sie trafen sich in der Mitte. Hanna Piccard sprang ihrer Freundin in die Arme und klammerte sich mit den Beinen an ihrer Hüfte fest. Und nach dem siebten Wein küß' ich dich ab, vom Kopf bis zum Bein.

»Das hältst du nicht lange, Dita.«

»Ich bin sehr solide.«

»Sag' ich doch, aus Beton! Leg mich jetzt lieber auf die Couch.«

Sie wurde auf die Couch gelegt. Dita van der Waals sah sehr liebevoll auf sie herab und stellte die üblichen Fragen. Wie lange sie ihn schon kenne. Etwas mehr als einen Monat. Wie oft sie ihn bereits gesehen habe. Ein paar Mal.

»Würde er mir gefallen?«

»Das weiß ich nicht. Er hat deine Hände. Kräftig.«

»Und wie weit seit ihr gekommen?«

»Wie weit wir gekommen sind? Vielleicht ist es schon wieder vorbei. Es ist schrecklich, ich finde es so schrecklich. Aber ich kann es nicht ändern.«

»Dann ist es in Ordnung.«

»Es ist aber so unvernünftig.«

»Verheiratet?«

»Nein, aber ein Kind.«

»Ein moderner Mensch.«

»Bist du das nicht auch? Sind wir das nicht alle? Verdammt noch mal. Armselige, armselige moderne Menschen.«

»Wo finden wir noch das von tanzenden Füßen niedergetretene Gras?«

»Ja, verdammt.«

»Wer wird denn gleich fluchen?«

»Es ist aber so aussichtslos: Ich bleibe nicht hier.«

»Dann ist es in Ordnung.«

»Aber ich will nicht.«

»Natürlich willst du nicht. So bist du.«

»Und ich bin weg.«

»Es paßt zu dir. Eine schöne, aussichtslose Liebe. Zwei Jahre lang, zweimal alle Jahreszeiten. Und ein drittes Jahr, um halbtot an Einsamkeit zu erkranken, ein drittes Jahr, um ihn auszuschwitzen.«

»Sinnlos.«

»Dann ist es in Ordnung.«

»Vollkommen sinnlos.«

»Besser geht es nicht. Du weißt es, er weiß es, und immer, wenn du ihm in diese wahnsinnigen Augen blickst ...«

»Schwarzblau.«

»Dann weißt du: jetzt sterben wir.«

»Entschuldige, er weiß von nichts.«

»Hat der Typ denn noch kein Interesse gezeigt? Du hättest zwei Männer verdient. Erobere ihn. Scheuch ihn auf, treib ihn in die Enge, erobere ihn. Kein Interesse? Quatsch, er versteckt sich.«

»Fortschritte. Interesse. Ein Arbeitsfrühstück, ein Geschäfts-
essen. Was hältst du davon? Fruchtbare Besprechungen. Perspektiven. Und solange die Sache in der Schwebe ist, haben wir eine
Option auf den Genuß.«

»Sehr gut.«

»Du bist ein Engel. Setz dich jetzt endlich. So langsam fühle
ich mich wie höchstens fünfzehn.«

»Dann ist es in Ordnung.«

»Jetzt setz dich doch, bitte.«

»Ich bleibe noch eine Weile stehen.«

»Aber du verbrennst mein Gesicht, versengst mein Haar.«

»Ich muß hier stehenbleiben.«

»Dann werfe ich mich dir zu Füßen.«

»Das werde ich nicht dulden, kleiner Schatz.«

»Das wird sie nicht dulden.«

»Nein.«

»O nein.«

»Und schenk uns endlich noch mal nach.«

»One for the Punkt Punkt and one for the road. Jetzt du. Und
dann ich. One for the Punkt Punkt …«

»And one for the road.«

So nahmen sie voneinander Abschied. Das einzige, was sie
noch hinter sich bringen mußten, war das Herumdrucksen am
Flughafen.

Als Hanna Piccard am darauffolgenden Abend nach Hause kam,
fand sie den ersten Brief Simonettis. Sie legte ihn ungeöffnet zur
Seite, erst hierhin, dann dorthin. Nachdem sie Gläser, Teller,
Schalen, alles, was sie an den vorherigen Abend erinnerte, abgeräumt und abgewaschen und die Stühle auf ihren festen Platz
zurückgestellt hatte, las sie den Brief. Sie wurde zu einem Segeltörn auf die Jacht eines gewissen Pittakos eingeladen.

Ein Segeltörn

An einem Samstagmorgen im Februar, ein paar Stunden vor Sonnenaufgang, war Hanna Piccard startklar für den Segeltörn, von dem sie schon seit zwei Nächten geträumt hatte – sie zitterte vor Kälte, denn sie hatte zuwenig geschlafen.

Das Aufstehen vor Tau und Tag rief lang vergessene Erinnerungen in ihr wach. Sie sah ein Bauerngut am Hang eines mit Bäumen bestandenen Hügels in der Nähe des Rheins, sie sah die erleuchteten Stallfenster, sie hörte und sie *war* das Poltern und Murmeln im Halbdunkel, das Rascheln des Strohs, das schnaufende Atmen der Tiere, und wenig später rumpelte sie im ersten Licht auf einem Karren durch die Birkenalleen des Gutes, auf dem sie die Ferien verbrachte und die Tage nicht mehr zählte. In ihr erwachte mit einemmal wieder das Freiheitsgefühl eines Kindes, eine Leichtigkeit, eine Feuchtigkeit, das Freiheitsgefühl eines Kindes, bis sie einen letzten prüfenden Blick auf das Gepäck eines Erwachsenen warf und feststellte, daß sie genug eingepackt hatte, um mit Simonetti zwei Wochen lang auf hoher See zu segeln. Sie schämte sich und wollte gerade mindestens die Hälfte ihres Verlangens aus der Reisetasche verschwinden lassen, als draußen lautes Hupen zwischen den Mauern widerhallte.

Die Begrüßung auf der Straße erinnerte sie an eine Verschwörung. Schritte, gedämpfte Stimmen, Schatten auf den Häusern, ein bereitstehender Wagen, der Kofferraum bereits geöffnet.

»Hast du ein Zelt dabei?« fragte Simonetti, nachdem er ihre Tasche in den Wagen gehievt hatte.

»Schmuggelware.«

Sie machte die Bekanntschaft Leda Simonettis, die, die Beine angezogen, auf dem Rücksitz lag. Das Mädchen gähnte, beklagte sich über das frühe Aufstehen und berichtete, wie sehr sich ihr Vater beeilt habe, um auf die Minute pünktlich zu sein – er habe ihr noch nicht einmal Zeit zum Zähneputzen gelassen. Sie berichtete arglos und doch nicht ganz arglos. Simonetti wurde zunehmend verlegener und langte im Fahren mit gestrecktem Arm nach der Verräterin.

»Vielleicht hat Pittakos es nicht gern, wenn man ihn warten läßt«, warf Hanna Piccard ein.

»Hat er auch nicht«, bestätigte Leda. »Wenn man sich verspätet, segelt er einfach weg. Ist uns auch schon mal passiert.«

Danach sagte keiner mehr was: Zum Reden war es noch zu früh.

Pittakos' Jacht lag im Hafen von Civitavecchia: ein Zweimaster mit einem ansprechend gewölbten Achtersteven, lang und schlank, lange vor dem Krieg gebaut. Sie stiegen in ein auf sie wartendes Boot. Ein Junge ruderte sie zur Jacht. Im Hafen war das Wasser glatt; das Rauschen des Meeres war bereits hörbar. Hanna Piccard hatte die Hände in ihre Jackenärmel geschoben und hing weiter ihren Träumen nach: eine Verschwörung, eine Entführung, eine Flucht, ja, Hals über Kopf mußten sie das Land verlassen und ins Exil gehen. Und wirklich: kaum waren sie an Bord, als das Schiff, das bis zu diesem Moment einen verlassenen Eindruck gemacht hatte, zum Leben erwachte. Dunkle Gestalten tauchten auf, gedämpfte Stimmen ertönten, ein schwerer Dieselmotor wurde angeworfen und ließ das Deck erzittern, Männer eilten zum Vordeck, kleine Wellen klatschten bösartig gegen den Rumpf, und wenig später wurde der Anker gelichtet.

Die Exilanten begaben sich in den vorderen Wohnraum des Schiffes. Simonetti schlüpfte blödsinnig grinsend in sein Ölzeug, während sich Hanna Piccard das Gesicht eincremte, da ein rauher Wind wehte. Simonetti verschwand ohne ein Wort, ja, ohne ihr auch nur einen Blick zuzuwerfen. Leda war schon in ihre Koje gekrochen, um weiterzuschlafen. Flüchtig nahm Hanna den Raum, in dem sie zwei Tage verbringen sollten, in Augenschein. In der Luft hing der Geruch feuchter Jutesäcke. Dieser Geruch gefiel ihr. Mit einem kräftigen Ruck zog sie den Reißverschluß ihrer Fliegerjacke zu, schlüpfte in ihre Handschuhe, gab ihrer überquellenden Tasche ein paar Knüffe, fühlte sich aber dennoch nicht sehr seetüchtig. In der Kajüte fand sie zwei Frauen in ihrem Alter vor, die beide auf einer Bank lang ausgestreckt dalagen. Sie stellte sich vor und eilte dann nach oben, um das Hissen der Segel nicht zu verpassen.

Sie hatten die Lichter im Hafen von Civitavecchia schon weit hinter sich gelassen, das Meer lag schwarz unter ihnen, hier und da glitzerte die Gischt. Der Bug des Schiffes hob und senkte sich, mühsam, schwer, und fuhr ab und zu so hart auf eine Welle auf, daß die Spanten knarrten. Sie zählte sechs Männer. Was der Rudergänger tat, war ihr klar, auf die Handlungen der übrigen Besatzungsmitglieder aber konnte sie sich vorerst keinen Reim machen. Einer hing an einer Leine, ein anderer kniete auf dem Vordeck, ein dritter musterte aufmerksam den Mastfuß, ein vierter lag flach auf dem Bauch im Gang. Dann und wann ertönten Schreie, Flüche und Gelächter. Das gefiel ihr. Hißt die Segel, rief sie in Gedanken, hißt die Segel! Das Meer zischte.

Der große Mast flößte ihr Vertrauen ein; direkt daneben stand eine kleine Bank. Hanna Piccard hielt sich am Drahtseil der Reling fest, doch noch bevor sie einen Schritt in Richtung Mastbaum machen konnte, hörte sie eine donnernde Stimme.

»Blondschopf! Wo willst du hin? Komm her!«

Erschrocken drehte sie sich um und sah einen Mann in einer lässig offenstehenden Öljacke, ohne Zweifel Pittakos. Er winkte ihr. Sie beschloß, ihm zu gehorchen, und ihr wurde ein Platz hinter dem Rudergänger, hinter dem zweiten Mastbaum, zugewiesen. Nun wurde ihr erst die Gefahr bewußt. Rings um den Achtersteven erhoben sich graue Wellen, deren Kronen schäumten; ein gemeines Grinsen, und dann waren sie in der Dunkelheit verschwunden. Manchmal meinte sie, den Schwanz eines riesigen Fisches zu erkennen, ein achtloser Schlag, er tauchte unter. Ihr Blick heftete sich fest auf das erleuchtete Kompaßhaus.

»Blondschopf! Paß auf, dein Kopf. Leg dich hin! Nicht dort. Da, ja!«

Sie schmiegte sich an den Rumpf des kieloben liegenden Beiboots, ohne es wiederzuerkennen, und nahm an, daß ihr jetzt nichts mehr passieren könne. War Andrea noch an Bord? Sie schlug die Arme übereinander und wartete. Langsam klarte der Himmel auf, doch die Segel waren immer noch nicht gehißt – die neuen Segel, die revolutionären Segel, die Pittakos letzten Winter hatte anfertigen lassen.

Es dauerte noch eine Stunde. Die Werkzeugkiste wurde von vorn nach hinten geschleppt und von hinten nach vorn. Dreimal wurde ein Junge, auf einem Brett kauernd, an dem großen Mastbaum hochgezogen, um etwas zu lösen, was sich verfangen hatte, oder etwas festzumachen, was sich gelöst hatte. Was für ein Pfusch, rief sie in Gedanken. Ihr Stümper und Schlafmützen! Packt endlich richtig zu! Ich will die Segel sehen! Hoch damit, verdammt noch mal, hoch mit den Dingern! Die Sonne geht schon auf! Mit der Schuhspitze schob Hanna Piccard die Sonne in die Höhe. Diese stand bereits zwei Handbreit über dem Horizont, einer unbestimmten Küstenlinie, als das kolossale Großsegel endlich ruckartig am Mastbaum nach oben glitt und sich im fahlen Himmel entfaltete; gleichzeitig wurden zwei Focks gehißt. Die Segel flatterten, die Schoten knallten, und ein paar Minuten danach war es mit einemmal still an Bord. Die Jacht schoß über die schwarzblaue Wasseroberfläche und lag nun stabil auf den Wellen.

»Wohin fahren wir eigentlich?« fragte sie.

»Nirgendwohin.«

Simonetti saß, die Haare zerzaust, neben ihr und starrte unablässig auf die aufblinkenden Segel.

»Steuern wir denn nicht irgendeinen Hafen an?«

»Wir halten Kurs auf einen Felsblock. Wenn alles klappt, umrunden wir ihn so gegen Mitternacht.«

Ruckartig erhob er sich halb und ließ sich wieder zurückfallen: Offenbar hatte bereits jemand anders bemerkt, was getan werden mußte. Erneut behielt er die Takelage durch zusammengekniffene Lider hindurch im Auge.

»Und wann wißt ihr, ob die Segel in Ordnung sind?«

»Nach ein paar Fahrten.«

»Ist das nicht schwierig, alle Arbeiten, alle Reparaturen, auf hoher See und im Halbdunkel machen zu müssen?«

»Das geht nicht anders.«

»Kannst du mir nicht weismachen.«

Simonetti lachte kurz auf und schwieg. Sie hielt die Luft an, da das Heck in einem Wellental verschwand, tiefer und tiefer; unterdessen türmte sich vor ihnen eine Welle auf, deren schäumende Krone schnell näherkam. Sie atmete erst aus, als dieses Ungetüm unter dem Schiff durch war.

»Kannst du mir nicht weismachen«, wiederholte sie neckend. Simonetti lachte und schwieg. »Aber ich verstehe es trotzdem. Ihr habt weggewollt. Erst mal segeln. Der Rest kommt später.«

»Sollte es so gewesen sein? Da kommt das Essen. Willst du was?«

Die beiden Frauen hatten offenbar ihre Pflicht getan. Sie wollte nichts essen. Simonetti kam mit einem vollen Teller und zwei Löffeln zurück. Ab und zu hielt er ihr den Teller hin, und sie nahm eine Kleinigkeit. Drei Tage danach dachte sie in wahrer Verzückung an solche Details zurück. Daß er ihr den Teller so hinhielt, daß sie dann eine Kleinigkeit nahm, dampfend heiß, und daß er kaum die Zeit fand, auf den Teller zu blicken, geschweige denn sie anzusehen. Wenn sie sich an diese Momente erinnerte, sah sie auch Pittakos' Gestalt: stehend, die Hände unter der Öljacke auf dem Rücken. Und sie konnte sich genau in Erinnerung rufen, wo die anderen gesessen hatten, jeder auf seinem Platz, essend, trinkend, schweigend, ausruhend.

»Du bist zu derselben Wache eingeteilt wie ich«, sagte Simonetti nach dem Essen.

»So. Was muß ich tun?«

»Heute nacht um vier aufstehen.«

»Das wäre dann das zweite Mal. In Ordnung.«

»War nur ein Witz«, rief Simonetti und rollte lachend auf die Seite. »Du bist vielleicht naiv.«

»Ich tu's.«

»Es war nur ein Witz.«

»Ich tu's trotzdem.«

»Also gut.«

Simonetti gab ihr einen Schubs, der nach der schweren Schufterei der letzten Stunden ziemlich hart ausfiel: Sie kippte um und blieb kurz liegen. Willst du was, dachte sie, noch so ein Schubs, und ich schlag' zurück, und dann rollen wir kämpfend gegen die Reling. Als sie sich aufgerichtet hatte, sah sie Leda Simonetti zum erstenmal bei Tageslicht. Sie stand auf der Treppe, die die Kajüte mit dem Deck verband, windgeschützt, doch hoch genug, um über das Meer blicken zu können. Sie trug eine zartrote Segeljacke und hatte die langen schwarzen Haare hochgesteckt. Ihre Augen waren außergewöhnlich groß. Pittakos verbeugte sich vor ihr, und sie neigte verlegen den Kopf in Richtung des Skippers. Danach hob sie langsam die Arme und streckte sich.

»Was macht sie denn jetzt, was zerreißt sie denn da?« fragte Hanna Piccard kurz danach. Leda war zur Leeseite des Schiffes gegangen, zerriß einige beschriebene Blätter und warf die Papier-fetzen in das vorbeischießende Wasser.

»Das sind meine tiefschürfenden Gedanken«, antwortete Simonetti. »Von Zeit zu Zeit zerreißt sie meine tiefschürfenden Gedanken und wirft sie ins Meer.«

»Ich glaube dir nicht, jetzt bindest du mir echt einen Bären auf.«

»Und doch ist es so.«

»Glaub' ich dir nicht.«

»Frag sie doch.«

»Das trau' ich mich nicht.«

Nach einem Rundgang über das Schiff setzte sich Leda zu ihnen, besser gesagt, zu ihrem Vater. Hanna Piccard wurde mit einemmal sehr verlegen.

Auch den Rest des Tages verbrachte sie größtenteils dort, wo Pittakos sie hingeschickt hatte: am Beiboot. Die Sonne brannte ihr ins Gesicht, sie schmeckte das Salz auf ihren Lippen, seufzte und schlief ein, wurde wieder wach, warf einen Blick auf das da-hinschießende Schiff, die Linien und Flächen der Takelage, das unermeßliche und in der grellen Sonne gleißende Tyrrhenische Meer, seufzte und lauschte mit geschlossenen Augen dem Zischen der Gischt. Pittakos ließ sich nicht davon abbringen, sie Blond-schopf zu nennen, auch nachdem sie ihm ihren Namen mitgeteilt hatte. Sie fand ihn recht nett, vor allem, wenn er mit seiner Don-nerstimme etwas sagte. Einmal beobachtete sie, wie Pittakos ungeduldig zum Vordeck rannte und ein Mitglied der Crew mit der Schulter zur Seite stieß, um selbst zu erledigen, was seiner Meinung nach zu langsam getan wurde. Den beiden Frauen ging sie aus dem Weg. Die Männer kümmerten sich kaum um sie, so vertieft waren sie in das eine große Prachtweib, doch das machte ihr überhaupt nichts aus. Mit den Augen folgte sie geduldig Simonettis zeigendem Finger und vergaß alle Namen. Den ganzen Tag lang entschlüpften ihr tiefe Seufzer, und gegen Sonnenuntergang war jeder Anflug von Spannung, Verwirrung, Unruhe, Kummer und Angst verschwunden. Die Natur schien sie wieder in ihren Schoß aufgenommen zu haben. Sie war sanft gestimmt und erinnerte sich wieder an das Gefühl der Freiheit, an die Leichtigkeit, mit der sie – vor langer Zeit – den Tag in Angriff genommen hatte.

Schwer und wohlig lag sie an diesem Abend in ihrer Koje und lauschte den Wellen, die ganz nahe an ihrem Kopf vorbeirauschten. Leda war in die unterste Koje an der gegenüberliegenden Seite des Wohnraums gekrochen und eingeschlafen. Nachdem sie eine dreiviertel Stunde gewartet hatte, erschien Simonetti, ein Stück Brot zwischen den Zähnen. Er rief dem wachhabenden Maat noch etwas zu und schloß die Tür in dem wasserdichten Schott. Das elektrische Licht wurde ausgeschaltet, eine brennende Öllampe hing senkrecht an der Decke des schräg abfallenden Wohnraums.

Die Möglichkeiten, sich jetzt nicht nur mit Blicken und im Herzen, sondern auch mit Händen und Lippen zu liebkosen, waren beschränkt, das war ihr klar; doch irgend etwas müßte sich doch machen lassen. Die Anwesenheit des schlummernden Mädchens erhöhte ihre Erregung. Simonetti kaute.

»Du warst nicht seekrank, Hanna. Oder irre ich mich?«

»Ein wenig. Und du?«

»Halb und halb.«

Simonetti fing an, sich auszuziehen. Sie war eifersüchtig auf das Licht der Öllampe, das achtlos über seine Schultern, seinen Oberkörper, seinen Rücken und seine Schenkel glitt, und sie fühlte all seine Bewegungen in ihrem Körper, als beantwortete er eine Frage. Simonetti war aufgeblüht, er wirkte nicht mehr so zerbrechlich, und in seinem Erscheinungsbild überwog nun das Körperliche. Seine Finger waren geschwollen. Er streckte sich und schien sich überhaupt nicht mehr um den illusorischen Charakter seines Egos zu kümmern, ein Thema, über das er sich schon mal mit ihr in Kurhajec' Schuppen unterhalten hatte.

»Heute abend hast du gut gegessen«, stellte er zufrieden fest. »Das war das erste Mal, daß ich dich gut habe essen sehen.«

»Schlingen.«

Darauf mußten sie ein Glas trinken. Es gab nichts mehr zu sagen. Sie gähnten und tranken noch ein Glas. Hanna Piccard bekam weiche Knie. Es war deutlich, daß auch Simonetti zögerte und abwartete. Los, du Seeheld, dachte sie. Du bist hier der Mann, tu was.

»Es riecht hier nach feuchter Jute«, bemerkte sie.

»Nach Jute?«

»Ja, nach Herbst, nach Winter, nach schlammigen Wegen, nach süßen Kochbirnen und einem warmen Alkoven, so riecht es hier.«

»Vier Uhr. Willst du immer noch?«

Sie schwieg. Simonetti zog sich hoch in die Koje über der seiner Tochter. Als er nach der Öllampe langte, um sie auszublasen, sich streckte, als wolle er sie noch einmal mit dem Anblick seines Torsos quälen, bildete sie sich ein, daß die Flamme seitwärts flackerte und in seine Nasenlöcher schlug.

Gegen vier Uhr nachts wurde sie aus einem unruhigen Schlaf geweckt. Ölzeug lag für sie bereit. Als sie an Deck kam, erschrak sie über das Dröhnen des Meeres und blickte sofort zu den Sternen hinauf – es waren keine Sterne zu sehen, es war stockdunkel. Der Wind hatte sich zu einem Sturm entwickelt und nahm weiter an Stärke zu: Man mußte schreien, um sich verständlich zu machen. Nachdem sie die Schwimmweste, die ihr in die Hände gedrückt worden war, umgelegt hatte, kletterte sie das Heck hinauf, das Schieflage hatte, ging an der Reling in die Hocke und klammerte sich an ein Drahtseil, fest entschlossen, sich von einer vollkommen sinnlosen Prüfung nicht unterkriegen zu lassen. Als sich ihre Augen an die Dunkelheit gewöhnt hatten, konnte sie Vor- und

Achterschiff und die Positionslampen erkennen, aber nicht viel mehr als das. Simonetti saß am Ruder, vornübergebeugt, den Blick fest auf das erleuchtete Kompaßhaus und den Bug des schwer kämpfenden Schiffes gerichtet. Hinter ihm stand der Junge, der sie in Civitavecchia an Bord gebracht hatte.

Nach einer Stunde war ihr kalt bis auf die Knochen. Unaufhörlich tickten die Spritzer der über die Reling schlagenden Wellen auf ihr Ölzeug. Wie gut sie sich auch eingepackt hatte, die eiskalten Tropfen fanden ihren Weg ins Innere, und langsam, aber sicher wurde ihre Kleidung triefend naß. Außerdem ließ ganz allmählich ihr Zeitgefühl nach: Das ständige Schaukeln des Schiffes, das Rauschen der Wellen und das Toben des Windes hatten eine abstumpfende Wirkung. Als sie den Jungen von seinem Weg zum Vordeck zurückkehren sah – er ließ sich im Windschutz der Kajüte hinfallen –, wurde ihr mit einem Schock klar, daß sie ihn, nachdem er sich auf den Weg gemacht hatte, vollkommen vergessen hatte: Sie hätte ihn nicht vermißt, wenn er über Bord gegangen wäre.

Stundenlang blieb Hanna Piccard an derselben Stelle sitzen. Warum bewegte sie sich nicht? Warum versuchte sie nicht wie Simonetti und der Junge, sich mit schlagenden Bewegungen ihrer Arme zu wärmen? Warum stampfte sie nicht mit den Füßen, warum sang sie nicht, warum brüllte sie nicht gegen den Wind an so wie die beiden? Warum zog sie sich nicht einfach in ihre warme Koje zurück? Wiederholt unternahm Simonetti den Versuch, ihre Hände von der Reling zu lösen, jedesmal stieß sie ihn weg.

Zuletzt konnte sie sich nicht mehr vorstellen, daß diese Nacht jemals ein Ende nehmen würde. Wörter, die im täglichen Leben kaum einmal zutreffen, kamen ihr hier angebracht vor: Sie dürstete, sie lechzte nach dem Tageslicht. Quälend langsam verblaßte der Himmel, quälend langsam gewannen die Wellen an Farbe, und als die Sonne dann doch noch auftauchte, löste sie ihre Hände vom Drahtseil und hob beide Arme in die Höhe, um sie zu begrüßen.

Wenig später erschien Pittakos an Deck; seine Öljacke stand offen.

»So, Blondschopf. Was für eine reizende Pose!«

Es entging ihr nicht, daß Simonetti sich wegdrehte, als Pittakos ihre völlig durchfrorenen Hände nahm, sie sich erst gegen die Wangen drückte und anschließend in seine Achselhöhlen schob.

»Wann machst du dir endlich die Jacke zu?« rief sie, ihn abwehrend. Augenblicklich zog Pittakos sie zu sich in die Jacke, ganz und gar, und schlug diese danach über ihr zusammen.

Am Sonntag nachmittag kam die Küste wieder in den Bereich der Ferngläser, und es war bezeichnend für die Stimmung an Bord, daß dieser Bericht innerhalb weniger Minuten von Mund zu Mund gegangen war. Wer seekrank geworden war, faßte neuen Mut. Das Meer hatte den ganzen Tag über einen furchterregenden Anblick geboten. Es wunderte und bedrückte Hanna Piccard, daß sie die Sonne bei stürmischem Wetter wieder ganz unschuldig von einem strahlend blauen Himmel herunterscheinen sah. Sie hatte vorbeijagende Wolken, dahineilende Schatten und stechende Lichtkegel erwartet. Das Schiff hatte sich gut gehalten. Pittakos' und Simonettis Augen glänzten ständig in stiller Erregung: Je schwieriger das Segeln wurde, desto mehr Freude schien es ihnen zu bereiten.

Einmal – das Schiff war mit knapper Not einem riesigen Brecher entgangen – schlug diese stille und unterdrückte Erregung um in Übermut: Die Wellen wurden mit Holzscheiten unter Beschuß genommen. Gegen vier tauchten doch noch die dunklen Wolken am Himmel auf, das Barometer fiel, der Wind nahm wieder an Stärke zu, und es wurde beschlossen, einige Segel einzuholen.

Simonetti, der Junge und ein dritter Mann arbeiteten sich zum Vordeck vor, wobei sie sich stets mit einer Hand an der Reling und an allem anderen, das einigermaßen Halt bot, festhielten. Pittakos übernahm das Ruder und schwieg. Während der Junge am Mastfuß niederkniete, um den Fockfall zu lösen, ließen sich die beiden Männer am Vordeck nach unten gleiten, um das Segel einzuholen, sobald es fiel. Nachdem der Junge Pittakos ein Zeichen gegeben hatte, ließ dieser die Jacht ein wenig luven, um den Druck auf die Segel zu verringern. Jetzt mußte schnell gehandelt werden.

»Schot lockern!«

Die Schot wurde gelockert, das Segel knatterte ohrenbetäubend, fiel aber nicht.

»Runter damit«, brüllte Pittakos. »Runter damit!«

Der gelöste Fockfall hatte sich irgendwo verklemmt, und obwohl sich der Junge mit seinem ganzen Gewicht daranhängte, konnte er ihn nicht wieder freikriegen. Während Simonetti hinaufkletterte, um ihm zu helfen, balancierte die Jacht auf dem Gipfelpunkt einer Welle, glitt in schneller Fahrt nach unten und richtete sich wieder auf, hatte aber Fahrt verloren, zuviel Fahrt, und mitten in der Aufwärtsbewegung schob sie sich in eine blaugrüne Wassermasse. Simonetti verschwand unter Wasser. Im selben Augenblick fiel das Segel.

Einige Sekunden lang bewegte sich niemand mehr. Hanna Piccard hatte Leda zu sich herangezogen. Der Junge hatte sich am Mast festgeklammert, der zweite Mann, der die Gefahr rechtzeitig erkannt hatte, hatte sich zu der weißen und sommerlich aussehenden Bank hinübergeflüchtet. Wasser spritzte durch die Gänge. Langsam, mühselig richtete sich der Bug wieder auf. Simonetti war noch an Bord. Er lag an der Reling, in den Falten des Segels, und lachte, sein Gesicht war in einem unhörbaren, ekstatischen Lachen erstarrt. Plötzlich – wie auf das Zeichen einer aufspringenden Feder – bewegten sich alle wieder.

»Arschloch«, brüllte Pittakos mit seiner Donnerstimme, während er die Schot fierte. »Du Arschloch! Steh auf!«

Das Vorschiff wurde emporgehoben, zur Seite geschleudert. Simonetti lachte und streckte einen Arm in die Höhe.

»Du Teufel! Was lachst du denn so? Steh auf, oder ich brech' dir sämtliche Knochen!«

Die Jacht schien kurz zu schweben, fiel und knarrte laut. In der Kajüte ertönten Schimpfworte, überall waren nun Schimpfworte zu hören. Pittakos schickte einen vierten Mann nach vorn. Die Arbeiten wurden wiederaufgenommen, und eine Viertelstunde später war das Focksegel durch ein kleineres ersetzt worden. Simonetti kam nach hinten, hinkend, mit blutigen Händen.

»Dein Fehler, Skipper.«

»Du machst das doch absichtlich! Du Arschloch, das ist schon das zweite Mal!«

»Dein Fehler, Skipper«, wiederholte Simonetti, wutschnaubend, und er rief es noch fünfmal. »Du willst mich wohl über Bord schleudern. Du steuerst doch das Schiff in eine Welle hinein.«

»Ich bin doch nicht der Allmächtige!«

»Du hast es reingesteuert.«

»Arschloch, dich nehm' ich nicht mehr mit! Du kommst mir nicht mehr an Bord.«

»Du hast nicht richtig aufgepaßt«, schrie Hanna Piccard Pittakos an.

»Halt's Maul, Blondschopf.«

Simonetti schloß sich im Wohnraum ein. Hanna Piccard und Leda gingen ihm nach und warteten vor der Tür, bis er sich beruhigt hatte.

»Er ist still«, sagte Hanna Piccard.

»Seine Wut hält nie länger als ein paar Minuten an«, erklärte Leda.

»Dann laß uns reingehen.«

»Warte noch ein wenig.« Leda zitterte. Mit den Händen hielt sie noch immer krampfartig ein Buch umklammert. Als sie Simonettis Füße an einem Bullauge vorbei in Richtung Vordeck hatte gehen sehen, war sie mit dem Buch in der Hand nach oben geeilt.

»Was liest du da, Leda?«

Schweigend hielt das Mädchen ihre Lektüre in die Höhe und zeigte ihr den Umschlag.

»Ein Kinderbuch.«

»Kinderbücher mag ich am liebsten.«

Leda suchte am Kartentisch nach Halt. Hanna Piccard bückte sich, um die Seekarten aufzuheben, die auf dem nassen Boden lagen, und warf Leda beim Bücken einen kurzen Blick zu, wobei sie sich fragte, inwieweit sich diese ihrer Schönheit bewußt war.

»So. Jetzt können wir wohl reingehen.«

»Noch einen kurzen Moment.«

»Ich gehe schon mal rein.«

Hanna Piccard machte einen Schritt in Richtung der Tür im wasserdichten Schott, doch Leda war schneller und versperrte ihr den Weg.

»Was ist los?«

»Du kriegst ihn doch nicht«, sagte Leda leise. »Was du auch tust, du kriegst ihn doch nicht.«

Ihre großen Augen flackerten zornig, einige Augenblicke später wurden sie feucht, und danach lächelte sie, verwirrt, hilflos, vollkommen entwaffnend.

Sobald sie den Wohnraum betreten hatten, richtete Simonetti sich in seiner Koje auf und fing wieder an zu schimpfen. Es schien, als würde ihm jetzt erst klar, wie erschrocken er war. Die Frauen schwiegen, lachten und versorgten den verwundeten Krieger. Beim Fallen hatte sich Simonetti den rechten Knöchel verstaucht: Er mußte den rechten Fuß sofort in einen Eimer kaltes Wasser stellen, um ein weiteres Anschwellen der Muskeln zu verhindern. Das Meer hatte ihn gegen die Reling geschleudert, etwas Scharfes war ihm durch zwei Hosen hindurch ins Knie gedrungen: Hanna verband ihm das Knie und anschließend auch die blutenden Finger.

»Dieser verdammte Pittakos«, schnaubte Simonetti. »Dieser verdammte Pfuscher. Hat es noch nicht einmal nötig, mal nach mir zu sehen.«

»Er hat keine Zeit. Bleib ruhig sitzen.«

»Dann hätte er einen Gesandten schicken sollen«, rief Simonetti lauthals.

»Das sind wir. Bleib ruhig sitzen.«

Mit einem ihrer eigenen Handtücher trocknete Hanna Piccard ihm den rechten Fuß ab. Schon seit Jahren waren Simonettis Zehen nicht mehr mit so viel Liebe gemustert worden. Er atmete scharf ein.

»Er stellt sich an«, erklärte Leda, die sich unterdessen in ihre Koje zurückgezogen hatte. »Mein Gott, stellt dieser Mann sich vielleicht an.«

In Hanna Piccards überquellender Tasche befand sich, wie sich zeigte, sogar ein Streckverband.

»Du hast wirklich an alles gedacht«, stellte Simonetti fest.

»Bleib ruhig sitzen.«

Sie wickelte ihm den Streckverband um den geschwollenen Knöchel, wobei sie ihn ab und zu fest anzog, um Simonetti scharf einatmen zu hören; Lage um Lage wickelte sie den Verband ab, der immer kürzer wurde, und dann befestigte sie ihn.

Düster und in sich gekehrt starrte Giordano Bruno über die Marktbuden auf dem Campo de' Fiori. Er stand auf einem Sockel, das Gesicht im Schatten seiner Mönchskutte verborgen, und starrte über den Platz, auf dem er im Jahre 1600 den Scheiterhaufen hatte besteigen müssen. Das Standbild des Philosophen wurde an diesem Samstag morgen von einem Mann mit einem verstauchten Knöchel und wenig später von einer Frau mit einem steifen Hals gegrüßt.

Die Frau schlenderte ziellos über den Markt, um einem Mann über den Weg zu laufen, von dem sie wußte, daß er jeden Samstagmorgen hier einkaufen ging. Und doch machte sie nicht den Eindruck, jemandem begegnen zu wollen: Den Blick gesenkt, in sich gekehrt, schlenderte sie an den Buden, an der Überfülle von Obst und Gemüse vorbei, das in der Sonne leuchtete. Das Stimmengewirr, das Klacken der Gewichte auf einer Waage, die keifenden Marktfrauen hörte sie kaum. Die Geschwindigkeit, mit der sie ging, wurde von der schiebenden und drängenden Menge bestimmt. Als Alibi trug sie eine Plastiktragetasche, aus der ein paar Salatköpfe hervorquollen.

Als Hanna Piccard zum fünftenmal bei dem Schwertfisch angekommen war und feststellte, daß nur noch sein Kopf übriggeblieben war, hatte sie ihren Auftrag ausgeführt: Sie hatte so lange bleiben müssen, bis das ganze Fleisch des Schwertfischs verkauft war. Erleichtert und erhobenen Hauptes, als drohe jetzt auf einmal keine Gefahr mehr, begab sie sich zur Piazza Farnese, um zu den geschlossenen Fensterläden seiner Wohnung hinüberzuspähen.

An diesem Morgen gab es einen Zusammenhang zwischen einer Begegnung und der Geschwindigkeit, mit der ein Schwertfisch zerlegt und verkauft wurde. In der Querstraße, die die beiden Plätze miteinander verbindet, gingen Simonetti und seine Tochter, beladen mit Einkaufstaschen, ein Stück vor ihr. Sie hatte das Gefühl, als habe ihr jemand mit der Handkante in die Kniekehlen geschlagen, und blieb stehen. Bevor sie wieder einen klaren Gedanken fassen konnte, war eine Begegnung unvermeidlich geworden: Leda drehte den Kopf, als hätte sie ihre Nähe gefühlt.

»Was macht dein Knöchel?« fragte sie Simonetti kurz danach.

»Mein Knöchel?«

»Ich habe mir bei unserer Fahrt auf hoher See einen steifen Hals eingehandelt«, fuhr sie fort und berührte mit der Hand das rote Tuch um ihren Hals. »Ich kann den Kopf kaum noch drehen.« Langsam drehte sie Kopf und Oberkörper, um ihnen zu zeigen, wie sie sich letzte Woche bewegen mußte. Sie war stolz auf ihre Verletzung.

»Es macht einen sehr würdevollen Eindruck«, sagte Simonetti verlegen. »Jetzt bist du eine richtige Dame geworden.«

»Eine Dame. Wie wär's, wenn euch die Dame beim Tragen hilft?«

Ihr wurde eine Einkaufstasche überreicht. Sie trug sie schweigend über die Piazza Farnese, hielt sie hartnäckig fest, als sie das Haus erreicht hatten, und stieg kurz danach zum erstenmal die vierundsechzig Stufen hinauf.

Der Schwertfisch in der Diele fiel ihr anfangs nicht auf. Ihre ganze Aufmerksamkeit richtete sich auf den Geruch in der Wohnung, der sie an den des Pullovers auf Pittakos' Jacht erinnerte, in dem sie in einem unbedachten Augenblick ihr Gesicht vergraben hatte. Auch in der Küche fühlte sich Hanna Piccard als erstes von einem Geruch tief berührt: von dem leicht süßlichen, kühlen und reinen Geruch eines großen Ginsterstraußes, der in einem gläsernen Krug auf dem Küchentisch stand.

»Ginster. Aber es ist doch viel zu früh für Ginster.«

»Und doch ist es Ginster.«

»Aber es ist doch viel zu früh im Jahr, es ist unmöglich, um diese Zeit irgendwo Ginster zu finden«, rief sie. Der Anblick der Blütenzweige zu dieser Jahreszeit bestürzte sie. Die früh ausschlagenden Zweige gaben ihr das Gefühl, selbst übereilt gehandelt zu haben, als sie Simonetti in die Wohnung gefolgt war.

»Woher hast du diese Zweige?«

»Gekriegt«, antwortete Simonetti errötend.

Hanna Piccard senkte, von plötzlich aufwallender Eifersucht erfaßt, den Kopf, und da sie sich noch nicht an ihn klammern konnte, um ihre Eifersucht einzudämmen, war es einem Holzknauf vergönnt, von ihrer Hand umfaßt zu werden. Es war der Knauf einer Schublade des Küchentischs. Auf der anderen Tischseite entdeckte sie eine weitere Schublade. Alle Schönheit Roms löste sich in diesem Moment in nichts auf: ein Ginsterstrauß auf einem naturbelassenen, lackierten Küchentisch, ein errötender Mann und zwei Schubladen, die sie noch nicht aufziehen durfte. Und kurz danach löste sich auch jede Kunst in nichts auf, denn Simonetti fühlte sich genötigt, ihr den Rücken zuzukehren, einen Eimer zu ergreifen und drei schmutzige Hemden einzuweichen. Während er mit der Hand im Wasser herumwühlte, umklammerte Hanna Piccard den Knauf der Schublade, denn sie durfte sich, wie sie fand, noch nicht an diesen verlegenen Körper drücken, das stand ihr noch nicht zu, auch wenn sie schwächer wurde, kurzatmig, und noch schwächer.

»Mußt du nicht die Taschen auspacken, Andrea?«

»Ja«, antwortete Simonetti, verschämt, mit heiserer Stimme.

Und somit löste sich, nachdem er sich auf so unnachahmliche Weise geäußert hatte, auch die Sprache in nichts auf. Sie vermied es, einen Blick auf den entblößten Unterarm zu werfen, mit dem er die Hemden in dem dampfenden Wasser bearbeitete, holte Luft und wurde sich bewußt, daß sie Leda seit dem Öffnen der Wohnungstür nicht mehr gesehen hatte. Simonetti drehte sich um.

»Ich gehe schon mal ins Wohnzimmer«, sagte sie prompt und zog ab, weil sie vermeiden wollte, vor dem geöffneten Kühlschrank in die Hocke zu gehen, um Gemüse und Fleisch für ihn einzuräumen. Als sie in der Diele, gute vier Meter über den Marmorfliesen, einen präparierten und verstaubten Schwertfisch schweben sah, erschrak sie, brach dann aber in Lachen aus. Ein Schwertfisch, ist das denn die Möglichkeit? Ein Schwertfisch, das paßt doch nicht zu dir, süßer kleiner Junge. Von wem hast du das denn gekriegt? Von Kurhajec?

»Schön, dieser Delphin«, rief sie in Richtung Küche.

»Schau genau hin.«

»Wunderschön, dieser Delphin.«

»Ich mag ausgestopfte Tiere nicht.«

»Warum hast du dann dieses?«

Auf der Toilette wurde daraufhin zum erstenmal seit langer Zeit wieder gebetet. Zuerst möchte ich mich entschuldigen, so sprach Hanna Piccard in Gedanken, zuerst möchte ich mich entschuldigen für mein langes Schweigen. Meines Herzens Herz. Dein Name ist Liebe. Steh mir bei. Weiter weiß ich nichts zu sagen, denn es gibt so viel zu sagen. In dieser Woche habe ich eine Entdeckung gemacht. Ich erinnerte mich daran, wie dein Sohn, irgendwann einmal, vor langer Zeit, fünf Brote brach und zwei Fische teilte, um eine Menge zu füttern, Verzeihung, zu speisen. Stimmt das? So war es doch: Er brach fünf Brote und teilte zwei Fische, um eine tausendköpfige Menge, Frauen und Kinder nicht mitgezählt, zu füttern; ein Korb nach dem anderen wurde voll, er brach und brach die Brote und teilte die Fische ohne Ende. Es gab genug zu essen. Es war sogar noch übrig. Damals glaubte ich plötzlich, verstanden zu haben, was dein Sohn den anderen zeigen wollte: daß Liebe unendlich teilbar ist. Habe ich das richtig verstanden? Er brach und brach die Brote und teilte die Fische und zeigte uns, daß die Liebe unendlich teilbar ist. Übrigens hat ein Deutscher später denselben Gedanken in Worte gefaßt, als er schrieb: Liebe ist das einzige, das wächst, indem wir es verschwenden. Doch das wollte ich eigentlich nicht erzählen. Ich habe einen steifen Hals. Danke. Ich meine es ernst. Da ist sie wieder: diese überwältigende und unbestimmte Dankbarkeit, die ich spürte, bisweilen spürte, als ich noch ein Kind war. Immerhin bin ich schon mal bei ihm zu Hause. Vielen Dank auch für den Morgen, der mit dem Gruß an Giordano Bruno begann. Danach ging ich über den Markt. Silberne Fische in zerstoßenem Eis sah ich dort. Den üppigen Busen einer Marktfrau und Salatköpfe. Eine Frömmlerin, das bin ich. Aber das ist doch schon was: so in die Fänge der Liebe zu geraten. Junge, Junge. Himmel noch mal. Was für eine Woche. Ich bin dem Ersticken nah. Steh mir auch in den nächsten Stunden bei; ich kann nämlich so widerspenstig werden, wenn ich überlaufe. Hat Leda nicht eine Freundin in den Außenbezirken? O ja, und erlöse uns von der Höflichkeit, die ich so sehr schätze, laß uns stottern. Dein Name ist Liebe. Jetzt betrete ich sein Zimmer.

Bereits auf der Türschwelle wurde ihr Schwung gebremst. Am mittleren der drei Fenster, vor dem Hintergrund des imposanten Giebels des Palazzo Farnese, stand ein älterer Herr. Seine Lider schossen in die Höhe, als er sie bemerkte, um anschließend effektvoll über große und wäßrige Augäpfel nach unten zu gleiten. Hanna Piccard fühlte sich ertappt und stellte sich die Frage, warum Simonetti ihr nicht gesagt hatte, daß sich ein zweiter Gast in der Wohnung aufhielt. Nach einer Schrecksekunde trat sie ihm höflich entgegen – sie war schließlich die Jüngere – und überließ es ihm, eine Hand auszustrecken – er war schließlich der Ältere. Graziös hielt er ihr die Hand hin, eine Hand voll violetter Adern und Altersflecken.

»Zuccarelli.«

»Piccard.«

Der Mann war genauso groß wie sie, aber von hagerer Gestalt. Er trug das nahezu weiße Haar gescheitelt, und eine lange Stirnlocke drohte sich über sein rechtes Auge zu legen. Das weiße Haar kontrastierte mit der braunen Haut seines Gesichts. Als er den Arm hob, konnte sie seinen Maßanzug riechen, und dieser Geruch gefiel ihr nicht im geringsten.

»Schau mal.«

Freundlich zeigte er ihr eine Wolke über Santa Brigida auf der gegenüberliegenden Seite des Platzes.

»Das ist eine ganz seltsame Wolke«, sagte Zuccarelli in einem Ton, als spräche er mit seiner Nichte, die gerade eben hüpfend ins Zimmer gekommen war. Danach verließ er den Raum, rasch, doch ohne Hast. Einen Spazierstock, einen Spazierstock mit einem goldenen Knauf besaß er nicht, wohl aber die Haltung eines fragilen Aristokraten.

Hanna Piccard nahm seinen Platz am Fenster ein. Während sie die Aussicht über den sonnigen Platz genoß und sich vergeblich bemühte, etwas Seltsames in der Wolke über Santa Brigida zu entdecken, lauschte sie den Stimmen in der Diele. Simonetti unternahm offenbar den Versuch, Zuccarelli zum Bleiben zu bewegen. Die Stimmen wurden lauter, sehr laut, mit einemmal war es still. Wie von selbst drehte sich Hanna Piccard, Kopf und Oberkörper zugleich, sehr würdevoll zur Tür hin um, und wirklich: Da stand Zuccarelli. Er entschuldigte sich für den übereilten Aufbruch, bat tausendmal um Verzeihung, verbeugte sich und ließ die weiße Stirnlocke über das rechte Auge gleiten.

Danach blieben ihr nur noch ein paar Minuten, um sich in aller Ruhe umzusehen, ohne sich durch Simonettis körperliche Nähe gestört zu fühlen. Das Zimmer war außergewöhnlich hoch: ungefähr sieben Meter. Der obere Teil der den Fenstern gegenüberliegenden Wand war weggebrochen und an dieser Stelle ein Balkon oder Zwischengeschoß eingebaut worden. Auf diesem Balkon war ein kleines Zimmer aus Holz und Glas eingerichtet worden. Die Holzeinbauten waren mit vielen hellen Farben bemalt worden und erinnerten sie an die bunten Fischerboote, die sie an manchen italienischen Stränden hatte liegen sehen.

»So, da bin ich endlich.«

Unterhalb des Balkons stand der Eßtisch, auf dem Simonetti jetzt ein Tablett mit Kaffee, Mineralwasser, Wein und Kuchen abstellte – den Kuchen hatte Zuccarelli mitgebracht.

»Ich habe deinen Gast verscheucht, verzeih mir«, sagte sie.

»Nein, nein, nein, das ist seine eigene Schuld. Er hätte doch bleiben können. Aber Zuccarelli will mich nicht mit jemand anderem teilen. Er ist eifersüchtig wie ein Kind. Er ist mein Chef, der Direktor des Museums, ein in vielen Hauptstädten der Welt gern gesehener und vor allem gern gehörter Gast, aber eifersüchtig wie ein Kind. Komm, ich zeige dir erst einmal den Rest der Wohnung, du scheinst dich dafür zu interessieren.«

Simonetti hatte seine Verlegenheit abgeschüttelt. Augenblicklich wurde Hanna Piccard mißtrauisch. Als sie hinter Simonetti die Wendeltreppe hinaufstieg, fiel ihr auf, daß er barfuß war.

»Was macht dein Knöchel, Andrea?«

»Das hast du schon einmal gefragt.«

»Aber du hast mir keine Antwort gegeben.«

»Er ist wieder in Ordnung.«

»Das geht schnell.«

»Dein Streckverband liegt im Wäschekorb, ich muß ihn noch waschen. Schau mal.«

Im Gang auf dem Balkon wurden Schiebetüren geöffnet. Verschämt warf sie einen Blick in sein Schlafzimmer, auf das nicht zugedeckte Bett, die Bücher und den Kerzenständer am Kopfende. Das Licht fiel durch Fenster, die mit staubig gewordener Baumwolle bespannt waren, von zwei Seiten ins Zimmer. Auf dem hellgelben Fußboden entdeckte sie Kleidungsstücke, die Simonetti auf der Jacht getragen hatte.

»Tritt ein in meine Kajüte«, sagte er spöttisch. »Die Kajüte! Kennwort. Wie heißt das Kennwort?«

»Keine Ahnung.«

»Richtig. Komm herein.«

Sie folgte Simonetti, in Verwirrung gebracht durch sein verändertes Wesen, eine Veränderung, die sie auf den Wortwechsel zwischen ihm und Zuccarelli zurückführte. Kaum hatte sie den Holzboden mit ihren Stiefeln in Schwingungen versetzt, als ein bronzefarbener Kopf, kleiner als ihre Faust, über die Bretter rollte. Es war der Kopf eines Miniaturbuddhas, der ihr noch nicht aufgefallen war.

»O Gott! Ist was abgebrochen?«

Lachend hob Simonetti den Kopf auf, blies den Staub davon herunter und beruhigte sie: Die Figur sei schon seit Jahren kaputt. Danach legte er den Kopf wieder auf den Boden. »Jetzt du.«

»Was meinst du?«

»Er fiel, als du hereinkamst.«

»Na und?«

»Also mußt du ihn aufheben, so lautet das Gesetz.«

Unentschlossen starrte sie das glänzende Gesicht auf dem Boden an, die halbgeschlossenen Augen, das unbestimmte Grinsen. Das Besteigen der Türme von San Gimignano mit ihren baufälligen Leitern und knarrenden Fußböden, die auf locker in die Wand eingelassenen Balken ruhten, diese Touren voller Höhenangst waren ihr leichter gefallen als die acht Schritte, die sie jetzt in diesem Schlafzimmer bis zu dem Buddhakopf zurücklegen mußte. Als sie Kopf und Rumpf der Figur wieder zusammengefügt hatte und sich umdrehte, waren die Schiebetüren geschlossen, und sie konnte die Hügellandschaft sehen, mit der sie bemalt waren.

Simonetti war inzwischen über eine Leiter in sein Arbeitszimmer hinuntergeklettert, ein Raum von derselben Höhe wie das Zimmer an der Vorderseite des Hauses.

»Mit dem Bauch gegen die Leiter, bitte. Vom Segeln hast du echt keine Ahnung.«

»Und vom Fensterputzen habe ich auch keine Ahnung.«

»Sei bitte vorsichtig.«

»Hier liegt doch noch ein Streckverband von mir.«

Simonetti schlug die Arme übereinander und schwieg nun eine Zeitlang, als wolle er sie die Stille im Arbeitszimmer spüren lassen. Die beiden Fenster waren so weit oben in der Wand angebracht, daß sie nur Himmel und Wolken sehen konnte. Auf dem Schreibtisch prangte ein zweiter Ginsterstrauß. Hanna Piccard fragte sich, was er in der letzten Woche erlebt haben mochte. Hatte eine andere seine Gefühle für sie ausgenutzt? Vielleicht hatte er ja einfach nur Geburtstag gehabt. Flüchtig betrachtete sie einige Gemälde und Zeichnungen, alle von derselben Hand, sie nahm an, daß sie von Marina stammten, seiner ersten Frau. Ein Porträt der kleinen Leda, von schräg hinten. Ein Foto der gerade erst geborenen Leda: Nackt lag sie auf Simonettis nackter Brust. Als Hanna sich zu dem Foto vorbeugte, hörte sie seine Kleidung rascheln.

»Hast du keine Skulpturen von Joe?«

»Noch nicht.«

Den Sandsack, der in einer Ecke des Raums von der Decke herabhing, konnte sie selbst mit größter Anstrengung kaum in Bewegung bringen. Dieser Sandsack paßte nicht zu ihm, ebensowenig wie der Schwertfisch.

»Hast du Boxhandschuhe?«

»Ja, hab' ich.«

»Wo denn?«

»Weiß ich nicht.«

Während Simonetti die Leiter hinaufstieg, stieß Hanna Piccard mit der Stirn leicht gegen den Sandsack, leicht und ungeduldig. Weiter, kleine bockige Ziege.

»Und wo schläft Leda?« fragte sie, als sie im Gang vor dem Schlafzimmer wieder zu ihm aufgeschlossen hatte. Sie konnte ihn nun riechen.

»Über diesem Stock liegt noch ein Zwischenstock, das Mezzanin. Das ist ihr Territorium, so lange jedenfalls, wie sie das Bad saubermacht.«

Noch eine Leiter, eine Luke, sie kletterte, bis ihr Kopf eine Handbreit über den Fußboden hinausragte. Leda lag, weit weg, auf dem Bett.

»Wie findest du es bei uns, Hanna? Du darfst mich auch besichtigen, dann mußt du aber näher herankommen.«

»Du bist ein Engel.«

»Das hast du schnell erkannt.«

Sie war schon wieder dabei, die Treppe hinunterzusteigen, wenn auch etwas unbeholfen. Farbig gestrichene Holzeinbauten, Fischerboote am Strand, blendendes Meereslicht. Als sie Simonetti an der Balustrade des Balkons stehen sah, im Sonnenlicht, vor dem Hintergrund der Piazza Farnese, die die drei Fenster mit ihrer alten Schönheit füllte, mußte sie, auf einmal schwermütig, ach so schwermütig geworden, beinahe weinen.

Am Sonntagabend hatte Hanna Piccard sich mit einem Händedruck von Simonetti verabschiedet und in ihrem Appartement ein paar Tanzschritte gemacht, am Montag hatte sie noch den ganzen Tag über den Seegang im Körper gespürt und jedesmal, wenn sie die Augen schloß, die Jacht segeln sehen, am Dienstag morgen hatte sie sich in der Via Condotti ein Kleid für tausend Gulden gegönnt, das zu tragen sie wohl kaum genug Mut aufbringen würde, der Mittwoch abend war über der Lektüre dreier Liebesromane aus dem Supermarkt verstrichen, und mitten in der Nacht war ihr bewußt geworden, daß Liebe unendlich teilbar ist, am Donnerstag morgen beehrte sie einen Freund mit einem Besuch in dessen Büro, einzig und allein, weil er so rauchte wie Simonetti, am Freitag hatte sie ihn sich aus dem Kopf geschlagen, das rote Halstuch abgenommen und einen guten Artikel geschrieben, doch am Morgen danach hatte sie sich zum Campo de’ Fiori geschleppt, um ihm über den Weg zu laufen und ihm ein Geständnis zu machen, da es allzu mühselig wurde, sich der Natur noch länger zu widersetzen. Sie hatte Andrea Simonettis Wohnung besichtigt und saß nun, erschöpft, sprachlos vor Verlangen, auf der Couch bei ihm im Zimmer.

»Zuccarelli kenne ich schon gut fünfzehn Jahre«, erzählte Simonetti. »Im Lauf der Zeit habe ich seine Lider immer weiter über seine Augäpfel gleiten sehen, als ob sein Interesse an der Welt immer mehr abnimmt. Ach, Zuccarelli. Und seine Unterlippe – ist sie dir aufgefallen? Langsam, aber sicher hat sich seine Unterlippe nach vorn geschoben. Eine überhebliche Unterlippe, die man nur dann wahrnehmen kann, wenn er sich seiner selbst nicht bewußt ist. Das kommt selten vor. Morandi, der Maler Morandi, hatte auch so eine Unterlippe, jedoch freundlicher, viel freundlicher. Nein, ich möchte keinen Wein, nimm dir ruhig selbst. Zuccarelli hat Morandis Stilleben für die Welt entdeckt. Er hat zwei Bücher darüber geschrieben, Ausstellungen organisiert und hat seitdem schwer am Ruhm eines anderen zu tragen. Wo Zuccarelli auftaucht, beginnt man, über Morandi zu reden. Ach, Zuccarelli. Ich darf nicht zu lange über ihn reden, sonst werde ich traurig und bösartig. Seit einigen Jahren verbreitet er überall das Gerücht, er sei krank, während er lediglich an chronischer Schlaflosigkeit leidet. In jeder Hauptstadt unserer zivilisierten Welt hat Zuccarelli eine andere Krankheit. Es wird nicht mehr lange dauern, bis ihm zu Ohren kommt, daß man in London überzeugt ist, er sei bereits gestorben. Das wird ihn amüsieren. Aber ich habe viel von ihm gelernt. Er hat mir damals in den Vereinigten Staaten Arbeit verschafft. Sein Haus in Ravello steht mir jederzeit zur Verfügung, ich komme jedoch nur noch selten hin. Kennst du Ravello? Erzähl du doch jetzt mal etwas. Erzähl mir vom Gebiet der großen Flüsse.«

Hanna Piccard kämpfte gegen eine Lust, die sie kaum noch zügeln konnte. Sie versuchte, so zu sitzen, daß ihr der dünne Stoff ihrer Bluse lose über die Brüste fiel und ihre aufgerichteten Brustwarzen somit seinem scharfen Auge verborgen blieben. Der

Schweiß lief ihr auf dem Rücken aus allen Poren, ihre Beine zitterten – noch nie hatte ihr Körper so stark auf die Nähe eines Mannes reagiert.

»Schmuggelware«, rief sie kurz darauf, ohne zu stottern. »Nach dem Gesetz hätte ich die Katzen nach Italien importieren müssen. Spritzen, Formulare, ärztliche Bescheinigungen, eine wochenlange Quarantäne – und das alles wegen zweier harmloser Katzen. Wie dem auch sei, ich habe ihnen Schlaftabletten gegeben, sie in eine Tasche gelegt und bin in den Zug gestiegen. An der italienischen Grenze wurde die Tasche von einem Zollbeamten geöffnet.« Sie schwieg.

»Und dann?«

»Das habe ich vergessen. Nichts passiert. Die Tasche wurde geöffnet, die Tasche wurde geschlossen, ich durfte weiterfahren.«

Der Wein stieg ihr zu Kopf, sank ihr in die Beine, und sie fing an, in Gedanken ihre Reime aufzusagen. Noch nach dem hundertsten Glas Wein fühle ich die Höllenpein, und trink' ich, bis mir schwirrt der Kopf, am Ende bleibe ich ein Tropf.

Simonetti beantwortete ihre Gefühle mit einer unzusammenhängenden Geschichte über Pittakos' Jacht, die vor der Küste Nordafrikas auf Grund gelaufen sei, und mit Verlegenheit. Er zeigte ihr sein Gesicht vor allem von der Seite und sah dann und wann zu ihr auf, mit derselben verführerischen Scheu, die sie im Restaurant bereits so sehr berührt hatte. Plötzlich hörte sie ihre eigene Stimme, die losplatzte und sich ereiferte über die Huren, die auf der Piazza Repubblica, an der Fassade einer Kirche lehnend, im Licht der Straßenlaternen auf ihre Kunden warteten.

»Ist das nicht ein Musterbeispiel von Feigheit?« hörte sie sich sagen. »Den Wagen am Bürgersteig abstellen, ein Mädchen zu sich winken, sie einsteigen lassen und dann mit einer letzten Frage einen Streit vom Zaun brechen, so daß sie sich gezwungen sieht, wieder auszusteigen. Feigheit ist das. Oder vier Typen in einem Wagen, anhalten, Fenster öffnen, obszöne Bemerkungen machen, einander wie Schüler anrempeln und dann auch noch überrascht sein, daß sie so vernünftig ist und nicht mit vier Typen zugleich loszieht.«

»Das hast du scharf beobachtet.«

»Ja, habe ich. Am liebsten hätte ich sie angespuckt.«

Das Telefon klingelte, ganz leise. Simonetti nahm mit unübersehbarem Widerwillen den Hörer ab und drehte sich mit hochgezogenen Augenbrauen und einer possierlich nach vorn geschobenen Unterlippe zu Hanna Piccard um. Sie verstand, daß Zuccarelli seiner Eifersucht nicht Herr werden konnte, und verließ das Zimmer. In der Küche steckte sie ihre Nase in den Strauß gelben Ginsters, die Hände auf dem Rücken, um den Glaskrug nicht umzustoßen. Ohne zu überlegen nahm sie eine Einkaufstasche und verbarg sie unter ihrer Jacke. Zehn Minuten später erschien Simonetti in der Diele.

»Ich soll dich von Zuccarelli grüßen.«

»Danke. Ich gehe. Ich hoffe, ich habe dich nicht gestört.«

»Ich habe dich doch eingeladen«, antwortete er verärgert.

»Und doch habe ich den Eindruck, daß ich dich gestört habe.«

»Wie du willst. Sei vorsichtig mit deinem steifen Hals.«

Wütend ging sie die Treppe hinunter. Erst als sie vor ihrer Tür stand, vermißte sie ihre Handtasche; gleich darauf aber wußte sie, wo sie sie hatte liegen lassen. Es traf sie wie ein Schlag ins Genick. Sie kehrte zur Piazza Farnese zurück und stieg zum zweitenmal die vierundsechzig Stufen hinauf. Noch bevor sie klingeln konnte, ging die Tür einen Spaltbreit auf; und es war Leda, die ihr lächelnd und schweigend die Handtasche überreichte.

Nach diesem Scharmützel zog Hanna Piccard sich zurück. Die Kleidungsstücke, die sie auf der Jacht getragen hatte, wurden in die Waschmaschine gestopft, um den Geruch der Kajüte aus ihnen zu vertreiben, das Kleid, das tausend Gulden gekostet hatte, wurde weggehängt, unerwünschte Erinnerungen an Simonetti versuchte sie mit einem heftigen Kopfschütteln zu verjagen. Um sich Simonetti aus dem Kopf zu schlagen, beschimpfte sie ihn. Warum läßt du nichts von dir hören? Feigling, Schlappschwanz! Du könntest mich doch wenigstens spüren lassen, daß du kein Interesse hast. Komm aus der Deckung, zeig dich. Du mußt den Schwertfisch endlich mal abstauben. Ein Plattfisch, ein blöder Plattfisch im Sand, das bist du. Und ein Oktopus in seiner

Höhle. Der eitelste und gefühlloseste aller Männer. So kannst du nicht mit mir umspringen. In Gedanken arrangierte sie Treffen mit Simonetti, in Anwesenheit anderer, um ihn in aller Öffentlichkeit verletzen und erniedrigen zu können. Mit der Zeit kehrten sich diese verwerflichen Gedanken gegen diejenige, die sie dachte: Hanna Piccard wurde trübsinnig. Sie hielt sich selbst für unattraktiv, sie warf sich selbst Überempfindlichkeit vor, sie leistete nicht genug, sie betrog sich selbst, sie lebte wie in einem Dunstschleier, ohne Ziel, und unterdessen ging das Leben, das große Leben, an ihr vorbei.

»Ein Chaos ist es, dein Leben, ein einziges Chaos!«

Sie war nicht mehr in der Lage, etwas aufzuräumen, weder in ihrem Kopf noch in ihrem Appartement. Ständig stieß sie auf dieselben ärgerlichen Gedanken. Kleidungsstücke, Bücher, Zeitschriften, Briefe, ausgeschnittene Zeitungsartikel, alles blieb da liegen, wo sie es hingelegt hatte. Das Badezimmer stank. Eine Rechtfertigung für das immer größer werdende Durcheinander war jedoch schnell gefunden: das tue ihr gut, sie müsse nun einmal lernen, diese übertriebene Ordnungsliebe loszuwerden. Die Katzen wurden vernachlässigt, und sosehr sie sich auch deswegen schämte: Ihrem Hunger und ihrer Ruhelosigkeit konnte sie sublimen Genuß abgewinnen. Inzwischen aß und trank sie selbst viel mehr, als sie wollte. Zweimal verliebte sie sich in einen anderen, doch die Flamme verlosch ebenso schnell, wie sie entbrannt war. Das Unsichere und Unbestimmte ihrer Gefühle schien sich in ihren Bewegungen auszudrücken: Sie stolperte, Messer fielen ihr aus der Hand, beim Verlassen eines Zimmers trat sie auf ein Spielzeug und machte es kaputt, und an ein und demselben Tag stieß sie dreimal mit anderen Passanten zusammen. Bei jedem dieser Mißgeschicke dachte sie an Simonetti, als sei er schuld daran. Ein Telefongespräch mit einer sehr zurückhaltenden Dita van der Waals endete mit einem Streit. Dann wurde sie krank.

»Ich krank.«

Bei der geringsten Bewegung kam es ihr vor, als rollten schwere Kugeln in ihrem Kopf herum. Sie machte die Fensterläden zu, ließ sich hinab ins Grab und nahm einen Eimer mit, in den sie sich übergeben konnte. Nachdem sie zwei Tage lang reglos im

Bett gelegen hatte, beschloß sie, Simonetti aufzusuchen und ihrer Unsicherheit in einer Viertelstunde ein Ende zu bereiten.

Hanna Piccard zog sich schwarz an, legte sich die Goldkette um den Hals, schlüpfte in die schwarze Fliegerjacke und nahm ein Taxi zum Palazzo Delmonte, wo die Mitarbeiter des Museums untergebracht waren. Die Dame am Empfang in der Halle meldete ihre Ankunft nach oben, und fünf Minuten später hielt Simonetti die Kabinentür des antiken Aufzugs für sie auf. Drei Wochen waren vergangen.

»Ich wollte dich so gerne mal sehen«, entschlüpfte es ihr.

»Kein Problem«, antwortete Simonetti lakonisch.

Der Aufzug fuhr nach oben, bis zum vierten Stock bewegten sie sich beide nicht. Schnell führte Simonetti sie in ein luxuriös dekoriertes Zimmer und griff augenblicklich zum Hörer, um ein unterbrochenes Telefongespräch fortzusetzen. Hanna Piccard behielt die Jacke an und starrte durch ein Fenster in den Hof des Palazzo.

»So«, sagte Simonetti kurz darauf. »Das ist lange her. Was bringt dich hierher?«

»Ich wollte dich nur mal kurz sehen.«

»Sehr erfreut. Möchtest du dich nicht setzen?«

Sie schüttelte den Kopf und blieb, die geballten Fäuste in ihren Jackentaschen verborgen, stehen, wo sie stand. Simonetti wollte eine Geschichte erzählen, brach aber nach einigen Minuten ab und schwieg.

»Zur Sache«, sagte sie schließlich mühselig.

»Du hörst dich an, als hättest du gerade jemanden begraben.«

»Zur Sache«, wiederholte sie mit Nachdruck.

»Raus damit.«

»Signore Simonetti, bist du schon mal einer Frau begegnet, die mit einer Einkaufstasche ins Bett geht?«

»Nein, Signora Piccard.«

»Hier steht diese Frau. Es ist deine Einkaufstasche.«

»Ach, du hast das Ding.«

Drei Wochen lang hatte sie, trotz der Vorwürfe, die sie ihm machte, mit der Tasche, die sie aus seiner Küche hatte mitgehen lassen, ihre Einkäufe gemacht. Die Schlitze in den Griffen erinnerten sie an seine Hände. Die Tasche war in eine Ecke geknallt und sanft glattgestrichen worden und hatte das Bett mit ihr teilen dürfen.

»Du kannst sie behalten«, sagte Simonetti kühl.

»Danke. Hast du mir nicht mehr zu bieten? Ist das alles? Hast du mir nichts zu sagen?«

»Was muß ich sagen, um dir zu schmeicheln?«

»Du brauchst mir nicht zu schmeicheln.«

»Was willst du? Ich lasse mich nicht zu einer Liebeserklärung zwingen.«

»Ich will dich zu nichts zwingen«, rief sie errötend. »Ich will dich nur mal kurz sehen.«

»Du bist wie ein verwöhntes Kind, das seinen Kopf nicht durchsetzen kann.«

»Wie eine liebende Frau, meinst du wohl.«

»Ich lasse mich nicht zwingen.«

»Reg dich nicht auf. Schon in Ordnung, Signore. Ich weiß genug.«

»Tiefe Stille. Liebende Frau verletzt.«

»Liebende Frau läßt sich nicht unterkriegen und stellt eine letzte Frage: Warum hast du wochenlang nichts von dir hören lassen?«

»Wie bitte? Hatte ich mich zu einer Flut von Briefen verpflichtet? Es steht dir frei, mit deiner Einkaufstasche zur Piazza Farnese zu kommen und zu klingeln. Vielleicht bin ich zu Hause und öffne die Tür. Es steht dir frei, mir zu schreiben. Dann kriegst du eine Antwort. Es steht dir frei, mich anzurufen. Offensichtlich hast du das wochenlang nicht nötig gehabt.«

»Doch, das hatte ich nötig.« Sie schwieg. »Ich finde dich so schön, Andrea. Das ist meine einzige Entschuldigung. Daß ich dich so schön finde.«

»Ich lasse mich nicht zwingen.«

»Reg dich nicht auf. Ich geh' ja schon.«

»Willst du meinen schönen Rücken noch mal sehen?«

»Ich gehe.«

Und sie ging, schäumend vor Wut. Simonetti ging in den Korridoren hinter ihr her, einige Meter Abstand wahrend. Im Aufzug versuchte er sie zu umarmen. Sie stieß ihn zurück, hieß ihn einen Fiesling und Schuft und stürzte sich dann auf ihn, um ihm durch Sakko und Hemd hindurch in die Schulter zu beißen. Simonetti schleuderte sie gegen die Kabinenwand und fragte sie, ob sie verrückt geworden sei. Sie beantwortete die Frage verneinend und beklagte sich über seine Roheit. Die zweite Umarmung fiel schmerzlos, ja sehr zärtlich aus. Der Aufzug fuhr hinab, es wurde tief geseufzt.

»Jetzt reicht es aber, Andrea.« Lachend befreite sie sich aus seiner Umarmung. »So, das war eine konstruktive Besprechung.«

»Weiterer Gesprächsbedarf.«

»Perspektiven eröffnet.«

»Standpunkte einander angenähert.«

»Wenn ich dich nur ab und zu sehen darf, Andrea. Das ist alles.«

Simonetti schwieg. Hastig machte sie ihre Fingerspitzen feucht und wischte damit die roten Spuren ihrer Lippen von seinen Wangen. In der Halle wurde der Aufzug bereits erwartet. Sie verließ Simonetti ohne einen Abschiedsgruß, als wäre er ihr unbekannt.

Am späten Nachmittag kam sie nach Hause. Während sie die Treppen hinaufstieg, hatte sie das Gefühl, als warte dort oben jemand auf sie. Sie wurde von einem neunjährigen Jungen erwartet, der sie nach ihrem Namen fragte. Nachdem sie diesen genannt hatte, wurde ihr ein Brief von Simonetti überreicht. Mit gesenktem Blick und beinahe flüsternd erzählte der Junge, daß er Anweisung habe, auf eine Antwort von ihr zu warten. Sie nahm ihn mit in die Wohnung und wies ihm einen Platz in der Küche an. Von dem Brief erwartete sie nichts Gutes.

»Liebe Hanna. Der Überbringer dieses Briefes heißt Benedetto. So wie er jetzt ist, so war ich vor fünfundzwanzig Jahren: mal verlegen bis unter die Haarwurzeln, mal mörderisch aggressiv und häufig mit den Gedanken woanders, um den Schmerz nicht so stark zu fühlen. Laß ihn in der Küche Platz nehmen, jedenfalls, wenn Du die Absicht hast, mir umgehend zu antworten, und laß eine Katze auf seinem Schoß sitzen; es wäre gut für ihn, ein Lebewesen in den Händen zu spüren.

Wie ist es Dir in den letzten Stunden ergangen? Ich bin trübsinnig geworden und versuche zu verstehen, warum Dein beherztes Vorgehen heute morgen mich nicht glücklich gemacht hat. Leda ist nach Hause gekommen. Sie hat gleich (wie ein Tier) gewittert, was mir zugestoßen ist, und wahrt nun Abstand. Ich werde nie vergessen, mit welchem Mißtrauen sie Dich aus ihrer Koje heraus ansah, als Du meine Ferse behandelt hast. Alles, was mich durchströmt, erreicht auch sie. In den letzten Wochen haben wir hier eine schlechte Zeit gehabt, eine schlechte Zeit. Ich denke, daß Du nicht richtig verstehst oder verstehen willst, wie sehr Leda und ich aneinander hängen. In Anwesenheit anderer treibt sie meistens ihren Spott mit mir, obwohl sie mich eigentlich verehrt. Ich weiß nicht, womit ich das verdient habe. Wenn ich mich schwach fühle, nimmt sie mich auf rührende Weise in ihre Obhut, dann erwacht das Mütterchen in ihr. Also muß ich ihre Gefühle berücksichtigen und kann nicht anders, als sie als ›Dritte im Bunde‹ zu betrachten.

Es gibt noch einen anderen Grund für meinen Trübsinn. Ich habe die Neigung, die erste Phase des Verliebtseins für die schönste zu halten: die Zeit des behutsamen Abtastens, des vorsichtigen Aufeinanderzugehens und des Zurückschreckens, die Zeit des verschwiegenen Verlangens, der Erwartung und des Entzückens über die noch unergründliche und somit wunderbare Anziehungskraft. Außerdem ist es die Zeit des Errötens. Und was ist anmutiger als ein Gesicht, das die Farbe von Verwirrung, Scham, Verlegenheit und Zuneigung annimmt?

Heute morgen hast Du nicht ohne einen gewissen Stolz zugegeben, mit einer Einkaufstasche im Bett gewesen zu sein. Jetzt möchte ich ein idiotisches Geständnis ablegen. Ist Dir schon mal ein Mann begegnet, der noch der guten alten Muse dienen will und der der Meinung ist, nur darin das höchste Glück finden zu können? Dieser Mann bin ich. Was ist die Muse, und wie dient man ihr? Die Muse ist heute mein schärfstes Bewußtsein für die Art, in der sich die Welt bewegt, die Art, in der die Dinge unaufhörlich aneinander vorbeiströmen und unaufhörlich Eindrücke in den jeweils anderen hinterlassen. Und wie dient man ihr? Indem man möglichst viel und möglichst unpersönlich widerspiegelt. So wie Wasser, das, ohne es zu wollen und ohne es zu wissen, die Vögel widerspiegelt, die darüber hinwegfliegen. Keine einfache Aufgabe fürwahr. Von Zeit zu Zeit zitiere ich beifällig Brancusis Worte ›Things are not difficult to accomplish. What is difficult is to prepare ourselves to do them‹.

Und inzwischen kämpft, so vermute ich jedenfalls, der heilige Georg in mir gegen seinen Drachen. Hoch zu Pferd stößt er seine Lanze in den Schlund des sich windenden Ungeheuers, während auf dem Hügel dort seine Geliebte demütig auf ihn wartet. Oder bin ich jetzt die Jungfrau?

Ja, es ist schade, daß Du es nicht geschafft hast, noch länger zu schweigen. Mir ist es zu schnell gegangen. Kommt da aufgetakelt wie ein Schlachtschiff in mein Büro gesegelt und fordert rundweg meine Übergabe. Zwang kann ich nicht ausstehen. Hör mir zu! Ach, Du hörst mir nicht zu. Dein Blick ist in unerreichbare Ferne gerichtet, Du hast keine Ruhe im Hintern, Du bist betäubt, und Du halluzinierst. Es wäre besser, wenn sich das wieder legen würde. Vielleicht weiß ich nach einiger Zeit auch besser, ob ich tatsächlich will. Ich bin durcheinander. Schon den ganzen Tag werden Erinnerungen an alte Liebesgeschichten in mir wach, und ich will, wenn sie schon da sind, etwas mit ihnen tun. Weiche von mir! Du stehst mir im Licht! Nur wenn ich die Feder über das Papier gleiten lasse, fühle ich mich als Ganzes. Kurz: gib mir noch ein wenig Zeit und hab Geduld.

Ich vertraue diesen Brief nun Benedetto und Deinem verschleierten Blick an. Bleibt mir nur noch, Dir von Herzen Glück zu wünschen bei Deiner Eroberung von Andrea Simonetti.«

»Werter Kollege! Schicksalsgefährte! Ich bin es nicht gewohnt, über einen Kurier zu verfügen und einen Brief sofort beantworten zu müssen. Benedetto sitzt in der Küche und wartet, er will nichts essen oder trinken, und Katzen nimmt er erst auf den Schoß, wenn er sie kennengelernt hat. Aber Benedetto, habe ich ihn gefragt, wie willst du sonst eine Katze kennenlernen, wenn du sie nicht auf den Schoß nimmst?

Mir geht es gut. Sonst habe ich nichts zu sagen. Du kannst beruhigt sein, vorläufig bin ich schon zufrieden, wenn ich Dich ab und zu sehen darf. Heute abend zum Beispiel, vor dem Schlafengehen. Könntest Du nicht kurz aus dem Haus schlüpfen, um Dir eine Schachtel Zigaretten zu holen? Dann machen wir einen Spaziergang um den Block. Wenn Du heute abend wirklich etwas mit den Erinnerungen an alte Geschichten tun willst, komm dann jetzt gleich zu mir. Ich sage: kurz. Dann sitze ich in meinem Bauernrock auf der obersten Treppenstufe, und du läufst mir direkt in die Arme.

Am meisten wundere ich mich über mich selbst, Andrea. Aber zum erstenmal in meinem Leben bin ich einem Mann begegnet, den ich wirklich will und dem ich mich ganz und gar hingeben kann. Du wirfst mir vor, daß ich zu voreilig bin. Nachdem ich Deinen Brief gelesen habe, könnte ich Dir den gleichen Vorwurf machen. Was für Erwägungen und Bedenken. Als hätte ich Dir einen Heiratsantrag gemacht. Ich werde mich hüten. Heute abend? Nur wenn Du willst. Sonst habe ich nichts zu sagen.

Who ever loves, if he do not propose
The right true end of love, he's one that goes
To sea for nothing but to make him sick.«

Benedetto ging wieder. Er rannte durch die engen Gassen, sich ab und zu umdrehend, da er von Feinden verfolgt wurde, die ihm einen Brief entwenden wollten, er schlüpfte durch die Wagenreihen in der Corso Vittorio Emmanuele, lief durch die Via dei Biscioni zum Campo de' Fiori, wo er, seine Feinde vergessend, plötzlich stehenblieb, um einem Wagen des städtischen Reinigungsamtes zuzusehen, der den Marktplatz sauberspritzte. Als er auf die Piazza Farnese kam, sah er Simonetti am Fenster stehen.

»Hast du einen Brief, Benedetto?«

Er langte in sein Hemd und zog einen weichen Briefumschlag heraus. Simonetti las, lächelte, seufzte gequält und schickte den Jungen erneut zu Hanna Piccard, nun mit einer mündlichen Mitteilung.

»Noch ein Brief, Benedetto? Nein? Was denn? Willst du dir die Katzen ansehen? Auch nicht.«

Benedetto schloß die Augen und sagte, langsam und leise, mit unverkennbarem Gefühl für den Ernst der Situation:

»Heute abend. Halb elf. Zwischen den Säulen. Mit Bauernrock.«

DER TAUCHER VON MESSINA

Andrea Simonetti begann sie zu besuchen. Fast jeden Tag hielt er sich einige Stunden in ihrem Appartement auf, in dem das Küchenfenster und die Balkontüren, die einander gegenüberlagen, ständig offenstanden, so daß die milde Luft des römischen Frühlings durch die Zimmer wehen konnte. Manchmal lag Hanna im Licht der Sonne und wartete auf ihn, wobei sie dem Rascheln des Fliegenvorhangs lauschte, den sie in Erwartung des Sommers schon mal aufgehängt hatte.

In diesen mal angenehmen, mal unerträglichen, jedoch immer aufreibenden Stunden versuchten sie, sich aneinander zu gewöhnen. Hanna merkte, daß die Gewöhnung an diesen Mann für sie auf einer überaus fundamentalen Ebene begann: Es gelang ihr nicht, die Abflußkanäle ihres Körpers zu öffnen, solange ihr Geliebter da war. Doch sie probierte es: Geduldig saß sie im Badezimmer, pressend, vergeblich pressend, kichernd, der Schallplatte lauschend, die Simonetti auf ihren Wunsch hin aufgelegt hatte. Manchmal öffnete sie die Tür einen Spaltbreit, um sich zu vergewissern, ob er sich wirklich auf den Balkon zurückgezogen hatte, wie ihr versprochen worden war.

»Hat es geklappt?« fragte er, sardonisch lächelnd, nach jedem Versuch.

»Ging so.«

Simonetti hatte in ihrer Anwesenheit in dieser Beziehung keine Probleme, im Gegenteil: Manchmal ließ er beim Pinkeln sogar die Tür offen, um das Gespräch nicht zu unterbrechen – und das mußte so sein, denn jeden Tag wurde er allein schon unterwegs Zeuge so vieler aufsehenerregender Dinge, daß sein Mund keinen Augenblick stillstand. Sie tat, als käme er aus der Schule, und richtete ihm in der Küche etwas zu essen. In der Zwischenzeit lehnte Simonetti mit der Schulter am Türpfosten, sah sie sich von oben bis unten an und berichtete ihr von den alltäglichen Ereignissen, in denen sich ihm das Welträtsel offenbart hatte. Er war immer munter, lebhaft, verspielt und unnahbar. Seine Geschichten waren ihr schon bald zuviel, um so mehr, als sie merkte, daß er für ihre nur pflichtschuldiges Interesse übrig hatte.

»Andrea, können wir kurz 'ne Pause machen?«

Schweigen. Beide versuchten, ihren eigenen Dingen nachzugehen, und kamen zu nichts. Nach einem Rundgang durch das Zimmer, wobei er ständig etwas in die Hand nahm, um es sich anzusehen, als wäre er ein Gerichtsvollzieher, setzte sich Simonetti schließlich in einen Stuhl aus Nußbaumholz. Gleich am ersten Tag hatte er diesen Stuhl zu seinem Stammplatz erkoren – den Stuhl, auf dem Léon Brest früher zu sitzen pflegte.

Hanna saß stets an ihrem Schreibtisch, tat so, als wäre sie in ihre Arbeit vertieft, und blätterte in einer Zeitschrift. Sie schien immer tiefer in einem Heuhaufen zu versinken. Der Fliegenvorhang raschelte. Wie zwei Katzen warfen sie einander abschätzende Blicke zu, in denen sich Neugier, Stolz und Mißtrauen mischten. Manchmal versuchte sie, an ihm vorbeizugehen, was ihr selten gelang, ohne daß ihr Atem kurz aussetzte.

»Darf ich mal an dir riechen, Andrea?«

»Natürlich.«

Simonetti ergriff ihren Arm und drückte seine Lippen in ihren angewinkelten Ellenbogen.

»Warum seufzst du so, Andrea?«

»Seufzen, das tu' ich schon mein ganzes Leben.«

»Oh, ich habe in der Grundschule damit angefangen. Schrecklich tiefe Seufzer. Worauf der Lehrer fragte: ›Warum seufzt du so, Hanna?‹ Dann durfte ich mich ans offene Fenster stellen.«

Nachdem sie ihre Nase scheu über seine Kleider hatte gleiten lassen, um seinen Körpergeruch einzuatmen, kehrte sie an ihren Schreibtisch zurück. In der Stille wurden andere Kräfte spürbar. Je länger das Schweigen anhielt, desto größer wurde ihr Mißtrauen, und schließlich beschlich sie immer wieder das Gefühl, daß er sie verabscheue.

Erst wenn er gegangen war, konnte sie ihn richtig genießen, in Erinnerungen, in denen das Gute, Wahre und Schöne ihres unbeholfenen Verhaltens erst richtig zutage traten. Die Stunde der größten Unbeholfenheit lag noch vor ihr.

Sie fand ihn in ihrem Bett, als sie am späten Nachmittag nach Hause kam. Er lag auf dem Rücken, rosig, und stellte sich schlafend, auch wenn er ein Lächeln nicht unterdrücken konnte, als sie sich über ihn beugte. Und sie tat so, als wolle sie ihn nicht wecken. Wenn er nur wirklich schlafen würde, denn am liebsten hätte sie ihn erst stundenlang im Schlaf betrachtet. Sie scheuchte die Katzen weg, zog behutsam ihre Stiefel aus und hantierte erst noch ein wenig in der Küche herum; doch schließlich schmiegte sie sich, noch ganz angezogen, an ihn und drehte ihr Gesicht zur Wand. Ihre Füße waren eiskalt.

Sie blieb unbeweglich liegen, als seine Hände unter ihren Kleidern angekommen waren, und fühlte sich außerstande, auch nur die geringste Bewegung zu machen. Sie überließ ihm die Initiative, hob die Hüften, ärgerte sich über das Theater beim Ausziehen, doch als er nach all dieser Unbeholfenheit endlich in sie eindrang und sie gleichzeitig seine Zunge in ihrem Ohr spürte, brach sie in Tränen aus.

Simonetti streichelte ihr Gesicht, das an der Stirn hochstehende Haar, und zischte die Katzen an, die ungeduldig an der Tür kratzten. Schließlich drehte sie sich auf den Rücken, die Wimpern voller Tränen.

»Großer Gott, ich hab' schon gedacht, das würde nie was werden. Ich finde es auch nicht so wichtig. Nein.«

»Ja.«

Er hatte es gewagt, die Hand zwischen ihre Oberschenkel zu schieben. Sie hielt sie fest umklammert.

»Ich schwitze so, Andrea. Ich habe noch nie so neben einem Mann liegend geschwitzt. Es ist furchtbar.«

»Ich lecke dich sauber. Laß meine Hand los.«

Endlich durfte er seine Finger zwischen ihren Oberschenkeln bewegen, und danach sah er zum erstenmal, wie ihr ganzer Körper allmählich zu zittern begann, wie sie die Beine anzog, die

Arme bog und die geballten Fäuste schüttelte. Sie zitterte und bebte am ganzen Körper, wie ein Flugzeug, das knapp unterhalb der Schallgeschwindigkeit fliegt. Sie stieg höher und höher, und aus ihrem Mund kam ein hoher Ton. Schließlich lösten sich ihre Krämpfe im freien Fall, und anschließend landete sie, leise singend, ganz brav und zufrieden, weit weg von ihm.

Nach diesem denkwürdigen Ereignis schlüpfte Hanna schnell aus dem Bett und lief ans andere Ende der Wohnung. Eine Zeitlang blieb sie ganz am anderen Ende der Wohnung stehen. Dann spülte sie sich unter der Dusche den Schweiß vom Körper ab und wusch sich zwischen den Beinen, um den Geruch ihrer Vagina loszuwerden, den sie abfällig als Sickergrubenluft bezeichnete. In der Badewanne sitzend spielte sie mit einem großen Schwamm, einem Naturschwamm, der vom Meeresboden abgeschnitten worden war.

Hanna summte vor sich hin. Sie dachte daran, daß sie jetzt endlich im Bademantel herumlaufen könnte, wenn Andrea da wäre, daß sie sich unter seinen Augen anziehen und Mitesser auf seiner Stirn ausdrücken könnte, so unappetitlich sie das auch fand. Endlich würde sie ihn anschauen können, wenn er schliefe, stundenlang, denn einfach so neben diesem Mann einschlafen – das würde ihr vorläufig doch nicht gelingen. Sie summte vor sich hin. Einen kurzen Moment lang kam es ihr vor, als bräuchte sie sich nicht länger gegen ihren natürlichen Feind zu schützen.

»Andrea!«

So freimütig hatte sie ihn bisher noch nicht gerufen.

»Warum setzt du dich nicht zu mir?«

Simonetti setzte sich, bekleidet mit einer Hose, zu ihr ins Badezimmer. Als er sich neben der Wanne auf einen Holzschemel setzte, zog Hanna auf einmal den Schwamm unter Wasser und klemmte ihn sich zwischen die Oberschenkel. Sie fragte, ob er unter der Hose noch eine Unterhose trage. Ob er vielleicht eine abgenutzte Jeans besäße, die hinten, an der Grenze zwischen Pobacken und Beinen, einen Riß habe. Simonetti strahlte. Nachdem er diese und ähnliche Fragen nach Ehre und Gewissen beantwortet hatte, wurde es still.

»Ja, ja«, murmelte er letztendlich, »hier sitze ich also, auf einem Schemel in deinem Badezimmer.«

Er fragte sich, ob ihm als Fünfzigjährigem im Badezimmer einer fremden Frau noch ebenso unbehaglich zumute wäre wie als Siebzehnjährigem. Ob es ihm dann noch einmal so viel Vergnügen bereiten würde, ein Stück Seife zu ergreifen, das die Frau, mit ihrem Instinkt für die wahren Freuden, auf dem Waschbecken hatte liegen lassen, um sich den Rücken ihres Mannes ansehen zu können, während dieser sich lang machte, um das Stück Seife zu ergreifen, das er vor siebzehn Jahren schon einmal auf genau die gleiche Weise ergriffen hatte.

»Du hast ein wenig zugenommen«, bemerkte Hanna.

Das sollte sie ihm noch viele Male sagen: daß er ein wenig zugenommen habe, an den Hüften, und Simonetti sollte es stets mit demselben Vergnügen und demselben Ärger abstreiten.

Hannas Angaben folgend fand Simonetti den Stapel Frottiertücher in einem Schrank. Während er sich fragte, welche Farbe er nehmen solle, bewunderte er ihre Unterwäsche, ihre Kleider, als wäre es der Schatz des Maharadschas von Sikkim. Im Wissen, daß er das starke Interesse dieses ersten Mals nicht wieder aufbringen würde, trocknete er sie ab. Als ihr der weiche Stoff des Handtuchs in die Achselhöhlen gestülpt wurde, hob Hanna die Arme, schloß wie von selbst die Augen und erinnerte sich daran, daß ihr Vater sie einmal abgetrocknet hatte, als sie zitternd in einer Umkleidekabine stand, und wie er sie schließlich in diesem Handtuch versteckt hatte. Badetücher. Haben Sie keine größeren, mein Herr? Nein, gnädige Frau, dies sind wirklich die größten, die wir haben. Dann nehme ich zehn Stück davon!

Nach einem kleinen Imbiß kuschelte Hanna sich auf das Sofa und sah hinüber zu Simonetti, der auf der anderen Seite des Zimmers stand und sie ansah.

»Komm zu mir. Ich kann deine Augen nicht richtig sehen.«

Nach einigem Drängen ließ Simonetti sich überreden, sich zwischen ihre angezogenen Beine zu setzen und sich mit dem Rücken an ihre Brüste zu lehnen.

»Erzähl mir was, Andrea.«

Er erzählte ihr, daß der Holzschemel im Badezimmer ihn an die Ruderbank einer Galeere erinnert habe, die, um das Jahr 1210 herum, im östlichen Teil des Mittelmeers vor Anker gelegen habe. »Neben mir saßen zwei weitere Galeerensklaven. Ich weiß nicht, wie sie aussahen. An meinem langen Ruderriemen vorbei sah ich das Meer. Über meinem Kopf ein Stück vom Deck und die Reling, ein Stück vom Himmel, in dem sich seit gestern Landvögel zeigten. Das Schiff wartete, das Meer war glatt. Man hörte das Knarren der Ankertaue. Knarren? Dafür muß sich ein besseres Wort finden lassen. Wie auch immer – direkt unter dem Deck der Galeere war ein Scheißhaus am Rumpf angebracht worden. Schritte an Deck, Stille, etwas plumpst ins Wasser, Schritte, Stille. Warten. Wer sitzt da wartend auf der Ruderbank und betrachtet seine Handflächen? Das ist Nicolaus Piscis, im Volksmund: Cola Pesce.«

»Klaas Vis auf niederländisch.«

»Wie?«

»Klaas Vis. Aber wer ist Cola Pesce?«

»Eine historische und legendäre Gestalt. Zuccarelli hat ihn in einer mittelalterlichen Chronik für mich entdeckt, und ich verwende ihn nun in einem langen Gedicht mit ungefähr dreitausend Zeilen. Pesce wurde in Messina geboren. Er war Fischer und Lotse, wurde aber vor allem als Schwimmer und Taucher bekannt. Er konnte, so wurde behauptet, so lange unter Wasser bleiben, wie er nur wollte. Unter Wasser verkehrte er mit den Sardinen, den Delphinen und den Schwertfischen. Eines Tages sah er, daß Messina auf nicht mehr als drei Säulen errichtet worden war und daß diese Säulen einzubrechen drohten. Kurz danach ereignete sich ein Erdbeben, und Messina wurde verwüstet.

Pesces Gegenspieler ist ein Kaiser, Friedrich II., der seinerzeit im Süden Italiens ein großes Reich regierte und einen Hofstaat führte, an dem Germanen, Italiener, Sarazenen, Byzantiner, Normannen, Barbaren und Gelehrte friedlich miteinander verkehrten. Friedrich war ein aufgeklärter Despot mit Idealen, ein sehr gebildeter Mann, der beispielsweise fließend Arabisch sprach und eine Abhandlung über die Falkenjagd verfaßt hatte, in der er es wagte, die Auffassungen des unantastbaren Aristoteles zu korrigieren. Berühmt wurde er durch seine Experimente, die allerlei traditionelle Vorstellungen und manchen Irrglauben in Frage stellten. Pesce fiel letzten Endes einem dieser Experimente zum Opfer. Ich verflechte die Lebensgeschichten des Kaisers und des Tauchers miteinander. Die Geschichte eines gebildeten Mannes, der lebt, um Wissen anzuhäufen und zu regieren, und am Ende an gar nichts mehr glauben kann. Und die Geschichte eines ungebildeten Fischers, der gerade so viel weiß und glaubt, wie er zum Überleben braucht. Hauptthema des Gedichtes ist somit das Problem des menschlichen Wissens. Ich fange bei Adam und Eva an, beim Baum der Erkenntnis im Paradies, bei der Geschichte vom Sündenfall.«

»Meine Oberschenkel werden langsam klebrig.« Simonetti lächelte beiläufig und beschloß, weiterzuerzählen.

»Macht nichts. Ich mag Schweiß gern. Ein anderes Thema ist die menschliche Grausamkeit. Unser unüberwindbares Bedürfnis, andere zu quälen und leiden zu sehen. Friedrich war natürlich auch ein grausamer Tyrann – so waren die Zeiten. Die Berichte der zumeist ziemlich langweiligen Chronisten werden oft auffallend lebendig, wenn Grausamkeiten beschrieben werden müssen. Nachdem man die Gefangenen den ganzen Tag über gefoltert hatte, wurden die abgehackten Gliedmaßen und die herausgerissenen und noch dampfenden Herzen schließlich triumphierend durch die Stadt getragen und an die Tore genagelt.«

»Schön.«

»Das findest du schön?«

»Nun ja, nicht diese Art Grausamkeit.«

Simonetti streichelte ihre Oberschenkel und bekam eine Erektion. Hanna berührte seine sich bewegenden Brustmuskeln und kniff ihn vorsichtig in die Brustwarzen. Sie wurde neugierig auf Cola Pesce, mit dem sie, das war ihr klar, Simonettis Liebe noch eine Zeitlang würde teilen müssen.

»Und wer hat für Cola Pesce Modell gestanden?«

»Tonni Locantro.«

»Tonni Locantro.«

»Aber das ist eine wirklich lange Geschichte.«

»Erzähl mir von Tonni Locantro. War er Fischer?«

»Er war Fischer und lebte auf Salina, einer kleinen Insel ein wenig nördlich von Sizilien. Er war Fischer, und ihm gehörte ein kleines Grundstück an einem Berghang, auf dem er Gemüse anbauen konnte. Tonni ist nicht mit mir verwandt, aber ich betrachte ihn und seine Frau Teresa, seine Tochter Lucia und seine Söhne in Australien als Familienangehörige. Das ist eine lange Geschichte. Die werde ich dir jetzt nicht erzählen. In meiner Jugend habe ich viele Monate mit Tonni Locantro verbracht.«

»Wie sah er aus?«

»Er war kleinwüchsig und kräftig gebaut. Prächtige Arme. Haare auf den Handrücken. Magst du das?«

»Nein«, antwortete Hanna leise.

»Er hatte Haare auf den Handrücken, so wie Cola Pesce, der diese Hände oft zum Schwimmen gebrauchte, viele Kilometer, denn er diente dem Kaiser als Kurier. Wenn es noch stockdunkel war, ließ er sich von einem Schiff gleiten, ein Dokument in geöltem Segeltuch umgebunden, und schwamm zur Küste, wo er den Brief einem Unbekannten übergab. Ein Unbekannter in totaler Finsternis, der seinen Brief in Empfang nimmt. Ein Unbekannter, der ihn vielleicht töten wird. Am Rande von Pesces Leben gleitet stets ein Unbekannter entlang.«

»Und warum hast du Tonni Locantro so geliebt?«

»Er war mein erster väterlicher Freund.«

»Dein Vater …«

»Du weißt doch, wie so etwas geht. Tonni hat auch mich sehr geliebt. Ich war eigentlich sein einziger Sohn, denn alle anderen waren nach Australien ausgewandert.«

»Aber warum hast du Tonni geliebt?« bohrte Hanna weiter.

»Er lebte in den Tag hinein und haßte es zu arbeiten. Und er hatte nicht die Gewohnheit, an Vergangenes zurückzudenken. Er hatte praktisch keine eigene Vergangenheit. Warum sollte er sich auch an Vergangenes erinnern? Er war verheiratet, und seine Hochzeit war genauso gewesen wie alle anderen Hochzeiten, all die Hochzeiten der Männer seines Standes. Warum also sollte er sich auch an Vergangenes erinnern? Das Leben auf Salina war jahrhundertelang mehr oder weniger das gleiche geblieben. Immer die gleiche Geschichte. Aber ich habe dort eine jahrhundertealte Lebensweise kennengelernt, die jetzt endgültig auszusterben droht. Tonni Locantro lebte in den Tag hinein, er haßte es zu arbeiten, und er konnte noch singen. Er konnte noch singen. Dieser Menschenschlag ist im Aussterben begriffen.

Ich kann mich ganz genau an Tonni Locantro erinnern. Ich brauche nur die Augen zu schließen, um ihn vor mir zu sehen, wie er durch die schräg abfallenden Gassen unseres Dorfes geht. Ich sehe ihn vor mir, wie er in die Knie geht, um sich meinen Koffer auf die Schulter zu laden. Ich sehe es vor mir, ich fühle es beinahe, wie er seine Zehen in die Kieselsteine am Strand gräbt, wie er sich gegen den Bug seines Bootes stemmt, um es ins Meer zu schieben.«

Hanna zog ihn noch fester zu sich heran und roch und roch an seinem nackten Oberkörper.

»Bin ich der Bug, du das Meer?« fragte Simonetti prompt.

»So etwas darfst du nicht *sagen*«, antwortete Hanna leise.

»Gut. Außerdem hat das Meer keine Oberschenkelmuskeln, keine klammerähnlichen Oberschenkelmuskeln.«

»Das darfst du auch nicht sagen, denn dann höre ich sofort damit auf. Ich kann es auch nicht ändern, dieses Klammern, es geht wie von selbst. Sei mir nicht böse. Erzähl mir noch, wie Cola Pesce an sein Ende gekommen ist. Du hast ein Experiment des Kaisers erwähnt, dem Pesce zum Opfer gefallen ist.«

»Cola Pesce ist der Unbekannte, der am Rande des Lebens des Kaisers entlanggleitet. Er kommt und geht. Er lebt vom Wind und reitet auf den Wolken. Er kommt und geht. Wie ein herumirrender Stern streift er durch das düstere Leben des Kaisers, er erscheint und verschwindet wieder. Gibt es herumirrende Sterne? Das spielt keine Rolle. Du weißt, was ich meine. Pesce gehört zu keinem einzigen Sternbild. Er kommt und geht, immer im richtigen Moment. Er kommt und geht, etwas Argloses im Blick, dieser scheinbar stumpfsinnige Gesichtsausdruck. Er hat etwas Unantastbares. Der Kaiser mißt seinem Erscheinen immer größere Bedeutung bei. Zu guter Letzt zwingt er Pesce, in einem Strudel hinunterzutauchen.

Es ist der Strudel zwischen Scylla und Charybdis, ein altbekannter Ort, den nie jemand finden konnte. Seemannsgarn.

Odysseus war der erste, der ihn erwähnte, das heißt Homer. Noch zu Friedrichs Zeiten gab es eine Meerenge, die man für das Scylla und Charybdis des Odysseus hielt. Gut. Der Kaiser will wissen, was in der Tiefe verborgen ist, wirft einen goldenen Kelch ins Meer und befiehlt Pesce, ihn wieder heraufzuholen. Pesce taucht, folgt dem wirbelndem Wasser, findet den Becher und kehrt sicher an die Wasseroberfläche zurück.

Stell dir einen alten Schwammtaucher vor. Ergrauendes Haar, verwittertes Gesicht, sehnig, mager. Pesce klettert keuchend an Bord, Blut läuft ihm aus Ohren und Nasenlöchern. Der Kaiser fragt ihn augenblicklich, was er dort unten in der Tiefe gesehen habe. Der Mann schweigt. Er ist außer Atem. Der Kaiser übersieht diese auf der Hand liegende Tatsache, und das Schweigen weckt sein Mißtrauen. Nichts, antwortet Pesce endlich. Nichts, edler Herr. Das ist auch die Hypothese des Kaisers und seiner Schmeichler: nichts. Nichts, wiederholt der Kaiser, der Herrscher eines allmählich zerfallenden Reiches, ein Herrscher, der ruhelos umherstreift, um Aufstände niederzuschlagen. Nichts. Das Unantastbare in Pesce ärgert ihn. Sein Mißtrauen ist geschürt. Das Mißtrauen eines paranoid gewordenen Herrschers, eines Mannes, der zeit seines Lebens nichts anderes tat als zu herrschen und der nur etwas geben konnte, solange er die Macht hatte. Nichts. Hörst du mir noch zu?«

»Ich höre«, murmelte Hanna und biß ihn wieder vorsichtig in den Hals.

»Das Schiff zerrt an den Ankern. Das waren damals noch Steine. Das Schiff zerrt an den Ankern. Der Kaiser wittert um sich herum Betrug und Verrat. Er glaubt, auf den Rahen des Schiffes die Schemen der Freunde zu erkennen, die er töten lassen mußte. Die er töten lassen mußte. Nichts. Aber warum wurden jahrhundertelang an dieser Stelle Opfergaben ins Meer geworfen? Was bedeutet das? Was für eine Bedeutung hat dieser Aberglaube? Die Ärmsten der Ärmsten haben hier ihre Gaben ins Meer geworfen. Fischer haben bei Nacht Licht auf dem Meeresboden gesehen. Dafür gibt es Erklärungen. Aber was bedeutet es, schwören zu können, daß in dieser Finsternis Licht zu sehen war? Der Kaiser sieht seinen Taucher an, sieht das Blut, das ihm über das Gesicht und den Hals läuft, und während er ihm direkt in die Augen blickt, wirft er den goldenen Kelch zum zweitenmal ins Meer. Zurück, sagt er. Herr, antwortet Pesce, wenn ich nochmals in diese Tiefe hinuntertauche, werde ich nicht zurückkommen. Tauche, befiehlt der Kaiser. Pesce klettert auf die Reling, bekreuzigt sich und nimmt sein Schicksal auf sich.«

Simonetti legte seine Hände auf Hannas Knie und drückte sich hoch, von dem absurden Gedanken in Unruhe versetzt, er könne sein Gedicht nicht vollenden, solange er mit ihrem Körper verbunden bliebe. Außerdem tat es ihm leid, sich über sein Werk so ausführlich ausgelassen zu haben. Was in seinem Innern lebte, schien zu schrumpfen und abzusterben, sobald er davon erzählte.

»Duschst du noch?« fragte Hanna und schlug verschämt die Zipfel ihres Bademantels über ihre Oberschenkel. Es ängstigte sie, Simonetti unmittelbar neben einer Vase mit blühenden Amaryllen stehen zu sehen.

»Dusch dich noch ab.«

»Ich muß nach Hause. Leda wartet auf mich.«

»Leda kann doch wohl ein wenig warten.«

»Ich muß nach Hause.«

Fünf Wochen später wohnte Hanna Piccard an der Piazza Farnese. Simonetti hatte gefragt, ob sie zu ihm ziehen wolle. Sie hatte es ihn dreimal fragen lassen, bevor sie, errötend, den Kopf gesenkt, vor Freude und Bestürzung zitternd, eingewilligt hatte. Das Appartement mit all ihren Möbeln vermietete sie an Ernesto Canal, den chilenischen Exilanten, der Zeuge ihrer ersten Begegnung mit Simonetti gewesen war.

An einem Samstagmorgen zog sie um. Zuerst trug sie die Katzen in ihrem Reisekorb nach oben. Simonetti war außergewöhnlich schlecht gelaunt. Er hatte Leda nicht überreden können, zu Hause zu bleiben und Hanna willkommen zu heißen. Ihre Flucht aus dem Haus, vor Tau und Tag, war jedoch nicht die einzige Ursache seiner Trübseligkeit. Während Hanna oben ihre Kleidungsstücke auspackte und in einen ausgeräumten Schrank hängte, blieb Simonetti unten und machte sich daran, wie verrückt aufzuräumen, was er am Abend zuvor auch schon getan hatte. Nachdem er anderthalb Stunden gezögert hatte, wagte er sich hinauf und fand Hanna im Schrank. Er ging ebenfalls hinein, schloß die Türen und tastete nach ihrer Hand, bis er sie fand.

»Denkst du, daß ich das kann, Andrea? Ich bin so launisch. Und es dauert so furchtbar lange, bis ich mich an jemanden gewöhnt habe.«

»Du wirst es dir erkämpfen müssen.«

»Ich bin aber nicht so kampffreudig wie du.«

»Du wirst es dir erkämpfen müssen.«

Sie zog die Hand zurück. Kurz spürte sie das Verlangen, sich von Simonetti im Schrank nehmen zu lassen, ließ es sich aber nicht anmerken. Simonetti wollte sie im Schrank nehmen, tat es aber nicht. Spätabends unternahmen sie den halbherzigen Versuch, sich zu streiten.

Langsam, aber sicher eroberte sich Hanna Piccard ihren Platz in einer Wohnung, in der sieben Jahre lang keine Frau gewohnt hatte. Am Kopfende des Bettes tauchten eine Flasche roter Portwein und ein Kristallglas, eine Spieluhr, das Tagebuch von Samuel Pepys und *Näher zu Dir* von Gerard Kornelis van het Reve auf. Nach zwei Wochen einigten sie sich, wer im Bett auf welcher Seite liegen sollte. Hanna Piccard war es gewohnt, daß der Mann in ihrem Bett links von ihr lag, und sie hielt an dieser Gewohnheit fest. Außerdem schlief sie am liebsten mit dem Rücken zu dem Mann, und sie konnte erst einschlafen, wenn sie nicht mehr berührt wurde.

»Mann links. Ich komme von rechts.«

Simonetti tat, als lese er, und sagte nach zehn Minuten, ohne von den Seiten aufzusehen: »Seltsam. Daß du Männer immer links von dir haben willst. Das kommt nicht so oft vor. Die meisten Frauen liegen doch links von ihrem Mann. Auch auf der Straße sieht man Frauen meistens links neben ihrem Mann gehen. Am besten streicheln kann ich dich mit meiner rechten Hand.«

»Dann wirst du im Bett halt ein wenig linkshändig werden müssen«, antwortete Hanna. Sie schlug die Arme übereinander und kuschelte sich in vier übereinandergestapelte Kissen. Simonetti starrte das Landschaftsbild an, das eine Freundin vor vielen Jahren auf die Holzschiebetüren des Schlafzimmers gemalt hatte. Es tat ihm noch immer leid, daß er sie nicht weiter als bis zu den Schiebetüren hatte kommen lassen.

»Woran denkst du, Andrea?«

Er dachte an nichts. Wirklich an nichts? An absolut nichts.

»Dann ist es in Ordnung. Oder denkst du an die Erlösung?«

»Welche Erlösung?«

»Die Erlösung.«

»Ich denke noch nicht einmal an die Erlösung.«

»Dann ist es in Ordnung. Ich wünsche mir oft, sechzig zu sein.«

»Dann wünschst du dir oft die Erlösung herbei.«

»Macht es dir was aus, wenn ich hier liegen bleibe?«

»Natürlich macht es mir nichts aus.«

Am nächsten Morgen warf Simonetti ihre Schlaftabletten weg. Sie besorgte sich neue und warf sich jeden Abend vor seinen Augen einen halben blauen Jungen in den Mund.

»Daran habe ich mich halt gewöhnt.«

»Ich finde es dumm und bequem, Tabletten zu schlucken.«

»Haßt du mich jetzt?«

»Du bist die netteste Frau auf der ganzen Welt.«

»Ich bin nicht wirklich nett.«

Simonetti schlief noch ein paar Nächte mit den Füßen auf dem Kopfkissen, so daß sie doch links von ihm lag, wenn auch nicht in der gewünschten Stellung, und liebkoste ihre kleinen, kompakten Füße so lange, bis sie ihn bat, sich rechts neben sie zu legen; schließlich gab er dann doch nach, und es war eine wahre Erlösung, nachgeben zu können.

Auf dem Boden der Badewanne lagen nun die siebzehn glattgeschliffenen Steine, die Hanna während eines ihrer ersten Italienurlaube in einem Bach gefunden und mitgenommen hatte. Sie hatte die Gewohnheit, jeden Abend ein Bad zu nehmen und mit den Kieseln zu spielen – kürzer oder länger; länger, je mehr sie mit Schrecken dem Moment entgegensah, an dem sie mit Simonetti ins Bett mußte. Manchmal setzte er sich zu ihr und betrachtete sie, sittsam und keusch. Sie liebte diese Augenblicke. Das ein oder andere Mal konnte sie Simonetti überreden, zu ihr in die Wanne zu steigen. Nur ganz selten tat er es von sich aus. Langsam gewöhnte sie sich an die Nähe seines nackten Körpers. Sie untersuchte ihn, entdeckte die zwei unbehaarten Stellen an der Innenseite seiner Oberschenkel und streichelte ihn mit dem Naturschwamm.

»Spann doch mal deine Beinmuskeln.«

Simonetti spannte seine Beinmuskeln. Sie waren hart, die Muskeln seiner Waden und Oberschenkel, und erinnerten sie an Metallplatten, die Beinschützer antiker Krieger. Sie kniff hinein, zog sein Bein aus dem Wasser und schlug mit der Faust auf die Metallplatten. Es tat nicht weh, und sie schlug kräftiger.

»Warum wirst du denn so wütend?«

»Weil ich sie so schön finde.«

Meistens stieg Simonetti nach zehn Minuten aus dem Wasser. Eines Abends stand er schon nach drei Minuten auf.

»Bleib noch ein wenig«, bat sie ihn. »Es tut dir gut, ein Bad zu nehmen.«

»Es macht mich so schwer, es stumpft mich ab.«

»Du brauchst doch nicht mehr zu arbeiten.«

»Es stumpft mich ab, und ich hasse alles, was mich abstumpft. Ich mag es nicht, wie ein Weichtier in der Wanne zu treiben. Ich hasse schweres Essen, Sitzungen, Fernsehprogramme, stundenlanges Sonnenbaden. Und wenn ich müde bin, will ich meine Müdigkeit ganz genau fühlen. Sei mir nicht böse, ich bin wieder zu ungeduldig. Aber alles muß schnell gehen. Es muß strömen.«

»Reg dich nicht auf. Geh lieber.«

»Es muß strömen.«

»Und es strömt nicht. Ich weiß. Geh jetzt lieber.«

Immer wenn Simonetti, nachdem er sich lange zusammengenommen hatte, in Wut geriet, war sie wie gelähmt vor Angst. Sie zog sich in sich selbst zurück, wie sie es gewohnt war, und ließ ihn mit seiner Wut allein. Meistens war es Simonetti, der als erster einen Versöhnungsversuch unternahm, um die Harmonie wiederherzustellen. Er war tatsächlich ungeduldig, schien aber zugleich über ein großes Maß an Geduld zu verfügen, wenn es darum ging, für Harmonie zu sorgen – in einer Beziehung, in einem Gedicht –, und seine Geduld war nahezu unerschöpflich, wenn er einen Fall leichter Hysterie behandeln mußte.

»Du bist so vernünftig, Andrea.«

»Muß ich wohl.«

»Du bist ein Engel.«

»In der Tat.«

Manchmal war es einfacher, ein paar Worte zu schreiben. Viele Zettel wurden vollgeschrieben und an geheimen Stellen hinterlegt.

»Signora, bitte, ich möchte nie mehr Ihre Zähne in irgendeinem Teil meines Kopfes spüren. Du darfst mich in den Hals und in die

Schultern beißen, aber nicht in die Stirn, die Ohren, die Nase und die Lippen. Ich hatte das Gefühl, als würde mich ein Hund beißen. Als ich auf einmal Deine Zähne in meiner Stirn fühlte, verwandelte ich mich in ein Tier. Manchmal wäre ich zwar gern ein Tier, ich möchte mich aber lieber nicht gerade in ein fleischfressendes Raubtier verwandeln. Du hast mich gebissen, und augenblicklich dachte ich: Jetzt mache ich sie tot, jetzt mache ich sie kalt.

Es wundert mich, daß der Mörder nur dann erwacht, wenn Du mich in den Kopf beißt. Damals, als Du mich durch Sakko und Hemd hindurch in die Schulter gebissen hast, fühlte ich nur Stolz. Ich war stolz auf solch eine Frau. A.«

»Andrea, manchmal ist es so schrecklich erniedrigend, dich zu lieben, so erniedrigend, jemandem mit Leib und Seele ausgeliefert zu sein. Deine Worte sind manchmal sehr hart. Ich bin nicht Deine Feindin.

Das Gedicht von García Lorca hat mir gefallen. Alles, was Du mir zum Lesen gibst, gefällt mir. Ehrlich, ich finde es sehr angenehm, daß Du mir Bücher empfiehlst, die Dich selbst so berührt haben.«

»Mein Kleines, meine Sexgeschichten sind für Deinen Geschmack vielleicht zu sanft, zu anmutig. Ich traue mich kaum, es auszusprechen, aber es wird Zeit, es in Worte zu fassen, also zwinge ich meine Feder vorwärts und schreibe: Deine Geschichten gefallen mir überhaupt nicht. Ich kann nicht darin aufgehen, denn sobald Du mir etwas erzählst, achte ich wie von selbst auf die Art, in der Du es mir erzählst. Deine Geschichten sind nicht plastisch. Ich sehe nichts. Das finde ich schade, aber so ist es nun mal. Mittwoch, und mir hängt schon wieder die Zunge bis auf die Knie – Sklave meiner Arbeit. Ich umarme Dich und mache den Reißverschluß an Deinem Hintern auf. A.«

»An Andrea. Chuang Tzu, diese Gedanken gefallen mir nicht. So entrückt, so abgehoben. Berührt hat mich diese Parabel im dreizehnten Buch: Der Herr des Unbewußten zu Besuch beim Herrn des Neugierigen, des Untersuchenden und des Zielstrebigen. Bis dann, mein Junge.«

»Hanna, ich bin gerade erst nach Hause gekommen und kann sofort wieder mein Kostüm, meinen Harnisch anlegen. Die drei Tage in Sutri haben mir gutgetan. Ich habe Holz gehackt und dabei gut auf meine Füße aufgepaßt, die ich ab und an gerne abhacken würde. Auf dem Hof habe ich das dürre Wintergras mit einer Sense gemäht. Mein Gott, ich habe eine Heidenangst vor Dir bekommen.

Ich gehe, ich trotte im Kreis herum wie ein Esel mit verbundenen Augen. Diese stumpfsinnige Wiederholung, diese Zwanghaftigkeit, dieses sinnlose Leiden. Gestern mittag saß ich unter meinem Olivenbaum, sah dies alles in mir und wie es entsteht, und endlich kam ich zur Ruhe. Die jetzt folgenden Worte sind schlichtweg wahr: Hüte den Geist vor allem, was in ihm aufkommt, denn sobald er sich für einen Stützpunkt entscheidet, kennt er keine Ruhe mehr.

Ein Glas Wein trinken und es richtig genießen – gerade, weil man weiß, daß man auch die Finger davon lassen könnte. Voller Liebe sein und sie intensiv genießen – gerade, weil man weiß, daß diese Liebe inhaltslos ist. Denk an die Berichte von Selbstmördern, die überlebt haben: Manche erinnern sich an ein unbeschreiblich sanftes Glücksgefühl, das in der Zeitspanne zwischen dem Durchschneiden der Pulsadern und dem Eintritt der Bewußtlosigkeit aufgetreten ist. Sie erreichten diesen Zustand der Glückseligkeit, nachdem sie sich von sich selbst und von der Welt gelöst hatten.

In ebenjenem Augenblick, in dem ich mich unter meinem Baum erhob, nahm mein Geist am Fuße des Hügels einen kräftigen Stützpunkt wahr: Joe Kurhajec, meinen verkrüppelten amerikanischen Bildhauer, wie Zuccarelli ihn im Moment zu nennen beliebt. Ich hielt mich vor ihm verborgen, und mein Herz klopfte auf den Boden. Schließlich ging ich ihm entgegen und flog ihm mit ausgestreckten Armen um den Hals.

Wenn ich Joe am Arm nehme und neben ihm hergehe, weiß ich, wie es für Dich sein muß, eingehakt neben mir zu gehen. Ich erkenne dich in meinem Verhalten. Es interessiert mich nicht, wohin er geht, es interessiert mich nicht, was er sagt, ich möchte nur bei ihm sein.

Jetzt bin ich wieder für Dich da. Ich stehe hier in einer Vase, und das ganze Zimmer riecht nach mir. Dein Andrea.«

»Hanna, in diesem Artikel wird die Weltgeschichte auf höchst originelle Weise aus dem Blickwinkel einer einzigen Tatsache heraus beleuchtet: daß sich nämlich die männlichen Geschlechtsteile außen und die weiblichen Geschlechtsteile innen befinden. Ich würde diesem Artikel gerne einen Appendix hinzufügen, in dem ich beschreibe, was sich gestern abend gegen 23.25 Uhr in einem Schlafzimmer an der Piazza Farnese ereignet hat: ein Fall von Levitation. Als ich das endlos lange seidene Nachthemd deiner Mutter unendlich langsam hochgestreift hatte und endlich wiegend zwischen deinen Schenkeln lag; als ihm besagte Frau auf einmal das Geheimwort ins Ohr flüsterte – oder rief sie es? –, schien besagter Mann, im vollen Besitz seiner geistigen Kräfte, schien dieser Mann aufzusteigen. Ich schwebte zwischen deinen Beinen. Das Gefühl, aufzusteigen und zu schweben, war so stark und überzeugend, daß ich mich unwillkürlich am Laken festhielt. Geschätzte Dauer dieses Gefühls: eine Ewigkeit (zwei Minuten). Dein Hausherr.«

Langsam, aber sicher eroberte sich Hanna Piccard einen Platz in der Wohnung, in der sieben Jahre lang keine Frau gewohnt hatte und in dem einige Vasen noch an die Frauen erinnerten, die ihrem Bestreben vergebens Ausdruck verliehen hatten. Sie machte sich weis, daß es ihr liege, sich durchzuboxen, eigentlich aber fand sie es schrecklich, sich einen Platz in einer Wohnung erobern zu müssen, die nicht die ihre war und die eine Vergangenheit atmete, die sie nicht kannte. Ruhe fand sie noch am ehesten an ihrem Schreibtisch, den sie unter die Galerie gestellt hatte, auf der sich das Schlafzimmer befand, und in dem neuen Bett, das auf ihre Kosten angeschafft worden war.

Durch ein Fenster in der Wand des Schlafzimmers konnte sie Simonetti nahezu jeden Abend in seinem Arbeitszimmer sitzen

sehen, Simonetti, der über den Kaiser und Cola Pesce nach-
dachte, über Pariser Theologen und Fakire aus einem unbekannten Kontinent, über Henker und Mörder, über die Belagerung
von Städten, über den Anbau von Trauben, die Falkenjagd und
das Schwimmen im Meer. Es störte sie nicht: Zu wissen, daß er
jahrein, jahraus beinahe jeden Abend einige Stunden lang dasaß
und sich konzentrierte, verlieh ihr Ruhe.

Das Arbeitszimmer war außergewöhnlich hoch, und die Lampen waren so aufgehängt worden, daß es im oberen Bereich
dämmrig war. Durch die beiden Fenster in der Rückfront des
Hauses sah sie das orangefarbene Lichtermeer Roms. Nur ganz
wenige Male erlaubte sie sich, gegen halb elf die Leiter in sein Arbeitszimmer hinunterzuklettern. Wenn sie auf dem Boden der
Grube angekommen war, hatte Simonetti sich schon zu ihr umgedreht.

»Wie geht es dir, Hanna?«

»Mir geht es gut. Und dir?«

»Schlecht. Hast du schon mal auf einem Pferd gesessen? Ich
muß wissen, was es heißt, auf einem Pferd zu sitzen. Diese Typen
haben einen Großteil ihres Lebens auf Pferden verbracht. Haben
sich die Welt von einem Pferd aus angesehen und sind mit der Geschwindigkeit eines Pferdes gereist.«

Bekam sie eine Schale Tee, dann legte sie sich auf die Couch
und übte sich im Auf-der-Couch-Liegen, während er am Schreibtisch saß und tat, als fühle er sich durch ihre Anwesenheit nicht
im geringsten gestört.

»Laß uns rausgehen«, schlug sie vor. Aber nach einem Spaziergang über die Piazza Farnese und am Tiber entlang mußte sie
doch in seine Wohnung zurückkehren.

»Diese leidigen Revierprobleme werden dir so lange zusetzen,
wie du dich nicht von ihnen freimachst, Hanna.«

»Du hast leicht reden.«

»Jeder Gedanke, jede Äußerung, jede Handlung ist ein Re-
vierproblem. Erobern, erobern und nochmal erobern. Und anschließend: verteidigen, verteidigen und noch mal verteidigen,
weil du das Eroberte nicht verlieren willst. Bin ich nicht kompro-
mißbereit?«

»Dem Anschein nach ja.« Sie traute seiner Geduld und Nachgiebigkeit nicht. »Schenk mir was zu trinken ein. Alkohol, nein, keinen Alkohol. Lies mir was vor und gib mir dein Hemd.«

»Die Knöpfe kann ich selbst annähen.«

»Ich mache es gern, es beruhigt mich.«

»Ich werde in Zukunft Hemden ohne Knöpfe kaufen.«

»Du Süßholzraspler.«

Sie ließen einen Dachgarten anlegen und Balkonkästen an der Balustrade aufhängen. Vor einem Schilfzaun pflanzte sie zwei Oleanderbäume ein, einen roten und einen weißen. Ein Mosaik aus einer antiken römischen Villa stand Modell für einen Fliesenboden, der aus geometrischen Figuren bestand, die aus unterschiedlichen Perspektiven zu sehen waren, und zwar so, daß der eine Blickwinkel den anderen ausschloß. Die schwarzen Fliesen wirkten wie der Schatten einer Form, konnten aber auch die Form selbst sein. Wenn sie versuchte, die verschiedenen Blickwinkel zu kombinieren, begann sich ihr Kopf zu drehen. Das Auge kann nicht gleichzeitig an verschiedenen Stellen sein, und so war es unmöglich, das Mosaik in ein und demselben Moment in all seinen Aspekten zu betrachten.

Die Umarmung unter den Oleanderbäumen, mit der die Vollendung des Dachgartens gefeiert wurde, blieb ihr lange in Erinnerung: Sie war einwandfrei.

Am liebsten hätte sie sich jedoch selbst eine Eigentumswohnung gekauft und Simonetti und seine Tochter gebeten, zu ihr zu ziehen. Gelegentlich stellte sie sich vor, die Wohnung an der Piazza Farnese wäre ihr Eigentum und Simonetti ihr Liebhaber: ein schöner, großgewachsener, hagerer und talentierter junger Mann vom Land, den sie in Rom untergebracht hatte. An einem der Tage, an denen er zu Hause arbeitete, würde sie – die Frau Direktorin – gegen drei Uhr nachmittags ihr Büro an der Piazza Colonna verlassen, zwei Arme voller Geschenke kaufen – einen Toaster, Unterwäsche, Blumensträuße, Creme, mit der sie ihm Rücken und Gesäßspalte einreiben würde, zehn weiße Taschentücher, Notizzettel, Briefpapier für die Korrespondenz innerhalb der Wohnung, eine Melone und drei Becher sauren Rahm – und sich schließlich in einem Taxi zur Piazza Farnese fahren lassen, um dort, wenn sie Glück hätte, ihren Liebhaber in Gedanken versunken am Fenster stehen sehen zu können. Sie würde ihn mit einer herausfordernden Kopfbewegung grüßen und spöttisch murmeln: »Onkel Jan. Onkel Jan und sein dicker Mercedes.«

Einmal im Monat ergriff sie die Flucht. Es begann stets mit einer schlaflosen Nacht, in der sie Kerzen anzündete und an die Kirchen in Rom dachte, die sie mit einem leise pfeifenden Andrea besucht hatte; einer Nacht, in der sie den Miniaturbuddha betrachtete, den Marina ihm zum siebzehnten Geburtstag geschenkt hatte, und den Worten von Gerard Kornelis van het Reve lauschte, ach, mein Junge, der sich aus dem Haus in Greonterp, genannt »Het Gras«, lautstark an sie wandte; einer Nacht, in der sie durch die dunkle Wohnung streifte, hundertmal mit den Füßen in einer mit eiskaltem Wasser gefüllten Wanne Tretbewegungen machte und die rollenden Augäpfel eines träumenden Andrea anstarrte. Was mache ich hier eigentlich? Wird es je ein gutes Ende mit mir nehmen? Wäre ich doch nur schon sechzig. Die darauffolgende, ebenfalls schlaflose Nacht pflegte sie in ihrem eigenen Appartement, bei Ernesto und dessen Strichjungen oder in einem Hotel zu verbringen. Sie wickelte sich in eine Decke und setzte sich ans offene Fenster. Was mache ich hier? Aufenthalt in Rom. Befristet. Nächste Station. Befristet. Aber ein Mensch muß doch irgendwo Wurzeln schlagen? Säße ich doch nur schon in meinem Zimmer am Spaarne, die liebe Tante Ottilie. Der eingewachste Fußboden und die Enkel auf den Knien vor der Kommodo mit dem Spielzeug. Die Enkel – kommen sie morgen, oder sind sie erst gestern dagewesen? Säße ich doch nur schon im Dämmerzustand in meinem Zimmer am Spaarne. Die Angst, die es ihr beinahe zwei Jahre lang unmöglich gemacht hatte, jemanden zu lieben, stieg wieder in ihr hoch. Was mache ich hier? Sie gewann die Überzeugung, daß sie dort, in der Wohnung an dem eindrucksvollen Platz, von einem Mann, der in den Untergrund gegangen war, und einem Mädchen, das unnahbar blieb, lediglich geduldet wurde, geduldet wurde wie ein fremder Herrscher, der das Leben nur an der Oberfläche zu verändern vermag. Dann verlaß ihn doch. Er will dich nicht. Aber er ist so tief in mir drin, so tief in mir drin. So saß sie am Fenster, bis es hell wurde.

Nach zwei schlaflosen Nächten ging es auf Biegen und Brechen. Sie trank ein paar Gläser Wein und ging in die San Carlo alle Quattro Fontane, um die formenreiche Architektur und das Licht in der Kuppel zu sehen und um auf dem Hof des Chiostro bei einem jungen Mann, dessen Hände denen Simonettis täuschend ähnlich waren, Karten zu kaufen. Dann kehrte sie zur Piazza Farnese zurück, fröhlich, ausgelassen, wutschnaubend und schimpfend, um eine Antwort auf die eine Frage zu erhalten, die noch immer unbeantwortet geblieben war: ob er sie wirklich wollte.

Mit Blei in den Schuhen stieg sie die vierundsechzig Stufen hinauf, als wäre es das erste Mal, und in Gedanken sagte sie die Worte des Liedes auf, das sie seit ihrer Schulzeit kannte:

Jetzt steh' ich hier, jetzt steh' ich hier
Im roten Rock vor deiner Tür
Ja, ich will dich
Ja, ich krieg' dich.
Und haut mir Mutter auch ein paarmal um die Ohr'n
Dann steh' ich auf
Und beginn von vorn.
Und schlägt mich Mutter noch so windelweich
Ja, ich will dich
Ja, ich lieb' dich.

110

TEIL ZWEI

Ein Jahr später träumte Andrea Simonetti, er wäre schwanger. Er befand sich in dem an einem Hang stehenden Haus der Locantros auf Salina, und er war schwanger. Das Haus stand leer, so wie seinerzeit die Häuser der Familien, die nach Australien ausgewandert waren, leergestanden hatten. Das Bambusgebüsch in dem ummauerten Garten war verwildert. Das Haus war größer als das Haus, an das er sich erinnerte, und doch war es dasselbe Haus.

Er ging durch leere Zimmer, die in Rot- und Goldtönen gestrichen waren. Durch die Fenster sah er die grünen Hänge der Insel, Raubvögel, die über den Bergspitzen kreisten, die Flachdächer der Häuser im Dorf, im Hafen das weiße Schiff, mit dem er selbst schon so oft hier angekommen war, und am anderen Ende der Seestraße die weißen Bimssteinhänge von Lipari. Er ging, schwanger ohne Schwellung, durch die rot- und goldfarbenen Zimmer und fühlte sich glücklich.

Als die Stunde der Niederkunft nicht mehr fern war, lag er zugedeckt auf einem Diwan. Er freute sich auf das Eintreffen der zwei bis drei Frauen, die ihm helfen und zur Hand gehen wollten. Auf einem anderen Diwan, der hinter seinem stand, lag eine Frau, die er flüchtig kannte: Sie arbeitete für das Museo Nazionale, hatte ihm irgendwann einmal in betrunkenem Zustand ihr Herz ausgeschüttet und reagierte seither gereizt auf seine Anwesenheit. Er winkte ihr, sie schüttelte den Kopf, er winkte noch einmal, und daraufhin legte sie sich zu ihm auf das Sofa. Die Frau wandte ihm den Rücken zu, weinte, so wie sie geweint hatte, als sie ihm das Herz ausgeschüttet hatte, und ließ ihn in sich eindringen. Simonetti roch ihre Tränen, fühlte ganz genau die Form ihres Hinterns, die feuchten Härchen zwischen ihren Oberschenkeln, und war glücklich. Aber als er in sie eingedrungen war, geriet er in Verwirrung: Er war schwanger, und doch drang er in eine Frau ein, von hinten, als wäre *sie* schwanger. Die Frau verschwand.

Danach lag er im stockdunklen Zimmer allein auf dem Diwan, ohne Orientierung, als wäre er mitten in der Nacht in einem fremden Zimmer erwacht, und er durchlebte jene gräßlichen Sekunden, in denen ein Mensch, gerade wach geworden, nicht weiß, ob er wach ist oder träumt, nicht weiß, ob er lebt oder tot ist, und sich selbst fremd ist, bis er, im Dunkeln herumtastend, einen Körper neben sich findet.

Noch im Halbschlaf begann Simonetti nachzudenken. Er versuchte, sich den Traum in Erinnerung zu rufen, und sah das real existierende Heft, in dem er hin und wieder einen Traum festhielt, auf dem Schreibtisch in seinem Büro, an dem er sich morgens gegen halb zwölf an seine Träume zu erinnern pflegte, schon vor sich liegen. Während er sich anstrengte, damit ihm der Traum nicht entglitt, merkte er, daß er ihn bereits unwillkürlich der Welt der Logik anglich, der Welt, in der er nicht zur gleichen Zeit an zwei Orten sein konnte. Der Traum verwandelte sich bereits in eine Erzählung. Er ging noch durch rot- und goldfarbene Zimmer, meinte, sich noch genau daran erinnern zu können, was es heißt, schwanger zu sein, fühlte zur gleichen Zeit die Schamlippen einer Frau und suchte unterdessen nach einer Methode, mit der man Träume heil ans Licht bringen kann. Es ärgerte ihn maßlos, daß er sich den Traum nicht so in Erinnerung rufen konnte, wie er ihn geträumt hatte und ihn nun – teilweise – noch immer träumte. Zwei Systeme, die nicht kompatibel waren. Während ihm Speichel aus dem Mundwinkel rann, stellte Simonetti Systemanalysen an. Er hing über einem Abgrund, die Hände um einen Stein an der einen Seite geklammert, die Füße hinter einem Stein an der anderen Seite verhakt. Er konnte sich nicht länger halten und fiel. Gleichzeitig verstrickte er sich in einem Knäuel, in dem Gefühl, in einem Knäuel zu stecken, in einem Knäuel von Gefühlen; er kam einem Etwas näher, nach dem es ihn sehr stark verlangte, war gleichzeitig aber unermeßlich weit davon entfernt, und das quälte ihn, denn dieses Etwas

114

kam ihm vor wie eine Art zu denken, in der er nicht denken konnte.

Simonetti erwachte und lächelte voller Zärtlichkeit: Ach, sein linker Arm war gefühllos geworden. Nachdem er dem Arm den Gefallen getan und sich auf den Rücken gedreht hatte, fragte er sich, ob man die These aufstellen könne, sein eingeschlafener linker Arm habe ihn geweckt. Jetzt ein anderes Wortspiel, Kollege. Hat mein linker Arm mich geweckt? Mitten in der Nacht dreht sich mein Körper von der einen auf die andere Seite, ohne daß ich das merke. Ich? Bin ich denn da? Wie auch immer, nehmen wir an, die Tortur meines unterdrückten linken Armes sei die Ursache dafür, daß ich früher als sonst, um halb sieben, wach geworden bin. Nein, nicht meine Erektion hat mich geweckt und auch nicht mein ausgetrockneter Gaumen – es war mein linker Arm. Wen oder was hat dieser linke Arm geweckt? In erster Linie hat der linke Arme sozusagen die Zentrale verständigt, mit Signalen, mit immer nachdrücklicheren Signalen: He, ich bin schon seit einer Stunde in einer prekären Lage, die Durchblutung ist unter allem Niveau, mach was, kümmere dich darum, daß er sich umdreht. Der Rest des Körpers wird alarmiert. Ein Ich entsteht. Wer oder was ist jetzt erwacht? Ein Bewußtsein von Speichel auf dem Kinn, ein Bewußtsein von einem kribbelnden linken Arm, ein Bewußtsein von einem Bewußtsein. Hier bin ich dann, Kollege, in Form eines Hotelzimmers, in Form eines kribbelnden linken Armes, in Form einer rechten Hand, die fühlen kann, daß der linke Arm gefühllos geworden ist. Dem Schmerz im linken Arm ist zu verdanken, daß der Körper eine andere Stellung eingenommen hat, um diesen Schmerz zu lindern. Mögen meine Qualen dazu führen, daß mein Geist eine andere Stellung einnimmt, um diese Qualen zu lindern, mögen meine Qualen die Ursache dafür sein, daß ich endlich aufwache und mich vergesse.

Nachdem er diesen frommen Wunsch ausgesprochen hatte, stand Simonetti auf. Im Schlaf hatte sich Hanna Piccard immer tiefer unter die Decke verkrochen – nur noch ein Arm mit einer wie im Krampf gekrümmten Hand schaute darunter hervor. Als Simonetti ihre Hand behutsam in die seine nahm und die gekrümmten Finger streichelte und streichelte, fühlte er sich auf einmal miserabel.

Er zog sich an. Schlüpfte mit beiden Beinen in eine Hose, schlüpfte mit beiden Armen in ein Hemd, mit dem Gefühl – einem vertrauten Gefühl –, er sei dabei, sein Leben zu zerstören. Stand am Fenster, die Hände in den Taschen, musterte die Bäume im Hof und erinnerte sich an die Anfangsszene eines Films, in dem ein Mann eine Zeitlang am Fenster stand und schließlich mit der Faust die Scheibe einschlug. Dummheit, werter Kollege, meine Dummheit. Eine übertriebene Entwicklung des Intellekts: durchtrennt, isoliert, beklemmt. Der Prozeß der Zivilisation, werter Kollege, so ist es nun einmal. Am besten macht man Kunst daraus, aus diesem Gefühl der Beklemmung. Jetzt kommt die Geschichte von den Mauern. Jetzt kommen die Geschichten von Mauern und Labyrinthen, vom Verlust der Wurzeln und der Heimat, von Zweifel und Abscheu, die Geschichten des modernen Menschen. Machen die uns denn glücklicher? Welches Gefühl? Oh, das. Das Gefühl, ich sei dabei, mein Leben mutwillig zu zerstören. Fühl es, fühl es. Vielleicht täuschst du dich. Du fühlst es jetzt wenigstens ganz genau. Ja, vielleicht geht es dir gut.

Simonetti klopfte an die Tür zum Nebenzimmer. Er stand zwar nicht so da wie in einem zweitklassigen Film, Socken an den Füßen, Schuhe in der Hand, doch dieses Bild kam in ihm auf, und unwillkürlich warf er einen Blick auf seine Füße. Er hörte Leda barfuß zur Tür kommen, auf den schmalen und langen Füßen ihrer Mutter, er hörte, daß sie auf der Außenkante ihrer Füße zur Tür kam. Sie blieb stehen und zögerte.

»Wer ist da? Andrea. Komm rein.«

»Augenblick. Ich weiß nicht, wie das Schloß funktioniert.«

»Nach links. Zweimal.«

Als er das Zimmer betrat, war Leda wieder zurück ins Bett geschlüpft. Er öffnete die Gardinen.

»Mein Mund ist ganz trocken«, sagte sie.

»Du hättest die Klimaanlage ausmachen können.«

»Oh. Ja, daran habe ich gedacht. Aber ich konnte den Schalter nicht finden.«

Ihre Stimme war rauh. Leda nahm einen Schluck Wasser aus dem Glas, das Simonetti ihr hinhielt, und gab es ihm, der sich aufs Fußende ihres Bettes gesetzt hatte, wieder zurück.

»Unternehmen wir was?«

Leda wurde wach wie ihr Vater: schnell; sie spürte sofort einen gewissen Druck, wenn sie an die Verpflichtungen des Tages dachte. Aber auch dann, wenn sie nicht an den vor ihr liegenden Tag dachte, spürte sie sofort eine gewisse Spannung in ihrem Körper, und sie konnte nur wenige Minuten nach dem Öffnen der Augen den Faden des Gesprächs, das sie am Abend davor geführt hatte, wiederaufnehmen. In Rom stand sie immer zehn Minuten nach dem Klingeln des Weckers auf der Straße, um Frühstücksbrötchen zu holen.

»Ich wollte zu den Fähren hinter dem Hauptbahnhof«, sagte Simonetti. »Vielleicht fährt schon eine Straßenbahn. Hanna wird um halb neun geweckt.«

»Was willst du denn bei den Fähren?«

»Ein paarmal hin und zurück über Het IJ. Sonnenaufgang über den Hafenbecken. Sehen, wie die Menschen hier erwachen. Diese anständigen, ehrlichen, sich abrackernden Menschen. Ich will ihre Lebensfreude sehen.«

»Ihre Lebensfreude? Gut. Wir sind schließlich hier, um Hannas Hintergrund kennenzulernen.«

»Aber, aber, junge Dame.«

»Stimmt doch, oder? Sie zeigt uns die Häuser, in denen sie gewohnt hat. Schaut mal, in diesem Stockwerk, dann aber hintenraus. Rückseite dritter Stock. Und dort am Fenster saß die Frau, die zu jener Zeit starb, als ich bei ihr zur Miete wohnte.«

»Ich gehe in zehn Minuten.« Simonetti stellte sich ans Fenster. Leda sprang aus dem Bett.

»Zehn Minuten. Die Haare bürste ich mir später. Auf dem Rückweg müssen wir die Teilchen besorgen, die Hanna so mag. Um ihren Hintergrund kennenzulernen. Hast du den Notizzettel noch, Andrea?«

Sie verschwand im Badezimmer und ließ die Tür offenstehen. Simonetti hörte die Zahnbürste, die in ihrem Mund leise scheuerte, die Lippen, die das Wasser wieder ausspuckten. Dies

117

zu hören tat ihm weh. Es war ein leichter und sanfter
Schmerz.

»Dreh dich doch um, Andrea. Soll ich die Stiefel anziehen? Ich
zieh' die Stiefel an.«

Leda langte nach den gelben Gummistiefeln, die sie am Tag
zuvor bekommen hatte, und ließ den Sand vom Strand bei Castricum herausfließen. Während sie sich bückte und die Füße
eilig in die Stiefel zwängte, war ihr, als höre sie Muscheln klirren.

Wenig später grüßte sie den Herrn an der Rezeption mit einem
verschmitzten Lächeln und legte ihren Zimmerschlüssel vor ihm
hin. Als sie die Roemer Visscherstraat halb durchschritten hatten,
warf sie einen Blick über ihre Schulter, und dann reichte sie
Simonetti ihren Arm.

Auf der Fähre über Het IJ konnte Simonetti sich auf einmal nicht
mehr beherrschen und hatte an allem etwas auszusetzen. Die Hafenbecken im Osten machten einen verlassenen Eindruck. Gerade mal zwei Hochseeschiffe lagen da vor Anker. Über den leeren Werften, den Lagerhallen und den arbeitslosen Kränen stand
eine blasse Sonne. Das Licht war frostig, zu schwach, um den Gesichtern die graue Färbung zu nehmen. Der Wind kam von der
falschen Seite und führte eine säuerliche, nach Chemikalien riechende Luft mit sich. Ihm war kalt. Außerdem stand das Hinterrad eines Mofas auf seinem Fuß.

Simonetti sah dem Besitzer des Mofas eine Zeitlang direkt ins
Gesicht und wartete – vergebens. Als er schließlich selbst das Hinterrad von seinem Fuß nahm und auf das Deck setzte, wurde ihm
eine grobe Bemerkung an den Kopf geworfen. Darauf hatte er nur
gewartet; er fuhr auf und begann zu schimpfen. Sein Gegenüber
reagierte genauso.

»Hör auf«, sagte Leda leise und kniff ihm in den Arm. »Dreh
dich um. Wir schauen einfach in eine andere Richtung.«

Simonetti und der Mann warfen sich weiter gegenseitig Belei-
digungen an den Kopf, erst abwechselnd, dann gleichzeitig, ohne
den jeweils anderen zu verstehen, aber das war auch nicht nötig.

»So, jetzt reicht's aber«, sagte Leda entschieden. »Jetzt schauen
wir in eine andere Richtung.«

118

Simonetti machte noch eine letzte eitle Bewegung, um zu zeigen, wie gekränkt er sei, und wandte sich dann von Hannas Landsmann ab.

»Ich habe ihn mindestens fünf Minuten lang angesehen, Leda. Fünf Minuten lang stand dieses Hinterrad auf meinem Fuß. Fünf Minuten lang hat er überhaupt nichts kapiert.«

»Er hat im Stehen geschlafen.«

»Daß er sich vielleicht entschuldigen könnte, darauf scheint er gar nicht zu kommen.«

»Hier traust du dich.«

»Er könnte sich wenigstens entschuldigen.«

»Sei nicht so kindisch. Wir fahren zurück, gehen an Land und suchen eine Bäckerei.«

»Ich bin blind. Du mußt mich führen.«

»Gut, dann laß ich dich ins Wasser laufen.«

»Du bist ein Schatz.«

Simonetti legte einen Arm um ihre Schultern. Er fand es angenehm und amüsant, von seiner Tochter zur Ordnung gerufen zu werden. Während er ihr ein Binnenschiff zeigte, die Wäsche, die oberhalb der Fensterläden im Wind flatterte, wurde ihm bewußt, daß er zur Fähre gegangen war, weil Hanna nicht mit ihm über Het IJ fahren wollte. Warum nicht? Das erzähle ich dir ein anderes Mal. Sie redete nicht gern über ihre Vergangenheit. Unwillkürliche Bewegungen, plötzliche Verlegenheit, Nervosität, ein Lächeln, dessen Ursache in Erinnerungen zu liegen schien, und ihre Schweigsamkeit erinnerten ihn jedoch an ihr früheres Leben. An vielen Orten hatte er den Eindruck gehabt, von Geistern umgeben zu sein. Das ärgerte ihn. Am meisten ärgerte ihn, wie vorhersehbar seine Reaktionen waren. Sie hatten darüber geredet, nach allen Regeln der Vernunft; doch das Gespräch war abgebrochen worden, nachdem sie ihm fröhlich bekannt hatte, daß sie seine Eifersucht genoß.

Sie waren am anderen Ufer angekommen, die Fähre leerte sich. Der Besitzer des Mofas hatte, wütend, wie er war, die Bremsen offensichtlich zu fest angezogen, so daß ein Kabel gerissen war. Auf dem Rückweg über Het IJ genoß Simonetti den Blick auf den Hauptbahnhof, auf die gigantische, silbrig glänzende Überdachung der Bahnsteige. Die säuerlich riechende Luft nahm er nicht mehr wahr.

Ihr Weg führte sie durch den Bahnhof, durch die Unterführung unter den Gleisen. Bei jedem Aufgang zeigte Simonetti schweigend und mit schwungvoller Gestik auf die Überdachung. Leda reagierte nicht, sie war schon froh, daß er nicht den Blinden spielte, und sah sich im Vorbeigehen die Plakate an den Seitenwänden der Unterführung an. Auf einem dieser Plakate war ein Kind mit einer Reihe fauliger Zähne zu sehen.

»Das werde ich überall herumerzählen«, sagte sie neckend, »daß du in Amsterdam zum Zahnarzt gegangen bist, um dir eine Füllung machen zu lassen. Auf Hannas Kosten.«

»Mach, was du willst«, antwortete Simonetti und hob die Hand wieder in Richtung Überdachung.

»Ich finde es idiotisch, daß du dir das hier hast machen lassen. Dir hat doch nichts weh getan. Warum hast du das getan?«

»Um Hanna einen Gefallen zu tun.«

Simonetti hatte sich von Hannas früherem Zahnarzt behandeln lassen, der eine braun gewordene Füllung entfernt und eine neue eingesetzt hatte. Hanna hatte sich an dem braunen Fleck gestört, den man sehen konnte, wenn Simonetti lachte.

»Ich finde es idiotisch«, wiederholte Leda. »Und widerlich.«

»Wieso widerlich?«

»Weiß ich nicht.«

Simonetti hatte sich nicht erklären können, warum er die Behandlung als Erniedrigung empfunden hatte. War er sich wie ein Spielball in der Hand einer kapriziösen Frau vorgekommen? Er war rot geworden, als die Injektionsnadel sein Zahnfleisch durchbohrte, er war wütend geworden, als der Bohrer sich in die alte Füllung fraß.

Sie verließen den Bahnhof.

»Lach doch mal«, rief Leda spöttisch. »Zeig deine schöne, neue weiße Füllung.«

»Paß du nur auf deine schönen, neuen gelben Stiefel auf.«

»Und willst du noch immer einen Körper aus Gold«, sagte sie, ihn an die Worte erinnernd, die ihm nach dem Zahnarztbesuch entschlüpft waren.

Simonetti schwieg und achtete auf den Verkehr.

»Was ist ein Körper aus Gold?« fuhr Leda fort, während sie mit traumwandlerischer Sicherheit zwischen den Fußgängern auf dem Zebrastreifen weiterging.

»Gold ist ein Symbol«, erklärte Simonetti. »Es versinnbildlicht Wahrheit und Wahrhaftigkeit. Den Rest mußt du dir schon selbst ausdenken. Ein Körper voller Wahrheit ist still. Er stellt keine Fragen mehr. Er ist still und strahlt wie die Sonne. Er bewegt sich wie ein Himmelskörper auf der Bahn, die ihm zugeteilt worden ist. Er ist still.«

Auf dem Damrak fanden sie eine Bäckerei. Und dort, in den warmen und süßen Düften, hatte Simonetti einen Körper aus Gold, nachdem er dem Mädchen hinter der Theke den Zettel überreicht hatte, auf dem Hanna ihre Wünsche notiert hatte. Voller Interesse folgte sein Blick ihren Händen hinter der Vitrine. Drei echt Amsterdamer Puddingteilchen wurden in eine Tüte geschoben. Vor dem Laden öffnete Simonetti die Tüte und hielt sie Leda wie einen Guckkasten vor.

»Typisch Hanna«, sagte er bissig. »Typisch Hanna.«

»Es ist Pudding, denke ich. Ja, es ist eine Art Pudding.«

Simonetti machte die Tüte zu. Sauerrahm, selbstgemachte Mayonnaise, das Fett ihrer Lippenstifte, die sie sich in drei Lagen und drei verschiedenen Farbtönen auf die Lippen schmierte, das Fleisch ihres Körpers, allerlei Cremes und die regelmäßig wiederholten Worte: Du hast ein wenig zugenommen, Andrea – dieser Aufzählung konnte nun also das Puddingteilchen hinzugefügt werden. Nach dieser Feststellung fühlte er sich wieder wie ein Körper voller Schlamm.

Langsam stieg Leda Simonetti die Stufen der Marmortreppe im Stedelijk Museum hinauf, während ihr Vater in einem anderen Teil des Museums eine Besprechung hatte. Im Sonnenlicht, das durch das gläserne Dach fiel, stieg sie langsam die Stufen hinauf, und auf der ersten Etage angekommen, tat es ihr leid, daß auf diese königliche Treppe nicht eine zweite Treppe folgte, eine dritte, eine vierte, Treppen bis an die Wolkendecke. Sie stiege weiter hinauf bis zu einem Tor in den Wolken, wo sich herausstellte, daß ihre Karte hier nicht gültig wäre. Der Wärter schickte sie zurück, die ganzen Stufen wieder hinunter, sie solle eine Karte kaufen, die auch über den Wolken Gültigkeit hätte. Wenn sie endlich unten bei der Kasse angekommen wäre, stellte sich heraus, daß man da noch nie etwas von Karten gehört hätte, die auch über den Wolken Gültigkeit hätten.

Langsam ging Leda durch die Säle, vorbei an den Gemälden, und sie erfreute sich an dem Parkettboden, dem behaglichen Knarren des Parkettbodens unter ihren Stiefeln – eigentlich erfreute sie sich aber nur an ihren gelben Gummistiefeln, mit denen sie im Meer herumgewatet war. In einer Ecke eines der Säle legte sie unbemerkt eine kleine Muschel auf den Boden, worauf sie wegging, durch drei, vier Säle irrte, bis sie es nicht mehr aushielt und zurückging, um die Muschel wieder aufzuheben.

Schließlich blieb sie in dem Saal stehen, in dem seit Jahr und Tag ein Gemälde von Matisse hängt: *Der Wellensittich und die Sirene*. Ein großer Papierbogen, der eine ganze Wand füllte, mit aufgeklebten Formen, ausgeschnitten aus farbigem Papier. Abstrakte Formen, wie sie anfangs meinte. Es machte ihr nichts aus, sich abstrakte Formen anzusehen, denn sie kannte das Wort »abstrakt« und konnte es in einem Gespräch an der richtigen Stelle einfließen lassen, auch wenn sie sich nicht ganz sicher war, was es bedeutete. Das galt seit einigen Wochen auch für das Wort »Struktur«.

Nach einigen Minuten erkannte sie in den abstrakten Formen große und vielgliedrige Blätter, da links einen Vogel und rechts oben eine Frau, die auf den Knien saß und anscheinend mit ihrem Haar beschäftigt war. Es sah aus, als wäre die Frau mit dem Kopf in einen Fluß eingetaucht und hätte ihn, ihr langes Haar schwungvoll nach hinten werfend, gerade erst wieder gehoben. Leda gefiel das Werk, da es einen fröhlichen und farbenprächtigen Eindruck auf sie machte. Am meisten gefielen ihr das Schweben der Blätter, die Frau und der Vogel; die Formen schwebten, als gäbe es in jener Welt kein Oben und kein Unten.

Diesem Kunstwerk gegenüber standen zwei Stühle. Nachdem sie fünf Minuten dagesessen hatte und sich sicher war, daß sie auf diesem Stuhl sitzen durfte, las sie in einem englischsprachigen

Faltblatt. Ein gewisser Matisse hatte dieses Werk in seiner letzten Schaffensperiode vollbracht, konnte damals nicht mehr malen, sondern nur noch ausschneiden. Leda dachte, als sie sich die Blätter ansah, an Urwälder und Eingeborenenstämme. Die Temperatur im Saal stieg, und sie überlegte sich, wie sie in einen Urwald gelangen könnte. Ja, sie war die einzige Überlebende eines Flugzeugabsturzes. Sie war aus dem Flugzeug geschleudert worden, durch die Baumkronen gefallen, in einer dicken Blätterschicht gelandet, hatte Schnittwunden am Kopf, wurde von einem Jäger gefunden, bewußtlos, so daß sie nicht über sein Äußeres zu erschrecken brauchte, und von seinem Stamm aufgenommen. Warm, warm, warm, und keine Kleider mehr an, aber daran gewöhnte sie sich schnell: Die anderen trugen schließlich auch keine Kleider. Geschmeidig lief sie durch das Dorf. Man brachte ihr bei, mit Wasser gefüllte Krüge und Körbe voller Früchte auf dem Kopf zu tragen. Neben anderen Frauen saß sie im Kreis in der Hocke. In den Händen hielten sie glatte Holzpfähle, die sie reihum in die Höhe hielten und auf das Getreide fallen ließen. Im Takt des Zerstampfens wurde ein Lied gesungen.

Im Faltblatt stand an einer Stelle etwas von einer Assistentin, die die ausgeschnittenen Formen für Matisse auf das Papier klebte. Das war sie. Ein unbequemer älterer Herr, doch sie war jeden Tag bei ihm im Atelier, das sie natürlich für ihn aufräumen mußte. Er ließ seine Sachen überall herumliegen – vielleicht mit Absicht, ja, das tat er mit Absicht. Dann konnte er sie wegen ihrer Kratzbürstigkeit auslachen. Und warm, warm, warm, unter dem Glasdach. Über ihren Köpfen wiegten sich Pfauenfedern, wie in Joe Kurhajec' Schuppen. Matisse lag im Bett. Sie saß auf dem Bettrand und musterte die zitternde Hand, mit der er Frauen, Blätter, Kolibris und Affen, an ihren Schwänzen baumelnd, ausschnitt. Er kleckerte Wein auf sein Hemd. Doch bevor Leda böse auf Matisse werden konnte, wurde ihrer Träumerei ein Ende bereitet: In einer Ecke des Saals war ein Wärter erschienen und schaute zu ihr herüber.

Innerhalb von zehn Minuten war es Simonetti erneut klar geworden, daß Joe Kurhajec, dessen Werk er an den Mann zu bringen versuchte, noch viele Jahre Geduld würde aufbringen müssen. In hohem Tempo flitzten die Farbdias über die Wand eines gerade mal halb verdunkelten Zimmers, und Simonetti verfügte nicht über die Namen, die maßgeblichen Namen, die nötig gewesen wären, um dieses Tempo zu drosseln. Den Namen eines Sammlers, den Namen einer Galerie, den Namen eines Museums. Die Namen, immer wieder die Namen, als könnte ohne Namen nichts bewundert werden.

Es rührte Simonetti, mit einemmal und weit weg von zu Hause die ihm sehr vertrauten Steinskulpturen zu sehen, Ausschnitte vom Boden und von der Wand des Schuppens, in dem sie angefertigt worden waren. Manche Skulpturen waren im Hof und auf der Terrasse des Bauernhauses in der Nähe von Sutri fotografiert worden. Der Kurator ließ seine Bewunderung für die Hügellandschaft in einer Bemerkung anklingen. Es bereitete Simonetti keine große Mühe, den begrenzten Blick des Mannes zu entschuldigen, da er aus eigener Erfahrung wußte, wie schwierig es ist, etwas Neues zu sehen. Es ist ein unbedachter Augenblick, ein Augenblick der Gedankenlosigkeit nötig, um von etwas Unbekanntem berührt zu werden. Eigentlich stimmte es ihn zufrieden, daß die Qualität von Kurhajec' Skulpturen nicht auf Anhieb erkannt wurde und sich offenbar den Fühlern einer oberflächlichen Empfindsamkeit entzog. Sie vereinbarten, sich doch irgendwann mal in Rom treffen zu müssen, wonach Simonetti nicht lange zögerte und Abschied nahm.

So ist es nun einmal, sagte Simonetti zu sich selbst, und doch wurde er auf der Treppe, die Leda so langsam hinaufgestiegen war, von dem Gefühl überfallen, einsam und verlassen zu sein. Von einem Moment auf den anderen wurde sein Schritt schneller, und er flog, drei Stufen auf einmal nehmend, die Treppe hinauf, als wolle er dort oben jemandem zu Leibe rücken.

Sobald Simonetti in der Ferne, am Ende einer Flucht durch mehrere Säle, in einer kleinen und beinahe farblosen Gestalt, die ihm den Rücken zuwandte, sofort seine Tochter erkannte, beruhigte er sich wieder. Danach spielte er ein altes Spiel: Er sah eine Geliebte, hielt sich selbst aber vor ihren Blicken verborgen. Er folgte Leda, die durch die Säle schritt, ohne daß er sich bewußt war, daß auch sie in ein Spiel vertieft war – bis sie sich bückte und etwas vom Boden aufzuheben schien. Dieses Spiel kannte er. Als Kind hatte sie es in der Umgebung der Piazza Farnese oft gespielt: Sie legte einen Gegenstand, der ihr viel bedeutete, auf die Straße und ging weg, ging weg, um die Kraft und die Spannung der Gefühle, die sie mit dem Gegenstand verbanden, zu steigern – bis sie ihren kritischen Punkt erreicht hatte. Simonetti wunderte sich, daß sie dieses Spiel noch nicht vergessen hatte. Er fragte sich, warum sie es gerade jetzt spielte.

Das hinter dem Museum gelegene Gartenrestaurant war an diesem Tag zum erstenmal wieder geöffnet. Die Ärmel von Blusen und Hemden waren aufgekrempelt, Schuhe ausgezogen und Röcke bis weit über die Knie hochgeschoben worden; ringsum wurde das blasse Winterfleisch zur Schau gestellt. Die Sonne hielt sich tapfer. Spatzen wagten sich auf die Tische, um Kuchenkrümel zu ergattern. Im Park auf der anderen Seite des Teiches spielten Kinder in einem Sandkasten.

Simonetti saß da, wo er vor fünf Jahren, an einem Tag wie diesem, gesessen hatte, einem Tag, an dem das Frühjahr, das schon seit langem in der Luft gehangen hat, plötzlich da ist. Nur widerwillig hatte er sich auf genau denselben Platz gesetzt, doch jetzt saß er da, mit geschlossenen Augen. Er sah Frauenarme, die gehoben, Achselhöhlen, die ausrasiert wurden. In den Schränken bewegten sich Kleider, an ihren Trägern hängend, in einer leichten Brise. Elegante Schuhe, offene Schuhe, Schuhe mit Absätzen und Gelenkbändern verließen die Schränke, schritten durch die Zimmer und gingen die Treppen hinunter, wenn sie zu Hause keine Füße mehr antrafen. Tausende von Schuhen gingen so durch die Stadt, genauso schnell wie ihre Besitzer, nahmen denselben Weg wie ihre Besitzerinnen und drangen in die Büroräume ein.

Er mußte an den schmächtigen Körper Marinas denken. Es wunderte ihn, daß er sie plötzlich wieder so deutlich in sich spürte, daß er noch nach acht Jahren eine erstickende Trauer empfinden konnte, wenn er an sein nächtliches Nachhausekommen zurückdachte. Sie lag im Bett, und ihre Haare, tausendmal tausendmal lugten ihre Haare unter der Decke hervor. Während er sich im Dunkeln die Kleider vom Leib riß, aus der Fassung gebracht von seinem Besuch der Außenwelt, gequält von seinem eigenen Unvermögen, bestimmt tausendmal, begann sie sich zu bewegen und zu murmeln. Im Halbschlaf schlug sie die Decke für ihn auf, tausendmal tausendmal, und drehte sich um. Er schmiegte sich an sie, ließ seine Hände unter ihr Hemd wandern, schob ein Knie zwischen ihre warmen Oberschenkel, und nach einer Viertelstunde war der Kummer ausgestanden, war er in diesem stillen Wasser verschwunden.

Kurhajec meldete sich, indem er eine Hand auf Simonettis Schulter legte. Simonetti drückte seine Wange an diese Hand. Stuhlbeine kratzten über die Bodenplatten des Gartenrestaurants. Worüber zerbrichst du dir den Kopf, mein Guter? Nichts, Joe. Du schnaubst wie ein wildgewordener Stier. Es ist Frühling, Joe. Komme ich heute morgen zu dem Besitzer der Werkstatt, ein richtiges Arschloch. Joe? Ich zerbreche mir den Kopf. Mein Guter, was man einmal besessen hat, ohne es zu wissen, das findet man später nie wieder. Glaub mir, ich weiß, wovon ich rede. Ja, Joe, ich weiß, daß du schon alles mitgemacht hast, mit deinen siebenundvierzig Jahren. Zweiundvierzig. Oh. Aber wie lange hattest du diese Marina schon gekannt? Sie war wie eine kleine Schwester, Joe: Ich kannte sie seit der ersten Klasse. Niemand kann seinen Mitmenschen erlösen, Joe, aber von der Frau an deiner Seite erwartest du doch, daß sie zumindest probiert, dir zu helfen. Hanna kann mir nicht helfen, so gern sie es auch tun würde. Ich weiß, daß sie manchmal von einem verletzten und trübsinnigen Andrea träumt, der den Kopf in ihren Schoß vergräbt, um sich trösten zu lassen. Sie erzählt mir, wie sie mich in ihren Tagträumen getröstet hat. Herzlichen Dank. Dann aber erscheine ich wirklich und versuche ihr meinen Kummer zu zeigen, ich gebe mein Bestes und ziehe so richtig vom Leder. Das schockiert sie. Warum erschrickst du so, Hanna? Du überfällst mich wie eine Sturmbö. Deswegen brauchst du doch nicht so zu erschrecken? Aber auch sie steht nicht fest auf den Beinen: Ihre eigenen Ängste werden geweckt; sie gerät völlig durcheinander und hat nahezu ihre gesamte Kraft nötig, um sich selbst über Wasser zu halten. Manchmal lacht sie nur – so ein hilfloses Kichern. Ich hasse das verwöhnte Kind in ihr, das sich selbst betrügt mit diesem sogenannten Schneid und dieser sogenannten Sachlichkeit. Wie ruhig du doch bist, Andrea. Ja, Schatz. Wie umgänglich du doch bist, Andrea. Ja, Schatz. Du bist ein Engel. Ja, Schatz.

Simonetti sah nun, wie die Frau, der er allmählich verfallen war, das Gartenrestaurant durchquerte. Sie trug ein Tablett, auf dem sich Flaschen, Gläser und Kuchenstücke für drei Personen befanden. Er dachte, sie tue so, als habe sie ihn nicht gesehen, und wolle ihn damit zu einer ihrer Lieblingsspiele auffordern: Darf ich mich zu Ihnen setzen, aber bitte, darf ich Ihnen etwas anbieten, bedienen Sie sich, mein Name ist Kaninchen, und ich habe einen Bau in den Hügeln. Simonetti wartete, bis sie sich in der Nähe des Teiches hingesetzt hatte, und machte sich auf, dieses Spiel von der ersten Begegnung zu spielen, ohne eine Ahnung davon zu haben, daß Hanna Piccard inzwischen in ein ganz anderes Spiel vertieft war.

Vor zehn Minuten war Hanna Piccard – zurückgekehrt von einer Besprechung im Bürogebäude der Zeitung, einer Besprechung, für die zartrote Kleidung erforderlich war – zum erstenmal im Gartenrestaurant erschienen und hatte mit einem Blick sowohl den Hinterkopf von Andrea Simonetti als auch den von Léon Brest erkannt. Sie hatte sich mit der Hand an die Kehle gefaßt und sich umgedreht. Im Gedränge vor dem Büfett hatte sie ihre Hände länger als nötig in den Kühlfächern schweben lassen. Es war ihr gelungen, das Gartenrestaurant mit einem vollen Tablett zu durchqueren und auf der Treppe nicht ins Stolpern zu geraten. Als sie sich an einen leeren Tisch in der Nähe des Teiches gesetzt hatte, brauchte sie nur noch abzuwarten: Nun waren die Herren am Zug.

Léon Brests Schatten fiel über sie. Als sie seine Hand auf der Schulter fühlte, erstarrte sie.

»Hallo, Léon. Nimm Platz.«

Sie zeigte auf einen Stuhl und schwieg. Es kam ihr vor, als würden ihr der Park, der Teich und sogar ihre eigenen Füße entgleiten, so wie ein Wanderer, der plötzlich stehenbleibt, den Eindruck hat, die Landschaft würde ihm entgleiten. Anfangs drang Léon Brests Stimme kaum zu ihr durch, und eine plötzlich aufkommende Schläfrigkeit betäubte sie.

»Ob ich noch jemanden erwarte?«

Sie nickte, küßte ihm auf einmal geschwind die Hand, fuhr kurz mit der Zunge darüber und legte sie dann brav zurück auf seine Stuhllehne. Anschließend hielt sie es nicht mehr länger aus und winkte Andrea Simonetti, der trotzig auf seinem Stuhl sitzen geblieben war, mit einer wütenden Armbewegung. Die Herren gaben einander über ihren gesenkten Kopf hinweg die Hand.

»Nimm Platz«, sagte sie zum zweitenmal, diesmal auf Englisch, und begann zu kichern.

Die Anordnung der drei war wie folgt: Hanna Piccard saß mit dem Rücken zum Museum und fixierte den Baum, den sie Mondrian gewidmet hatte, auf der gegenüberliegenden Seite des Teiches, um zu verhindern, daß ihr die Umgebung noch mehr entglitt; rechts von ihr befand sich Léon Brest, der einen dunkelblauen Anzug trug und dessen Blick immer wieder an den Türmen des Rijksmuseums hängenblieb, das durch den hellgrünen Schleier der Bäume zu sehen war; Simonetti saß am Ufer des Teiches, konnte Hanna aus den Augenwinkeln beobachten, mußte aber den Kopf nach links drehen, um seine Neugier hinsichtlich seines Vorgängers zu befriedigen. Léon Brest hatte den linken Fuß auf das rechte Knie gelegt, Simonetti den rechten Fuß auf das linke Knie, um nicht dieselbe Haltung einzunehmen wie der Mann, der in Hanna mindestens ebenso viele Spuren hinterlassen hatte wie Marina in ihm. Hanna Piccard hielt die Knie eng beieinander, streckte manchmal ein Bein, und dann spielte ihr Fuß mit dem Schuh – die Zehen krümmten sich und streiften den Schuh an der Ferse vom Fuß. Der baumelnde Schuh zog die Aufmerksamkeit der beiden auf sich.

Simonetti hatte nie nach seinem Vorgänger gefragt, doch nun, da er ihn bei lebendigem Leibe sah, war seine Neugier groß. Bei der Begrüßung war ihm aufgefallen, daß Léon Brest etwas größer war als er: ein schlanker, athletisch gebauter Mann mit glattem blonden Haar, mattblauen Augen und einer rührenden Schramme auf der Stirn. Sein Händedruck zeugte von einer routinierten, sachlichen Freundlichkeit. So auf den ersten Blick strahlten seine Körperhaltung und sein Verhalten vor allem Sanftmut, Bescheidenheit und Höflichkeit aus. Das Dunkelblau seines Anzugs kam dem Schwarzblau von Simonettis Augen sehr nah. Am stärksten getroffen wurde Simonetti von der Leichtigkeit in Léon Brests Erscheinung, von einer gewissen Zerbrechlichkeit, die Hanna Piccard auch ihm von Anfang an angedichtet hatte.

Hanna Piccard hatte sich nie erklären können, was sie unter einem zerbrechlichen Mann verstand, aber an diesem Tag, zu dieser Stunde, verstand sie sich besser. Während ihr auch der Baum auf der gegenüberliegenden Seite des Teiches zu entgleiten schien, kam der folgende Gedanke in ihr auf: Was wäre, wenn sich der menschliche Körper eines schönen Frühjahrstages mit der Luft vermischen und in ihr aufgehen könnte? Dann würden manche Körper bestimmt leichter in der Luft verschwinden als andere – Léon Brest und Andrea Simonetti wären unter den ersten, die verschwänden, ein Mann wie Joe Kurhajec würde lange zu denen gehören, die unten blieben. Und sie selbst? Sobald die beiden sich aufzulösen begännen, würde sie sie an den Händen fassen.

Ein paar Minuten nachdem sie einander vorgestellt worden waren, wandte sich Léon Brest direkt an Simonetti, genau in dem Augenblick, als dieser es wagte, sich ein Kuchenstück zu nehmen. Er stellte ihm, auf englisch, eine höfliche Frage.

»Zu viele, um sie alle aufzuzählen«, lautete die Antwort.

»Das ist schade.«

»Die Flamingos. Hinter dem Zaun des Zoos sah ich auf einmal einen Schwarm Flamingos stehen.«

Diese Bemerkung führte zum ersten Gesprächsthema: der Zoo. Es stellte sich heraus, daß Léon Brest Kamele mochte, ihre behaarten, weit durchfedernden Füße, ihren ausdauernden Gang. Auch Simonetti mochte bei dieser Gelegenheit Kamele und bedauerte unverhohlen, daß diese Tiere in Gefangenschaft leben mußten – ein Zoobesuch mache ihn traurig. Léon Brests Antwort war zu entnehmen, daß er Dichtern eine gewisse Überempfindlichkeit zuschrieb. Hanna Piccard erinnerte sich daran, daß sie das Meeresaquarium, das Halbdunkel, die Unterwasserlandschaften und die reglosen Plattfische im Sand sehr gemocht hatte. Léon Brest erinnerte sich anschließend daran, daß sie einmal zusammen so lange gewartet hätten, bis der Zitteraal mit seinem Körper den Kontakt berührt hatte und ein Lichtblitz durch das Wasser geschossen war.

»Ich habe ihn gesehen, sie nicht. Sie war zu ungeduldig und konnte nicht so lange warten.«

»Dafür hatte ich meine Gründe. Außerdem habe ich ihn gesehen.«

»Unmöglich. Weißt du genau, daß du den Lichtblitz gesehen hast?«

»Wenn ich's dir doch sage.«

»Sei mir nicht böse, vielleicht täusche ich mich.«

Léon Brest lächelte. Simonetti wurde klar, daß dieser Mann immer bereit gewesen war, seiner launischen Hanna recht zu geben, und unterdessen gemacht hatte, was er wollte.

»Hanna, was genau hast du denn gesehen, als dieser Zitteraal den Kontakt berührte?« fragte Simonetti mit einem stichelnden Unterton.

»Hab' ich doch gesagt!« rief Hanna aus.

»Nein, hast du noch nicht.«

»Einen Lichtblitz im Wasser. In Ordnung?«

»Und wie sah der Kontakt aus?«

»Welcher Kontakt, Andrea? Wovon sprichst du? Du kriegst keinen Kuchen mehr.«

Heftig hackte sie mit ihrer Gabel in ein Stück Käsekuchen und schob den größten Teil auf Léon Brests Teller. Wenige Minuten später bot sie Simonetti das übriggebliebene Stück doch noch an, doch dieser wollte es nicht. Man wandte sich wieder dem Zoo zu. Simonetti hatte inzwischen die Rolle des Überempfindlichen freudig akzeptiert und sprach voller Abscheu über das Halten von Affen als Haustier. Affen, die in einem Kindersitz festgebunden werden, Affen, die in einem zum Käfig umgebauten Fernsehgerät verkrümmt aufwachsen. Léon Brest vertiefte sich in die juristischen Aspekte dieses Problems und stellte die Frage, ob ein Verbot der Haustierhaltung von Affen Aussicht auf Erfolg hätte.

130

Hanna Piccard ihrerseits pflegte über Affen drei Bemerkungen zu machen, so auch jetzt: Sie lache sich über diese Tiere immer wieder kaputt, das gegenseitige Flöhen finde sie rührend, und diese violettroten, diese schamlos violettroten Hinterteile, das sei doch wirklich etwas Wunderbares, so grandios, so obszön – da könne ein Mensch nicht mithalten.

Kurz nach zwölf, später als sonst, fühlte Simonetti, daß er sich gleich an einen Traum erinnern würde, und richtete den Blick unwillkürlich auf den Teich. Während er auf seinen Traum wartete, wunderte er sich darüber, daß sich die Erinnerung an einen Traum offensichtlich selbst ankündigen konnte. Es hatte den Anschein, als würden entsprechende Vorbereitungen getroffen, als warte die Erinnerung auf einen geeigneten Moment, um sich zu offenbaren: Der Blick wurde auf eine Wasseroberfläche gelenkt, die Aufmerksamkeit wandte sich von der Außenwelt ab und der Innenwelt zu, und es schien, als werde er selbst nach innen gezogen. Was aber war es, das ihn nach innen zog? Wie wurde die Rückkehr eines Traums registriert? Rot und golden – nun kam ein Gedanke an rote und goldene Schattierungen in ihm auf. Auf hoher See konnte er einen Wetterumschwung manchmal vorausahnen, lange bevor dieser sich ankündigte und im Zu- und Abnehmen des Windes, in der Wolkenbildung, einer Änderung der Wasserfarbe, einer Art Unruhe und Lustlosigkeit im Seegang zum Ausdruck kam – es hatte den Anschein, als könnten seine Sinne dann Dinge wahrnehmen, die jenseits seines Bewußtseins lagen, und als erschließe sich ihm nur das Ergebnis dieser unbewußten Wahrnehmungen, eine Vorahnung des Wetterumschwungs. Ja, er war durch rot- und goldfarbene Zimmer gegangen, da hatte ein Bett gestanden. Simonetti lächelte, entzückt darüber, daß er über ein derart sensibles Instrumentarium verfügte, und schloß nun die Augen, außerordentlich fasziniert von der geheimnisvollen Arbeitsweise seines Bewußtseins. Sehe ich jetzt Farben? Nein, ich denke an Farben. Denke ich an Farben, die ich irgendwann einmal gesehen habe, oder können in meinem Kopf neue Farben aus den schon bestehenden gemischt werden? Salina, ich war auf Salina, erzähl schon, schnell, schnell.

»Was tust du?« fragte Hanna ihn in diesem Moment.

»Ich muß auf einmal an einen Traum denken«, antwortete Simonetti, ein wenig verwirrt, als wäre er gerade wach geworden. »Und in dem Traum war ich schwanger«, entfuhr es ihm.

»Schwanger?«

Simonetti wurde rot und lachte, sich seiner Naivität schämend, laut auf: Seine Bemerkung kam ihm unter diesen Umständen äußerst unangebracht vor. Hatte er diesem zivilisierten, diesem tödlich höflichen Gespräch unbewußt eine Wendung geben wollen? Es herrschte Schweigen. Simonetti blinzelte, um den Schleier, der sich über seine Augen gelegt hatte, zu zerreißen. Schwanger. Er errötete bis unter die Haarwurzeln, und hätte er über mehrere Farben verfügt, um die Veränderungen seiner Gemütsverfassung anzuzeigen, wäre er nun giftgrün geworden.

»Ja«, fuhr er bedächtig fort, »ich ging durch rot- und goldfarbene Zimmer in einem mir bekannten Haus, und ich war schwanger. Ich erinnere mich, daß ich genau wußte, genau nachempfinden konnte, was es heißt, schwanger zu sein.«

Welche Farbe hat Selbsthaß? Nachdem er so erneut eine in seinen Augen idiotische Überempfindlichkeit, widernatürliche Sehnsüchte, einen kranken Geist zu erkennen gegeben hatte, sah Simonetti schnell und herausfordernd zu Léon Brest hinüber, der hier schließlich die Geschäftswelt repräsentierte. Seine Naivität war in Berechnung umgeschlagen. Léon Brest saß, wie er erwartet hatte, unbeweglich auf seinem Stuhl und ließ den Blick schwer auf Hanna, auf den Händen in ihrem Schoß, ruhen. Es dauerte nicht länger als fünf Sekunden. Hanna Piccard war sichtlich in Verlegenheit gebracht worden. Zwei Gedanken waren wie Lichtblitze durch ihr getrübtes Bewußtsein geschossen: Ich bin schwanger, aber das ist praktisch unmöglich; er will ein Kind von mir, aber das kann ich mir nicht vorstellen. Gleichzeitig fühlte sie Léons auf sie gerichteten Blick: Sie stand unter Verdacht, so kam es ihr vor, wußte so schnell nicht, was sie sagen sollte, um sich von diesem Verdacht zu befreien, und wollte dies auch nicht. Das letztere, dieser Unwille, ihre Verbundenheit mit Simonetti Léon Brest gegenüber zu leugnen, versetzte ihr einen Schock.

Früher hatte Léon Brest sie häufig aus peinlichen Situationen

gerettet, und das tat er auch jetzt. Er stellte eine höfliche Frage:
»Und, Andrea, hast du das Kind auch gekriegt?«

»Ja, aber sicher«, räumte Simonetti munter ein. »Ich habe ein Mädchen gekriegt.«

»Herzlichen Glückwunsch.«

Léon Brest sah auf seine Armbanduhr und machte Anstalten zu gehen. Simonetti glaubte, sich selbst für unzurechnungsfähig erklärt zu haben, und schämte sich zutiefst.

»Das war zweifelsohne der Höhepunkt unseres Amsterdam-Aufenthalts«, stellte Simonetti fest, nachdem sein Vorgänger verschwunden war.

»Oder der Tiefpunkt«, seufzte Hanna. »So eine blöde Bemerkung. Mir wäre beinahe das Herz stehengeblieben.«

»Es ist mir so rausgerutscht.«

»Du hast dir das hier an Ort und Stelle ausgedacht, dazu bist du imstande. Schwanger. Hättest du dir nicht etwas anderes einfallen lassen können? Ihr seid vielleicht kindisch. Ach, komm schon her.«

Simonetti zögerte diese Annäherung noch einen Moment hinaus.

»Ich bin zu Tode erschrocken, als ich ihn sah«, fuhr Hanna fort. »Jetzt brauch' ich Alkohol, dachte ich, aber ich habe mich zusammengerissen und nur ein einziges Glas Wein getrunken. Zum Glück habt ihr euch nicht geschlagen.«

»Dazu gab es auch keinen Grund«, gab Simonetti scharf zurück.

»Léon geht nie in ein Museum. Ich verstehe nicht, was er hier zu suchen hatte.«

»Vielleicht hat er auf jemanden gewartet.«

»Wenn hier eine Frau aufgekreuzt wäre, hättest du mich zurückhalten müssen«, behauptete Hanna herausfordernd. »Er ist ein Schatz. Hat mir doch gutgetan, ihn wiederzusehen. Ich habe Respekt vor ihm.«

»Respekt.«

»Ja, Respekt«, antwortete sie ernsthaft und schwieg. »Komm, setz dich doch zu mir.«

»Komm du doch zu mir.«

»Ich trau' mich nicht. Du kannst so gemein sein. Komm zu mir, Andrea, komm zu mir!«

Simonetti schob Léon Brests Stuhl weg und seinen eigenen an dessen Stelle und nahm anschließend Hanna in den Arm, die nun endlich die baumelnden Schuhe von den Füßen fallen ließ und die Beine anzog.

»Überfällt der mich einfach so«, flüsterte sie. »Überfällst du mich einfach so.«

Im Innern des Restaurants war Leda Simonetti inzwischen aufgestanden. Eine Karte mit dem Wellensittich und der Sirene darauf verschwand in ihrer Bluse, eine Muschel wurde unter dem Tisch liegengelassen. Verärgert wartete sie, bis die beiden da draußen mit dem Geknutsche aufgehört hatten, und schlenderte dann zum Teich.

DIE NACHT DER STERNSCHNUPPEN

Am Sonntag mittag, ein paar Stunden vor ihrer Rückkehr nach Rom, lagen Hanna Piccard und Andrea Simonetti auf dem Deich am Ijsselmeer, nicht weit außerhalb von Durgerdam. Leda hatte ein Foto von ihnen gemacht und war gerade winkend hinter einer Biegung des Deichs verschwunden.

Die Mittagsstimmung erinnerte Hanna an die stillen Herbsttage im September. Das Wasser war glatt wie Seide und glänzte matt im Sonnenlicht. Im Durgerdamer Jachthafen sah sie einige Segel, reglose Segel, die gehißt worden waren, damit sie die Winterfalten loswerden. Der Horizont war diesig. In der Ferne dröhnte schon seit einer Weile der Motor eines Binnenschiffs.

Jetzt konnte sie noch vom Verschwinden der Zuiderzee erzählen. Von der Fertigstellung des Abschlußdeichs in den dreißiger Jahren, von Dampfpfeifen, die beim Abdichten der letzten Öffnung aufheulten, von den Herren Ingenieuren, die sich mit Zigarrenkisten unter die Arbeiter mischten. Vom Untergang der Fischerhäfen, von der Trockenlegung der Polder, von den Archäologen, die sich voller Begeisterung über die offengelegten Schiffswracks beugten, von den Landschaftsarchitekten, die an ihren Zeichentischen die Polderlandschaft entwarfen. Sie lauschte dem Dröhnen des Schiffsmotors, gedämpft, monoton – das Schiff war unsichtbar.

»Parlevinken«, flüsterte sie in ihrer Muttersprache. Parlevinken, parlevinken. Simonetti wiederholte es. So dann und wann wiederholte er nun ein Wort, ohne sie nach der Bedeutung zu fragen.

»Setzt du dich zwischen meine Beine?« fragte sie. Simonetti schob sich zwischen ihre Oberschenkel und legte die Unterarme auf ihre Knie. Eine Zeitlang kratzte sie ihm die Schuppen aus dem Haar. Als sie hinter dem Deich Rennräder vorbeirauschen hörte und daran denken mußte, wie glücklich Léon Brest nach einer Radtour von hundert Kilometern nach Hause gekommen war, krallte sie sich unwillkürlich mit den Fingernägeln in seiner Kopfhaut fest.

»Erzähl mir was, Andrea. Mir fällt nichts mehr ein.«

»Soll ich dir von Salina erzählen? Salina oder Das glückliche Exil. Ich habe dir bisher so gut wie nichts von Salina erzählt.«

Hanna Piccard hätte dieses Thema nie von sich aus anzuschneiden gewagt.

»Salina oder Die Nacht der Sternschnuppen. Habe ich dir davon schon was erzählt?«

»Eines schönen Tages. Fang an.«

»Erst setze ich mich wieder neben dich.«

Das tat er und küßte sie dann auf die Schläfe, als müsse er sich bei ihr entschuldigen. Simonetti dachte nach, steckte sich die Zigarette, die Hanna für ihn angezündet hatte, zwischen die Finger und fing an.

»Eines schönen Tages brachte mich mein Vater in den Hafen von Neapel. Er bringt mich zu einem Schiff. Er legt mir die Hand in den Nacken und schiebt mich auf den Landungssteg des Schiffes, das auf seiner Überfahrt nach Sizilien auch die Insel Salina anläuft. Ich hasse meinen Vater, ich hasse ihn, bin gleichzeitig aber auch sehr stolz auf meine Verbannung, denn als solche meine ich meine Ferien betrachten zu müssen. Er winkt mir zu, aber ich winke nicht zurück. Das Schiff verläßt den Hafen. Zum erstenmal in meinem Leben bin ich, der Zwölfjährige, auf hoher See, die Reling bebt unter meinen Händen, das Deck bebt unter meinen Füßen, und ich fange aus voller Brust an zu singen.«

»Was hast du gesungen? Sing es noch mal.«

»Das weiß ich nicht mehr. Die Seereise. Oder gehen wir gleich nach Salina? Soll ich dir von der Witwe erzählen, die aus Australien zurückgekehrt war und die immer auf mein Gepäck aufpaßte? Von den beiden Männern, die behaupteten, schon seit drei Tagen keinen Bissen mehr im Mund gehabt zu haben, und die mein gewaltiges Freßpaket verschlangen? Von dem Rudergänger, der mich nicht zu sich ins Ruderhaus lassen wollte? Oder von der stürmischen Nacht, in der ich an Deck geblieben war, um den Seemannsgang zu lernen?«

»Was dir lieber ist.«

»Dann überspringe ich das alles. Am nächsten Morgen schrieb ich meinen ersten Brief nach Hause. Die ersten Zeilen lauteten ungefähr so: Liebe Eltern, macht euch keine Sorgen, ich hasse euch nicht mehr. Ihr habt mich ins Exil geschickt. Aber ich hasse euch nicht mehr. Um mich herum ist alles blau. Eine Sicht von dreißig Kilometern. Ich habe nichts mehr zu essen.«

Hanna Piccard drehte sich nun auf die Seite und schob die Hände zwischen die Oberschenkel.

»Darf ich dich anschauen, Andrea?«

»Nicht zuviel.«

»Alles blau.«

»Später am Morgen sah ich die erste Insel des Archipels, Filicudi, nicht mehr als der Kegel eines erloschenen Vulkans im Meer. Die Hänge waren schwarz. Es schien, als klammerten sich die Häuser daran fest, weil sie sonst jeden Moment ins Meer rutschen würden. Ein Fischerboot machte längsseits fest, und ein Postsack wurde hinuntergeworfen. Jemand erzählte mir, daß es auf Filicudi noch keine Elektrizität gebe. Blau, blau, in dem Blau trieben noch andere Inseln. Das stark zerklüftete Panarea. Am Horizont lag der Kegel des Stromboli mit einer Rauchfahne. Und Salina kam näher, mit oder ohne Elektrizität. Ich sah eine langgestreckte Insel mit Berghängen, die Gott sei Dank nicht schwarz, sondern grün waren. Die Witwe begann zu weinen.

An der Anlegestelle in Santa Marina di Salina stand Tonni Locantro. Ich erinnere mich noch an seine ersten Worte. Junge, sagt er, Junge, sei willkommen, sei willkommen, aber paß auf, daß du mich nicht ärgerst, denn ich hab's am Herzen. Das hat mich berührt. Danach stellte er mich einigen Leuten aus dem Dorf vor, um ihnen zu zeigen, daß er, Tonni Locantro, der Sklave einer Frau aus Aquacalda, Beziehungen hatte, die bis nach Rom, bis in die Hauptstadt selbst, reichten. Ich war geblendet vom Funkeln des Meeres und fragte ihn, wie es mit der Elektrizität auf Salina sei. Haben wir, rief er empört, schon seit 1935. Mussolini. Das einzige, was wir hier nicht haben, ist Trinkwasser. Doch jede Woche kommt ein Schiff mit Trinkwasser hierher. Warte, es gibt noch etwas, das ich dir sagen muß, bevor wir hinaufgehen. Was ist das hier? Eine Zigarette, sage ich. Sehr gut, sagt Tonni, steck dir mal eine an. Während der Rauch meiner ersten Zigarette mich schwindlig machte, erzählte er mir in vertraulichem Ton: Hör mal, mein Herz, wegen des Herzens hat mir meine Frau das Rauchen verboten. Ich rauche also nie. Verstanden? Meine Freunde wissen alle, daß ich niemals rauche. Capito?«

»Ja«, flüsterte Hanna. »Du hast verstanden und bist rot geworden.«

»Ich wurde rot. Wir gingen durch die schmale Hauptstraße des Dorfes, stiegen die Treppen zwischen den Häusern hinauf. Tonni hatte mein Gepäck geschultert. Über den Gipfeln der Insel schwebten Raubvögel. Jedesmal, wenn ich mich umdrehte, konnte mein Blick ein Stück vom Meer erhaschen. Zwischen den Häusern lagen ummauerte Gärten mit Feigenbäumen. Blaue Feigen mit einem Tropfen Honig. Hier, eine Handvoll Feigen für die kleine Hanna. Die leeren Häuser und verwilderten Gärten der Leute, die weggegangen waren. Am Bambusgebüsch drehte sich Tonni keuchend um. Warte, sagte er, es gibt noch etwas, das du wissen mußt. Zwei meiner Söhne sind nach Australien ausgewandert. Sie schreiben Briefe. Ich hole die Briefe am Boot ab, lese sie in der Kneipe und klebe sie wieder zu. Meine Freunde wissen alle, daß meine Frau die Briefe als erste liest. Verstanden? Ich nickte. Er gab mir die Hand, und so wurde ich Tonni Locantros Freund.«

»Wie sah die Hand aus?«

»Seine Hand war breit, er hatte dicke Stummelfinger, auf dem Handrücken wuchsen schwarze Haare. Die Nägel waren kurz und versanken im Fleisch. Auf dem Campo de' Fiori stehen Fischverkäufer, die genau die gleichen Hände haben wie Tonni Locantro.«

»Haarbüschel in den Ohren?«

»Natürlich. Aber jetzt kommt Teresa, seine Frau. Sie saß auf der Terrasse ihres ockergelben Hauses, sortierte Tomaten auf einer Bank in der Sonne und spähte zu dem Schiff hinüber, das den Hafen verließ. Da bist du ja, rief sie mir zu, sei willkommen. Tonni, sei vorsichtig mit seinem Gepäck! Du bist vielleicht ein Tolpatsch! Dir hat man vergessen Manieren beizubringen! So sprach Teresa, oder genauer gesagt, so schrie sie, in einem Dialekt, den ich kaum verstehen konnte. Am Anfang dachte ich, daß sie nichts anderes tue als keifen, bis ich verstand, daß sie auch die freundlichsten Dinge in einem Ton sagte, als halte sie es nicht mehr aus. Später merkte ich, daß sie selbst nicht wußte, was ihre Stimme, diese knochenharte Stimme, alles erzählte.

Teresa kam aus Aquacalda, einem kleinen, an weißen Bimssteinhängen gelegenen Dorf auf der Insel Lipari, das sie von der Terrasse aus sehen konnte. Seit ihrer Hochzeit war sie nicht mehr dorthin zurückgekehrt. Selbst Salina hatte sie nicht mehr verlassen. Sie war bereits an die Sechzig, als ich sie kennenlernte. Sie war plump, unförmig durch die vielen Geburten. Meinen Vater hatte es im Krieg nach Salina verschlagen, wo er ihr bei einer dieser Geburten das Leben gerettet hat. Das dachte sie zumindest. Ihr zehntes und letztes Kind war kurz nach der Geburt gestorben, und über dieses Kind wurde immer geredet, als wäre es das Jesuskind gewesen. Dank ihres resoluten Auftretens hatte sie ihre Töchter vor deren achtzehntem Geburtstag an den Mann gebracht – alle, bis auf Lucia, die noch immer zu Hause wohnte.«

»Sie war zu häßlich.«

»Im Gegenteil. Lucia war schön. Sie war zu schön. Und was das Ganze noch schlimmer machte: Sie war intelligent. Die Männer hatten Angst vor ihr. Lucia war wählerisch. Die Männer, die ihr den Hof gemacht hatten, waren als zu leicht befunden worden. Einen Ingenieur aus Messina, sogar einen Ingenieur aus Messina hatte sie nicht gewollt. Sie war noch keine dreißig, aber sie war schon zu alt, um noch heiraten zu können. Du weißt, wie das in diesen Gegenden ist. Ungeschriebene Gesetze, und das sind die härtesten. Lucia war wirklich eine Dorfschönheit: kräftig gebaut, mollig, verlegen und stolz. In ihrer Gestalt, in der Art, in der das Haupt auf ihrem Rumpf stand, in ihrer Haltung und ihren Gesichtszügen ahnte man eine uralte Rasse. Sie hatte prachtvolles dickes und schwarzes Haar, das sie sorgfältig pflegte. Ihr Gesicht war merkwürdig länglich. Am besten erinnere ich mich an ihre

Augenbrauen: Die fingen nicht direkt an der Wurzel ihrer geraden Nase, sondern mitten über den Augen an, als wären sie halb wegrasiert worden. Sie liebte schöne Kleider. Die Röcke, die es auf Lipari zu kaufen gab, konnte sie einem haarfein beschreiben, obwohl sie nie nach Lipari kam. Das Dorf verließ sie nur einmal im Jahr: In der Nacht der Sternschnuppen, am Feiertag von San Lorenzo, ging sie nach Malfa, einem Ort am anderen Ende der Insel, um dort die Messe zu besuchen.«

»Laß mich Lucia sein«, flüsterte Hanna. »Lucia, das bin ich.« Andrea sah sie an.

»Gut«, sagte er, »gut, aber dann bist du die Besitzerin eines Krämerladens, denn das war sie. Lucia hatte einen heruntergekommenen Laden übernommen und in kürzester Zeit daraus ein blühendes Unternehmen gemacht. Lucia steuerte das meiste Haushaltsgeld bei, und das war für Teresa selbstverständlich kaum zu ertragen.«

Während er sich eine neue Zigarette ansteckte, betrachtete Simonetti Hannas Gesicht. Ihre Augen gefielen ihm, jedenfalls solange sie sie nicht zu Schlitzen zusammenpreßte. Er mochte ihre sanften Wangen und das an der Stirn hochstehende Haar. Wirklich häßlich war nur ihre Nase, ohne Kraft und Grazie, eine fleischige und stumpfe Stupsnase, in der ihre Ferkelnatur zum Ausdruck kam, das Verlangen, sich in vollkommenem Genuß zu wälzen, ihre Ferkelnatur, die er in den zu Schlitzen zusammengepreßten Augen erkannte und in dem kräftigen und speckigen Fleisch ihres Körpers spürte. Vor ihren dünnen und mißtrauischen Lippen hatte Simonetti noch immer Angst. Schnell erzählte er weiter.

»Die meiste Zeit war ich mit Tonni zusammen, der unter Teresas Tyrannei ein wenig hinterlistig geworden war. Er erzählte ihr lieber nicht, was er so alles getrieben hatte, um sich ihre beißenden Kommentare zu ersparen. Vor allem das Rauchen mußte ein Geheimnis bleiben. Es war zu einer Manie geworden: rauchen, rauchen und noch mal rauchen. Man konnte an seinen Händen erkennen, daß er rauchen wollte, an seinen Augen, an der Art, wie er klammheimlich zwischen den Häusern verschwand. Ich half Tonni bei der Arbeit. Auf einem kleinen Grundstück oberhalb des

Dorfes baute er Tomaten, Auberginen, Kapern und Trauben an. Er betrat es jedesmal an derselben Stelle – das war dort so üblich – und beschwor mich, dies auch so zu halten. Am späten Nachmittag pflegte er zum Strand zu gehen, wo sein Boot, in Leinwandtücher eingehüllt, in der Sonne lag. Er zog diese eingerissenen Tücher weg, machte das Boot sauber und setzte sich dann daneben auf einen Stein, auf dem er bis zum Sonnenuntergang sitzen blieb. Wenn es dunkel geworden war, schoben wir das Boot ins Wasser und fuhren aufs Meer hinaus, um zu fischen. Am Bug hingen zwei brennende Laternen. Die Stille auf dem Meer war vollkommen, gewaltig und unbeschreiblich tief. Die Netze hingen im Wasser, die Taue knarrten, und während wir warteten und rauchten, sagte Tonni immer wieder mit einem Seufzer: Einen Ingenieur aus Messina, sogar einen Ingenieur aus Messina wollte sie nicht haben. Wir zogen die Netze aus dem Wasser. Fische glänzten und fielen platschend auf die Wasseroberfläche. Für mich war es ein Wunder, daß man einfach so Dutzende lebendiger Wesen aus dieser Finsternis heraufholen konnte, die noch niemand zuvor gesehen hatte. Man hatte das Gefühl, als gäbe es unmittelbar unter den eigenen Füßen jede Menge Leben – Zehntausende, Hunderttausende Fische. Tonni knurrte und stieß mich zur Seite. Für ihn war dies selbstverständlich. Für ihn war alles selbstverständlich. Das war seine Stärke.«

»Und wahrscheinlich auch seine Beschränktheit.«

»Natürlich. Aber gerade in dieser beschränkten Sicht, die nicht weiter reichte als Lipari, wo der Bischof wohnte, gerade in dieser Rückständigkeit, diesem hartnäckigen Festhalten an Gewohnheiten, die man vielleicht nicht einmal mehr verstand, gerade in dieser Schicksalsergebenheit, in dieser knochenharten Stimme, gerade darin lag seine Stärke. Vergiß nicht, in Abessinien hatte er die schrecklichsten Gemetzel gesehen und daran teilgenommen, und doch kehrte er unverändert nach Salina zurück. Tonni war nicht gefühllos, doch diese Welt war ihm so fremd gewesen, daß er dort beinah nichts gesehen hatte. Von jenen Jahren konnte er nur wenig Persönliches erzählen. Die Wüste war heiß, die Frauen waren schmutzig, der Hauptmann war ein Schuft. Die Lieder, die sie sangen. Und daß sie nicht genug Zigaretten bekamen. Warum interessiert diese Zeit dich denn so, Andrea? Es ist doch schon so lange her. Du kannst in den Geschichtsbüchern darüber lesen. In seinem Kopf gab es nur wenig, was des Erinnerns wert gewesen wäre, aber er war zehnmal so stark wie Andrea Simonetti, der sich an Hunderte von Einzelheiten allein über Tonni erinnert.«

Simonetti suchte nach einem Vergleich.

»Am Strand«, sagte er, »als wir in der Nähe von Castricum am Strand spazierengingen, habe ich einen Küstenfischer gesehen, der in Wattstiefeln im Meer herumstapfte. Die Stricke des Netzes, das er über den Schultern mit sich schleppte – so fühle ich mich oft, Hanna; ich schleppe ein Netz hinter mir her, das zum Bersten gefüllt ist mit einer Vergangenheit von mehreren tausend Jahren. Das Netz ist voll, und ich komme kaum noch vorwärts. Ich müßte das Netz loslassen oder am Strand ablegen, um wieder fischen gehen zu können. Natürlich fange ich dann irgendwie wieder die gleiche Menge, aber ich komme zumindest wieder vorwärts.«

»Du siehst auf einmal so besorgt aus. Erzähl mir noch mehr von Tonni.«

»Tonni hatte seinen Platz in der Welt, das heißt in einem Dorf, in dem übrigens eine vom Tratsch verpestete Atmosphäre herrschte. Ein Dorf, in dem es unnatürlich war, wenn man allein sein wollte. Wenn sich jemand zurückzog, hielt man ihn gleich für krank. Vergleich das mit unserer Welt, in der jeder um seinen Platz kämpfen muß und allein sein kann, soviel er will. Ist das Freiheit? Tonni hatte seinen Platz und kannte den auch. Jede Woche ging er einmal in die Kneipe, um Billard zu spielen. Wenn er eintrat, wußte er genau, daß der Billardtisch frei sein und daß Signore Esposito aus Neapel ihn von oben herab begrüßen würde. Freunde waren sie nicht. Warum auch? Signore Esposito genoß es, mit jemandem Billard zu spielen, der eigentlich unter ihm stand, und Tonni liebte es, mit jemandem zu spielen, der eigentlich über ihm stand – das war alles. Tonni hatte seinen Platz, seine grundlegenden, da niemals angezweifelten Sicherheiten, und darum konnte er einem etwas geben. Diese jahrhundertealte Welt ist verschwunden, und es ist sinnlos, dies zu bedauern. Aber in Tonni Locantro werde ich noch einmal ertrinken.«

»Ich dachte, daß du in Lucia ertrinken würdest.«

»Aha! Hast du das gedacht?«

»Hast du ihr im Laden geholfen?«

»Ja. Ich habe gern im Kopf mitgerechnet, um nach der letzten Bestellung sofort den Endbetrag nennen zu können. Ich hatte bei der Arbeit immer meine Ohren gespitzt, denn im Laden hörte man mehr Geheimnisse als im Beichtstuhl. Lucia war spröde, spröde gemacht worden. Die meisten hielten sie für arrogant. Die Frauen nahmen es ihr übel, daß sie nicht verheiratet war, nur den Mann ihres Herzens hatte heiraten wollen. Ich denke, daß sie in den Augen der anderen Frauen im Dorf die Verkörperung einer Weigerung, eines Stolzes und eines Mutes darstellte, zu denen sie selbst nicht fähig gewesen waren. Man hatte Respekt vor ihr, aber beliebt war sie nicht. Schön war sie noch immer, und mehr als früher schätzten es die Männer, mit ihr zu plaudern, denn sie war nun nicht mehr gefährlich, vom Heiratsmarkt verschwunden. Lucia war ein Kindernarr. Das verstehst du doch. Sie beugte sich über die Ladentheke, um sie sich aus der Nähe anzusehen, und es fiel ihr schwer, die Finger von ihnen zu lassen. Manche Frauen mochten es gar nicht, daß sie ihre Kinder auf den Arm nahm: Ihr Körper war unfruchtbar geblieben, und es wurde geflüstert, sie habe den bösen Blick.

Als ich ungefähr zwanzig war, kam ich einmal unangekündigt nach Salina. Gegen Sonnenuntergang ging ich durch die Hauptstraße, um Lucia in ihrem Laden zu begrüßen. Sie stand vor der Eingangstür und trug ein Kind auf der Hüfte. Sie stand da wie eine Statue, Hanna, eine griechische Statue: natürlich und zugleich erhaben. Zum erstenmal sah ich, wie sie hätte sein können: Sie war fröhlich und ungezwungen, die Spannung, die sonst immer von ihr ausging, war verschwunden. Aber gut, es war ihr Schicksal, stolz zu sein und uns ihr Unglück zu zeigen, das die Folge eines zu lange behaupteten Stolzes ist.«

Indem er von Lucia erzählte, hatte Simonetti den Liebesschmerz in sich erweckt, und wie sehr haßte er nun die Frau, die dort der Länge nach träge im Gras lag.

»Während meiner Verbannung habe ich nur ein einziges Mal geweint. Das war an San Lorenzo. Eines Abends gingen wir zu viert auf dem Küstenweg, der in die Felsen geschlagen worden war, von Santa Marina nach Malfa, um dort die Messe zu besuchen. Lucia und Teresa gingen vorneweg, und Tonni und ich folgten in einem Abstand von ungefähr zwanzig Metern. Tonni verbarg die glühende Spitze seiner Zigarette in der hohlen Hand. Er führte mich wie einen Blinden über den kurvenreichen Weg, da ich ihm einen Arm gegeben hatte, um mir im Gehen den Himmel ansehen zu können. Den Sternenhimmel über Salina. Die Stille ist gewaltig, und von einem Horizont zum anderen sieht man Zehntausende Sterne, hell und ganz nah. Im Laufe einer Stunde sah ich mindestens zehn Sternschnuppen. Immer wenn ich eine am Himmelszelt entdeckte, rief ich Lucias Namen. Lucia, da, schon wieder eine, ich habe das Rauschen ihres Schweifes gehört. Ach Andrea, rief Lucia spöttisch, was du rauschen hörst, ist das Meer. Ich sah nach oben, und immer wenn ich sie rief, zog mich Tonni wütend am Arm: Halt doch den Mund, ich rauche!

In der Kirche von Malfa lag ich neben Lucia auf den Knien. Sie war sehr fromm, und ich weiß, daß es auf der ganzen Insel niemanden gab, den es so sehr nach einem himmlischen Bräutigam verlangte wie sie. Ein Männerchor sang, ungeschulte und rauhe Stimmen. Danach brach Lucia, für alle deutlich wahrnehmbar, in Weinen, in Schluchzen aus. Es war mehr als Weinen, es war ein Wehklagen, eine öffentliche und allen verständliche Klage. Und kaum waren ihre Wangen naß geworden, als der kleine Andrea einfiel, voller Hingabe, es schien, als wollte ich leerlaufen, als könnte ich die Sternschnuppen im Gewölbe rauschen hören.«

Andrea hielt kurz inne.

»Lucia war böse«, fuhr er mit einem Lächeln fort. »Sie war böse auf mich. Sie ignorierte mich, als wir, am darauffolgenden Tag, auf dem Rückweg, der Blaskapelle auf dem Dorfplatz lauschten. Später erst verstand ich, daß Lucia einmal im Jahr öffentlich weinte, in der Nacht von San Lorenzo, in der Kirche von Malfa. Es war Teil der Messe. Gegen dieses Privileg hatte ich in meiner Naivität verstoßen.«

Simonetti kicherte und wandte das Gesicht dem wunderschönen Ijsselmeer zu. An die Stelle, an der Hanna lag, dachte er sich versengtes schwarzes Gras. Die Geschichte, die in ihm aufgekommen war, das Erzählen über Lucia, hatte ihn nach all den Jahren doch wieder in größte Verlegenheit gestürzt. Hanna genoß es, daß er den Kopf scheu abgewandt hatte. Zugleich fühlte sie sich gereizt.

»Sind sie noch am Leben?«

»Tonni starb, wie er es immer erwartet hatte: Er ertrank. Ein schöner Tod. Teresa war noch kerngesund, als sie den Leichnam zwischen den Felsen fanden, doch kaum ein Jahr später ist sie ihm ins Grab gefolgt. Wieder erhielt ich ein Telegramm von Lucia, und wieder beeilte ich mich, nach Salina zu kommen. Der Sarg wurde extra für mich geöffnet. Ich beugte mich über Teresa, behutsam, beinahe mißtrauisch, denn sie sah noch so lebendig aus, daß ich jeden Augenblick eine Salve erwartete. Als der Sarg wieder geschlossen war, fragte mich Lucia: ›Hast du ihr Kleid gesehen?‹ Das hatte ich. Ob ich wüßte, was für ein Kleid das sei? Das wußte ich nicht. Lucia schwieg, ging in ein anderes Zimmer, von wo aus sie spöttisch rief: ›Es ist ihr Brautkleid, Andrea, sie trägt ihr Brautkleid!‹«

Simonetti schwieg. Hanna hatte sich hingekniet und fühlte, wie unnahbar er geworden war. Auf einmal warf sie sich mit ihrem ganzen Gewicht auf ihn. Darauf war Simonetti nicht vorbereitet gewesen, und so fiel er mit dem Hinterkopf auf die Basaltbrocken, die unter dem Gras verborgen waren.

»Ich mag sogar die Schuppen in deinem Haar«, zischte Hanna.

»Du magst sogar die Schuppen in meinem Haar.«

Er ließ sich von ihren dünnen, harten Lippen küssen.

»Mein Hinterkopf.«

»Was ist mit deinem Hinterkopf?«

Als er sich aufgerichtet hatte, fühlte Simonetti, daß ihm Blut am Hals entlang in den Kragen lief.

»Ich denke, daß du mal nach meinem Hinterkopf sehen solltest«, sagte er frostig.

Hanna Piccard erschrak, als sie die Platzwunde offengelegt hatte, entschuldigte sich mehrmals, sagte, dies müsse genäht werden, sprach von einer Freundin, die das erledigen könne, und hielt schließlich in angstvollem Entzücken seinen Oberkörper mit ihren Oberschenkeln umklammert, um die Blutung mit einem Taschentuch zu stillen.

Schiphol, Sonntag abend. In
der Halle, in der die Fluggäste mit dem Ziel Rom auf ihre Maschine warteten, stand ein Mann an der Glaswand. Er sah zu den
Flugzeugen auf dem tiefer gelegenen Vorfeld hinüber und dann zu
den Startbahnen in der Ferne, wo im späten Sonnenlicht ein beinahe unsichtbarer Regen fiel. Warum musterte Leda Simonetti
diesen Mann? Er war nicht der einzige an der Glaswand. Vielleicht
war ihr Interesse durch die herumrennenden Kinder geweckt worden, die ihn mit ihren Flügeln immer wieder anrempelten.
Warum rempelten die Kinder ausgerechnet ihn mit ihren Flügeln
an und niemanden sonst? Vielleicht, weil sie spürten, daß er ein
Mann war, dem es nichts ausmachte, wenn ihn herumrennende
Kinder mit ihren Flügeln anrempelten. Als er sich umdrehte und
ein Kind an einem Flügel festhielt, war sein Gesicht zu sehen, und
Leda meinte, ihn an der ein wenig schiefen Nase zu erkennen.

Am Nachmittag hatte Leda einen Mann im Ijsselmeer
schwimmen sehen. Sie lag auf dem Deich, neben einem Strauch,
an dem die Knospen gerade erst aufgebrochen waren, es war
März, das Wasser mußte noch eiskalt sein, und als sie ein Ruderboot näherkommen sah und schräg dahinter zwei kraulende
Arme und einen Kopf, vor dem sich das Wasser staute, konnte sie
kaum glauben, daß da jemand schwamm. Das Ijsselmeer war leer.
In der Stille hörte sie das Patschen der Ruder. Wassertropfen
spritzten von den emporgehobenen Armen. Nach jeweils zwei
Zügen erschienen eine Schwimmbrille und ein seitlich geöffneter
Mund über der Wasseroberfläche. Über dem Kopf des Schwim-
mers schwebten ein paar Möwen.

Leda Simonetti kam sich vor wie in einem Film. Als das Ruderboot und der Schwimmer fast herangekommen waren, duckte

sie sich. Nicht weit von ihr entfernt kletterte der Schwimmer an den Basaltbrocken des Deichs entlang nach oben, wobei er sich an dem winterdürren Schilfrohr festhielt. Das Wasser tropfte ihm vom Körper, der eingefettet zu sein schien, und deutlich konnte sie die Umrisse des großen Männerdings in seiner Badehose sehen. Der Mann nahm die Schwimmbrille ab und zog sich die weiße Bademütze mit dem hellblauen Streifen von seinem blonden Kopf. Er sah sie nicht. Während sein Begleiter, ein Mann mit einem Käppi auf dem Kopf, das Ruderboot an einem Landungssteg vertäute, kletterte der Schwimmer über den Deich. Wie ein Kundschafter mit gelben Gummistiefeln, wie eine Schlange, glitt Leda an dem Gebüsch entlang zur Deichkrone. Er hatte die Türen eines Wagens geöffnet. Kurz darauf stand er an die Motorhaube gelehnt, schälte eine Apfelsine und spuckte die Kerne ins Gras.

Ob der Schwimmer der Mann war, den Leda jetzt, ein paar Stunden danach, an der Glaswand stehen sah – das wußte sie nicht genau. Sie wollte es auch nicht genau wissen, wünschte auf keinen Fall, von ihm gesehen zu werden, und setzte sich neben Andrea. Sie legte den Kopf an seine Schulter und schielte aus den Augenwinkeln zu dem Mann hinüber.

»Was ist los«, fragte Andrea. »Sehnst du dich nach zu Hause?«

Leda nickte, und ihr Blick folgte dem Mann, der zwischen den anderen Passagieren hindurch zu seinem Gepäck ging und sich danebensetzte. Ihr fielen noch ein paar wenig aufregende Einzelheiten auf. So sah sie beispielsweise, daß er den Knoten seiner Krawatte leicht gelockert und den obersten Knopf seines Hemdes geöffnet hatte und breitbeinig dasaß, wie Fußballspieler auf den Fotos von Fußballspielern, die auf ihr Flugzeug warten. Diese Sorte kerniger Nonchalance mochte Leda nicht. Aber ihr gefiel sein Gesicht, mit der schiefen Nase, die er sich vielleicht einmal gebrochen hatte, und er sah dem Mann täuschend ähnlich, der mit kräftigen Zügen das Wasser durchpflügt hatte und erschöpft über den Deich getaumelt war, als hätte er das Meer überquert. Letzteres kam ihr übrigens nicht sehr wahrscheinlich vor.

Andrea Simonetti hatte sich nicht die Mühe gemacht, sich den Kopf zu waschen. Zwischen seinen Nackenhaaren sah Leda Blutspuren. Einen Augenblick später hatte sie die Haare an seinem Hinterkopf auseinandergeschoben und den mit verkrustetem Blut bedeckten Riß entdeckt. Mit betonter Sorgfalt tastete sie seinen Kopf ab, da sie sich in gewisser Hinsicht noch immer als Hannas Konkurrentin betrachtete. Sie war schließlich die erste und die einzige, die sich in seinem Arbeitszimmer aufhalten durfte, wenn er etwas zu Papier brachte, und sie brauchte nicht einmal zu tun, als wäre sie nicht da. Sie konnte ruhig in einem Buch blättern oder die Treppe hinaufklettern, wenn sie sich etwas aus dem Mezzanin holen wollte. Wenn sie ihn liebte, war Leda tatsächlich die einzige, bei der Andrea nicht die Konzentration verlor, da sie mit ihrer Anwesenheit ihren Teil zu seiner Konzentration beitrug.

»Bist du gefallen, Andrea?«

Simonetti nickte.

»Das Gras auf dem Deich war glatt«, erklärte er kurz darauf.

»Ich wäre auf den Hintern gefallen«, sagte Leda.

»Ich *bin* auf den Hintern gefallen – und dann auch noch auf den Hinterkopf. Das Gras war sehr glatt.«

Hanna, die Zeitung las, rührte sich nicht, was sie besser hätte tun sollen, um Ledas Mißtrauen zu beruhigen.

»So was Dummes«, sagte Leda und deckte die Wunde zu.

Leda wurde nachdenklich. Sie hatte keine Ahnung, was sich auf dem Deich zwischen den beiden abgespielt haben mochte – das lag außerhalb ihres Vorstellungsvermögens –, doch sie fühlte etwas, und das war Schwermut. Ihr Gesicht nahm einen munteren Ausdruck an. Sie wollte Andreas und Hannas Geheimnisse nicht teilen, auch wenn sie natürlich aus den Augenwinkeln ihre Umarmungen sah, auch wenn sie zuweilen hörte, wie sie sich aus verschiedenen Zimmern anschrien, auch wenn sie manchmal Jagd auf ihre Notizzettel machte, um sich für die ein oder andere Strafe zu rächen. Jetzt schämte sie sich, weil sie die Wunde entdeckt hatte, und hatte gleichzeitig keine Lust mehr, taktvoll zu bleiben, wozu ihr Joey Kurhajec, ihre beste Freundin, vor dem Abflug nach Amsterdam geraten hatte.

Leda stand auf. Sie war fünfzehn und bekam allmählich Formen: Das Schlaffe und Unbestimmte war aus ihrem Körper und ihren Bewegungen verschwunden. Sie ging durch die Halle und

schob vier Finger von jeder Hand in ihre Hosentaschen, da sie
wußte, daß sich ihre Schultern auf diese Weise hoben und dadurch
eine gewisse Lässigkeit zum Ausdruck brachten. An der Glaswand
blieb sie stehen, genau an der Stelle, an der der Mann gerade eben
gestanden hatte. Die Sonne stand tief über dem Flughafen, doch
sie meinte, ihre Wärme noch durch das Glas spüren zu können.
Leda schloß die Augen und sah Flugzeuge über den Wolken.
Einige Minuten später wurden die Türen der Schleuse geöffnet.

Simonetti mochte den Moment des Abhebens. Als das Flugzeug
über die Startbahn rollte, betrachtete er die zitternden Flügel, die
Pfützen auf dem Beton, die vom Luftstrom aufgepeitscht wurden.
Die Maschine wendete und kam zum Stehen. Simonetti wartete
auch gern: Seine Lippen glitten über ihre Stirn, an den Augenbrauen entlang zu den Augenwinkeln, in die sie genau hinein-
paßten, weiter hinab über die Wölbung einer Wange, um an den
Mundwinkeln zu warten, bis sich ihre Lippen voller Ungeduld
unter seine schoben. Doch dieses Mal dachte er beim Warten an
einen Weitspringer, der seine Füße sorgfältig hingesetzt hat, sich
nach vorn beugt, tief einatmet und die Hände für einen Augenblick vor das Gesicht hält. Dann schießt er in einem Sekunden-
bruchteil mit seiner ganzen geballten Kraft nach vorn. So schoß
auch die Maschine nach vorn, und Andrea sah ihn rennen: den
Weitspringer, mit seinen langen, ruckartigen Schritten, immer
schneller, bis seine Füße die Bahn kaum noch berührten. Die Motoren heulten auf. Er wurde nach hinten in den Sitz gepreßt. Tränen sprangen ihm in die Augen. Die Nase des Flugzeugs hatte sich
bereits aufgerichtet, für einen kurzen Moment glitten die Räder
noch über die Bahn, und dann hob es ab.
    »Was für eine Erleichterung«, sagte Hanna spitz. »Das hättest
du auch wieder überlebt, Andrea.«
    Die Maschine hing in einer Steigkurve. Simonetti betrachtete
das Glas der Gewächshäuser unter sich, die rechteckigen Ländereien, die sich wegdrehenden Gräben und Kanäle, die im tiefstehenden Licht funkelten.
    »Was für eine wunderbare Geometrie«, antwortete er.
    »Die Geometrie? Die haben die Römer uns aufgehalst. Damit

du es weißt. Ihr habt hier die rechteckigen Soldatenunterkünfte eingeführt, das rechteckige Landhaus und die kerzengerade Straße.«

»Damit du es weißt.«

Simonetti hielt es für besser zu schweigen. Das letzte, was er von Holland sah, war das Gebiet der großen Flüsse. An einem dieser Flüsse war Hanna aufgewachsen. Sie hatte ihm die Hügel, die Buchenalleen, das Dorf, die Überschwemmungsräume, die verlassene Steinfabrik nicht zeigen wollen.

»Schau mich mal an, Andrea.«

Simonetti wandte sich seinem schlechten Stern zu und sah sie an: freundlich, bedachtsam und allem Anschein nach unerschütterlich.

»Du denkst immer noch, daß ich es absichtlich getan habe«, sagte Hanna.

»Das denke ich nicht.«

Aber es kam ihm auch nicht gerade wie ein Zufall vor, daß sie ihn nach seiner Erzählung von der Nacht der Sternschnuppen zu Boden geworfen hatte. Ohne sich dessen bewußt zu sein, hatte er es vielleicht auch provoziert, daß sie sich auf ihn stürzte. Woher sollten sie wissen, was sich abgespielt hat?

»Hast du vor, die ganze Reise zu verderben?« fragte Simonetti. »Dauert es noch bis morgen abend? Oder halten wir es noch eine Woche lang durch?«

Hanna schlug die Arme übereinander und schwieg. Simonetti ärgerte sich wieder unmäßig über die Albernheit und die Wiederholungen, zu denen die Gefühle sie zwangen. Warum konnte diese Lappalie nicht in ein paar Minuten aus der Welt geschafft werden? Warum mußten diese Unlustgefühle so lange beibehalten und kultiviert werden? Offensichtlich mochten sie diese Gefühle und brauchten sie. Eintrübung, Verfinsterung. Ihre tägliche Portion Gereiztsein. Ihre tägliche Portion Beleidigtsein. Meine tägliche Portion Abneigung gegen die Geliebte. Meine tägliche Portion Angst. Meine tägliche Portion Unruhe. Meine tägliche Portion Schuldgefühl. Meine tägliche Portion Verlangen. Diese verwünschte Tretmühle. Wie ein Esel mit verbundenen Augen, so drehe ich mich im Kreis.

Das Flugzeug befand sich im Steigflug auf dreißigtausend Fuß. Simonetti hatte die Augen geschlossen und versuchte, sich in Gedanken zu verlieren. Er dachte an Wahnbilder. Einen in Wahnbildern gefangenen Mann, der an Wahnbilder zu denken versucht. Welche Wahnbilder? Alles, was ein Mann von jeher in eine Frau projiziert. Alles, was eine Frau von jeher in einen Mann projiziert. Du bist hier der Mann. Du bist hier die Frau. Während der Mann das große Ganze im Auge behält, kümmert sich die Frau um die Feuerstelle. Während die Frau das große Ganze im Auge behält, kümmert sich der Mann um die Feuerstelle. Ein Mann und seine Abstraktionen. Eine Frau und ihr Erstaunen über die nutzlosen Abstraktionen des Mannes. Eine Frau und ihre Abstraktionen. Ein Mann und sein Erstaunen über die nutzlosen Abstraktionen der Frau. Ich bin kein Mann. Ich bin keine Frau. Ich bin kein Träumer. Ich bin nicht der sogenannte vergeistigte Typ. Ich bin nicht empfindsam. Ich bin kein Eremit. Ich bin nicht verlegen. Ich bin nicht redegewandt. Ich habe nicht das geringste Interesse an einem kontemplativen Leben. Gespür für Schönheit besitze ich nicht. Geschichten erzählen kann ich nicht. Ich bin nicht verschlossen. Ich bin nicht zerbrechlich. Was auch immer du in mir siehst, ich bin es nicht. Simonetti versuchte, sich selbst an den Haaren ziehend aufzurichten. Er hatte es satt, ein Mensch zu sein, der Gefühlen ausgesetzt ist. Typ Mensch. Bin ich nicht. Ein Mensch, den Gesetzen der Selbsterhaltung unterworfen. Frau schlägt Mann. Mann schlägt zurück. Er muß ja, denn wer nicht zurückschlägt, ist ein Spielverderber. Aber er hatte es satt, sich mit der Person identifizieren zu müssen, die er unter dem Druck der Umstände darstellte. Er hatte es satt, sich mit dem ein oder anderen Ego, einem Schatz an Erfahrungen, einem Apparat, der sich unaufhörlich eine Welt schafft, identifizieren zu müssen. Er hatte die Person satt, die sich nicht mit dem ein oder anderen Ego zu identifizieren wünschte. Weiß. Meine tägliche Portion Weiß. Wie ein Esel, dem die Augen verbunden sind, so drehe ich mich im Kreis. Ich bin nicht da, denkt der Esel. Ich bin kein Esel, denkt der Esel.

Im Flugzeug wurden die Mahlzeiten ausgeteilt. Leda aß nichts. Sie hatte einen Fensterplatz gefunden und fühlte sich vom Mittelgang abgeschnitten, in all ihren Bewegungen und selbst in ihren Gedanken von einem älteren Ehepaar behindert, das sich nach langem Zögern und ohne ein Wort der Begrüßung auf die Plätze links neben ihr gesetzt hatte. Es war ein traurig wirkendes Ehepaar, das sich unmittelbar nach dem Start in die Farbprospekte eines Reisebüros vertieft hatte. Nun beugten sie sich über ihre Mahlzeiten und gaben einander Anweisungen. Mit den Ellbogen kamen sie sich ständig in die Quere. Leda rückte etwas näher ans Fenster, damit der Mann genügend Platz hatte. Nichts. Konnte wohl nicht reden. Aber sie konnte es nicht lassen, aus den Augenwinkeln zu ihnen hinüber zu linsen, vor allem zu der Frau, die regelmäßig den Mund verzog und alle Halsmuskeln ruckartig anspannte. Leda hatte diesen Tick imitiert, während sie aus dem Fenster sah, und schon nach wenigen Minuten das Gefühl gehabt, als würge sie etwas in der Kehle. Und dann der Mann. Er hatte ein frisches Hemd an, die Falten im Stoff waren noch zu sehen. Leda sah den Wäscheschrank, ordentliche Stapel, und anschließend das Herrenbekleidungsgeschäft, das der Mann, hinter seiner Frau hertrottend, betreten hatte. Der Verkäufer legte ein Hemd auf die Theke und darüber eine Krawatte, worauf der Mann seine Gattin fragend ansah. Doch die mit den kleinen Kugeln? Oder mal ein Streifen? Ja, dachte sie hingerissen, das ist ein Mann, der nur Kugeln und Streifen sieht. Typ Beamter.

Sobald Leda diese Schlußfolgerung gezogen hatte, erschien Andrea in ihrem Kopf. Was hast du es in letzter Zeit doch mit Typen, fragte er. Alle sind für dich nach einigen Minuten Typen. Es ist nur eine Phase, rief sie. Ich bin schließlich in der Pubertät. Oder irre ich mich? Alle über zwanzig sind doch alte Knacker. Es wird doch von mir erwartet, daß ich so etwas sage. Es ist nur eine Phase. Jetzt, da sie endlich in die Pubertät gekommen war, paßte ihr diese Antwort oft gut in den Kram. Sie rechtfertigte alles. Manchmal fragte sie sich jedoch, ob denn das ganze Leben aus Phasen bestehe, ob denn irgendwann mal der Tag komme, an dem sie sagen könnte: So, jetzt bin ich fertig. Hanna und Andrea befinden sich nun wohl auch wieder in der ein oder anderen Phase, ebenso wie das Ehepaar hier, das offensichtlich zum erstenmal eine Auslandsreise unternimmt.

»Please, would you like to use mine.«

Leda öffnete ihr Klapptischchen, als sie merkte, daß sich das Ehepaar keinen Rat mehr wußte mit dem Abfall, den verpackte Mahlzeiten und Einmalbesteck mit sich bringen. Jetzt konnte der Mann nicht mehr so tun, als wäre sie nicht da. Er bedankte sich bei ihr, kam aber nicht dazu, den Klapptisch zu benutzen.

»Do you know Italy?« fragte er, um dieses Versäumnis wiedergutzumachen.

»Only slightly.«

Nervös suchten Ledas Hände nach den Kämmen, mit denen sie sich das Haar hochgesteckt hatte.

»Are you English?« fuhr der Mann fort.

»No. Italian!«

»Then you should know the country.«

»Only slightly, I said. It's a beautiful country. It's got everything.«

»Was du nicht sagst«, sagte die Frau nun halblaut.

Leda beugte sich nach vorn.

»What did you say?«

»Oh, äh, nothing.«

Der Mann lächelte ihr zu, langmütig, sich für seine Frau entschuldigend, und beließ es dabei. Leda betrachtete einen Sonnenuntergang über den Wolken, fünfzig Kilometer Rosa und hundert Kilometer Gold.

»Please.«

Der Mann hielt ihr einen Fotoapparat hin und zeigte nach draußen, Leda aber hatte in der Zwischenzeit ihren ganzen Mut zusammengenommen und erhob sich.

»Please, take my seat.«

Augenblicklich streckte sie das eine Bein über die zusammengepreßten Knie des Mannes, das andere über die zusammengepreßten und weggedrehten Knie der Frau und schaffte es auf diese Weise schließlich, den Mittelgang zu erreichen. Der Schwimmer hatte sich hinten in der Maschine einen Platz gesucht. Dort befand sich außerdem die Toilette. Er würde also keinen Verdacht schöpfen, wenn sie jetzt in diese Richtung ging. Der Mann blätterte in einer Zeitschrift und sah auf, in einem Reflex, denn es war ein gut gebautes Mädchen, das da vorbeikam.

Er hatte sie gesehen. Auf der Toilette fühlte Leda, wie eine wirbelnde Ekstase in ihr aufstieg, als würde ein Windstoß eine Menge Blätter an ihrer Wirbelsäule entlang in die Höhe blasen. Sie pißte mit einem harten Strahl und bedauerte, daß man in einem Flugzeug, anders als in den holländischen Zügen, nicht durch ein Loch in der Schüssel hinaussehen kann. Hier hätte sie einen Blick auf die roten Wolken unter sich und vielleicht auch auf die Eiskappen der Alpen werfen können. Der Gedanke an die Kälte des ewigen Eises trieb sie in ein Hallenschwimmbad. Schon allein das Umziehen fand sie wunderbar: Die Kleidungsstücke wurden an einem Haken aufgehängt, den Slip ließ sie in einem Schuh verschwinden, und statt der ganzen Kleidungsstücke spannte sich ein nahezu gewichtsloser Badeanzug um ihren Körper. Der Badeanzug paßte ihr wie angegossen. Es störte sie, daß man den Stoff nach jedem Bücken wieder über die Pobacken ziehen mußte, aber so ist das nun einmal bei Badeanzügen. Durch das Glasdach in der Decke des Hallenbades fiel Sonnenlicht, und Blütenblätter regneten sanft auf sie herab. Sie ging zum Becken, in dem der Schwimmer seine Bahnen zog, kletterte auf den Sprungturm und sprang, überaus anmutig, sich in einer doppelten Schraube drehend.

Leda nahm sich vor, den Mann zu fragen, ob er an diesem Mittag im Ijsselmeer geschwommen habe. Wieder ging sie durch den Mittelgang, mit weichen Knien, aber als sie unmittelbar neben ihm stand, fiel das Flugzeug in ein Luftloch, der Gang bekam Gefälle, sie erhielt einen Stoß in den Rücken und schoß an ihm vorbei. Als sie vorn angekommen war, wollte sie sich hinter den Vorhängen verstecken, wurde dort aber von lächelnden Stewardessen erwartet. Bevor ihr klar war, was sie sagte, hatte sie eines dieser blaublonden Wesen um Decken gebeten, da es in der Kabine kühl sei.

»Die Decken liegen hinten. Kommen Sie bitte mit.«

Die Stewardeß wußte nicht, was sie da sagte: Kommen Sie bitte mit. Abermals kam Leda im hinteren Bereich des Flugzeugs an, wo sie kurz danach allein zurückblieb, in den Armen drei

Decken. Sie wurde böse. Hier stehe ich mit den Decken, und wieso gleich drei? Was soll ich damit? Sie kam nicht auf die Idee, die Decken auf den Stapel zurückzulegen.

»Your blankets«, sagte sie ein paar Minuten später zu dem Ehepaar, mit dem Lächeln einer Stewardeß. »It's cold.«

»Cold?« fragte die Frau.

Der Mann aber legte sich gutmütig eine Decke über die Knie und gab Leda die beiden anderen, sobald diese wieder auf ihrem Platz am Fenster saß. Leda drapierte eine Decke um ihre Knie und legte sich die andere um die Schultern, und nachdem sie sich derart eingepackt hatte, starrte sie hinaus. Es stellte sich heraus, daß sie lange auf der Toilette gewesen war: Die Dunkelheit war hereingebrochen, das Flugzeug befand sich im Landeanflug, und die Lichter an der italienischen Küste kamen in Sicht.

Der Mann machte Leda ein Kompliment, sie spreche sehr gut Englisch, und fügte hinzu, daß die meisten Italiener diese Weltsprache doch nicht beherrschten, ja daß sogar der amtierende Ministerpräsident gewisse Probleme mit dem Englischen zu haben schien. Leda fragte ihn, ob er dem Ministerpräsidenten begegnet sei.

»Newspapers, I read my newspapers.«

Aber, so erklärte der Mann, der Ministerpräsident zeichne sich dafür, im Kreis der anderen Staats- und Regierungschefs, durch die Qualität seines Anzugs aus. Es erstaunte Leda, daß dieser Mann auf die Qualität des Anzugs des Ministerpräsidenten geachtet hatte, und es erstaunte sie noch mehr, daß er mit ihr über so etwas redete. Plötzlich verspürte sie das Bedürfnis, ihm etwas Persönliches zu erzählen, und begann in den Vereinigten Staaten, wo sie zwei Jahre lang mit ihrem Vater gewohnt hatte. Als sie gesagt hatte: mit meinem Vater, wurde sie rot.

»And your mother?« erkundigte sich die Frau, nachdem sie die Halsmuskeln so ruckartig angespannt hatte, daß es den Anschein hatte, sie bekäme keine Luft mehr.

»My mother?«

Der Mann wußte dazu keine gute Miene mehr zu machen.

»My mother«, wiederholte Leda, mit einer Stimme, die vor Haß und Bitterkeit zitterte, »she's dead.«

Sie schob die Enden des Sicherheitsgurts ineinander und sah mit einem zufriedenen Lächeln zu den Lichtern des Flughafens hinab: So, der hatte sie eine gehörige Abfuhr erteilt. Mit den Gedanken bei Marina spürte sie jedoch die Finsternis um die in rasendem Tempo fliegende Maschine. Wo war Marina? Vielleicht war sie gerade gestorben, in dem Moment, als sie gesagt hatte, sie sei tot. Unwillkürlich zog sie den Gürtel um ihre Hüfte enger. Die Maschine sank, ruckartig, aufheulend, mit offenen Bremsklappen, die Markierungsleuchten der Landebahn huschten an den Flügeln vorbei, und zum erstenmal schloß Leda bei der Landung eines Flugzeugs die Augen. Sie seufzte erleichtert auf, als die Räder den Boden berührten und die Maschine, nach ihrem gewaltigen Sprung über die Alpen, für einen kurzen Moment federnd in die Knie ging.

Leda Simonetti war unter den ersten, die aus der kühlen Kabine in die milde Abendluft traten. Sie lief schnell die Treppe hinunter und eilte über das Vorfeld zur Ankunftshalle.

Das Gepäckband lief bereits, ohne etwas zu befördern. Leda wartete. Noch einmal versammelten sich die Passagiere. Gerade als sie den Schwimmer zwischen den anderen entdeckt hatte, kamen die ersten Koffer und Taschen aus der Finsternis durch die Gummiblende gerollt. Willig ließen sie sich mitführen, alle auf ihre eigene Weise. Manche wurden erkannt und vom Gepäckband genommen, andere verschwanden unberührt in der Finsternis, aus der sie gekommen waren, und kehrten wieder zurück, um ihr Glück noch einmal zu versuchen. Leda musterte sie alle: Koffer, die kraftstrotzend aufrecht standen, Koffer, die ruhig auf der Seite lagen, vornehme Koffer auf Rädern, verlebte Koffer, die die ganze Welt schon gesehen hatten, kokette Köfferchen, sportliche Reisetaschen, die sich einer blühenden Gesundheit erfreuten, und einige wenige armselige Bündel. Das Band lief, und Leda versuchte, möglichst viele Aufkleber zu lesen. Wie sollte sie sich jedoch alle Namen und Adressen merken, selbst wenn sie sich auf die niederländischen beschränkte? Und wie sollte sie wissen, welcher Name zu dem Gepäckstück gehörte, das der Schwimmer vom Band nehmen würde?

Schon stand sie neben ihm, leicht außer Atem, und in Gedanken sagte sie den Satz, den Andrea ihr beigebracht hatte: Ich habe einen Kopf, einen Rumpf, zwei Arme und zwei Beine, das Ganze paßt gut zusammen, und mich kriegt keiner hier weg. Sie musterte die Koffer und Taschen, und sie hatte Glück: Der Schwimmer hatte eine Vorliebe für gut leserlich. Während er nach einem mit Bändern zugeschnürten Koffer griff, konnte Leda seinen unaussprechlichen Namen und den ebenso unaussprechlichen Namen einer Straße in Amsterdam lesen. Der Mann nahm den Koffer, drehte sich um und sah sie aus graublauen Augen an. Leda erstarrte.

»Sorry«, sagte er daraufhin, und mehr gab es auch nicht zu sagen.

Leda machte einen Schritt zur Seite und sah, wie der Mann in der Menge verschwand.

DIE ENTFÜHRUNG

An diesem Montag morgen wurde Leda vom Rattern eines Rolladens geweckt. Eine Zeitlang lag ihr Körper noch ausgestreckt auf einem Bett, ebenso groß wie das Mezzanin, und schlaftrunken seufzte sie tief, allmählich aber schrumpfte sie, und in ihr stieg ein Gefühl der Erwartung auf. Einen Augenblick lang dachte Leda, daß sie Geburtstag habe, daß Hanna gleich mit einem Lied auf den Lippen ihr Zimmer betreten, ihr Andreas Morgenmantel um die Schultern legen und sie zu dem großen Bett führen würde, wo sie die Geschenke in Empfang nehmen sollte. Ihre Erwartung war größer, so groß wie ein Teich, denn sie sah einen Teich in einem Wald, auf dem so viele Seerosen schwammen, daß die Blütenkelche einander verdrängten. Sie meinte, die Seerosen riechen zu können, und verspürte eine gewisse Wehmut. Danach schlummerte sie wieder ein, und ihr schien, als strichen ihr zwei Fingerspitzen über die Stirn, an den Augenbrauen entlang und über die Wangen, um sich schließlich, als werde ihr aufgetragen zu schweigen, auf ihre Lippen zu legen. Unwillkürlich spitzte Leda die Lippen, um die Abmachung zu bekräftigen.

Als sich der Radiowecker einschaltete, brachte sie ihn mit einem Schlag zum Schweigen: Das paßte nicht hierher. Minutenlang mußte sie unter den Wimpern hervor zu den sich blähenden Gardinen vor den halbgeöffneten Balkontüren hinüberschauen, um das Gefühl wieder hervorzurufen. Jetzt ging es darum, würdevoll aufzustehen. Behutsam den einen Fuß hinstellen, dann den anderen, und Andreas hochgerutschtes Volleyballshirt an ihrem Körper nach unten gleiten lassen. Leda hob die Arme bogenförmig über ihren Kopf, und in dieser Haltung schritt sie, die Füße schräg vor sich aufsetzend, wie eine Ballettänzerin zu den sich blähenden Gardinen. Er hieß Jan Zocher, wie sie sich erinnerte, aber das nützte ihr kaum etwas.

Als Leda wieder aus dem Badezimmer kam, duftete sie nach Hannas Seife. Der Kleiderschrank wurde geöffnet. Alle wirklich schönen Kleider, die sie zusammen mit Hanna gekauft hatte, lagen da zum größten Teil ungetragen: Auffallen war das letzte, was sie wollte. An diesem Morgen jedoch wühlte sie in den schönen Kleidern, um sich zur Abwechslung extravagant, flamboyant – oder war es larmoyant – zu kleiden. Doch nein, die Fingerspitzen auf ihren Lippen, das mußte ein Geheimnis bleiben. Erleichtert zog sie normale Straßenkleidung an. Unterdessen stellte sie sich vor, was selbst Hanna sich so ab und an vorstellte: Ein unbekannter Mann stand, das Gesicht hinter einer Zeitung verborgen, auf dem Platz und wartete auf sie.

Dank eines Mannes hinter einer Zeitung, den es nicht gab, zeigte sich ihr das Alltägliche nun in seiner ganzen Schönheit. Mit der Leiter stieß Leda die Luke zum Dachgarten auf und wartete anschließend auf die Katzen, die Hanna um Viertel vor sieben an die Wohnungstür begleitet und sich dann auf der Couch in der Diele hingestreckt hatten, um den Schwertfisch im Auge behalten zu können. Leda hörte den Trommelwirbel weicher Pfoten und das Kratzen von Nägeln auf Holzböden. Zuerst erschien Janneman, der Schmeichler, der immer Angst hatte, er könnte etwas verpassen, und strich scheu um ihre Beine. Kees inspizierte, sich seiner Kraft und Würde voll bewußt und wie immer gut gelaunt, die sich blähenden Gardinen, und Leda führte, auf einer besonders hohen Frequenz, ein kurzes Gespräch mit ihm. Danach kletterten sie zu dritt zum Dachgarten und zur Morgenluft hinauf.

Umgeben von der Balustrade und einem Schilfzaun machte Leda, im milden Sonnenlicht, was ihr in ihrem Gemütszustand angebracht erschien. Sie gab den Oleanderbäumen Wasser und sprach ihnen aufmunternd zu. Auch die anderen Gewächse ließ sie an ihren Gefühlen teilhaben – ja, selbst die weißen und schwarzen Fliesen, denn sie spürte sie unter ihren bloßen Füßen, unter ihren merkwürdig langen Zehen, die Andrea an Marina erinnerten, und schließlich teilte sie das, was sie bewegte, auch mit Marina in Bologna, indem sie auch diese Zehen goß. Unterdessen hatten sich die Katzen in einem der Sonnenstühle aneinandergekuschelt.

Leda stellte sich an die Balustrade, aufrecht und leicht, als hinge sie an einem Faden, der an ihrem Hinterkopf befestigt war. Der Anblick der Piazza Farnese war ihr vertraut, an diesem Morgen jedoch spürte sie, wie weitläufig und imposant der längliche Platz war. In der Tiefe glänzte das Wasser in den Wannen, die einst in den Thermen von Caracalla gestanden hatten, den großen und glatten Badewannen, die von Sklaven aus Marmor gehauen worden waren und in denen Andrea zufolge fettsüchtige Römer über ihre Sesterze und über den zugefrorenen Tiber geredet hatten. Die gesamte linke Seite des Platzes wurde von der kolossalen Fassade des Palazzo Farnese eingenommen; vor der Eingangstür der französischen Botschaft hingen ein paar Karabinieri herum, junge Männer mit Koppelriemen und Revolvern, die sich gern mit den auf den Steinbänken sitzenden verlegenen Mädchen unterhielten und die ständig die Türen ihrer Dienstfahrzeuge offenstehen hatten, um die Sprechfunkanlage hören zu können. Auf der gegenüberliegenden Seite des Platzes sah Leda hinter einem schmiedeeisernen Gitter, das niemals geöffnet wurde, die Giebelwand von Santa Brigida. Sie sah den Rücken einer schwarz gekleideten Nonne, ihr Blick erhaschte den gestärkten Rand ihrer weißen Haube. Die Nonne war neben einem Eimer mit Wasser in die Hocke gegangen, um die Unterseite der Kirchenportale zu putzen. Es war ihr verboten worden, bei dieser niedrigen Arbeit auch nur einen einzigen Blick auf die Welt zu werfen. In diesem Augenblick schallte das Rasseln von Ketten über den Platz. Ezzo, der Junge, der sie jeden Morgen weckte, indem er den Rolladen an der Vorderseite des Lokals in die Höhe zog, Ezzo mit seinen lieben Glupschaugen, Ezzo bückte sich, um die Ketten, mit denen die Tische und Stühle auf der Terrasse zusammengezurrt waren, zu lösen. Danach war ihr, als würden ihrem Körper Luftschlangen entströmen. Getragen vom Morgenwind schwebten sie über dem Platz, zierten das Gesims des Palazzo Farnese, schwebten hinab und wanden sich um die Karabinieri, schlüpften durch den Torbau, um die Säulen im Innenhof zu umarmen. Eine Luftschlange entrollte sich im Arbeitszimmer des französischen Botschafters.

Manche Luftschlangen waren gleich nach links abgebogen, schlängelten sich durch die Gasse neben dem Palazzo und verstrickten sich im Geäst der Platanen am Tiberufer, in denen Leda sie noch tagelang hängen sah. Andere hatten sich nach rechts orientiert, waren ebenfalls durch Gassen gekommen und verteilten sich jetzt über den Campo de' Fiori, auf dem die Marktbuden aufgestellt wurden, und umarmten den düsteren Giordano Bruno. Marktfrauen und Fischverkäufer starrten in die Höhe, um das Wunder zu bestaunen. Die Nonne hinter dem Gitter von Santa Brigida hatte sich in höchst verführerische Luftschlangen verstrickt und starrte nun schamhaft deren Spiegelbild im schräg stehenden Eimer mit Wasser an, in dem sie schon so viel Schreckliches gesehen hatte. Noch immer entströmten Ledas Körper neue Luftschlangen. Regenbogen spannten sich über die Piazza Farnese. Ezzo kam aus dem Lokal gerannt. Ihm fielen beinahe die Augen aus dem Kopf, als er die Regenbogen sah. Leda stellte sich auf die Zehenspitzen und rief, so laut sie konnte: »Ezzo! Ezzo! Was hast du für schöne Augen!«

Ihre Stimme schallte über den Platz. Die Karabinieri wandten sich suchend um, die Nonne wollte sich schon der Welt zuwenden, die sie verlassen hatte, konnte sich aber im letzten Moment beherrschen, und Ezzo spähte vergnügt strahlend zu der Balustrade hinauf, hinter der sich Leda versteckt hatte.

Als Leda die Küche betrat, trug sie ein silbernes Armband. Es fiel Simonetti sofort auf, war es doch das erste Schmuckstück, das er seiner Tochter geschenkt hatte. Selbst hatte er auch solch ein Armband. Als sie einander vor vielen Jahren diese Armbänder geschenkt hatten, hatten sie folgendes vereinbart: Wer dieses Armband trägt, zieht es vor zu schweigen und hat die Ehre, abwesend zu sein. Diese Maßnahme war damals ein Gebot der Stunde gewesen. Es war nicht so sehr seine eigene verbale Begabung, die Simonetti Sorgen bereitete, als vielmehr die seiner Tochter. In der Schule war sie für ihre schnelle Zunge und ihre sarkastischen Bemerkungen berüchtigt.

»Manchmal scheint es, als habe ihre Tochter kein Herz, Signore Simonetti.«

»Machen Sie sich keine Sorgen, Herr Lehrer, ich versichere Ihnen: Meine Tochter hat ein Herz.«

Zu Hause aber war *er* ihre Zielscheibe. Sie redete ihm ein Loch in den Bauch, die Wortlawine war nicht zu bremsen, ihre Stimme wurde rauh, es hatte etwas Krankhaftes.

Anfangs hatte es Leda größte Mühe gekostet, schweigend anwesend zu sein, allmählich aber hatte sie gespürt, daß sie durch das Schweigen wieder zur Ruhe kam, und sie hatte ihr Armband immer häufiger getragen. Dies hatte zu allerlei neuen Ritualen geführt – in manchen Fällen war es beispielsweise gestattet, sich gegenseitig in die Handflächen zu schreiben, mit der Fingerspitze wohlgemerkt. Während des Schweigens hatten sie die Nähe des anderen oft am meisten genossen.

Der Anblick von Ledas Armband erinnerte Simonetti an ein paar verzweifelte Jahre, an die krampfhaften Versuche, seine Verzweiflung geheimzuhalten. Stundenlang mit einem Adressenverzeichnis neben dem Telefon sitzen und dann doch niemanden anrufen. Im Dunkeln rausgehen, um auf die Straße zu kotzen. Keine Frau. Surrogate verabscheute er – der Stolz Lucia Locantros, der Frau mit den halben Augenbrauen, war ihm nicht fremd. Simonetti ergriff Ledas Handgelenk, um das Armband zu betrachten, und fragte sich, ob sie sich noch an die Vereinbarung erinnerte, denn seit ihre Rivalin alias mütterliche Freundin alias verhaßte Stiefmutter bei ihnen wohnte, hatte keiner mehr das Armband getragen.

»Holst du heute keine Brötchen?« fragte er.

Leda entzog ihm ihr Handgelenk und goß Kaffee in zwei weiße Schalen.

»Aber ich bin so fröhlich, Leda.«

Sie lächelte, um ihm zu zeigen, daß sie nicht verstimmt sei oder sich über ihn ärgere, sondern sich lediglich sehr flamboyant oder extravagant oder larmoyant fühle.

»Gestern morgen haben wir in Amsterdam gefrühstückt. Der Kaffee dort war ungenießbar.«

Leda senkte den Kopf und ließ sich die Haare vor das Gesicht fallen. Danach trank Simonetti schweigend seinen Kaffee und kehrte mit seinen Gedanken zur Nacht zurück. Unmittelbar vor

162

dem Einschlafen hatte er Hannas Hand auf seiner Brust gefühlt. Ihre Hand glitt in seine Achselhöhle, und kurz darauf wurde ihm zögernd ein Kuß auf den Mundwinkel gedrückt. Hast du etwas gutzumachen? Seit dem Tag, an dem sie die Flugtickets gekauft hatten, hatte sie es nicht mehr ertragen, von ihm gestreichelt zu werden. Sie hatte nichts gutzumachen. Als er sich umdrehen wollte, hatte sie ihn gebeten, sich nicht zu bewegen. Unter ihren Händen aber hatte er sich mit fortschreitender Zeit immer mehr bewegt, und zwei Stunden später schien es, als wäre ein Gift aus seinem Körper verschwunden – das Gift, das sich während der Enthaltsamkeit entwickelt hatte, das Gift, das nach zwei Wochen zu einer mentalen und physischen Erstarrung führte, das Gift der Unbeweglichkeit. Simonetti stand auf und lächelte, als er den Schmerz in seinem After fühlte.

Eine halbe Stunde später fand Simonetti sich an einem Fenster im Wohnzimmer wieder, in einer charakteristischen Haltung: zur Seite geneigt am Fensterrahmen lehnend, die Hände in den Taschen. Er hatte sich hierhergestellt, um Leda, die ohne Gruß gegangen war, über die Piazza Farnese gehen zu sehen, und danach war er stehengeblieben, um andere Personen über den Platz gehen zu sehen, und danach hatte er sich die Frage gestellt, was er eigentlich fühlte, wenn er verschiedene Personen in unterschiedlicher Geschwindigkeit in unterschiedliche Richtungen und auch noch gleichzeitig über einen Platz gehen sah. In der Küche fand er auf seinem angebissenen Knäckebrot die Muschel, die Leda für ihn hingelegt hatte – eine zerbrechliche Tellmuschel vom Strand in Castricum.

Bereits in der ersten Pause fand Leda Simonettis Schweigen ein Ende. Sie lehnte an einer mit politischen Parolen dekorierten Mauer im Schulhof und betrachtete die Blattmotive in ihrem Silberarmband, als Joey Kurhajec ihr verkündete, daß Aldo Moro von Mitgliedern der Roten Brigaden entführt worden sei, vor einer Stunde, noch keinen Kilometer von hier entfernt, in der Via Fani. Fünf Leibwächter seien erschossen worden. Leda schüttelte den Kopf.

»Er ist entführt worden!« rief Joey nochmals.

»Aldo Moro?«

»Ja, Aldo Moro. Bald läuft hier gar nichts mehr, du wirst schon sehen.«

»Dann machen wir eben auch mal eine Revolution mit.«

Nie aber sollte Leda den gesenkten Kopf des Jungen vergessen, der inmitten der in großen Scharen zusammengeströmten Schüler feierlich ein Transistorradio in die Höhe hielt. Sie hörte Fetzen einer Nachrichtensendung. Aldo Moro, einundsechzig, viermaliger Ministerpräsident, Vorsitzender der Christdemokratischen Partei, an diesem Morgen entführt in der Via Fani, im Stadtviertel Monte Mario. Vier Leibwächter und ein Chauffeur seien von Kugeln aus halbautomatischen Waffen getötet worden. Moro sei unterwegs zum Parlamentsgebäude gewesen, nachdem er wie immer in einer Kapelle gebetet habe. In der Via Fani sei er von Fahrzeugen eingekeilt worden. Die Entführer hätten drei Autos und ein Motorrad benutzt; einige von ihnen hätten Uniformen der Fluggesellschaft Alitalia getragen. Zur gleichen Zeit sei aus noch ungeklärter Ursache das Telefonnetz in Monte Mario ausgefallen. Dramatische Szenen im Parlamentsgebäude. Es war von einem Anschlag auf die Demokratie und vom Ausnahmezustand die Rede. In Rom und in vielen anderen Orten im Land sei die Arbeit bereits niedergelegt worden. Zuletzt wurden die Autofahrer gewarnt: Die meisten Tankstellen seien geschlossen worden.

So erreichte die Streikwelle den Schulhof. Leda Simonetti hatte das Gefühl, als würde sie über sich selbst hinausgehoben, und schäumte vor unbestimmter Begeisterung. Plötzlich wußte sie nicht mehr, wie sie sich zu verhalten habe: welche Dinge nach dieser Meldung noch gesagt werden konnten und welche nicht, welche Gedanken noch angebracht waren und welche auf keinen Fall, und ob sie sich noch Gedanken um ihre Tasche voller Bücher machen durfte. Wenn sie später an den ersten historischen Moment in ihrem Leben zurückdachte, dann sah sie den gesenkten Kopf dieses Jungen vor sich und das Transistorradio über den Köpfen. Alle Meinungsverschiedenheiten waren auf der Stelle beendet.

Leda war die erste, die die Ernsthaftigkeit nicht länger ertragen konnte. Sie machte ihrem Ruf alle Ehre, als sie sich laut zu fragen wagte, ob das Volk ihn, Aldo Moro, vermissen werde, den Mann, der im Fernsehen immer einen zu Tode erschöpften Eindruck machte, weder bestätigte noch dementierte, und alle mit langatmigen Ausführungen langweilte. Auf dem Rücksitz eines Mofas, sich an einen Jungen klammernd, hatte sie wieder das Gefühl, über sich selbst hinausgehoben zu werden. Es war herrlich, durch die Straßen zu flitzen, mit Schräglage in die Kurven zu gehen, vom Alltag erlöst zu sein.

In der Via Fani kam sie sich vor wie eine Figurantin, spielte sie, genauso wie die Karabinieri, die eine Postenkette gebildet hatten, die stumme Nebenrolle in einem Film. Sie schlich hinter ihnen entlang, zwischen den Umstehenden hindurchspähend, doch auf dem Stück Straße, das sie sah, deutete nichts mehr auf den Tod von fünf Männern. Die Fotografen waren in ihre Dunkelkammern geeilt, die Leichen waren weggebracht worden. Aber jeder wartete und wartete und zeigte ein rätselhaftes Interesse an den Personen, die sich innerhalb der Absperrung aufhielten. Die Blumensträuße an der Bordsteinkante sollte sie erst am nächsten Morgen auf einem Foto in der Zeitung sehen. Zu diesem Zeitpunkt war es den Terroristen bereits gelungen, den Wagen, in dem sie Moro zwischen den Bänken zu Boden gedrückt hatten, in einem hermetisch abgeriegelten Stadtviertel abzustellen.

In der Wohnung der Kurhajec wurde sie erwartet. Sobald Leda Rosa Kurhajec' Arm auf ihren Schultern fühlte, verspürte sie die Neigung, sich an dem drahtigen Körper festzuklammern, und als der fünfjährige Pepe ihr zuwinkte und sie fragte, ob sie sich zu ihm unter den Tisch setzen wolle, kostete es sie Mühe, ihre Würde als Fünfzehnjährige an einem historischen Tag zu wahren. Joey wagte sich noch einmal auf die Straße und kehrte wohlbehalten mit der Sonderausgabe einer Zeitung zurück. Die Schlagzeilen verdeutlichten das Ausmaß des Dramas. Eine Stunde nachdem Leda in der Via Fani gewesen war, sah sie die getöteten Leibwächter auf der Straße liegen. Einer der Männer hielt noch eine Zeitung in der Hand, und mit Hilfe einer Lupe konnte sie entziffern, daß er kurz vor seinem Tod *La Repubblica* gelesen hatte.

Es war Essenszeit. In allen Küchen rund um den Innenhof des Wohnblocks wurde Radio gehört, ferngesehen. Leda war

schweigsam. Es schien, als könne Joey Kurhajec raten, was in ihr
vorging, denn kaum hatten sie sich in ihr Zimmer zurückgezogen,
als sie einen Stapel Briefe hervorholte, Geheimbriefe, die Joe ihr
aus Vietnam und Kambodscha geschrieben hatte. Flüsternd las
Joey ihr vor. Joe schrieb, daß er in einem Tempel mitten im Urwald von ihr geträumt habe, er habe geträumt, daß sie in ihrem
schönsten Kleid auf ihn zugekommen sei. Mein Schätzchen, so
nannte er sie, mein Mädchen, Känguruh und Liebling. Vom
Krieg, der rings um ihn wütete, war in diesen Briefen nichts zu
merken.

»Wie alt warst du damals, Joey?«

»Ein Kind.«

Die liebkosenden Worte Joe Kurhajec' machten Leda verlegen, und sie wandte sich ab. Schließlich flüchtete sie sich auf den
Balkon, um die Leere der Straße ganz in sich aufzunehmen. Und
da sah sie ihn wieder: den Mann, der auf sie wartete, das Gesicht
hinter einer Zeitung verborgen.

Rom machte an diesem Tag einen desolaten Eindruck. Die meisten Einwohner hatten sich nach dem Bericht von der Entführung in die Häuser zurückgezogen. Man befürchtete einen
Staatsstreich von rechts als Reaktion auf die terroristische Tat von
ultralinks. Die Banken waren geschlossen. An vielen Geschäften
und Kneipen waren die Rolläden unten. In den Straßen und auf
den Plätzen, durch die sich gewöhnlich Tausende von Autos und
Bussen drängten, fuhren nur noch Taxis. Es hatte den Anschein,
als wären alle geflüchtet, wie Tiere, die die Vorzeichen einer
Naturkatastrophe gewittert haben.

»Eine gute Gelegenheit für einen Spaziergang«, meinte Zucca-
relli, und seine schweren Augenlider zuckten in die Höhe. Das
Museum war seit zwölf Uhr zu. »Laß uns spazierengehen, Andrea.
Es ist still in der Stadt, wie an Mariä Himmelfahrt.«

Auch sie wußten, daß der Wagen, in dem Aldo Moro saß, als
eine Kugel die Windschutzscheibe durchschlug und den Chauffeur tötete, blau war und daß sich im Wageninnern fünf Taschen
befanden, von denen eine ganz mit Arzneimitteln gefüllt war.
Neue Einzelheiten wurden nicht bekanntgegeben. Der Tenor der

166

Kommentare war bekannt. Es galt nun, auf die erste Nachricht der Entführer zu warten.

»Ich befehle dir, freizunehmen, Andrea. Das ist ein dienstlicher Befehl.«

Ungefähr drei Stunden lang spazierten sie durch Teile der Altstadt, in denen sie lange Zeit nicht mehr gewesen waren. Wenn Simonetti allein spazierenging, hielt er die Hände auf dem Rücken, in Zuccarellis Gesellschaft aber wurde er nach wie vor jünger, weniger selbstbewußt, und seine Hände verschwanden in den Hosentaschen. Das Sonnenlicht war gleißend, und die leeren Plätze erinnerten ihn an Gemälde von De Chirico in der Sammlung des Museums.

Simonetti nahm viele Eindrücke in sich auf – schließlich war er hellwach –, aber erst gegen Ende des Spaziergangs trug sich etwas zu, das ihn wirklich berührte. Als Zuccarelli die steilen Treppen zum Campidoglio hinaufstieg, stolperte er; immer war er in Eile. Er tat sich nicht weh, blieb aber liegen, zufrieden und mit einemmal total erschöpft, so daß es schien, als hätte er jahrelang auf diesen Moment des Stolperns gewartet. Mit einer Handbewegung wehrte er Simonettis ausgestreckte Hände ab, um noch einen Moment liegenbleiben zu können, mitten auf der Treppe. Dann ließ er zu, daß Simonetti ihm unter die Achseln faßte. Es war das erste Mal in den zehn Jahren ihrer Freundschaft, daß Simonetti ihn auf diese Weise berührte und sein Körpergewicht fühlte.

Auf dem Hügel angekommen, lehnten sie sich an die Balustrade und blickten über den sich leicht wölbenden Platz. Das Reiterstandbild des Mark Aurel in der Mitte des Ovals war eingerüstet worden. Im Schatten der Arkaden, die den Platz an beiden Seiten flankierten, aßen Arbeiter ihre warme Mahlzeit aus Aluminiumbehältern. Vor dem Rathaus auf der gegenüberliegenden Seite waren Sandsäcke zu einer Brustwehr aufgestapelt worden, auf der Waffen und die Köpfe dösender Soldaten ruhten. Der frische Wind und die unübliche Stille erinnerten Zuccarelli an sein Haus in der Nähe von Ravello und die Aussicht über das Meer.

»Komm mal wieder für ein paar Tage in die Villa Cimbrone«, schlug er vor. »Das wärmt meine kalten Knochen.«

Simonetti bedankte sich für das Angebot. Er hatte einen Besuch in Zuccarellis Haus auf dem Lande so lange wie möglich hinausgeschoben, denn Zuccarelli war dort überall spürbar, und das bedrückte ihn. Nur um Signora Pozzo und Salvatore, die das Haus bewohnten und instandhielten, nicht zu enttäuschen, würde er dem Haus einen Besuch abstatten.

»Signora Pozzo betet jetzt wahrscheinlich für Aldo Moro«, sagte Simonetti.

»Natürlich«, antwortete Zuccarelli lächelnd. »Sie hat der Madonna die Nachricht von dieser nationalen Katastrophe überbracht und betet jetzt für Aldo Moro, seine Frau und seine Kinder. Es wird ihr guttun. Wo wird Aldo Moro wohl sein? Wo halten sie ihn versteckt? Was denkst du? Ich habe das Gefühl, daß er nicht so weit von uns entfernt ist. Vielleicht sind wir sogar an seinem Versteck und Gefängnis vorbeigekommen.«

Simonetti setzte sich auf die Balustrade und dachte kurz nach.

»In Rom, ja, man hält ihn in Rom versteckt. In einer Großstadt gibt es die besten Verstecke. Auf dem Land passen die Menschen mehr aufeinander auf, jeder Unbekannte fällt dort auf. Eine Wohnung in den Außenbezirken, die bietet die beste Gewähr für Anonymität. Außerdem sind Terroristen echte Großstadttiere.«

Zuccarelli hatte die Unterarme auf den warmen Stein gelegt und betrachtete aufmerksam seine Handflächen.

»Eine Wohnung in den Außenbezirken«, sagte er leise und bedächtig. »Das ist keine schlechte Idee. Eine Wohnung, vor ein paar Monaten bezogen von einem unauffälligen Ehepaar. Alles Notwendige ist vorbereitet worden. Die Wände sind isoliert, schalldicht gemacht worden. Dahin hat man Moro gebracht, der jetzt aus seiner Betäubung erwacht ist, sie haben ihm nämlich sofort eine Injektion verpaßt. Er hat ein wenig gegessen. Der Staatsmann! Hast du das gehört? Gleich nach der Entführung wurde er ›der Staatsmann‹ genannt. Der erste Schritt zur Heiligsprechung, denn sie werden ihn zum Märtyrer machen. Gut, sie haben den Staatsmann nach der Größe seiner Hemden gefragt und bereits einige teure Krawatten gekauft, da sie wissen, wie sehr er diese schätzt. Eine Zahnbürste kaufen für Aldo Moro, Unterwäsche kaufen für Sophia Loren.«

Zuccarelli drehte seine Hände um und sah nun die mit blauen Adern durchzogene Haut, vor der Leda – die bezaubernde Leda, wie er sie zu nennen pflegte – früher solche Angst gehabt hatte.

»Ich kann mir vorstellen«, fuhr Zuccarelli fort, »daß die Brigadisten die Verlegenheit, die in der Nähe berühmter Persönlichkeiten unausweichlich ist, überschreien mußten. Moro – dreißig Jahre älter als diese Hitzköpfe – hat Ruhe bewahrt. Er könnte ihr Vater sein, und dieser Umstand ist meines Erachtens für die Psychologie der Situation von Bedeutung. Moro hat wieder jene Maske der Erschöpfung, der Trägheit und der undurchdringlichen Ironie aufgesetzt. Eine prächtige Maske für einen Politiker, findest du nicht? Der alte Hai! Sobald sie denken, er wäre eingenickt, überrascht er sie mit einem Schlag seiner Schwanzflosse.«

Zuccarellis Augenlider zuckten in die Höhe.

»Der alte Hai! Gehen wir doch einmal davon aus, daß diese Angelegenheit, dieses nationale Drama, dessen Zeuge das ganze Volk sein wird, sich über einige Wochen hinzieht. Die Hauptfigur ist unsichtbar. Ausgezeichnet. Gut, in den nächsten Wochen werden die Entführer mit ihm debattieren, über die Korruption und so, und sie werden probieren, ihm politische Geheimnisse abzuluchsen. Aber wie luchst man einem Mann Geheimnisse ab, wenn man nicht weiß, was für Geheimnisse das sind? Es wird ihm wohl kaum schwerfallen, ihnen ein paar Staatsgeheimnisse in die Hände zu spielen, die schon lange keine mehr sind. Verhandlungen. Es muß über Aldo Moros Freilassung verhandelt werden, denn wenn sie ihn hätten töten wollen, hätten sie das bereits in der Via Fani getan. Wenn ich Aldo Moro wäre, würde ich sie davon zu überzeugen versuchen, daß es für sie von Vorteil wäre, mich zu den Verhandlungen hinzuzuziehen. In der Zwischenzeit unternimmt er den Versuch, die verschiedenen Mitglieder der Gruppe, der Zelle, besser kennenzulernen, um sie gegeneinander ausspielen zu können. Der alte Hai. Zu guter Letzt ist zu erwarten, daß Moro nicht nur mit den Entführern, sondern auch mit Parteigenossen und mit der Regierung verhandeln muß, denn jedes Leben hat seinen Preis, nicht wahr? Und echte Freunde hat er nicht, dort, im Zentrum der Macht. Er muß es also allein schaffen, es geht um sein eigenes Leben, und jetzt wird er sein Meisterstück abliefern müssen.«

Zuccarellis überhebliche Unterlippe hatte sich beim Sprechen weit nach vorn geschoben. Simonetti fand den Tonfall unangenehm, in dem er sprach. Die Augen des Mannes waren geschlossen, aber bei solchen Augenlidern konnte man sich nie ganz sicher sein.

»Es ist Morgen. Moro ist erwacht und stellt sich schlafend, um nachdenken zu können und womöglich Geräusche aufzufangen, die ihm etwas über seinen Aufenthaltsort sagen. Wie lange war er betäubt? In welcher Stadt befindet er sich? Seine Frau, ach ja, natürlich denkt er an seine Frau. Sie hat in dieser Nacht nicht geschlafen. Moro steht auf und rasiert sich, sorgfältig, fest entschlossen, auch dem kleinsten Schwächeanfall nicht nachzugeben. Vielleicht gehen ihm Sätze von Mark Aurel durch den Kopf, Sätze jenes Stoikers, der gegen seinen Willen zum Kaiser gekrönt wurde. Moro betet, während er die Hände unter das strömende Wasser hält. Wo bin ich? Ich kann nicht hinaussehen, ich höre nichts. Wo bin ich? Werden sie mir Zeitungen geben, so daß ich lesen kann, wie die da draußen reagiert haben? Ich muß sie um ein Schachspiel bitten. Sie werden Aldo Moro die Zeitung lesen lassen, denn sie sind stolz auf ihr Husarenstück und wollen ihm imponieren. Aber was kann er den Zeitungen entnehmen? Nicht die wahren Absichten seiner Parteigenossen und der Regierung, sondern nur, wie die öffentliche Meinung manipuliert wird. Welche Fakten werden ihm und der öffentlichen Meinung vorenthalten? Wie hoch ist sein Preis, und wären sie bereit, ihn zu opfern? Und inwieweit kann man den Worten der Entführer Glauben schenken? Auch von ihnen wird er manipuliert. Wo habe ich festen Boden unter den Füßen, wo versinke ich im Morast? Oder befinde ich mich bereits, ohne es zu wissen, im Morast, und wird mein nächster Schritt der letzte sein? Wer sind meine wahren Freunde? Wem kann ich vertrauen? Vertraue ich mir selbst eigentlich noch? Habe ich mich nicht schon vor Jahren im Wald verirrt, ohne dies zu merken? Er spielt Schach, die Zeit vergeht, die Stellung wird immer komplizierter. Vielleicht hat er sich in die Irre führen lassen, bestimmte Möglichkeiten übersehen. Er versucht, den Weg im Labyrinth wiederzufinden, aber woher soll er denn mit Sicherheit wissen, ob er betrogen wird oder sich selbst etwas vormacht? Ein Endspiel, Andrea, nach sechzig Jahren ist dies wirklich sein Endspiel.

Die Wochen verstreichen. In den Zeitungen liest er von einem Märtyrer. Warten. Er magert ab. Aldo Moro rasiert sich, jeden Morgen, und er betet immer länger, während er die Hände unter das strömende Wasser hält. Er weiß noch immer nicht, wo er ist. Doch vielleicht hat er zu sich selbst gefunden und ist zur Ruhe gekommen. Der Henker und sein Opfer. Er ertappt sich dabei, daß er Wörter aus dem Jargon der Brigadisten übernimmt, und umgekehrt gilt das gleiche. Es gibt Blicke und Gesten. Niemand kann alles geheimhalten. Moro rasiert sich, und eigenartigerweise sind es seine Feinde, diejenigen, die ihn töten können, die jetzt genau wissen, wie er das Gesicht verzieht, wie die Maske Risse bekommt, wenn er sich rasiert.«

Stille.

»Traust du dir noch zu, die Treppe hinabzusteigen?« fragte Simonetti zu guter Letzt lächelnd.

»Natürlich.«

»Möchtest du dich unterhaken?«

Das war nicht nötig.

Gegen Sonnenuntergang kletterte Andrea Simonetti zum Dachgarten hinauf. Leda würde zum Abendessen bei den Kurhajec bleiben. Am Ende des Telefongesprächs hatte sie ihn gefragt, ob er ihr jemals Briefe geschrieben habe. Das hatte er. Wo die denn abgeblieben seien. Marina hatte die Briefe mitgenommen.

Simonetti erwartete, daß man gegen Abend die Wohnungen verlassen würde, um alles, was an diesem Tag geschehen war, mit anderen zu besprechen. Aber auf der Piazza Farnese blieb es ruhig. Das Lokal, in dem Ezzo arbeitete, war geschlossen. Die Karabinieri standen grimmig auf ihren Wachtposten vor der Botschaft. Während er nach unten sah und sich gut festhielt, tauchte Hanna aus einer der Seitengassen zum Campo de' Fiori auf. Sie sah ihn, dort oben über sich, was sie, wie immer, verlegen machte, und winkte ihm mit vier Fingern in Hüfthöhe.

Aufgeregt stieg Hanna Piccard die Treppen und Leitern zum Dachgarten hinauf. Aldo Moro war am frühen Morgen entführt worden, früh genug, um die wichtigste Meldung aus ihrer römischen Periode noch am selben Tag bringen zu können und somit den Morgenausgaben zuvorzukommen. Doch das war nebensächlich. Die Mordanschläge der Roten Brigaden widerten sie an, und als sie an diesem Nachmittag wie in einem Blitz das Gesicht Eleonora Moros, auf der Flucht vor den Kameras, im Fernsehen gesehen hatte, war sie, zur großen Überraschung einiger ihrer Kollegen, in Tränen ausgebrochen.

»Es ist eine Schande«, hatte sie gerufen.

»So etwas mußte schließlich passieren.«

»Es ist eine Schande!«

Hanna Piccard legte sehr viel Wert auf die Existenz unerschütterlicher Grundsätze, auch wenn sie sich leicht von den meisten trennen konnte, um das Leben seinen Lauf nehmen zu lassen. Mit den Morden, Bombenanschlägen und Entführungen aber übertraten die Terroristen die fundamentalsten Grundsätze der Gesellschaft, und dafür konnte sie nicht das geringste Verständnis aufbringen.

Simonetti sah ihr rot angelaufenes und summendes Gesicht in der Dachluke auftauchen, danach die Katzen, und er freute sich, daß sie nach Hause kam. Sie war zu aufgedreht, um sich hinzusetzen, schnatterte zehn Minuten lang über die Vorkommnisse dieses Tages und beendete ihren Bericht mit der Massenkundgebung auf dem Platz vor San Giovanni in Laterano, wo während des Wortschwalls der Redner die weißen Fahnen der Christdemokraten und die roten der Kommunisten brüderlich nebeneinander im Wind geflattert hatten. Dann ließ sie sich in einen Liegestuhl fallen.

»Gib mir bitte was zu trinken. Ich spüre meine Beine nicht mehr, und auch mein Hintern tut mir weh.«

Simonetti hatte sich letzte Nacht, während der Überfahrt, ziemlich gehenlassen. Danach hatte sie sich auf ihn gesetzt und ihm erneut verboten, sie zu berühren, nun ja, ein wenig berühren dürfe er sie schon, wenn er nur nicht auf den Gedanken käme, beispielsweise ihre Brüste zu streicheln. Jetzt sei sie an der Reihe, und sie würde ihn so aufgeilen, daß er platze. Diesen Ausdruck verwendete sie gern. Sie hatte seine Verlegenheit – gut sichtbar im Licht einer Kerze, die in ehrfurchtsvoller Entfernung von dem Für Immer Erloschenen stand – genossen, seine Verlegenheit, da er es noch immer nicht ertragen konnte, wenn man ihn in seiner Wollust sah. Die Nähe ihrer glänzenden Augen stürzte ihn in Verwirrung. Ja, wenn er eines Tages platzen würde, dann vor Verlegenheit.

Simonetti erzählte ihr von Zuccarellis Sturz auf den Treppenstufen, die hinauf zum Campidoglio führten, und sie empfand es als angenehm, daß er vorerst eine gewisse Distanz wahrte. Während sie ihm unter ihren Wimpern hervor einen Blick zuwarf, erinnerte sie sich an den rührendsten Moment der letzten Nacht: Zu guter Letzt hatte er es offensichtlich nicht länger ertragen, von ihr beobachtet zu werden, den Oberkörper aufgerichtet, tutto tremante, und sie umklammert, um sich vor ihrem Blick zu verbergen. Und ihr wurde klar, daß er solange ihr gehören würde, wie sie ihn in eine derartige Verwirrung stürzen konnte. Daraufhin hatte sie ihn auf den Bauch gedreht, ihm zwei eingefettete Finger tief in den Anus getrieben und diese so lange hin und her bewegt, bis er keinen Atem mehr bekam und sie schluchzend angefleht hatte, damit aufzuhören, da sein Blut prickele, ihm schwindlig sei und er das Gefühl habe, das Bewußtsein zu verlieren.

»Wie schön du doch bist«, sagte Hanna. »Bleib noch einen Moment so stehen.«

Während sie ihn unter dem Oleanderbaum stehen sah, fielen ihr die Worte von Dita van der Waals wieder ein: Und immer, wenn du ihm in diese wahnsinnigen Augen blickst, weißt du – jetzt sterben wir.

Simonetti fühlte sich ruhig, und er fühlte sich schön, mit dem Riß im Hinterkopf, dem Schmerz im After und Ledas Muschel in der linken Tasche.

»Jetzt«, sagte Hanna. »Jetzt, jetzt, jetzt.«

173

Wackadung wackadung wakkadung dawackadidung. Das dachte Leda Simonetti, während sie in der übervollen Via del Corso die Kunst des Gehens in einer Menschenmenge übte. Sie durfte niemanden berühren. Sie mußte sich geschmeidig und vorausschauend bewegen, ihr Tempo verlangsamen oder erhöhen, einem achtlosen Bummler ausweichen und genau im richtigen Moment in die Lücke zwischen zwei Fußgängern stoßen. Wackadung wackadung dawackadi dawackadidung. Leda genoß ihre Gewandtheit, ihre Leichtigkeit, und manchmal sah sie sich in einer Schaufensterscheibe, wie sich die alten Ägypter oft selbst gemalt haben: den Oberkörper verdreht, beinahe rechtwinklig zum Unterkörper. Wikwik tschik. Und ihr voraus, unmittelbar über den Köpfen, schwebte, auf einer Zeitung sitzend, der Mann. Padackadidung tzzz tzzz und halt. Stoßstange an Stoßstange standen die Fahrzeuge vor der Ampel. Leda spürte eine Spannkraft in sich, die ausgereicht hätte, mit einem einzigen Satz auf dem Dach eines Autos zu landen, um dann, von Dach zu Dach springend, die Via del Corso zu überqueren, als hüpfe sie von Eisscholle zu Eisscholle.

»Where is Jack?« erklang es interessiert aus dem Lautsprecher eines Wagens. Der Fahrer murmelte eine Antwort auf diese Frage des Lehrers eines Fremdspracheninstituts.

»He's neither here nor there«, sagte der Lehrer munter.

Neither nor. Gut gemacht, Signore. Grünes Licht! Und Leda schwebte weiter in ihrer Selbstverherrlichung. Ihr war, als müßte es allen auffallen, wie außergewöhnlich graziös sie sich heute über den Asphalt bewegte, auch wenn natürlich nicht bei jedem Schritt zu hören war, wie die goldfarbenen Glöckchen an ihren Füßen klingelten, und keiner sah, daß sie, mit dem Beutel, den sie an einem Gummiriemen um ihre Taille trug, eine Regenjacke, die in einer ihrer eigenen Taschen verschwinden konnte, einem kleinen Känguruh ähnelte.

Zwei Seitenstraßen – und das Gedröhne der Metropole, das sich nur mit äußerstem Kraftaufwand verdrängen läßt, war in eine beinahe ländliche Stille übergegangen. Das Feilen in der Werkstatt eines Tischlers, Teller, die aufeinandergestapelt wurden, eine vereinzelte Stimme – alle Geräusche waren wieder getrennt wahrnehmbar. Am Ende der Straße tauchte der Palazzo Delmonte auf. Die Stuckverzierung der Mauer, in der sich lediglich eine Reihe blinder Fensternischen befand, war zu einem matten Venezianischrot verblaßt. Auf der Balustrade gestikulierten Standbilder, die an der Rückseite mit Eisenhaken befestigt waren, und auf der Terrasse dahinter stürzten sich Glyzinien in die Tiefe.

Zehn Jahre später sollte Leda Simonetti entdecken, wie genau sie damals die schläfrige, rote Mauer in sich aufgenommen hatte, ohne ihr besondere Aufmerksamkeit geschenkt zu haben. Sie konnte die Mauer in allen Einzelheiten zeichnen, sogar die Torpfosten aus Stein, die zu beiden Seiten des Portals standen und Furchen aufwiesen, welche von den Achsen Tausender Kutschen und Karren herrührten. Während sie die Mauer des Palazzo Delmonte zeichnete, wobei sie die Arme der Standbilder wegließ, wurde ihr endlich klar, was sich an jenem Nachmittag zugetragen und was sie bewegt hatte. Zehn Jahre später begann sie urplötzlich, einem Freund in ihrem Bett davon zu erzählen:

»Ich trat in das Portal und begann zu pfeifen. Ich hatte immer Angst davor, daß das Gewölbe genau dann, wenn ich darunter durchging, einstürzen würde. Also fing ich an zu pfeifen, damit mich das Gewölbe erkannte und wußte, daß es mit dem Einstürzen noch eine Weile warten mußte. Im Hof fielen Wassertropfen in einen Sarkophag, in dem ich jedes Jahr Glyzinienblüten treiben sah. Die Halle, das Treppenhaus. Zwei Stufen auf einmal nehmend lief ich nach oben. Über meinem Kopf schwebte, von Engeln getragen, ein gewisser Kardinal Delmonte. Einige kniende Verwandte, zwei mit gesenktem Kopf, als fühlten sie sich schuldig, blickten ihm hinterher. Ich hielt sie für diejenigen, die das Essen des Kardinals hatten vergiften lassen.

Im Büro meines Vaters fühlte ich mich immer wie ein Eindringling, ein Spion, ein Dieb. Die verlassenen Büroräume! Ich fischte die Umschläge mit ausländischen Briefmarken aus den Papierkörben, ließ meine Hände unter die Hüllen der schlummernden Schreibmaschinen gleiten und erwartete jeden Augenblick den Mann, den Mann, der mich ertappte. So, mein Fräulein, was machst du denn hier? Ich warte auf meinen Vater, Signore, er arbeitet hier. So, und wer ist dein Vater? Signore Simonetti, Signore. So, und du denkst, daß dein Vater nichts dagegen hat, daß du schon seit Jahren das Briefpapier und die Umschläge des Museo Nazionale in deiner Bluse hinausschmuggelst? Und die Büroklammern, die du haufenweise in den Hosentaschen verschwinden läßt – weiß er auch davon? Nein, Signore. Aber ach, nie kam er, der Mann, der mich ertappte, der Mann, der mich voll und ganz durchschaute.

Leg deinen Arm hierher. So, ja. Nein, nein, nein, Finger weg. Ich bin noch nicht fertig mit Erzählen. Wenn ich Andreas Büro betrat, schloß ich leise die Flügeltüren, leise, da ich noch immer ein Eindringling war. Ich schaltete die Klimaanlage aus und betrachtete die Standbilder, die die Balustrade auf der gegenüberliegenden Seite des Hofes säumten und an der Rückseite mit Eisenhaken befestigt waren. Ich wartete. Das Warten fand ich angenehm, das Schweigen erfüllte mich, wie ein Gas, Helium, ich wurde leichter und stellte mir vor, daß ich wie ein Ballon in die Höhe steigen und an den Früchten und Traubenranken vorbeigleiten würde, angetrieben von den vier Winden, die in den Zimmerecken abgebildet waren: Köpfe von Männern mit geblähten Backen. Oft lagen auf Andreas Schreibtisch Infrarotaufnahmen der Gemälde Caravaggios. Auf diesen Fotos waren die Gemälde unter dem Gemälde zu sehen. Neben dem Kopf einer Maria Magdalena war noch ein anderer Kopf, in einer leicht abweichenden Haltung. Ganze Figuren, die in der definitiven Version des Gemäldes nicht mehr vorhanden sind. Zwei, drei Farbschichten, die jahrhundertelang niemand gesehen hatte, und dann noch die Signatur. Auf den diesen Fotos zugrundeliegenden Gedanken,

Vorstellungen unter Vorstellungen, stieß ich später im Werk meines Vaters. Ich wollte es jahrelang nicht lesen. Es tut weh, entdecken zu müssen, wo seine Gedanken eigentlich waren, wenn er mit mir auf dem Campo de' Fiori einkaufen ging. Als wenn ich nicht dagewesen wäre. Das Klacken der Gewichte auf einer Waage machte ihn betroffen. Er steckte in seinem Körper wie in einer Bambushütte, in die die Lichtstrahlen wie Tausende Messer hereinfielen. Unterdessen plauderte er mit mir. Aber ob er wirklich bei mir war? Weiß der Himmel! Was ihn in diesen Jahren am stärksten interessierte, war das Gewahrwerden der Leere, der Leere, aus der alle Formen entstehen und in der sie auch wieder verschwinden. Ich wurde wahrscheinlich auch nur als eine Form betrachtet, eine Illusion. Er wollte frei sein. Warum schaust du so komisch? Verstehst du das nicht? Ich denke, daß ich es verstehe. Aber ich habe schließlich auch eine gute Erziehung genossen. Ich wurde bei Hofe erzogen, wie Andrea zu sagen pflegte, bei Hofe. Wie gesagt, an jenem Mittag wartete ich mal wieder auf ihn. In dem Raum, in dem es ihm, wenn er gute Laune hatte und genau wußte, daß wir nicht gestört werden konnten, manchmal gelang, die Geschwindigkeit aus allem herauszunehmen und alles geheimnisvoll erscheinen zu lassen, als lebten wir in einer Unterwasserwelt. Meistens hatte er keine gute Laune. Und dann? Das erzähle ich dir ein andermal. Jetzt will ich dich.«

An jenem Mittag wollte Leda nicht länger warten. Sie schlich über die Gänge zur Geheimtoilette. Vor zwei Jahrhunderten waren Steinmetzen in eine dicke Außenwand des Palazzo Delmonte eingedrungen, um dort ein Pissoir für adlige Römer anzulegen, die die tiefen Dekolletés der Damen etwas zu sehr erregt hatten. Behutsam zog Leda die Tür hinter sich zu, schlich durch ein dunkles Portal, tastete sich vorwärts, bis sie den Griff einer weiteren Tür fand, und erreichte so die Toilette. Es roch nach Wasser und Stein, und hoch in der Mauer befand sich eine Spalte, durch die Tageslicht hereinfiel. Leda stieg eine Holztreppe hinauf und preßte sich an die Innenwand, hinter dem Fresko.

Im Salon war es still. Um den Tisch herum saßen ungefähr zehn Männer. Leda beobachtete sie durch ein kleines Loch: das

Auge im rot angelaufenen Gesicht eines Herrn. Dieser Herr stand, den Rücken den Albaner Bergen zugewandt, auf der Terrasse des Sommersitzes der Familie Delmonte. Er befand sich in Gesellschaft fröhlicher Menschen, die, weitab von der Hitze und den abscheulichen Dünsten Roms, die frische Luft genossen. Eine lange Tafel bog sich unter dem Gewicht von gebratenem Wild, Fischgerichten, Pasteten und Früchten. Die Katze hatte ihre Vorderpfoten in das Damasttischtuch geschlagen und hing daran. Auf der Balustrade der Terrasse saß ein Lautenspieler, einen Fuß auf dem Knie, sein Instrument mit den Oberschenkeln abstützend. Ein schelmisches Lächeln auf den Lippen, lauschte der Lautenspieler dem Flötisten, der sich zu ihm hinübergebeugt hatte, um ihm etwas ins Ohr zu flüstern. Was ihm mitgeteilt wurde, hatte vielleicht etwas mit der üppigen jungen Frau zu tun, die gerade eben, ein Notenblatt in der Hand, aus dem Haus getreten war. Der Urheber dieses Freskos hatte sehr viel Mühe darauf verwandt, das Mittagslicht in ihren Juwelen und in den Falten ihres seidenen Kleides funkeln zu lassen.

Die Stille im Salon, der als Sitzungssaal fungierte, hielt bereits seit einigen Minuten an. Nach einer kurzen Verwirrung waren die Mitarbeiter des Museums erstarrt. Die Blicke waren auf Akten, auf eine Zigarette gerichtet, die mitten auf dem Tisch stand. Hemden spannten sich über gewölbten Bäuchen, Teile der Stuckdecke spiegelten sich in Brillengläsern. Über der Gesellschaft hing blauer Dunst. Andrea Simonetti war als einziger stehengeblieben.

Zuccarelli saß am Kopfende der Tafel, und nichts schien mehr zu ihm durchdringen zu können. Der Blick in seinen aufgerissenen Augen war leer. Der Ausdruck der Überraschung und der Angst war aus seinem Antlitz verschwunden. Er schien zufrieden und holte tief und geräuschvoll Atem, als wäre er eingeschlafen. Zwischen den Lippen seines aufgeklappten Mundes konnte man die Zunge sehen, und seine linke Hand zitterte unaufhörlich.

Wie die anderen wartete Simonetti auf die Rückkehr des Kollegen, der hinausgegangen war, um einen Arzt zu rufen. Er hatte es nicht länger ertragen, Zuccarelli und dessen zitternde Hand anzusehen, und den Blick der Frau mit dem seidenen Kleid zugewandt, die aus dem Haus getreten war, um zu singen.

178

In diesem Augenblick preßte sich Leda im Halbdunkel hinter dem Fresko – dem Fresko, das sie vor Jahren zum erstenmal gesehen hatte – an die Wand. Sie hatte sich sofort zu der jungen Frau und deren seidenem Kleid hingezogen gefühlt, dessen Wiedergabe ihr so lebensecht vorkam, daß sie unwillkürlich mit der Hand hingelangt hatte. Leda sah durch das Auge lediglich einen Teil des Salons und in diesem nur Andrea, der, wie ihr sofort klar war, die Frau neben ihr betrachtete. Die Erinnerung an das Geknutsche, das sie zu Hause aus den Augenwinkeln beobachtet hatte, machte sie auf einmal rasend – immer etwas aus den Augenwinkeln beobachten zu müssen, was sie verlegen machte und sie zu erniedrigen schien, immer jemanden neben sich zu wissen. Sein Blick, der sie erst verlegen streifte, um dann an Hanna hängenzubleiben. Sie preßte sich an die kühle Wand und wollte die Schönheit sein, die Andrea betrachtete, und wollte für ihn singen, wie sie es früher im Bad getan hatte, so lange für ihn singen, bis er weinen mußte.

Die Haut um das Auge herum, das sie, hinter dem rot angelaufenen Herrn, an die Wand preßte, tat allmählich weh. Leda veränderte den Blickwinkel, sah plötzlich die anderen und wurde sich auf einmal der Stille, der Verwirrung und der Scham bewußt. Sie leitete daraus ab, daß man ihre Anwesenheit bemerkt hatte, daß man wußte, daß sie ihren Vater beobachtete und was in ihr vorging. Sie ließ sich auf die Fersen nieder und hielt, außer Atem und auf das schallende Gelächter der Männer wartend, das Treppengeländer fest umklammert.

Im Hof stieg Zuccarelli, der seinen Blackout gänzlich überwunden zu haben schien, in ein Taxi. Ratlos und gequält reichte Simonetti ihm die Tasche – bei dem Gedanken, daß Zuccarelli schon wieder allein nach Hause kommen werde, konnte er seine Tränen kaum zurückhalten.

»Komm doch mit zu mir und Leda. Wenn ich dir doch einen dienstlichen Befehl geben könnte.«

Zuccarelli bedankte sich bei ihm für die Fürsorge und machte weiterhin scherzhafte Bemerkungen. Schon seit Jahren verbreitete er in den Metropolen der westlichen zivilisierten Welt

Gerüchte über seine Gebrechen, war in Wahrheit aber kerngesund. An der Ostküste der Vereinigten Staaten meinte man, Zuccarelli habe Herzprobleme, an der Westküste schmunzelte man über seine Impotenz, in den Hauptstädten Westeuropas war man überzeugt, er leide an Inkontinenz. Anscheinend wollte Zuccarelli beweisen, daß man vom ständigen Reden über Krankheiten krank werden könne – und das schien ihm nun zu gelingen.

»Du benimmst dich wie ein Kind«, entfuhr es Simonetti.

Zuccarelli strahlte, als gefiele es ihm, mit einem Kind verglichen zu werden.

»Ich werde mir ja Ruhe gönnen, Andrea, und mich von Signora Pozzo behandeln lassen. Noch heute abend werde ich sie anrufen und bitten, mich in ihre Gebete einzubeziehen. Das muß genügen.«

Zuccarelli lachte und zog die Tür des Taxis zu.

Was sich im Salon abgespielt hatte, war Leda entgangen: Sie hatte lediglich durch das eine Auge spähen können und nur ihren Vater sehen wollen. Inzwischen hatte sie sich davon überzeugt, daß niemandem ihre Anwesenheit hinter dem Fresko aufgefallen war: Niemand hatte gelacht, niemand hatte Klopfsignale gegeben. Für die Stille im Sitzungssaal fand sie eine akzeptable Erklärung: Man befand sich mitten in Verhandlungen, und diese Verhandlungen waren in eine Sackgasse geraten. Schließlich wagte sie sich in den verlassenen Sitzungssaal und stellte sich ans Fenster, genau an dieselbe Stelle, an der eben noch Andrea Simonetti gestanden hatte. Sie hielt es für unmöglich, daß man in dem Loch im rot angelaufenen Gesicht des Herrn ein feuchtes Auge hatte glänzen sehen können.

Erleichtert musterte sie nun die Gestalten aus dem siebzehnten Jahrhundert auf der Terrasse der Sommerresidenz. Sie wirkten so lebensecht: Manche Gesichter hatte sie auch schon in den Straßen Roms gesehen, die Gesten dieser Figuren waren noch immer in Gebrauch, sie erkannte die Gerichte auf der Tafel und auch die Balustrade der Terrasse, da sie dort schon mit Andrea gesessen hatte. Und wieder war sie gerührt über die Geschichte, die ihr Andrea damals über den Schöpfer dieses Gemäldes erzählt hatte:

Diesem waren im Palast des Kardinals als Lohn für die Malerei lediglich Unterkunft und Verpflegung sowie ein Wintermantel bereitgestellt worden. Ein Wintermantel, wiederholte Leda in Gedanken, ein Wintermantel, und dieser Gedanke mündete in die Idee, selbst so etwas Großes und Farbenprächtiges an die kahle Wand in der Diele der Wohnung an der Piazza Farnese zu malen. Schließlich besuchte sie schon seit drei Jahren Joe Kurhajec' sogenannten Kunstunterricht.

Unterdessen freute sich Simonetti über die Art, in der seine Tochter das Fresko betrachtete: Sie hatte die Hände um das blaue Bündel vor ihrem Bauch gefaltet. Ledas Atem setzte aus, als sie ihn bemerkte, und in Gedanken befahl sie Simonetti, in der Türöffnung stehenzubleiben. Sie fühlte, wie ihr die Scham an den Beinen entlang nach oben kroch, und erinnerte sich daran, daß ihre Freundinnen alle Angst vor ihm hatten.

Als das Gitter des Aufzugs ins Schloß gefallen und die Kabinentüren zugezogen waren, fragte sich Leda, warum sie nicht, wie ursprünglich geplant, die Treppe genommen habe. Sie senkte den Kopf und betrachtete, an ihrem Schweigen festhaltend, das schon zehn Minuten andauerte, die tanzenden Satyrn, die in den Milchglasscheiben ausgespart worden waren.

Der Aufzug war nicht mehr der jüngste, und zu den Privilegien, die er sich im Laufe der Jahre erworben hatte, gehörte es, dreißig Sekunden lang in Erwägung zu ziehen, ob er dem Befehl »Aufwärts« oder »Abwärts« Folge leisten sollte. Die Entscheidung des Aufzugs abwartend, musterte Simonetti das silberne Armband an Ledas Handgelenk, und er schwieg. In diesem Aufzug hatte er Hanna Piccard zum erstenmal umarmt, nachdem sie gleichsam zur Sache gekommen waren. Sie hatte die Fingerspitzen mit Speichel naßgemacht, um ihm die roten Abdrücke ihrer Lippen von den Wangen zu wischen.

Der Aufzug krächzte, willigte ein, hatte sich aber kaum nach unten in Bewegung gesetzt, als Leda auf den Knopf der Notbremse drückte. Die Kabine blieb stehen. Mit angehaltenem Atem wartete Leda, bis die Kabel nicht mehr knarrten.

»Ich habe eine Frage«, sagte sie.

Simonetti lachte, als sie das Armband schnell abstreifte.

»Und es ist eine ganz normale Frage«, fuhr sie fort, schon von vornherein entrüstet. »Ich möchte wissen, warum ich damals bei dir geblieben bin und nicht bei Marina.«

Diese Frage hatte sie ihm schon öfter gestellt, wenn auch in verhüllter Form. Simonetti setzte sich auf einen der Klappsitze – ein vernünftiger Mann auf der Suche nach einer vernünftigen Antwort. Denk nach. Früher war er derjenige gewesen, der den Aufzug angehalten hatte. Dann war er der Berg, den sie besteigen mußte: Er hielt sie an den Händen fest, sie stellte die Füße auf seine Knie, auf seine Oberschenkel und kletterte an ihm hinauf, bis sie mit dem Kopf an die Decke stieß. Denk nach. Simonetti fragte sich, wie Tonni Locantro auf diese Frage reagiert haben würde. So ist es nun einmal gelaufen, hätte er gesagt, gemächlich, mit der Rückendeckung der Berge auf der Insel, des Grundstücks, das er immer an derselben Stelle betrat, und des bereits seit zwanzig Jahren andauernden Schweigens der Lokalbesitzerin, die immer dann, wenn er mit den Briefen aus Australien hereinkam, gleich einen Kessel mit Wasser aufsetzte.

»So ist es nun einmal gelaufen«, antwortete Simonetti in entschlossenem Ton, doch er hatte nicht die Rückendeckung der Berge auf einer Insel, auf der man das Leben nimmt, wie es kommt. »So ist es nun einmal gelaufen. Wir waren jung, Leda.«

»Das ist keine Antwort.«

Sieben Jahre hatte sie mit Simonetti verbracht, in den Vereinigten Staaten und in Rom, und allmählich hatte Leda die Überzeugung gewonnen, daß sie nicht ohne Grund der Fürsorge eines Mannes anvertraut worden war: Meistens bleiben die Kinder nach einer Scheidung schließlich bei der Frau, der Mutter. Marina hatte sie diese Frage niemals zu stellen gewagt. Es mußte ein Geheimnis geben, den ein oder anderen tragischen Vorfall, den man ihr verschwieg. Leda erwartete eine dramatische Antwort, denn so war es ihr im Fernsehen vorgegaukelt worden. Er hätte jetzt wenigstens die Zähne in die Unterlippe graben können.

»Das ist keine Antwort«, wiederholte sie, lauter.

»Und zu guter Letzt stopften sie ihm eine Handvoll Erde in den Mund, aber ist das eine Antwort?«

»Keine Geschichten mehr.«

»Erinnerst du dich noch daran, wie du noch halb im Schlaf, angeblich noch halb im Schlaf, ins Zimmer getaumelt kamst, dir die Augen gerieben, dich auf meinen Schoß gesetzt und dir meine Hände auf den Bauch gelegt hast?«

»Keine Geschichten mehr.«

»Was bist du doch für ein kleiner Tyrann«, sagte Simonetti gerührt.

»Du bist hier der Tyrann.«

Leda war nun fuchsteufelswild. Es war herrlich, fuchsteufelswild zu sein und einem Vulkan, einer glühenden Masse, zu ähneln. Sie ging darin auf, und alles schien ihren Zorn zu rechtfertigen: angefangen bei diesem lächerlichen Sich-in-Schweigen-Üben, dem sie sich jahrelang hingegeben hatte, bis hin zu seinem sandfarbenen Sakko. Ständig trug er dieses sandfarbene Sakko, was sie auch immer dazu sagen mochte, während er sie ständig bat, bestimmte Sachen anzuziehen – und sie tat es auch noch! Leda preßte sich gegen die Rückwand der Aufzugskabine, als Simonetti sie festhalten wollte, und plötzlich wußte sie, welche Antwort sie sehnsüchtig erwartete: einen Schlag ins Gesicht, einen Hieb in die Fresse, damit sie endlich einen Grund hätte, ihm auf den Leib zu rücken.

»Antworte«, rief sie. »Warum bin ich nicht bei Marina? Ich habe ihre Füße, ihre Hände.«

»Und diesen Jähzorn, den hast du von mir. Hör zu, hier kann ich dir nicht antworten, in dieser engen Kabine. Gehen wir ins Freie.«

Simonetti löste den Knopf der Notbremse wieder. Der Aufzug setzte sich in Bewegung und fuhr hinauf in den fünften Stock, wo er die Nacht verbringen sollte.

Im Freien, auf der Dachterrasse an der Vorderseite des Palazzo Delmonte, verflüchtigte sich Ledas Jähzorn. Es hatte den Anschein, als wären zwei gewaltige Stromstöße durch ihren Körper gefahren – der erste hinter dem Fresko, der zweite im Aufzug –, und jetzt fühlte sie sich schlapp. Am liebsten hätte sie sich auf die Bank unter die Glyzinien gelegt. Sie erinnerte sich daran, wie sie nach Mitternacht auf Andreas Schoß gesessen, seine warmen

Hände gegen ihren Bauch gedrückt und sich zum Klang seiner
Stimme gewogen hatte und irgendwann eingeschlummert war.
Aber sie hatte ihm eine gewichtige Frage gestellt und mußte nun
die Rolle des rebellischen Mädchens überzeugend weiterspielen.
Dennoch hoffte sie, daß seine Antwort nicht allzu dramatisch
ausfallen würde.

Simonetti war sechsundzwanzig gewesen, als er seine Hand in
Ledas Nacken gelegt und sie die Gangway hinauf auf das Schiff
geschoben hatte, das sie über den Atlantik bringen sollte. Im Koffer hatte er Zuccarellis Empfehlungsschreiben gehabt.
      Er war neunzehn gewesen, als sie geboren wurde. Die Hände
seines Vaters um ihren blau angelaufenen Kopf. In einem Gedicht
hatte er ihre Geburt mit einer Landung nach einem Flug in den
Weltraum verglichen, der Landung einer Kosmonautin, die ihre
schwerfälligen Purzelbäume in einem Raum schlägt, in dem alles
vage und flüssig ist, die Landung aus der Stille in einer Welt voller
Lärm, einer Welt, in der das Leben immer festere Formen annimmt und am Ende erstarrt. Einen Vergleich für seinen Neid
hatte er nicht gefunden.
      Er wäre gern an Marinas Stelle gewesen, an jenem Morgen,
nach einer nicht enden wollenden Nacht, und nicht nur aus Mitleid mit diesem hageren und erschöpften Mädchen. Es war, als
funktionierten seine Instinkte nicht so, wie sie in den Augen der
anderen hätten funktionieren müssen. Ich bin hier der Mann,
hielt er sich vor, aber er wäre zu gern auch angeschwollen und hätte
sich am liebsten eine Puppe auf den Bauch gemalt, wie Marina es
getan hatte, eine Puppe, die immer größer wurde. Ich bin hier der
Mann, hielt er sich vor, aber er wäre gern an ihrer Stelle gewesen,
an jenem Morgen, nach einer nicht enden wollenden Nacht, als sie
dalag, mit gespreizten Beinen, in ihrem Schmerz, viel zu eng, im
Herzen des Lebens. So war es ihm vorgekommen: daß sie das Herz
des Lebens erreicht habe und daß er zuschauen dürfe. Es gab noch
ein anderes Problem: seinen Vater, den Arzt. Es war die größte
Dummheit gewesen, die er hatte begehen können: seinen Vater zu
bitten, bei der Geburt zu helfen. Er hatte ihn sogar dazu gedrängt,
in seiner Angst, verstrickt in nicht zu entwirrende Gefühle.

Während der Geburt hatte sein Vater ihn geschubst, nochmals geschubst und letzten Endes zur Seite geschoben. Eine halbe Minute danach lagen sie sich in der Diele in den Haaren.

»Du verschwindest hier. Rühr mir das Kind nicht an. Du verschwindest hier. Ich rufe jemand anderen an.«

»Junge, du weißt nicht mehr, was du sagst.«

»Ich weiß ganz genau, was ich sage: Rühr das Kind ja nicht an.«

Sein Vater hatte ihn mit einem Schlag ins Gesicht zur Räson gebracht. Zehn Minuten später war Leda zur Welt gekommen. Als sie ihm auf den Arm gelegt wurde, brach Simonetti in Tränen aus: der soundsovielte glücklichste Mann auf Erden. Das ganze Elend der neun Monate nach Marinas katastrophaler Eröffnung, sie sei schwanger, war mit einem Schlag von ihm abgefallen, und er stand da, mit seinen klatschnassen Haaren, als hätte er gerade eine Naturkatastrophe überlebt: total erschöpft, leer, zerbrechlich, in einer bisher nicht gekannten Ruhe und Heiterkeit, in einer neuen Welt.

Leda hatte vom allerersten Moment an ihm gehört – so war es ihm zumindest vorgekommen. Marina gefiel es, ihn mit dem Bündel im Arm durch die Wohnung gehen zu sehen. Marina fotografierte ihn, wenn Leda auf seiner nackten Brust lag und an seinen Warzen saugte. Marina zeichnete ihn, wenn er schlafend neben Leda lag. Es gab eine Erinnerung, ein Bild, in dem die Beziehung der drei untereinander zum Ausdruck zu kommen schien: Er saß auf einem Stuhl und fütterte seine Tochter, Marina leckte, ein paar Meter von ihnen entfernt, an ihren Pinseln.

Sieben Jahre verstrichen, und Simonettis Instinkte funktionierten noch immer nicht so, wie sie in den Augen der anderen hätten funktionieren müssen: Er war ständig in andere Frauen verliebt. Dann wurde ihm ein Angebot aus den Vereinigten Staaten vorgelegt.

»Ich gehe, und ich nehme Leda mit.«

Drei Tage später hatte Marina ihn mitten in der Nacht geweckt.

»Nimm sie ruhig mit, Andrea.«

Zehn Minuten lang hatten sie dagelegen und dem Atmen des anderen gelauscht.

»Nimm sie mit, Andrea. Ich überlasse sie dir.«

»Nein.«

»Ich überlasse sie dir. Es wird dir guttun. Du wirst nie mehr ein Kind von einer anderen kriegen.«

Ein paar Wochen danach hatte er seine Hand in Ledas Nacken gelegt und sie die Gangway hinauf auf das Schiff geschoben. Es hatte zwei Stunden gedauert, bevor die Hafenschlepper gekommen waren. Marina war die ganze Zeit über auf dem Kai zu sehen gewesen: Anfangs stand sie, nicht imstande, die Arme zu heben, wenn er ihr zuwinkte; später ging sie in die Hocke, die Arme auf den Knien, zwischen den anderen, und schließlich legte sie den Kopf auf die Arme auf den Knien und rührte sich nicht mehr.

Auf hoher See, auf dem unermeßlichen, grauen Ozean, nach dem er sich so gesehnt hatte, war ihm erst richtig bewußt geworden, auf was er sich da eingelassen hatte: Er wollte sterben, er wollte ganze Sommer in einem Kinderwagen verbringen, er wollte monsterähnlichen Tieren mit einem Stein den Schädel einschlagen, vor allem aber wollte er allein sein. Doch solche Gefühle konnte er sich nun kaum noch erlauben – er hatte ein Kind, für das er sorgen mußte. Er hatte seine Verzweiflung gut zu verbergen verstanden und war der jüngste Caravaggio-Kenner weltweit geworden. Drei Jahre lang hatte er nahezu jeden Tag Gedichte verfaßt und nichts zustande gebracht, das ihm gefiel. Drei Jahre lang hatte er nahezu jeden Tag an Dexter Gordon gedacht, den Saxophonisten, der jahrelang nichts gespielt hatte, weil ihm der eigene Ton nicht mehr gefiel; er selbst aber war nicht imstande gewesen, damit aufzuhören und zu warten.

Nach Rom zurückgekehrt, hatte er sich an der Piazza Farnese verschanzt und sich jeden Monat selbst die Haare geschnitten. Keine Frau. Ein Kind, für das er sorgen mußte. Keine Geliebte. Expedition. Halte durch. Er war durch das Leben gegangen wie Lucia Locantro: sehr stolz und voller Sehnsucht nach einer Nacht der Sternschnuppen.

Simonetti reichte seiner Tochter den Arm. Leda ließ es zu, auch wenn ihr Arm während des Spaziergangs auf der Dachterrasse ein wenig steif blieb.

186

»Gut«, sagte Simonetti schließlich. »Versuch dir vorzustellen, versuch dir einmal vorzustellen, daß du in den nächsten vier Jahren ein Kind bekommst.«

»Was?«

Leda war sichtlich verwirrt, als wäre mit dieser Äußerung festgelegt worden, daß sie in den nächsten vier Jahren ein Kind auf die Welt bringen müsse.

»Marina war neunzehn, als du auf die Welt kamst. Während ihrer Schwangerschaft machten wir ganz brav unsere abendlichen Spaziergänge, so wie es in den Ratgebern vorgeschrieben wurde.«

»Und dabei stützte sich Marina auf deinen Arm.«

Leda stützte sich auf seinen Arm und ging etwas langsamer.

»Ja, das gehörte auch dazu, das Aufstützen. Wir machten alles nach Vorschrift, und wir machten aus allem ein Spiel. Wir haben in dieser Zeit viel gelacht, wir waren rettungslos verloren.«

»Aber ich werde nicht heiraten und auch keine Kinder kriegen. Ich kann mir noch nicht mal merken, was was in *meinem* Innern ist.«

Sie blieben vor einer der Statuen auf der Balustrade stehen.

»Komm, wir stoßen sie hinunter«, sagte Simonetti.

»Nein, Andrea, laß das.«

Andrea stand seiner Tochter direkt gegenüber und sah sie unverwandt an. Die Hände und Füße, aber auch die Augen hatte sie von Marina. Ihre Augen waren im Vergleich mit den anderen Teilen ihres Gesichts zu groß und wurden, ebenso wie die Marinas, schnell feucht.

»Romantisch ist es hier«, sagte Leda, leise und höhnisch. »Romantisch, so mit den Glyzinien.«

»Daran kann ich auch nichts ändern.«

Während sie den Ausdruck seiner schwarzblauen Augen zu ergründen versuchte, mußte Leda an ein Spiel denken, das sie früher gespielt hatten, und sie tat nun, als spielten sie wieder dieses Spiel – wer dem anderen am längsten in die Augen sehen konnte, ohne mit den Wimpern zu zucken. Unterdessen hatte Simonetti, ohne den Blick von ihren Augen zu lösen, drei Knöpfe an seinem Hemd geöffnet. Er fand ihre Hände, die sich schlaff und feucht anfühlten, und während er sie anhob, um sie spüren zu lassen, warum sie bei ihm war, sah er, wie sich ihr Blick verschleierte. Leda war in die Unterwasserwelt zurückgekehrt, dorthin, wo sich alles ganz langsam bewegte. Als er ihre Hände auf die Rundungen seines Brustkastens gelegt hatte, schoben sich ihre Fingerspitzen wie von selbst in seine Achselhöhlen.

»Herzschlag hundert«, flüsterte Simonetti, langsam, spöttisch.

Das Blut klopfte ihm in den Lippen. Während Leda ihm ihre Nägel in das Fleisch des Brustkastens trieb, schien sich etwas an seinem Rückgrat entlang nach oben zu schieben, das ihm wie ein Feuerball in den Kopf drang und dort explodierte. Leda zitterte, und schließlich konnte sie sich nur noch auf eine einzige Weise retten: Sie kletterte auf ihn, den Berg, mit einem einzigen Satz, und verbiß sich in seinen Nacken.

Sogar auf der Insel Salina kannte man nun das runzlige Gesicht, die weißen Haare und die Einkaufstasche von Eleonora Moro, die in dem von der Presse inszenierten Drama die Rolle der künftigen Witwe spielen mußte. Man hatte sich so an ihre Erscheinung gewöhnt, daß es allen vorkam, als wohne sie bei ihnen im Dorf. Journalisten und Fotografen hatten sich vor ihrem Haus niedergelassen und hielten all ihre Bewegungen und die der anderen Familienangehörigen fest, als handele es sich um verdächtige Bewegungen. So wußte man auf Salina bereits um die Mittagsstunde, daß Moros Tochter an diesem Morgen mit einem öffentlichen Nahverkehrsmittel zu einer Telefonzelle gefahren war, um zu telefonieren, und anschließend mit demselben öffentlichen Nahverkehrsmittel nach Hause zurückgekehrt war. Man nahm an, daß Eleonora Moros Telefongespräche aus Gründen der Staatssicherheit abgehört wurden. Moros Tochter hatte ihren Anruf also vor den Behörden geheimhalten wollen. Mit wem hatte sie an diesem Morgen Kontakt aufgenommen? Hatte sie mit einem der Entführer gesprochen?

Einige Tage nach Aldo Moros Entführung war eine erste Presseerklärung der Roten Brigaden veröffentlicht worden. Der Politiker befinde sich in einem sogenannten Volksgefängnis, in dem er sich für die Verbrechen, die er im Staatsdienst begangen habe, verantworten müsse. Nur ein einziges Mittel gebe es, ihm diesen Prozeß und das vorhersehbare Urteil zu ersparen: ihn gegen alle inhaftierten Terroristen auszutauschen. Das würde das Ende des Prozesses in Turin bedeuten, wo Terroristen den Gerichtsverhandlungen in Käfigen beiwohnten.

Die Antwort der Regierung ließ nicht lange auf sich warten: Mit Terroristen werde nicht verhandelt, was bedeutete, daß über das Leben Aldo Moros nicht verhandelt wurde. Wochenlang war dieser Standpunkt der Regierung Gegenstand von Debatten, doch diese hielt unerschütterlich an ihm fest. Ein halbes Jahr später schien es opportun, andere Mittel im Kampf gegen den Terrorismus anzuwenden: Inhaftierten Terroristen wurden die Freilassung und eine neue Identität angeboten, wenn sie als Gegenleistung dazu bereit waren, Informationen über die Organisationsstruktur und die Verstecke der Roten Brigaden auszuplaudern. In diesen Wochen zeigte sich die Regierung jedoch unerschütterlich in ihrer Weigerung, mit Kriminellen zu verhandeln.

Eleonora Moro kämpfte um einen Ehemann: In einem offenen Brief, den *Il Giorno* abdruckte, protestierte sie gegen den Standpunkt der Regierung. Der Standpunkt wurde daraufhin etwas weniger hart formuliert: Es solle nun »alles juristisch Mögliche« getan werden, um Aldo Moros Leben zu retten. Die Frage war, was dies bedeutete: alles juristisch Mögliche. Aus dem Volksgefängnis schrieb Aldo Moro Briefe an Minister und Parteifreunde, in denen er auf die Aufnahme von Verhandlungen drängte: Die Verfassung lasse dies zu, in anderen Ländern sei dies nicht unüblich, und darüber hinaus liege solch ein Vorgehen auf einer Linie mit den christlichen und humanitären Idealen der Partei. Der Papst bot sich als Vermittler an.

Die Terroristen bedienten sich der Zeitungen, um die öffentliche Meinung zu beeinflussen. Regelmäßig hasteten Journalisten nach einem anonymen Anruf zu einem Mülleimer, aus dem sie die nächste Presseerklärung und die jüngste Neuigkeit herausfischten. Die aufwieglerische und staatsfeindliche Sprache der Presseerklärungen wurde zitiert, womit man unfreiwillig Propaganda für die Terroristen und deren Versuche machte, eine Gesellschaft zu unterminieren, die endlich einen gewissen Wohlstand erwirtschaftet hatte. Von Zeit zu Zeit gingen den Zeitungen schemenhafte Fotos von Aldo Moro zu, die beweisen sollten, daß er noch am Leben sei. Er posierte, dünner geworden und unrasiert, mit einer Zeitung vom Vortag in der Hand, unter dem fünfzackigen Stern in einem Kreis: dem Symbol des Kampfes gegen die korrupte Staatsmacht und die sogenannte Verschwörung der internationalen Konzerne.

Unterdessen ging die fieberhafte Suche nach dem Versteck der Entführer weiter. Mehrere zehntausend Soldaten in kugelsicheren Westen wurden bei den Suchaktionen eingesetzt. Auf den Ausfallstraßen Roms tauchten Schützenstellungen aus Sandsäcken auf, Fahrzeuge und deren Insassen wurden nach Waffen untersucht. In Rom wurden Tausende von Wohnungen auf den Kopf gestellt und mehrere Dutzend Personen verhaftet. Verdächtige konnten nun ohne Prozeß drei Monate lang festgehalten werden. Auf dem Land durchkämmten Soldaten in langen Reihen – wie Jäger – die Felder. Der Computer der italienischen Sicherheitsdienste wurde an den Westdeutschlands angeschlossen. Der Pariser Polizeichef stattete seinem verzweifelten Amtskollegen in Rom einen Arbeitsbesuch ab.

Ausländer, die sich in Rom niedergelassen hatten, erweckten nun plötzlich Argwohn. Hanna Piccard wurde von der Ausländerbehörde vorgeladen, um ihre Aufenthaltsgenehmigung vorzulegen und zu beweisen, daß sie diejenige sei, für die sie sich ausgab. Die Angelegenheit war schnell erledigt, aber es war das erste Mal gewesen, daß sie eine Aufenthaltsgenehmigung vorzulegen hatte, und so mußte dieser Vorfall als unheilverkündendes Vorzeichen betrachtet werden. Seit einer Woche trug sie die lederne Fliegerjacke, die sie auch an dem Tag angehabt hatte, als sie sich auf den Weg zum Palazzo Delmonte gemacht hatte, um herauszufinden, ob Simonetti sie liebte.

Ein paar Stunden danach wurde sie aufs neue von den Männern der Macht belästigt. Sie hatte sich Arbeit mit auf den Dachgarten genommen und mit Stöpseln die Ohren verschlossen, um sich besser konzentrieren zu können. Den Hubschrauber, der über der Stadt kreiste, bemerkte sie erst, als er über der Piazza Farnese stand. Das Sonnenlicht spiegelte sich in einer gläsernen Kuppel. Augenblicklich riß sie sich die Stöpsel aus den Ohren, als bestünde höchste Gefahr und als wolle sie diese möglichst präzise registrieren. Alles um sie herum war mit einem Schlag von ohrenbetäubendem Lärm erfüllt. Sie sprang von ihrem Stuhl auf, rannte zur Dachluke und zog sich in das Mezzanin zurück. Ihre Reaktion war den patrouillierenden Soldaten offensichtlich nicht entgangen: Der Hubschrauber zog eine Schleife und kam zurück. Ungefähr fünf Minuten lang stand die Maschine über dem Dachgarten, während die Soldaten mit Ferngläsern die Dachluke beobachteten, in der eine Frau blitzschnell verschwunden war. Hanna Piccard hielt sich im Badezimmer verborgen, bis der Lärm des Hubschraubers nicht mehr zu hören war. Als sie auf den Dachgarten zurückkehrte und sah, daß die Sturmböen beinahe alle Blütenblätter von den Oleanderbäumen gerissen hatten, begann sie zu weinen.

»Was für eine Paranoia«, seufzte Simonetti, nachdem ihm Hanna beim Abendessen von dem Hubschrauber erzählt hatte. Leda fragte ihn, was das Wort »Paranoia« bedeute.

»Paranoia ist eine Geisteskrankheit«, erklärte Hanna. »Ein Paranoiker lebt in einer Scheinwelt. Er neigt zu der Ansicht, er sei das Opfer eines Komplotts. Zwar konstruiert er sich diese Komplotte selbst, ist sich dessen zumeist aber nicht bewußt. Überall findet er Beweise dafür, daß jemand ein Komplott gegen ihn schmiedet. Er lebt in Wahnvorstellungen, verhält sich sonst aber oft vollkommen normal.«

»Es ist ein Zeichen der Angst, der Ohnmacht«, fügte Simonetti hinzu. »Momentan habe ich den Eindruck, daß unsere verehrten Politiker allzu schnell an Komplotte denken. Ein Komplott gegen den Staat. Die Entführung in der Via Fani beispielsweise. Alle waren über die Effizienz verblüfft, mit der diese Operation ausgeführt wurde. Das könne doch unmöglich das Werk von Italienern sein. Zu so etwas seien wir schließlich nicht in der Lage. Wer aber sonst? Die Deutschen, natürlich, die Deutschen, das war das Werk deutscher Terroristen. Stand in den Zeitungen. Natürlich ist dies nur eine Vermutung. Dann begann man zu mutmaßen, daß die Roten Brigaden Anweisungen vom bulgarischen Geheimdienst erhalten hätten, der seinerseits von den uralten Diktatoren im Kreml manipuliert werde. Stammten die Kugeln, die man in der Via Fani in den Leichen entdeckt hatte, nicht aus osteuropäischer Produktion? Na also. Natürlich handelt es sich nur um eine

Vermutung. Aber ist es nicht bemerkenswert, daß man sich in der russischen und chinesischen Presse momentan gegenseitig vorwirft, in diese Entführung verwickelt zu sein? Es handele sich folglich höchstwahrscheinlich um ein Komplott der Kommunisten. Der chinesischen Kommunisten? Nein, die sind zu weit weg. Der russischen Kommunisten also, ja, die Russen stecken dahinter. Aber die Russen werden vielleicht ihrerseits von den Amerikanern manipuliert, die ihnen über den berühmten bulgarischen Geheimdienst falsche Informationen in die Hände gespielt haben.«

»Sprich weiter«, sagte Hanna.

»Aldo Moro wird entführt, und zum erstenmal seit Jahren kriegt Vater Staat eine Erektion.«

»Jetzt reicht es aber«, rief Leda errötend.

»Vater Staat kriegt vor lauter Schreck eine gewaltige Erektion, wie ein Erhängter im Todeskampf. Mehrere zehntausend Soldaten rücken aus, um uns zu zeigen, wozu der alte Vater Staat noch in der Lage ist. Notstandsgesetze werden von einem Tag auf den anderen durch das Parlament geschleust. Aufs Geratewohl werden Tausende von Wohnungen aufgebrochen und durchsucht. Gestern mußte ich mich wie ein Krimineller an meinem Wagen abstützen und mich abtasten lassen. Es hätte gerade noch gefehlt, daß ich die Hose herunterlassen und meinen Hintern auf Staatssicherheit untersuchen lassen muß. Wie viele Telefonanschlüsse im Moment aus Gründen der Staatssicherheit abgehört werden – lassen wir das besser. Aus Gründen der Staatssicherheit dürfen wir uns diese Frage noch nicht einmal stellen.«

»Andrea, du reagierst genauso übertrieben wie diejenigen, die du verspottest«, sagte Hanna verärgert. »Ich gebe ja zu, daß die Suchaktionen zuweilen einen lächerlichen Eindruck machen. Und ohne Zweifel wird in nächster Zeit ein von einem der Geheimdienste eingerichtetes Versteck der Roten Brigaden entdeckt werden, um dem Volk einen Sieg melden zu können. Was sollen sie auch sonst tun? Sie können nicht anders reagieren. Das Recht muß geschützt werden.«

»Ich gehe schon rauf«, sagte Leda, »ich muß meine Hausaufgaben noch machen.«

»Es gibt noch Nachtisch.«

»Kann ich meine Portion jetzt haben?«

»Nimm sie dir, sie steht im Kühlschrank.«

»Warum kriegt ein Erhängter einen Steifen, Andrea?« fragte Leda, als sie vor dem geöffneten Kühlschrank in die Hocke gegangen war und die herbeigeeilten Katzen wegschob.

»Wir sprachen gerade vom Recht.«

»Es scheint ein Reflex zu sein«, antwortete Simonetti.

»Männer sind vielleicht komisch«, rief Leda fröhlich. »Kurz vor dem Sterben kriegen sie noch mal einen Steifen. Und die meiste Zeit scheinen sie Angst davor zu haben, daß sie keinen Steifen kriegen.« Sie schob das Tablett mit dem Nachtisch auf den Küchentisch und setzte sich hin. Leda war stolz, daß sie das Wort »Steifen« dreimal hatte aussprechen können, ohne zu erröten oder hängenzubleiben.

»Willst du es nicht noch ein paarmal sagen?« fragte Hanna spitz.

»Wovon sprichst du?«

»Wir sprachen gerade vom Recht.«

»Vom Recht, das geschützt werden muß«, sagte Simonetti. »Die Machthaber wollen in erster Linie natürlich sich selbst schützen. Ein paar seelenlose Opportunisten, verstrickt in zehntausend Belange, Maschinen, die Papierberge fressen und Beschlüsse ausspucken.«

»Wenigstens können sie Beschlüsse fassen.«

»Und sie sind es, die mal eben entscheiden, wer in dieser Gesellschaft die Barbaren sind. Die Barbaren. Der Einfachheit halber vergessen sie, daß die Gesellschaft ein Körper ist, ein organisches Ganzes, und daß eine Erkrankung der Atemwege immerhin eine Krankheit ist, die den ganzen Körper betrifft, denn der kann daran zugrunde gehen.«

»Dank dieser Krankheiten bleiben wir gesund«, erwiderte Hanna.

»Die Barbaren. Wer sind hier die Barbaren? Es ist so oberflächlich und heuchlerisch, Terroristen als Barbaren zu bezeichnen. Jedes zivilisierte Gemeinleben ruft seine eigenen Barbaren ins Leben, so wie äußerst zivilisierte und neurotische Frauen es in ihrer grenzenlosen Langeweile und ihrem grenzenlosen Selbsthaß

194

am Ende vorziehen, ihr Bett mit einem richtigen Rohling zu teilen – in ihrer Einbildung natürlich, nur in ihrer Einbildung.«

Leda verstand nicht, was sich hier abspielte, aber sie saß nun muckmäuschenstill auf ihrem Stuhl, um nicht die geringste Aufmerksamkeit auf sich zu lenken.

»Es ist die Gesellschaft als Ganzes, die jene Gefühle produziert, die zum bewaffneten Widerstand, zu politischen Morden, zu falschem Heldentum führen. Natürlich kann ich das nicht befürworten, Hanna, wie du manchmal zu denken scheinst, aber ich finde es dumm, Terroristen schlichtweg zu verurteilen. Du kannst doch nicht richtig auf jemanden eingehen, wenn du ihn nur verurteilst, oder?«

»Reg dich nicht so auf«, rief Hanna erregt.

»Ich will mich aber aufregen. Die Gesetze, deine geliebten Gesetze, das Recht, die Staatssicherheit, die Lügendetektoren in den Ministerien, die Spionagesatelliten, die ihre Bahn um die Erde ziehen, die Abhörgeräte in meinem Hintern – welchen Zweck haben die eigentlich? Sie sollen die Freiheit des einzelnen garantieren. Ja, sicher. Aber was für eine Art Freiheit ist das? Es ist eine scheinbare Freiheit, eine äußerliche Freiheit, die sich in Geld, in Besitz, in Rechten und in Verhaltensweisen ausdrückt. Unsere Ideen von der Freiheit des einzelnen sind veraltet, da das romantische Bild des emanzipierten Individuums, des emanzipierten Affen, veraltet ist. Der Drang nach Freiheit ist zu einer Neurose geworden, der sich die Politiker sachkundig bedienen.

Ich habe das Recht, zu wählen. Aber warum sollte ich wählen gehen und jemandem mein Vertrauen schenken, der eine Maske aufzieht, sobald die Kameras laufen, jemandem, der die Sprache vergewaltigt, jemandem, der in einem gepanzerten Fahrzeug fährt und der sich für einen richtigen Mann hält, nur weil er von fünf Leibwächtern umringt ist? Warum sollte ich jemandem mein Vertrauen schenken, der den Barbaren in sich nicht sehen will, jemandem, der der Macht verfallen ist und in den zur Zeit herrschenden Wahnvorstellungen lebt, jemandem, der keine Zeit zum Nachdenken hat und der es nur einem abgestumpften Gefühlsleben zu verdanken hat, daß er sich in der Schlangengrube der Politik halten kann? Kurz, was kann ich eigentlich von je-

mandem erwarten, der im Grunde genommen keinen Bezug zur
Realität hat?«

Hanna Piccard hatte die Arme übereinandergeschlagen und
hielt es für besser, zu schweigen.

»Wann ist ein Mensch frei, Hanna? Wer kann sich selbst wirklich frei nennen? Oder können wir uns ab einem bestimmten
Alter nur noch in zäher Langeweile weiterschleppen?«

Hanna Piccard schwieg und dachte: Er hat mich nie geliebt,
nie.

Leda verstand, daß es Zeit wurde, ihren Vater und seine Geliebte allein zu lassen, doch sie konnte ihren Blick nicht von seinen heftig zitternden Händen lösen.

Der Reise nach Amsterdam waren nur wenige glückliche Tage gefolgt. Ohne irgendeinen Anlaß hatte sich Simonetti danach von
der Frau abgewandt, zu der er sich so stark hingezogen fühlte. Er
kämpfte gegen den allmählich zunehmenden Widerwillen, doch
es hatte den Anschein, als könne er den Drang nicht unterdrücken: den Drang, das Glück zu zerstören. Es machte ihn mutlos. Er gab sich Mühe, diese Krankheit zu verbergen, sein Körper
aber gab sie preis: Nach dem Wachwerden schmiegte er sich nicht
mehr an sie, seine Aufmerksamkeit ließ nach, seine Augen leuchteten nicht mehr auf, wenn er sie sah, seine Umarmungen dauerten zu lange oder zu kurz – die fließenden Bewegungen der
Zuneigung ließen sich nicht nachahmen.

Schließlich konnte Simonetti ihre Anwesenheit in seinem
Haus kaum noch ertragen. Das Klicken ihrer Absätze war ein Anschlag auf seine im inneren Kampf aufgeriebenen Nerven. Beim
Essen hörte er sie kauen und schlucken und hätte sie am liebsten
gebeten, ihm ihre Ohrenstöpsel zu leihen. Abend für Abend lag er
im Arbeitszimmer auf der Couch und gab vor, über sein Opus
magnum nachzudenken. Simonetti machte immer einen außergewöhnlich konzentrierten Eindruck, wenn er sich damit quälte,
über ihren und seinen Charakter nachzudenken. Er quälte sich,
indem er an ihren Körper dachte, er quälte sich, indem er an die
ewige und immer wieder furchterregende Pflicht des Mannes gegenüber der Frau dachte: den Abstieg in die Höhle. Er sagte sich,

daß er damals besser auf die Signale seiner Fingerspitzen hätte
achten müssen: Er hätte schließlich bereits von Anfang an aus der
Beschaffenheit ihrer Vagina ableiten können, daß sie nicht zusammenpaßten. Er verglich Marinas Vagina mit der Hannas, und
zu welchem Ergebnis er auch kam, er hatte immer recht, denn er
war der einzige, der diese beiden Schmuckstücke miteinander
vergleichen konnte. So lag er auf der Couch, auf den sanften Wölbungen der Couch, und warf ab und zu einen Blick zu den erleuchteten Schlafzimmerfenstern hinauf. Geh zu ihr, trug er sich
selbst auf, geh zu ihr. Geh notfalls rückwärts die Treppe hinauf.
Brich zur Abwechslung mal vor Angst zusammen. Im Eiltempo
wurden neue Gedanken entwickelt. Das Verfassen von Gedichten
kam ihm völlig überflüssig vor, ein künstliches und tadelnswertes
Leben. Und sie, die Frau, sie war es, die sein ganzes Streben überflüssig machte. Die höchste, definitive und wahre Weisheit wurde
einer Frau zugeschrieben: Sie war es schließlich, die ihm mit ihrer
Empfindsamkeit zeigte, um was es im Leben eigentlich ging. Setz
dich jetzt mal gemütlich zu mir. Warum hetzt du dich nur so ab?
Macht dich das glücklich? Ich finde dich sowieso viel besser als
deine Arbeit. Steck dein Ding einfach in mich hinein. Wasch erst
die Tinte von deinem Ding und steck es dann einfach in mich
hinein. Komm her, dann bringe ich dich zum Herzen des Lebens.
Sich auf das Verfassen von Gedichten zu konzentrieren kam ihm
unsinnig vor, denn das, was er suchte, lag in Reichweite: Wenn sie
unterwegs waren, ging sie neben ihm und schob ihre Hand in
seine Gesäßtasche. So lag Simonetti auf der Couch, auf den sanften Wölbungen der Couch. In lichten Augenblicken überraschte
es ihn, wie viele Formen seine Angst vor der Höhle annehmen
konnte. Er verlor jeden Mut, da er diese immer wieder auftreten-
den instinktiven Reaktionen noch immer nicht in den Griff bekam. Geh doch zu ihr, zu dieser überempfindlichen Kratzbürste.
Du weißt, daß sie die Atome deiner Seele im Handumdrehen neu
anordnen kann.

Simonetti dachte an die Jacht von Pittakos, dem Griechen. Er
war mit ihr weit an den Heraklessäulen vorbeigesegelt, bis hin zu
den Kanarischen Inseln und den schlammigen Häfen der afrika-
nischen Küste. Auf hoher See machte es ihm nichts aus, sich oder

anderen gegenüber einzugestehen, daß er Angst hatte, wenn ein
Sturm heraufzog. Doch seine Angst vor der einen sich unerwartet
auftürmenden Welle, die über dem Schiff zusammenschlagen
und in ein paar Sekunden alles und jeden von Bord fegen würde,
ging immer einher mit Vertrauen: Vertrauen in Pittakos, in die
Jacht und in den eigenen Überlebenswillen. Tief in sich verankert
hatte er sogar ein vollkommen unbegründetes Vertrauen in das
Meer, in die Güte des Meeres: als könne es ihm nichts anhaben.
Simonetti versuchte, dieses mysteriöse Vertrauen wachzurufen,
indem er an die Fahrten dachte, die er mit Pittakos unternommen
hatte, und trug sich anschließend auf, die Treppe hinaufzustei-
gen, sich notfalls rückwärts ins Schlafzimmer zu schieben und
Hanna zu vertrauen wie dem Meer.

»Wann ist ein Mensch frei, Hanna? Wer kann sich selbst wirklich
frei nennen? Oder können wir uns ab einem bestimmten Alter
nur noch in zäher Langeweile weiterschleppen?«

Simonetti dachte an die Worte, mit denen er den Monolog am
Küchentisch abgeschlossen hatte, als er sich, ein paar Stunden
später, endlich von der Couch im Arbeitszimmer erhob und die
Treppe hinaufstieg. Die Schiebetüren des Schlafzimmers standen
einen Spaltbreit offen. In seinem Allerheiligsten war es nahezu
dunkel. Hanna Piccard saß auf dem Bett, die Beine angezogen
und mehrere Kissen im Rücken. Das bläuliche Licht des Fernseh-
geräts fiel auf ihr Gesicht. Nachdem er sich vergewissert hatte,
daß Leda eingeschlafen war, schloß Simonetti die Luke zum Mezzanin. Er hatte ihren Blick, der auf seine heftig zitternden Hände
gerichtet war, nicht vergessen.

Im Schlafzimmer stellte Simonetti seine Demut und seinen
guten Willen unter Beweis, indem er eine halbe Stunde lang den
Apparat anstarrte, mit dem Hanna den Raum entweiht hatte.
Kurz vor dem Ende des Spielfilms schaltete Hanna den Fernseher
plötzlich aus. Mit einem Schlag war es totenstill. Keine Geräusche
drangen aus der Außenwelt in das sorgfältig isolierte Schlafzimmer.

»Was willst du?« fragte sie, nachdem sie die Arme um die angezogenen Knie geschlungen hatte.

»Doch noch mal mit dir reden«, seufzte Simonetti.

»Reden.«

»Es führt zu nichts, doch es scheint mir auch nicht völlig sinnlos zu sein.«

»Und worüber willst du reden?«

»Ist dir in der letzten Woche nichts aufgefallen?«

Hanna gähnte und zuckte mit den Schultern.

»So läuft es doch immer, Andrea. So ergeht es doch allen. Nach ein paar Tagen beginnt das Glück, dir aus den Händen zu gleiten, und was du auch anstellst, um es festzuhalten – es entgleitet dir. Geduld.«

»Ich will doch noch mal das ein und andere dazu sagen.«

»Dann leg mal los, mein Junge.«

Simonetti verstummte. Gähnen, plötzlich einsetzende Müdigkeit, mit den Gedanken woanders sein, tiefe Seufzer, Erstarrung, nachlassendes Denkvermögen, eingetrübtes Bewußtsein, Albernheit, der Wunsch, leise und traurig zu pfeifen – die Abwehrreaktionen waren ihm bekannt und faszinierten ihn.

»Ich habe noch nichts gesagt«, stellte er fünf Minuten später fest.

»Vielleicht hast du mir nichts zu sagen.«

»Sagte sie hoffnungsvoll.«

Hanna legte die Stirn auf die Knie und fing an zu summen. Simonetti entkorkte doch noch eine Flasche Wein, und kurz bevor er den Korken mit einem lauten Knall aus der Flasche beförderte, hörte er in Gedanken bereits die Worte, die Hanna unmittelbar danach sagte.

»Das gehört sich nicht, Andrea, einen Korken knallen zu lassen.«

»Und warum gehört sich das nicht?« Er reichte ihr ein Glas.

»Danke. Auf das Leben. Weil es sich nicht gehört. Man darf eigentlich nur den Korken einer Champagnerflasche knallen lassen.«

»Wieder was von dir gelernt. Das Entkorken einer Flasche hat geräuschlos vor sich zu gehen. Wie gut du erzogen bist. Nun ja, Industrielle aus dem neunzehnten Jahrhundert. Alles aus dem Nichts aufgebaut. Backstein, Signore. Unerschütterliche Grundsätze. Man hält, was man verspricht. Andrea, du bist ein Engel. Andrea, du hast ein wenig zugenommen. Und wenn man sich in einem Saal zwischen zwei Sitzreihen durchschiebt, dann nie mit dem Gesicht, sondern immer mit dem Hintern, Quatsch, immer mit dem Gesicht und nie mit dem Hintern zu den Leuten hin.«

»War es das, was du mir sagen wolltest?«

»Ich weiß nicht mehr, was ich dir sagen wollte.«

»Dann nimm ein Bad.«

»Bei Tisch halte ich einen Vortrag, und du reagierst nicht. Die Gnädige schlägt die Arme übereinander, als hätte ich sie persönlich beleidigt, und schweigt.«

»Ich weiß nichts zu sagen, wenn du dich in etwas reinsteigerst.«

Eine Zeitlang lauschten sie den Atemzügen des anderen. Hanna Piccard gewann den Eindruck, daß sie sich unglaublich langweilte, daß dieser Mann sie gleichgültig ließ, daß alles, was mit ihr geschah, sie im Grunde gleichgültig ließ. Manchmal hatte sie den Eindruck, daß sie, trotz der Heftigkeit ihrer Gemütsregungen, eigentlich sehr wenig empfand. Während sie dem unaufhörlichen Rauschen der Luft in ihren Nasenlöchern lauschte, mußte sie daran denken, daß Andrea die Gewohnheit hatte, die Härchen in seiner Nase, wenn diese zu lang geworden waren, mit den Fingern herauszureißen. Ihr wurde bewußt, daß sie es angenehm fand, ihn das tun zu sehen, angenehm und schauderhaft zugleich. Danach konnte sie eine Zeitlang keinen klaren Gedanken mehr fassen. Schließlich warf sie mit einemmal die Decke von sich.

»Du bist aber auch so hart, Andrea!«

»Und so unnahbar.«

»Du weißt selber nicht, wie hart du bist. Gnadenlos dir selbst und anderen gegenüber. Du bist ein Mann, der über Leichen geht.«

»Du hast doch nur Angst, daß ich dich nicht mehr liebe.«

»Ich sage: Du bist ein Mann, der über Leichen geht. Du bist bereit, alles und jeden zu opfern, nur um zu erreichen, was du dir vorgenommen hast.«

200

»Du hast doch nur Angst, daß ich dich verstoße.«

»Wie meinst du? Diesen Gedankensprung verstehe ich nicht.«

»Du machst ihn doch selber.«

»Ich sage, daß ich ihn nicht verstehe.«

»Du sagst mir allen Ernstes, ich sei ein Mann, der über Leichen geht. Ich bin geneigt, dies als Liebeserklärung zu betrachten. Es ist dir vielleicht schon mal aufgefallen, daß Menschen die Gewohnheit haben, ihre Wünsche zu vermummen, daß sie unter bestimmten Bedingungen imstande sind, genau das Gegenteil von dem zu behaupten, was sie eigentlich denken. Es ist dir vielleicht auch schon mal aufgefallen, daß deine Art, dich auszudrücken, in meiner Nähe und unter bestimmten Bedingungen lediglich von emotionaler Bedeutung ist.«

»Es interessiert mich nicht, wie ich mich ausdrücke.«

»Du bist nicht daran interessiert, dich selbst kennenzulernen. Doch das ist es nicht, was ich dir sagen wollte.«

»Dann laß dir endlich einfallen, was du mir sagen wolltest.«

»Warum willst du mir nicht helfen?«

»Weil du so hart bist.«

»Léautaud, der französische Schriftsteller Léautaud, hatte sich für eine seiner Mätressen einen vortrefflichen Kosenamen ausgedacht.«

»Ich bin nicht deine Mätresse.«

»Das weiß ich. Du bist die Geliebte eines Mannes, der über Leichen geht. Und Léautaud, der französische Schriftsteller Léautaud, hatte sich für eine seiner Mätressen einen vortrefflichen Kosenamen ausgedacht. Er nannte sie: die Geißel.«

»Monsieur Léautaud soll sich hier raushalten.«

»Ich lasse ihn rein.«

»Und ich schmeiße ihn raus.«

»Er nannte sie: die Geißel.«

Simonetti ging in die Küche, wo er sich langsam beruhigte. Anscheinend gab es keinen anderen Weg, als immer wieder die alten Theaterstücke aufzuführen, in denen die grundlegenden Gegensätze ein für allemal in Szene gesetzt worden waren. Die Kostüme änderten sich, die Rollen blieben dieselben. Vor einigen Tagen war er im Park der Villa Borghese spazierengegangen, um den Frühlingswind zu genießen. Als er nach Hause zurückgekommen war, hatte er einen Blick in den Spiegel geworfen und festgestellt, daß der Wind den Scheitel in seinem Haar freigelegt hatte, der jahrelang mit der Kammspitze auf seinem Kinderkopf gezogen worden war.

»Du mußt dich damit abfinden«, murmelte Simonetti. »Gehorche den Gesetzen und verspotte sie.«

Eine Viertelstunde später hörte er Hanna barfuß herunterkommen und bleckte unwillkürlich die Zähne. Stille. Der Kühlschrank wurde geöffnet und wieder geschlossen. Die Katzen rannten unruhig zwischen Küche und Wohnzimmer hin und her.

»Komm du doch mal zu mir«, rief Simonetti schließlich. »Ich bin immer derjenige, der nachgibt. Weil ich so hart bin. Verstehst du?«

In dem dunklen Raum trommelte sich Hanna Piccard mit den Fäusten gegen die Stirn.

»Komm du doch mal zu mir«, wiederholte Simonetti. Sie kam. Sobald er das Patschen ihrer nackten Füße hörte, drehte Simonetti sich mit dem Rücken zur Küchentür und stützte sich mit den Händen auf den Tisch, um ihr zu ermöglichen, sich unbemerkt von hinten an ihn zu schmiegen, da sie das sehr mochte. Und wirklich: Sie schlang die Arme um seinen Oberkörper und ließ ihren Kopf auf seinen Rücken fallen. Gleich darauf drückte sie seinen Kopf fest nach unten, um zu sehen, ob die Bißspuren in seinem Nacken bereits verschwunden waren.

»Warum sagst du nie, daß du mich liebst, Andrea? Du sagst es nie.«

»Ich sage andere Dinge, die dasselbe bedeuten.«

»Aber ich will so gerne, daß du sagst, daß du mich liebst.«

In Simonettis Nacken war noch immer ein kleiner blauroter Bluterguß zu sehen. Als sie versuchte, ihn im Genick zu packen, drehte er sich um.

»Das mag ich nicht, Hanna. Ich bin keine Katze. Ein Riß im Hinterkopf, Bißspuren im Nacken, das ist doch widerlich.«

»Du warst stolz auf diesen Riß. Wer hat dich gebissen?«

»Das habe ich dir schon gesagt. Leda hat mich auf dem Dachgarten des Palazzo Delmonte gebissen. Sie sprang mich an, und ich konnte es nicht verhindern. Es war ein Spiel.«

»Ich kann noch immer nicht glauben, daß es Leda gewesen sein soll.«

»Es war Leda. Wir haben sieben Jahre miteinander verbracht. Verstehst du? Zwischen uns hat sich ein etwas ungewöhnliches Band herausgebildet. Verstehst du? Deine Eifersucht schneidet mir so langsam die Luft ab.«

»Ich kann es nicht ändern. Es ist schrecklich, es ist wirklich schrecklich, so eifersüchtig zu sein wie ich, aber ich kann es nicht ändern.«

Schnell lief Hanna Piccard in eine Ecke der Küche, um dort die Stirn so zwischen die Wände zu pressen, als wolle sie diese auseinanderschieben. Eine Zeitlang sah Simonetti sie so stehen – die Fäuste geballt und vor Eifersucht zitternd. Ihr Verhalten löste bei ihm ein Gefühl der Beklemmung aus, er betrachtete es als eine gewisse Tyrannei, und er wußte zugleich, daß er sich erst frei bewegen konnte, wenn er ihre Eifersucht genießen könnte. Er wünschte sich den Abstieg in die Höhle herbei, der für ihn dasselbe war wie das Eintauchen in die Welt des Unbewußten, wie Befreiung und Genesung, lehnte sich aber dagegen auf. Er liebte ihre schockierende Emotionalität, zeigte seine Liebe aber am liebsten in allerlei Formen des Widerstands. Sie war die eine, die unerwartet sich auftürmende Welle, die über dem Deck der Jacht zusammenschlug und alles mit sich riß. Er wollte selbst solch eine Welle sein.

Simonetti schlug vor, noch ein wenig spazierenzugehen und den Tag auf den Steinbänken vor dem Palazzo Farnese zu beenden.

»Dann wirst du mich tragen müssen«, sagte Hanna. »Ich bin kaputt.«

Also gut, dachte Simonetti, beuge dein Haupt und gehorche den Gesetzen: Du bist hier der Mann. Im Treppenhaus nahm er Hanna in die Arme und schloß ihre Augen mit seinen Lippen.

»Bin ich schwer?«

»Ist schon in Ordnung. Nein, stimmt nicht: Du bist schwer wie Blei.«

»Schwer vor Kummer«, sagte Hanna sehr zufrieden. »Du hast mir auch schwer was angetan.«

»Das hast du dir selber angetan.«

»Ich bin kaputt. O Gott, du achtest natürlich auf meine Ausdrucksweise.«

Während des Spaziergangs am Strand von Castricum hatte Leda Simonet ti angefangen, Muscheln zu sammeln, um sich die Langeweile zu vertreiben. Allmählich hatte ihr die Sache immer mehr Spaß gemacht. Beim Gehen hörte sie das leise Klirren der Muscheln in der Bluse und, immer wenn die hauchdünn ausgeflossenen Ausläufer einer Welle ins Meer zurückglitten, das leise Klirren von Hunderttausenden anderer Muscheln. Beim Bücken kam es ihr vor, als hätten ihre Ohrmuscheln eine andere Geräuschebene erreicht: Der kristallhelle Klang der Sturzwellen verschwomm zu einem monotonen Rauschen.

Beim Bücken hatte sich etwas Merkwürdiges ereignet: Auf einmal war ihr vorgekommen, als würde sie diese Stelle und die Lage, in der sie sich befand, wiedererkennen, obwohl sie doch genau wußte, daß sie hier noch nie gewesen war. Nach ein paar Sekunden erkannte sie die gelben Gummistiefel, das Schiffstau, das sich in Algen verstrickt hatte, und ein Plastikfläschchen wieder: Zugleich wußte sie, daß Andrea, der sich auf einer Längsbuhne zwischen den Pfählen eines Wellenbrechers befand, ihr mit beiden Händen zuwinken würde, sobald sie aufsah, daß sie anschließend zu Hanna hinüberblicken würde, die sich am Fuß der Dünen hingelegt hatte, und daß Hanna einen verfrorenen Eindruck machen würde; schließlich erkannte sie das Aufblähen ihrer halbgeöffneten Bluse wieder und den zur gleichen Zeit in ihr aufkommenden Gedanken: Niemand schwimmt im Meer. Diese Eindrücke gehörten unverkennbar zusammen. Es schien, als könnten sie ihr nur kombiniert ins Bewußtsein dringen und nur kombiniert von ihr wiedererkannt werden. Andrea mußte ihr nicht mit einer, sondern mit beiden Händen zuwinken, um sie das Aufblähen ihrer

Bluse spüren zu lassen, und sie war überzeugt, daß sie ohne das Gefühl einer sich aufblähenden Bluse und eines sich entblößenden Oberkörpers niemals gedacht haben würde: Niemand schwimmt im Meer.

Ein paar Tage danach zeichnete Leda in Joe Kurhajec' Schuppen einen toten Indianer. Mit roter und gelber Kreide zeichnete sie das Gesicht eines an den Strand geschwemmten kupferfarbenen Indianers. Den Körper des Toten hatte sie nur mit ein paar Strichen andeuten können, da es schien, als wollten ihre Hände vor allem sein Gesicht zeichnen. Die Kreidestücke fielen ihr aus der Hand. Als sie sich bückte, um sie aufzuheben, erinnerte sie sich zum erstenmal an diesen merkwürdigen Vorfall am Strand von Castricum. Auf die Rückseite der Zeichnung schrieb sie Wörter, die sich wie von selbst bildeten: Niemand schwimmt im Meer.

»Nein, laß das«, sagte sie zu Kurhajec, als dieser einige Korrekturen an der Zeichnung vornehmen wollte.

»Warum denn?«

»Das weiß ich noch nicht. Ich frage mich etwas. Was frage ich mich? Ich frage mich, wie es kommt, daß ich aufs Geratewohl ein Gesicht zeichne, das Gesicht eines Mannes, den ich noch nie gesehen habe.«

»Das Gesicht denkst du dir aus, das heißt: du setzt es aus Gesichtern zusammen, die du schon mal gesehen hast. Du machst es, während du zeichnest.«

»Das glaube ich nicht. Ich habe das Gesicht schon deutlich vor mir gesehen, bevor ich mit der Zeichnung angefangen habe.«

»Es entspringt der Unterströmung. In deinem Leben gibt es eine gewisse Unterströmung, der du dir meistens nicht bewußt bist. Je empfindsamer du wirst, desto besser wird dein Kontakt mit dieser Unterströmung.«

»Ja, ja.«

»Unterströmung ist vielleicht nicht der beste Ausdruck. Frag doch mal deinen gebildeten Vater. In deinem Kopf, in deinem Körper, Gott weiß wo, befindet sich eine Art Reservoir, eine Wildnis, ein Zoo, ein Museum, ein Archiv. Dort wird alles mögliche ausgeheckt, ohne daß du etwas davon merkst. In die-

206

sem Reservoir ist die ganze Geschichte der Menschheit gespeichert.«

»Was?«

»Da staunst du, was? In diesem Reservoir ist die ganze Geschichte der Gattung Mensch gespeichert. Den Rest kann Andrea dir bestimmt erzählen. Sag ihm, er soll sich mal wieder hier sehen lassen.«

Ein paar Stunden nach dieser Zeichenstunde erinnerte sich Leda an eine Geschichte, die Andrea ihr vor vielen Jahren erzählt hatte, eine Geschichte über Kolumbus. Kanarische Inseln? Ja, Kolumbus war auf einer der Kanarischen Inseln und dachte bereits über eine Fahrt in das Land auf der anderen Seite des Ozeans nach. Ein Einheimischer kam zu ihm, um ihm mitzuteilen, daß ein Mann an Land geschwemmt worden sei, ein Mann mit kupferner Hautfarbe. Noch nie habe jemand solch einen Mann gesehen. Kolumbus eilte an den Strand, um sich die Leiche anzusehen. Natürlich wußte er nicht, daß der Mann irgendwo vor der mittelamerikanischen Küste aus einem Kanu gefallen und ertrunken war, daß der Golfstrom ihn in kürzester Zeit über den Ozean zu den Kanarischen Inseln getrieben hatte. Kolumbus wußte noch nichts von Amerika und vom Golfstrom, doch als er sich bückte, um sich das Gesicht des Indianers anzusehen, vermutete er, erneut einen Beweis für die Existenz eines unbekannten Kontinents auf der anderen Seite des Ozeans gefunden zu haben.

Leda fragte sich, warum sich diese Geschichte jahrelang in ihr verborgen und warum sie sie gerade an diesem Tag entdeckt hatte. Zeichnen erschien ihr als Möglichkeit, mit der Unterströmung in Kontakt zu kommen. Als sie am darauffolgenden Morgen die Hände auf die Balustrade des Dachgartens legte, erinnerte sie sich, wie sie den Schwimmer aus dem eiskalten Wasser des Ijsselmeers hatte kommen sehen, wie er, sich am dürren Gras festhaltend, den Deich hinaufgeklettert war. Auf einmal hörte sie sich sagen: »Jan Zocher schwimmt im Meer.«

Joey Kurhajec liebte es, Ledas lange Haare zu bürsten. Während die Bürste durch ihr Haar glitt, kam Leda zu der Schlußfolgerung,

daß das eindringliche und nur wenige Sekunden während Gefühl des Wiedererkennens am Strand von Castricum aus dem
Reservoir stammte, in dem die Geschichte der Gattung Mensch
gespeichert wurde. Seit einigen Monaten verstand sie die Bedeutung des Wortes »Struktur«, und so schien es ihr wie eine Selbstverständlichkeit, daß die Geschichte der Gattung Mensch nicht
ohne eine gewisse Struktur in ihrem fünfzehn Jahre alten Körper
gespeichert sein konnte. In dem Reservoir wird alles mögliche
ausgeheckt, ohne daß du etwas davon merkst, hatte Joe Kurhajec
gesagt. Dort werden Gesichter aus den Erinnerungen an die Gesichter zusammengesetzt, die man schon einmal gesehen hat. Sie
wollte genau wissen, was dabei passierte. Leda begann Experimente anzustellen, um mit der Unterströmung in Kontakt zu
kommen.

Sie wartete beispielsweise, bis sie sich langweilte, so wie damals
am Strand, und ließ dann einen Bleistift auf den Boden fallen, um
sich bücken zu können, da ihr das Bücken in dieser mysteriösen
Welt auf einmal sehr bedeutungsvoll erschien. Vielleicht verschob
sich ja beim Bücken etwas im Kopf. Erwartungsvoll bückte sie
sich, um den Bleistift aufzuheben. Nichts geschah.

Er war nicht in Rom, der Mann mit der schiefen Nase, der Mann,
der Apfelsinenkerne ins Gras gespuckt hatte, und doch hatte sie
manchmal das Gefühl, daß er in ihrer unmittelbaren Nähe sei
und daß sie auf der Stelle nach links abbiegen müsse, um ihm
nicht in die Arme zu laufen. Sie bog auf der Stelle nach links ab.
Er sah sie nicht, der Mann, der auf dem Flughafen den Knoten
seiner Krawatte gelockert hatte, der Mann, der sie im Flugzeug
ignoriert hatte, und doch hatte sie manchmal den Eindruck, daß
er sie ansehe. Niemals war der Mann in Augenhöhe. Er schwebte
in der Luft und sah schräg zu ihr hinab. Nach ein paar Tagen hatte
sie herausgefunden, wann und wo dieses Gefühl, beobachtet zu
werden, am stärksten war.

Sobald sie einen Platz betrat, wurde sie sich seiner blauen
Augen bewußt, und während sie den Platz überquerte, fühlte sie
seinen auf sie gerichteten Blick. Auf großen Plätzen fühlte sie seinen Blick deutlicher als auf kleinen. Auf der Piazza Farnese sah er

sie immer. Der Schwimmer schien auf dem Dachgarten oder am Fenster zu stehen.

Leda fühlte sich von dem Mann auch dann beobachtet, wenn sie sich auszog. Im Schlafzimmer belästigte er sie nicht allzusehr, im Badezimmer jedoch sah er ihr immer zu. Unwillkürlich beeilte sie sich beim Ausziehen, nachdem sie gewartet hatte, bis die Spiegel beschlagen waren, und fand ihre Ruhe erst wieder, wenn sie in der Wanne saß. Im Wasser spielte sie mit den Steinen, die Hanna irgendwann einmal in einem Bach gefunden und mitgenommen hatte. Sie ordnete diese rosafarbenen und schwarzgrünen und blaugrauen Steine zu unterschiedlichen Formationen, mal mit offenen, mal mit geschlossenen Augen, und tat dies mit gewissen Hintergedanken. Die Steine hatten ihr nichts zu erzählen. Sie erzählte sich selbst etwas, indem sie sie mit gewissen Hintergedanken anordnete.

Sobald sie in den Bademantel geschlüpft war, verschwand der Gedanke an die blauen Augen. Sie wickelte sich ein Handtuch um die nassen Haare und setzte sich aufs Bett, um das von Marina gemalte Stilleben zu betrachten, das sie sich aus Andreas Arbeitszimmer geholt hatte. Das Gemälde hing über dem Kopfende ihres Bettes. Auf der Leinwand waren fünf runde Döschen abgebildet: zwei geöffnete und drei geschlossene. Das Stimmengewirr der abendlichen Spaziergänger auf der Piazza Farnese paßte zu den gedämpften Farben des Gemäldes. Der Gedanke, daß Marina diese Döschen irgendwann einmal sorgfältig angeordnet hatte, rührte sie.

»Wo war ich damals?«

Jahrelang hatte Marinas Stilleben warten müssen, bis sie alt genug war, um es wirklich sehen zu können. Leda fühlte sich umzingelt von all dem, was sie noch nicht sehen konnte.

Sie beugte sich nach vorn und streckte sich, um Marinas Farben zu berühren. Sie preßte die Fingerspitzen gegen die Leinwand und die verkrustete Farbe – bis ihr das Handtuch vom Kopf rutschte und sich wie eine Schlange um ihren Hals und ihre Schultern wand. Erschrocken sah sie sich um: Die Farben in ihrem Zimmer hatten sich verfärbt.

Schon seit über drei Jahren gehörte Leda Simonetti zu den Schülern Joe Kurhajec', der sich mit sogenanntem Kunstunterricht seinen Lebensunterhalt zu verdienen versuchte. Am selben Tag, an dem er bei der amerikanischen Presseagentur, für die er seit seiner Ankunft in Rom gearbeitet hatte, die Kündigung eingereicht hatte, hatte Kurhajec Visitenkarten drucken lassen, auf denen zu lesen war: Joe Kurhajec, Bildhauer. Pfeifend war er nach Hause gekommen, und pfeifend hatte er zu Hause die Visitenkarten in die Luft geworfen. Rosa in Sack und Asche.

»Was hast du getan? Du Idiot!«

Joe Kurhajec pfiff.

»Du weißt doch, daß ich kein Gefühl für Romantik habe. Soll ich jetzt etwa meine Juwelen verkaufen? Soll ich mir eine Arbeit suchen?«

»Ich will keine Frau, die außer Haus arbeitet.«

»Hast du denn jemals eine Skulptur verkauft?«

»Ich werde Kunst unterrichten.«

»Kunst unterrichten.«

»Ja, warum nicht? Ich bin Fachmann.«

Kurhajec hatte angefangen, Kindern Kunstunterricht zu erteilen, anfangs mit großem Widerwillen, doch schon nach wenigen Wochen fand er nichts schöner, als Kinder in Kunst zu unterrichten, und schon nach wenigen Monaten fing er an, mit seinen Schülern zu prahlen, wobei er nie zu erwähnen vergaß, daß Michelangelo bereits im zarten Alter von acht Jahren zu einem Steinmetzen in die Lehre gegangen sei.

Leda Simonetti hatte den Schuppen mitten im Zentrum Roms immer mehr ins Herz geschlossen. Auf dem Tiberboulevard, dem Lungomarzio di Tevere, war der Verkehrslärm ohrenbetäubend, doch hinter der Kurve in der Seitenstraße wurde es ruhiger, und im Schuppen selbst herrschte vollkommene Stille. Der Schuppen – eine richtige Werkstatt – war an drei Seiten von Hochhäusern umgeben, und zwischen Schuppen und Umzäunung standen ausrangierte Waschmaschinen aufeinandergestapelt. Die Schiebetür konnte sie nur öffnen, wenn sie sich mit ihrem ganzen Gewicht gegen den Griff warf. Sie zog sich einen alten Pullover über. Noch während ihr Kopf darin steckte, schaute sie durch den Halsausschnitt zum Dach hinauf, das aus durchsichtigen, gewellten Platten bestand, durch die das Licht hereinfiel. Inmitten des Schuppens stand eine riesige Werkbank, an deren Rückseite Werkzeuge in Klemmen hingen und unter der allerlei Apparate lagen. Das Prunkstück war ein sogenannter Winkelschleifer, mit dem man sich mühelos einen Fuß hätte absägen können. Leda hielt immer genügend Abstand zu diesen Apparaten. In einer Ecke war hinter einer Holzwand eine Toilette installiert worden, die man erst benutzen konnte, nachdem Kurhajec den Spülkasten repariert hatte. Leda mußte hier nie. Hier und dort lagen vereinzelte Steinbrocken in den unterschiedlichsten Bearbeitungsphasen herum: Basalt, Granit und Marmor. Klumpen weißen und sandgelben Tons, in Plastik verpackt. Irgendwo stand ein Klappstuhl aus Armeebeständen. Der grüne Kanevas trug noch die Spuren von sogenanntem Vietnamschweiß. Während des Unterrichts machte Kurhajec es sich in diesem Klappstuhl bequem. Er legte ein Brett quer über die Armlehnen, darauf ein Buch über die Technik der griechischen und römischen Bildhauer, ein Heft und einen Stift. Kurhajec schrieb dieses Buch ab. Manchmal schwebte er mit dem Klappstuhl und dem ganzen Zubehör in der Luft, an dem Eisenträger und den Ketten hängend, mit denen Steine bis zu fünf Tonnen Gewicht hochgezogen und woanders abgestellt werden konnten. An diesem Träger hatte Rosa Kurhajec ihre Pfauenfedern aufgehängt. Als Leda sich der Unterströmung bewußt geworden war, begann sie zu ahnen, warum Rosa Hunderte bunter Pfauenaugen, die sich in der Zugluft bewegten, im Atelier aufgehängt hatte.

Eine Unterrichtsstunde begann für Leda häufig folgendermaßen: Sie stand zehn Minuten an den Zaun gelehnt, um ihren ganzen Mut zusammenzunehmen. Ich habe einen Kopf, einen Rumpf, zwei Arme und zwei Beine, und das Ganze paßt gut zusammen. Das dachte sie. Doch sobald sie diese Beschwörungsformel gedacht hatte, sah sie Kurhajec' Arm vor sich, seinen linken Arm: ein schlackriges und knabenhaftes Anhängsel mit einer nach innen verdrehten Hand. Sie hatte entdeckt, daß der Versuch, nicht an etwas Bestimmtes zu denken, auf dasselbe hinausläuft, als denke man daran, und stellte sich folglich seinen rechten Arm vor, mit dem er so gut zeichnen konnte. In der nach innen verdrehten linken Hand lagen Kreidestücke, aus denen sich die rechte Hand eine bestimmte Farbe heraussuchte, um danach über das Papier auf der Werkbank zu flitzen. Kurhajec benutzte gleich das gesamte Blatt, auf das er mit drehenden Handbewegungen die Linien auftrug. Innerhalb weniger Minuten war das Blatt gefüllt und zum Leben erweckt. Nicht mehr als zwanzig Linien, und doch ließ sich erkennen, was es darstellen sollte, und es schien mehr zu sein als das, was es darstellte. Ehrfurchtsvoll und ärgerlich beugte sie sich über die Linien in Kurhajec' Zeichnung. Nicht zögern. Weiterbewegen. Hundertmal dasselbe tun. Zeichnen tut man mit dem ganzen Körper. Deine Hände wissen mehr als dein Kopf. So lauteten Kurhajec' Ratschläge. Sein wirkungsvollster Rat war seine Art zu zeichnen. Was er in diesen Momenten ausstrahlte – sie hatte noch nicht daran gedacht, dies Freiheit zu nennen, doch sie spürte, was er ausstrahlte, und das wollte sie haben.

Die Tür im Zaun, die Augen der Waschmaschinen, und mit ihrem ganzen Körpergewicht warf sich Leda gegen den Griff der Schiebetür. So fing auch der Mittag an, an dem sie zum erstenmal, noch ganz undeutlich, ihre Freiheit spürte und von der Strömung erfaßt wurde.

Nachdem Leda sich eine halbe Stunde lang mit sibirischer Holzkohle und Papier abgemüht hatte, sprang Kurhajec von seinem Klappstuhl auf, auf dem er, wie Leda meinte, über die Kunst nachgedacht hatte, was schlecht für sie war, da seine Konzentration immer weitere Kreise zog und sie verdrängte. Kurhajec sprang also auf, und sie erschrak.

»Ich bin beinah fertig, Joe.«

»Ich muß weg. Mir fällt auf einmal ein, daß ich Rosa hoch und heilig versprochen habe einzukaufen.«

»Dann gehe ich auch nach Hause.«

»Nein, nein. Du kriegst, wofür du bezahlt hast. In einer halben Stunde bin ich wieder da. Und ich kümmere mich um einen Stellvertreter.«

Daraufhin stellte Kurhajec einen Steinbrocken, verborgen unter einem Tuch, auf die Werkbank. Dies war sein geheimnisvoller Stellvertreter. Er trug ihr auf, ihn abzuzeichnen, und ging.

Eine Stunde später öffnete ein gehetzter Kurhajec mit dem Fuß die Schiebetür und ließ zwei vollgestopfte Einkaufstaschen krachend auf den Boden fallen. Leda saß auf seinem Klappstuhl, zurückgelehnt, die Hände gefaltet auf dem Bauch, die Beine gestreckt und weit gespreizt.

»So, mein Fräulein. Was hast du angestellt?«

»Mich abgerackert.«

Endlich hatte Leda es gewagt, sich von der Strömung mitreißen zu lassen, nachdem sie sich über drei Jahre zweimal pro Woche ängstlich darauf beschränkt hatte, die erforderlichen Techniken zu lernen, die in Zeichnungen resultierten, welche sowohl verblüffend als auch leblos genannt werden konnten. An ihrer Neigung, diese Techniken möglichst schnell beherrschen zu wollen, hatte Kurhajec seinen Freund Simonetti erkannt, in dessen ersten eigenen Gedichten diese Angst ebenfalls zutage getreten war. Die Perspektive, die Proportionen des menschlichen Körpers, hell und dunkel, etwas wiedergeben und etwas weglassen – all diese Tricks hatte Leda dank Kurhajec' strenger Anleitung nun ziemlich im Griff. Sie hatte gelernt zu schauen und konnte nun zeichnen, was sie sah – gespenstisch präzise. Es fing an, sie zu langweilen. Steif und ungelenk fühlte sie sich, brav und öde, und von dem, was Kurhajec ausstrahlte, wenn er zeichnete, was sogar sein fünfjähriger Sohn Pepe ausstrahlte, wenn er vor sich hin malte – davon hatte sie nicht einmal einen Bruchteil.

»Du siehst ja so zufrieden aus. Wo ist mein Stellvertreter geblieben?«

Eines Nachmittags hatte der Stellvertreter ihres Lehrers auf dem Tisch gestanden: ein Steinbrocken, verborgen unter einem Tuch, der sie, während sie ihn fehlerfrei abzeichnete, mehr und mehr an einen zum Tode Verurteilten erinnert hatte, der mit einem Sack über dem Kopf zur Hinrichtungsstätte geführt wird. Ihre Hände wollten nicht mehr. Sie ging ans Becken und wusch sich die Hände. Aber es half nichts, und die Zeit drängte. In einer halben Stunde bin ich wieder da, hatte Kurhajec gesagt. Schließlich blieben ihr für eine Zeichnung nur noch zehn Minuten. In ihrer Verzweiflung hatte sie das Tuch von dem Steinbrocken heruntergezogen, diesen in einen Schraubstock eingespannt und sich, den Tränen nah, mit ihrem ganzen Gewicht auf den Hebel geworfen, bis der Kopf nicht mehr fester angezogen werden konnte. Das half.

»Miracolo, miracolo«, rief Kurhajec nun. »Was liegt da auf dem Boden?«

Auf dem Boden des Schuppens lagen drei überlebensgroße Seesterne in Rot, eine im Sturzflug begriffene Möwe in Blau und eine Muschel, ausgestattet mit Fortsätzen, die an die Scheren einer Krabbe erinnerten, in mißlungenem Perlmutt – es war jedoch eine Hochseemuschel, gegen zwei Frauen eintauschbar. In fliegender Eile hatte Leda ihre Zuflucht in der Technik gesucht, die ihr am einfachsten erschienen war: Sie hatte sich an *Der Wellensittich und die Sirene* in dem Amsterdamer Museum erinnert, an die zitternde Hand von Matisse, und sie hatte damit begonnen, Papierfetzen mit Farbkreide zu bearbeiten. Vor Aufregung schwitzend, hatte sie drei Seesterne, eine im Sturzflug begriffene Möwe und eine Art Hochseemuschel aus dem farbigen Papier ausgeschnitten. Das war das Miracolo.

»Endlich bist du also mal böse geworden«, stellte Kurhajec zufrieden fest, während er den Stein aus dem Schraubstock befreite. »Bist du müde?«

Leda war sich ihres Sieges bereits sicher und hob lediglich die Arme, um ihm die Schweißflecken unter den Achseln zu zeigen. Kurhajec riß einen langen Streifen aus einer Rolle Zeitungsdruckpapier, auf den er die ausgeschnittenen Formen legte. Daß Kurhajec endlich in dem, was sie gemacht hatte, wirklich etwas sah, war auch der Tatsache zu entnehmen, daß er die Formen nicht achtlos mit dem Fuß verschob, sondern in die Knie ging und sie mit den Händen so lange hin und her schob, bis sie zusammenpaßten und eine Komposition entstanden war, auf die sie selbst nicht gekommen wäre.

Eine Viertelstunde danach verließ Leda, die Hände locker in den Hosentaschen, den Schuppen, um bei den Kurhajec zu essen. Im Auto, unterwegs zu einem lärmigen Familienleben, wurde sie wieder gesprächig. Sie bat Kurhajec, Andrea zu sagen, daß in der Decke des Mezzanins unbedingt eine Art Glasdach eingebaut werden müsse.

Leda Simonetti erschien in dieser Woche jeden Mittag gegen drei im Schuppen der Schuppen, um ihre Experimente mit der Farbe, die zur Form wurde, fortzusetzen. Die Technik des Ausschneidens, die Matisse, nach einem von unaufhörlichem Streben erfüllten Leben, im hohen Alter entwickelt hatte, erwies sich als weniger einfach, als sie gedacht hatte. Das vielfache Hantieren mit der Schere rieb die Haut an Daumen und Zeigefinger der rechten Hand wund. Unter der Werkbank fand sie jedoch einen Handschuh aus weichem Leder, aus so weichem Leder, daß sie der Versuchung nicht widerstehen konnte, ihn in ihre Schultasche gleiten zu lassen, trotz der Hunderte von Pfauenaugen, die sie beobachteten.

Kurhajec störte ihre Anwesenheit nicht im geringsten. Er konnte doch nichts machen, solange er auf die Skulpturen warten mußte, die er im Laufe der letzten beiden Sommerferien auf einer griechischen Insel aus dem dortigen besonders günstigen Marmor gefertigt hatte: Die Skulpturen wurden gerade verschifft. Hunderte Male sah Kurhajec, wie die Kisten aus den Schlingen glitten und auf dem Kai von Piräus zerschellten. Während er auf das Telegramm aus Neapel wartete, reparierte er das Dach des Schuppens. Die Sonne brannte ihm auf den Rücken. Kurhajec kam zur Ruhe, fühlte sich nicht länger von dem Bild des Mannes verfolgt, der mit den Zähnen ein Stück aus dem Tischrand reißt, und fand zum erstenmal seit seiner Ankunft in Rom vor neun Jahren Zeit, um über den Weg, den er zurückgelegt hatte, nachzudenken.

Durch die Öffnung im Dach sah er Leda Simonetti, die kniend auf einem Stück Papier saß und die farbigen Formen, die sie ausgeschnitten hatte, andächtig hin und her schob. Manchmal schien sie seine Anwesenheit vergessen zu haben, und dann war es ihm vergönnt, sie so zu sehen, wie nur Simonetti sie kannte: ganz still und viel jünger, als sie zu sein vorgab. Der Einfluß, den ihre Anwesenheit auf ihn ausübte, überraschte ihn, ebenso wie Leda

von der Art, in der Farben sich gegenseitig beeinflussen, überrascht war. Sie so in sich gekehrt zu sehen dämpfte seine Neigung
zu lautem und auffälligem Verhalten, und das wiederum erinnerte ihn an Andrea Simonetti, der schon seit Monaten in einer
anderen Stadt zu leben schien.

Leda brachte ihm Kaffee aufs Dach und genoß den Ausblick
auf eine römische Straße. Schließlich hatte sie so viel Vertrauen zu
Kurhajec gewonnen, daß sie ihm von ihrem Plan erzählte, etwas
für die Diele des Appartements an der Piazza Farnese zu machen.
Nachdem er geschworen hatte, diesen Plan mit keinem Wort zu
verraten, besuchten sie gemeinsam einige Fachgeschäfte. Unbemerkt schmuggelte Leda Rollen weißes und farbiges Papier, Farb-
tuben und Leimtöpfe, Dosen mit Kreide und Holzkohle, kleinere
und größere Pinsel, eine Büroschere und das weltberühmte Stan-
leymesser, alles von bester Qualität, in das Mezzanin.

Kurhajec ließ einen Notizzettel auf Simonettis Schreibtisch
zurück, unter einem kleinen Porphyrstück, auf dem ein einziges
Wort stand: Iß!

Am Samstag morgen hatte Leda Simonetti das Reich für sich
allein. Hanna Piccard hatte sich zu einer Pressekonferenz nichts-
sagender Politiker geschleppt. Simonetti war für vier Tage auf die
Hügel im Norden Roms ausgewichen, in sein Bauernhaus in der
Umgebung von Sutri. Er hatte die kleine Muschel, die sie ihm an
dem Montag morgen der Luftschlangen gegeben hatte, auf seine
Handfläche gelegt und sie ihr gezeigt, sein Angebot, ihn nach
Sutri zu begleiten, hatte sie jedoch abgelehnt.

Nachdem sie die leere Wand in der Diele ausgemessen hatte,
schloß Leda sich im Mezzanin ein. Eine halbe Stunde später war
sie erfüllt von dem Verlangen, diese leere Wohnung mit etwas zu
erfüllen. Ihr erstes Kunstwerk sollte eigentlich genau das aus-
strahlen, was Kurhajec ausstrahlte, wenn seine Hand die drehenden Bewegungen über dem Blatt machte. Auf der Suche nach
einem Thema hatte sie an das Schönste gedacht, das sie sich vorstellen konnte, und das war schlichtweg das Paradies. Aller Anfang ist schwer, in diesem Fall aber war er einfach: Sie rollte die Ärmel auf und stellte den Untergrund des Paradieses aus Streifen

216

weißen Papiers her, die aneinandergeklebt wurden. Sie ließ den Papierbogen von drei mal fünf Metern über den Boden fluten; das dabei entstehende Geräusch erinnerte sie an das Knattern der Segel auf Pittakos' Jacht.

Barfuß betrat Leda den Untergrund des Paradieses, um dort eine Zeitlang in der Hocke sitzen zu bleiben, in der Haltung, in der sie früher Insekten im Gras beobachtet, mit einem Zweig in einem kleinen Teich gerührt und die Welt um sich herum vergessen hatte. Während sie mit den Fingern unwillkürlich ihre Zehen anhob, versuchte sie sich das Paradies vorzustellen, wobei sie sich an eine Faustregel von Kurhajec hielt: Stell einfache Fragen. Sie fragte sich, wo das Paradies sei. Nirgendwo, da es keins gibt. Wie sollte sie sich das Paradies dann vorstellen können? Genau, es gibt eins in ihrem Kopf, es schwebt in der Unterströmung. Ob das Paradies einen Boden hat? Nein, denn alles schwebt da im Raum. Kein Land und kein Meer? Land und Meer schweben im Raum, denn im Paradies gibt es kein Oben und kein Unten. Inseln schweben da wie die Sterne. Gebirge stürzen sich ins Meer, wenn ihnen danach zumute ist, und ein Delphin springt über den Mond. Kein Oben und kein Unten, weit weg ist ganz in der Nähe, und sie selbst ist dort in allem, überall zur gleichen Zeit.

So schuf Leda ihr Paradies, und gleichzeitig mußte sie an eine einschläfernde Geschichte denken, die Andrea ihr mal erzählt hatte.

Vor langer, langer Zeit dümpelte ein Segelschiff bei Windstille vor der Küste der Insel Ceylon. So groß war die Hitze, daß der Teer zwischen den Planken schmolz. Man konnte das Deck nicht mehr barfuß betreten. Das Trinkwasser war verseucht, das Gemüse verfault. Die Seeleute hatten Skorbut, die Zähne fielen ihnen aus dem Mund. Dann starb der Schiffszimmermann. Er wurde, zusammen mit Kanonenkugeln, in eine Segeltuchplane eingenäht. Aber dann! Paß auf! Kaum hatte man den Toten auf die Reling gehoben, als gelbe Wolken unmittelbar über dem Meer aus der Richtung der ceylonesischen Küste heraufzogen. Alle Seeleute starrten auf die wirbelnden und schnell näherkommenden Wolken. Was stellte sich heraus? Die Wolken bestanden aus Schmetterlingen. Alle Schmetterlinge aus den Wäldern der Insel

Ceylon trieben in Wolken Richtung Schiff und umhüllten es. Es waren so viele, daß sie die Sonne verdunkelten und die Männer endlich die Kühle eines Schattens genießen konnten.

Die Geschichte fand ihr Ende in der Luft, genau an der Stelle, an der Leda in Schlaf gefallen war. Es blieben nur Schmetterlinge übrig, eine Wolke sanften Flatterns um ihren Kopf herum. Die Schmetterlinge streichelten sie, und so kam einer von ihnen ins Paradies. Leda griff zu Papier und gelber Farbe und begann damit, das kleinste Wesen im Paradies zu machen.

Sieben Stunden später war ein Teil des Paradieses aus der Unterströmung herausgelöst und sichtbar gemacht worden. Leda hatte sich auf den geschmeidigen Füßen einer Eingeborenen durch das Mezzanin bewegt. Unter den Achseln und auf dem Rücken hatte sie Schweißflecken. Vom Steißbein aus kletterte ihr der Schmerz die Wirbelsäule hinauf, wie Quecksilber in einem Thermometer. Sie hatte sich in einem übersteigerten Gefühl vollkommen verausgabt, lag nun auf ihrem Bett und war zum erstenmal seit langem wieder ruhig.

Auf dem Boden lagen Stücke vom Paradies. Die Zahl der Schmetterlinge war auf elf angewachsen, genug, um damit die Wolke um ihren Kopf zu bilden. Sie hatte sich gedacht, daß sie im Paradies vollkommen nackt sein und einen Schwimmer beobachten würde, das heißt einen Kopf mit Bademütze auf dem Scheitelpunkt einer Welle. Auch wenn das Paradies keinen Boden hat, so gibt es doch genug Ähnlichkeiten zwischen ihm und der wirklichen, vertikalen Welt, um den Betrachter nicht schwindlig zu machen. Zwei Seesterne schwebten oben, einige Muscheln jedoch waren unterhalb der Möwen angeordnet worden, so wie es auch in der Natur der Fall ist. Es war zu erkennen, daß die eine Möwe einen Fisch entdeckt und zum Tauchflug angesetzt hatte, daß die andere im Drehen begriffen war. Den Regeln der Kunst voll und ganz entsprechend, schwebte links im Vordergrund ein Baum mit Luftwurzeln, unter dem sie, vollkommen nackt, jetzt aber noch nicht fertig, ruhen würde. Auf einem blaugrauen Papierbogen waren mit Holzkohle bereits die Konturen eines springenden Delphins angedeutet worden, der, Andrea zuliebe, Einlaß ins Paradies gefunden hatte. Hanna Piccard hatte sie drei Amaryllis zugedacht. Zwölf blutrote und weit geöffnete Blütenkelche. Sonne und Mond schließlich sollten beide vertreten sein. Womit sie die Wohnung erfüllen wollte, wußte Leda inzwischen genau: mit etwas, das sich mit der Wärme vergleichen läßt, die nach einem sonnigen Tag in den Felsen hängenbleibt. Wer ihr Kunstwerk betrachtete, legte gleichsam die Hände auf diese Felsen.

Während ihr der Schmerz langsam die Wirbelsäule hinaufkletterte, fragte sie sich, ob es im Paradies einen Herrscher gäbe, jemanden, der alles andere beherrschte. Nein, denn es gibt kein Oben und kein Unten, weit weg ist gleich in der Nähe, das eine ist auch das andere, und ein Herrscher wäre da vollkommen überflüssig. Aber was wäre das Paradies ohne Gottheit, etwas, das es nicht gibt, wie Andrea es in einer seiner einschläfernden Geschichten mal genannt hatte? Aha, Zuccarelli legte ihr die von blauen Adern durchzogenen Hände auf die Schultern und zeigte ihr die Gipfel der Berge auf der Halbinsel, die die Wolken anzogen. Und so kam sie darauf, an Zeus zu denken, der irgendwann einmal die Wolken gesammelt hatte, um die Gipfel des Olymp in ihnen zu verbergen. Etwas, das es nicht gibt. Was wäre ein Paradies ohne etwas, das es nicht gibt? Leda zitterte vor Müdigkeit. Ich nehme eine Wolke, dachte sie. Aber eine Wolke ist – auch wenn sie sich in der Luft auflösen kann, auch wenn sie alle nur denkbaren Formen und Farben annehmen kann –, eine Wolke ist dennoch etwas Sichtbares. Kurhajec erschien und sagte: Eine Frage, die du nicht beantworten kannst, mußt du vergessen. Das tat sie.

Der Schlaf berührte sie und wand sich ihr wie ein sanft drückendes Band um den Kopf. Leda hoffte, daß Andrea und Hanna begreifen würden, daß das Etwas, das sich nicht ausschneiden ließ, daß das Etwas, das es nicht gibt, in dem, was sie gemacht hatte, zum Ausdruck kam. Das hoffte sie inständig, während ihr der Schlaf die Augen schloß, die schwarz gewordenen Hände öffnete und sie schließlich mit dem ganzen Gewicht des Vergessens zudeckte.

OHNE HÄNDE

Andrea Simonetti hatte sein Kunstwerk inzwischen verlassen müssen: Das lange Gedicht über den Kaiser und den Taucher war vollendet.

Simonetti hoffte, nie mehr ins dreizehnte Jahrhundert zurückkehren zu müssen – an die paradiesischen Küsten Siziliens, wo Normannen in kurzer Zeit verweichlichten, in die damals noch bewaldeten Landstriche Süditaliens, in das im Untergang begriffene Rom, in die Ruinenreiche Kleinasiens und in das vom Kaiser eroberte Jerusalem. Vier Jahre lang war er dem Kaiser durch den Mittelmeerraum gefolgt und zuweilen, wenn auch widerwillig, mit ihm über die Alpen in Richtung Deutsches Reich gezogen, das auch sein Meister, ein Kind des Südens, nicht gern besuchte. Er hatte Abschied genommen: Für Cola Pesce hatte er in San Clemente ein paar Kerzen angezündet, dem Kaiser hatte er in zeitgenössischem Latein einen Abschiedsbrief geschrieben.

Die Gesichtszüge des Kaisers und des Tauchers konnte er leichter und eindringlicher beschreiben als die Andrea Simonettis. In seinen Träumen hatte er dann und wann selbst eine Rolle in ihren Leben gespielt. Er war der zum Tode Verurteilte gewesen, der sich auf Befehl des Kaisers in eine tiefe Schlucht hinablassen mußte, um zwei junge weiße Falken aus ihrem Nest zu rauben. Der Kaiser – abscheuerregend, da er infolge einer Geschlechtskrankheit am ganzen Körper mit Geschwüren übersät war – hatte ihn im Schlafzimmer besucht. Als Cola Pesce zwischen Scylla und Charybdis tauchte, hatte Simonetti inmitten anderer Höflinge auf dessen Rückkehr gewartet. Er hatte das Blut aus Pesces Ohren fließen sehen, als dieser zum zweitenmal die Reling erklomm und sich bekreuzigte. Er war ertrunken. In einem ungewollten Orgasmus war er das Meer geworden, das Cola Pesce für immer in sich aufgenommen hatte. Ebenso wie der Kaiser war Simonetti regelmäßig aus dem Schlaf hochgefahren, aus Furcht vor Pesces Geist, der ihn mit seiner Schweigsamkeit, seiner Demut und seiner Treue verfolgte.

Zwischen zwei Terminen hatte Simonetti das dreitausend Zeilen und dreißig Gesänge umfassende Gedicht vollendet: Er mußte im mittleren Teil des Werkes eine kleine Änderung vornehmen. Die Schlußzeilen hatte er vor vier Jahren als erstes zu Papier gebracht.

Er hatte keine besondere Freude darüber empfunden, doch damit hatte er gerechnet. Als er Hanna Piccard noch nicht lange kannte, hatte er sich zuweilen vorgestellt, wie sie ihn nach der Fertigstellung im Arbeitszimmer antreffen würde: Schon seit einigen Stunden schwebte er zehn Zentimeter über dem Boden. Doch auch eine lange Wegstrecke wird Schritt für Schritt zurückgelegt, die Freude über das Reifen des Werkes und das Erreichen des Ziels wird unterwegs empfunden und verzehrt. Der letzte Schritt ist nichts anderes als der letzte Schritt. In den zurückliegenden Monaten hatte er sich zudem regelmäßig in ein anderes Gedicht weggestohlen.

Zwei Wochen später hatte ein Freund von ihm das Werk gesetzt und zehn Probeexemplare drucken lassen. Simonetti hatte sich vorgenommen, das Gedicht in diesem Stadium einigen Fachleuten vorzulegen und, Horaz' Worten folgend, deren kritische Bemerkungen – sofern er ihnen zustimmen konnte – noch in dem Gedicht zu berücksichtigen, bevor er es offiziell veröffentlichen würde. Daß er sein eigenes Gedicht verlassen hatte, wurde ihm erst richtig bewußt, als er sich, neben dem Drucker stehend, über die Druckbögen beugte und seine eigenen Worte in einer bereits seit Jahrhunderten existierenden Schrift gedruckt sah. Einen Augenblick lang sehnte er sich inbrünstig nach Hanna Piccards Anwesenheit. Simonetti hatte die Fertigstellung des Gedichtes ängstlich vor ihr verschwiegen, als wollte er sie bestrafen, als wollte er sich für das Alleinsein an jemandem rächen. Er hatte es ihr sagen wollen, doch das war ihm zu seinem Entsetzen nicht gelungen.

Erst als er das bedruckte Papier sah, glitt ihm der Steinbrocken, den er mit sich herumgeschleppt hatte, von den Schultern und fiel ins Meer. So hatte er sich oft gesehen: als einen Mann mit einem Steinbrocken auf den Schultern auf dem Weg zum Meer. Der Mann erreicht das Meer, läßt den verfluchten Steinbrocken von den Schultern gleiten, sieht ihn über die Felsen poltern und wäre am liebsten selbst auch in der Tiefe verschwunden. An diesem Tag gönnte sich Simonetti diese sentimentale Vorstellung von ganzem Herzen. Er fühlte sich trübsinnig und von sich selbst enttäuscht: Das Gedicht trug die Spuren eines kranken Geistes, es war das Werk eines Verwirrten, eines Mannes ohne Weisheit.

In den darauffolgenden Tagen legte er mehrmals ein Exemplar des Andrucks auf Hannas Schreibtisch, um es anschließend wieder an sich zu nehmen. Er wollte sie verletzen. Er versuchte es ihr zu sagen, doch seine Lippen schienen zusammenzuwachsen. Am liebsten hätte er tagelang überhaupt nichts gesagt. Was ist nur los mit dir? Mein Körper hätte in diesem Gedicht aufgehen müssen, ich wollte meinen Körper hingeben. Es wurde höchste Zeit, nach Sutri zu gehen, sich als Epileptiker auszugeben, sobald ihm danach war, sich mit einem Stein auf die Brust zu schlagen und in der Sonne auszuruhen.

Federico Zuccarelli – der junge Mann, der den Maler Morandi entdeckt und am Ruhm eines anderen zu tragen hatte, Simonettis Lehrmeister, der stattliche ältere Herr, den Hanna Piccard am Fenster hatte stehen sehen, an jenem Samstag morgen, nachdem sie die vierundsechzig Stufen zum erstenmal hinaufgestiegen war, der Weise, dessen Lider immer tiefer über die Augäpfel glitten, als nähme sein Interesse an der Welt immer mehr ab, der Direktor, der Simonetti überredet hatte, eine Stelle beim Museo Nazionale d'Arte Moderna anzunehmen, der Spaziergänger, der, eine weiße Mütze auf dem Kopf, mit flatternden Hosenbeinen vor ihm in den Bergen der Halbinsel von Sorrent ausschritt, der Charmeur, der Junggeselle, der niemals im Haus eines anderen übernachtete – diese Person las als erste Simonettis Gedicht. Beim Herumschnüffeln in fremden Unterlagen, so ließ er in einem Gespräch durchblicken, hatte Zuccarelli ein Probeexemplar entdeckt. Simonetti hatte sich schon oft über Zuccarellis übertriebene Neugier und dessen Neigung, sich in alles einzumischen, geärgert; nun wurde er zum wiederholten Male Opfer seines allzu großen Respekts vor einer Autorität und überließ dem Mann, der wiederholt unter Beweis gestellt hatte, daß er der Poesie keine Bedeutung mehr beimaß, ein Exemplar seines Gedichtes.

Am Freitag mittag diktierte Zuccarelli seiner Sekretärin – dem Korsett, wie er sie zu nennen pflegte – in Beantwortung eines amtlichen Schreibens einen umfangreichen Bericht. Der Bericht wurde erst in sechs Monaten im Ministerium erwartet, ihm aber bereitete es Vergnügen, den zuständigen Beamten einen gehörigen Schrecken einzujagen, indem er ihnen postwendend eine vierzigseitige Antwort zukommen ließ. Ein Husarenstück. Im Zimmer seiner Sekretärin auf und ab schreitend, diktierte ihr Zuccarelli, ohne ins Stocken zu geraten und ohne ihr auch nur einen Augenblick Ruhe zu gönnen, seine prachtvollen Sätze, da er es liebte, sie zu schinden – diese Zicke mit ihrer Loyalität, die sie schon seit zwanzig Jahren an den Tag legte. Der General war zufrieden, als er in sein eigenes Zimmer zurückkehrte, in dem er Simonetti fand, der dort in Erwartung der ersten Kritik an seinem Werk auf der Couch eingeschlafen war.

Das Licht des späten Nachmittags lag auf dem Gesicht des Schlafenden, der schwer atmete. Es waren die Atemzüge der Bauern, die Zuccarelli früher im Schatten eines Olivenbaumes hatte liegen sehen, Arme und Beine gespreizt, in alkoholschwerem Schlaf versunken. Er genoß den sanften Ausdruck auf Simonettis Gesicht, aus dem alle Wachsamkeit verschwunden war. Die Augäpfel bewegten sich unter den geschlossenen Lidern. Was siehst du, Andrea? Wo bist du? Warum lächelst du derartig verzückt? Simonettis Kopf hatte sich zur Seite gedreht, aus dem Mundwinkel rann ihm Speichel über die Wange. Laß mich ihn ablecken, Andrea. Als er sich über den Schlafenden beugte, glitt die weiße Locke über Zuccarellis rechtes Auge, und im selben Augenblick erinnerte er sich an den Traum der letzten Nacht, den Traum vieler Nächte.

In diesem Traum hatte er aus allernächster Nähe das Gesicht eines Studienfreundes gesehen, dessen Mund nach einem herzhaften Gähnen offen geblieben war – Kiefergelenk ausgerenkt. Stundenlang stand der Mund sperrangelweit offen. Das Gesicht des Freundes hatte sich vor Angst grau verfärbt. Zuccarelli sah den Mund aus allernächster Nähe und hatte Angst, in ihm zu verschwinden. Er schlug mit geballter Faust in diese Öffnung, Zähne zertrümmernd, er trieb die Faust hinein bis zum Zäpfchen.

Kurz darauf verließen sie Rom und fuhren über die Hügel nach Sutri. Simonetti war angespannt und schwieg. Zuccarelli hatte die Arme übereinandergeschlagen und betrachtete die sanften Farben der Äcker und Olivengärten. Er erinnerte sich an den sanften Ausdruck auf Simonettis schlafendem Gesicht und spürte auf einmal eine bleischwere Wehmut – als hingen Gewichte in seiner Brust. Gedanken strömten ihm durch den Kopf, Gedanken, die er sich schon seit Jahren gestattete, da sie ihn beschützten. Das Wort »Nähe« tauchte auf.

Ha, da siehst du mal wieder: Nähe, die Nähe fremder Begierden, die die meinen abkühlen läßt. Abkühlen ließ, du kleines Ekel. Du bist tot, und alle denken, daß du lebst. Beweis uns, daß du lebst. Beweis das mal. Der charmante Federico, noch immer jeden Morgen um halb sieben im Schwimmbad zu finden. Kerngesund, doch in jeder Hauptstadt der zivilisierten Welt erzählt er von seinen Krankheiten. Nierensteine in London. Oder irre ich mich, war es etwa Inkontinenz? Wird es nicht endlich Zeit für eine schmerzhafte Operation, über die man hinter vorgehaltener Hand reden kann? Operation Harnröhre. Federico in Formalin, so bereist er die Welt. Federicos Geschlechtsteile in Formalin, Federicos Geschlechtsteile auf Welttournee. Sich krank fühlen, ohne krank zu sein – ist das nicht eine gelungene Definition des kultivierten Lebens?

Jetzt sehe ich seine schönen Hände am Lenkrad. So in sich gekehrt ist er am schönsten. Für einen Augenblick durftest du aus deinem Glas mit Formalin heraus seine Augen sehen. Das Schwarzblau seiner Augen, es ist das Schwarzblau des Meeres bei Ravello kurz vor Sonnenuntergang. Ach, wir fuhren an der Felsenküste entlang, und es war so still, daß wir die Grillen unter den überhängenden Bäumen hören konnten. Gelassenheit, Gelassenheit. Kann ich spielen. Du bleibst ein Kind. Ich bin ein Kind, Andrea. Sei mir nah, sei mir altem Mann ohne Weisheit doch nah. Denn der Kot läuft mir wieder an den Beinen hinunter, der Urin schmatzt beim Gehen in den Schuhen. Hörst du das denn nicht?

»Sie haben Aldo Moro im Stich gelassen«, sagte Zuccarelli schließlich. Simonetti nickte. Zaccagnini, der Parteisekretär der Christdemokraten, hatte ein überraschendes Manöver vollzogen: Er hatte eine Erklärung abgegeben, in der die Authentizität von Moros Briefen angezweifelt wurde. Die Briefe, die Moro aus seinem Volksgefängnis an Parteigenossen und Minister gerichtet habe, könnten nicht von ihm stammen, auch wenn der Stil dem Moros täuschend ähnlich sei. Aber was er schreibe – so kenne man ihn nicht. Fünfzig Freunde Moros hatten sich bereit erklärt, diese Erklärung zu unterzeichnen. So kenne man ihn nicht. Das stimmte – nach mehreren Wochen Gefangenschaft und Verhören, nach mehreren Wochen, in denen er den Zeitungen hatte entnehmen müssen, daß man nicht bereit sei, ihn gegen eine Handvoll Verbrecher auszutauschen, klang in Moros Briefen allmählich in der Tat eine gewisse Verzweiflung und Verbitterung an. Er beklagte sich sogar. Er wurde bissig. Wahrscheinlich befürchtete man, er könne dazu übergehen, in seinen Briefen politische Geheimnisse zu enthüllen und folglich die Sicherheit des Staates in Gefahr zu bringen. Der Staatsmann wurde für unzurechnungsfähig erklärt. Wer aber könnte ihn besser für unzurechnungsfähig erklären als seine Freunde?

»Und er rasiert sich nicht«, rief Zuccarelli mit gespielter Entrüstung.

»Wie meinst du?«

»Erinnerst du dich an den Spaziergang, den wir am Tag der Entführung gemacht haben? Wir sind die Treppen zum Campidoglio hinaufgestiegen.«

»Du bist hingefallen.«

»Ich habe damals ein wenig meine Phantasie spielen lassen, über Moro, über sein Versteck. Ich ging davon aus, daß er sich rasiert. Ich hielt es für ein interessantes Detail. Er rasiert sich, und vor den Augen seiner Feinde bekommt die Maske Risse. Ich habe seither viel an ihn gedacht und Signora Pozzo beauftragt, für ihn zu beten. Doch er rasiert sich nicht, wie man auf den Zeitungsfotos sehen kann.«

»Vielleicht hält er das nicht mehr für nötig. Vielleicht erlauben es ihm die Terroristen nicht mehr, weil sie dem Volk einen geschwächten Moro vorführen wollen.«

»Er hat sich unter allen Umständen zu rasieren, wie ein englischer Oberst, der im Laufgraben dem feindlichen Kugelhagel ausgesetzt ist. Es ist ein Zeichen einsetzender Schwäche. Er ist dabei, es zu verlieren, sein Endspiel. Fünf Kilo abgenommen. Mit den Nerven am Ende. Unwillkürlich übernimmt er Wörter aus dem Jargon seiner Henker. Vielleicht befindet sich unter ihnen auch eine Frau, und er sehnt sich nach nichts anderem mehr, als ihre Hände zu berühren. Wer weiß das schon? Vielleicht ist es ihm gelungen, sich endlich ganz von der Welt und von sich zu lösen, und er erlebt nun ab und zu Momente vollkommenen Glücks.«

»Unter diesen Umständen?«

»Gerade unter diesen Umständen. In extremis. Doch sie werden ihn töten. Sie haben keine andere Wahl, denn seine Freunde haben ihn auf dem Altar des Staates geopfert. Erst dürfen wir natürlich noch ein Ultimatum der Terroristen erwarten. Ihr Herren, ihr habt noch zweiundsiebzig Stunden Zeit, auf unsere Forderungen einzugehen. Alle kleben an den Bildschirmen, um die letzten Folgen dieser Tragödie nicht zu verpassen. Der Pöbel, heute für eine Handvoll Münzen in der ersten Reihe. Wann kommt Moros Frau mal wieder ins Bild? Wir wollen ihren Kummer sehen. Ein paar Idioten rufen den Fernsehsender an. Zeigt uns Eleonora Moros Kummer! Das Ultimatum verstreicht. Dann werden sie ihn töten müssen. Und ihre Hände werden zittern, denn inzwischen haben sie den Politiker als einen sanftmütigen Mann, als Menschen kennengelernt.«

»Sieh mal«, unterbrach ihn Simonetti. »Da liegt es, das gelbe Haus ganz oben auf dem Hügel.«

»Ein schönes altes Haus. Aber hör mir noch einen Moment zu, mein werter Dichter. Gestern abend habe ich mir vorgestellt, wie sie ihn töten werden, ich mußte es mir vorstellen, ich weiß nicht warum. Laß mich ausreden. Wie werden sie ihm das Todesurteil verkünden? Sie werden ihm sagen, daß sie ihn freilassen. Sie werden zu ihm sagen: Die Stunde Ihrer Befreiung ist gekommen. Wir werden Sie außerhalb Roms aus dem Auto steigen lassen. Um Moro unerkannt durch Rom transportieren zu können, wickeln sie ihn in eine Decke, und so, mit Tüchern umhüllt wie das Jesuskind, wird Moro im Kofferraum eines Autos liegen. Dann wird der Schalldämpfer auf die Pistole geschraubt. Die Stunde seiner Befreiung ist angebrochen.«

»Du hast dich mal wieder total überarbeitet, Federico. Du bist todmüde.«

Ganz oben auf einem Hügel, der mit Olivenbäumen bepflanzt war, stand das gelb getünchte Bauernhaus, das Simonetti vor fünf Jahren sehr günstig erworben hatte. Jahrelang unbewohnt, war es letztlich verfallen. Die Haustür und die Terrasse lagen an der Südseite. Unter dem nahezu flachen, pyramidenförmigen Dach überwinterten Eidechsen, die sich im Frühjahr aus den Regenrinnen auf die Terrasse fallen ließen. Begrenzt wurde der Hof an der Nordseite des Hauses von verfallenen Ställen und Schuppen und ein paar alten Eichen.

Joe Kurhajec hatte einen Sommer lang die Reparaturarbeiten am Haus beaufsichtigt und war danach Mitbesitzer geworden. Das Dach war repariert, die Küche und zwei Räume waren bewohnbar gemacht worden. Die Ställe und Schuppen waren noch immer in dem Zustand, in dem Andrea sie vorgefunden hatte. Unter den Eichen hatte Kurhajec eine aus Holz gehackte ranke männliche Figur aufgestellt. Der kleine Pepe Kurhajec fühlte eine tiefe Verehrung für diesen Wächter zwischen den Bäumen: Er versorgte ihn mit Obst, Grasbüscheln, rostigen Schrauben und allem, was er vielleicht sonst noch brauchen könnte.

Im ersten Stock des Hauses befand sich ein großer Raum mit Fenstern nach Süden. Früher hatte er der Bauernfamilie als Salon gedient. Der Holzboden war noch in relativ gutem Zustand, die Fresken über den Türen waren jedoch verblaßt. Die Stuckarbeiten an der Decke lösten sich auf und rieselten bei den Donnerschlägen eines Unwetters in weißen Wolken herab.

In der Mitte des nahezu leeren Raums stand ein Tisch ohne Stühle. Über dem Dreipersonenbett in einer Ecke des Raums hing eine Segeltuchplane: Man schlief dort wie in einem Zelt – und immer gut. Quer durch den Raum waren einige Wäscheleinen gespannt worden, an denen Wäsche hing, wenn Simonetti dort auf und ab ging und arbeitete. Der Geruch feuchter Wäsche erinnerte ihn an sein Zimmer im Haus der Locantros auf Salina und an die salzige Luft eines Dorfes am Meer.

In diesem Raum hatte Simonetti den größten Teil seines Gedichtes verfaßt. Die Stille rings um das Haus war überwältigend – er hatte sich an das Geräusch seiner Schritte gewöhnen müssen, und erst nach ein paar Monaten hatte er sich getraut, die Zeilen, die in ihm aufkamen, laut vor sich hin zu sagen. Er mußte sie laut vor sich hin sagen, da er ein Gedicht verfassen wollte, das sich zum Vortrag eignete.

Zuccarelli kam nur selten in Simonettis Wohnung an der Piazza Farnese, und nur in ganz wenigen Ausnahmefällen überfiel er ihn unangemeldet, meistens Samstag morgens, und machte dann einen erschöpften, gehetzten und abweisenden Eindruck. Das Bauernhaus in der Nähe von Sutri hatte er nie besuchen wollen. Den Berichten seiner Untergebenen hatte er entnommen, daß das Haus recht primitiv eingerichtet sei und daß man morgens erst den Mäusedreck vom Küchentisch fegen müsse, um ordentlich frühstücken zu können. Zuccarelli hielt dies für einen vorsätzlichen Mangel an Komfort und somit für stillos. Obwohl im zwanzigsten Jahrhundert geboren, fühlte er sich als Kind des neunzehnten Jahrhunderts, als Kind jener Welt, die mit dem Ausbruch des Ersten Weltkriegs untergegangen war. Immer wenn Simonetti ihm mitteilte, er fahre für einige Tage nach Sutri, pflegte Zuccarelli auszurufen: »Aha, du willst also wieder Mäusedreck essen?«

»Ja, willst du nicht auch welchen?«

Zuccarelli hatte Simonetti viele Türen geöffnet, doch die Ehrfurcht seines Zöglings ließ allmählich nach, und das spürte er nur allzu gut. Schließlich hatte er sich dazu herabgelassen, das Haus in der Nähe von Sutri wenigstens zu besichtigen. »Gut, ich werde dich begleiten, um mir mal die legendären Wäschestücke anzuschauen.«

Für diesen Freitag mittag hatte Zuccarelli folgendes Programm vorgesehen: Besichtigung des Hauses, Aperitif auf der Terrasse, Genuß der abendlichen Ruhe, Abendessen in Sutri, Trinkspruch auf Andreas Dichtertum, Kommentar zum Gedicht, beiläufige Anspielungen auf seine anderen Talente. Halb elf: Rückzug Richtung Hotelzimmer. Nacht in Sutri, Versuch zu schlafen. Samstag morgen: Rückreise nach Rom in einem prähistorischen Überlandbus.

Eilig, als könne er damit den Programmablauf beschleunigen, ging Zuccarelli den Pfad zum Gipfel des Hügels hinauf. Die Blumentöpfe auf der Balustrade der Terrasse fesselten seine Aufmerksamkeit, und er hielt kurz inne, um die Aussicht über die Hügel in sich aufzunehmen. Die Blätter der Olivenbäume raschelten, in der Ferne tuckerte ein Traktor. Sobald er stehenblieb, spürte Zuccarelli die Geschwindigkeit seines Körpers. Je mehr diese Geschwindigkeit zunahm, desto oberflächlicher wurde seine Wahrnehmung der Welt. Er blieb nun schon länger stehen, als sein Körper es wollte.

Im Hof inspizierte Zuccarelli die Ställe und Schuppen, in denen landwirtschaftliches Gerät zwischen Brombeersträuchern vor sich hin rostete, und hörte dabei die Vögel singen: laut und arglos. Noch immer kam es ihm vor, als hingen Gewichte in seiner Brust.

»Und die Dächer, müssen die noch repariert werden?« fragte er vorsichtig.

»Dazu fehlt mir das Geld«, antwortete Simonetti. »Ein neues Dach würde mich ein Vermögen kosten. Die Balken, die herunterfallen, verwenden wir als Brennholz für das Kaminfeuer.«

Simonetti ging zum Haus hinüber und machte sich mit rührend schlecht gespielter Gleichmut am Türschloß zu schaffen. Nicht zu glauben, aber wahr: Jetzt, da er Zuccarelli die Tür öffnen mußte, konnte er den passenden Schlüssel nicht finden. Zuccarelli war mitten im Hof stehengeblieben und spähte zu dem Wächter zwischen den Bäumen hinüber.

»Früher, Andrea, früher konnte man im Sommer die Bauern und Bäuerinnen überall in den Hügeln singen hören. Ich habe sie noch gesehen: die Frauen, die bei Einbruch der Dämmerung aus dem Dorf herunterkamen, um Wasser zu holen, und anschließend in langen Reihen, die Krüge auf dem Kopf, wieder hinaufstiegen.«

»Komm rein.«

Zuccarelli trat ein. In der Küche zog ihn der Kamin an: mannshoch, zweieinhalb Meter breit und so tief, daß an beiden Seiten des Feuers zwei Stühle stehen konnten.

»Da saßen Großvater und Großmutter«, sagte er. »Sie saßen unmittelbar neben dem Feuer, zahnlos, mit dem Kopf wackelnd, benommen durch den Sauerstoffmangel. Manchmal fiel einer von beiden ins Feuer.«

»Den Küchentisch habe ich in Sutri anfertigen lassen. Unverwüstlich. Jedesmal, wenn ich dem Zimmermann begegne, fragt er mich nach dem Tisch, und am Ende des kurzen Gesprächs über meinen Tisch pflegt er zu sagen: Dem macht noch nicht mal ein Messer was aus, Signore, dem macht noch nicht mal ein Messer was aus. Bah, was für ein Fanatismus.«

Im ersten Stock stieß Simonetti die Fensterläden auf. Der Abendwind strich ihm über das erhitzte Gesicht. Zuccarelli war in der Tür stehengeblieben.

»Vertraust du dem Boden nicht, Federico?«

Zuccarelli war stehengeblieben, um einem Vogel zuzuhören, und hatte vollkommen vergessen, daß er das Zimmer betreten wollte. Als er die kleinen Füße auf den Boden setzte, sehnte er sich auf einmal danach, fünf Jahre alt zu sein und sich jemandem in die Arme werfen zu können, der am Fenster auf ihn wartete.

»Aha. Hier arbeitest du also, Andrea. Wo denn genau? Oh, dort! Du bleibst bei der Arbeit stehen.«

»Ich gehe auf und ab oder lehne mich hier ans Fenster.«

»Dann hast du hier sicher schon einige Kilometer zurückgelegt. Hundert Meter für eine Zeile. Genau, ein Bett, ein Tisch, ein Schrank. Mehr braucht ein Mensch eigentlich auch nicht, auch wenn ich einen Stuhl nicht gerade für übertriebenen Luxus halte.«

230

»Wir wohnen unten, Federico.«

»Ah, das hier sind natürlich die Leinen für die berühmten Wäschestücke. Wenn du keine nasse Wäsche hast, weichst du angeblich Bettücher in Wassereimern ein.«

»Das sind Märchen.«

Zuccarelli blieb vor einem der verblaßten Fresken stehen. »Dieser Salon muß mal imposant gewesen sein. Hier residierte der Gutsherr, ein mächtiger Pater familias, von seinen Söhnen gehaßt. Zweimal im Jahr kamen seine Leibeigenen auf Strümpfen in dieses Zimmer, um ihre Pacht zu entrichten. Als wäre es eine Gunst, daß sie ihm ihre Pacht entrichten durften, so saß er da.«

Zuccarelli verstummte. Simonetti lehnte mit übereinandergeschlagenen Armen an der Fensterbank, genauso, wie Joe Kurhajec es getan hätte, und schämte sich seines an Arroganz grenzenden Selbstbewußtseins, das aus dieser Haltung sprach.

»Je älter man wird, desto mehr Wert legt man auf Komfort. Jetzt bist du noch jung genug, um dich an dir selbst zu wärmen«, sagte Zuccarelli, nachdem er eine Zeitlang die Maserung in der Platte des Holztisches gemustert hatte.

»In der Stadt lege ich Wert auf Komfort, auf Dinge, die mir vertraut sind«, antwortete Simonetti. »Hier finde ich ihn seltsamerweise nicht so wichtig. Mir fehlt nichts. Vielleicht fühle ich mich hier viel stärker und tiefer verankert in meiner Umgebung als in der Stadt. Was du hier siehst, ist kein gewollter Primitivismus.«

Zuccarelli war inzwischen zum Bett hinübergegangen und spielte einen Augenblick lang mit der Schnur, mit der er die Zeltplane aus Segeltuch, die über dem Bett hing, hätte herunterlassen können.

Sutri ist auf einem Felsen erbaut, und solange es besteht, wird es nie größer sein als das antike Sutri, da die Hügel außerhalb der etruskischen Mauern so steil sind, daß selbst Ziegen kaum hinaufklettern können. Am Fuße des Felsens liegt der Bahnhof. Ein schmaler Weg schlängelt sich hinauf zum Stadttor, dem einzigen Zugang nach Sutri. Es gibt eine Piazza Garibaldi. Die Hauptstraße endet an einem Becken, in das sich Wasser aus den Mäulern und Nasenlöchern antiker Löwenköpfe ergießt. An Markttagen ist das ganze Städtchen vom Duft gegrillten Schweinefleischs erfüllt. Abends herrscht lediglich auf der Piazza Cavour noch ein wenig Abwechslung: Die Alten sitzen auf den Bänken unter den Platanen, die Jugendlichen hängen verwegen über der Balustrade der Stadtmauer.

»Es war vor genau fünfzig Jahren«, sagte Zuccarelli. »Ich ging an der Hand meines Vaters oder eines Onkels, das weiß ich nicht mehr genau, durch die Hauptstraße. Vielleicht war es auch eine meiner unglücklichen Tanten. In unserer Familie gab es eine Gruppe von Tanten, die man so nannte: die unglücklichen Tanten. Sekunde. Ja, ich ging hier an der Hand einer unglücklichen Tante, meine Nase lief, und ich war vollkommen arglos. Als wäre es mein volles Recht, putzte ich auf einmal meine Nase an ihrem Jackenärmel ab. Ich war ein faules und verwöhntes Kerlchen. Und alle unglücklichen Tanten mochten gerade mich am meisten. Nach links.«

Sie wollten auf der Terrasse eines Restaurants an der Piazza Cavour essen. Simonetti wählte einen Tisch. Zuccarelli ging hinein, um den Besitzer kennenzulernen und einen Blick in die Küche zu werfen. Als er zurückkehrte, lief unmittelbar hinter ihm in Höhe seiner rechten Schulter ein Junge, nicht viel älter als zehn Jahre, der ein Tablett mit zwei Gläsern und einer Flasche Wein trug.

»Auf dein Gedicht«, sagte Zuccarelli kurz darauf und hob das Glas.

»Auf das Leben.«

»Und nachher trinken wir ein Glas zu Ehren meiner Tante, die mir ihren Ärmel lieh.«

Nach der Vorspeise ging Zuccarelli zu seinem nächsten Programmpunkt über: Kommentar zum Gedicht. Zunächst versuchte er sich vorzustellen, wie das Gedicht aufgenommen werden würde.

»Eines läßt sich mit Sicherheit vorhersagen: Man wird sich fragen, ob der Dichter wirklich intelligent ist. Du hast versucht, ungekünstelt zu schreiben, und man wird sich folglich fragen, ob du wirklich intelligent bist.«

»Ich hoffe, daß sich das Gedicht zum Vortrag eignet und daß es schon beim Zuhören verstanden wird.«

»An wen soll sich der Vortrag denn richten? Hast du darüber schon mal nachgedacht? Das Fleisch finde ich übrigens gar nicht so schlecht. Aber wir wollen nicht über das Fleisch reden. Deine Studie scheint mir vor allem eine Untersuchung der Herrschsucht zu sein. Sizilien, Mutter der Tyrannen!«

»Studie«, murmelte Simonetti.

»Epos, entschuldige.«

»Es ist auch kein Epos.«

»Es ist ein Traum. Beim Lesen erging es mir wie beim Träumen: Mein Zeitgefühl änderte sich, es wurde unpräzise. Man spürt eine ständige Auf-und-ab-Bewegung. Erst bewegt man sich durch das dreizehnte Jahrhundert und wird dann auf einmal in die Zeit der griechischen Kolonien in Süditalien zurückversetzt.«

»Ich kehre nicht zurück, es gibt keine Rückkehr: Es ist immer dieselbe Zeit.«

»Und doch hatte ich stets das Gefühl, es ginge auf und ab.«

»Das ist das Meer, das ist der Rhythmus des Gedichts.«

»Von den griechischen Tyrannen ist es nur ein kleiner Schritt zu einem venezianischen Dogen, und von dort aus bist du im Handumdrehen in einem Bahnhof des zwanzigsten Jahrhunderts. Es ist ein Traum.«

»Ja, es ist ein Traum. Und am Schluß steigt der Dichter in seinen Wagen und fährt nach Hause.« Das Sprechen bereitete Simonetti Mühe – am liebsten hätte er tagelang geschwiegen.

Zuccarelli lobte das Gedicht, in das er sich weit genug vertieft hatte, um das ständige Auf und Ab zu bemerken, und mehr als genug, um es loben zu können. Nach zwei Gläsern Wein kam er in Fahrt und hielt eine Lobrede auf Kaiser Friedrich II., wobei er sich – was Simonetti nicht entging – hauptsächlich auf sein eigenes Wissen stützte. Zuccarelli sprach in aller Ausführlichkeit über den Feldherrn, den Staatsphilosophen, den Gelehrten, der sich in fließendem Arabisch mit seinen Astrologen unterhielt, den Agnostiker, der die Pariser Theologen mit seinen Fragen nach der genauen Lage der Hölle zur Weißglut brachte, den Kosmopoliten, der mit der westeuropäischen, der byzantinischen und der arabischen Kultur vertraut war, den Liebhaber der Falkenjagd, den

Despoten, der sich mit sarazenischen Leibwächtern umgab. Simonetti hörte geduldig zu.

»Du hast zwischen verschiedenen Formen der Herrschsucht unterschieden«, sagte Zuccarelli schließlich, womit er zu dem Thema zurückkehrte, das ihn am meisten interessierte. »Der Herrschsucht des Staatsmannes, der Herrschsucht der Generale, der der Gelehrten, der der Theologen, der Herrschsucht der Frauen in seinem Harem. Sie alle gehen gebückt unter dem Regime ihrer Verpflichtungen, dem Regime ihrer eigenen Macht, dem Regime ihrer Ideen. Gut, doch warum sollte Herrschsucht per definitionem zu einem maßlosen Mißtrauen führen, zu einer Erkaltung und Erstarrung des Gemüts, zu Lieblosigkeit? Schließlich gibt es doch auch eine arglose Herrschsucht, wie man sie bei Kindern finden kann – und nicht nur bei Kindern.«

»Natürlich«, antwortete Simonetti verärgert. »Im zweiten Gesang wird das Thema der Herrschsucht doch auch mit dem Bild eines herrschsüchtigen Kindes eingeführt. Damit habe ich angefangen: mit der arglosen Herrschsucht und Grausamkeit des Kindes, mit der Gleichgültigkeit des Kindes. Der Kaiser war bestimmt kein argloser Mann. Seine Vorfahren waren Herrscher, er selbst besaß eine Herrschernatur, es war seine Aufgabe, ein großes Reich despotisch zu führen, es war die Regel, Gegner in den eigenen Kreisen aus dem Weg zu räumen, sein Vorgehen, in unseren Augen oft unerhört hart und grausam, war in jener Zeit selbstverständlich – und dennoch muß er gespürt haben, daß seine Herrschsucht immer größere Gräben zwischen ihm und dem Leben aufwarf, und das muß ihm mit zunehmendem Alter immer mehr zugesetzt haben. Ein Gewaltmensch wie Ezzelino, von oben bis unten behaart, hat möglicherweise nicht bewußt unter den blindwütigen Grausamkeiten gelitten, die er selbst verübt hat, doch der Kaiser war ein empfindsamer und zivilisierter Mann.«

»Und doch läßt er vor seinen Augen Unschuldige foltern und hinmetzeln? Er läßt sie mit kochend heißem Wasser übergießen und ihnen die Haut abziehen, wie Schweinen, noch nicht einmal wie Schweinen, denen zieht man nämlich erst die Haut ab, wenn man sie getötet hat. Warum tut er das?«

»Das steht doch da.«

»Das weiß ich. Aber ich will es aus deinem Munde hören.«

»Der Kaiser ist alt und verzweifelt. Er fühlt sich abgelebt und erschöpft, lieblos und leblos. Er ist ein wißbegieriger Mann, davon zeugen seine merkwürdigen Experimente. Er läßt vollkommen unschuldige Menschen ohne jeden Grund abschlachten, um herauszufinden, ob er Mitleid empfinden kann. Er unterzieht sich selbst einer schweren Prüfung. Er tut etwas Unmenschliches, um sich als Mensch fühlen zu können.«

»Die Frage, inwieweit jemand Mensch ist, hängt für dich offensichtlich mit der Frage zusammen, inwieweit er Erbarmen empfinden kann.«

»Erbarmen ist nur ein Wort. Es geht mir um die Fähigkeit, an den Gefühlen eines anderen teilzuhaben, die Fähigkeit, den eigenen Lebensrhythmus mit dem eines anderen abzustimmen, die Fähigkeit, ein Teil der Welt zu sein. Bewußt, nicht unbewußt, denn eine unbewußte Teilnahme führt leicht zu Katastrophen.«

»Denkst du, daß dieser aufgeklärte Despot aus dem dreizehnten Jahrhundert ebenso wie du zwischen hemmungsloser Herrschsucht und dem Gefühllosen, zwischen dem Lieblosen und Leblosen einen Zusammenhang erkannt hat?«

»Ich habe mich soweit wie möglich auf Fakten gestützt, aber ich habe nicht versucht, das Seelenleben einer historischen Persönlichkeit oder das Lebensgefühl des Umfeldes von Friedrich II. zu rekonstruieren. Im Gedicht überlagern sich verschiedene Epochen, und ich habe lediglich versucht, verschiedene Rhythmen oder Bewegungen des Lebens darzustellen.«

»Fühlen zu wollen, daß du lebst, und leblos sein wollen.«

»Das ist eine der unergründlichen Bewegungen. Jede Form der Herrschsucht gründet sich auf Angst und bewegt sich unausweichlich auf das Leblose zu: Systeme, Gesetze, Theorien, Bürokratie. Dem Herrschsüchtigen geht es darum, Sicherheiten zu schaffen, das ist wichtig zum Überleben, doch je größer die Zahl der Sicherheiten wird, desto schwächer wird das Gefühl zu leben, desto mehr nehmen Vitalität und Realitätsbezug ab, und desto schwächer wird das Gefühl der Freiheit. Es gibt in dieser Beziehung eine kritische Grenze. Und es gibt eine Gegenbewegung. Jeder will von Zeit zu Zeit möglichst intensiv fühlen, daß er lebt.

Wann ist dieses Gefühl am stärksten? Wann ist der Bezug zur Realität am ausgeprägtesten? Sobald deine Sicherheiten in Frage gestellt werden oder du gezwungen bist, sie aufzugeben. Sich zu verlieben ist eine Möglichkeit, dies zu erleben. Durch die Leidenschaft bricht der Panzer aus Sicherheiten auf, und du kannst das Leben auf einmal ganz intensiv empfinden. Es ist erregend, nach langem Zögern von einem hohen Felsen ins Meer zu springen, da du auf relativ sichere Weise mit deiner letzten Sicherheit spielst: dem Wissen, daß du lebst. Ein Gewaltakt ist eine Möglichkeit, sich selbst spüren zu lassen, daß man lebt. Die Exzesse, die eine Begleiterscheinung der dekadenten Phase einer Kultur sind, lassen sich als extreme Reize beschreiben, die manche offensichtlich brauchen, um sich von ihrer Vitalität zu überzeugen. Dekadenz ist eine Art Gefühllosigkeit.«

»Laß uns dann das Glas heben auf den Lebenswillen von Cola Pesce, der seinen Samen in die Melkerinnen ergoß, sich betrank, wenn es Wein gab, arbeitete, wenn es nicht anders ging, und tötete, um nicht selbst zu sterben.«

Die Nacht war hereingebrochen. Simonetti hatte seinen alten Freund mit Bemerkungen über die innere Freiheit gelangweilt, doch Zuccarelli hatte ihm vergeben, da seine Augen so schön waren, wenn er sich aufregte – und überhaupt: Mit solchem Unsinn mußte er sich wohl beschäftigen, um ein gutes Gedicht verfassen zu können. Sie hatten Erinnerungen an die gemeinsamen Aufenthalte in der Villa bei Ravello heraufbeschworen und die Farben des Abendhimmels bewundert. Dem Koch des Restaurants hatten sie Komplimente gemacht, dem Besitzer hatten sie zu Koch und Restaurant gratuliert, und mit Pasquale, dem jungen Ober, hatten sie gescherzt. Die Behaglichkeit war behaglich, die Freundschaft freundschaftlich, und wenn es wirklich an etwas fehlte, dann schlechthin an dem, woran es ihrem Beisammensein nun einmal immer fehlte.

Zuccarelli war immer trübsinniger geworden und dachte an die Finsternis rund um den Felsen. Simonetti sorgte unwillkürlich für die Gegenbewegung und versuchte, ihn mit einer Geschichte über den Falkner aufzuheitern, den er nach langem

Suchen in den Abruzzen gefunden hatte. Zuccarelli hörte kaum hin. Die Piazza Cavour lag verlassen da, der junge Pasquale stand in der erleuchteten Türöffnung des Restaurants in einer vollendeten Imitation des erwachsenen Obers: die Beine leicht gespreizt, die Hände auf dem Rücken. Hinter einer etwas zu spät gehobenen Hand konnte er sogar schon gelangweilt gähnen. Zuccarelli spürte die Finsternis rund um den Felsen und sehnte sich auf einmal, inspiriert von einer Passage des Gedichts, nach Feuer und Fackeln, lebenden Fackeln. Hoch zu Pferd sitzend, gab er den Befehl, alle Einwohner Sutris zu teeren. Teert sie und steckt sie in Brand! Laßt sie brennen wie Fackeln und werft sie von den Mauern! Werft sie von den Mauern, denn ich will Feuer sehen, Feuer, Feuer in dieser endlosen Nacht.

»Wir wollten doch noch ein Glas auf meine Tante trinken«, sagte Zuccarelli und hob sein Glas. »Zu Ehren meiner Tante, die mir ihren Ärmel lieh. Zu Ehren meiner seligen Tante. Sie lieh mir ihren Ärmel.«

»Ist sie nicht böse geworden?«

»Nein, das ist es ja: Sie wurde nicht böse. Sie machte mir keine Vorwürfe, sie gab mir keine Ohrfeige, nichts von alledem. Sie hat sich den Rotz auf ihrem Ärmel angesehen und ihn nicht abgewischt.«

»Vielleicht kannst du dich nur nicht mehr daran erinnern, daß sie böse wurde.«

»Was macht es aus? Ich gedenke meiner seligen Tante. Sie lieh mir ihren Ärmel, damit ich meine Nase abputzen konnte, und sie wurde nicht böse.«

Simonetti ärgerte sich über Zuccarellis Trübsinn und schämte sich zugleich seiner Verärgerung. Woher nahm er das Recht, sich ein Urteil über Zuccarelli anzumaßen? Was wußte er von ihm? Er mußte ihn so akzeptieren, wie er war.

»Ach, Andrea. Meine Tanten, meine unglücklichen, hysterischen Tanten. Drei solcher Biester im Haus, und du bist für dein ganzes Leben verdorben. Aber ich habe sie geliebt. Ich weiß nicht, ob ich sie geliebt habe, ich weiß noch nicht einmal, ob ich jemals Kind gewesen bin. Tu dir keinen Zwang an. Ich erzähle dir den Roman meines Lebens. Das Kind, von dem ich erzähle, gibt es nicht mehr. Und vielleicht bin ich niemals Kind gewesen. Ich war frühreif und hielt das Kindsein für eine Funktion, daran kann ich mich noch genau erinnern. Auch schon in jener Zeit haben Erwachsene Kinder geliebt, weil sie noch so arglos sein können. Das ist mir nicht entgangen, und ich hielt es für meine Pflicht, mich arglos zu verhalten. Manchmal verhielt ich mich nur deshalb arglos, um die traurigen, mürrischen Erwachsenen in ihren Korsetts zum Lachen zu bringen. Ja, in den ersten Jahren meines Lebens war ich gelegentlich edelmütig, dort, in dem großen und knarrenden Haus, und mit einer Mutter aus Eisen, die ja aus Eisen sein mußte, weil ihre Schwestern so weich wie Pudding waren und weil sich ihr Mann am liebsten im Arbeitszimmer aufhielt. Und er, die arme Seele, hielt sich am liebsten dort auf, weil sie aus Eisen war. Du wirst es nicht glauben, doch mein Vater litt in seinem Arbeitszimmer zuweilen zwei Tage lang Hunger, weil er nichts zu essen bekam, solange er sich dort aufhielt, das war die Regel. Ja, in den ersten Jahren meines Lebens war ich edelmütig. Ach, Andrea, wir würden gern besser werden, als wir sind, doch dafür sind wir zu dumm, zu schwach, zu oberflächlich und zu feige.

Die Poesie. Ach, sind denn nicht alle Gedichte, die wir brauchen, bereits in Worte gefaßt worden? Die Poesie. Ich habe deine Studie genossen, ist sie doch ein Teil von dir, von dem Andrea, den ich schon seit zehn Jahren mit zunehmender Verwunderung beobachte. Wenn du nicht aufpaßt, brichst du dir noch das Genick. Die Herrschaft der Ideen! Ich habe die Lektüre genossen, mußte aber erneut feststellen, daß mein Interesse am Erdichteten verebbt ist. Eine einzige Seite Tacitus, eine einzige Seite Sueton wiegt fünfzig Seiten eines historischen Romans auf. Ich weiß, daß du kein Historiograph sein wolltest, und wir wollen diese Frage nicht weiter verfolgen. Doch ich will den nackten Felsen, die Fakten, die kleinen und belanglosen Fakten, und das darfst du mir nicht übelnehmen, denn ich bin alt.«

»Du bist nicht alt. Du bist noch kerngesund und kannst noch schuften wie ein Pferd.«

»Ach, der Karrengaul. Wer hat gleich wieder mitten auf der Straße einen Karrengaul umarmt? Spielt keine Rolle. Ich bin alt und will den nackten Felsen, die Fakten, die kleinen und belanglosen Fakten.«

»Und wann fangen die kleinen und belanglosen Fakten an, dir etwas zu bedeuten?«

»Was muß ich sagen, um dir einen Gefallen zu tun?«

»Die Fakten können dir nur dann etwas bedeuten, sie können dich nur dann rühren, wenn du es schaffst, sie auf eine bestimmte Weise zu sehen. Es geht nicht um die Rotznase und den Ärmel.«

»Ha, natürlich geht es genau darum: um meine Rotznase und ihren Ärmel.«

»Was dich so rührt, ist doch weder deine Rotznase noch ihr Ärmel. Was dich so rührt, ist die Art, wie du diese Szene siehst und erlebst. Es war ein poetisches Erlebnis. Du gehst und gehst, und nichts Besonderes passiert, auf einmal aber gibt es eine ungewöhnliche Kombination: das Abputzen deiner Nase an ihrem Ärmel, und du machst einen Sprung. Ein Fensterchen öffnet sich, und du siehst Tiefe und Zusammenhang – da hast du es: ein poetischer Augenblick in der Hauptstraße Sutris, ein poetisches Erlebnis, das zweitnachhaltigste.«

»Du versetzt mich in Erstaunen. Was ist denn das nachhaltigste Erlebnis?«

»Wir wiederholen uns. Das nachhaltigste Erlebnis ist, nicht zu wissen, was du erlebst. Darum machen die ersten Minuten einer Begegnung mit jemandem, den du nicht kennst, oft den stärksten Eindruck auf dich. Du weißt nicht genau, was du erlebst, du bist verwirrt. Ein anderes Beispiel: Du bist ein Kind, da ist ein Fenster, und du willst, daß jemand am Fenster steht und dir zuwinkt, doch das letzte ist dir nicht bewußt. Du bist ein Kind. Du schaust eine Stunde lang zum Fenster, ohne zu wissen, was du willst, und es tut höllisch weh. Später fragst du dich dann, wie du um Himmels willen eine Stunde lang zum Fenster hinsehen konntest.«

Zuccarelli war wirklich überrascht, denn er erinnerte sich daran, wie er sich vor ein paar Stunden im Salon des verfallenen Bauernhauses nach jemandem gesehnt hatte, der am Fenster stünde und dem er sich in die Arme hätte werfen können.

»Was macht es schon. Ich gedenke hier meiner Tante. Sie lieh mir ihren Ärmel. Ach, Andrea, wir tauchen und tauchen, und immer wieder wird unser Denken auf demselben Felsen zertrümmert. Auf dem Boden unserer Leidenschaft finden wir immer dieselben Paradoxa. Was nützen uns der poetische Moment, Sprung, Rührung, Tiefe, Zusammenhang? Ich gedenke hier meiner seligen Tante. Wie lange schon wird gefühlt, gedacht und geschrieben? Doch an die Grenzen der Seele stoßen wir nie, denn unerschöpflich ist, was sie uns zu sagen hat. Dennoch versuchen wir es immer wieder. Legt die Feder weg, ihr Agnostiker und Gläubige, ihr Skeptiker und Zyniker, ihr Materialisten und Idealisten, ihr Menschenhasser und Weltverbesserer, legt die Feder weg. In den nächsten hundert Jahren darf nichts geschrieben werden. Was für einen jämmerlichen Anblick sie bieten: die immergleichen Charaktere und Temperamente. Und alle tasten die Wand ihres Gefängnisses, ihres Vorstellungsvermögens, ab. Was nützt es ihnen? Ich gedenke hier meiner Tante. Schon seit Tausenden von Jahren ziehen wir dieselben Vergleiche zur Beschreibung unseres Gefängnisses heran und beschreiben doch nur uns selbst. Ich will den nackten Felsen. Ich lege die Hände auf die Felsen und fühle die Wärme des Tages, die darin gespeichert ist. Ach was, die Felsen können mir gestohlen bleiben. Die Welt kann mir gestohlen bleiben. Großer Dieb! Komm bald! Amüsiere ich dich? Pasquale gähnt, alle Tische sind schon abgeräumt.«

Simonetti legte eine Hand auf die von blauen Adern durchzogene Hand Zuccarellis. Ach, alter Mann. Und Zuccarelli beschloß, die Hand auf der seinen zu ertragen, als wäre sie eine Fliege, und sie zu ignorieren.

»Das Alter ist eine Schande«, fuhr er fort. »Was gibt es da zu beschönigen, es ist eine Schande, ein ausgetrockneter Sack mit Knochen zu sein. Allmählich verschwinden selbst die Gefühle, die dir am wichtigsten sind, wie Namen, die man vergißt. Manche Tage verstreichen ohne auch nur ein einziges nennenswertes Gefühl. Es passiert mir immer wieder, daß ich mir bei bestimmten Gelegenheiten die dazu passenden oder die dazu gehörenden Gefühle nur noch in Erinnerung rufen kann. Ich kann mich noch an die Gefühle erinnern, die die Abendruhe früher in mir hervorzurufen pflegte, das ja, aber ich habe sie nicht mehr. Ich habe sie nicht mehr.«

240

Simonetti schaute auf seine rechte Hand, die noch immer auf Zuccarellis Hand ruhte, und war fest entschlossen, sie dort liegen zu lassen. Klage nur, nörgle nur, tobe nur, alter Mann. Er dachte an ein römisches Restaurant, in dem an einem Fenster unter der Wandtafel mit den Tagesmenüs ein Aquarium stand. Manchmal lagen in diesem Aquarium fünf, sechs Krebse übereinander, die nichts voneinander zu wissen schienen und träge ihre Scheren bewegten.

»Es hat aber auch seine Vorteile«, hörte er Zuccarelli sagen, »das Verschwinden von Gefühlen, wie es auch seine Vorteile hat, wenn man von dem überspannten Diktator zwischen den Beinen erlöst ist. Vor kurzem hatte ich einen interessanten Gedanken, Andrea, man könnte sagen: eine zündende journalistische Idee. Ich mußte an das Verlangen denken, das Verlangen von früher, ich mußte daran denken, daß ich nach etwas verlangen konnte. Eine meiner hysterischen Tanten hatte die Gewohnheit, singend durch den Wald zu spazieren. Jahrein, jahraus kehrte sie die Wege mit ihren langen Gewändern, hob die Arme und sang, um sich mit dem Wald zu vereinen. Der Wald tat nichts. Sie streckte die Arme nach der Sonne aus, und die Sonne ging eiligst hinter dem Horizont unter. Aber sie sang, sie konnte noch leidenschaftlich singen und irrte durch den Wald, den staubigen, unbeweglich daliegenden Wald. Damals gab es die Atombombe noch nicht. Verstehst du, worauf ich hinauswill? Das uralte Verlangen jenes Teils der Menschheit, der danach lechzt, in einem blendenden Licht aufzugehen, kann jetzt endlich in Erfüllung gehen. Ein einziges Telefongespräch genügt. Arme Tante Emilia, wenn sie das noch hätte erleben können. Ein Lichtblitz, Druckwellen und eine alles verzehrende Glut. Wir haben die Erfüllung dieses Verlangens sozusagen vergeben – an einen Apparat! Zu dumm, zu schwach, zu oberflächlich und zu feige. Als hätten wir nun definitiv zugegeben, daß wir nicht in der Lage sind, zu leben und vom Leben selbst erfüllt zu sein. Arme Tante Emilia. War es Emilias Ärmel? Welche Rolle spielt das? Großer Dieb! Komm schnell! Ich werde albern. Trink aus, ich will ins Bett. Pasquale! Endlich! Kommst du mal, mein Junge?«

Sie standen auf, zur gleichen Zeit und beide mit dem gleichen

Gefühl: Es kam ihnen vor, als ließe jeder von ihnen eine tote Hand auf dem Tisch zurück.

In Sutri war vollkommene Stille eingekehrt. Das Wasser ergoß sich aus den Mäulern und Nasenlöchern der Löwenköpfe, und das Rauschen des Wassers verfolgte Zuccarelli und Simonetti, als sie schweigend durch die Hauptstraße gingen. Laß ihn los, dachte Simonetti, laß ihn los. Doch vor dem Hoteleingang unternahm er noch einen ungeschickten Versuch, Zuccarelli dazu zu überreden, die Nacht im Bauernhaus zu verbringen. Ein Bett sei da, Decken gebe es mehr als genug, und im Kamin könne man ein Feuer schüren, das die ganze Nacht brennen würde. Zuccarelli schlug das Angebot verärgert aus: Er schlief nun einmal nicht im Haus eines anderen.

Nach dem Abschied eilte Simonetti zu dem Springbrunnen mit den Löwenköpfen und wusch sich Gesicht und Hände. Er blieb auf dem Beckenrand sitzen, bis er sich wieder einigermaßen beruhigt hatte. Auf der Piazza Garibaldi stieg er in seinen Wagen, löste die Handbremse und fing an, gegen die Windschutzscheibe zu pusten, wie Leda früher. Pusten, Leda, fester, du mußt fester pusten! Simonetti pustete aus Leibeskräften gegen die Windschutzscheibe, und langsam glitt der Wagen über den schräg abfallenden Platz Richtung Stadttor.

Endlich erschien die Sonne über der Balustrade des Dachgartens. Hanna Piccard hatte sich so in eine Decke gehüllt, daß nur ihr Kopf heraussah, und saß in einem Sonnenstuhl unter einem der Oleanderbäume. Letzte Nacht hatte sie – trotz des blauen Jungen, den sie geschluckt hatte, trotz der drei Gläser Portwein, der vierzig Seiten *Näher zu Dir*, der hundert kräftigen Tretbewegungen in einer mit eiskaltem Wasser gefüllten Wanne und der Spaziergänge durch die Wohnung – nicht schlafen können. Stundenlang hatte sie im Dunkeln gesessen und Gegenstände angestarrt, die ebenso vage waren wie ihre Vorahnungen. Nichts hatte sie beruhigen können – selbst nicht der Verzicht auf das Verlangen nach Schlaf. Zu guter Letzt war sie zum Dachgarten hinaufgeschlichen. Als die Sonne endlich über der Balustrade erschien, fiel ihr wieder ein, wie sie vor über einem Jahr während der Fahrt mit Pittakos' Jacht auf einem stürmischen Meer die Arme gehoben hatte, um die Sonne zu begrüßen.

»Sutri.«

Auch in Sutri hatte sie die Sonne einmal begrüßt, nachdem sie zum erstenmal in dem Bett unter dem Zeltdach aus Segeltuch im großen Salon wach geworden war. Spätabends – Sterne von Horizont zu Horizont – war sie mit Andrea Simonetti und Leda zu dem Bauernhaus auf dem Hügel gegangen, unter einer Kuppel strahlender Sternbilder.

»Morgen werden wir dir alles zeigen«, hatte Simonetti gesagt. »Ich werde dich dem hölzernen Wächter zwischen den Bäumen vorstellen.«

»Guter Kerl. Ich hoffe, ich kann schlafen. Die erste Nacht in einem fremden Haus. Dann kann ich nie schlafen. Schaff' ich nicht.«

»Schlaflosigkeit gibt es hier nicht«, hatte Simonetti behauptet.
»Wir werden sehen.«

Der Geruch des Hauses hatte ihr gleich gefallen. Mitternacht
war bereits vorüber gewesen, doch Simonetti hatte darauf bestanden, im Kamin noch ein Feuer zu schüren. Leda hatte sich, das
Gesicht von den Flammen erleuchtet, an sie geschmiegt und
einen Arm um ihr Knie gelegt, ganz schläfrig und ganz lieb. Sie
hatten sich zu dritt in das große Bett gelegt, und dort hatte ihr Simonetti seine Liebe zu einer dünnen Schnur und einer Rolle bekannt: Mit Hilfe der Schnur und der Rolle konnte das Zeltdach
aus Segeltuch, dessen Ränder mit Eisendraht verstärkt waren, heruntergelassen werden. Sie hatte in der Mitte gelegen, zu glücklich,
um einschlafen zu können. Schließlich hatte sie die Schnur ergriffen, das Zeltdach noch ein wenig mehr heruntergelassen, und
war kurz danach eingeschlafen.

Beim ersten Licht wurde sie vom Singen der Vögel geweckt.
Leda hatte die Decke von sich abgeworfen und lag auf dem
Bauch. Andrea lächelte im Schlaf. Die Fensterläden standen offen, und zum erstenmal sah sie bei Tageslicht den Holzboden, den
Tisch, die Maserung im Wäscheschrank, die verblaßten Fresken
über den Türen und die Wäscheleinen, auf denen zwei Schwal-
ben saßen, die aufflogen und tschilpend durchs Zimmer flatterten, als sie aus dem Zelt gekrochen kam. In Andreas Morgenmantel gehüllt, lehnte sie sich aus einem der Fenster: eine Terrasse, Blumentöpfe auf der Balustrade, Olivenbäume an den
Hängen. In der Ferne, hoch über den nebligen Hügeln, lag Sutri
auf seinem Felsen.

Neben der Küchentür standen zwei Gummistiefel, als hätte sie
jemand für sie hingestellt, und sie schlüpfte mit bloßen Füßen
hinein. Sie lief über das feuchte Gras im Hof zu dem hölzernen
Wächter zwischen den Eichen und nickte ihm verlegen zu. In den
Bäumen sangen die Vögel, sehr laut und keck. Langsam ging sie
ums Haus, und ihre Gedanken bestanden aus einer einzigen und
immer derselben Silbe: ja, ja, ja. Sie verbarg sich hinter einem Gebüsch, um ins Gras zu pinkeln, und öffnete kurz darauf mit einer
majestätischen Geste den Morgenmantel, um sich der Sonne zu
zeigen.

In das Bett unter dem lichtdurchlässigen Segeltuch zurückgekehrt, beugte sie sich behutsam über den schlummernden Andrea. So sah sie ihn am liebsten: schlafend, arglos. Sie sah ihn am liebsten, wenn er sich unbeobachtet glaubte, wie beim ersten Mal, an jenem Sonntag morgen zwischen den Säulen vor dem Pantheon.

In Sutri konnte sie ihn viel häufiger als in Rom in seinem natürlichen Zustand beobachten. Sie lehnte sich aus einem der Fenster und sah ihn unter sich auf der Terrasse stehen, die Hände in den Taschen, zufrieden. Sie lag auf dem trockenen und körnigen Boden unter einem Olivenbaum und sah ihn am Fuße des Hügels mit entblößtem Oberkörper, wie er die Steine einer eingestürzten Mauer wieder aufeinandertürmte. Wenn er in Rom vor ihren Augen aus der Wanne stieg und sich abtrocknete, spannte er seine Bauchmuskeln immer leicht an; in Sutri tat er das nicht. Von den Aufnahmen, die sie zu zweit zeigten, waren die meisten in Sutri gemacht worden, und auf vielen dieser Aufnahmen war eine Frau zu sehen, die so glücklich war, daß sie ihren Geliebten nicht anzusehen wagte.

»Sutri, Su-tri.«

Doch es wurde Zeit, mit dem Träumen aufzuhören und etwas zu unternehmen. Die Ursache von Hannas Schlaflosigkeit war der Mann, der gestern abend spät von seinem Landsitz in der Nähe von Sutri zurückgekehrt war, der Selbstquäler, der Zwangsarbeiter. Sie hatte auf ihn gewartet. Im Kühlschrank duftete ein Salat, auf seinem Schreibtisch stand die mit Blütenkelchen gefüllte flache Blumenschale aus chinesischem Porzellan, die Betten waren frisch überzogen, die Kissen aufgeschüttelt. Sie hatte sich vorgenommen, nicht zurückhaltend zu sein. Komm schon her. Du brauchst mir nichts zu erzählen, ich kenne dich, du brauchst mir nichts zu erzählen, und ich werde dich nicht gleich bespringen. Komm nur langsam nach Hause. Du darfst mir auch alles gleichzeitig erzählen. Ich möchte nur bei dir sein. Nein, ich will nicht bei dir sein. Du warst mit Zuccarelli essen. Bleib ruhig noch einen Tag in Sutri. Ich liebe dich schließlich am meisten, wenn du nicht da bist. Warum hast du mir keine Karte geschickt? Sie hatte sich vorgenommen, nicht zurückhaltend zu sein.

Als sie endlich seine Schritte im Treppenhaus hörte, war Leda, die sie lange im Gespräch wachgehalten hatte, bereits zu Bett gegangen. Der Klang seiner Schritte verhieß nichts Gutes, und sie traute sich nicht, in die Diele zu gehen, um ihn zu begrüßen. Trotz ihres inneren Widerstands blieb sie, mit dem Rücken zur Tür, im Zimmer stehen. In den Händen hielt sie das Korallenstück, das Simonetti ihr einmal gegeben hatte. Noch ohne ihn gesehen zu haben, meinte sie, seine Feindseligkeit bereits fühlen zu können.

»Hier bin ich.« Es klang trübsinnig, schuldbewußt und flehend. Hanna Piccard war vor Angst erstarrt, wie ein Kind, das sich, im Bett liegend, vorstellt, im dunklen Zimmer wäre ein Einbrecher, und schließlich davon überzeugt ist. Simonetti ging hinter ihr vorbei und blies ihr im Vorbeigehen in den Nacken.

»Laß das.«

Einige Minuten lang saß Simonetti schweigend auf der Couch.

»So«, sagte er dann auf einmal beiläufig und munter, »so, da ist er wieder, dein Zwangsarbeiter.«

Sie sah, wie ihr das Korallenstück entglitt, wie in einem Traum, und ihre Hände taten nichts, um es festzuhalten. Es brachen jedoch nur ein paar kleine Zweige ab. Als sie sich bückte, um sie wieder aufzuheben, wußte sie, daß sie sie sofort wegwerfen mußte, und zugleich wurde ihr klar, daß sie das nicht konnte. Sie würde die Korallenstückchen weglegen, sie noch ein wenig weiter weglegen, sie den Blicken entziehen, am Ende aber würden sie in einem der Papierbeutel landen, in denen sie die Ansichtskarten, die Stadtpläne, die Busfahrkarten und die Hotelrechnungen von ihren Reisen verwahrte.

Es wurde Zeit, etwas zu unternehmen. Hanna Piccard verließ den Dachgarten. Während sie sich im Schlafzimmer anzog, spähte sie zu Simonetti hinüber, der mittlerweile aufgewacht war: Er musterte einen Papierfetzen, auf dem er letzte Nacht im Halbschlaf ein paar Wörter notiert hatte, die er jetzt nicht mehr lesen konnte. Du verbirgst etwas vor mir, dachte Hanna.

»Heute abend treten die Clowns auf«, sagte Simonetti, als sie gerade die Schiebetüren hinter sich schließen wollte, auf die die

Hügellandschaft um Sutri gemalt war. »Bleibt es dabei, daß wir hingehen?«

»Warum sollten wir denn nicht hingehen? Du darfst dich nicht so schnell aus der Fassung bringen lassen.«

»Teatro di Santo Spirito. Die Karten sind auf deinen Namen reserviert.«

»Du kommst bestimmt zu spät. Ich weiß genau, daß du dich verspäten wirst.«

»Wie du willst.«

Gegen eins saß Hanna Piccard in ihrem geliebten Straßencafé an der Piazza del Popolo. Nachdem sie Kaffee und Cognac bestellt hatte, steckte sie sich Stöpsel in die Ohren, da sie das Dröhnen des Verkehrs nicht mehr ertragen konnte.

»Zwangsarbeiter«, murmelte sie. »Zwangsarbeiter. Sie sollten dich mal für ein Jahr in die Salzminen schicken.«

Vielleicht hatte er ja recht: Bisweilen erinnerten sie in der Tat an zwei aneinandergekettete Zwangsarbeiter.

»Die Fakten akzeptieren. Welche Fakten?«

Bevor sie die Fakten akzeptierte, durfte sie erst noch den Schaum von ihrem Kaffee löffeln, ein Glas Cognac hinunterkippen und ein zweites bestellen, denn das war nach solch einer durchwachten Nacht kein übertriebener Luxus. Sie trank und starrte zu dem von Abgasen angefressenen Obelisken in der Mitte des riesigen ovalen Platzes hinüber. Simonetti hatte ihr einmal erzählt, wie er in einem Traum einen in einem Klassenzimmer aufgestellten Obelisken umgeworfen und sich damit die Wut der gesamten archäologischen Welt zugezogen habe. Er habe die Flucht ergriffen, sei dann aber in das Klassenzimmer zurückgekehrt, um eine zurückgelassene Jacke zu holen, und dort verhaftet worden. Mir doch egal. Du kannst in deinen Träumen ruhig Obelisken umwerfen. Ihr Blick glitt hinüber zu dem mit Bäumen bestandenen Hügel auf der anderen Seite des Platzes.

»Pincio.«

Sie haßte die kolossalen Flußgötter mit ihren widerlichen Muskelpaketen, die neben dem Springbrunnen am Fuße des Pincio lagen, und sie nahm sich Zeit für ihren Haß.

»Santa Maria di Montesanto, Santa Maria dei Miracoli.«

Das waren die Namen der Kuppelkirchen, der Zwillinge, auf der Südseite des Platzes. In einem Jahr habe ich die Namen vielleicht schon wieder vergessen. Mir doch egal. Keine Fotos, keine Namen – wichtig ist, was sie hinterlassen.

»Via di Ripetta, Via del Corso, Via del Babuino, Ripetta, Corso, Babuino.«

Die Namen der drei sich über die Hügel schlängelnden langen Straßen, die zwischen den Kuppelkirchen und an deren linker und rechter Seite in die Piazza del Popolo mündeten. Gewaltige Baumaßnahmen in der Stadt waren damals erforderlich gewesen, um diese Straßen anlegen zu können. Gewaltige Baumaßnahmen, ja! Cognac, ja! Heute werden wir die Blutgefäße mal ordentlich weiten.

»Santa Maria del Popolo.«

Diesen Namen sollte sie niemals vergessen – die liebe Tante Ottilie, die ihre schlaflosen Nächte in einem Zimmer am Spaarne verbrachte, indem sie die Tapete anstarrte. Diesen Namen sollte sie niemals vergessen, da sie die Kirche von Santa Maria del Popolo regelmäßig mit Andrea besucht hatte, um sich in einer Kapelle in einem der Seitenschiffe zwei Gemälde Caravaggios anzusehen. Das eine Gemälde zeigte den heiligen Paulus, der, auf dem Weg nach Damaskus von einem himmlischen Licht geblendet, gerade vom Pferd gefallen war. Sie hatte Mitleid mit dem Pferd, das sich sehr erschrocken hatte, und sie mochte den braven Diener, der die Zügel des Pferdes festhielt. Auf dem anderen Gemälde war die Kreuzigung des heiligen Petrus zu sehen: Er war gerade ans Kreuz gebunden worden, die Füße Richtung Himmel, worum er selbst gebeten hatte, um nicht auf die gleiche Weise zu sterben wie sein Herr. Hannas Interesse galt vor allem den Knechten, die sich, Stricke über den Schultern, vornüberbeugten, um das Kreuz aufzurichten.

Von allen römischen Malern mochte sie Caravaggio am meisten. So peinlich ihr das manchmal auch war – sie fühlte sich zu dem Mann hingezogen, der mal wollüstig seine schmutzigen, verdorbenen Bauernjungen als Bacchus oder als siegreichen Amor darstellte und sich mal reumütig an die Eremiten wandte. Aus der

Art, wie Caravaggio seine Modelle malte, las sie häufig Raserei und Ohnmacht heraus: Die Haltung war unnatürlich, manche Körperteile waren verdreht. In der Gediegenheit der Komposition spürte sie seine Seelenqual. Sie hielt ihn für einen Mann, der auf des Messers Schneide gelebt hatte, gequält, morbid, ein religiöser Teufel. Vielleicht betrachtete sie die gewöhnlichen Sterblichen in seinen Gemälden, die Knechte und Dienstmägde, deswegen am liebsten, weil sie sich seiner Anziehungskraft entziehen wollte, vielleicht richtete sich ihr Blick wie von selbst auf die Zuschauer in diesem Drama, weil sie sich nicht in die Heiligen, Märtyrer und Asketen hineinversetzen wollte – das war eher etwas für Andrea –, vielleicht aber nahm sie einfach am liebsten als Zuschauer an den Qualen anderer teil.

An diesem Tag haßte sie auch Caravaggio. Sie dachte an seinen *David und Goliath*. In der rechten Hand hatte David ein Schwert, mit der linken hielt er das Haupt des geköpften Riesen an den Haaren in die Höhe. Blut tropfte aus Goliaths Hals, die Mundwinkel hingen herunter, das Gesicht war verzerrt. Über der Nasenwurzel, direkt unter dem Loch, das ihm der Stein aus Davids Schleuder in die Stirn geschlagen hatte, war die Haut in schweren Falten zusammengezogen. Der Schmerz, den man ihm vom Gesicht ablesen konnte, war viel mehr als ein rein körperlicher Schmerz. Goliaths Gesicht, das Gesicht des getöteten Riesen, galt allenthalben als ein Selbstporträt Caravaggios.

»Selbstmitleid, reines Selbstmitleid«, zischte Hanna Piccard, und das mußte Michelangelo da Caravaggio hinnehmen. Ihre glatten, stets sorgfältig enthaarten Beine wurden bis weit über die Knie entblößt, als sie sich aufreizend zurücklehnte, mit der Schuhspitze nach einem Stuhl angelte und die Füße auf diesen legte. Sie trank. Zwangsarbeiter, Zwangsarbeiter! Du kannst einen vielleicht beleidigen! Ach, Andrea, Andrea, warum lähmen wir einander derart, warum sind wir so anspruchsvoll, warum können wir nur mit einem Hohenlied zufrieden sein?

»Zur Sache.«

Doch bevor Hanna Piccard zur Sache kam, gönnte sie sich noch ein Wunder: Die Autos auf der Piazza del Popolo, die zehntausend Autos, die den Platz tagtäglich überquerten, verwandelten sich in eine Schar von Pilgern, die aus dem Norden kamen. Singend betraten sie, nach einer wochen- oder gar monatelangen Reise, die Stadt durch die Porta Flaminia und wurden auf dem Platz vom ersten Anblick überwältigt, mit dem Rom sich ihnen präsentierte: Santa Maria del Popolo, die Treppen und die dunkelgrünen Pinien auf dem Pincio, die Kuppeln von Santa Maria dei Miracoli und von Santa Maria di Montesanto, die mit geheimnisvollen Zeichen übersäte Steinnadel in der Mitte des Platzes. Die Pilger fielen auf die Knie, um Gott zu danken, daß sie wohlbehalten ihr Ziel erreicht hatten, und sie beteten mit offenen Augen, da man sie vor Taschendieben gewarnt hatte.

»Wen haben wir denn da? Joe Kurhajec.«

Vor dem Straßencafé hatte ein weißer Fiat Kombi angehalten: der Wagen, der vor achtzehn Monaten führerlos eine leicht abschüssige Straße hinabgerollt war und dem drei Männer nachgesehen hatten, die sich mit einem schweren Stein abmühten. Als Joe Kurhajec' sonnengeröteter Kopf über dem Autodach auftauchte, fiel ihr wieder ein, wie der Wagen seinerzeit haarscharf an ihren Beinen vorbeigerollt, gegen eine Hauswand geprallt und zum Stillstand gekommen war. Hanna Piccard ließ sich von dem Bildhauer auf beide Wangen küssen und wischte ihm aus einem Impuls heraus mit dem Finger den Schweiß von der Oberlippe, wie sie es bei ihrer ersten Begegnung schon hatte tun wollen, von seiner burschikosen Erregung gerührt, die ihn auch jetzt im Griff zu haben schien.

»Die Skulpturen sind da!«

»Immer mit der Ruhe, alter Mann. Ich höre nichts.«

Sie machte sich daran, die Stöpsel – eine rosafarbene, leicht behaarte und wächserne Masse – aus ihren Ohren zu klauben, wobei sie errötete, da sie sich schämte, es in seiner Gegenwart zu tun.

»Die Skulpturen sind da!«

»Was ist da?«

»Die Skulpturen!«

»Welche Skulpturen, Joe?«

»Hanna! Meine griechischen Skulpturen, die Torsi!«

250

»Setz dich, alter Mann. Ich bin weit weg gewesen.«

»Und ich bin gerade zurückgekommen, aus Neapel. Ich habe die ganze Nacht nicht geschlafen. Es war die längste Nacht meines Lebens. Doch jetzt stehen die Skulpturen bei mir im Schuppen, und ich will sie dir zeigen.«

»Erst eine Flasche Wein.«

Das Knarren des Korbstuhls unter Kurhajec' Körpergewicht und dessen Art, diesen großspurig auszufüllen, taten ihr gut. Sie bestellte eine Flasche Wein, und Kurhajec erzählte ihr von seiner Expedition. Er hatte die Nacht auf einem Kai im Hafen von Neapel verbracht, im Laderaum eines gemieteten Lieferwagens. Mitten in der Nacht hatte er es nicht mehr ausgehalten und war an Bord des griechischen Frachters gegangen, um in die bereits geöffneten Laderäume zu starren. Er hatte mit dem Funker, der vom Landgang zurückgekehrt war, etwas getrunken und mit ihm auf den Sonnenaufgang gewartet.

»Den größten Teil der Nacht habe ich über den Weg nachgedacht, den ich hinter mir habe. Die beiden Kisten im Laderaum kamen mir vor wie Särge. Die Jahre fliegen vorbei.«

»Mir doch egal.«

»Es ist schon wieder sechs Jahre her, daß ich mit Andrea und Leda nach Florenz gefahren bin, weil wir uns Michelangelos Skulpturen in der Medici-Kapelle ansehen wollten. Während der Hinfahrt stand Leda ständig zwischen Andreas Beinen, die Nase an die Windschutzscheibe gedrückt.«

»Und in der Kapelle hat dir dein gebildeter Freund natürlich alles Wissenswerte über die Symbolik der Skulpturen erzählt«, stichelte Hanna.

»Nein, das war nicht nötig. Dieses Faktenwissen brauche ich nicht. Ich habe doch keine Tomaten auf den Augen.«

»Hat er dir wirklich nichts erklärt?«

»Doch, er hat mir vorher das ein oder andere über die Einrichtung der Kapelle, die Symbolik der Sarkophage und der Skulpturen erzählt. Ich erinnere mich aber nur noch daran, daß ein ziemlicher Brocken neoplatonischer Philosophie mit im Spiel ist. In der Kapelle selbst haben wir nicht viel geredet. Andrea war nervös und hielt sich zurück, da er natürlich unbedingt wollte, daß mir die Skulpturen genauso gut gefallen würden wie ihm. Ich war hin und her gerissen.«

»Drei Wochen Holzhacken in Sutri.«

»Ganz und gar nicht. Außerdem hatten wir das Haus in der Nähe von Sutri damals noch nicht. Der Besuch in der Medici-Kapelle hat mich inspiriert. Aus den Skulpturen habe ich schockierende Leidenschaft, enorme Kraft und Hingabe herausgelesen, und ich hatte den Eindruck, als würde der Schatten von etwas sehr Großem, von einem Kondor, über mich hinwegschweben. Am nächsten Morgen stand ich um acht in meinem Schuppen. Du hast die Skulpturen doch auch gesehen? Fandest du sie nicht auch schockierend?«

»Ich bin nicht so schnell schockiert, Joe.«

»Und es ist beinahe wieder zwei Jahre her, daß ich in dem Steinbruch den Marmorblock gefunden habe, aus dem die Torsi zum Vorschein gekommen sind. Andrea war dabei, und heute morgen hätte er auch da sein sollen, als die Kisten aus dem Laderaum gehievt wurden. Auf die Insel gehe ich nie wieder, das ist vorbei.«

»Das meinst du doch nicht ernst.«

»Man muß sich lösen können.«

»Du wirst älter, Joe.«

»Wie kommst du denn darauf? Ich werde immer jünger und hoffe, an meinem Lebensende wieder Kind zu sein, ein grauhaariges Kind.«

»Ich werde dich besuchen, wo immer du auch wohnst, Joe, ich werde dich besuchen.«

Sie ergriff Kurhajec' Hand und drückte sie an ihre Wange. Danach hob sie einen inzwischen schwer gewordenen Arm und zeigte auf die Sonne.

»Die Sonne. Wie alt du auch wirst, wie elend du dich auch fühlst – solange du die Wärme der Sonne auf den Wangen spürst, so lange willst du nicht sterben. So sehe ich das.«

Sie füllte die Gläser zum zweitenmal mit Wein aus Frascati, bis zum Rand.

»Erzähl mir etwas mehr von dem Weg, den du hinter dir hast.«

»Vor beinahe zwei Jahren schlug ich mit bebenden Händen die Bolzen in den Marmorblock, um ihn zu spalten. Einen männ-

252

lichen und einen weiblichen Torso: Ich wollte sie aus einem einzigen Block holen. Weißt du, wie man einen Stein spaltet? An drei Seiten werden Löcher in den Block gebohrt, zehn, fünfzehn Zentimeter tief. Dann werden Keile in die Löcher gelegt und anschließend die Bolzen eingeschlagen. Man schlägt so lange vorsichtig auf die Bolzen, bis ein Haarriß im Stein auftaucht. Noch ein paar Schläge. Hast du schon mal einen Stein ächzen hören?«

»Nein, aber ich habe schon mal einen Mann im Schlaf lachen hören, und heute morgen habe ich die Sonne aufgehen sehen und das Sausen eines Himmelskörpers gehört. Solange ein Mensch die Wärme der Sonne auf den Wangen spürt, so lange will er nicht sterben. So sehe ich das.«

»Dir geht's gut, wenn man das so hört.«

»Du hast Fotos in deiner Brusttasche. Familienfotos? Zeigst du sie mir, ich liebe Familienfotos!«

Sie pflückte einen Stapel Farbfotos aus Kurhajec' Brusttasche. Die Aufnahmen waren auf der griechischen Insel gemacht worden. Da stand Kurhajec, einen Staubschutz vor Mund und Nase, breitbeinig, auf einen Drillbohrer gestützt, auf seinem Marmorblock.

»Das ist im Steinbruch«, erklärte Kurhajec, der sich ein wenig zurückgelehnt hatte.

»Rosa, die drahtige Rosa. Wie geht es ihr? Mußt du ihr nicht die Torsi zeigen?«

»Sie ist zu Besuch bei Verwandten außerhalb der Stadt.«

»Aha«, rief Hanna lachend, »und jetzt brauchst du mich, damit ich deine Skulpturen bewundere.«

»Ja«, gab Kurhajec zu, »ich brauche eine Frau, die sie bewundert. Das gebe ich offen zu.«

»Du bist rührend. Ich bin aber nicht so gut im Bewundern, Joe.«

»Dann bringe ich es dir bei. Außerdem wird es dir nicht schwerfallen, meine Skulpturen zu bewundern – es sind schließlich Meisterwerke.«

Hanna Piccard starrte noch immer die Aufnahmen mit Rosa an; sie war eifersüchtig auf diese Frau, die sich voller Überzeugung ihrem Mann, ihren Kindern und ihrem Haushalt gewidmet

hatte. Sonntags zog sie den kleinen Pepe an wie einen Internats-
schüler: kurze Kniehosen, weiße Gamaschen, Blazer und eine
Fliege, die ihm die Kehle abschnürte. Rosa stand da, in dem über-
wältigenden Licht eines griechischen Sommertages, unter Joes
Arm, zwei Köpfe kleiner als er, stolz auf ihren Mann und dessen
Werk, selbständig, genau auf dem Platz, auf dem sie stehen wollte.

»Ach Gott!«

Dieser Ausdruck der Rührung bezog sich auf Pepe, der, ein
nacktes Würmchen, im Schatten eines Baumes saß, ein Sonnen-
hütchen auf dem Kopf, eine tiefe Denkfalte zwischen den Augenbrauen. Wenn ich nur schwanger wäre, dachte Hanna kurz.
Heringe essen, Heringe mit Sahnetorte, Treppen mühselig hinaufsteigen, eine hübsche kleine Depression, man fühlt sich vernachlässigt, abendliche Spaziergänge, stilles Glück, und Friede,
ja, Friede auf Erden und in mir ein großes Wohlbehagen.

»Hier hast du deine Fotos«, sagte sie brüsk.

»Steck sie mir wieder in die Brusttasche. Du hast sie schließlich selbst herausgeholt.«

»Hier, nimm sie dir.«

Langsam, provozierend langsam streckte Kurhajec die Hand
in Richtung Fotos aus, nahm sie und schob sie sich in die Brusttasche. Hanna Piccard lächelte, als Kurhajec seine Jackenärmel
aufrollte, und sie kicherte, als er sich anschließend noch weiter
zurücklehnte – nur noch ein kleines Stück, und er würde vollkommen unbekümmert auf der Straße liegen.

»Erzähl mir noch was, Joe. Wie hast du die Skulpturen um
Himmels willen vom Lieferwagen in den Schuppen gekriegt? Hat
sich der Wagen führerlos davongemacht?«

»Ich habe mir einen Gabelstapler besorgt und bereits gestern
abend einen Teil des Zauns weggebrochen. Können wir gehen?«

Wieder ergriff sie seine Hand und drückte seine Knöchel an
ihren Wangenknochen.

»Immer mit der Ruhe, alter Mann. Die Skulpturen laufen
nicht weg, und ich verspreche dir, daß ich sie umarmen werde.
Erst aber folgendes. Du hast ein Ziel: Du willst ein guter Bildhauer werden. Andrea hat ein Ziel: Er will ein guter Dichter werden. Ihr habt beide ein Ziel.«

254

»Hanna, zum Philosophieren bin ich nicht in der richtigen Stimmung.«

»Ich glaube nicht, dich jemals in einer philosophischen Stimmung gesehen zu haben. Aber das ist nicht der Punkt. Ihr habt beide ein Ziel.«

»Wir haben kein Ziel, wir machen etwas.«

»Was macht es schon aus. Andrea hat mir mal das Grab von Goethes Sohn gezeigt. Er ist hier in Rom gestorben und bestattet worden. Das Grabmal wurde vom berühmtesten Bildhauer seiner Zeit angefertigt, wie heißt er auch wieder, ich habe seinen Namen vergessen.«

»Thorvaldsen?«

»Er hieß Thorvaldsen. Auf dem Grabstein steht ›Hier ruht Goethes Sohn, er ging seinem Vater in den Tod voraus‹ oder so ähnlich. Das steht da: ›Goethe filius‹, Goethes Sohn. Sagt Andrea, natürlich: Es ist bestimmt kein Vergnügen, Goethes Sohn zu sein, du bist dazu verdammt, im Schatten eines großen Mannes zu verkümmern, und du wirst nie etwas Gutes tun können. Sag' ich: Wie das? Nehmen wir mal an, Goethes Sohn war ein empfindsamer Mann und hat ebenso tief empfunden wie ein Dichter. Dann kann es ihm doch egal sein, daß er nichts geschrieben hat? Er hat diese Empfindungen immerhin gehabt, hat sie genossen, nur hat er eben nichts zu Papier gebracht.«

»Er hätte es nur zu Papier bringen müssen. So einfach geht das nicht, meine Liebe.«

»Doch, so geht das«, rief Hanna wider besseres Wissen.

»So geht es nicht. Du mußt es dir erkämpfen.«

»Wofür brauchst du denn eine Frau, Joe?«

»Ich hab' dir doch gesagt, daß ich zum Philosophieren nicht in der richtigen Stimmung bin.«

»Damit sie deine Skulpturen bewundert.«

»Dein Selbstwertgefühl ist heute nicht gerade hoch.«

»Wofür brauchst du eigentlich eine Frau? Sag mir das mal.«

»Eine Frau stabilisiert mich. Und dank Rosa habe ich mich mit dem Leben aussöhnen können. Diese Rolle ist wohl kaum etwas für dich, wie mir scheint.«

»Ganz recht, du hast dich schwer getäuscht, damals.« Wütend stellte sie ihr leeres Glas ab.

»Wie meinst du das?«

»Ist doch egal.«

»Ist nicht egal, meine Liebe. Ich würde jetzt gern genau wissen, wie du das meinst.«

»Ich sage, daß es egal ist. Aussöhnung, ja. Akzeptanz, Aussöhnung und Gnade. Das ist vielleicht das einzige, was wir verstehen lernen müssen: was Gnade ist. So sehe ich das.«

Nach diesem Wortgefecht schwiegen sie eine Zeitlang. Kurhajec fragte sich, ob er damals bewußt als Kuppler aufgetreten war. Hanna Piccard berührte den Ring an Kurhajec' linker Hand, den Ring, den er damals in Kambodscha gekauft hatte, und versuchte schließlich, ihn über sein Fingergelenk zu ziehen, wie sehr sie sich auch dieser Ungehörigkeit schämte. Während sie sanft an dem Ring zog, erinnerte sie sich mit einemmal an ein dämmriges Zimmer, ein dünnes Kleidchen und eine schläfrig machende Wärme. Sie sah sich zwischen den Knien eines Onkels stehen und versuchen, ihm einen Ring über das Fingergelenk zu ziehen. Der Gedanke, daß sie ihrem Onkel Schmerzen zufügte, hatte sie erregt.

»Laß den Ring doch, Hanna«, sagte Kurhajec leise und ein wenig verlegen. Er fragte sich, ob ihr klar war, daß dieser Ring ihn mit Andrea Simonetti verband.

»Du magst mich nicht«, murmelte Hanna Piccard.

»Ich bin ganz verrückt nach deiner finsteren Miene. Wieder besser? Übrigens, ich hatte die Ehre, Federico Zuccarelli kennenzulernen. Zum erstenmal in meinem Leben besuche ich die Eröffnung einer Ausstellung, da ich jetzt endlich mit den richtigen Leuten in Kontakt kommen und berühmt werden muß, und wer kommt mir da entgegen?«

»Das hast du schon gesagt. Dieses verwöhnte, perverse, frustrierte Kind.«

»Auf mich hat er einen charmanten und distanzierten Eindruck gemacht. Ein Mann mit einem eigenen Urteil, kein Mitläufer. Ich verfüge über genug Menschenkenntnis, um das beurteilen zu können. Ich habe ihm erzählt, daß ich Andrea schon seit Jahren kenne, und ihn gefragt, wie es Andrea denn gehe. Andrea?

Wirklich gut geht es ihm natürlich nicht, sagt dieser Zuccarelli, dafür sorgt er schon selbst. Aber er hat jetzt endlich sein Gedicht über den Kaiser und den Taucher fertiggestellt. Zuccarelli hatte es bereits gelesen. Ich bin sofort weggegangen.«

Hanna Piccard kniff die Augen zu Schlitzen zusammen: Der Obelisk auf der Piazza del Popolo, den sie eine Zeitlang wie den Mast eines auf den Wellen schaukelnden Schiffes hatte schwanken sehen, bewegte sich nicht mehr. Richtig. Jetzt verstand sie wenigstens, was er vor ihr geheimgehalten hatte und warum er plötzlich in sein Haus in der Nähe von Sutri geflüchtet war.

»Seit wann ist es denn fertig?« erkundigte sich Kurhajec.

»Seit knapp zwei Wochen«, antwortete sie aufs Geratewohl.

»Und hast du es schon gelesen?«

»Einmal, Joe.«

»Wie ist es nur möglich, daß er mir so etwas nicht gesagt hat? Ich fahre nie mehr nach Sutri.«

»Das ist doch sein gutes Recht?«

»Wir haben nicht viel darüber geredet, über das Werk, aber ich habe ihn doch unterstützt! Andrea kann keine Verbindungen eingehen.«

»Er denkt jeden Tag an dich, das weiß ich genau, aber er ist nun einmal ein sehr harter Mann, Joe.«

»So siehst du ihn vielleicht. In der Medici-Kapelle hatte er Tränen in den Augen. Und in den vergangenen Jahren habe ich ihm immer wieder gesagt: Du darfst nicht so offenherzig sein, nimm dich doch ein wenig in Schutz.«

»Ich habe keine Lust, viele Worte über Andrea zu verlieren. Aber ich weiß, daß sein Leben aus vielen Abschnitten besteht, wie das Innere eines Schiffes, und daß die Schotten zwischen den einzelnen Abschnitten wasserdicht sind. Er kennt Zuccarelli schon seit zehn Jahren, und du hast ihn noch nie gesehen.«

»Einmal, aber ich kannte ihn schon seit zehn Jahren vom Erzählen. Das Haus in der Nähe von Ravello könnte ich dir auf der Stelle beschreiben. Andrea und hart. Das ist doch Blödsinn! Sobald du ihm nur ein wenig Sympathie entgegenbringst, ist er bereit, dir alles über das Welträtsel von heute mittag zu erzählen, und das ist er selbst.«

257

»Ja, als würden ihn seine Seelenregungen nicht weiter interessieren, als ginge er nicht einmal mit sich selbst eine Verbindung ein. Man muß über die wichtigsten Dinge seines Lebens den Mund halten können. Man muß schweigen können. Doch Signore Simonetti kann auch sehr gut schweigen. Er hätte die Fertigstellung seines Gedichtes sogar vor mir geheimhalten können. Dazu wäre er meines Erachtens in der Lage.«

»Hat er das denn probiert?«

»Das hättest du wohl gern. Nein, das war unmöglich. Eines Mittags betrat ich sein Arbeitszimmer. Er war auf der Couch eingeschlafen und im Schlaf aufgestiegen. Glaubst du mir nicht? Er schwebte ungefähr zwanzig Zentimeter über der Couch. Anfangs traute ich mich nicht, mich zu rühren, doch es stellte sich heraus, daß ich mich bewegen konnte, ohne ihn abstürzen zu lassen. Ich habe ihm ein Buch auf den Brustkorb gelegt, und es ging: Er blieb in der Luft. Noch ein paar Bücher. Dasselbe Ergebnis. Schließlich bin ich auf die Rückenlehne der Couch geklettert und habe mich ganz, ganz vorsichtig auf ihn gelegt. Es ging: Wir schwebten. Ein paar Minuten danach bin ich eingeschlafen. Als ich wach wurde, lagen wir auf der Couch.«

Kurhajec schwieg. Er war wütend auf Simonetti: den Mann, der jahrelang jeden Schritt in seinem Leben genauestens verfolgt und sich zuweilen spöttisch als seinen offiziellen Traumdeuter bezeichnet hatte. Rosa stabilisierte ihn, aber es war kaum möglich, mit ihr so über die Ehe, das Familienleben oder seine Arbeit zu reden, daß sich ein gewisses Maß an Objektivität einstellte: Die Kraft der Instinkte – ihre Besitzgier und die seine – war zu groß. Simonetti verfolgte die Ereignisse im Leben der Kurhajec genauestens, aber er war ein Außenstehender, verfügte außerdem über eine haarfeine Intuition und konnte somit ab und zu erhellende Bemerkungen fallen lassen. Die letzten Monate hatte Joe Kurhajec mit dem Gedanken gelebt, er sei, ohne Angabe von Gründen, von seinem offiziellen Traumdeuter verstoßen worden.

Mit Tränen in den Augen starrte Kurhajec den silbernen Ring an, der zwischen Hannas Fingern glänzte. Er dachte an die Tage, die er mit Andrea und Leda in dem Haus in der Nähe von Sutri verbracht hatte. Bereits im ersten Sommer hatten sie folgende Gewohnheit entwickelt: Sobald Kurhajec in dem Haus angekommen war, wusch er sich die Hände, zog sich den silbernen Ring vom Finger und ließ ihn auf dem Waschbecken liegen, auf dem ihn Simonetti kurz danach fand. Solange sie sich in dem Haus aufhielten, trug Simonetti, der dadurch ein anderer zu sein schien, diesen Ring: Er wurde sanfter, ruhiger und fröhlicher und ließ sich die beschützende Haltung seines Freundes gefallen, die ihn in Rom oft störte. Kurz vor der Abfahrt fand Kurhajec seinen Ring auf dem Waschbecken wieder.

Kurhajec schloß die Augen, gerührt von diesen Erinnerungen, gerührt von dieser Rührung. Monatelang hatte er die Dachkonstruktionen alter Bauernhöfe studiert, um das Dach des kurz zuvor erworbenen Hauses in der Nähe von Sutri ausbessern zu können. Im ersten Sommer hatten sie das Dach renoviert. Deutlich sah Kurhajec sich und Simonetti auf den Firstbalken sitzen. Die Sonne brannte auf ihre nackten Rücken. Rings um das Haus lagen wellige Hügel, und in der Stille des Nachmittags erklang das gedämpfte Klopfen der Hämmer. Sie hatten ein Dach gebaut und einander versichert, daß es mindestens hundert Jahre halten würde.

»Komm, wir gehen«, sagte Hanna, »ich werde deine Skulpturen umarmen.«

Kurhajec winkte dem Ober, um zu zahlen, und dachte: Warte, Brüderchen, so lasse ich mir nicht auf der Nase herumtanzen. Hanna Piccard beglich die Rechnung.

Kurhajec' Skulpturen standen auf den Holzkisten, in denen sie die Reise von der griechischen Insel nach Rom gemacht hatten. Kopf, Arme und Beine fehlten, doch die Torsi lebten auch trotz dieser Amputationen. Der weiße und noch nicht polierte Marmor glänzte matt in dem Licht, das durch das Dach fiel, und die Anspielungen des Chiaroscuro waren zahlreich.

Hanna Piccard hatte sich sofort auf den Klappstuhl fallen lassen und wartete. Über ihrem Kopf wogten Hunderte von Pfauenaugen, und unter ihren Füßen schaukelte der Boden des Schuppens wie das Deck eines Schiffes. Kurhajec war augenblicklich hinter der Holzwand in einer Ecke des Schuppens verschwunden und wartete ebenfalls.

»Wird das noch mal was, Joe?«

»Immer mit der Ruhe.«

Unter ihren Wimpern hervor spähte Hanna Piccard zu den Torsi hinüber. Sie hatte den Eindruck, daß sich Kurhajec zwei Bergbewohner als Modell ausgesucht hatte: Die Skulpturen erinnerten sie an gedrungene, plumpe Gestalten, die langsam, aber unverdrossen einen Bergpfad hinaufgingen.

»Joe, ich werde so langsam nervös.«

»Immer mit der Ruhe.«

»Soll ich das Wasser laufen lassen?«

Kaum hatte sie ihm diesen Vorschlag unterbreitet, als das Plätschern einsetzte – ein außergewöhnlich schamloses Plätschern. Als sie Augenblicke später die Finger aus den Ohren nahm, war es still geworden.

»Hast du überhaupt durchgespült?«

»Immer mit der Ruhe.«

Kurhajec hatte sich auf das Klosettbecken gesetzt, die Unterarme auf die Knie gestützt, und betrachtete die Hände, mit denen er die Torsi aus dem Stein geholt hatte. Mit diesen Händen hatte er einst einen todkranken Vietnamesen, den man aus einem bereits aufgestiegenen und übervollen Hubschrauber hatte schieben wollen, am Arm ergriffen, ihn dann aber wieder loslassen müssen, um nicht selbst ins Freie gezogen zu werden.

»Was treibst du da eigentlich, Joe?«

»Vergiß einfach, daß ich da bin.«

Zum erstenmal in seinem Leben musterte Kurhajec aufmerksam seine breiten Hände. Das sind also deine Hände, sagte er zu sich. Würdest du sie erkennen, wenn du sie auf der Straße liegen siehst? Die Körper Dutzender von Frauen hatte er mit ihnen gestreichelt, Hunderte von Steinen. Sie hatten den kühlen Leib eines Schwertfisches berührt, die Tasten der bleischweren Underwood, die er überallhin mitschleppte, den gerade erst geborenen Pepe, Treppengeländer im Weißen Haus, die Skulpturen in der Medici-Kapelle, etruskische Sarkophage, Meißel, Messer und Pistolen, die Gesichter lieber Entschlafener, die Schwellung auf der

Stirn seiner Mutter, die Hände von Freunden, die er lange nicht gesehen hatte, das Tempelmädchen in Kambodscha, das Wasser des Pazifiks, Rosas kleine, feste Brüste, die Rinde einer Korkeiche. Das sind also deine Hände. Würdest du sie erkennen, wenn du sie auf der Straße liegen siehst?

Es war nicht typisch für Kurhajec, so weit auf Distanz zu sich selbst zu gehen und so viel Vergänglichkeit zu spüren, auch wenn er letzte Nacht in Neapel mindestens eine halbe Stunde über den Weg, den er hinter sich hatte, nachgedacht hatte. Nach einigen Minuten wurde ihm bewußt, wie fremd es seinem Wesen war, seine Hände zu betrachten, und er war überzeugt, daß Andrea Simonetti zur selben Zeit irgendwo in Rom an seine, Joes, Hände dachte. Blödsinn. Komm her, und ich brech' dir die Hände. Du bist erledigt, Junge. So lasse ich mir nicht auf der Nase herumtanzen.

»Bist du verlegen, Joe? Muß ich kommen und dich holen?«

Kurhajec fühlte seine Mundhöhle: gierig und leer, und beschloß, einem langgehegten Verlangen nachzugeben: einmal mit der Frau seines besten Freundes zu schlafen.

Langsam gingen sie um die Torsi herum. Hanna Piccard hatte einen Arm um Kurhajec' Taille gelegt und zog ihm im Gehen, immer wieder mal zupfend, das Hemd aus der Hose, wie sehr sie sich auch dieser Ungehörigkeit schämte. Kurhajec' Kinderarm ruhte auf ihrer Schulter. Über ihren Köpfen strich eine Schwalbe unruhig über den Pfauenfedern hin und her. »Ich brauche noch etwas Zeit«, sagte Hanna und meinte damit die Torsi. Der Mann und die Frau gehörten zusammen, das war deutlich, aber ihr fehlten die Zeit und die Ruhe, herauszufinden, in welchem Verhältnis die beiden zueinander standen. Verschiedene Jahreszeiten, verschiedene Stimmungen waren erforderlich, um hinter dieses Verhältnis zu kommen. Ihr Blick tastete die Wölbung der Brüste, die Kurve einer Wirbelsäule und die schattenreichen Spalten zwischen den Pobacken ab. Irgendwie waren die Körper verzerrt.

»Ich finde sie schön«, sagte sie schließlich.

»Danke. Kauf sie mir ab.«

»Ich denke, daß die Schwalbe raus will.«

»Die kennt sich hier aus. Schau, hier bin ich etwas zu tief gegangen.« Kurhajec berührte mit den Fingern eine Stelle unmittelbar über dem Gesäß der männlichen Skulptur. Jetzt wird es aber ziemlich banal, dachte Hanna und kicherte.

»Schau doch.«

»Ich sehe nichts, ich sehe wirklich nichts, Joe.«

Sich vor Lachen schüttelnd, glitt sie mit den Spitzen zweier Finger über die bewußte Stelle.

»Ich fühle nichts. Aber es ist der schönste Männerhintern auf der Welt.«

»Ich dachte, du wolltest meine Skulpturen umarmen.«

»Hab' ich das gesagt? Wirklich? Na gut, ich halte, was ich verspreche.«

Hanna Piccard zog sich die Schuhe von den bloßen Füßen und kletterte auf die Kisten. Kurhajec wunderte sich, daß sie die Torsi nicht von vorn, sondern von hinten umarmte. Er mußte an das denken, was Andrea ihm einmal erzählt hatte: daß Hanna sich am liebsten von hinten an ihn schmiege.

»Schwälbchen, Schwälbchen, flieg hinaus aus dem Schuppen. Dort ist das Loch, dort. Joe, mach ihr die Tür auf, sie will raus.«

Kurz darauf war die Schwalbe aus dem Schuppen verschwunden. Hanna sprang von den Kisten herunter, langte mit der einen Hand nach Kurhajec' Gürtel und fing an, ihm mit der anderen das Hemd aufzuknöpfen. All ihre Bewegungen kamen ihr vor wie Nachahmungen selbstverständlicher Bewegungen. Mir doch egal. Sie summte. Kurhajec ließ sie eine Zeitlang gewähren. Sie kniff ihm in die Brustwarzen, ihre Finger krochen in seine feuchten Achselhöhlen, und plötzlich drehte sie ihre geballten Fäuste in diesen Höhlen.

»Jetzt bist du dran. Du bist mir noch was schuldig.«

»Was bin ich dir denn schuldig?«

»Weiß der Himmel. Spielt auch keine Rolle. Haßt du mich?«

»Ich bin ganz verrückt nach deiner finsteren Miene. So in Ordnung?«

Kurhajec hielt sie an den Haaren fest und küßte ihre Augenbrauen, ihre Augen und ihre starren, mißtrauischen Lippen. Sie sei ziemlich beißwütig, hatte Simonetti ihm einmal erzählt, das fiel ihm jedoch erst wieder ein, als es bereits zu spät war. Er fluchte. Hanna summte.

»Kannst du diese Pferdedecken nicht irgendwohin legen, Joe? Ich kann mich nicht mehr auf den Beinen halten.«

»Pferdedecken?«

»Andrea hat gesagt, du hättest Pferdedecken im Schuppen.«

»Pferdedecken? Nicht daß ich wüßte. Der Boden ist gut genug für dich.«

»Und was ist das, da drüben?« Sie zeigte auf die Decken, die in einer Ecke des Schuppens auseinandergefaltet auf dem Boden lagen. Kurhajec legte ihr die Hand auf den Rücken und zog ihr die Bluse fest über den Busen.

»Und doch magst du mich nicht«, murmelte sie, während sie tief einatmete und ihre Brüste gegen den straff gespannten Stoff preßte. »Und doch magst du mich nicht, Signore Kurhajec.«

»Entweder – oder.«

»Und doch magst du mich nicht«, zischte sie, nicht unfreundlich. Sie wartete und wartete mit geschlossenen Augen auf den Rohling, die Bestie. Kein Rohling, keine Bestie, es machte ihr nichts aus, wenn sie nur auf diesen Pferdedecken liegen durfte, wenn sich nur etwas Schweres über sie schob. Nichts Schweres, auch gut, wenn sie nur auf den Pferdedecken liegen durfte, wenn sie nur von sich selbst erlöst wurde. »Du haßt mich, ich spüre, daß du mich haßt.«

»Hör doch auf mit diesem Gefasel! Lamentierst du immer so?«

Kurhajec fühlte, wie ihm das Blut in den Kopf schoß, und bevor ihm klar war, was er tat, hatte er sie auf den Boden geschleudert. Hanna gab keinen Ton von sich. Eine Minute später lag sie vor dem Schuppen auf dem Boden zwischen den aufeinandergestapelten Waschmaschinen. Sie hörte Kurhajec' Wagen wegfahren. Nachdem sie den Schock überwunden hatte, war sie nicht unzufrieden. Kurhajec hatte ihr eine Lektion erteilt.

»Genau«, murmelte sie, »genau, so macht man das, so macht man das. Pack ein, Piccard. Wo sind deine Schuhe?«

Nach dem Abendessen zog sich Leda Simonetti schnell in ihr Zimmer im Mezzanin zurück. Sie holte den von einem Sport-

263

journalisten verfaßten schmalen Band über Marathonschwimmen hervor, küßte den hellblauen Einband, warf sich in voller Länge aufs Bett und versank wieder in ihrem Tagtraum über das Wettschwimmen Neapel–Capri–Neapel.

An diesem Nachmittag hatte sie in der Bibliothek ein Buch über Marathonschwimmen gefunden und darin ein Foto von Jan Zocher entdeckt. Da stand er, auf einem Bootssteg, den Körper eingefettet, die Schwimmbrille über der Stirn, und neben ihm reckte sich eine Schönheitskönigin im Badeanzug. Diese machte sich lang, um dem Sieger des Wettschwimmens Santa Fé–Coronda einen Kuß auf die Wange zu hauchen, nachdem dieser fünfundfünfzig Kilometer im Paraná, dem Fluß mit seinen gefährlichen Strudeln, quer durch den Dschungel zurückgelegt hatte. Das Foto war in Argentinien aufgenommen worden, wo sich das Marathonschwimmen großer Beliebtheit erfreut.

Im Eiltempo war Leda das Buch durchgegangen. Erst ein Kapitel über die erforderliche Wettkampfausrüstung. Die wasserdichte Schwimmbrille ist ein Muß. Ohne Brille entzünden sich die Augen. In die Brille spucken, Brille ausspülen, fest ans Gesicht drücken, so daß sich zwischen Glas und Auge ein Vakuum bildet, das das Gummi fest um die Augen saugt. Das Tragen einer Schwimmbrille führt in den meisten Fällen nach einigen Stunden zu Kopfschmerzen. Nach dem Wettschwimmen ist die Haut um die Augen geschwollen. Salzablagerungen auf der Haut des Schwimmers.

Trainieren, täglich. Nach jedem Training in einem See, Fluß oder Schwimmbad Gurgeln mit einem Desinfektionsmittel. Der Verzicht auf das Gurgeln bringt einem ein Abonnement auf eine Halsentzündung ein. Fett. Kiloweise Fett auf der Haut verteilen ist kaum noch üblich. Als Kälteschutz ist eine subkutane Fettschicht wirksamer. Häufiges Trainieren in kaltem Wasser, damit sich eine subkutane Fettschicht bilden kann. In kaltem Wasser. Leda erinnerte sich an den Sonntag nachmittag im März, an dem sie gesehen hatte, wie sich der Schwimmer im Ijsselmeer hinter einem Ruderboot abgerackert hatte. Darum hatte er in dermaßen kaltem Wasser geschwommen: damit sich eine Fettschicht bilden konnte.

Essen. Am Tag vor dem Wettschwimmen stärkehaltige Nahrung: Brot, Kartoffeln, Nudeln. Während des Wettschwimmens nur Flüssignahrung im Wegwerfbecher. Lauwarmer Tee mit viel Zucker oder Bouillon. Pausen dauern nicht viel länger als zehn Sekunden. Nicht viel länger als. Dürfen es auch zehneinhalb sein, mein Herr? Nach der Nahrungsaufnahme wollen die Schwimmer häufig sofort aus dem Wasser steigen. Sie heulen vor Elend. Der Coach im Begleitboot stellt sich dumm.

Das Wettschwimmen. Manchmal einen halben Tag im Wasser. Das Boot fährt schräg vor dem Schwimmer, der Coach achtet auf Treibholz und andere Hindernisse; gut sichtbar für den Schwimmer hält er in regelmäßigen Abständen eine Tafel in die Höhe, auf der die Zahl der Armschläge pro Minute angegeben ist. Spricht ihm Mut zu. Beim Schwimmen in Flüssen oder im Meer muß man mit Strömungen rechnen. Der routinierte Schwimmer erkundet vorab die Strecke. Eine halbe Stunde lang mit ganzer Kraft schwimmen und nicht einen Meter vorwärts kommen: Gegenstrom. Manche Schwimmer haben mir anvertraut, daß sie beim Schwimmen Halluzinationen von allerlei Köstlichkeiten hatten; vor allem Obst und eisgekühlte Getränke stehen hoch oben auf der Liste der Halluzinationen.

Der tote Punkt. Der Mann mit dem Hammer. Dem Hammer? Kommt immer. Dein Körper scheint überall vor Schmerzen zu schreien. Der Körper wehrt sich mit aller Macht gegen diesen sinnlosen Kraftaufwand. Man hat das Gefühl, als hingen einem Säcke voll Blei an Armen und Beinen, so erzählte mir Achmed Fahid, der Riese aus Ägypten. Der Spitzensportler jedoch setzt sich darüber hinweg und schöpft gerade aus dem Überwinden einer Schwächeperiode neue Kraft und neuen Mut.

Das Überholen des Gegners. Um den Gegner einzuschüchtern, schwimmt man haarscharf an ihm vorbei, an der Seite, an der er Atem holt. Der Athlet, der von seinem Gegner so nahe und in hoher Geschwindigkeit überholt wird, fühlt sich geschlagen.

Der ehemalige Lehrer Jan Zocher entwickelte sich zu einem gefürchteten ... Ehemaliger Lehrer? Typ sportlicher Lehrer. In rauhen Gewässern kann es passieren, daß Schwimmer und Begleitboot zusammenstoßen. Der Niederländer Jan Zocher hat dies am eigenen Leib erfahren: Er hat sich das Nasenbein gebrochen. Gebrochene Nase, schiefe Nase – jetzt war sie sich sicher, daß er Jan Zocher hieß: der Mann, den sie im Ijsselmeer hatte schwimmen sehen, der Mann, der in Schiphol am Fenster gestanden hatte, der Mann, der sie im Flugzeug nach Rom und neben dem Gepäckband in Fiumicino ignoriert hatte. Denn das war ihr am meisten an seinem Gesicht aufgefallen: die schiefe Nase.

»Ein Lehrer, aber ein ehemaliger Lehrer, das ist natürlich ein gewaltiger Unterschied.«

Kichernd öffnete Leda das Buch, um den besonders rührseligen Schluß noch einmal zu lesen.

Warum – so fragt sich der Journalist zu guter Letzt –, warum legen diese Männer und Frauen so viele Kilometer schwimmend zurück? Was treibt sie zu dieser allem Anschein nach sinnlosen Kraftanstrengung? Die harten Dollars und die Publizität machen ohne Zweifel vieles wett – vieles, aber doch nicht alles. Nach all den Jahren suche ich erneut nach einer Antwort. Ich tippe diese Zeilen auf dem Balkon meiner Wohnung, nach Mitternacht. Es ist still geworden. Zum Glück haben sich meine Nachbarn an das Klappern meiner Schreibmaschine gewöhnt. Erneut suche ich nach der Antwort. Was treibt diese Athleten, für ihren Sport oft alles aufzugeben? Was treibt sie, Wellen und Strömungen, Hitze und Kälte die Stirn zu bieten? Mürbe gemacht von den brandenden Wellen, mit leerem Blick, Salz in den Augenbrauen und zusammenhanglos stammelnd werden sie aus dem Wasser gezogen. Was treibt sie? Ich schaue hinauf zu den Sternen, wie es mir an vielen Orten dieser Welt im Kreis der Schwimmer zu erleben vergönnt war. Das funkelnde Himmelszelt bleibt mir die Antwort schuldig, doch oft habe ich, wenn ich im Begleitboot saß – den Blick auf die auf- und absteigenden Körper im blauen Wasser, auf die unablässig mahlenden Arme und die Münder gerichtet, die immer wieder über Wasser kommen, um Atem zu holen –, eine Antwort gefühlt, eine nicht in Worte zu fassende Antwort.

Das Wettschwimmen Neapel–Capri–Neapel ist weltweit bekannt – und das zu Recht. Dennoch erfreut sich das Marathonschwimmen hierzulande noch immer einer geringen Popularität. Möge dieses Buch eine gewisse Veränderung bewirken.

»Ende«, flüsterte Leda.

Im Badezimmer spielte Leda Schönheitskönigin. Sie trug einen Badeanzug, Schuhe mit hohen Absätzen und hatte sich ein Handtuch um den Hals gelegt. Ein Podium, ein Orchester im Orchestergraben, ein ausverkaufter Saal mit vier Balkonen, Scheinwerfer im Dachfirst und eine Schönheitskönigin, doch die Schönheitskönigin traute sich nicht: Zitternd stand sie in den Kulissen, die Regenjacke ihres treuen Begleiters um die Schultern gelegt. Das Orchester musizierte, der Dirigent streckte ihr die Zunge heraus, Scheinwerfer tasteten die Bühne auf der Suche nach der Schönheitskönigin ab, die sich nicht traute, weil sie aus der Gosse kam. Der Theaterdirektor schob sie auf die Bühne, und ein Scheinwerfer fing sie ein, sobald sie aus den Kulissen hervorgetreten war – jetzt mußte sie, ob sie wollte oder nicht. Sie ging immer weiter, und erst, als sie die Mitte des unermeßlichen Podiums erreicht hatte, bemerkte sie, daß die verschossene Regenjacke noch immer um ihre Schultern hing. Diese Regenjacke jedoch gab den Ausschlag. Die Operngläser wurden gehoben, und aus tausend Kehlen erklang ein tiefer Seufzer: was für eine Schönheit, was für eine natürliche Anmut, obwohl man doch fühlte, daß sie direkt aus der Gosse kam. Und sie konnte auch noch singen! Das war bisher nur ihrem treuen Begleiter bekannt gewesen. Was sang sie? Was sang sie? Ja, ein Lied aus den Elendsvierteln, sie sang ein trauriges Lied aus den Elendsvierteln, sie sang, als hätte sie ihr ganzes Leben nichts anderes getan. Hing die Regenjacke noch um ihre Schultern? Ja. Und sie sang einfach das Familienrepertoire, ein Lied nach dem anderen. Keuchend und todmüde, nein, so weit war es noch nicht. In den Kulissen stand der Direktor und wedelte mit einem Vertrag, nein, so weit war es auch noch nicht. Sie gab eine Zugabe und sang nun schrill und hingebungsvoll die letzte Note. Minutenlang sang Leda schrill und hingebungsvoll die letzte Note. Dann wurde sie gestört.

»Sei mir nicht böse. Ich muß hier kurz rein.«

Hanna Piccard ging zum Waschbecken, um sich zu schminken und die Spuren einer schlaflosen und alkoholseligen Nacht zu beseitigen, bevor sie das Teatro di Santo Spirito besuchte. Sie war nun seit sechsunddreißig Stunden auf den Beinen und fühlte sich allmählich etwas benommen.

»Leda, du siehst aus wie eine Schönheitskönigin.«

»Wie kommst du denn darauf?«

Todmüde ließ sich das Mädchen aus der Gosse auf die Wäsche im Weidenkorb fallen, um sich dort mit Blumen überschütten zu lassen.

»Du drückst den Wäschekorb ja ganz aus den Fugen.«

Sie warf ihre Schuhe von sich, mit viel Talent, zog die Beine an Bord, hörte für einen kurzen Moment in der Ferne noch das Orchester, dann aber war das Glücksgefühl verschwunden. Schweigend betrachtete sie Hanna, die sich so in Schale geworfen hatte, von alltäglichen Geräuschen ernüchtert: dem Laufen eines Wasserhahns, dem leisen Scheuern einer Zahnbürste, dem Ausspucken eines Mundes, der nicht richtig ausspucken konnte. Wann würde diese blöde Kuh endlich lernen, wie man richtig ausspuckt?

»Wer ist es denn nun?« fragte Hanna, indem sie an ein beim Essen begonnenes Gespräch anknüpfte. »Ist es Ezzo?«

»Welcher Ezzo?«

»Ezzo aus dem Lokal.«

»Es gibt so viele Ezzos, es gibt so viele Lokale.«

»Ezzo aus dem Lokal an der Piazza Farnese.«

»Ezzo mit den Glupschaugen? Der kommt noch nicht mal in die engere Wahl. Ich finde ihn zwar ganz nett, aber er ist noch so kindisch, obwohl er schon siebzehn ist. Eigentlich kommt kein einziger Junge in meinem Alter in Frage, die sind alle gleich kindisch. Ich bin nicht verliebt. Du kannst mir ruhig glauben. Ich bin höchstens ansatzweise in jemanden verliebt, den es nicht gibt – und das auch nur für ungefähr zwanzig Minuten am Tag.«

»Warum hast du dann damit angefangen?«

»Du hast doch damit angefangen, daß mir ein Lächeln ins Gesicht gemeißelt sei. Ich wollte nur aufgeklärt werden. Heute weiß man alles schon, bevor man es erlebt.«

»Wer hat dir denn das weisgemacht?«

Lächelnd warf Hanna der Schönheitskönigin im Wäschekorb einen Blick im Spiegel zu. Leda lag im Halbdunkel, da nur die Neonröhre über dem Spiegel brannte.

»Ich habe es immer in den Knien gespürt«, fuhr Hanna mit leiser Stimme fort. »Sobald ich meinen Traumprinzen in der Ferne kommen sah, hatte ich ein Gefühl, als schlage mir jemand mit der Handkante in die Kniekehlen. Meine Beine knickten ein. Derart humpelnd ging ich dann an ihm vorbei.«

»Und er hielt die Luft an, um deine Fahne nicht zu riechen.«

Hanna Piccard brachte ihr Gesicht näher an den Spiegel, um die Ringe unter ihren Augen zu mustern, und trug danach die Creme auf ihre Wangen auf, die sie schon seit zwölf Jahren benutzte und die sie in Rom noch immer nicht hatte finden können.

»Ich fand das Verliebtsein immer schrecklich, man fühlte sich so machtlos, und ich war immer froh, wenn ich es hinter mir hatte.«

»Warum läßt du dich denn darauf ein?«

»Es überfällt dich. Ich habe mir jahrelang eine ganz bestimmte Vorstellung von dem Traumprinzen gemacht, den ich einmal heiraten würde. Ich habe ihn vor mir gesehen, wie er in einer altmodischen Bibliothek mit Galerie sitzt, allein im Halbdunkel, und liest. Und dann tauche ich zwischen den Lesetischen auf, um ihm etwas vorzutanzen. Ich tanze für ihn und mache alle Leselampen an.«

»Andrea ist nicht langweilig.«

»Ich spreche auch nicht von Andrea, Liebling.«

»Ich bin nicht dein Liebling.«

Leda warf ihre langen Haare über den Rand des Wäschekorbs: Sie reichten bis auf den Boden.

»Als wir den Ozean überquerten, hat Andrea mir zweimal am Tag die Haare gebürstet. Er hat mich zwischen die Knie geklemmt und mir die Haare gebürstet.«

»Das hast du mir gestern auch schon erzählt. Und vorgestern hast du mir erzählt, daß er die Gewohnheit hatte, dir die Füße zu massieren.« Sie waren vier Tage lang zu zweit allein gewesen, und die ganze Zeit über hatte Leda ihr mit vergleichbaren Bemerkungen zugesetzt.

»Warum läßt du dir nicht die Haare wachsen?«

»Das fragst du mich jedesmal, wenn du mir böse bist.«

»Und dann gibst du mir zur Antwort: Ich kann es nicht wachsen lassen, weil es dafür zu dünn ist. Zu dünn.«

Leda drehte ihr Gesicht zum Fenster, um Hannas Sanftheit, einer traurigen Sanftheit, nicht länger ausgesetzt zu sein. Als sie die orangegelbe Lichtglut über der nahezu dunklen Stadt betrachtete, mußte sie daran denken, wie sie hinter dem Fresko im Palazzo Delmonte gestanden hatte und gern die Frau im Seidenkleid gewesen wäre. Auf der Dachterrasse hatte Andrea sein Hemd für sie geöffnet und sich ihre Hände auf die Brust gelegt. Sie hatte ihm in den Nacken gebissen. Glücklicherweise war dieser Vorfall danach mit keinem Wort mehr erwähnt worden, und sie hoffte, daß ihre Erinnerungen für immer in dem Reservoir verschwinden würden, in dem die ganze Geschichte der Gattung Mensch gespeichert wird.

»Gehst du nicht zu spät ins Bett?«

Leda sprang aus dem Wäschekorb und zog ihren Bademantel an, da sie sich auf einmal der Nacktheit ihrer Arme und Beine schämte. Während sie, von dem Geruch von Hannas Parfüm aufgereizt, zwischen dem Wäschekorb und der Badewanne hin und her ging, fühlte sie das Mädchen aus der Gosse wieder in sich lebendig werden, das Mädchen, das schrill und hingebungsvoll singen konnte. Eine alte Frau hatte sie in den schwarzen Künsten unterrichtet, eine Frau aus den Elendsvierteln von Neapel, in denen man noch an den bösen Blick glaubte. Leda hatte den bösen Blick und hob die Arme auf Schulterhöhe, streckte ihre krallenförmigen Finger in Richtung von Hannas Rücken, krümmte sie und streckte sie wieder.

»Soll ich dich ins Bett bringen?« Hanna Piccard fühlte sich still und sanft, weit weg, als habe Andrea ihr Gesicht lange mit federleichten Fingerspitzen gestreichelt. Im Spiegel sah sie Ledas beschwörend erhobene Hände und hörte sie wie eine Schlange zischen.

»Soll ich dich ins Bett bringen?«

Leda bückte sich und nahm einen Stein aus der Badewanne. Hanna setzte die Spitze des Lippenstifts an ihre Lippen.

»Wirf nur, Leda«, sagte sie, ohne ihr Gesicht vom Spiegel abzuwenden. »Wirf mir den Stein nur genau an den Kopf.«

270

Alles deutete von Anfang an darauf hin, daß Andrea Simonetti zu spät zur Vorstellung der Clowns im Teatro di Santo Spirito kommen würde. Er führte sich selbst hinters Licht, doch das wurde ihm natürlich erst nach und nach bewußt.

Sein Büro im Palazzo Delmonte verließ er jedenfalls früh genug. Er fühlte sich wach und entschlußfreudig. Alles deutete darauf hin, daß ihm der Aufenthalt in dem Haus bei Sutri gutgetan hatte. In seiner Abwesenheit war einiges an Arbeit liegengeblieben, aber es machte ihm überhaupt nichts aus, den Rückstand aufzuholen: So war er gezwungen, die Sache anzupacken und schnelle Entscheidungen zu treffen. Simonetti hatte an diesem Tag ein paar Knoten durchgeschlagen und schwerwiegende Beschlüsse gefaßt. Selbst seinen Füßen war dies bewußt geworden: Sie gingen wie die Füße eines Mannes, der sich wach und entschlußfreudig fühlt. Es störte ihn kaum, daß er im Torbau des Palazzos, als er an die Frau dachte, die ihn erwartete, etwas in seinem Bauch fühlte, eine gewisse Spannung, die in dem Wort »Widerwille« zum Ausdruck kommt. Es störte ihn kaum, und auch seinen Füßen machte es vorläufig nichts aus, daß sein Bauch Widerwillen empfand.

Gegen sechs, noch immer früh genug, betrat er die Halle der Stazione Termini, um den Bekannten eines Freundes abzuholen, ihn mit den nötigen Informationen und einer Adresse zu versehen und in ein Taxi zu setzen. Erst als er den Kopf zu der Tafel mit den Ankunfts- und Abfahrtszeiten emporhob, um zu sehen, wann der Zug aus Bologna ankommen sollte, wurde ihm bewußt, daß er diesen Bekannten eines Freundes vor genau einer Woche abgeholt, ihn mit den nötigen Informationen und einer

Adresse versehen und sich schließlich neben ihn in ein Taxi gesetzt hatte.

»Ja, ja«, murmelte Simonetti spöttisch. »Was das wohl zu bedeuten hat.«

Seine Augen erzählten ihm das: Der Zug nach Reggio di Calabria fuhr in einer halben Stunde, morgen würden die Waggons in aller Frühe auf die Fähre geschoben werden, um die Straße von Messina zu überqueren. Gegen zwölf könnte er in Milazzo sein, gegen drei auf Salina an Land gehen, um Lucia Locantro zwei Kleider und eine Handtasche aus der Stadt zu bringen. Nein, Lucia, ich muß mit dem nächsten Boot wieder zurück. Ich wollte dir nur die Kleider und eine Tasche bringen.

»Ja, ja.«

Auf dem Bahnhofsvorplatz wurde er von einer Zigeunerin angesprochen. Das war ihm schon seit Jahren nicht mehr passiert. Auf dem Arm trug sie ein aus dem Säuglingsalter herausgewachsenes Kind, das seine Rolle im Leben bereits hingebungsvoll spielte und die Gliedmaßen schlapp herabhängen ließ, an der Hand hatte sie ein Mädchen, welches das Betteln seiner Mutter mit einem flehenden Blick unterstützte. Sie ergriff seinen Arm und jammerte leise in einer unverständlichen Sprache. Er riß sich los und ging weiter, entschlußfreudig, bis seine Gedanken ihn zwangen, stehenzubleiben. Du Schuft, warum gibst du ihr nichts? Zwei Straßen weiter liegt ihr Mann in einem dicken Mercedes und schläft. Soll sie doch erst mal die goldenen Kronen in ihrem Mund verkaufen. Vielleicht sind die goldenen Kronen ihr einziger Besitz, die sie erst verkaufen will, wenn ihr Mann sie im Stich läßt. Zigeuner und Scheidung? Ach, alles Schwindel. Wäre ich noch eine Minute länger stehengeblieben, hätte mir die Kleine den Geldbeutel geklaut. Was für ein Mißtrauen. Mach sofort kehrt und gib ihr was. Simonetti durchschlug den Knoten und machte kehrt. Er brauchte zehn Minuten, bis er die Frau wiedergefunden hatte, und er legte sich für sein ewiges Zögern eine Geldstrafe in beträchtlicher Höhe auf. Auf diese Weise stellte er sich selbst erneut unter Beweis, wie entschlußfreudig er war.

In der Via Nazionale dachte Simonetti zum zweitenmal an die Frau, mit der er sich im Foyer des Theaters treffen wollte. Diese

Frau wurde nun mit einer Gemütsverfassung ausgestattet: Sie war ungeduldig. Warum ungeduldig? Kurz danach begann er, sich über den höllischen Verkehrslärm und den Gestank der Abgase zu ärgern, ging aber absichtlich durch die Via Nazionale, um die Stille und die saubere Landluft möglichst schnell zu vergessen. Seine Füße gingen noch immer wie die Füße eines Mannes, der weiß, was er will, und unterdessen tastete sein Blick jedes weibliche Wesen ab, das ihm entgegenkam oder das vor ihm ging. Dutzende flüchtiger Wahrnehmungen von mehr oder weniger anmutigen Gesichtern. Hübsche Augen, ein plumper Hals, ein schöner Mund, das Lächeln einer in sich gekehrten Frau, die Rundungen von Brüsten, oh, Maria voller Gnade, Blusen und Pullover, die sich über diese Rundungen spannten, Bewegungen von Hüften, Arten zu gehen, Hintern in eng anliegenden Hosen, schlanke Beine, mollige Beine, pervers beschuhte Füße – flüchtige Wahrnehmungen, begleitet von ebenso flüchtigen Phantasien banaler Abenteuer. Und dann gab es ja auch noch Männer, die betrachtet werden wollten, Augen, Nacken, Schultern, Hände und Hintern. Und Kinder. In jedem Lebewesen, das seine Aufmerksamkeit erregte – sei es auch nur für eine Sekunde –, suchte er nach Schönheit und Anmut. Simonetti fühlte sich wie ein Zwangsarbeiter, der an einen Affen gefesselt ist, den Affen der maßlosen Begierde, den gerissenen, durchtriebenen, brünstigen Affen, der ihm ständig Vorschläge machte und sein Verlangen bis ins Unendliche steigerte. Ein Sklave meiner Augen, ein Sklave meiner Gedanken. Doch an diesem Tag war Simonetti entschlußfreudig: Sittsam senkte er den Blick.

Unversehrt erreichte er den Tiber. Von der Ponte Fabricio aus betrachtete er die stromlinienförmige Insel im Fluß, die aussah wie ein Schiff, er betrachtete die Kirche San Bartolomeo, das Krankenhaus und die Spaziergänger, die in der Abenddämmerung über die Kais schlenderten. Er betrachtete sie länger, als er wollte. Es entging ihm nicht, daß er sie länger betrachtete, als er wollte, doch er hielt es für richtig, sich zu zwingen, in das strömende Wasser zu starren und seine Entschlußfreudigkeit auf diese Weise ein wenig zu zügeln. Erinnerungen, von denen manche dreißig Jahre alt waren, machten ihre Aufwartung, sobald er die Isola Tiberina zu

Gesicht bekommen hatte. Doch was er sah, waren lediglich die Bilder vom vergangenen Herbst. Zwei Monate lang waren Hanna und er regelmäßig, möglichst regelmäßig, zu der Insel gegangen, um dort einen Abendspaziergang zu machen und auf diese Weise etwas mehr Ruhe in ihr geteiltes Leben zu bringen.

Simonetti warf einen Blick auf die Armbanduhr eines Passanten. Prima, auf die Minute pünktlich. Auf die Minute pünktlich stand Simonetti auf der ältesten Brücke Roms, die ihn mit der von jeher dem Gott der Heilkunde geweihten Insel verband. Dieser ihm bekannten Tatsachen war er sich in diesem Augenblick jedoch nicht bewußt. Die ungeduldige Frau im Foyer des Theaters wurde mit einem Kleid ausgestattet: dem sündhaft teuren Kleid, das sie sich nach dem Segeltörn mit Pittakos' Jacht in der Via Condotti gekauft hatte. Er konnte davon ausgehen, daß sie dieses Kleid nicht angezogen hatte. An diesem Morgen hatte Simonetti erwogen – unentschlossen, total verwirrt durch Hannas Schlaflosigkeit –, den gelben Anzug anzuziehen, um sie damit, im Theater, an den Mittag zu erinnern, an dem er, bis über die Ohren verlegen, den Vorhang einer Ankleidekabine zur Seite geschoben hatte, sowie an den Moment, in dem sie, auf dem Bürgersteig neben ihm gehend, das Preisschild und obendrein ihre Hand in seine Gesäßtasche geschoben hatte. Etwas hatte ihn davon abgehalten, den Anzug anzuziehen. Ein Gefühl in seinem Bauch? Eine dadurch ausgelöste verstandesmäßige Erwägung? Eine verstandesmäßige Erwägung und ein dadurch ausgelöstes Gefühl in seinem Bauch?

»Beinahe vergessen.«

Simonetti eilte zu der Witwe mit den Zigaretten, die jeden Abend auf dem Platz vor San Bartolomeo hinter ihrem Klapptisch saß, auf dem, zusammengehalten von einem Gummiband, immer zwanzig Päckchen Zigaretten lagen. Sie saß immer an derselben Stelle, und der Kunde, der sich erdreistete, sich selbst ein Päckchen zu nehmen, erhielt mit einem Fächer einen Klaps auf die Finger. Simonetti kannte sie schon, seit er angefangen hatte zu rauchen. Nach dem ersten Aufenthalt auf Salina, vor zweiundzwanzig Jahren, hatte er sie entdeckt – damals verkaufte sie die Zigaretten noch einzeln. Ihre Stimme erinnerte ihn an die von

Teresa Locantro: die laute und immer gequält klingende Stimme einer Frau, die sich ungerecht behandelt fühlt.

»Schon lang her«, sagte sie.

»Wochen«, gab Simonetti zu und fragte sich, ob er sie vielleicht gemieden habe. Er plauderte mit ihr über das schlechte Frühjahr und das Ultimatum der Roten Brigaden. Als sie ihm sein Päckchen Zigaretten hinhielt, schüttelte Simonetti den Kopf.

»Heute nicht. Ich bin auf dem Weg zu einer Frau, die keine rauchenden Männer mag.« Es klang sehr naiv.

»Eine schwierige Frau.«

»Sie sagen es, eine schwierige Frau.«

»Sie haben offensichtlich was mit mehreren Frauen.«

Simonetti widersprach ihr nicht.

»Dann würde ich sie lieber nicht warten lassen, obwohl – manchmal schadet es nichts, sie warten zu lassen. Als ich meinen seligen Mann gerade kennengelernt hatte, ließ ich ihn hin und wieder eine Stunde warten. Man muß sie auf die richtige Temperatur bringen. Er war rasend, wenn ich dann endlich auftauchte, aber das Feuer brannte, wenn Sie verstehen, was ich meine.«

Simonetti nickte abwesend und befahl sich, jetzt sofort, ohne Zigaretten, wegzugehen.

»Ich bin oft mit ihm auf der Insel spazierengegangen.«

Nichts wie weg, Alter. Und wer hätte denn gedacht.

»Und wer hätte denn gedacht, daß sein Leben *dort* enden würde?« Die Frau zeigte mit dem Fächer hinüber zum Krankenhaus auf der anderen Seite des Platzes.

»Dort lag er, 1946, im Ospedale dei Fatebenefratelli.« Sie wartete einen Moment auf ein Zeichen von Interesse.

Nichts wie weg, dachte Simonetti wieder, du brauchst dir doch nicht immer und überall die Geschichten anderer anzuhören. Doch er hatte bereits kurz zu dem Krankenhaus hinübergeblickt.

»Keiner wußte genau, was er hatte, zu jener Zeit hatten die Ärzte praktisch keine Ahnung von Krebs.«

Die Brüder haben sich nicht um ihn gekümmert.

»Die Brüder haben sich nicht um ihn gekümmert, überhaupt nicht. Ich mußte ihn selbst pflegen. Wenn ich zu Besuch kam, lag er in seinem eigenen Dreck.«

»Das hätten Sie ihnen sagen müssen.« Du Idiot!

»Hab' ich auch! Und ob ich ihnen das gesagt habe, aber es war, als würde ich gegen eine Wand reden. Er wurde so dünn wie ein Strich, und ich konnte ihn mühelos aufheben, um ihn sauberzumachen. Dünn wie ein Strich, nur sein Bauch schwoll an, der schwoll ständig weiter an. Und er stank. Wie dieser Mann stank! Nicht zum Aushalten. Diesen Geruch habe ich nach seinem Tod noch jahrelang in der Nase gehabt.«

Das war ein neues Detail: der Gestank, den sie jahrelang in der Nase gehabt hatte. Simonettis Seufzer konnte in zweierlei Hinsicht interpretiert werden, und die Witwe faßte ihn als Mitleidsbezeugung auf.

»Aber ich habe mich nicht unterkriegen lassen«, sagte sie stolz. »Ich kann mit beiden Händen zupacken, und ich bin nicht auf den Mund gefallen.«

»Das wissen wir«, antwortete Simonetti verärgert.

»Wir, wir? Wer ist wir? Erklären Sie mir das! Wer ist wir?«

Simonetti hatte sich in ihr Netz verstrickt: Er mußte erklären, was er gemeint hatte, und erklärte es mit der gebotenen Umsicht. Weil er Rache nehmen wollte, stellte er ihr eine Frage, die er sich ihr noch nie zu stellen getraut hatte.

»Haben Sie den Fächer von Ihrem Mann?«

»Von dem? Der hat mir nie etwas gegeben.«

Mit der Spitze des Fächers stieß sie zwei Päckchen in der Reihe an. Du Biest, dachte Simonetti, hast du es ihm denn je möglich gemacht, dir etwas zu geben?

»Hat er Ihnen wirklich nie etwas gegeben?«

»Nie, aber ich will Toten nichts Schlechtes nachsagen.«

»Es ist ein antiker Fächer«, fuhr Simonetti fort, nachdem er sich vorgegaukelt hatte, daß er noch immer überpünktlich im Theater ankäme, wenn er zwei Straßen weit rennen würde.

»Antik? Nein, das ist ein amerikanischer Fächer.«

»Es ist ein antiker Fächer, den Sie von einem Amerikaner bekommen haben«, sagte Simonetti, um sie, nach zweiundzwanzig Jahren, endlich einmal in die Enge zu treiben. »Einer unserer Befreier hat ihn gestohlen und anschließend Ihnen geschenkt.«

»Ich würde sie nicht länger warten lassen.«

»Was ist auf das Papier gemalt? Ich habe Sie noch nie mit geöffnetem Fächer gesehen.«

»Es hat mich noch nie jemand mit geöffnetem Fächer auf dem Platz vor San Bartolomeo sitzen sehen, und es wird mich auch niemand jemals so sitzen sehen.«

»Berufsgeheimnis.«

»Was soll das heißen: Berufsgeheimnis?«

»Sie sagen das so, als müßten sie ein Berufsgeheimnis wahren.«

»Was soll das heißen: Berufsgeheimnis?«

»Ich meine ja nur.«

»Es hört sich an, als wollten Sie etwas damit sagen.«

»Zeigen Sie mir schon, was auf das Papier gemalt ist.«

»Trauen Sie sich etwa nicht, zu ihr zu gehen? Hat sie Wind bekommen von ihren Konkurrentinnen?«

»Berufsgeheimnis.«

»Das würde ich mir nicht bieten lassen.«

»Warum wollen Sie mir nicht zeigen, was auf das Papier gemalt ist? Doch nicht aus Verlegenheit.«

»Hören Sie, wenn Sie Streit suchen, sind Sie bei mir an der falschen Adresse.«

Simonetti versuchte, ihr den Fächer zu entreißen, doch sie war schneller.

»Nehmen Sie bloß die Finger weg«, rief sie wütend, auf den Fächer zeigend, den sie in ihren schwarzen Schoß gelegt hatte. »Wagen Sie ja nicht, ihn zu berühren.«

Ostentativ verschränkte sie die Arme und wandte den Kopf ab. Simonetti nutzte diese Gelegenheit und stibitzte eines der Päckchen. Eine Sekunde später landete die Faust der Witwe an der leeren Stelle in der Reihe der zwanzig. Das war ihr noch nie passiert. Lachend lief Simonetti weg.

»Lassen Sie sich ja nicht mehr hier blicken«, rief sie ihm hinterher.

»Gott sei Dank.«

Auf der Ponte Cestio warf Simonetti das Päckchen Zigaretten vor den Augen der Witwe in den Tiber.

Im Taxi schämte sich Simonetti seines kindischen Verhaltens, doch seine Freude über diese erfolgreiche Übung gewann die Oberhand über seine Scham. Er nahm sich vor, Hanna zu sagen, was er ihr zu sagen hatte, nichts von dem Gesagten zurückzunehmen und sich nicht mehr zu einer Versöhnung verleiten zu lassen.

Das Taxi blieb in einem Verkehrsstau stecken. Er würde zu spät kommen. Auch gut, aber sie hatte es ihm an diesem Morgen prophezeit. Ich habe keine Mühe gescheut, damit sich deine Prophezeiung bewahrheitet. Das würde er ihr sagen. Als das Theater in Sichtweite kam, machte sich sein Bauch bemerkbar, machte sich seine Kehle bemerkbar, als werde sie zugedrückt, und sein Gedächtnis bediente ihn umgehend. Er war ein Kind und wollte nicht in die Schule. Er war zu spät dran, daran gab es nichts zu rütteln, er hatte sich über die Grenzen des Wahrscheinlichen hinaus bis ins Unwahrscheinliche vorgewagt und suchte nun Zuflucht in einem Wunder. Ich bin schon in der Schule, erzählte er sich, ich sitze bereits in der Schulbank, und die anderen sehen mich. Der Lehrer hat mich schon beim Kopfrechnen drangenommen. Niemand zweifelt an meiner Anwesenheit, und doch bin ich nicht da. Unter der Platane im Hof werde ich unsichtbar. Unsichtbar werde ich Schule und Klassenraum betreten, und unbemerkt werde ich mich mit dem vereinen, der bereits in der Schulbank sitzt. Das schaffe ich, das schaffe ich, dieses Mal werde ich es schaffen.

Simonetti spähte auf die Uhr im Armaturenbrett des Taxis: Er war gerade mal neun, na ja, zehn Minuten zu spät. Daß sich die Zahl der Minuten auf zwölf oder dreizehn erhöhen würde, darüber könnte er sich immer noch Gedanken machen – jetzt konzentrierte sich seine Aufmerksamkeit vor allem auf die Wörter »gerade mal«, die er in Gedanken denn auch besonders betonte. Gerade mal zehn Minuten zu spät. Die Wörter »zu spät« beinhalteten inzwischen kaum noch den Anflug eines Vorwurfs. Gerade mal zehn Minuten zu spät, als habe es von Anfang an festgestanden, daß er sich verspäten würde, als müsse sie sich freuen, daß er gerade mal zehn Minuten zu spät gekommen sei.

Unbemerkt betrat Simonetti das Teatro di Santo Spirito – die Kasse war geschlossen, Halle und Foyer lagen verlassen da, und aus dem Saal drang das Lachen des Publikums zu ihm heraus, gedämpft, wie das Geräusch sich brechender Wellen in weiter Ferne. Elf Minuten. Als er wieder zu Atem gekommen war, fühlte Simonetti sich mit einemmal glücklich. Die beleuchtete, doch verwaiste Kabine der Kassiererin, deren Strickarbeit, daneben ein Übersichtsplan des Saals, das Rascheln der Palmblätter in der Zugluft, das gedämpfte Lachen, anschwellend, überkippend, verebbend. Die Atmosphäre gefiel ihm, und am liebsten hätte er sich in die beleuchtete, verwaiste Kabine der Kassiererin gesetzt. Vergnügt ihr euch nur, dachte er, genießt die Vorstellung, ich setze mich auf eine Bank und warte, bis ich in einer Dreiviertelstunde eure fröhlichen und erhitzten Gesichter zu sehen bekomme. Du Idiot, beeil dich! Du bist der Mann der Frau, die mit zunehmender Ungeduld gewartet hat, du hast etwas gutzumachen. Dein Leben spielt woanders. Aber dennoch mußt du in der nächsten Episode mitwirken. Können wir diese Episode nicht überspringen? Warum muß ich der Mann der Frau in Reihe sieben Platz sechzehn sein? Du bist es. Ich bin es nicht. Du bist es.

Ein Platzanweiser war so freundlich, sich einige Geldscheine in die Hand drücken zu lassen und ihm anschließend die Tür einen Spaltbreit zu öffnen. Simonetti schlüpfte hinein, ließ seine Augen sich ein paar Minuten an die Dunkelheit gewöhnen und grüßte in Gedanken Carlo und Alberto, die Clowns, denen bereits Schweißperlen auf der Stirn standen. Diesen beiden hatte Simonetti ein paar der besten Stunden seines Lebens zu verdanken – er hatte gebrüllt vor Lachen. Er wartete. Carlo war ihm dabei behilflich: Er mischte sich unter das Publikum, und im Licht eines Scheinwerfers, der ihm folgte, entdeckte Simonetti den bewegungslosen Hinterkopf seiner Geliebten. Er wartete. Los, du hast den Zug nach Reggio wegfahren lassen, du hast deinen gelben Anzug nicht angezogen, du bist nicht in Amerika geblieben, Marinas Füße wirst du nie mehr in den Händen halten, du bist ins Teatro di Santo Spirito gekommen, die Vorstellung hat angefangen, und du bist unterwegs zu Reihe sieben Platz siebzehn. Kurz darauf schob sich Simonetti an dreißig Knien entlang. Auf Platz sechzehn saß eine Frau, aber es war nicht die Frau, die auf ihn gewartet hatte.

Er blieb bis zur Pause. Die Frau auf Platz sechzehn hatte ihm in wenigen Worten erklärt, wie sie hier gelandet war. Während dieses im Flüsterton geführten Gesprächs hatte Simonetti in ihrem Gesicht und aus ihrem Verhalten alles das herausgelesen, was er liebte und wonach er sich sehnte: große Augen und eine gerade Nase, Geisteskraft, Eigenwilligkeit, Sinn für Humor, Offenheit und Spontaneität. Er hatte sie gerochen und konnte den Duft nicht in Worte fassen. Es war deutlich, daß auch sie angenehm überrascht war. Während sie sich die Clowns ansahen, lagen ihre Unterarme beinahe vertraulich nebeneinander auf den Lehnen ihrer Stühle.

Noch keine zehn Minuten nach dem Kennenlernen begann Andrea Simonetti, in Gedanken einem Unbekannten die Geschichte seiner ersten Begegnung mit der Frau zu erzählen, die ihn glücklich gemacht hatte. Fünfunddreißig Jahre, und endlich kam sein Leben in Fahrt. Ja, sagte er, ich habe damals mit einer Holländerin, einer Journalistin, zusammengelebt. Wir haben einander geliebt, konnten aber sonderbarerweise die Nähe des anderen nie lange ertragen. Unsere Nerven lagen dauernd blank. Ich liebte sie, ich war abhängig von ihrem Körper, ihrer schockierenden Emotionalität und ihrem bizarren Charakter. Ich führte mich selbst hinters Licht, das Böse häufte sich in meinem Körper an, Krampf zwischen den Schulterblättern, Krampf in der Brust, kurz, es war entsetzlich; manchmal hatte ich das Gefühl, daß ich nicht länger die Hand für mich ins Feuer legen könne, daß wir uns gegenseitig, ohne es zu merken, zu einer Wahnsinnstat trieben. Es war ein aussichtsloses Verhältnis, da sie nicht in Rom bleiben und ich Rom nicht verlassen wollte. Das Wissen um das Aussichtslose und Vorübergehende erregte uns. Wir liebten den Verfall.

Kurz, eines Abends hatten wir uns im Teatro di Santo Spirito verabredet, ich kam zu spät, kein Zufall natürlich, war todunglücklich, als ich mich in dem dunklen Saal durch die Sitzreihen schob, und auf dem Platz, auf dem meine Geliebte hätte sitzen müssen, saß sie. Ich ließ mich auf meinen Platz fallen, verschwitzt und erregt, und das gefiel ihr. Wer hatte ihr die Karte verkauft? Was glaubst du? Natürlich, die Frau, die in der Halle auf mich gewartet hatte. Es war wirklich nur eine Frage von Minuten.

Wenn mein Taxi nicht in einem Verkehrsstau steckengeblieben wäre … Kurz, die bekannte und immer wieder erstaunliche Geschichte. Ich kam zu spät und kam genau im richtigen Moment. Als ich Platz siebzehn erreichte, saß sie seit genau drei Minuten auf Platz sechzehn. Sie gab mir eine Erklärung, doch ihre Erklärung dauerte etwas zu lang. Verstehst du? Und warum beugten wir unsere Köpfe beim Flüstern unwillkürlich so weit nach vorn? Es war, als wollten wir in einer Grube sitzen. Zu guter Letzt richteten wir uns auf und vermieden es bis zur Pause, einander anzusehen. Mit einem Schlag war jeder Schmerz aus meinem Körper verschwunden. Als Carlo die Pause angekündigt hatte und das Licht im Saal angegangen war, lud ich sie ein, noch etwas trinken zu gehen, nein, sie lud mich ein.

»Na, du Zwangsarbeiter.«

Simonetti betrat das Zimmer, das Bild des schwebenden Schwertfisches in der Diele noch auf der Netzhaut, und war fest entschlossen, Hanna zu sagen, was er ihr zu sagen hatte, nichts von dem Gesagten zurückzunehmen und sich nicht mehr zu einer Versöhnung verleiten zu lassen. »Na, Kollege«, antwortete er. Kaum hatte er Hanna Piccard, umringt von ihren Katzen, auf der Couch liegen sehen, als er den Krampf im Rücken spürte und sein Schwung gebremst wurde.

»Komm schon her, Andrea. Näher, noch ein wenig näher, ja, so. Wie fandest du sie?«

»Wen?«

»Du weißt genau, wen ich meine: Du wirst rot. Die Göttin, die Göttin, die Frau, der ich meine Eintrittskarte gegeben habe. Ich bin ein wenig beschwipst, sei mir nicht böse. Setz dich schon zu mir.«

Ein paar Minuten später lag Simonetti ausgestreckt auf der Couch, saß seine Holländerin auf ihm, hatte ihm das Hemd aus der Hose gezogen und aufgeknöpft.

»Sag schon, wie fandest du sie?«

»Es war schon dunkel, als ich den Saal betrat.«

»Aber du bist doch bis zur Pause geblieben.«

»Sie war eine Göttin. Jetzt zufrieden?«

»Du bist bis zur Pause geblieben.«

»Warum konntest du nicht noch ein paar Minuten auf mich warten?«

»Meine Geduld war zu Ende.«

»Und warum hast du ausgerechnet ihr deine Eintrittskarte gegeben?«

»Das weiß ich nicht. In einem Anflug geistiger Umnachtung. Ich war verzweifelt, ich haßte dich, und auf einmal tauchte sie vor mir auf, groß und imponierend. Bevor mir klar war, was ich tat, hatte ich ihr eine Eintrittskarte in die Hand gedrückt. Großer Gott, was für eine Frau. Manche Menschen sind so schön, daß ich mich kaum traue, sie anzusehen. Mir war, als würde sie mich mit ihren großen dunklen Augen erschlagen.«

»Dir war, als würde sie dich erschlagen.«

»Achte nicht auf meine Ausdrucksweise. Ich bin ein wenig beschwipst.«

»Und warum seid ihr nicht zusammen hineingegangen? Du fandest sie so schön, du hattest zwei Eintrittskarten, und ich war zu spät.«

Hanna Piccard schwieg.

»Aber natürlich, du hast ihr diese Eintrittskarte unter der Voraussetzung gegeben, daß sie den Mann auf Platz siebzehn erschlägt.«

Simonetti ging ins Bad. Als ich nach Hause kam, hat sie mich mir nichts, dir nichts besprungen, erzählte er dem Unbekannten, dem Mann in seinem Herzen, der sich im Theater sein verrücktes Phantasiegebilde angehört hatte. Hat mich mir nichts, dir nichts besprungen. So war sie. Sie hatte ein wenig getrunken. Ich war so blöd, mich auf die Couch zu legen. Wahrscheinlich hatte mich das Rascheln des Seidenfutters in ihrem Rock angezogen. Da lagen wir mal wieder auf der ewigen Couch! Schließlich konnte ich mich aus ihrer Umarmung befreien, nein, schob ich sie mit sanftem Druck weg. Ich nahm ein Bad, um mich von dem Krampf in meinem Rücken zu erlösen, dem Krampf, den ich kommen fühlte, sobald ich sie sah. Ich schämte mich für das, was ich meinem Körper antat. Dieser Krampf, dieser immer wieder auftretende Krampf – das ist doch kein Leben? Ja, ich erinnere mich noch an die hellblaue Farbe des Badewassers, ich hatte Badesalz hineingetan, ein Badesalz, das nur an einem einzigen Ort auf der Welt erzeugt wird. Derartige Spezialitäten hat Hanna gekauft. Ich fand das amüsant, rührend. Kosmetika – an diesem Abend hatte sie sich stark geschminkt, ein Zeichen für ihre tiefe Verunsicherung. Da kommt sie.

»Darf ich mich zu dir setzen? Ein Schlamassel ist das. Ich bin ein wenig beschwipst, sei mir nicht böse. Deine Augen sind heute abend so wahnsinnig schön, Signore Simonetti. Mir gefallen deine Augen am besten, wenn sie übermüdet sind. Aber das darf ich jetzt natürlich nicht sagen.«

»Was willst du?«

»Ich will nichts! Du weißt nicht, was du willst!«

Hier bin ich wieder. Wir schweigen schon eine ganze Zeit. Sie sitzt auf einem Hocker neben der Wanne. Die Glätte ihrer Beine, die ich für gewöhnlich anziehend finde, widert mich an. Sie sitzt auf einem Hocker, und ich muß daran denken, wie ich selbst auf einem Hocker neben ihrer Wanne saß, in ihrer Wohnung in der Nähe von San Ivo, nachdem wir zum erstenmal miteinander geschlafen hatten. Hätte ich damals schon wissen können, daß ich sie derart verabscheuen würde? Eine Schweinenatur! Ein Blutsauger!

»In der Halle des Teatro di Santo Spirito dachte ich an das Theater in der Nähe von Sutri«, sagte Hanna.

»Ich weiß, was du meinst.«

»Wir hätten rufen sollen, Andrea, wir hätten rufen sollen! Was macht es schon aus? Solange du die Wärme der Sonne noch auf den Wangen spüren kannst – ich darf dich jetzt wohl nicht berühren?«

»Hier, nimm den Fuß.« Er legte den rechten Fuß auf den Rand der Badewanne.

»Widerwillig«, stellte Hanna fest.

»Geht so.«

Wir schweigen. Ich rede mit Ihnen aus einem Badezimmer. Den größten Teil des Tages verbringe ich im Bad, denn mein Körper ist übersät mit Geschwüren, der Gestank ist manchmal unerträglich. Ich bin am Leben. Oh, das große einmalige Abenteuer meines Lebens. Mache ich große Entdeckungsreisen, wie es meinem Alter entsprechen würde? Nein, denn die Welt ist bereits erschlossen. Gerade eben hat mir meine Geliebte fünf meiner Zehennägel geschnitten und die Nagelhaut nach oben geschoben, um mir weh zu tun. Narben geholt bei der Jagd? Ha! Eine blutende Nagelhaut!

»Wir hätten unsere Namen rufen sollen«, wiederholte Hanna.

Sie denkt gerade an den Tag, an dem wir in Gesellschaft von Joe und Rosa Kurhajec das etruskische Theater in der Nähe von Sutri besuchten. Nach einem Spaziergang durch die Ländereien am Fuß des Felsens, auf dem die Stadt gebaut wurde, kamen wir in die Arena, die noch größtenteils intakt ist. Um die Akustik des Theaters zu testen, legte Joe Kurhajec die Hände um den Mund und rief lauthals den Namen seiner Frau. Rosa legte die Hände um den Mund und rief lauthals den Namen ihres Mannes. Und wir? Ich wollte ihren Namen rufen und sie meinen, aber wir konnten es nicht, wir schwiegen. Dieses Schweigen. Es hat eine Narbe hinterlassen.

»Dein Fuß wird kalt, Andrea.«

»Geht so.«

»Dann laß ihn noch liegen. Deine Augen sind heute abend so wahnsinnig schön, ich traue mich kaum, sie anzuschauen. Erzähl mir von Carlo und Alberto.«

»Ich werde dir etwas von meiner ersten Liebe erzählen.«

»O Gott, nein!«

»Es ist nur eine Geschichte.«

»Wahrscheinlich wieder eine dieser symbolischen Geschichten. Erzähl sie mir lieber ein anderes Mal.«

»Sie ist erhellend.«

»Was macht es auch schon. Dann erzähl sie mir jetzt.«

»Es geschah, als ich acht war. Ich weiß nicht mehr, wie lange es gedauert hat, sagen wir, ungefähr ein Jahr. Es war ein Mädchen aus meiner Klasse, vier Finger größer als ich, vier liegende Finger.«

»Mit einem Wort, eine Handbreit.«

»Ich weiß es noch genau, denn wir standen Rücken an Rücken, um den Größenunterschied zu messen, und so fing es an.

Während wir Rücken an Rücken standen und uns streckten, ergriff sie meine Hand. Nach dieser Messung begannen wir, einander aus dem Weg zu gehen. Wir konnten nicht mehr miteinander reden: Jedesmal, wenn einer in die Nähe des anderen kam, wurden wir so aufgeregt, daß wir nicht mehr wußten, was wir sagen sollten. Und ich fand es nahezu unmöglich, sie anzusehen.«

»Dir war, als würde sie dich mit ihrem Blick erschlagen.«

»Mit ihrem Blick, ja. Ich dachte ständig an sie und war oft wütend auf sie, einfach so, ohne bestimmten Grund.«

»Weil du ständig an sie denken mußtest.«

»Ich war mir ständig bewußt, daß sie existierte. Ich machte den Eindruck einer schwangeren Frau, die sich bei allem, was sie tut, verschwommen bewußt ist, daß sie ein Kind in sich trägt. Das Mädchen hüllte mich ein: Ich ging, saß und lag in ihr. Ich wich ihr aus, und sie wich mir aus, doch was wir auch anstellten, um einander aus dem Weg zu gehen, jede Woche begegneten wir uns mindestens einmal zufällig in der Stadt. Ich pflegte dann ihr Handgelenk zu ergreifen, das weiß ich noch genau, ich umschloß mit Daumen und Zeigefinger ihr Handgelenk und suchte mit dem Finger nach ihrer Schlagader. So gingen wir durch die Stadt, meistens schweigend, und unser Spaziergang endete immer an derselben Stelle: am Teich mit den Ruderbooten im Park der Villa Borghese. Wir lehnten uns an eine Mauer und betrachteten die Ruderboote, das fröhliche Treiben auf dem Wasser. Das war alles. Ich erschrak, wenn sie mich ansah, auch wenn ich mir natürlich nichts anmerken ließ, und sie erschrak, wenn ich mich bückte, um meine Strümpfe hochzuziehen. Wir hätten uns liebend gern unterhalten, aber wir trauten uns nicht. Wir hätten liebend gern etwas miteinander unternommen, aber wir trauten uns nicht. Wir starrten die Ruderboote an und holten abwechselnd zwei Wassereis, um kurz wieder zu Atem zu kommen. Langsam, aber sicher verschwand unser Glücksgefühl, und wir fingen an, einander zu hassen. Am Ausgang des Parks nahmen wir Abschied: gereizt, enttäuscht, erschöpft.

Ich weiß nicht mehr, wie lange wir das aushielten: diesen allwöchentlichen Gang in den Park, dieses Leben in Erwartung des Künftigen – sagen wir ein Jahr. Wir lähmten einander. Vielleicht waren wir einander zu ähnlich: Wir waren beide recht scheu. Vielleicht wollten wir zuviel. Ich fing an, sie zu piesacken: Ich zog sie an den Ohren, an den Haaren, und fuhr ihr mit den Knöcheln meiner Faust über die Wirbelsäule, so daß sie kalte Schauer überliefen. Den Schauer des Todes nannten wir das in der Schule. Schließlich habe ich sie angegriffen: Ich habe sie geschlagen und getreten, wonach sie im Gras liegenblieb und sich nicht rührte, als ich wegrannte. Eine Nacht lang war ich überzeugt, sie getötet zu haben.«

Hanna Piccard ging zur Badezimmertür und drehte sich um. »Und als du sie niedergeschlagen hattest, liebte sie dich noch mehr«, lautete ihr eisiger Kommentar. »Doch das konntest du damals noch nicht verstehen. Ich werde dir gleich etwas auf die Augen tun.«

Die Küche war der einzige Ort im ganzen Haus, an dem sie sicher sein konnten, daß Leda sie nicht hören würde, egal, wie laut sie sich auch anschrien und beschimpften. Sie hatten sich noch nie angeschrien und noch nie beschimpft.

Hanna Piccard hatte wieder auf einem Schemel Stellung bezogen. Mit angezogenen Beinen saß sie darauf, wie auf einem Felsen, vom Meer umspült. Sie hatte die Arme übereinandergeschlagen, den Kopf gesenkt und schaukelte mit dem Oberkörper leicht vor und zurück. Zwei Ärmel, die Ärmel eines Pullovers, lagen beschützend um ihre Schultern. Sie wiegte sich selbst und starrte die Einkaufstasche an, die sie irgendwann einmal aus dieser Küche entwendet und mit zu sich ins Bett genommen hatte, als sie noch allein in ihrer Wohnung in der Nähe von San Ivo wohnte.

Simonetti spülte das Geschirr, um sich davon zu überzeugen, daß das Leben weiterging, und redete in der Zwischenzeit mit dem Mann in seinem Herzen. Wir schweigen. Wir haben uns inzwischen in die Küche zurückgezogen. Immer diese Küche! Ich bin über und über mit Geschwüren, mit eiternden Beulen bedeckt – die Pest! Sie sitzt wieder mal auf einem Hocker, stumpfsinnig, verschlossen, und wiegt sich, als wolle sie wieder auf dem Schoß ihrer Mutter sitzen. Jedes noch so kleine Geräusch von ihr reizt mein Nervensystem. Ihre Worte gehen mir fortwährend durch den Kopf. Ich bin ein wenig beschwipst, sei mir nicht böse. Dein Fuß wird kalt, Andrea. Solange ein Mensch die Wärme der Sonne noch auf den Wangen spüren kann. Dein Fuß wird kalt. Ich werde dir noch etwas auf die Augen tun. Ein Mensch muß sich doch pflegen. Zwei Blutsauger an meinen Schläfen. Ich spüle das Geschirr und erlebe das große, einmalige Abenteuer meines Lebens. Die Atmung kontrollieren. Unterdessen pocht die Vernunft mit beiden Fäusten an meine Tür. Womit kann ich dienen, Frau Vernunft? Sie sagt mir, daß ich ihr einen vernünftigen Vorschlag machen soll. Ob sie so freundlich sein wolle, Ernesto zu kündigen, ob sie so freundlich sein wolle, möglichst bald in ihre Wohnung in der Nähe von San Ivo zurückzukehren. Das ist alles. Wir sind schließlich vernunftbegabte Wesen, nicht wahr? Bis sich die Vernunft selbst aufhebt. Das ist das einzige, was die Vernunft letztlich will: sich selbst aufheben. Zwei Verrückte in einer Küche: der eine sitzt auf einem Hocker, der andere spült Geschirr. Macht der eine Verrückte dem anderen einen vernünftigen Vorschlag. Ha! Ob sie so freundlich sein wolle. Krampf. Abgesetzt wegen Krampfs eines der Teilnehmer. Ob sie so freundlich sein wolle, die Belagerung aufzugeben. Ich bräuchte nur einen einzigen Satz zu sagen, doch der will mir nicht über die Lippen. Tippt der eine Verrückte einen Satz auf einen Papierfetzen, klebt diesen Fetzen auf die Innenseite seiner Stirn, wird seine Stirn durchsichtig. Ich weiß nicht, was ich will. Einen Gedanken unterschlagen. Sie weiß immer genau, was sie will, ziemlich einfach: Sie will mich. Deine Augen sind heute abend so wahnsinnig schön. Ich finde sie am schönsten, wenn sie übermüdet sind. Am liebsten würde sie mir die Augen aus dem Kopf saugen. Übermüdet, erschöpft und wesenlos – so findet sie mich am schönsten.

»Ißt du mit?«

»Ich nehme ein paar Bissen von dir. Aber das willst du jetzt natürlich nicht.«

»Deine Verteidigung wird immer effektiver.«

»Welche Verteidigung? Ich habe nichts zu verteidigen!«

Das Messer, mit dem Simonetti die Tomaten schnitt, wurde auch noch in etwas anderes gestoßen, etwas anderes – etwas Unbestimmtes. Er hatte keinen Hunger. Vielleicht hatte er nur deshalb an ein Omelett denken müssen, weil er etwas – Eier – zerschlagen und das Messer in irgend etwas – Tomaten – stoßen wollte. Die Gasflamme zischte. Er hatte ihr den Rücken zugewandt und erwartete jeden Moment etwas Scharfes zwischen den Schulterblättern.

»Da sitzen wir mal wieder.«

»Du kannst auch stehenbleiben.«

Simonetti aß sein Omelett. Hanna Piccard starrte trotzig die Einkaufstasche an und dachte an die Geschichte einer kolumbianischen Journalistin. Diese Frau war in ihrer Jugend außerhalb des Dorfes einmal einer Würgeschlange über den Weg gelaufen. Das Tier hatte sich drohend aufgerichtet. Das einzige, was sie noch tun konnte, war, stehenzubleiben, und sie war eine Stunde lang stehengeblieben, vollkommen regungslos, ohne auch nur mit den Wimpern zu zucken, während ihr der Schweiß in Strömen über den Körper lief. Sie war so lange stehengeblieben, bis die Schlange wieder auf den Boden gesunken und im Dschungel verschwunden war.

»Iß etwas, Hanna«, sagte Simonetti, nachdem er sich geräuspert hatte.

Sie aß nichts. Simonetti hatte seinen vernünftigen Vorschlag inzwischen vergessen, er war im Strudel seiner Gefühle untergegangen. Beim Essen warf er dann und wann einen scheuen Blick auf Hannas schaukelnden Oberkörper und verspürte den Wunsch, ihrem Beispiel zu folgen. Auf die ein oder andere Weise wurde Hanna bewußt, daß dieses träge und unaufhörliche Schaukeln, mit dem sie unbewußt angefangen hatte, Einfluß auf ihn hatte, und behielt es nun bewußt bei, in der Hoffnung, damit einen Wutausbruch Simonettis verhindern zu können. Sie hatte eine Höllenangst vor seinem Jähzorn und sah nur einen einzigen Ausweg: die Situation unter Kontrolle behalten.

Simonetti richtete den Blick auf die Maserung im Küchentisch. Seine Verzweiflung nahm immer mehr zu, und die ihm ständig durch den Kopf gehenden Gedanken nahmen einen sakralen Ton an. Er war hoch und heilig davon überzeugt, daß er mit dieser Frau zusammensein wollte, daß er mit ihr zusammensein sollte, da es kein Zufall gewesen sein konnte, daß er ihr begegnet war. Ja, in ihr würde er eine Wiedergeburt erleben. Jetzt, nach siebzehn Jahren Widerstand, mußte er endlich einer Frau Zugang zu seinem Leben gewähren, sich für besiegt erklären und sich der Vorsehung, der einen oder anderen Vorsehung, unterwerfen. Sie würde ihm etwas auf die übermüdeten Augen tun – Schlamm – und ihn von seiner Blindheit kurieren.

Eine Minute später war Simonetti ebenso hoch und heilig davon überzeugt, daß er sich einfach nicht dazu eigne, mit jemandem zusammenzusein, der nicht – wie Leda – von seinem eigenen Fleisch und Blut war. Er fühlte sich außerdem zu sehr vom Weiblichen – was immer das auch sein mochte – durchtränkt, um sich jemals wirklich mit einer Frau verbinden zu können. Er mußte daran denken, was Marina ihm kurz vor seiner Abfahrt in die Vereinigten Staaten mitten in der Nacht gesagt hatte: Ich gebe sie dir, denn du wirst nie mehr ein Kind von einer anderen bekommen. Ja, jetzt, nach siebzehn Jahren Widerstand, mußte er sich endlich in sein Schicksal fügen und die Rolle des Junggesellen akzeptieren. Es würde ihm nie gelingen, sich mit der Unvollkommenheit seiner Geliebten und folglich mit seiner eigenen Unvollkommenheit auszusöhnen. Um dieser Unvollkommenheit zu entrinnen, hatte er sich nach und nach immer mehr auf das einzige konzentriert, das in sich vollkommen war: den menschlichen Geist; und es war sein Schicksal, diesen Weg fortzusetzen, auch wenn dieser vielleicht zu so etwas wie absoluter Menschenscheu führen würde. Alles war eine Frage der Gewöhnung. Er würde sich daran gewöhnen, allein zu sein, und sich schließlich nicht mehr vorstellen können, daß er jemals im Dunkeln auf die Straße gelaufen war, um seine Einsamkeit aus sich herauszukotzen.

Als Simonetti den Blick wieder auf Hannas schaukelnden Oberkörper richtete, flammte der Haß in ihm auf, als wäre sie die Ursache seines Elends, seines Krampfes. Dennoch sagte er, sanft und freundlich: »Du mußt ins Bett, Hanna, du fällst gleich um vor Müdigkeit.«

»Ich kann nicht schlafen.«

»Soll ich dir etwas vorlesen?«

»Das schaffst du nicht, Kleiner.«

»Das schaffe ich.«

Hanna Piccard saß ruhig da. Auf einmal stellte sie die Füße auf den Boden. »In Ordnung, lies mir was aus deinem Gedicht über den Kaiser und den Taucher vor. Du hast es doch fertig?«

»Ja.« Simonetti verzog keine Miene und stopfte sich die letzten Bissen seines Omeletts in den Mund.

»Joe hat mir erzählt, daß du einen Probedruck von dem Gedicht hast anfertigen lassen. Er weiß es von Zuccarelli. Warum hast du mir das verschwiegen? Wie schaffst du es nur, mir so etwas zu verschweigen?«

»Keine Ahnung. Ich habe es dir dreimal auf den Schreibtisch gelegt und jedesmal wieder weggenommen. Zuccarelli hat es rein zufällig entdeckt: Er hat mal wieder in meinen Unterlagen herumgeschnüffelt. Ich verstehe nicht, warum ich es dir verschwiegen habe, Hanna. Ich habe nicht das Gefühl, daß ich dir etwas verschwiegen habe, da es nichts gab, was ich dir hätte erzählen können. Ich fühlte mich leer. Es war so still geworden. Ich hatte nicht den Wunsch, mit wem auch immer darüber zu reden. Ich war wütend, von mir selbst enttäuscht, und danach wurde es still. Das ist alles. Ich kann nichts zur Entschuldigung ins Feld führen.«

»Du brauchst dich nicht zu entschuldigen«, antwortete Hanna kühl und strengte sich aus Leibeskräften an, sich nicht gekränkt zu fühlen. »Du brauchst dich nicht zu entschuldigen. Es ist dein gutes Recht, es zu verschweigen.«

»Du immer mit deinen Rechten! Die Existenz des Rechts ist ein Zeichen unserer Schwäche. Das Recht schützt uns vor uns selbst. Wir verschanzen uns nur hinter dem Recht.«

»Und doch ist es dein gutes Recht«, wiederholte Hanna, uneingeschränkt dazu bereit, gerade unter diesen Umständen die Bedeutung eines unumstößlichen Grundsatzes zu verteidigen. »Niemand kann von einem Menschen verlangen, daß er über etwas redet, worüber er nicht reden kann oder will. Davon gehe ich aus.«

»Du bist nicht enttäuscht, daß ich es verschwiegen habe?«

»Natürlich bin ich enttäuscht, aber noch einmal …«

»Ich wiederhole.«

»Es ist dein gutes Recht, es zu verschweigen.«

»Deine Verteidigung wird immer effektiver.«

»Welche Verteidigung? Ich habe nichts zu verteidigen.«

»Natürlich hast du etwas zu verteidigen.«

»Ich habe nichts zu verteidigen!«

Hanna Piccard schlug die Arme übereinander und schwieg. Sie wollte sich nicht gekränkt fühlen. Sie starrte die leere Einkaufstasche an und dachte wieder an die Würgeschlange im Urwald Kolumbiens. Sie saß still da. Tief in ihrem Innern fühlte sie, wie die Gleichgültigkeit wieder aufkam, die sie vor mehreren Jahren eine Sekunde lang gefühlt hatte, als sie sich mit dem Wagen überschlagen hatte. Dank dieser Gleichgültigkeit konnte sie sich für unverwundbar halten. Sie saß still da, und es war ihr egal, was die Schlange tun würde: im Dschungel verschwinden oder sich um ihren Körper winden.

Simonetti sah glänzende Schweißperlen auf ihrer Stirn stehen und verspürte den sehnlichen Wunsch, sie zu berühren und selbst berührt zu werden, doch er unterdrückte dieses Verlangen und rührte sich nicht von der Stelle, da er sich im klaren war, daß schon die geringste Berührung ihres Körpers ausreichen würde, ihn wieder zu bekehren. Schluß machen: Das müßte er endlich mal lernen. Inzwischen hatte der Krampf in seinem Rücken den Brustkorb erreicht; die Muskeln seines Oberkörpers schienen sich zu spannen, und jede noch so geringfügige Bewegung bereitete ihm Schmerzen.

Sie schwiegen. Der Motor des Kühlschranks meldete sich und verstummte wieder. Simonetti klapperte mit den Zähnen, er hatte den Eindruck, daß es in der Küche langsam dunkler werde, und auf einmal dachte er, daß sich hinter ihm eine Gestalt erhoben habe, ein Mann, viel größer als ein Mann. Die Gestalt beugte sich langsam über ihn, er traute sich nicht, sich umzudrehen. Wer war das, wer beugte sich da über ihn? Töte mich doch, rief er in Gedanken. Töte mich doch, großer Retter, töte mich doch!

Bevor ihr bewußt war, was geschah, war Hanna Piccard schon auf den Boden geschleudert worden, saß Simonetti auf ihr, schnaufend wie ein Nilpferd, und schlug ihr ins Gesicht. Sie wehrte sich nicht. Sie wurde durch die Küche geschleift, durch die Diele, die Wohnungstür ging auf.

»Das ist es doch, was du willst?« hörte sie Simonetti brüllen. »Das ist es doch, was du willst!«

Einen Augenblick lang schwebte sie und überschlug sich dann, mit angezogenen Armen und Beinen, ein paarmal auf den steinernen Treppenstufen, bevor sie auf dem Boden im Vestibül aufschlug. Sie gab keinen Laut von sich und hielt die Augen geschlossen. Kurz danach bohrten sich die Spitzen hoher Absätze in ihren Rücken, und ihre prallvolle Handtasche explodierte unmittelbar neben ihrem Kopf. Simonetti schlug mit der Faust auf den Lichtschalter im Treppenhaus, damit sie sich in ihrem Elend sehen konnte, und schloß sich in seiner Wohnung ein.

Später an diesem Tag stellte sich Leda Simonetti die Frage, was sie in dem Moment gesehen hatte, als die Leiche Aldo Moros in der Via Caetani gefunden wurde.

Sie hatte eine blühende Magnolie und ihren Lehrer für Latein und Griechisch angestarrt, der bedächtig im Klassenraum auf und ab geschritten war und dann und wann einen Blick in die Schulausgabe der *Metamorphosen* Ovids geworfen hatte. Jedesmal, wenn sie das Wort »Stoiker« las, dachte Leda an diesen Mann, sechsunddreißigjährig, relativ klein, sehnig und launenhaft, an dunkle und tiefliegende Augen, einen schwarzen Schimmer auf eingefallenen Wangen und dünne Lippen. Er trug graue Anzüge, die ihm gut standen, sprach meistens in einem herablassenden und gleichgültigen Ton, für den sie höchste Bewunderung empfand, und hinterließ in jedem Raum den Geruch starker französischer Zigaretten. Beim Inhalieren saugte er die Wangen nach innen und konnte danach beim Vorlesen die Jamben und Hexameter, die Spondeen und Trochäen der griechischen und römischen Dichtkunst drei Minuten lang mit Rauchwolken sichtbar machen. Er war mit einer gutaussehenden Französin verheiratet, mit der er beim Tanzen hervorragend harmonierte, wie Leda vor kurzem auf einem Schulfest gesehen hatte.

Dies alles war für sie Grund genug, ihn sympathisch zu finden und daraus ein Geheimnis zu machen. An diesem Tag offenbarte sie ihm zum erstenmal und vollkommen unbewußt ihre Gefühle und bekam gleich eine volle Breitseite.

»He, du«, sagte er plötzlich. »He, du, wie heißt du gleich wieder, Leda, du kannst verschwinden und einen Spaziergang machen.«

Leda schrak aus ihrem Tagtraum hoch und reagierte, sobald sich der Schreck gelegt hatte, so, wie man von ihr erwarten durfte.

»Einen Spaziergang? Das ist aber nett von Ihnen, Signore.«

»Und für morgen darfst du hundert Zeilen Ovid vorbereiten. Ausgeschrieben und lesbar.«

»Signore, wenn ich für morgen hundert Zeilen vorbereiten muß, kann ich jetzt keinen Spaziergang machen.«

»Los, keine Sprüche, mir reicht's. Wenn dich das edle Latein nicht interessiert, kannst du wenigstens wegbleiben. Ach, all die jungen Damen mit ihren Kuhaugen, sie langweilen mich dermaßen. Was denken sie sich eigentlich? Ich bin doch kein Sportlehrer!«

»Signore, ich habe die Magnolie angeschaut«, behauptete Leda empört. Sie war davon überzeugt, daß sie überwiegend, wenn nicht sogar ausschließlich den Baum angeschaut hatte.

»Aha, du hast die Magnolie angeschaut, das Schwellen der Knospen, das Winden der Zweige. Diese schwärmerischen jungen Damen. Es hat absolut keinen Sinn, sie auf eine höhere Schule zu schicken. Sie sollten möglichst bald Kinder kriegen und sich um den Abwasch kümmern. Was soll der Lärm? Sinn für Humor haben sie auch keinen. Los, Leda, pack deine Sachen. Herrgott, vergießt du jetzt auch noch ein paar Tränen? Leih dir ein Taschentuch und heul dich beim Hausmeister mal so richtig aus. Vorwärts.«

Im Nu waren Ledas Wangen tränennaß. Sie schämte sich und fühlte sich äußerst ungerecht behandelt: Wenn jemand Schwärmerei und schmachtende Blicke verabscheute, dann sie.

»Beeil dich ein bißchen. Die anderen würden liebend gern weitermachen.«

Schluchzend machte sich Leda auf den Weg zur Tür. Der Lehrer murmelte etwas über das schwache Geschlecht, Geschirrspülen und ein allgemeines Nachlassen der geistigen Kräfte Jugendlicher. Als sie endlich bei der Tür war, sagte er unvermittelt in dem verächtlichen Ton, den sie so bewunderte: »Herrgott, du hast natürlich deine Tage. Daß ich nicht daran gedacht habe. Huh huh huh, Klappe zu, ihr da, schön brav sein.«

Leda schleuderte ihre Tasche auf den Boden und drehte sich ruckartig um. »Meine Tage? Signore, wenn ich Sie sehe, kriege ich sofort meine Tage!«

»So was höre ich gern. Dafür erlasse ich dir fünfzig Zeilen. Du kannst gehen und die Sonne genießen.«

Auf ihrem Weg durch die Stadt verfluchte Leda diesen Stoiker, Typ interessanter Mann, noch mehr als einmal, doch als sie den Tiber erreicht hatte und die Platanen im böigen Wind rascheln hörte, hatte sie ihren Kummer vergessen. Es erfüllte sie mit Stolz, daß sie vor den Augen ihrer Mitschüler in Tränen ausgebrochen war.

Auf dem Ponte Sisto lasen Menschen trotz der Windböen im Stehen die Zeitung. Leda fiel dies zunächst kaum auf, da sie den Blick auf die triumphale Architektur der Fontana al Ponte Sisto gerichtet hatte und eine Verabredung mit Jan Zocher inszenierte, dem Mann, der, das Gesicht hinter einer Zeitung verborgen, auf sie wartete. Erst als sie an einem guten Dutzend hinter aufgeschlagenen Zeitungen stehender Personen vorbeigekommen und für einen Augenblick gedacht hatte, sie befände sich bei einer Filmaufnahme inmitten einer Gruppe von Statisten, drangen ihr die Nachrichten ins Bewußtsein. Im Vorbeigehen sah sie die roten Lettern, die die gesamte Breite der Titelseite einnahmen: Moro Ucciso. Sie rannte zu einem Kiosk, kaufte die Sonderausgaben zweier Zeitungen, machte noch ein paar Schritte und blieb dann stehen.

Barbarischer Anschlag. Moros Leichnam in einem Auto gefunden, nach fünfundfünfzig Tagen in Gefangenschaft. Kugeln im Herzen. Eine abscheuliche Inszenierung der Roten Brigaden. Um ein Uhr ein Anruf bei der 113: Moro sei freigelassen worden. Gedämpfter Optimismus im Hauptquartier der Christdemokraten. Um halb zwei ein weiterer anonymer Anruf: In der Via Caetani stehe ein Auto mit einer Bombe. In unmittelbarer Nachbarschaft der Parteizentralen der Christdemokraten und der Kommunisten parkt ein roter R 4. Passanten haben im Kofferraum einen Mann, in Decken gewickelt, liegen sehen. Ein Polizeibeamter erkennt in dem bärtigen Gesicht das Aldo Moros. Er ist tot. Chaotische Szenen im Hauptquartier der Christdemokraten. Das Stadtviertel zwischen der Piazza Argentina und der Piazza Venezia wird abgeriegelt. Eine riesige Menschenmenge versammelt sich außerhalb des Polizeikordons. Würdenträger eilen zur Stätte des Unheils. Minister Cossiga und Staatssekretär Darida haben den Leichnam offiziell identifiziert. Ein Priester ist neben dem Auto im Gebet versunken. Aufruf zu einem Generalstreik.

Unter den roten und schwarzen Schlagzeilen war ein Foto zu sehen. Der Fotograf hatte offensichtlich an einem Fenster in einem Gebäude in der Via delle Botteghe Oscure gestanden, genau gegenüber der schmalen Via Caetani: Das Foto war von oben herab mit einem Teleobjektiv aufgenommen worden. Im Vordergrund sah Leda die Hinterköpfe der Schaulustigen, die in den geöffneten Kofferraum eines R 4 blickten, der den größten Teil des Fotos einnahm. Im Kofferraum lag ein Mann. Decken waren zurückgeschlagen. Ein weißer Fleck in dem dunklen Loch: das war die rechte Hand auf seinem Bauch. Der Kopf des Mannes war auf seine linke Schulter gesunken. Das war alles. Es war kein schockierendes Foto. Schockierend waren damals die Fotos gewesen, auf denen Moros erschossene Leibwächter, auf dem Pflaster der Via Fani liegend, zu sehen waren. Doch sie wußte, daß dies Aldo Moro war, der aussah wie ein Obdachloser, der in einen Wagen gekrochen und eingeschlafen war, und sie wußte, daß er wahrscheinlich erst vor wenigen Stunden ermordet worden war.

Dieses Foto schockierte sie auch aus anderen Gründen. Andrea Simonetti hatte jahrelang einen R 4 gehabt, und Leda kannte den Kofferraum dieses Fahrzeugtyps in allen Einzelheiten. Unterwegs zu dem Haus in der Nähe von Sutri hatte sie oft auf einer Decke und auf Kissen im Kofferraum gelegen, lesend, träumend oder schlafend. Sie fand es herrlich, unsichtbar in einem fahrenden Auto zu liegen, die Stadt zu verlassen, durch das Fenster in den Himmel zu starren und sich die lange Reise vorzustellen, die sie gerade gemeinsam mit Andrea unternahm. Sie schlief ein, wurde wach und streckte ihren Kopf hinter dem Rücksitz in die Höhe. Andrea entdeckte sie im Spiegel und winkte. Sie reichte ihm einen Becher mit kaltem Kaffee, Schokolade und Obst. Ihr Blick erhaschte kurz sein freundliches Gesicht, und sie versank wieder in ihren Träumen.

Auf den Stufen vor der Fontana al Ponte Sisto sitzend, versuchte Leda, sich den Mord an Aldo Moro vorzustellen. Während sie zur Magnolie hinübergeschaut und sich für das Winden der blühenden Zweige geschämt hatte, hatten sie Moro zu einer Garage gebracht, ihn gebeten, er möge sich in den Kofferraum eines R 4 legen, und ihn mit Decken zugedeckt. Vielleicht lebte er in diesem Moment noch in dem Glauben, daß sie ihn freilassen würden, daß sie ihn in einer verlassenen Gegend aussteigen lassen würden. Inzwischen waren jedoch die Schalldämpfer auf die Pistolen geschraubt worden. Die Decken bewegten sich, als die Pistolen näherkamen. Beinahe unhörbar schlugen die Kugeln in seinem Körper ein, verschwanden die Kugeln in seinem Körper, und von der einen auf die andere Minute war das Leben aus diesem Körper gewichen. Unwillkürlich ersetzte sie Aldo Moros Körper durch den ihren, und ebenso unwillkürlich war die Bewegung ihrer Oberarme: Sie drückte ihre kleinen Brüste aufeinander zu, zitternd, und spähte in ihre Bluse, um zu sehen, ob sie schon eine Spalte habe, wie Hanna Piccard eine hatte. Verschämt schloß Leda die Augen. Während sie erneut und ehrfurchtsvoll ans Sterben dachte und sich vorzustellen versuchte, was sie sich nicht vorstellen konnte, durchlief sie ein Anflug von Aufsässigkeit, von wütendem Widerstand. Die Geborgenheit, die sie im Kofferraum des R 4 verspürt hatte, schien ihr mit einemmal einer abgeschlossenen Periode anzugehören.

Der Himmel war bewölkt, und in großen Abständen fielen Regentropfen auf das Stadtviertel, über das nun im ganzen Land geredet wurde. Während Fernsehbilder von der Via Caetani, einer unansehnlichen römischen Straße, über Satellit in alle Teile der zivilisierten Welt ausgestrahlt wurden, stand Leda Simonetti vor der monumentalen Fassade von Il Gesù. Ebenso wie viele Hunderte Passanten interessierte auch sie sich brennend für die Fenster der Parteizentrale der Christdemokraten, für das Portal des Palazzos, für die Ankunft dunkelblauer Staatskarossen, die aussteigenden Würdenträger, die, von ihren Leibwächtern umringt, im Torbau verschwanden.

Inmitten vieler Tausender Passanten erkundete Leda das Stadtviertel, in das sie jeden Tag kam, als habe hier gerade erst eine Feldschlacht stattgefunden, und sie hatte das Gefühl, an einem historischen Ereignis teilzunehmen. Hier und dort standen Menschen in Gruppen beieinander, um über die abscheuliche Inszenierung der Roten Brigaden zu diskutieren. Die ersten schwarzumrandeten Anschläge wurden bereits an die Mauern geklebt. In der Via delle Botteghe Oscure untersuchte sie die Fenster der Parteizentrale der Kommunisten. In der Ferne sah sie dann und wann die Fahnen und Transparente von Kommunisten, die aus verschiedenen Stadtteilen zum Kolosseum vorrückten. Die von Megaphonen verstärkten martialischen Losungen jagten ihr Angst ein. Die Regentropfen fielen in immer kürzeren Intervallen. Mit der linken Hand umklammerte Leda die Stiele von einem Strauß Rosen und mied eine Zeitlang die Via Caetani. Es war das erste Mal, daß sie in äußerste Verlegenheit geriet, nur weil sie einen Blumenstrauß niederlegen wollte.

Schließlich aber wurde sie doch zur Via Caetani gesogen, denn da erreichte die Menge ihre größte Dichte. Sie ging in ihr auf. Ständig spürte sie nun den sanften Druck von Schultern und Hüften, und es verunsicherte sie, daß sie sich auf einmal nicht mehr entschuldigen mußte, wenn sie die anderen berührte. Der Zug durch die Via Caetani machte auf sie den Eindruck einer Wallfahrt: Schweigend, und nicht ohne einen neugierigen Blick zu riskieren, schoben sich alle an der Stelle vorbei, an der Aldo Moro nach fünfundfünfzig Tagen Gefangenschaft aufgetaucht war. Ihr Blick erhaschte die Stelle, an der der Wagen gestanden hatte: Vor einem Haus lagen Kränze und gebundene Blumensträuße, Kerzen brannten, alte Frauen beugten mummelnd die steifen Beine und bekreuzigten sich.

Leda zögerte, wurde rot und hätte die Blumen beinahe heimlich aus den Händen gleiten lassen. Aber sie wurde weitergeschoben, und wenig später ging sie neben den alten Frauen in die Hocke, in Gedanken bei Eleonora Moro, in Gedanken im Kofferraum eines R 4, den sie sich auf einmal als den aufgerissenen

Rachen eines Monsters vorstellte. Wie ein Bulldozer schob sich der gigantische Kopf des Monsters durch die Via Caetani und verschlang die Menge. Seine Zunge wand sich bereits um ihre Beine. Leda bekreuzigte sich und legte ihre Blumen blindlings irgendwohin.

Sie hatte sich kaum wieder aufgerichtet, als sie schräg über sich einen jungen Mann stehen sah: Er war auf ein Baugerüst geklettert, das vor einem renovierungsbedürftigen Haus aufgebaut worden war. Er war ungefähr zwanzig, trug eine Lederjacke und eine Hose in den Tarnfarben Gelb, Braun und Grün – eine Hose, die ihm bei Kampfeinsätzen im Dschungel noch gute Dienste erweisen könnte. Während er sich mit nur einer Hand an einer Stange festhielt, lehnte er seinen Körper über die Menge. Leda wurde von der Haltung und dem Gesichtsausdruck dieses jungen Mannes derart in Verwirrung gebracht, daß ihr erst nach ein paar Minuten klar wurde, daß er eine Rede hielt.

»Sklaven Roms«, rief er. »Sklaven Roms! Was ist das für eine Freiheit, die Freiheit, die uns unseren Mitmenschen entfremdet? Es ist die Freiheit des Kaufhauses! Ja, ja, ja, kommt in das Kaufhaus der Freiheit! Los, fangt an zu kramen und zu wühlen! Die runderneuerte Freiheit, jetzt im Sonderangebot. Und seht her, die Moral, gestern mittag ganz neu, heute schon bei uns zu haben!«

»Der soll sein Maul halten!«

»Sklaven Roms, wir vereinbaren einen Termin! Sklaven der Gefallsucht, Sklaven der Automaten und der Ferien mit Vollpension, Sklaven des Verpackungsmaterials und der freien Presse, setzt eure Brillen auf, zückt eure Kalender, denn wir vereinbaren einen Termin für einen Gratisflug in den Weltraum.«

»Er ist ein Affe, er ist aus dem Zoo ausgebrochen.«

»Was nützt uns die Freiheit, die uns unseren Mitmenschen entfremdet? Los, kramt und wühlt! Alle Ideen müssen weg! Ding dong! Besuchen Sie unser Restaurant im fünfzehnten Stock, das Restaurant der Freiheit! Mit Dachterrasse!«

»Faschist!«

»Sind wir das nicht alle?«

»Warum gehst du nicht arbeiten? Alle Studenten sollten endlich mal richtig arbeiten!«

»Sklaven Roms!«

»Er ist ein Bußprediger!«

»Er will einen Harem!«

»Ding dong! Achtung, Achtung, Telefon für Herrn Moro!«

»Er soll sein Maul halten. Es gibt keinen Respekt mehr, zurück zu den Zeiten des Respekts!«

»Zurück zur Armut, meinen Sie wohl.«

»Erst müssen alle Ausländer rausgeschmissen werden: Sie nehmen uns die Arbeitsplätze weg.«

»Wir haben um unsere Freiheit gekämpft, aber das wissen die Jungen nicht mehr. Sie haben nichts zu tun. Das ist alles.«

»Genau, Signore, rührender Sklave«, brüllte der junge Mann. »Ihr habt um eure Freiheit gekämpft! Doch wofür? Um Sklaven der Stechuhr und der Büromöbel zu werden! Die Köpfe vollgestopft mit Büromöbeln und Versicherungspolicen! Uns kann nichts mehr passieren. Wir werden jedes Gebirge und jede Wüste mit unseren Büromöbeln füllen! Sklaven der Gefräßigkeit, Ewighungrige, besucht unser Restaurant der Freiheit im fünfzehnten Stock! Ding dong! Herr Moro, Apparat 113, bitte!«

»Holt ihn da runter!«

Ein paar Männer waren inzwischen auf das Gerüst geklettert und versuchten, den tobenden jungen Mann von der Stange wegzuzerren, an der er sich festklammerte.

»Sklaven Roms! Stürmt die Rolltreppen und besucht unser Restaurant im fünfzehnten Stock!«

Die Männer packten den jungen Mann an den Haaren, schlugen ihm mit einem Stein auf die Hand, so daß er die Stange loslassen mußte. Ließ er sich fallen, oder wurde er hinuntergestoßen? Der junge Mann stürzte rückwärts vom Gerüst. Leda Simonetti kniff die Augen zu und bewegte sich mit der zurückschreckenden Menge mit. Bevor sie die Flucht ergriff, sah sie den jungen Mann noch auf dem Pflaster liegen: den Kopf blutverschmiert, die Beine leicht zuckend, wie die Beine eines verendenden Tieres.

Leda kam nach Hause und legte, noch ehe sie die nasse Jacke ausgezogen hatte, eine Schallplatte auf. Keiner, mit dem sie reden

konnte, keiner, dem sie zuhören konnte, keiner, der etwas für sie
tat, und keiner, für den sie etwas tun konnte, doch daran war sie
gewöhnt. Die Katzen ließen sich nicht blicken. Leda suchte sie an
den wohlbekannten Plätzen, bis ihr einfiel, daß Hanna Piccard sie
gestern mittag mitgenommen hatte. Wie ein Dieb war sie in das
Haus eingedrungen, nachdem sie sich drei Tage lang versteckt
hatte. Niemand wußte, wo sie sich herumtrieb. Leda hatte die
blutroten Amaryllen, die sie Hanna zu Ehren ins Paradies aufgenommen hatte, aus diesem entfernt. Doch ein paar Stunden später hatte sie die mühevoll abgelösten Blumen wieder aufgeklebt,
als müsse sie sich einen Geist mit einer Opfergabe geneigt machen.

»Hanna? Hallo, Dicke! Komm raus. Ich weiß, daß du hier
bist.«

Leda wartete. Niemand kam raus. Dann stellte sie sich dort ans
Fenster, wo Andrea zu stehen pflegte: die Hände in den Taschen,
linke Schulter am Fensterrahmen. Der Regen fiel senkrecht nach
unten. Die Pflastersteine auf dem Platz glänzten, die Karabinieri
hatten sich in den Torbau des Palazzo Farnese zurückgezogen.
Leda betrachtete die schwarzen Regenschirme, die sich in unterschiedlichen Geschwindigkeiten und in unterschiedlichen Richtungen über den Platz bewegten. Jetzt bin ich die Gefangene des
Platzes, dachte sie, und ich darf erst dann nach oben, wenn kein
einziger Regenschirm mehr zu sehen ist.

»Hanna? Jetzt komm schon raus. Es regnet.«

Sie war bei Ernesto, natürlich war sie bei Ernesto untergetaucht, nachdem Andrea sie die Treppe hinuntergeworfen hatte.
Natürlich schwieg Ernesto. Und Andrea die ganze Zeit am Telefon. Hat den ganzen Samstag Musik gehört. Wurde böse, weil ich
Hannas Kleider in den Schrank geräumt habe. Wurde grundlos
böse, wirklich grundlos. Ich wollte ihn nicht küssen oder so, gestern abend, ich wollte lediglich, daß er mir die Füße massiert.

»Hanna? Das Wasser steigt. Das Lokal ist bereits überflutet.
Die Nonnen gehen auf dem Wasser. Ruderboote kommen aus der
Richtung des Campo de' Fiori, um uns zu holen. Wir werden eva-
kuiert.«

Noch ein einziger Regenschirm, ein eleganter durchsichtiger
Schirm. Beeil dich, du Zimtzicke. Ja, ja, sie sehen dich ja, die nied-

lichen Soldaten. Soll ich Ihnen ein Bein stellen? Dann fallen Sie auf die Schnauze. Jetzt aber zack zack, um die Ecke, stapf, stapf, stapf, ja, leer. Jetzt war sie nicht mehr die Gefangene des Platzes. Erleichtert stieg Leda eine Treppe und eine Leiter hinauf und öffnete die Luke zum Mezzanin.

»Hab' ich mir das nicht gedacht? Also habe ich es nicht gedacht.«

Jemand hatte die Vase auf einen Schemel neben das Bett gestellt, in der Vase standen Magnolienzweige, und um die Vase herum lagen flaumige Blätter, die von den sich öffnenden Blütenkelchen abgefallen waren. Kaum hatte Leda diese knorrigen, bizarr geformten Zweige gesehen und zum zweitenmal das Winden der Zweige erkannt, als sie ihre Tasche zu Boden warf und sich abwandte, beschämt von der Schamlosigkeit der Natur.

»Fünfzig Zeilen Ovid. Ausgeschrieben und lesbar. Möchten Sie mit mir tanzen, Herr Stoiker? Bitte ohne Rauch. Oder möchten Sie lieber Kinder kriegen und das Geschirr spülen? Ich bin, was bin ich, ja, ich bin wütend. Jetzt bin ich wütend. Und jetzt bin ich, was bin ich jetzt?«

Leda schlenderte zu den Zweigen, nahm sie fest zwischen die Hände und kniff hinein, um ihnen wehzutun. Wenn ich doch in einer Vase stünde, dachte sie und hob die Arme über den Kopf wie eine Ballerina. Wenn ich doch in einer Vase stünde, wenn ich in einer Vase stünde, würde ich Wasser aufsaugen und mich so lange selbst ausdrücken, bis ich Blumen hervorgebracht hätte. Zwischen den Zweigen fand sie einen Zettel mit einer Nachricht von ihrem Vater.

»Liebe Kratzbürste. Diese Zweige sind für Dich. Es ist zehn Uhr morgens, ich habe einen Kopf, einen Rumpf, zwei Arme und zwei Beine, das Ganze paßt gut zusammen, und ich mache mich auf die Suche nach Hanna, um alles zu regeln. Alles wird gut. Du weißt, daß ich Dich nie im Stich lassen werde. Ich verstehe jedoch, daß Dich dieser Gedanke in den letzten Tagen nicht mehr losgelassen hat. Aber ich werde Dich nie im Stich lassen, und alles wird gut. Du hast vergessen, daß wir zwei beiden uns ein paar Jahre lang gut über die Runden gerettet haben. Du hast vergessen, daß wir immer, wo wir auch waren, Menschen um uns gehabt haben, die uns liebten und gut kochen konnten. Du mußt unser Leben nicht allzusehr mit dem von anderen vergleichen – es hat seine eigene Qualität.

Du mit deinem großen Mund, du bist alt genug, um zu wissen, wann Du mir weh tust. Ich bin Dein Vater, aber ich bin auch ein Mensch. Was soll ich tun, wenn Du mich anfällst? Soll ich dann zulassen, daß Du mir zwischen die Beine trittst? Nein, bestimmt nicht, dann gebrauche ich lieber den Ellbogen.

Die Kurhajecs erwarten Dich zum Abendessen. Ich höre jemanden Klavier spielen. Wie ist das möglich? Steht irgendwo im Haus auf einmal ein Klavier? Weißt Du etwas davon? Sobald uns danach ist, nicht früher und nicht später, sobald uns beiden danach ist, streckst Du Deine Füße aus und ich meine Hände, um sie zu massieren. Neun Uhr zu Hause. Andrea.«

Nachdem Leda diesen Brief hier und dort im Haus erneut gelesen hatte, machte sie es sich auf dem Bett ihres Vaters bequem. Sie schenkte sich ein Glas Wein ein, griff zum Telefon und wählte die Nummer der Kurhajec. Pepe nahm ab.

»Ja?«

»Bist du das, Pepe?«

»Ja, aber ich bin unsichtbar.«

»Das ist egal. Ist Rosa in der Nähe?«

»Weiß ich nicht. Alle sind heute unsichtbar.«

»Pepe, du bist eine Nervensäge.«

»Ja.«

»Du bist eine schreckliche Nervensäge, und du hast eine Hasenscharte und einen Buckel.«

»Ja.«

»Pepe, du brauchst nicht dauernd ja zu sagen. Es gibt ja und es gibt nein. Willst du jetzt wohl Rosa an den Apparat holen?«

»Aber ich liege unter der Bank.«

»Sag Rosa Bescheid, daß ich heute abend nicht zum Essen komme, weil ich Besuch gekriegt habe. Wirst du ihr das sagen?« Pepe schwieg. »Bist du noch dran, Pepe?«

»Ja.«

»Ich sehe dich vor mir, ganz deutlich, ich weiß genau, was du anhast, und du liegst unter der Bank.«

»Wie sehe ich denn aus?«

»Genau wie Pepe Kurhajec. Aber das weißt du nicht, denn wenn du unsichtbar bist, kannst du dich auch selbst nicht sehen.«

»Ja«, seufzte Pepe verzückt und schwieg anschließend eine Zeitlang.

»Bin ich auch unsichtbar, Pepe?«

»Alle sind unsichtbar heute. Das habe ich doch gesagt!«

»Hör zu, morgen nachmittag pünktlich um vier machen wir einen Wahnsinnssprung vom Balkon. Abgemacht?«

»Ja.«

»Wirst du Rosa Bescheid sagen, daß ich nicht kommen kann?«

»Ja, mein Schatz, natürlich, mein Schatz«, antwortete Pepe, erschöpft und gelangweilt, genau so, wie es Joe Kurhajec zu seiner Frau zu sagen pflegte, genau so.

Das Tageslicht im Schlafzimmer nahm bereits ab, und die auf die Schiebetüren gemalte Hügellandschaft wurde unscharf. Leda verbarg sich unter dem Deckbett und nahm den fünfjährigen Pepe in die Arme. Du Nervensäge, jetzt lasse ich dich nie mehr los, jetzt darfst du nie mehr weg. Das hier ist unsere Höhle, wir sind unsichtbar geworden. Erst mal so richtig wühlen und dann ruhig liegen bleiben. So, jetzt reicht es. He, bleib endlich ruhig liegen. Nein, nein, nein, nicht mit deiner Nase in meiner Achselhöhle. Hast du gewußt, daß die Katzen den Schweiß in meinen Achselhöhlen mochten? Manchmal kamen sie morgens zu mir ins Bett gekrochen und leckten dann mit ihren rauhen Zungen in meinen Achselhöhlen. Ekelhaft, nicht wahr? Bleib ruhig liegen. Nein, du darfst jetzt wirklich nie mehr weg. Soll ich dir einen Kuß auf deine Hasenscharte geben? Nein, du hast jetzt keine Hasenscharte mehr, du hast die Lippen des kleinen Pepe. Weißt du noch, daß du in unserem Haus in der Nähe von Sutri bei mir im Bett geschlafen und mir vom hölzernen Wächter zwischen den Bäumen erzählt hast? Jetzt gebe ich dir einen dicken Kuß mit meinen dicken Negerinnenlippen und jetzt noch ein paar auf deine Augen mit meinen eigenen Lippen. Oh, Pepe! Möchtest du die

Geschichte hören über den schönsten Moment meines Lebens?
Wenn du ruhig liegen bleibst. Ich küsse einen Jungen, und Joey
küßt einen Jungen, es ist ein Wettkampf: Wer am längsten zun-
genküssen kann. Wir küssen und küssen, bestimmt zehn Minuten, und unterdessen schauen Joey und ich uns immer wieder mal
mit lachenden Augen über die Schultern der Jungs hinweg an.
Das war der schönste Moment meines Lebens. Gibst du mir jetzt
auch einen? Nicht so naß, bitte. Oh, Pepe, ich hab' heute, allein
heute, schon so viel mitgemacht. Strafarbeit vom Stoiker: fünfzig
Zeilen Ovid. Ovidivius, Odivivius, divino Ovidius. Und ich bin
mitten in der Klasse in Tränen ausgebrochen, darauf war ich richtig stolz. Danach streifte ich durch die Stadt, um dem Schwimmer über den Weg zu laufen, und auf dem Ponte Sisto sah ich die
riesigen schwarzen und roten Schlagzeilen. Er ist tot. In der Via
Caetani haben sie einen jungen Mann von einem Gerüst herun-
tergestoßen, weil er eine Rede hielt über das Warenhaus der Freiheit. Das Blut strömte ihm aus dem Kopf, und vielleicht ist er jetzt
auch tot. Soll ich dich mal vom Gerüst werfen, Pepe? Jaa! O Pepe,
o popoi! Wehe mir, bedeutet das: o popoi. Früher kratzten sich
die Frauen die Brüste blutig, wenn jemand gestorben war, und
dann riefen sie: O popoi, o popoi! Wie viele Sprachen kann ich
eigentlich schon? Ist auch egal. Willst du meine Brüste auch mal
sehen, Pepe? Ich kriege allmählich auch eine Spalte. Willst du sie
mal sehen? Jaa! Oh, Pepe, wie lieb du das sagst. Lieb, lieb, lieb.
Nervensäge, Klumpfüßiger, Buckliger, Hasenscharte, nein, nein,
nein, ich mache sie selbst auf. Wo ist deine Hand? Vorsichtig, sie
sind etwas hart heute. Oh, Pepe, o popoi, ich bin ein Baum, und
gegen Abend lassen sich tausend Vögel auf mir nieder. Nein. Ich
bin der Abend. Auch nicht. Es ist Abend, und tausend Gedanken
lassen sich auf mir nieder. Ja. Leck ruhig, du bist ein kleiner
Hund. Fies, nicht wahr? Andrea hängt ein Handtuch über seinen
Steifen, wie eine Fahne an einer Fahnenstange. Hat Hanna mir
mal erzählt, im Scherz. Und wir liegen jetzt auf den sogenannten
geheimnisvollen Flecken im Laken. Nein, das kannst du noch
nicht verstehen. O Pepe, o popoi! Soll ich dich verprügeln? Jaa!
Gehen wir jetzt? Jaa, mein Schatz. Wie lieb du das sagst. Jaa, mein
Schatz. Komm zu mir, nein, ich ersticke, ich muß kurz frische

Luft schnappen. Leda strampelte die Decke von sich und sah die aschgraue Farbe des Lichts im Schlafzimmer.

Sie trank ihr Glas Wein aus und ging schnell in ihr Zimmer, um ihre Hausaufgaben zu machen und die fünfzig Zeilen zu übersetzen. Doch ehe sie sich an den Schreibtisch setzte, wollte sie erst das Paradies noch einmal sehen. Leda rollte den Bogen Papier aus, beschwerte den Rand mit Schuhen und sprang aufs Fußende ihres Bettes, um sich das Kunstwerk anzusehen. Es stellt auf jeden Fall etwas dar, dachte sie, man muß schon Tomaten auf den Augen haben, wenn man nicht sieht, daß die Formen etwas darstellen. Farben gibt es genug: hellgrüne Blätter, ein bronzenes Mädchen, liegend und vollkommen nackt, Schmetterlinge tanzen in einem harten und strahlenden Gelb gleich einem Strahlenkranz um ihren Kopf, eine blutrote Sonne, ein blaugrauer Delphin springt über den Mond, und an einer anderen Stelle klettert ein Kopf mit Bademütze auf eine Welle, hellblau, wie der Einband des Buches über das Marathonschwimmen. Farben und Formen gab es genug – aber dennoch vermißte Leda etwas in ihrem Werk.

»Ist mir egal. Es ist das erste Mal, und berühmt werde ich sowieso. Ich bin, was bin ich, ja, ich bin in einer Stimmung! Jetzt bin ich in einer Stimmung und jetzt und jetzt, ich bin immer in einer Stimmung. Was für eine Pleite! Marina! Komm ruhig raus. Du liegst unter dem Bett. Nein, du bist im Gemälde.«

Leda drehte sich um und betrachtete eine Zeitlang das Stilleben ihrer Mutter. Fünf Döschen, das war alles, aber das Gemälde sagte ihr etwas, berührte sie, gab ihr etwas, je mehr sie es mochte, desto mehr gab es ihr. Etwas. Das gewisse Etwas, das nicht da ist, das gewisse Etwas, das sie nicht hatte ausschneiden können, das gewisse Etwas, das erst durch all das andere zutage tritt. Leda spürte es im Stilleben und vermißte es in ihrem eigenen Werk.

»Kann mir doch egal sein! Marina! Mir ist ein Titel eingefallen: Niemand schwimmt im Meer. So lautet der Titel. Niemand schwimmt im Meer. Was hältst du davon? Niemand schwimmt im Meer. Guter Titel!«

Als sie sich wieder zu ihrem eigenen Werk umgedreht hatte, fiel es ihr wie Schuppen von den Augen. Wieder und wieder hatte sie das Papier auseinandergerollt und glühend vor Stolz betrachtet, und jetzt erkannte sie genau, was es war: das Werk eines Kindes. In dem Mann im Kofferraum des R 4 konnte niemand ohne die Hilfe der Schlagzeilen und der Bildunterschriften den toten Aldo Moro erkennen. Leda hatte den Eindruck, daß dies auch auf diese Schneide- und Klebearbeit genau zutraf: Wenn der Betrachter nicht wüßte, was es darstellte, würde es ihn nicht berühren. Eigentlich müßte Leda Simonetti dieser Betrachter sein, denn nur in ihrem Kopf lebte diese Schöpfung, in der es keinen Unterschied zwischen Oben und Unten gab, in der alles in ihr ruhte und sie in allem, in der sich Berge in Meere warfen, wenn ihnen danach war, eine Schöpfung ohne Herrscher und ohne Herrschsucht. Das Werk zeigte ihr nicht, womit sie das Haus gern erfüllt hätte, und sie meinte, daß es nicht imstande sei, die Herzen der anderen zu erobern.

»Du bist noch ein Kind, ein dummes Kind.«

Leda sprang auf das bronzefarbene Mädchen unter dem Baum, das Mädchen mit den falsch angebrachten Brüsten, den Brüsten, die ihm vom Körper zu gleiten schienen, und trat es kaputt. Wütend stampfte sie durchs Paradies. Der Papierbogen riß ein.

»Reiß ruhig ein. Ist mir doch egal.«

Und doch unternahm sie einen letzten, verzweifelten Versuch, das Werk zu retten und zum Leben zu erwecken. Sie holte die Sonderausgaben der Zeitungen aus der Küche, in denen die Ermordung Aldo Moros gemeldet wurde. Leda zerschnitt die Titelseiten und die anderen Seiten, auf denen die Meldung in aller Ausführlichkeit erörtert wurde, sie zerschnitt den barbarischen Anschlag, die Leiche in einem Auto gefunden, Moro ist tot, eine abscheuliche Inszenierung der Roten Brigaden. Das Kunstwerk wurde umgedreht. Leda klebte die Zeitungsfetzen hinter die Risse im Paradies.

»Neun Uhr. Niemand zu Hause. Siehst du? Immer dasselbe Lied.« Einige Minuten später klingelte das Telefon im Schlafzimmer. Der Apparat stand aber unter dem Deckbett, und außerdem war Leda bereits zum Dachgarten hinaufgestiegen.

Es regnete nicht mehr. Der Frühlingsabend war warm und feucht, windstill, und im Dunkeln glänzten Wassertropfen auf den Blättern der Oleanderbäume. Leda machte sich lang und leckte ein paar Tropfen von den Blättern. »Ekelhaft! Alles ist schmierig. Das Wasser ist ekelhaft, die Luft ist ekelhaft, der Strand ist ekelhaft, alles ist ekelhaft, und überall stinkt es. Geht es nicht etwas leiser?«

In den zur Hofseite hin gelegenen Küchen dröhnten die Fernsehgeräte. Es lief ein Film über Aldo Moros Leben. Leda schlüpfte in ihre gelben Gummistiefel und kehrte zornig das Regenwasser von den schwarzweißen Fliesen des römischen Mosaiks in die Ablaufrinne. Danach wußte sie nicht mehr, was sie tun sollte. Sie konnte nur noch warten. In eine Decke gehüllt, die Beine angezogen, lag sie in einem Sonnenstuhl und wartete. Sie hatte eine Kalktablette genommen, um die Unruhe in ihrem Bauch zu besänftigen, und außerdem den halben blauen Jungen, den Hanna Piccard im Schoß des Miniaturbuddhas hatte liegenlassen.

Leda schlief ein. Eine halbe Stunde später fingen ihre Augäpfel langsam an, sich zu bewegen. Das Schwimmbad war von Bäumen umgeben, und im Wasser sah sie den Schwimmer: Mit einer Rolle vorwärts drehte er. Sie war in der Nähe der Bademütze, in der Nähe der Schwimmbrille, die seine Augen verbarg, in der Nähe seiner mahlenden Arme und der Wasserwirbel um seine Füße. Er schwamm in einem prachtvollen Rhythmus. Als er sich an einem Startblock festhielt, um sich vom Bahnenziehen etwas auszuruhen, und sich die Schwimmbrille in die Stirn schob, machte sie, in der Hoffnung, er möge sie nun endlich bemerken, mit anmutig gestreckten Beinen einen Kopfsprung. Das Sonnenlicht umwirbelte sie, Lichtflecken zitterten auf dem blaugekachelten Boden des Schwimmbeckens. Wieder zog er seine Bahnen, wobei er ein kleines Brett, einer Schwanzflosse gleich, zwischen den Beinen eingeklemmt hatte. Sie schwamm neben ihm, sie tauchte, um ihn unter Wasser zu betrachten, sie sprang wie ein Delphin über ihn hinweg, doch was sie auch tat: Er schien sie nicht zu bemerken.

Schließlich kletterte sie auf den Sprungturm, um dort zu warten, bis der Schwimmer wieder am Startblock hing. Sie hatte noch nie einen Kopfsprung von so einem hohen Turm gemacht und bekam Bauchweh. Sie achtete aber nicht darauf, denn sie sehnte sich nach Härte und Vernichtung, nach Selbstaufopferung: graziös springen und sich vor seinen Augen auf dem Wasser zu Tode stürzen. Sie hielt sich an der Brüstung des Sprungturms fest und zog sich nach vorn. Bei jedem Schritt auf dem Sprungbrett versanken ihre Füße im Sumpf. Sie hob ab, schwebte mit gespreizten Armen, und auf einmal gab es zwei Ledas. Die eine schlug rücklings auf dem harten Wasser auf und versank, die andere flog bereits dicht über den Baumwipfeln.

Tief unter sich sah sie die Fahrzeuge auf dem Parkplatz vor dem Schwimmbad. Über einer Schnellstraße angekommen, machte sie eine Rechtskurve und glitt parallel zum Verkehrsstrom zu einer Bogenbrücke, die sich über einen Fluß spannte. Überfließend vor Glück näherte sie sich der Brücke und folgte dem Bogen, den Bauch angespannt, die Beine graziös gestreckt. Der Bug eines Binnenschiffes schob sich unter der Brücke hindurch, das Wasser vor sich her wälzend, immer höher wälzend, bis sie den Scheitelpunkt des Bogens erreicht hatte. Dann berührten ihre Brüste den Stahl, entbrannten in einem gleißenden Licht, und wie ein Kugelblitz entschwand sie in der Weite des Himmels.

Hoch über ihr schwebte eine Insel. Mit trägen Purzelbäumen näherte sie sich, einer Astronautin gleich, der schwebenden Insel. Der Kosmos war blauschwarz, die Stille vollkommen. Sie fühlte sich unermeßlich groß und gleichzeitig unermeßlich klein. Die Trägheit, mit der sie sich bewegte, verlieh ihr das Gefühl außergewöhnlicher Kraft.

Die Unterseite der Insel schien aus Luftwurzeln zu bestehen, die sie aus dem Kosmos saugten und in sich aufnahmen. Sie machte eine lange Reise durch die Luftwurzeln, bahnte sich einen Weg durch eine mehrere Meter dicke Schicht aus faulendem Holz und Laub und kam auf diese Weise in den Urwald. Warm, warm, warm, und das Licht war grün. Alle Farben, tiefe, gesättigte Farben, glühten in einem grünen Schimmer. Überall flatterten Vögel herum, besprüht mit den Farben ihrer Umgebung. Dutzende von Metern über ihr fügten sich die Blätter der Bäume zu Gewölben zusammen, und sie spürte die Spannung dieser Gewölbe ebenso wie das Strecken und Beugen, das Winden der Wurzeln in der Erde. Sie wand sich wie die Lianen und beteiligte sich am Umschlingen und Würgen. Sie hörte das Anschwellen und Aufbrechen der Früchte, das Summen von Milliarden von Insekten, das Schwirren ihrer Flügel. Und doch war es still. Weit weg kreischte eine Affenkolonie, und doch war es still. Nachdem sie alles gesehen hatte, selbst die kleinsten Larven, und gefühlt hatte, wie alles lebte, sah sie sich selbst: Sie trug eine weite Hose, die mit einem Gürtel um ihre Taille geschnürt war, auf ihrem nackten Oberkörper glänzte der Schweiß, und in den Schweißtropfen spiegelte sich tausendfach der Urwald wider. Ein Insekt saugte Blut aus einer ihrer Brüste. Es war der kleine Pepe, und sie ließ ihn in aller Ruhe von ihrem Blut trinken. Noch immer fühlte sie sich sowohl unermeßlich groß als auch unermeßlich klein.

Dann stand sie an einem Fluß. Weit weg lag eine Felsplatte, Hunderte Meter hoch, mehrere Kilometer breit, Bäume wuchsen aus der Felswand, und zwischen den Pflanzen stürzte sich das Wasser in weißen Schleiern in die Tiefe. Die Luft war erfüllt von einem monotonen Dröhnen. Im Wasserdampf über den Felsinseln spannten sich mehrere Regenbogen.

Ganz in ihrer Nähe stand ein Indianer auf einem Felsblock im Fluß, bewaffnet mit Pfeil und Bogen. Er wartete, bewegungslos, den Körper nach rechts gebeugt, den Bogen gespannt. Fische glitten durch das Wasser, kamen mit einem Sprung über die Wasseroberfläche, doch er schoß nicht. Sie wußte, daß er erst schießen würde, wenn sie von dem trüben Wasser gekostet hätte. Sie wollte nicht trinken, da sie keinen Durst hatte und das Wasser trüb war. Dennoch ließ sie sich auf die Knie fallen, hob das Wasser in ihren Händen zum Mund und trank. Der Pfeil zischte los, eine Schnur schoß weg und wand sich um ihre Beine. Jetzt mußte sie den Fluß überqueren. Ich will nicht, dachte sie, ich will nicht. Doch sie wurde mitgerissen und sprang bereits von Stein zu Stein, blindlings – es waren ihre Füße, die für sie dachten. Wie in Trance schwebte sie von Stein zu Stein, bis sie in der Flußmitte angekommen war und stehenbleiben mußte.

»Was ist denn jetzt schon wieder? Ich will zurück.«

Das Dröhnen des Wasserfalls jagte ihr Angst ein. Die Schatten von Raubvögeln glitten über das Sandriff, und der Sand zu ihren Füßen begann sich zu bewegen.

»Ich will zurück, laß mich gehen. Eigentlich habe ich kaum etwas von dem Wasser getrunken. Ich habe nur einen ganz kleinen Schluck probiert, aber das gilt nicht. Laß mich gehen.«

Im Wasser glänzten die Panzer ausgewachsener Schildkröten, die sich hier versammelt hatten, um auf ihre Jungen zu warten. Der Sand bewegte sich, hier und dort tauchten die Köpfe der Schildkröten auf, die soeben aus ihren Eiern geschlüpft waren. Zu Tausenden zugleich, aufgeschreckt vom Licht und von den Schatten der auf sie herabstürzenden Raubvögel, tummelten sie sich in Richtung Fluß. Sie wurde kleiner und sah sich mit einemmal von gelbgrünen Köpfen, von hornigen Mündern umringt, sie fühlte ihre ungeübten Beine, die im Sand kratzten, sie trug einen Panzer auf dem Rücken und rannte um ihr Leben. Gekrümmte Schnäbel bohrten sich in die Panzer. In Todesangst quälte sie sich durch den Sand und ließ sich schließlich ins rettende Wasser fallen. In einem rostbraunen Zwielicht paddelte sie eiligst zur erstbesten Mutterschildkröte und folgte ihr.

Am anderen Ufer kroch sie aus dem Wasser, bekleidet mit einem Kleid, das ihr viel zu klein war. Empört richtete sie sich auf.

»Entschuldige bitte, aber was soll das? Laß mich gehen, denn Andrea sucht mich. Ist dies etwa der Orinoco? Einen ganzen Tag lang im Boot, und abends hat man dann in Luftlinie nicht mehr als fünfhundert Meter geschafft. Ich habe keine Lust, ein Leben lang neben einem Fluß herzuzockeln. Eigentlich habe ich gar nicht getrunken. Ich habe das Wasser ausgespuckt, weil es mir nicht schmeckte. Mich ein Leben lang neben dem Orinoco herzockeln zu lassen. Ich verzichte! Wo ist die Mündung? Zeig mir den Weg, am liebsten den kürzesten.«

Marina und Andrea saßen im Gras neben einem Bach. Während Leda auf sie zu rannte, flatterte ihr das Kleid um den Körper – das Kleid mit dem für sie unerreichbaren Reißverschluß auf dem Rücken –, und ihre Füße schmatzten in den Plastikschuhen. Sie wurde umarmt.

»Hallo, mein Kind«, sagte Marina.

»Ich bin kein Kind mehr. Was soll dieser Schmus?«

»Du bist ein kleiner Hund.«

Marina nahm ein Seil, band ihr das eine Ende um die Taille und das andere um einen Baumstamm. Durch den Bach watend, sah sie Steine auf dem Boden liegen und fragte Andrea, ob sie diese Steine aufheben dürfe. Sie durfte. Jeden Stein? Jeden Stein. Als sie in die Hocke ging, fühlte sie das schnell dahinschießende Wasser, das an ihrem Slip entlangglitt, und vor Vergnügen jauchzend hob sie ein paar Steine auf, um sie anschließend wieder ins Wasser fallen zu lassen. Nachdem sie alle Steine, die in Reichweite lagen, weggeworfen hatte, musterte sie aufmerksam ihr Kleid, das auf dem Wasser trieb und sich wölbte.

Es wurde Abend. Marina zog sie an dem Seil zu sich heran, half ihr beim Ausziehen ihrer durchweichten Kleider und rieb sie mit einem Handtuch ab, das sie wiedererkannte. Ihre Haut prickelte, sie war glücklich. Sie schlüpfte in eine warme Hose und einen warmen Pullover und kuschelte sich zwischen Andreas Beine, um sich die Fische anzuschauen, die über einem Feuer gegrillt wurden. Nach dem Essen ließ Andrea sie fliegen: Er hielt sie an den Fußgelenken fest und begann sich um die eigene Achse zu drehen. Läßt du mich auch nicht los? Er werde sie nicht loslassen. Mit flatternden Haaren schwebte sie um ihn herum, auf und ab, zu den sich drehenden Baumwipfeln hochblickend. Dann ließ er sie los.

Die Sonne ging unter. Sie rannte am Fluß entlang, ratlos, auf der Suche nach einem Versteck, denn sie wußte, daß nach Sonnenuntergang im Urwald die Jagd eröffnet wurde und daß sie sich daran beteiligen mußte: Sie würde töten müssen, um nicht selbst getötet zu werden. Doch sie wollte nicht töten, sie wollte niemanden töten, und sie rannte weiter, auf der Suche nach einem Versteck in einem Baum, auf der Suche nach einem Dorf.

Dann sah sie einen Mann, der mit den Füßen Sand über die Überbleibsel einer Feuerstelle schob. Er hatte sich ein Band um die fettig glänzenden Haare gewunden, seine Nase war flach und breit, an seiner Brust hing ein Amulett: die kleine Pfote eines jungen Kaimans. An dem Gürtel, den er sich um das Lendentuch gebunden hatte, war ein Köcher aus Baumrinde befestigt: Er war ein

Kurier, der Spuren beseitigte. Er stammte aus den Bergen, so viel wußte sie, und hatte schon tausend Kilometer zurückgelegt, indem er sich im Fluß stromabwärts treiben ließ. Eine Rückkehr in seinen Heimatort war unmöglich, und er wußte, daß er sterben würde, nachdem er den Auftrag ausgeführt hatte: Das Übermitteln einer einzigen Nachricht kostete ein Menschenleben. Obwohl der Mann absolut keine Ähnlichkeit mit ihm aufwies, wußte sie augenblicklich, wer er war.

»Andrea!«

Sie rannte zu dem Kurier und klammerte sich an ihn.

»Andrea. Du bist Andrea, ich weiß es genau. Was soll dieses Theater? Nimm mich mit, du bist doch Andrea.«

Der Kurier schob sie weg und eilte zum Fluß. Durch das Wasser watend, schob er einen Baumstrunk vor sich her, bis dieser von der Strömung ergriffen wurde: Er hielt sich daran fest und wurde fortgetrieben. Sie rannte ihm am Ufer entlang nach, stolperte, fiel, stand wieder auf. Zwischen ihren Beinen flatterten Laken mit messerscharfen Rändern. Weinend rief sie den Kurier.

»Andrea! Du blöder Hund! Komm jetzt, es ist Freitag mittag, wir fahren nach Sutri!«

Schließlich kam sie zur Flußmündung, die so breit war, daß sie die Palmen am anderen Ufer kaum erkennen konnte. Vor ihr lag der Ozean, der sich ohne Wellen, ohne daß er Muscheln klirren ließ, über den schwarzen Strand ergoß. In weiter Ferne lag der weiße Strich der Brandung auf den Riffen. Die Sonne war nun fast vollständig untergegangen: Sie ruhte, faul, anschwellend, in einem schwarzgrünen Nebel auf dem Horizont. Die Bäume bewegten sich nicht, die Tiere schwiegen, sie hörte lediglich die Sonne: Aus dem schwarzgrünen Nebel schossen Flammen mit einem lauten Tosen in die Höhe. Andreas Kopf war im Meer verschwunden.

Sie lag unter einem Baum, das Gesicht in den schwarzen Sand gepreßt. Auf einmal wurden ihre Ohren und Wangen von den Flügeln von Schmetterlingen, gelben Schmetterlingen, sanft gestreichelt, und als sie aufsah, erblickte sie eine riesige Wolke tanzender Schmetterlinge um sich herum. Die Schmetterlinge hoben sie auf und trugen sie über das Meer. Dort, wo sich das rostbraune Wasser des Flusses mit dem schwarzblauen Wasser des Meeres vermischte, sah sie den Kurier wieder: Erschöpft trieb er auf dem Rücken und hielt sich an dem Baumstrunk fest. Als er sie in einer Wolke gelber Schmetterlinge zu sich herunterkommen sah, schien er zu erschrecken: Er tastete nach dem Amulett auf seiner Brust.

»Hab keine Angst«, flüsterte sie, »du bist Andrea.«

Während ihr allerlei liebevolle Worte entschlüpften, leckte sie ihm die Salzkrusten von den Augenbrauen und Lippen. Er drückte ihre Hände gegen seinen Brustkorb, sie sah ihm in die schwarzblauen Augen und wußte, daß sie bei ihm bleiben würde, bis sie siebenundzwanzig wurde. Danach versanken sie im Ozean. Sie hatte ihre Arme um seinen Nacken und ihre Beine um seine Taille gelegt und küßte ihn auf den Hals. Er atmete tiefer, und sie fühlte das Auf und Ab seiner Bauchdecke ganz deutlich an ihrem Bauch.

Im Dunkeln wurde geflüstert.

»Schön, so zu sinken, Andrea.«

»Du bist aber leidenschaftlich, Leda.«

»Leidenschaftlich? Ich bin passioniert.«

»Das hast du von Ezzo.«

»Wieso von Ezzo?«

»Heute morgen, als du Brötchen holen warst, hast du zu Ezzo gesagt: Paß nur gut auf, Kleiner, ich bin ein leidenschaftlicher Typ. Worauf Ezzo entgegnete: Leidenschaftlich, daß ich nicht lache, leidenschaftlich. Weißt du, was ich bin? Ich bin passioniert!«

»Ist doch egal. Wirst du immer bei mir bleiben?«

»Ja, mein Schatz.«

»Auch wenn ich dich anfalle?«

»Ja, mein Schatz.«

»Wo ist deine Hand? Sei nicht so albern. Wo ist deine Hand?«

Lächelnd erwachte Leda. Sie hörte Geflüster im Dunkeln, und als sie die Augen eine Idee geöffnet hatte, sah sie Andrea und Joe Kurhajec. Die beiden standen an die Balustrade des Dachgartens gelehnt, und die Art, wie sie dort standen, machte sie sowohl eifersüchtig als auch glücklich. Sie bewegte sich und ließ den Sonnenstuhl knarren, sie stöhnte und seufzte, bis Andrea sich umdrehte und zu ihr kam. Dann wurde sie unzurechnungsfähig.

»Ja, mein Schatz«, murmelte sie.

»Träumst du noch?« fragte Andrea.

»Meine Zunge.«

»Was ist mit deiner Zunge?«

»So salzig, meine Zunge.«

»Wo bist du, Leda, was siehst du?«

»Meer«, murmelte sie und versank in einem tiefen Seufzer. »Tragen.«

»Soll ich dich ins Bett tragen?«

Leda murmelte etwas Unverständliches und hoffte inständig, daß er nicht Joe bitten möge, dies für ihn zu übernehmen. Andrea nahm sie in die Arme und kletterte Stufe um Stufe die Treppe hinab. Einmal tat er, als verfehle er um ein Haar eine Stufe, und kicherte, als sie sich ängstlich an ihn klammerte.

Er setzte sie auf dem Rand ihres Bettes ab, und sie ließ sich ausziehen. Zweimal fiel sie vor Müdigkeit buchstäblich um, damit sie sich wieder hochziehen lassen konnte. Unterdessen entging ihr nicht, daß sich Joe Kurhajec im Strahl ihrer Taschenlampe das Paradies ansah. Sie ließ sich ausziehen, bis sie nur noch den Slip anhatte. Sie wunderte sich, daß Andreas Hände so sanft sein konnten. Als er ihr sein altes Volleyballshirt überziehen wollte, brummte sie unwirsch und ließ sich mit einem Seufzer nach hinten fallen.

Die Männer sagten kein Wort. Joe Kurhajec ließ den Strahl der Taschenlampe in immer kleiner werdenden Kreisen über ihren Körper wandern. Es kitzelte sie zwischen ihren Brüsten, und sie konnte nur mit Mühe regungslos liegenbleiben. Die Männer fächelten ihr leise lachend mit dem Deckbett kühle Luft zu, und sie seufzte tief auf, als es endlich auf ihr landete.

»Signore Simonetti, setzt Du einem vielleicht das Messer an die Kehle! Was für eine Nacht. Mir ist, als hätte ich zum zweitenmal ein Auto zu Schrott gefahren: Mir tun alle Muskeln weh, ich bin so steif wie ein Brett und kann mich kaum noch bewegen. Auf dem Rücken habe ich zwei Blutergüsse, dort, wo mich die Absätze meiner Schuhe getroffen haben, und zwei Rippen sind geprellt, wie man mir im Krankenhaus sagte.

Bist Du jetzt zufrieden? Fühlst Du Dich jetzt endlich wie ein richtiger Mann? Wie ein Mann, der durchgreifen kann, so wie Kurhajec oder Pittakos? Ich fühle mich machtlos. Mann wirft Dich zu Boden, nimmt Dich am Wickel, und eine Minute später liegst Du unten am Fuß einer Treppe. So, das wär' erledigt. Wäre ich ein Mann, würde ich Dich zusammenschlagen.

Es ist Samstag abend, und ich habe mich inzwischen mit dem Fußbodenbelag in dem Appartement vertraut gemacht, in dem ich heute nacht Unterschlupf gefunden habe. Sitze auf einem Stuhl und stelle mir die Frage, warum ich mich um Himmels willen mit Leib und Seele einem Mann hingegeben habe, der sich nie sicher ist, ob er mich will. Sitze auf einem anderen Stuhl und stelle mir dieselbe Frage. Ich habe mich noch nie jemandem derart hingegeben und bin noch nie derart erniedrigt worden. Ein Müllsack wird die Treppe hinuntergetragen, ich wurde hinuntergeschmissen. Warum hast Du solch einen Haß auf mich gekriegt? Ich spreche Deine Sprache und habe meine Wohnung für Dich aufgegeben. In weniger als einer Stunde habe ich das Bett gekauft, das Du schon seit zwei Jahren im Hinterkopf stehen hattest. Du hast von einem Dachgarten geträumt, ich habe ihn anlegen lassen. Ich habe Leda gegeben, was sie braucht, ohne Dich verdrängen zu wollen. Nach ein paar Monaten habe ich entdeckt, daß ich die

Farbe meiner Garderobe auf die Farben Deiner Wohnung abzustimmen begann. So etwas ist mir noch nie passiert. Ich habe
Dich in Ruhe gelassen, wie Du es Dir gewünscht hast, und das ist
mir nicht sehr schwergefallen, weil ich selbst jemand bin, der es
schätzt, wenn er in Ruhe gelassen wird. Ich war schon glücklich,
wenn ich Dich am Fenster stehen sah, wenn ich für Dich Hem-
denknöpfe annähen durfte, wenn ich Dich im Hof Holz hacken
sah. Schon allein der Gedanke, Dich abends sehen zu dürfen,
machte mich glücklich. Ich wollte nur in Deiner Nähe sein, aber
selbst das war Dir offensichtlich schon zuviel.

Und doch hast Du mich damals gefragt, ob ich zu Dir ziehen
will. Ich habe es getan, wofür ich mich heute am liebsten ohr-
feigen würde. Kaum war ich zu Dir gezogen, bist Du immer mehr
auf Distanz gegangen. Du hast so viel Liebe in Dir, Andrea, und
ich habe so wenig davon gekriegt. Warum? Als ob ich Dich verletzen wollte. Als ob ich einzig und allein wollte, daß Du den Kopf
in meinen Schoß legst, damit ich Dich trösten kann, als ob Du
nur eine kleine Prinzessin für mich gewesen wärst. Du bist meine
kleine Prinzessin! Die Weisheit habe ich nicht gepachtet, ich bin
nicht der Born des Lebens, und vom Ewigweiblichen wünsche ich
nichts zu besitzen – ich bin ein Mensch.

Nun gut. Jetzt kannst Du Dich wieder der losgelösten Liebe
widmen. Nun gut. Ich liebe Dich, gerade weil Du so bist, immer
nach dem Licht strebend, aber das scheint Dir nicht klar zu sein.
Zudem bin ich davon überzeugt, daß es gerade die Verbundenheit
ist, die das Leben noch einigermaßen lebenswert macht, wieviel
Elend diese Verbundenheit auch immer verursachen mag. Die
Liebe entsteht im Gebrauch.

Die Kraft, die mir meine Liebe gegeben hat, war groß. Ich habe
Dinge getan, derer ich mich selbst nicht für fähig erachtet hätte.
Vor einer Stunde stand ich auf unserer Brücke über den Tiber und
sah zur Isola Tiberina hinüber, wo wir letzten Herbst oft spazierengegangen sind. Ich stand auf der Brücke und hatte auf einmal
das Gefühl, jemand schlage mir ein Loch in die Brust – der Wind
blies einfach so durch mich hindurch.

Ich warte jetzt auf Deinen tobsüchtigen Brief, doch was Du
mir auch immer schreiben wirst – es hat viel Gutes gegeben, und

niemand, niemand kann mir das wegnehmen. Ich schicke einen Möbelwagen vorbei. Ich werde die Möbelpacker beauftragen, Dich zu knebeln, in eine Kiste zu legen und zu mir zu bringen. Deine Furie.«

Noch am selben Abend ging sie zu Ernesto. Dieser setzte sich einen Hut auf, schlug den Kragen seiner Jacke hoch und überbrachte den Brief. Am Sonntag mittag trabte der kleine Benedetto von der Piazza Farnese zu dem Appartement in der Nähe von San Ivo, in dem er vor über einem Jahr schon einmal in der Küche gesessen und, einen großen roten Kater auf dem Schoß, gewartet hatte. Ernesto brachte Simonettis Antwort zu einem mehrstöckigen Gebäude im Stadtviertel Monte Mario.

»Signora, hier ist er, der tobsüchtige Brief eines völlig losgelösten Liebhabers. Warum sagst Du nicht einfach, daß Du bei Ernesto untergetaucht bist? Dann weiß ich wenigstens, welchen Fußbodenbelag Du heute angestarrt hast. Und warum sagt Ernesto nicht einfach, daß er Dich mit seinen weichen Händen verhätschelt, den weichen, schwammigen, geruchlosen Händen eines Sklaven in einem türkischen Bad? Fürchtest Du etwa, ich könnte kommen, um Dich zu holen? Daß ich so viel Liebe in mir habe, ist absolut wahr, doch daß Du so wenig davon gekriegt hast, ist absolut nicht wahr (ich widerspreche Dir). Du bist einfach nie zufrieden, unersättlich, grenzenlos eifersüchtig und so schnell eingeschnappt, daß mir nicht sofort ein Vergleich einfällt. Doch, jetzt. Hast Du schon mal gesehen, wie schnell ein Haar von der Flamme einer Kerze versengt wird? So schnell bist du eingeschnappt. Ich soll mich allmählich zurückgezogen haben, und darum hast Du jetzt ein Loch in der Brust. Ist Dir denn noch nicht aufgefallen, daß Du auch schon mal launisch sein kannst? Wechselwirkung, schon mal was davon gehört? Doch nein, es hat keinen Sinn, auf Dein Gejammer einzugehen.

Auch in diesem, dem zweiten Absatz wirst Du keine Entschuldigungen von mir finden. Es wäre oberflächlich und konventionell, wenn ich sagen würde, daß es mir leid täte, daß ich gewalttätig geworden bin und Dich verletzt habe. Ich bin Dir gegenüber nichts als aufrichtig, wenn ich sage, daß ich es genossen habe, Dich hinauszuwerfen, und daß ich denselben Genuß empfinde, wenn ich an diesen Augenblick zurückdenke. So ist es und nicht anders. Um Dir dennoch eine gewisse Genugtuung und eine kleine Portion Schadenfreude zu verschaffen, teile ich Dir mit, daß sich das Böse auch dieses Mal gegen denjenigen gekehrt hat, der es betrieben hat. Indem ich Dich verwundet habe, habe ich natürlich mich selbst verwundet. Ich sage: das Böse, doch was bedeuten böse und gut denn noch im Reich der Instinkte! Es war die Natur, von der ich überrumpelt wurde, und mir steht in der Tat der Sinn nur noch nach Toben, Brüllen und Heulen wie ein Tier. Noch immer fühle ich, wie die Gewalttätigkeit in meinem Körper kocht. Je länger es anhält, desto länger werde ich für diese Dummheit büßen müssen. Liebe – hat dieser kleinliche Streit damit noch etwas zu tun?

Und in diesem, dem dritten Absatz werde ich mal eine Überzeugung formulieren: Ich bin überzeugt, daß dieser Zwischenfall zur Klärung beitragen wird. Als wir uns zwischen den Säulen des Pantheons zum erstenmal sahen, wurde uns gewissermaßen ein Orakelspruch aufgegeben, und seither haben wir, habe zumindest ich ständig versucht, diesen geheimnisumwitterten Spruch zu ergründen. Er sagt etwas über unser Leben, über unsere Geschichte, daß wir ein Teil voneinander geworden sind. Du bist ein Teil meines Ichs und ich ein Teil Deines Ichs, wie auch unsere Eltern ein Teil unserer Ichs sind. Oder sagt Dir das nichts: Klärung? Ich weiß es nicht. Jedenfalls hast Du eigentlich kein Interesse an Bewußtwerdung (ich lege Dir etwas zur Last). Schmoren, das magst Du sehr. Du betäubst Dich, mit Alkohol, mit Schlaftabletten und vor allem mit Deiner Arbeit: von allem ein bißchen wissen und sich nirgends richtig gut auskennen, keiner Sache richtig auf den Grund gehen wollen. Du bist keine Journalistin, Du bist ein Flüchtling. Schmoren, das magst Du sehr, trotz eines allem Anschein nach stressigen Lebens. Dieses ganze interessante, stressige und angeblich erregende Leben ist vielleicht nichts anderes als Schmoren. Doch diesem Schmoren verdankst Du möglicherweise ein Lebensgefühl, das so viel unvoreingenommener und milder ist als das meine (ich drücke meine Bewunderung aus).

Ob ich mich jetzt wie ein richtiger Mann fühle? Aber sicher. Übrigens habe ich es zum Teil Dir zu verdanken, daß ich mich nicht länger von dem Bild einschüchtern lasse, das für immer und ewig im Mittelpunkt der Männerwelt steht und die Machtverhältnisse darin bestimmt: dem Bild eines immer brünstigen Barbaren, eines Mannes, der niemand anderen braucht und der alles überlebt. In jedem Mann schlummert solch ein Held. Eine Frau kann in dieser Beziehung zivilisierenden Einfluß ausüben. Da kannst Du jetzt auch ein Wörtchen mitreden, nicht wahr?

Wir sitzen am Küchentisch, und ich schneide ein Thema an, das möglicherweise mit dem schrecklichen Begriff ›Loslösung‹ zusammenhängt. In neun von zehn Fällen schiebst Du dann nach einiger Zeit einen nackten Fuß zwischen meine Oberschenkel. Ich streichele Deinen Fuß und rede begeistert weiter über das Thema, das möglicherweise mit diesem schrecklichen Begriff zusammenhängt. Wenn das Wort endlich gefallen ist, pflegst Du zu sagen: Ganz ohne Bindung zum Leben, das ist nichts für mich. Wenn ich dann immer noch nicht aufgebe, kann ich mich auf eine Bemerkung gefaßt machen, die frei übersetzt lautet: Mein Gott, Kleiner, was meinst Du denn mit ›Loslösung‹; liebst Du mich etwa nicht mehr? Das geilt mich richtig auf, Hanna!

Du sprichst so höhnisch über die losgelöste Liebe. Darüber könnte ich mich jetzt mal ungestört auslassen. Mir ist schon klar: Du bist sauer, ich brauche Deine Worte nicht ernst zu nehmen, aber Du mußt mir doch mal erklären, was Du eigentlich unter losgelöster Liebe verstehst. Das interessiert mich. Du verwendest diese Worte, und ich nehme an, daß Du sie nicht verwendest, ohne Dir etwas darunter vorzustellen. Was genau stellst Du Dir darunter vor? Kann ein Mensch auch nur ansatzweise etwas von einem Thema verstehen, worüber er noch nie nachgedacht hat? Ich frage ja nur (ich ziehe Dich auf).

Und was meine ich mit losgelöster Liebe, was verstehe ich davon? Noch nicht sehr viel. Das Wenige, was ich davon verstanden habe, kommt mir unter diesen Umständen nicht ganz wertlos vor. Was denn? Distanz fühlen können, ohne reserviert zu sein, Distanz fühlen können zu allen Lebensformen, in denen ich mich bewege – das ist es, was mich dem näherbringt, was ich für Liebe

320

halte. Ich meine eine gewisse Achtlosigkeit, eine gewisse Gleichgültigkeit, die sich mit der Leichtigkeit vergleichen läßt, mit der Kinder von einem Spiel ins andere gleiten können, die eine Realität für eine andere eintauschen können, ohne ihre eigene Wahrhaftigkeit, ohne ihren Glauben zu verlieren.

Hier sitze ich nun (ich fange an zu jammern). Hier sitze ich nun. Es ist schiefgegangen. Ich habe es wieder mal geschafft: einer Frau zu begegnen, einer Frau mit einem Lebensgefühl, das mir unvoreingenommener und gütiger erscheint als mein eigenes, einer Frau mit einer Meinung, die mich überrascht und fasziniert, einer Frau, die mir ihr Parfüm auf die Handgelenke sprüht, einer Frau, die mir mit Vergnügen in die gespannten Oberschenkelmuskeln kneift und die verwundert feststellt, daß ich praktisch keinen Hintern habe, einer Frau, die mich schon bald von ganzem Herzen liebt und die bei jedem Sonnenuntergang an mich denkt. Ich habe es wieder mal geschafft, so jemandem zu begegnen. Meine Haare werden nicht mehr von Leda, sondern von ihr geschnitten, sie verändert mein Leben, und ich gehe krumm vor lauter Glück, ich lerne ein paar neue Rezepte, und das einzige, was mir noch zu tun bleibt, ist: zu akzeptieren, daß auch sie ein Mensch ist, daß ich nicht erlöst bin und daß es auch weiterhin einfach dabei bleibt, sich abzurackern. Das schaffe ich, das schaffe ich sieben Tage in der Woche, aber am achten Tag, da schaffe ich es nicht.

(Der Kern des mentalen Leidens liegt in der Konfrontation mit der Begrenztheit. Alle Gelehrten sind sich in diesem Punkt einig. Sich mit der eigenen Vergänglichkeit konfrontiert zu sehen ist dasselbe, wie mit der eigenen Begrenztheit konfrontiert zu werden, und damit wir nicht allzusehr darunter leiden, schreiben wir dem Vergänglichen eine gewisse Schönheit zu. Bewußtsein, das Wissen um die eigene Individualität, ist die ständige und hunderttausendfache Konfrontation mit der Begrenztheit. Angst und Überlebenstrieb sind dasselbe; sie bilden die Grenzen. Unser Bewußtsein existiert dank dieser – rein imaginären – Grenzen. Die heilsame Wirkung, die vom Streicheln eines anderen Körpers ausgeht, ist teilweise dem Verschwimmen dieser schmerzhaften Erkenntnis der Individualität, der Begrenztheit, zu verdanken). Darüber haben wir uns schon mal unterhalten, damals aber hast

Du mich nicht ausreden lassen und Deinen nackten Fuß zwischen meine Oberschenkel geschoben.

Das einzige, was mir also noch zu tun bleibt, ist: zu akzeptieren, daß auch sie ein Mensch ist und daß ich nicht erlöst bin. Das schaffe ich, wie schon gesagt, das schaffe ich sieben Tage in der Woche, aber am achten Tag, da schaffe ich es nicht. So allmählich kenne ich die Strategie meines Dämons und gehe dagegen an, so gut ich kann. Ich fahre nach Sutri, hacke Holz und kehre munter zurück. Letzten Endes aber gewinnt mein Dämon – oder ist es ein Engel? – die Oberhand. Ich gewinne immer mehr die Überzeugung, daß meine Geliebte die Ursache meines Unglücks und meiner Beklemmung ist. Sie ist es, die mich meine Begrenztheit und Vergänglichkeit am stärksten spüren läßt. Materie sein, ruft der heilige Antonius, das wird es wohl sein. Materie sein, die Erstarrung des Bewußtseins aufzuheben und ebenso unbewußt, beweglich, spontan, unvorhersehbar und frei zu sein wie die Materie (wir sind nun auf der subatomaren Ebene angekommen). Ich spreche jetzt von Sehnsüchten, die, in Worte gefaßt, auf dem Papier und im Tageslicht, vollkommener Wahnsinn zu sein scheinen, doch alles, was aus großer Tiefe in uns aufwallt, kommt uns wie vollkommener Wahnsinn vor, einfach deswegen, weil wir im konventionellen Leben damit nicht umgehen können. Leben am achten Tag? Mach Du ruhig Deine Einkäufe! Um eine lange Geschichte kurz zu machen: letzten Endes bricht der Tag an, an dem ich die Nähe meiner Geliebten nicht mehr ertragen kann, an dem jedes noch so kleine Geräusch von ihr meine Nerven reizt, an dem ich verkrampfe. Und was ist bei einem Krampf das einzige, was noch hilft (wir sind nun wieder auf der kultivierten, gesellschaftlichen Ebene angelangt)? Gewalt. Da fällt die Axt. Rumms! Ich habe es wieder mal geschafft. Rumms!

Hier sitze ich also. Joe sieht mich an und sagt: Ach, du kannst dich nicht binden, du kannst dich nicht mit jemand anderem verbunden fühlen. Dies ist ein kultiviertes, gesellschaftliches Urteil. Er sagt es beinahe empört, als hätte ich ein heiliges Gesetz mit Füßen getreten. Er sagt es auch nicht ganz unzufrieden, da er davon ausgeht, daß *er* dazu in der Lage sei. Ich schweige, da ich nicht weiß, was ich über die Geliebten sagen soll, die ich in mir habe, und auch nicht über das, was mich beseelt. Außerdem schweige ich, um ihm nicht die Illusionen zu rauben. Das Sichbinden, von dem Joe spricht, das Sichbinden, das er für den Weg, die Wahrheit und das Leben hält, das halte ich für eine höchst komplexe und interessante Art des Tauschhandels. Joe ist ein richtiger Mann. Solange er sich darauf verlassen kann, daß Rosa ihn bewundert, solange er nur ihr Held und ihr größtes Kind sein darf – solange wird es ihm wohl gelingen, sich mit ihr verbunden zu fühlen. Ein richtiger Mann. Doch sobald Rosa für ein paar Tage die Stadt verläßt, um Verwandte zu besuchen, ist er völlig daneben. Ein richtiger Mann.

Hier sitze ich also. Ich verliere mich in Gedankengänge, um meine mißliche Lage zu vergessen. Sobald ich an Dich denke, steigt mir das Blut in den Kopf. Ich habe mich selbst vergiftet. Bleib nur bei Ernesto! Komm ja nicht in meine Nähe! Und nochmals danke für das Bett! Daß ich so viel Liebe in mir habe und daß Du nur so wenig davon gekriegt hast. Soll ich Deinem Gedächtnis ein wenig auf die Sprünge helfen? Du könntest eine Woche im Paradies spazierengehen, ohne auch nur das geringste zu sehen, einzig und allein, weil der Engel am Eingang kurz vor Deiner finsteren Miene erschrak! Ja, jetzt weiß ich, wie ich es mühelos akzeptieren kann: dieses Angstbild des scheuen, aber liebenswerten Junggesellen. Ich brauche nur an Dich zu denken. Jetzt weiß ich, wie ich mich am einfachsten mit den Katzen, den ausgezeichneten Weinen, der Gelehrtheit, den Geschichten, den immer länger werdenden Monologen und der Boshaftigkeit aussöhnen kann. Bleib nur bei Ernesto und beschäftige Dich mit seinem Fußbodenbelag!

Doch meine Worte schlagen Dir allmählich aufs Gemüt, und das ehrt mich nicht. Ich schäme mich meiner Schwäche. Was soll das nur, dieses Lamentieren? Warum vergesse ich, wie ich sein kann und sein werde? Ich brauche nur auf einen Tag zu warten, an dem ich mich körperlich wohl fühle, auf einen frühen Morgen, das Rauschen der Olivenbäume und das Sausen der Axt. Rumms! Ich zerre die Balken unter den Brombeersträuchern in den Schuppen hervor, schleife sie nach draußen und hacke sie kurz und klein, ich hacke sie kurz und klein fürs Feuer. Die Muskeln spüren, daß sie am Leben sind, und produzieren aus reiner Lebensfreude meine Munterkeit und meinen Glauben: Eines Tages werde ich ein Mensch sein, eines Tages werde ich wirklich empfindsam sein. Es wird mir gelingen, mich von einem Übermaß an Angst und Eitelkeit zu erlösen. Eines Tages werde ich sowohl Pferd als auch Reiter sein. Das Holz splittert, der Schweiß bricht mir auf dem Rücken aus allen Poren, und ohne es zu wissen, habe ich schon meine Übungen fortgesetzt, die Übungen im Geben und Nehmen, im Berühren und Berührtwerdenkönnen, die Übungen, die aus mir einen Menschen machen werden.

Unverbesserlich. Als Kind bin ich häufig zu spät zur Schule gekommen. Ich konnte nicht rechtzeitig da sein, weil ich einen Brocken in der Kehle hatte. Ich konnte nicht rechtzeitig da sein, weil ich keinen Zwang ertragen konnte. Nach halb neun, weit vom üblichen Weg abgekommen, fing ich an, an Wunder zu glauben. Andrea sitzt schon im Klassenzimmer, und die anderen sehen ihn, so dachte ich. Ich muß unsichtbar werden, ich werde unsichtbar werden. Ja, unsichtbar werde ich das Klassenzimmer betreten und mich mit ihm vereinen. Das gelingt mir. Unter der Platane im Schulhof, da werde ich unsichtbar werden. Und so werde ich mich unbemerkt mit dem Andrea, den die anderen sehen, vereinen können. Das gelingt mir, das gelingt mir, dieses Mal wird es mir gelingen.

Den Göttern der Unterwelt

Kennt Ihr die blumenübersäten Felder der Kappadozier?
Dort bin ich geboren als Sohn guter Eltern.
Und von dort aus bin ich, sie zurücklassend,
Nach Westen gereist und auch nach Osten.
Mein Name war Glafulos, der liebenswerte,
Und der paßte zu meinem Geist. Sechzig Jahre
Habe ich gelebt, ein ganz und gar freier Mann.
Gekannt habe ich die Schönheit des Schicksals
Und die Bitterkeit des Lebens.

Dies ist die Grabinschrift eines Griechen. Ich fand sie auf Lipari. Hanna, wir sollten uns am Ende dieser Woche irgendwo treffen.

Vielleicht können wir dann, wie Du das nennst, zur Sache kommen. Dein Andrea.«

Am Montag mittag wagte sich Hanna Piccard in die Wohnung an der Piazza Farnese. Sie brauchte Kleider. Die Katzen wandten sich von ihr ab und straften sie für ihre Abwesenheit, indem sie ihre Existenz ignorierten. Sie schaffte es erst nach langen Bemühungen, sie in den Reisekorb aus Schilf einzuschließen. Sie breitete ihren Badeanzug auf dem Bett aus. Auf Simonettis Schreibtisch ließ sie einen Zettel liegen.

»Andrea, ich danke Dir für Deine lange Erklärung. Ich habe sie genossen. Es ist Dir gelungen, alles zu erklären (subatomare Ebene), und ich habe nicht den Eindruck, daß ich noch etwas zu Deiner Genesung beziehungsweise Menschwerdung beitragen kann. Das Gedicht hat mir noch am meisten bedeutet. Glafulos! Leider fühle ich mich noch nicht dazu in der Lage, mit dem Begriff ›Klärung‹ etwas anzufangen. Ich bin so steif wie ein Brett, und mein Rücken sieht furchtbar aus: glasig blau und lila und rosa wie eine faulende Kartoffel. Ich sitze auf Deinem Stuhl. All das Vertraute um mich herum macht mich rasend.

In meinem Terminkalender sehe ich, daß wir das nächste Wochenende zu zweit allein in der Villa des von Dir verehrten Zuccarelli verbringen wollten. Das Belvedere scheint mir der geeignete Ort zu sein, um unsere Angelegenheiten zu regeln. Übernimm Du ruhig die Regie. Ich werde im Laufe des Freitagnachmittags dort eintreffen, allerdings unter Vorbehalt, da ich das Gefühl habe, daß Moro diese Woche nicht überleben wird.

Aber ich will noch ein einziges Mal mir Dir schwimmen gehen. Bring bitte meinen Badeanzug mit und ein paar extragroße Badehandtücher, denn die gibt es bestimmt nicht in Zuccarellis Haus. Am Strand von Concha dei Marini hast Du einmal mit einem weißen Handtuch auf mich gewartet und es mir um die Schultern gelegt, als ich schlotternd aus dem Wasser kam. Hanna.«

Federico Zuccarelli war entsetzt, als sich seine Prophezeiung bewahrheitete. Als er die Zeitungsberichte über die Ermordung Aldo Moros las, mußte er daran denken, was er während der Fahrt nach Sutri über den Ausgang dieser Affäre zu Andrea Simonetti gesagt hatte. Er hatte die Stunde des Todes mit der Stunde der Befreiung gleichgesetzt, und es schien, als hätten die Terroristen ebenfalls mit diesem Gedanken gespielt: Im ersten anonymen Anruf bei einem der Geheimdienste am Dienstag mittag war Moros Freilassung angekündigt worden. Zu diesem Zeitpunkt war er bereits tot gewesen.

Außerdem wies die Aufnahme des toten Politikers im Kofferraum des R 4 eine täuschende Ähnlichkeit mit dem Bild auf, das er auf der Fahrt über die Hügel vor Augen gehabt hatte: ein Mann, der, in Decken gewickelt, im Kofferraum eines Autos liegt. Und er hatte mehr gesehen, als er Simonetti gegenüber zuzugeben gewagt hatte: den Kopf des Toten, auf die linke Schulter gefallen, die Hand auf dem Bauch. Er hätte die Szene auf der Aufnahme selbst arrangieren können.

Eine Leiche in einem Kofferraum – jeder hätte dieses Bild vor Augen haben können. Doch an jenem Freitag nachmittag war die Vorhersage eines derartigen auf der Hand liegenden Endes weniger einfach gewesen, als es nun den Anschein hatte. Die Angelegenheit war damals noch undurchsichtig. Es gab unterschiedliche Meinungen über Moros Aufenthaltsort: Er könne in Rom sein, auf dem Land oder – wie manche dachten – gar auf einem Schiff, das sich außerhalb der Territorialgewässer befinde, und die juristischen Aspekte dieser Möglichkeit waren von einigen Seerechtsexperten untersucht worden. Außerdem sei es ganz und gar nicht ausgeschlossen, daß man insgeheim doch mit den Terroristen verhandele, die Familie Moro beispielsweise, die sich von Anfang an der Strategie der Politiker widersetzt hatte. Schließlich wisse man nicht genau, ob Moro noch lebe. Die Terroristen hatten mitgeteilt, daß das angekündigte Urteil vollzogen worden sei. Im Lago Duchessa, einem Bergsee, war nach der Leiche gesucht worden. Zuccarellis einfache Darstellung wäre unter diesen Umständen von den meisten als allzu einfach zurückgewiesen worden.

Der Direktor des Museo Nazionale d'Arte Moderna versuchte sich selbst zu beruhigen, indem er seinen Einfall dem Zufall zuschrieb. Dennoch tat es ihm nicht gut, daß er diese Prophezeiung angestellt hatte, daß er sich an eine Darstellung der Entdeckung Moros gewagt hatte. Übrigens hatte es in jüngster Zeit andere Ereignisse gegeben, die ihn tiefer berührt hatten als der Tod eines Mannes seines Alters, dessen Atem er bei offiziellen Anlässen zuweilen in seinem Gesicht hatte fühlen dürfen.

Zuccarelli quälte sich mit Erinnerungen an das Bauernhaus von Andrea Simonetti und dessen verkrüppeltem amerikanischen Bildhauer, in dem er nicht hatte übernachten wollen; mit Erinnerungen an den Abend in Sutri, an die Gelassenheit, mit der Simonetti schließlich eine Hand auf der seinen hatte ruhen lassen. Nach einer erneuten Lektüre des langen Gedichts von Simonetti war er zu der Überzeugung gelangt, daß er in gewisser Hinsicht für den Kaiser, der im Herbst seines Lebens stand, Modell gestanden hatte. Je tiefer er das Gedicht ergründete, desto mehr Belege fand er dafür. Die Geburt eines Fohlens, die der Kaiser verfolgt hatte, hatte auch er irgendwann einmal aus dem gleichen Blickwinkel verfolgt. Ein paar Äußerungen des Kaisers über das Sterben im Leben erkannte Zuccarelli als seine eigenen. Die süditalienische Welt des dreizehnten Jahrhunderts, in der der Kaiser – verbittert, mit geschlossenem Visier, zu immer wahnsinnigeren Grausamkeiten gezwungen, um sich das Heft nicht aus der Hand nehmen zu lassen – am Ende mit seiner Armee umhergestreift war, diese Welt, die Art, in der diese Welt erlebt wurde, erinnerte Zuccarelli an gewisse Gegenden seiner eigenen Innenwelt. Den Abschnitt, in dem der Kaiser seinen Diener, den Taucher von Messina, in den Tod jagt, indem er ihn in einen Wirbel hinabtauchen läßt, empfand er als ein Urteil.

Und schließlich hielt Zuccarelli die letzten Gesänge des Gedichts für eine Geheimsprache, eine verschleierte Botschaft eines Schülers an seinen Lehrer. Mal fühlte er sich geschmeichelt, dann wieder verletzt, und wenn sein Mißtrauen übermächtig wurde, meinte er, all die Jahre beobachtet, von einem jungen Mann geduldig beobachtet worden zu sein, der sich seine Herrschsucht gefallen ließ, um gewisse Beobachtungen anstellen zu können.

Am Dienstag abend wies Zuccarelli seine Sekretärin an, all seine Termine in den nächsten Tagen zu verschieben oder von anderen wahrnehmen zu lassen. Voller Vergnügen sah er, wie sie die ungemein schweren und dunklen Augenbrauen zusammenzog, wie sich der kleine behaarte Fleck über ihrer Nasenwurzel in fleischige Falten legte und wie sich ihre Schultern launisch bewegten. Die stille Angst vor dem Wutausbruch einer Frau rundete seinen Genuß ab.

Dieses Manöver war nicht unüblich. Schon jahrelang brach Zuccarelli einmal im Monat für drei, manchmal vier Tage alle Verbindungen zur Außenwelt ab und zog sich in seine Wohnung zurück. Diese Methode hatte sich bewährt. Er schloß die Fensterläden seines Appartements, schlüpfte in leichte und locker sitzende Kleidungsstücke und fastete. Er nahm nur kalten Tee oder Fruchtsaft zu sich und gönnte sich einmal am Tag eine Schale trockenen Reis. Er las nicht und bewegte sich träge durch die Wohnung, welche zum größten Teil mit Möbeln seiner Eltern und Großeltern vollgestellt war, die vor dem Krieg Großgrundbesitzer gewesen waren. Er sah sich seine Gemälde an. Manche Stunden verstrichen unbemerkt. Die Geschwindigkeit in seinem Körper nahm ab, und seine chronische Schlaflosigkeit hörte auf.

Zuccarelli nutzte die Morgenstunden – normalerweise die schwersten, jetzt aber die leichtesten des Tages –, um sein Tagebuch auf den neuesten Stand zu bringen. Dieses Tagebuch könnte ihm vielleicht einen bescheidenen Platz in der Geschichte eintragen, denn er hatte viele Künstler und Geschäftsleute, Filmstars und Politiker aus der Nähe erleben dürfen. Er machte von allem, was er sah und hörte, in einer außergewöhnlich gleichmäßigen Handschrift Notizen und schonte niemanden.

»Fastenzeit. Heute nacht habe ich etwas geträumt, das ich in den vergangenen dreißig Jahren schon sehr häufig geträumt habe. Ich bin in Giorgio Morandis Haus in Bologna. Seine Schwestern machen in der Küche ein Nickerchen. Niemand hat mein Eintreten gesehen oder gehört, und ich blicke durch eine einen Spaltbreit offenstehende Tür in das Zimmer, in dem Morandi gemalt hat. Er arbeitet an einem Stilleben, das sich in meinem Besitz befindet, genau so, wie er das in Wirklichkeit zu tun pflegte: schnell und ohne nennenswertes Zögern. Ich sehe ihn von hinten, möchte ihn auf meine Anwesenheit aufmerksam machen, traue mich aber nicht, da seine Konzentration außergewöhnlich groß ist. Weggehen ist unmöglich. Der Eindruck, den seine Konzentration auf mich macht, läßt sich nicht beschreiben. Sein Rücken ist gerade, und sein Kopf sitzt erhaben auf seinem Rumpf. Manchmal macht er ein paar Schritte nach hinten, um die Leinwand aus einigem Abstand zu betrachten, hält sich die Hände vor die Augen, um bestimmte Teile des Gemäldes zu verdecken, macht mit der linken Hand wellenförmige Bewegungen vor der Brust, als wolle er etwas daraus hervorholen. Er lacht in sich hinein, brummt und summt, und in seinen Hüften nehme ich manchmal eine verhaltene Drehbewegung wahr. Die Stille ist so tief, daß ich die Haare seines Pinsels über die Leinwand streifen höre. Er scheint mit seiner Konzentration die Zimmerwände wegzudrücken.

Ich atme durch den geöffneten Mund, und dieser füllt sich mit Speichel, den ich nicht hinunterzuschlucken wage. Ich weiß, daß ich Morandi sehe, wie ihn sonst niemand, selbst nicht eine Geliebte, jemals zu Gesicht bekommen wird. Ich sehe ihn so, wie er sich anderen einfach nicht zeigen kann, und ich empfinde es als Sakrileg, ihn zu beobachten. In meiner Unbeweglichkeit erreiche ich den Zustand völliger Erschöpfung. Dies ist der Kummer, den ich fühle: Ich will ihn auf meine Anwesenheit aufmerksam machen, wage es aber nicht. Zuletzt werde ich weinend wach.

Mein Leben scheint schon zu bestehen, bevor ich es lebe. Ich scheine nur nach außen hin am Entwurf meines ruhmreichen Lebens beteiligt zu sein. Es gibt eine Kraft, eine mentale Haltung, eine Formel, die immer wieder die gleichen Entscheidungen und Fehler, die gleichen Gefühle, die gleichen Dummheiten und die gleichen Zwangslagen nach sich zieht. Ich überrasche mich mit den bekannten Überraschungen. Vielleicht habe ich mich immer, in all meinen Funktionen, auch in der von mir bewußt erlebten Funktion des Kindseins, als Dilettant gefühlt.

Das Gesicht Giorgio Morandis bleibt das schönste und vor allem edelste Gesicht, das ich jemals erblickt habe. Warum benutze ich hier das Wort ›erblicken‹ und nicht das Wort ›sehen‹? Der Kopf, das Gesicht und in diesem vor allem die Nase und das Kinn machten einen energischen Eindruck und deuteten auf einen starken Willen hin, einen Willen, so stark und tief, daß er sich dessen häufig nicht mehr bewußt zu sein schien. Ich liebte seine großen Ohren und seine ein wenig herablassend vorgeschobene Unterlippe. Ich habe mich dagegen gewehrt, doch im Laufe der Jahre hat sich meine Unterlippe langsam, aber sicher nach vorn geschoben.

Während ich die Bücher über Morandi schrieb und in anderen Ländern Interesse an seinem Œuvre zu wecken versuchte, habe ich einige seiner besten Zeichnungen, die er mir gegeben hatte, zerrissen. Später fragte er mich zuweilen nach diesen Zeichnungen, und ich verwickelte mich in Lügen. Ich habe ihn überlistet – das denke ich wenigstens. Ich weiß nicht mehr, wie ich mich selbst hinters Licht führe. Es hat auch keinen Sinn, dies wissen zu wollen.

Nach seinem Tod ist mir Morandi immer näher gekommen. Es gibt Tage, an denen ich seine Nähe so stark fühle, daß es mich kaum wundern würde, wenn er plötzlich in mein Zimmer käme. Jedesmal, wenn ich ihn in seinen letzten Lebensjahren besuchte, spürte ich seine Güte. Ich erinnere mich, seine Güte geradezu räumlich empfunden zu haben. Ja, es war ein räumliches Empfinden, das vielleicht daher rührte, daß ich in ihm keinen Widerstand und keine Spannung mehr vorfand, keine Spur der inneren Unruhe, die das Bewußtsein derart einengt. Ich denke, daß es seine Treue gegenüber Bologna und den Hügeln um die Stadt gewesen ist, seine Treue gegenüber seinen Schwestern und dem Haus, gegenüber dem Thema seines Œuvres und einer unauffälligen Lebensweise, die ihn in die Lage versetzt haben, diese Güte zu entfalten. Seine Wurzeln reichten tief. Nach jedem Besuch spürte ich seine Güte noch einen Tag lang in mir, und an diesem Tag wurde anderen über meinen Körper Morandis Güte zuteil. Ja, der kleine, widerliche, schmachtende Meßdiener ist noch immer nicht aus mir verschwunden.

Ich schreibe das Wort ›Güte‹ und denke an Morandi und die Farbe bestimmter Häuser in Bologna, Erdfarben, und ich fühle diese Güte in mir, als würde ich ihn kennen, und zugleich bricht er in mir los, der Widerstand gegen diese Güte. Hohngelächter. Ich weiß, daß es mein Schicksal ist, mich der Güte, dem unausstehlichen Lächeln der Güte bis zum letzten Atemzug zu widersetzen.

Wofür lebe ich noch? Nicht mehr in Erwartung einer Versöhnung. Um herauszufinden, wie grausam ein Mensch sich selbst gegenüber sein kann? Aus Feigheit? Aus Verantwortungsgefühl? Nein, es ist grausamer, viel grausamer: Ich lebe aus reiner Gewohnheit.

Ein Kollege in Berlin über Werner Haftmann, einen großen Connaisseur und einen ebenso großen Trunkenbold: Der Werner, ach, der Werner, das war doch eine monologische Existenz.

Fahren wir mit dieser Bußübung fort, mit Geständnissen, mit widerlichem Lispeln – aussätzig, aussätzig! Andrea Simonetti, mein ruheloser Freund, Trost unzähliger Stunden – ich habe ihm mein Haus in der Nähe von Ravello gegeben, die Ruhe des Gartens und den Ausblick über die Küste, meine Vergangenheit, mein Wissen, meine Macht habe ich mit ihm geteilt, doch dieses räumliche Empfinden habe ich ihm wahrscheinlich nie vermitteln können. Meine Herrschsucht beklemmt ihn, auch wenn es in den letzten Jahren nicht mehr so schlimm ist. Früher aber, o je, machte er stets nach anderthalb Tagen in der Villa einen langen und einsamen

Spaziergang, und ich habe ihn mehr als einmal mit Steinen nach den Bäumen werfen sehen. Er ist naiv. Er hat das Herz einer Frau und erträgt es nicht, mich leiden zu sehen. Seine Fürsorge entfacht in Signora Pozzo regelmäßig die größte Eifersucht. Einmal hat er sich – er war kurz vor meiner Ankunft abgereist – erdreistet, mein Bett neu zu beziehen und den Augenschirm aufs Kissen zu legen, was eigentlich Signora Pozzos Aufgabe ist. Auf die Innenseite des Augenschirms hatte er einen kleinen Zettel geklebt, rund, worauf er einen ziemlich poetisch oder magisch anmutenden Spruch geschrieben hatte, der, so behauptete er in einem kurzen Brief, mich von meiner Schlaflosigkeit genesen lassen würde, wenn ich ihn nur ohne Unterlaß aufsagen würde. Ich habe es versucht, allein mir fehlte der Glaube. Daraufhin habe ich die eifersüchtige und darüber hinaus sehr gläubige Signora Pozzo gebeten, diesen Spruch für mich aufzusagen, ohne Unterlaß, und das hat geholfen.«

Am Donnerstag abend hörte sich Zuccarelli die Gespräche an, die er mit ein paar Freunden in seinem römischen Appartement oder in der Villa in der Nähe von Ravello geführt und heimlich auf Band aufgenommen hatte. Er spulte vor bis zu der Geschichte, die Simonetti ihm einmal erzählt hatte.

Eines der Gesprächsthemen an diesem Abend war Axel Munthe gewesen, ein Mann, der aus den Wäldern im Norden Schwedens stammte. Munthe zog – es war gegen Ende des neunzehnten Jahrhunderts – nach Paris und wurde ein erfolgreicher Arzt. Er war Junggeselle und schien eine besonders starke Wirkung auf seine weiblichen Patienten auszuüben. Italien war seine große Liebe, der Tod sein ebenso großer Feind. Ein Erdbeben lockte ihn nach Messina, wo er für die Opfer tat, was er konnte. Eine Choleraepidemie, die zwanzig Prozent der Bevölkerung dahinraffte, lockte ihn nach Neapel. Munthe wurde berühmt, verkehrte in den höchsten Kreisen, sein Herz aber hatte er an die Tiere und die Einfältigen verloren. Schließlich ließ er sich auf dem noch nahezu unberührten Capri nieder. Er mochte die Bewohner der Insel, auch wenn er ihnen nie vergab, daß sie jedes Jahr Tausende von Zugvögeln in ihren Fangnetzen fingen. Hoch auf den Felsen bei Anacapri baute er auf den Fundamenten einer römischen Villa sein eigenes Haus, das er San Michele nannte.

»Munthe, Munthe«, hörte Zuccarelli sich sagen, »ich habe mit Leuten geredet, die Munthe noch gekannt haben.«

»Und haben sie dir auch von Pacciale erzählt?«

»Pacciale? Siehst du diesen Zweig? Er ist gerade dabei, schwarzgrün zu werden. Nein, Pacciale habe ich nie jemanden erwähnen hören. Wo kann ich das nachschlagen?«

»Ich kann es dir auch erzählen.«

»Jetzt schau dir doch diese Zweige an. Ich bin unserem zweiten Lord Grimthorpe noch immer dankbar, daß er an dieser Stelle einen Baum gepflanzt hat. Schwarzgrün. Ich hoffe nur, daß noch etwas Violettes hinzukommt. Aber erzähl mir von diesem Pacciale.«

»Munthe hatte eine Segeljacht, einen Kutter, gebaut in Schottland. Der damalige britische Botschafter in Rom war der Besitzer des Schwesterschiffs, das im Hafen von Sorrent lag. Munthe forderte den Botschafter zu einem Wettsegeln von Capri nach Messina und wieder zurück auf. Munthe verlor diesen Wettkampf, da sein Schiff bei leichter Brise nun einmal nicht so gut fuhr. Er bat den Botschafter um Revanche und sagte: ›Warte nur, bis mein neues Toppsegel und mein seidener Spinnaker da sind.‹«

»Was ist ein Spinnaker?«

»Ein Segel.«

»Das ist mir schon klar.«

»Es ist das größte und leichteste Segel auf einem Schiff. Ich habe dir heute mittag noch eins gezeigt. Es wird auch als Ballonsegel bezeichnet. Wenn der Wind es füllt, steht es wie ein Gewölbe am Himmel. Sobald der Spinnaker aufgezogen ist, hört das Schiff auf zu segeln; statt dessen hat es dann den Anschein, als würde es durchs Wasser gezogen.«

»Wie geht es übrigens Pittakos? Hat man ihn schon bankrott erklärt? Womit hat er gleich wieder gehandelt? Mit Autos? Oder war er ein Fleischkönig?«

»Pittakos handelte mit Geld. Als man ihn bankrott erklären wollte, stellte sich plötzlich heraus, daß er absolut nichts besaß.«

»Pacciale.«

»Pacciale war ungefähr sechzig, als die neuen Segel eintrafen. In seinen jungen Jahren war er Korallentaucher gewesen, vor der Küste von Tunis und Tripolis. Es hat ihn zwanzig Jahre gekostet, bis er die dreihundert Lire zusammen hatte, die man damals brauchte, um heiraten zu können. Pacciale war Fischer, arbeitete ab und zu für Munthe und gehörte mehr oder weniger zum Personal von San Michele. Ihm wurden die Segel anvertraut. Munthe gab ihm den Schlüssel zu dem Raum, in dem die Segel, in Erwartung des zweiten Wettsegelns gegen den Botschafter, aufbewahrt wurden.«

»Ich muß noch rauskriegen, ob Grimthorpe den Botschafter gekannt hat.«

»Es wurde April, und der Sozialismus kam auf. Kurz vor dem ersten Mai machten landesweit Gerüchte, die wildesten Gerüchte, die Runde: Am Tag der Arbeit sollten sich die Armen erheben und die Häuser der Reichen plündern. Die Zeitungen heizten die Stimmung noch mehr an. Das Gerücht erreichte sogar das abgelegene Capri und nahm dort Formen an, die zur Geschichte der Insel paßten. Seeräuber, am ersten Mai sollten Seeräuber auf Capri landen, um dort zu plündern. Die Reichen auf der Insel gerieten völlig außer sich. Der Pastor versteckte die Meßkelche. Die Honoratioren brachten, wie es ihre Vorfahren auch schon gehalten hatten, ihre Schätze in die Weinkeller. Auch Pacciale geriet in den Bann der Gerüchte. Er meinte, daß ein Toppsegel und ein seidener Spinnaker aus England eine äußerst begehrenswerte Beute für Seeräuber darstellen müßten, auch wenn man seit über fünfzig Jahren keine Seeräuber mehr gesehen hatte. In einer stürmischen Nacht weckte Pacciale seinen Bruder. Sie schulterten die Segel, kletterten im Stockdunkeln unter Lebensgefahr die Felsen hinab und versteckten sie in einer Höhle.

Am ersten Mai liegt die Insel verlassen da. Man hält sich in den Häusern versteckt und wartet und wartet den lieben langen Tag auf die Seeräuber, auf die Landung der Seeräuber. Wellen und Vögel und die ersten glühend heißen Windstöße aus Nordafrika landen auf der Insel, sonst aber passiert nichts. Gegen Abend wagt man sich wieder vor die Häuser. Man unterhält sich über die Seeräuber, die nicht gekommen sind. Niemand hat irgendwelche

Seeräuber gesehen, doch voller Entzücken wird über die Ängste dieses Tages geredet. Die Honoratioren unterhalten sich in möglichst vagen Andeutungen über ihren unermeßlichen Reichtum, die Armen haben nur einander, der Barbier schneidet noch ein paar Leuten die Haare, der Pastor ist betrunken, die Hunde seufzen in ihren Träumen, alles ist wieder so, wie es sich gehört, und man ist so unglaublich zufrieden, Federico; die Finsternis ist warm, das Stimmengewirr breitet sich auf der ganzen Insel aus, die immer höher aus dem Meer aufragt, sich in aller Stille zu den Sternen erhebt, während die Bewohner ein riesiges Fest veranstalten, weil Hirngespinste Hirngespinste geblieben sind, weil sie nicht gekommen sind.«

Simonetti hielt inne.

»Na prima«, hörte Zuccarelli sich sagen. »Laß uns nach Ravello fahren, einen trinken.«

»Die Geschichte ist noch nicht zu Ende.«

»Sei mir nicht böse. Das Wettsegeln.«

»Und Pacciales Tod. Ein paar Wochen später, am Tag vor dem Wettkampf, klettern Pacciale und sein Bruder wieder die Felsen hinab, um die Segel aus der Höhle zu holen, finden sie dort aber nur zerrissen vor. Ziegen haben das Toppsegel und den seidenen Spinnaker mit ihren Hufen und Hörnern aufgeschlitzt. Und Pacciale, der Bewacher der Segel, schämt sich so abgrundtief, daß er sich ertränken will. Dem Bruder gelingt es mit knapper Not, ihn davon abzubringen. Sie klettern wieder hinauf und schweigen.

Am Tage des Wettsegelns ist Pacciale unauffindbar. In seinem Zorn bricht Munthe die Tür zur Segelkammer auf, doch diese ist leer. Viele Stunden später taucht Pacciale wieder auf. Er kann nicht mehr sprechen. Schließlich hebt Munthe die Hand, um seinen Freund zu schlagen, und Pacciale senkt ergeben den Kopf. Da wirft sich sein Bruder für ihn in die Bresche: Er zerreißt sein Hemd und erzählt die ganze Geschichte. Munthe versöhnt sich mit Pacciale, macht ihn zum Kapitän der Jacht und schenkt ihm einen englischen Pullover, in den halbkreisförmig der Name des Schiffes eingestickt ist.

Pacciale trägt diesen Pullover jeden Tag, sein ganzes restliches Leben, auch an dem Tag, an dem er sich beim Erwachen zum erstenmal seit seiner Geburt nicht wohl fühlt. Pacciale zieht sich in eine Höhle zurück, wird einen Tag später gefunden und von seinem Bruder zur Villa San Michele getragen. Munthe läßt ein Zimmer räumen für den kranken Pacciale, legt ihn selbst ins Bett, und zwar so, daß er durchs Fenster das Meer sehen kann.«

»Beschreib mir dieses Zimmer.«

»Pacciales Zustand verschlechterte sich zusehends.«

»Das Zimmer, Andrea!«

»Ich weiß nicht, wie das Zimmer ausgesehen hat.«

»Was macht das schon? Beschreib mir dieses Zimmer, Andrea, das Zimmer!«

Zuccarelli hörte sich erregt kichern.

»In diesem Zimmer hört Pacciale Stunde für Stunde das Wasser des Brunnens im Hof der Villa, Stunde für Stunde, er schläft nämlich nicht mehr. Drei Tage später, gegen Abend, versammeln sich ein paar Verwandte und Freunde im Zimmer. Niemand hält sich in unmittelbarer Nähe des Sterbenden auf, niemand berührt ihn, wie es üblich ist.«

»Wie es damals üblich war, in der Tat.«

»Der Pfarrer spendet Pacciale, der nicht viel zu beichten hat, die Letzte Ölung und erteilt ihm die Absolution, so daß Pacciale mit ruhigem Gewissen das Kreuz küßt. Sobald der Pfarrer sich verabschiedet hat, um auf die glückliche Überfahrt des Sterbenden zu trinken, rührt Pacciale sich nicht mehr. Man wartet und wedelt sich mit Fächern kühle Luft zu. Schließlich beugt sich Munthe über Pacciale, da er meint, daß dieser das Bewußtsein verloren habe. Plötzlich hebt Pacciale eine Hand und streichelt Munthe über die Wange. Er streichelt ihm über die Wange und murmelt seine Abschiedsworte: ›Ihr seid so gut wie die See, Ihr seid so gut wie die See.‹«

Eine Zeitlang herrschte Schweigen.

»So gut wie die See«, hörte Zuccarelli sich schließlich mit erhobener Stimme sagen. »So gut wie die See. Etwas zuviel Melodramatik, um wahr zu sein, Andrea. Was meinst du? Hat Munthe es genau so beschrieben? Typisch Munthe, einem anderen solche für ihn schmeichlerischen Worte in den Mund zu legen.«

»Solche Worte legt man niemandem in den Mund.«

»Warum nicht? Was spricht dagegen?«

»Solche Worte legt man niemandem in den Mund!«

»Warum nicht? Nichts ist echt.«

»Würdest du dich trauen, den Tod eines Freundes zu beschreiben und ihm solche Worte in den Mund zu legen?«

»Kannst du dir denn vorstellen, Andrea, daß ein sterbender Freund eine Hand hebt, um mir über die Wange zu streicheln?«

Zuccarelli lauschte gregorianischen Gesängen, die er als »Balsam für die Seele« zu bezeichnen pflegte. Gegen Ende des Tages ging er auf einem antiken persischen Teppich, auf dem mehrere Moslemgenerationen ihre Gebete gesungen hatten, in die Hocke, starrte die sich endlos wiederholende Geometrie farbiger Muster an und verspürte das Bedürfnis, seine Exkremente darauf zu deponieren – was er dann auch tat, er war schließlich ein freier Mann. Amüsiert, kichernd, beschämt und trübsinnig löffelte er seine Exkremente vom Teppich in einen Müllsack und führte dabei in Gedanken bereits ein Gespräch mit seiner Reinemachefrau. Ob sie so gut sein wolle, die weißlich angeschimmelte Kruste vom Teppich zu kratzen? Ein Hund habe den Teppich für seine unaussprechliche Notdurft mißbraucht. Die Reinemachefrau bemerkte – wie immer –, daß dieser Hund den Teppich auffällig oft für seine unaussprechliche Notdurft mißbrauche. Worauf er ihr vorhielt, daß man auch einem Hund gewisse Gewohnheiten zugestehen müsse. Sie fragte ihn, ob er das in Zukunft nicht verhindern könne. Und er: Nein, Signora, dieser Hund überlistet mich jedesmal, und da es der Hund eines meiner besten Freunde ist, kann ich ihm den Zugang zur Wohnung nicht verwehren. Wären Sie so nett, diese Kruste vom Teppich zu kratzen? Ich werde Sie dafür entschädigen. Ende der Szene, Reinemachefrau geht vor sich hin schimpfend ab.

Am Freitag morgen wog Zuccarelli drei Kilo weniger. Er beschloß, nach Ravello zu fahren, mit Andrea Simonetti einen Spaziergang über die blumenübersäte Halbinsel zu machen und damit seine Genesung abzurunden. Während er die Post durchsah und schnell – für diese Schnelligkeit war er bekannt – ungefähr zehn Briefe beantwortete, sah er sich mit einem halben Auge die Fernsehbilder des Staatsbegräbnisses für Aldo Moro in San Giovanni an. Kameraleute und Regisseur stellten ihren hochentwickelten Sinn für Tragik unter Beweis: Alle Kamerabewegungen waren träge, waren von einer geradezu Überdruß erregenden und zermürbenden Trägheit. In der Schar der Journalisten, die in einem Seitenschiff untergebracht waren, erkannte Zuccarelli das Gesicht Hanna Piccards, die zu einem Fernsehgerät hochsah, das an einer Säule angebracht war.

»Aha, unsere schnippische Holländerin. Man nehme ein Ei, Signore Zuccarelli, und man nehme eine Nadel. Mit der Nadel piksen Sie ein kleines Loch in die Unterseite des Eis. Danach können Sie es kochen, ohne daß es zerspringt. Komisch, daß Ihnen das noch nie jemand gezeigt hat.«

Es war Zuccarelli schon zu Ohren gekommen, daß Simonetti diese Frau, mit der er wahrscheinlich von dem verkrüppelten amerikanischen Bildhauer verkuppelt worden war, rausgeworfen hatte.

Zuccarelli reiste ab. Nachdem er in einem Restaurant ein leichtes Essen zu sich genommen hatte, fuhr er zum Flughafen. Er nahm sich vor, einen Badeausflug mit Andrea in sein Programm aufzunehmen.

In den Dörfern um Amalfi, der ehemaligen Seerepublik an der Südküste der Halbinsel von Sorrent, kannte jeder Federico Zuccarelli, den Spaziergänger. Seit fünfzehn Jahren erkannte man ihn am Spazierstock, am Augenschirm und an seinem Marschtempo. Häufig folgte ihm ein verlegener junger Mann mit schwarzblauen Augen auf dem Fuß; von diesem jungen Mann wurde lächelnd behauptet, er sei sein Adoptivsohn.

Seit er die Villa Cimbrone in der Nähe von Ravello gekauft hatte, wanderte Zuccarelli kreuz und quer über die gebirgige Halbinsel, die sich zwischen dem Golf von Neapel und dem Golf von Salerno mehrere Dutzend Kilometer weit ins Meer erstreckt. Der Vesuv wurde, wenn er zu sehen war, von Zuccarelli verflucht. Die Nordküste ließ ihn kalt. Am liebsten glitt sein Blick über die Einbuchtungen und Klippen der Südküste, über die Olivengärten und Zitronenplantagen an den Hängen, die Fischerdörfer und die Wachtürme auf den Kaps. Den westlichen Teil der Halbinsel, entwaldet und unwirtlich, kannte er nur aus der Ferne. Aus Pflichtgefühl hatte er einmal Punta Campanella aufgesucht, den Ort, an dem der Rücken des Mastodons unter den Wellen verschwindet, um sich auf der gegenüberliegenden Seite der Meeresstraße noch einmal zu zeigen, in Gestalt der Insel Capri.

Zuccarelli ging spazieren, und zwar so, als habe er es eilig. Im Frühjahr und im Frühsommer stieg er hochgelegene Hänge hinauf, um sich die Blumenmeere der Krokusse, Alpenveilchen, Narzissen, Anemonen, Veilchen und Orchideen anzusehen. Er warf einen Blick auf die wogende Farbenpracht, murmelte »diese Fülle« und lief weiter, als hätte er sich lediglich überzeugen wollen, daß es sie noch gab: Blumenmeere. Die Hosenbeine flatterten lustig bei jedem Schritt, der Spazierstock schwenkte von links nach rechts, um seinen Gästen, seinen königlich bewirteten Gästen, die ächzten und stöhnten, alles zu zeigen. Er brachte sie zu der Stelle, von der aus sie mit einem Blick Ravello, Atrani und Scala sehen konnten – die Dörfer, die dereinst zur Republik Amalfi gehört hatten. Er brachte sie zu einem Lorbeerbaum, zu einem Felsblock unter jenem Lorbeerbaum, von dem aus sie den bei weitem schönsten Blick auf Amalfi hatten: auf die Bucht und den Boulevard, die blumengedeckten Dächer der Häuser, die an beiden Seiten der Hauptstraße an den Hängen übereinandergestapelt waren, auf den Dom und den benachbarten Chiostro del Paradiso.

Zuccarelli ging nur selten allein spazieren, obwohl er das am liebsten tat. Wirklich entspannen konnte er sich erst während der heißesten Stunden des Tages, die er im Schatten eines Baumes verbrachte, unerreichbar für die Geräusche seiner Mitmenschen und ihrer Fahrzeuge. Am Horizont gingen das diesig gewordene Blau des Himmels und des Meeres ineinander über. In der Tiefe zogen Motorjachten ihre weißen Spuren. In der Stille um ihn herum zirpten die Grillen. Essen und Trinken wurden ihm von einem imaginären Diener gereicht. Zuccarelli stellte sich vor, daß er in der Zeit lebte, da der Tiber noch regelmäßig zufror: ein Römer, dem Lärm und Gestank, der Enge und Schlaflosigkeit Roms entronnen.

Sobald Wind aufkam, erwachte Zuccarelli aus seinem Schlummer. Er kletterte weiter hinauf, um die gesamte Südküste überblicken zu können. An manchen Tagen war es gegen Abend so hell, daß er südlich von Salerno die Tempel von Paestum in der Ebene liegen sehen konnte. Noch weiter südlich hatte er einmal den verschneiten Gipfel des Ätna entdeckt.

Zuccarellis Gäste kannten alle die Geschichte der Villa Cimbrone.

Im Jahre 1910 stieg der zweite Lord Grimthorpe in einem Hotel in Neapel ab und wurde am Tisch von einem gewissen Nicola Mansi bedient, einem jungen Ober aus Ravello. Mansi machte ihn auf ein Grundstück in unmittelbarer Nähe von Ravello aufmerksam, das sich auf einem Ausläufer des Gebirges in dreihundert Meter Höhe über dem Meeresspiegel befand und vom Abt eines benachbarten Klosters zum Verkauf angeboten wurde. Auf dem Gelände stand schon seit Jahrhunderten eine Ruine, am Rande des Kliffs lag das bekannte Belvedere. Lord Grimthorpe erwarb das Grundstück. Mansi bot ihm seine Dienste an und erwies sich in bautechnischer Hinsicht als recht sachkundig. Gemeinsam mit seinem neuen Butler entwarf Lord Grimthorpe die Villa Cimbrone.

Unter den Pinien lag mehr als genug Baumaterial. Auf römischen Fundamenten erhob sich ein Haus mit kleinen gotischen Bogenfenstern, das einen in sich gekehrten Eindruck machte: Es schien, als müsse es noch gegen Sarazenen oder Normannen verteidigt werden können. An das Haus wurde eine offene Krypta mit Kreuzgewölben angebaut, in der der Gesang von Mönchen aus dem elften Jahrhundert vorzüglich geklungen hätte. Der sich an die Krypta anschließende Hof mit den Arkaden, dem Brunnen und den Rosen war in maurischem Stil gehalten. Was in dem Bauwerk nicht verarbeitet werden konnte, blieb im Garten liegen: Teile eines römischen Mosaiks, maurische Säulen, Kapitelle aus Paestum, entstellte, schwer zu datierende Büsten und Steine, Steine.

Lord Grimthorpes ganzer Stolz war das im achtzehnten Jahrhundert angelegte Belvedere am Rande des Kliffs. Unter der Kuppel einer in alle vier Himmelsrichtungen geöffneten Laube standen vier Göttinnen, die noch immer überrascht waren, sich hier zu begegnen. Auf der Balustrade der Terrasse waren Büsten aufgestellt worden, hohl und auf der Rückseite, die niemand sah, unbearbeitet. In einem Brief schreibt Lord Grimthorpe: »The view up and down the coast is magnificent beyond description, but a little disturbing for those with a bad head for heights.«

Zwei Jahre nach der Vollendung dieses Hauses voller Echos aus versunkenen Epochen wurde Lord Grimthorpe plötzlich zu äußerst dringlichen Besprechungen nach England zurückgerufen. Er fügte sich und kehrte nie mehr in die Villa Cimbrone zurück. Einige Sommer lang sahen die Bauern seine Nichten noch das ein oder andere Mal im Garten. Danach wurde das Haus von Nicola Mansi, dessen Frau und Kindern und zu guter Letzt nur noch von ihm allein bewohnt, bis er, inzwischen steinalt, im berüchtigten Winter von 1963 starb. Der größte Teil des Zitronenanbaus auf der Halbinsel wurde damals vom Frost vernichtet, und in den Tunneln der Küstenstraße hingen Eiszapfen von mehreren Metern Länge. In einem Straßencafé am Boulevard von Amalfi wurde über das leerstehende Haus geredet. Federico Zuccarelli erwarb es.

Nachdem er um Mitternacht in Rom abgefahren war, kam Andrea Simonetti gegen Sonnenaufgang in Ravello an. Auf dem Fußweg, der von Ravello zur Villa Cimbrone führte, wartete er, bis die Sonne auf der anderen Seite des Drachentals über dem Dorf Scala erschienen war. Es war schon lange her, seit er einen Sonnenaufgang beobachtet hatte. Seine Sehnsucht nach Hanna war so groß, daß er auf einmal ihren Körpergeruch in der kühlen Morgenluft ganz deutlich wahrnahm und den Wunsch verspürte, die Hand nach einer unsichtbaren Person auszustrecken, die neben ihm auf der niedrigen Mauer saß. Ein paar Minuten lang war seine Sehnsucht so stark, daß er den Eindruck hatte, als würde sich neben ihm wirklich jemand materialisieren, und er begriff, wie es kam, daß manche, in Zeiten eines stärkeren Glaubens, ihre himmlischen Geliebten deutlich sehen konnten.

Die Sonne stieg über die Bergkuppen. Simonetti lebte noch im Vortag, den kein Schlaf beendet hatte; sein Zeitgefühl war so sehr überdehnt, daß das Warten kaum eine Ähnlichkeit mit Warten zu haben schien und daß diese eine Stunde zu keinem bestimmten Tag gehörte. Als er von der Mauer sprang, war sein eigener neuer Tag noch immer nicht angebrochen.

Beim Herumschlendern im Garten der Villa genoß Simonetti die kühle Morgenluft. Die Keramikblumentöpfe am Rande des Wegs waren durch die Feuchtigkeit, die sie aufgenommen hatten, dunkler geworden. Auf den Rasenflächen versprühten Sprinkler funkelnde Tropfen. Er ging dem sich ab und zu bewegenden Wasserschlauch nach und fand hinter blühenden Sträuchern Salvatore. Salvatore war der Gärtner und Haushüter der Villa Cimbrone, ein Mann von ungefähr fünfzig Jahren, mit kurzen Beinen, dicken Fingern, breiten Schultern. Er hatte eine so dunkle Hautfarbe, daß Zuccarelli ihm einige maurische Ahnen zugeschrieben hatte.

»Salvatore.«

»Ich habe dich bereits gesehen«, antwortete der Mann mit heiserer Stimme, »du bist früh.«

Salvatore reichte ihm zur Begrüßung das Handgelenk, da seine Hände schmutzig und naß waren.

»Ich konnte letzte Nacht nicht schlafen.«

»Das sieht man. Aber in Rom könnte ich auch nicht schlafen.«

»Bei mir zu Hause ist es still, Salvatore.«

»Das weiß ich, das weiß ich, aber ich fahre nie mehr nach Rom. Hast du Leda nicht mitgebracht?«

»Die ist lieber bei den Kurhajec geblieben.«

Simonetti schob sich die ihm angebotene Zigarette hinters Ohr. Salvatore zündete seine an und nahm seine Arbeit wieder auf. Mein Haushüter raucht zwei Päckchen Zigaretten pro Tag, schon seit über dreißig Jahren, pflegte Zuccarelli seinen Gästen zu erzählen. Und morgens kriegt er keinen Bissen hinunter. Simonetti mußte daran denken, was Zuccarelli seinen Gästen zu erzählen pflegte.

»Unmittelbar vor Scala ist ein Stück der Straße weggebrochen, Andrea.«

»Ist das nicht schon letztes Jahr passiert?«

»Das schon. Aber es ist immer noch eine Schande. Sie haben sich so lange nicht um die Straße gekümmert, bis was passiert ist, einzig und allein, um sich die Taschen mit dem Geld von den Behörden vollstopfen zu können. Die Herren teilen sich das Geld und tun nur das Allernötigste, um die Straße auszubessern. Scala! Die Leute aus Scala!«

»Nur gut, daß die Brücke zwischen Ravello und Scala schon vor langer Zeit eingestürzt ist.«

»Welche Brücke?«

»Die Brücke über das Tal.«

»Welche Brücke? Wovon sprichst du?«

Simonetti kehrte zu seinem Koffer zurück und trug ihn ins Haus. Kaum stand er in der Halle, als er die keifende Stimme von

Signora Pozzo hörte, einer ehemaligen Pensionsinhaberin aus Amalfi.

»Salvatore! Du kannst doch jetzt noch nicht mit dem Sprengen des ganzen Gartens fertig sein. Zieh die Stiefel aus!«

»Der Garten steht unter Wasser.«

»Was? Andrea! Ich komme, ich komme!«

Signora Pozzo bewirtschaftete früher zwanzig Zimmer, ganz allein, so erzählte Zuccarelli seinen Gästen, und sie wird erst müde, wenn sie mehr als vier Stunden pro Nacht schläft. Jede Nacht verbringt sie viele Stunden mit der Lektüre von Heiligenleben. Oh, die wunderbaren Heiligen unseres achtzehnten Jahrhunderts. Manchmal wundere ich mich, daß sie sie überhaupt auseinanderhalten kann. Ihre abgegriffenen Heiligen konnten alle gleichzeitig an unterschiedlichen Orten sein, alle starben sie mit Stigmata in den Handflächen, und alle wiesen mindestens einen Monat nach ihrem Tod noch keine Spuren der Verwesung auf. Wir aber, Andrea, wir sind Zeugen des größten Wunders – Signora Pozzos selbst, die sich in all diese paradiesischen Leben vertiefen kann, ohne daß ihr schlecht wird.

»Andrea. Achte nicht auf meine Kleidung. Du bist so früh. Aber nein, das kann ich nicht annehmen.«

Die Pralinen.

»Nein, ganz lieb von dir, aber das nehme ich nicht an. Wirklich nicht.«

»Tun Sie mir den Gefallen. Ausnahmsweise.«

»Nein, das kann ich nicht. Gott im Himmel, wenn ich erst mal Schokolade esse, wenn ich erst mal Schokolade esse!«

Simonetti folgte ihr in eine geräumige, zum Teil in die Felsen hineingeschlagene Küche, wo Signora Pozzo ihm den Rücken zuwandte, um ihm die Möglichkeit zu geben, die Pralinen in einer Schublade zu verstecken – in einer der Schubladen, die sie nachts nach der Lektüre eines Heiligenlebens manchmal öffnete. Nachdem er die Schublade deutlich vernehmbar geschlossen hatte, drehte sie sich um, übers ganze Gesicht strahlend.

»Du warst lange nicht hier, Andrea. Wir dachten schon, daß du nie mehr kommst, daß du uns vergessen hast. Du bist älter geworden.«

»Ich habe letzte Nacht nicht geschlafen.«

»Männer sind doch eitel. Aber du hast das Recht, eitel zu sein, denn du bist schön und außerdem so eine Art Dichter.«

Simonetti mußte laut lachen. Das Wort »Dichter« sprach Signora Pozzo, ebenso wie das Wort »Pfarrer«, pflichtschuldig immer mit einer gewissen Ehrfurcht aus, gleichzeitig aber war in ihren Augen zu lesen: Selbst wenn du so eine Art Dichter bist, junger Mann, so bist du doch auch ein Ungläubiger, ein Ehebrecher noch dazu, und solange du ein Ungläubiger bist, wirst du für mich kein richtiger Dichter sein.

»Warum lachst du, Andrea?« Sie strich ihr Kleid glatt.

»Signora Pozzo, ich bin kein Ungläubiger. Nie gewesen. Ich glaube an so vieles, da ich so naiv bin. Selbst Ihnen gegenüber traue ich mich nicht zuzugeben, woran ich alles glaube.«

»Ah!«

»Zeigefinger in die Höhe!«

»Allerdings. Wir werden uns heute abend im Hof noch weiter darüber unterhalten. Über solche Angelegenheiten kann ich nur im Dunkeln sprechen. Aber hör zu, ich erzähl' dir etwas, was ich vor kurzem von Maria gehört habe.«

»Von welcher Maria?«

»Von der Maria, die sich hier manchmal nach dir erkundigt. Sag bloß nicht, daß du sie nicht kennst.«

Simonetti beschloß, diese Maria zu kennen, ließ seine Augen in Erinnerung aufleuchten und brauchte nun vorläufig nichts mehr zu sagen. Signora Pozzos Geplapper glitt größtenteils an ihm ab, und er genoß die Ruhe im Haus. Der Frische des Gartens war die Frische der Küche gefolgt, mit dem leichten Aroma von Zitronen, Essig, geschnittenen Tomaten, Oregano, Basilikum und Minze – Signora Pozzo hatte schon mit den Vorbereitungen für das Abendessen angefangen.

»Was für eine Stille«, seufzte Simonetti in einer ihrer Atempausen.

»Was?«

»Ich sage: Was für eine Stille.«

»O ja. Hier ist es immer still. Hier ist noch alles beim alten. Aber jetzt habe ich den Faden verloren. Wo war ich stehengeblieben?«

»Bei Luigi.«

»Welchem Luigi?«

»Luigi Einei.«

»Ach du lieber Gott«, rief sie mit einem verschmitzten Lächeln. »Andrea Simonetti, mich hast du dieses Wort, diesen Spitznamen, niemals in den Mund nehmen hören. Das kann ich dir unmöglich erzählt haben, das von dem einen …«

»Wie habt ihr denn erfahren, daß er nur einen Hoden hatte?«

»Das darfst du mich nicht fragen. So hat man ihn nun einmal genannt. Ich habe ihn nie anders gekannt. Es ist eine Sünde. Der arme Mann. Vielleicht hatte er ja doch zwei.«

Signora Pozzo sprang wieder mit Siebenmeilenstiefeln in dem gigantischen Familienroman vor und zurück, den Simonetti in diesen zehn Jahren in allen Einzelheiten kennengelernt hatte. Viele Geschichten kannte er in verschiedenen Fassungen. Mit Zuccarelli stritt er über bestimmte Details in bestimmten Geschichten, und Signora Pozzo strahlte, wenn sie um Hilfe gebeten wurde und ihnen Aufschluß geben mußte. Er beutete ihre Erinnerung aus, so wie er früher Tonni Locantros Erinnerung ausgebeutet hatte, unersättlich, um das Leben auf dem Land kennenzulernen, jahrhundertelang unberührt geblieben, nun aber für immer verschwunden, ein Leben, das ihm selbstverständlich viel farbiger vorkam als das Leben in der Gegenwart und vor allem als sein eigenes, selbstverständlich, denn nur das Farbige, die Ausbrüche der Leidenschaft, machten wirklich Eindruck und blieben in der Erinnerung haften. Signora Pozzo deckte mit ihren Geschichten anderthalb Jahrhunderte ab, die Liste der Namen war lang, und Andrea Simonetti war stolz darauf, daß er den Ordner, den er brauchte, um ihr folgen zu können, immer rechtzeitig fand.

An diesem Morgen gelang es Simonetti nicht, in ihren Geschichten aufzugehen: Sein Verlangen nach Hanna war zu groß. Er ärgerte sich über seine Liebenswürdigkeit.

»Du bist müde«, stellte Signora Pozzo nicht ohne eine gewisse Zärtlichkeit fest. »Du hast dich wieder überarbeitet. Ihr dort in Rom, ihr arbeitet alle viel zuviel. Wozu ist das gut? Beinahe alle Heiligenfeste sind jetzt aus dem Kalender gestrichen worden.

346

Feste, Prozessionen, alles, was für das Herz gut ist – sie schieben alles einfach zur Seite, um arbeiten und Geld verdienen zu können. Wozu ist das gut? Wird die Welt davon etwa besser? Keiner ist mehr zufrieden!«

»Und Sie?«

»Ich?« Signora Pozzo sah sich erstaunt um. »Ich?«

»Sie arbeiten doch auch von frühmorgens bis spätabends?«

»Ja, aber ich bin daran gewöhnt. Außerdem kann ich hier doch nicht alles vor die Hunde gehen lassen. Ja, wenn Salvatore, großer Gott, wenn Salvatore, der Haushüter …«

»Wie spät ist es?«

»Halb neun. Er wird gleich da sein.«

»Halb neun? Ist es erst halb neun?«

Signora Pozzo richtete sich auf, steckte sich die beiden Kämme am Hinterkopf etwas tiefer ins Haar und beugte sich über den Tisch zu ihm hinüber.

»Er will es noch immer«, flüsterte sie, als wäre Andrea Simonetti eine ihrer ledigen Freundinnen.

»So langsam spüre ich meine Müdigkeit.«

»Aber ich heirate ihn nicht – diesen halben Neger. Diese heisere Stimme, zwei Schachteln am Tag, und dann noch seine Verwandten – Geschichten könnte ich dir über die erzählen … Nein, auch wenn die in Ravello Gott weiß was von mir denken: Ich lasse die Finger davon. Einer hat mir gereicht.«

Andrea Simonetti sprang auf. Der Schweiß glänzte auf seiner Stirn.

»Heiraten Sie ihn doch«, rief er, und seine Worte hallten in den Gewölben aus dem elften Jahrhundert wider. »Heiraten Sie Salvatore doch! Was macht es aus? Heiraten, heiraten, heiraten Sie Salvatore. Sie brauchen nichts für ihn zu tun, was Sie nicht tun wollen. Heiraten Sie ihn, und nach spätestens einer Woche lieben Sie seine Zigaretten, nach einem Monat seine heisere Stimme, und spätestens nach einem Jahr schwärmen Sie für seine Verwandtschaft, in der anscheinend jeder dritte Mann dem Wahnsinn verfällt!«

Während Simonetti sprach, hatten Signora Pozzos Lippen sich lautlos bewegt. Jetzt stemmte sie die Hände in ihre schmale Taille und rief mit der Stimme der Pensionsinhaberin, die in zwanzig Zimmern gleichzeitig zu hören war: »Du hast mich beleidigt!«

»Ich habe Ihnen einen guten Rat gegeben«, antwortete Simonetti leise.

»Gib dir selbst erst einmal einen guten Rat, du Ehebrecher! Du hast mich beleidigt!«

Signora Pozzo verließ die Küche, zog in ihrem Zimmer die Latschen aus und Schuhe an, knotete sich einen Seidenschal um den Hals, tupfte sich ein wenig Duftwasser hinter die Ohren und eilte dann nach Ravello, um der Freundin, die so gut zuhören konnte, ihr Leid zu klagen. Auf dem Rückweg würde sie, wie Simonetti wußte, vor der kleinen Kapelle stehenbleiben, um mit sich schnell bewegenden Lippen ein Gebet für denjenigen zu sprechen, der sie heute beleidigt hatte.

Simonetti schlenderte durch die Zimmer, die er lange nicht mehr gesehen hatte. Er fühlte sich leer und ziellos, leer vor Sehnsucht nach Hanna, die erst am nächsten Nachmittag nachkommen wollte. Sobald er die Augen schloß, sah er ihre finstere Miene oder ihren gekränkten Rücken vor sich, doch es war ihm gleichgültig, wie sie sich ihm zeigen würde. Er meinte, nun endlich in der Lage zu sein, mit ihr umzugehen und sie von sich zu befreien. Gleichzeitig streckte er tausend Arme gen Rom, um sie aufzuhalten, da es ihm sinnlos erschien, noch länger mit einer mal übertrieben sachlichen, mal zum Hysterischen neigenden Frau umzugehen. Simonetti fühlte sich leer und ziellos, und es war, als hätte er sich erst jetzt, nach anderthalb Jahren, verliebt.

Er irrte durch dieses Haus voller Seeluft und alter Gegenstände, die im Laufe ihres Daseins, dadurch, daß sie schon so lange existierten, eine außergewöhnliche Kraft angehäuft zu haben schienen, eine Kraft, die ihren Besitzer an verloschene Leben und Epochen fesselte. In welchem Raum Zuccarelli sich auch aufhielt, er konnte überall im Handumdrehen der Gegenwart entfliehen. Simonetti meinte, Zuccarelli entflohen zu sein, meinte, sich von ihm befreit zu haben, nachdem er ihm, vor zwei Jahren, die Geschichte über Pacciales Tod, über die Hand, die Munthes Wange gestreichelt hatte, erzählt hatte. Nach Zuccarellis höhnischer Bemerkung über Pacciales Abschiedsworte hatte er seinen Jähzorn nicht länger zügeln können.

Simonetti irrte sich: Das vertraute Gefühl der Beklemmung, das ihn früher dazu gebracht hatte, mit Steinen nach Bäumen zu werfen, umklammerte ihn, als er im Salon die Terrassentüren öffnete. Während er die Holzkeile mit dem Fuß unter die Türen schob, mußte er daran denken, wie er Zuccarelli dies vor zehn Jahren zum erstenmal hatte tun sehen. Simonetti sah sich wieder auf der Balustrade der Terrasse sitzen, im Banne von Zuccarelli und dessen Haus, gedankenverloren die Küstenstraße in der Tiefe musternd. Auf der Terrasse hatten sich noch drei andere Studenten aufgehalten. Urplötzlich hatte Zuccarelli seinen Monolog unterbrochen und gesagt: »Andrea, komm bitte von der Balustrade herunter.«

Während der beiden darauffolgenden Tage hatte er sich noch hinter den drei anderen verstecken können, doch dann hatte Zuccarelli, nach dem Aufstieg leicht keuchend, plötzlich direkt neben ihm gestanden, unter besagtem Lorbeerbaum, von wo aus mit einem Blick sowohl Atrani als auch Ravello und Scala zu sehen waren.

»Warum trägst du eine Sonnenbrille, Andrea? Diese Dinger verfälschen nur die Farben! Wirf sie doch weg. Du solltest dir lieber einen Augenschirm aufsetzen. Ich werde dir einen Augenschirm kaufen.«

Natürlich hatte er seine Sonnenbrille weiter getragen, und Zuccarelli hatte vergessen, ihm einen Augenschirm zu kaufen.

Zuccarelli trug den Augenschirm des zweiten Lord Grimthorpe, den dieser seinerzeit in der Villa zurückgelassen hatte. Der Augenschirm hing über dem Bett, und Signora Pozzo pflegte ihn auf sein Kopfkissen zu legen, wenn sie Zuccarelli erwartete.

»Wie vergißt man etwas, Andrea? Warum vergißt man etwas? Wie hat Lord Grimthorpe den Augenschirm vergessen? Manchmal versuche ich mir vorzustellen, welche Gefühle ihn in den Tagen vor seinem überstürzten und endgültigen Aufbruch nach England bewegt haben mögen. Vielleicht ist er damals ein ums andere Mal mit demselben Gedanken an dem Augenschirm vorbeigekommen: nicht vergessen. Augenschirm nicht vergessen. Trotzdem vergessen. Oder liegengelassen. Für wen?«

»Für denjenigen, der hiergeblieben ist, Nicola Mansi.«

»Meinst du wirklich? Ach, wahrscheinlich hat ihn das Ding nicht weiter interessiert.«

Vergessen. Zuccarelli eines seiner Lieblingsbücher geben. Nicht fähig sein, ein paar Worte der Widmung ins Buch zu schreiben. Wurde nicht gelesen, wurde vergessen. Nicht vergessen können, daß Zuccarelli das Buch einfach vergessen hatte.

Ein Kapitell, in das Blumen und Blätter geschlagen waren, an einer willkürlichen Stelle in der Mauer.

»Hier hat sich der gute Grimthorpe total vergriffen. Solch ein Kapitell gehört nicht dorthin. Darüber ärgere ich mich schon seit Jahren.«

»Inzwischen gehört es dorthin. Schön oder häßlich, es gehört dorthin.«

»Meinst du?«

»Du könntest dich doch damit abfinden?«

»Meinst du? Ich werde es entfernen lassen.«

»Dann läßt du es entfernen.«

Das Kapitell befand sich noch immer an derselben Stelle. Der Fries, den Zuccarelli entlang den vier Wänden des Salons unter dem Stucksims angebracht hatte, bestand aus Gravüren. Ansichten der Bucht von Neapel, der Costa Amalfitana, der romantischen Ruine, auf der die Villa Cimbrone sich einst erheben sollte.

»Ein Spleen, Andrea.«

Diese Gravüren hatte Zuccarelli aus einem kostbaren Buch ausgeschnitten – achtlos. Mit allem, was er liebte, schien er nur achtlos umgehen zu können. In die Gravüren war Feuchtigkeit eingedrungen, die Stockflecken zur Folge hatte.

»Das verleiht diesen Felsen ein wenig Farbe.«

Noch immer verspürte Simonetti die Neigung, diese Gravüren zu retten. Die Neigung.

Er legte die Fingerspitzen mit sanftem Druck auf das Landschaftsbild, das Zuccarellis Mutter gemalt hatte und das jetzt über einer antiken Kommode hing.

»Schau mal, hier steht sie.«

Ein Foto, ein weißer Kreis um einen Kopf.

»Noch blutjung, doch man kann schon erkennen, was für ein Biest mal aus ihr werden sollte.«

Deutsche Truppen waren ins Dorf einmarschiert, und Offiziere hatten den Versuch unternommen, das Hauptquartier im Haus der Zuccarellis einzurichten.

»Ich stand auf der Treppe, als die Offiziere lallend und singend hereinkamen. Mein Vater war unterwegs, soll heißen: Er war schon seit drei Tagen in seinem Arbeitszimmer. Ich stand auf der Treppe und dachte: Wollen doch mal sehen, was sie sich jetzt einfallen läßt.«

Die Herren wurden sehr zuvorkommend behandelt. Die Herren wünschen zu speisen? Aber bitte sehr. Silberbesteck, Porzellanservice und Damasttischdecke wurden hervorgezaubert. Die gnädige Frau trug ein schwarzes Kleid und hatte den Unterleib aus gegebenem Anlaß in ein knisterndes Korsett gezwängt. Sie trug selbst auf. Die leeren Teller und Schüsseln wurden augenblicklich in einen Nebenraum gebracht und dort mit Lysol gereinigt. Die Herren wünschen ein Bad zu nehmen? Aber bitte sehr. Das Badezimmer, die Badewanne, alles wurde, nachdem die Herren es benutzt hatten, mit Lysol gereinigt.

»Sie war die ganze Zeit über höflich, aber im Haus verbreitete sich natürlich ein äußerst unangenehmer Geruch. Es dauerte drei Tage. Eines Mittags kam ich nach Hause und vermißte die Offiziere. Nanu, Mutter, wo sind unsere Gäste? Die sind abgereist, Federico. Aha. Und warum, Mutter? Ich denke, Federico, ich denke, daß es den Herren nicht so gut gefallen hat.«

An die Decke von Lord Grimthorpes Schlafzimmer hatte Nicola Mansi, der Ober, ein Fresko in rustikalem Stil gemalt. Mansi war zweifelsohne ein Tausendsassa gewesen: Er galt noch immer als guter Sänger, er hatte die Bauzeichnungen für die Villa Cimbrone angefertigt, die Stuckarbeiten im Treppenhaus eigenhändig geformt, Gewölbe gemauert – was eine wahre Kunst ist – und schließlich die Fülle und Kraft seiner Lebenslust in einem Fresko an dieser leicht gewölbten Decke unter Beweis gestellt: Wein-

ranken und -trauben entlang den Rändern, kleine Landschafts-
bilder in den Ecken, Feldblumensträuße, Füllhörner, Drosseln in
Käfigen, munter umherspringende junge Hunde sowie Mädchen, die zur Musik seiner Flöte spielenden Freunde tanzten.

Simonetti hatte sich auf dem Bett unter dem Fresko ausgestreckt und schaute hinauf. Er sehnte sich nach dem Patschen von
Hannas nackten Füßen auf dem Steinboden. Hanna hatte Nicola
Mansi häufig zum Mittelpunkt ihrer Phantasien gemacht. Am
liebsten ließ sie ihn, mit Simonettis Augen und Händen versehen,
in der Rolle des Sängers auftreten, als den Tenor, den sie von alten
Schallplattenaufnahmen her kannte, auf denen die Musik aus
weiter Ferne zu kommen scheint.

»Wenn wir doch nur zusammen singen könnten, Andrea. Ich
wäre gern eine Sängerin, das einfältige Bauernmädchen in einer
Verdi-Oper. Aber ich singe so falsch! Klavierspielen war auch
schon nichts für mich. Als Kind übte ich jeden Morgen um sieben, mit bebenden Fingern, und wartete auf den Augenblick, da
mein Vater mit einem Bein aus dem Bett stieg, um damit den
Rhythmus auf dem Fußboden anzugeben. Bumm, bumm,
bumm. Die Decke zitterte. Kind, ein B! Ein B! Spiel jetzt endlich
das B!«

Die Schlafzimmerläden waren einen Spaltbreit geöffnet, das
Licht war gedämpft, und Simonetti sehnte sich nach dem Patschen nackter Füße auf dem Steinboden. Hanna hatte ihn in diesem Zimmer häufig unglücklich gemacht. Ihre Sinnlichkeit er-
blühte und verbreitete ihr stärkstes Aroma immer dann, wenn es
so gut wie ausgeschlossen war, zur Tat zu schreiten: In einem
Straßencafé in Ravello reichte es schon aus, ihre Handfläche mit
der Spitze eines Fingers zu streicheln, um Schockwellen durch
ihren Körper zu senden; bei gemeinsamen Mahlzeiten mit Zuccarelli zwängte sie ihm unter dem Tisch einen unbeschuhten Fuß
zwischen die Oberschenkel. Dann aber, im Schlafzimmer, auf
dem Bett unter dem Fresko, schloß sich dieser üppige blutrote
Blütenkelch wieder. Uneinnehmbar schön. Sie warf sich aufs
Bett, drehte ihm den Rücken zu und machte sich, die Arme und
Beine angezogen, so klein wie möglich.

»Wird schon vorbeigehen.«

Es war kaum herauszukriegen, was sie eigentlich wollte. Ob sie wollte, was sie ihren Worten zufolge nicht wollte. Ob sie nicht wollte, was sie ihren Worten zufolge wollte. Er ließ sie in Ruhe, in der Hoffnung, sie möge ihre Ruhe wiederfinden. Oder er streichelte sie, in der Hoffnung, sie möge die angezogenen Gliedmaßen wieder strecken, und versuchte unterdessen, die eigene Angst als unumgängliche Voraussetzung für das Empfinden von Genuß zu betrachten.

»Wie vernünftig du doch bist, Andrea.«

»Muß ich wohl.«

»Du bist ein Engel, Andrea.«

Der Engel war vernünftig, scheinbar unbekümmert, gutmütig, munter, bis er ihre Anspannung nicht länger ertragen konnte, sich von einem Augenblick auf den anderen von einem plötzlich aufwallenden Jähzorn mitreißen ließ und sie mit seinem Blitz traf, schnell und hart. In Gedanken schleuderte Simonetti seinen Blitz erneut auf dieses verwöhnte, quengelnde Kind, dieses Monstrum in den Dreißigern, und zugleich sehnte er sich danach, sie nackt, zufrieden die blühenden Sträucher an den Berghängen genießend, am Fenster stehen zu sehen. Er roch die Überschwenglichkeit des Frühlings. Sie stimmte ihn traurig. Es sah so aus, als könnten sie sich niemals wirklich aneinander gewöhnen. Gerade aus diesem Grund suchten sie einander im Dunkeln immer wieder, zögernd, als könnten sie sich am anderen verbrennen, zurückhaltend, leicht eingeschnappt, sich nach Hingabe sehnend, von der geringsten Wiederholung gelangweilt.

»Treibst du mich so richtig in die Enge, Andrea?«

In die Enge. Manchmal verstand sie es, ihn mit ihren kleinen, häßlichen Fingern so zu erregen, daß ihm schwindlig wurde, daß sein Blut kribbelte und pochte. Doch sie verweigerte ihm nach wie vor den Zugang, als wollte sie auch noch den Mörder in ihm wecken – die uralten Schemen erwachten in ihm. Simonetti fragte sich, ob sie die Überfahrt jemals gemeinsam, im selben Rhythmus, unternommen hatten, ob sie jemals derart im anderen gewesen waren, daß es in ihnen nichts mehr gab, das sich vom anderen abwandte. Gegeben und doch behalten. In mir war nichts mehr, das sich von dir abwandte. Zwischen ihren Oberschenkeln ruhend und sich bewegend hatte er ein paarmal das Gefühl gehabt, er steige auf und schwebe. In diesen Momenten war es nicht die Illusion des Schwebens gewesen, sondern das Registrieren einer Tatsache, das ihn dazu gebracht hatte, sich vor Schreck lachend an ihr festzuklammern. Als er ihr das später erzählte, sah er ihr an, daß sie irgendwo anders gewesen war. Was spielte es für eine Rolle? So war es nun einmal. Sie genoß sein Entzücken. Dennoch sah er in ihren Augen, daß sie irgendwo anders gewesen war.

Manchmal aber fühlte sie sich befreit und geriet in Ekstase. Sie war fröhlich wie die tanzenden Mädchen auf Mansis Fresko, ging, nackt und bacchantisch kichernd, auf Zehenspitzen im Zimmer auf und ab, stürzte sich wieder auf ihn, zwängte ihren schweißnassen Körper zwischen seine Beine, biß ihm in die Lippen, die Nase und sogar in die Stirn und saugte seine Zunge derart stark in ihren Mund, daß es den Anschein hatte, als wolle sie sie herausreißen.

»Wie ruhig du doch bist, Andrea.«

»Muß ich wohl, Kleines.«

»Du bist ein Engel.«

Der Engel seufzte und fluchte leise. Seeluft, schwere Seeluft, mehrere tausend Liter schwere Seeluft strömten durch seine Lungen. Leise schaukelnd stieg er auf zum Fresko und verwandelte sich dort in die Ulme, um die der Bauer seine Weinranken geleitet hatte. Was für ein Genuß, eine Ulme zu sein. Der Wind brachte seine Zweige zum Schaukeln. Er hing über dem Meer, ohne sich festzuhalten, und fühlte die Rundungen reifender Trauben an seinem nackten Körper.

Daß er über dem Meer hing, ohne sich festzuhalten, ließ ein Gefühl der Beklemmung in ihm aufkommen. Er dachte an seine Wurzeln in der dünnen Schicht Erde auf den Felsen und fiel in ein Gewirr von Zweigen. Kam nach Rom. Nackt ging er auf weißen Socken durch eine Straße in Trastevere, nackt und wütend, da Hanna und Leda ihn nicht ins Restaurant begleiten wollten. Wasser strömte durch die schräg abfallende Straße; ein Wasserrohr war geplatzt. Plötzlich hörte er Schritte hinter sich, ein Glücksgefühl schwoll in seinem Brustkasten an, da waren sie: Hanna und

Leda. Als er sich umdrehte, hatten die beiden Männer ihn schon beinahe erreicht. Die Gesichtsmasken, die sie sich über die Köpfe gezogen hatten, ließen lediglich die Augen frei.

»Ihr Feiglinge«, rief er. »Gebt mir wenigstens eine Waffe. Oder kämpft mit bloßen Händen.«

Es fielen Schüsse, und er fühlte, wie ihm um die Kniescheiben herum Kugeln ins Bein drangen. Am Ende der Straße wurde der Motor eines Wagens angelassen. Schon auf der Flucht, beugte sich einer der Terroristen über ihn und stieß ihm ein Messer mit einem Bekennerschreiben in den Oberschenkel. Autotüren fielen ins Schloß. Seine gefühllosen Beine bewegten sich schwerfällig, wie die Beine eines verendenden Tieres. Blut verfärbte seine weißen Socken, und auf einmal wurde ihm klar, daß er wochenlang weiße Socken getragen hatte, um das ein oder andere Unheil abzuwenden. Er fühlte sich erleichtert. Wie durch eine Lupe sah er die Schreibmaschinentypen des Bekennerschreibens: Es war ein Gedicht, ein Vierzeiler von außergewöhnlicher Schönheit, in dem das Wesentliche, das er nicht denken konnte, Gestalt angenommen hatte. Er verstand das Gedicht auf Anhieb, und im Gedicht wurde er verstanden. Verstehen ist vergeben, hieß es da. Daraufhin schienen tausend ihn einzwängende Bänder um seinen Körper zu zerspringen, und er brach in Tränen aus. Während ihm die Tränen über den Körper liefen und sich mit dem Blut und dem Leitungswasser vermischten, lernte er den Vierzeiler auswendig, um ihn mit ans Tageslicht zu nehmen.

Simonetti arbeitete, er versuchte, die Quelle zu reinigen. Unterdessen stand er unentschlossen am Fenster. Es war Mittag geworden: In den Dörfer herrschte Ruhe, das Sonnenlicht fiel auf das unbewegt daliegende Meer und zerplatzte in Funken. Den erlösenden Vierzeiler hatte er natürlich vergessen. Als er aus seinem Traum erwachte, konnte er sich lediglich daran erinnern, daß er niedergeschossen worden war, und die Angst stieg in ihm hoch wie ein Feuerpfeil. Es war jedoch eine höchst vortreffliche Angst, eine Angst, für die er dankbar sein mußte, denn sie war rein und weiß wie die Sonne, bezog sich nicht auf Personen, Erinnerungen oder Erwartungen, sie war hart und strahlend und reinigend.

355

Während Simonetti am Fenster stand, mit bloßen Füßen auf kalten Steinen, sich ängstlich hütend, etwas zu berühren, als könne er sich an den Wänden oder an seinem eigenen Körper die Hände verbrennen; während er dastand, schwitzend, mit kaum noch beherrschten Atemzügen, da er befürchtete, durchs Fenster gesogen zu werden, fühlte er, wie um diese Angst herum ein sanfter, nachgiebiger Gürtel wuchs. Was ihn in Erstaunen versetzte, waren nicht nur die Reinheit und das Abstrakte seiner Angst, sondern auch seine eigene Einstellung zu dieser Angst: Er ließ sie wie ein Gewitter über sich hereinbrechen, ohne sich zu verbergen. Wie er sich manchmal sicher war, daß Regeln, unvorhergesehene Regeln, im Anzug waren, so war er sich jetzt sicher, daß sich an diesem Tag eine Wende in seiner Erfahrungswelt vollziehen sollte. Da rief ihn die Stimme, die man in zwanzig Zimmern gleichzeitig hören konnte.

»Andrea! Andrea!«

Signora Pozzo war aus Ravello zurückgekehrt, nachdem sie sich bei ihrer Freundin beklagt und vor der Kapelle ihre Lippen bewegt hatte, rasend schnell, da sie ein Hund in immer enger werdenden Bögen umkreist hatte. In dem Moment, da sie ihre Küche betrat, schlüpfte eine Eidechse, eine große Eidechse, durchs Fenster herein. Sie flüchtete in die Diele.

»Eine Eidechse, eine Eidechse«, jammerte sie, während sie den herbeigeeilten Simonetti vor sich her in die Küche schob.

»Ich sehe keine Eidechse.«

»Ich habe sie durch das Fenster hereinschlüpfen sehen.«

»Das haben Sie nur geträumt.«

»Ich träume nicht von Eidechsen.«

»Aus Prinzip nicht!«

Simonetti entdeckte die Eidechse, nahm einen Besen und jagte sie hinaus. Danach rief er Signora Pozzo. Ihr faltiges Gesicht tauchte hinter der Tür auf, und neugierig sah sie ihn an. Warum sah sie ihn neugierig an? In den Wechselgesprächen mit den Heiligen in ihrem Herzen gelang es Signora Pozzo immer wieder, die Welt in ein verständliches und gut geregeltes Ganzes zu verwandeln. Sie meinte, daß diese Eidechse eine Fügung des Schicksals sei, daß sie hier hereingekommen sei, um Simonetti die

Gelegenheit zu geben, sie zu verjagen und sich anschließend mit ihr, Signora Pozzo, zu versöhnen. Darum sah sie ihn neugierig an.

»Signora Pozzo, gestatten Sie mir, daß ich Sie umarme«, sagte Simonetti feierlich und verlegen. Brüsk wandte sie sich von ihm ab.

»Großer Gott! Fängst du auch schon damit an? Was ist los mit dir?«

»Ich will mich mit Ihnen versöhnen. Außerdem ist heute gewissermaßen ein Heiligenfest.«

»Unmöglich«, lautete die entschiedene Antwort. »Du täuschst dich.«

»Es ist mein persönliches Heiligenfest.«

»Was? So etwas kannst du nicht eigenmächtig einführen. Das gilt nicht.«

»Heutzutage müssen wir das wohl eigenmächtig tun.«

»Weißt du, wie viele Jahrhunderte verstreichen und wie viele Untersuchungen angestellt werden müssen und wieviel Geld es kostet, bevor jemand heiliggesprochen werden kann? Von diesen Dingen hast du keine Ahnung.«

»Ich will ja gar kein Heiliger werden. Nur keine Angst. Aber heute ist der Tag des Treibens im Meer, der Tag des Barfußgehens, der Tag des Sitzens im weißen Zelt.«

»Du Schauspieler.«

»Gewähren Sie mir diese Umarmung. Sie brauchen sie mir ja nicht gleich zu gewähren. Wir können uns für heute abend in der Krypta oder im Garten verabreden, wo es Ihnen lieber ist.«

»Was ist nur los mit dir? Heute abend? Nein, dann lieber gleich.«

Simonetti trat auf sie zu.

»Wie lang du doch bist, Andrea. Na gut, weil du so schön bist. Aber sag es ja nicht Salvatore.«

Daraufhin hob Signora Pozzo bereitwillig die Arme, legte die Hände auf seine Schultern, ließ ihn ihren Kopf gegen seinen Brustkasten drücken und dankte der Vorsehung dafür, daß sie diese eine Eidechse auf der Bildfläche hatte erscheinen lassen.

Simonetti setzte seine Übungen fort. Er übte sich im Einschätzen seiner Gefühle, im Befolgen von Eingebungen. Es war ihm klar geworden, daß Gefühle, die von ihm ignoriert wurden und auf diese Weise formlos blieben, sich über kurz oder lang gegen ihn kehrten, sich in böse Kräfte verwandelten und zu Ausbrüchen führten, mit denen er großen Schaden verursachte. Schaden und Schande. Es war ihm klar geworden, daß er dem Rhythmus folgen müsse, dem Rhythmus, der jeden Menschen beherrscht.

Plötzlich hatte er eine Idee. Über seine Biederkeit lächelnd und nicht ohne einen gewissen Widerwillen ging er hinaus, um zu sehen, ob er Salvatore behilflich sein könne. Er fand ihn am Rand des Gartens, an einem Hang, wo er die Steine einer eingestürzten Mauer wieder aufeinandertürmte.

Salvatore reichte ihm die Lederbänder eines Maurers, und er band sie sich um die Hände. Je länger er arbeitete, desto deutlicher fühlte er, wie seine Angst nachließ, etwas zu berühren und festzuhalten. Simonetti verachtete sich. Der Patient sollte möglichst oft an der frischen Luft arbeiten, hörte er Kurhajec schon sagen. Der Patient wünschte jedem Stein, den er in der Mauer verarbeitete, viel Glück und bat ihn, mit dem ihm zugewiesenen Platz zufrieden zu sein und sich den anderen Steinen zu fügen. Unterdessen hörte er Salvatore zu, der ihm mit sehr ernster und gedämpfter Stimme von einem mehrere hundert Meter langen Riß im felsigen Vorgebirge erzählte, auf dem die Villa Cimbrone erbaut worden war. Vor ein paar Tagen war im Großraum Neapel ein leichtes Erdbeben registriert worden, in dessen Folge der Riß in diesem Kap breiter geworden war. Es war nicht üblich, Salvatore zu bitten, ihm diesen Riß mal zu zeigen. Die Mauer wuchs. Über ihren Köpfen rauschten die sich weit auffächernden Pinienäste im Wind. Die Hitze dämpfte jedes Geräusch.

»Salvatore, wie schön deine Arme doch sind«, entschlüpfte es Simonetti auf einmal. Salvatore warf wie beiläufig einen Blick auf seine muskulösen Arme, hielt einen kurzen Moment die Luft in seinem Brustkasten fest und sprach: »Die Arme eines Mannes.«

»Stattliche Arme.«

»Sie ist störrisch wie ein Esel«, fuhr Salvatore kurz danach mißmutig fort. Teresa, wollte Simonetti schon fragen, der an

Teresa Locantro dachte, die Frau mit der knochenharten Stimme, doch es gelang ihm, sich diesen Irrtum nicht anmerken zu lassen.

»Wen meinst du? Signora Pozzo?«

»Signora Pozzo? Wer ist das?«

Simonetti war bestürzt. Ihm wurde klar, daß Salvatore nach Tonni Locantros Tod in gewisser Hinsicht in dessen Rolle in seinem Leben geschlüpft war. Es lag auf der Hand, daß sich Symmetrien herausbilden würden. Doch es war das erstemal, daß sich ein Gespräch mit Tonni Locantro wiederholte. Vor Jahren hatte er, an einem Hang auf Salina arbeitend, Tonni Locantros Arme mit ebendiesen Worten gelobt. Tonni, wie schön deine Arme doch sind. Die Antwort hatte gelautet: Die Arme eines Mannes. Worauf er gesagt hatte: Stattliche Arme. Worauf Tonni Locantro, der Teresa meinte, gebrummt hatte: Sie ist störrisch wie ein Esel.

Simonetti fragte sich, ob die Personen, mit denen er sich anfreundete und zu denen er immer größere Zuneigung entwickelte, lediglich die Nachfolger anderer waren oder, noch seltsamer, lediglich die Spiegelungen imaginärer Personen, die er offenbar um sich spüren wollte, die Verkörperungen von Kräften, denen er sich auszusetzen wünschte. Lucia Locantro war eine Vorläuferin Hanna Piccards gewesen. Nach der stolzen Lucia hatte es in seinem Leben noch zweimal Frauen gegeben, die ihr ähnlich waren. Joe Kurhajec war in vielerlei Hinsicht der Nachfolger früherer Freunde. Versprechen früherer Freundschaften waren in dieser Freundschaft in Erfüllung gegangen. Zuccarelli mußte eine Zeitlang die Anwesenheit eines Konkurrenten ertragen. In seiner Liebe zu Leda, die äußerlich ihrer Mutter ähnelte, lebte seine Liebe zu Marina fort. Wenn er Ledas Füße massierte, mußte er an die schlanken Füße Marinas denken und an die Jahre, die er mit ihr geteilt hatte. Zwischen den Säulen vor dem Pantheon war ihm schließlich besagte Hanna Piccard erschienen. Die Möglichkeit zu einem tiefschürfenden Kontakt mit ihren Augen und dem Geheimnis ihrer Gestalt, zu einem Kontakt, der nicht länger als zehn Sekunden gedauert hatte, schien durch seinen Umgang mit Lucia Locantro und zwei anderen Frauen vorbereitet worden zu sein.

Vielleicht mußte er sein Leben als Entwicklung einer Gegebenheit, als allmähliche und unabwendbare Formgebung und

Enthüllung einer Gegebenheit in einem Charakter betrachten. Das könnte eine Definition des Schicksals sein. Einer der neun griechischen Weisen hatte es so ausgedrückt: »Das Schicksal eines Menschen ist sein Charakter.«

Simonetti wehrte sich gegen diesen Gedanken. Das Zwangsläufige, das er in der Entwicklung seines Lebens häufig verspürte, bestand nur so lange, wie er es verspürte. Die Variationen einiger vorgegebener Themen bestanden so lange, wie er sie auszuführen wünschte. Der Kampf gegen seinen Charakter, der Teil seines Charakters war, bestand so lange, wie er meinte, diesen Kampf führen zu müssen. Das Unausweichliche würde er so lange wahrnehmen, wie er von dessen Bestehen ausging und sich damit – wahrscheinlich ohne sich dessen bewußt zu sein – auch dem Unerwarteten gegenüber verschloß. Doch das eine verwandelte sich hier in das andere, der Knoten ließ sich nicht mehr entwirren, denn was sich als das Unerwartete präsentierte, konnte von ihm zumeist unverzüglich als bekannt einverleibt werden. Das altgriechische Wort für »Schicksal« hatte noch eine andere Bedeutung; mit genau denselben Lauten wurde noch etwas anderes bezeichnet: der Zufall. So wurden Schicksal und Zufall in einer einzigen Äußerung miteinander verknüpft, und es schien ein Zeichen von Weisheit zu sein, daß diese beiden Kräfte bei der Entstehung dieser Sprache nicht voneinander getrennt worden waren. Simonetti konzentrierte sich wieder auf die Steine und verstummte.

Nach dem Abendessen machte sich Salvatore nach Ravello auf, um dort auf dem Dorfplatz seinen Abendspaziergang zu machen und den Freundinnen zu entkommen, die Signora Pozzo in ihrer Küche empfing.

Die Sonne ging unter, und in Simonettis Kopf kamen schemenhaft Erinnerungen auf. Er stritt mit Zuccarelli, in seiner Angst vor einer allmählichen und unabwendbaren Erkaltung und Verwüstung seines Innenlebens, seines Herzens oder was es sonst sein mochte, das Zuccarelli im Laufe vieler Jahre mutwillig und gegen Andreas Willen verwüstet hatte.

»Ich habe meine Seele nun einmal dem Teufel verkauft, Andrea. Das war mein Experiment«, rief Zuccarelli lachend.

»Was für einem Teufel?«

»Vielen Teufeln. Signora Pozzo darf das nicht zu Ohren kommen. Dem Teufel der Herrschsucht, dem Teufel des Wissens, dem Teufel der Unnatürlichkeit, dem Teufel des Charmes, dem Teufel, der die Natur besiegen will, indem er sie in Abrede stellt. Was ist los? Hab' ich dich erschreckt? Warum sollte ich das nicht sagen dürfen? Warum sollte ich es verheimlichen? Ich bin überzeugt, daß ein Mensch letzten Endes doch nichts vor den anderen verbergen kann, weil er es nicht will. Letzten Endes wünscht er seine Einsamkeit zu verlassen, um sich den anderen zu zeigen, auch wenn es seine Vernichtung bedeutet. Ob ihn die anderen umarmen oder vernichten: er will von ihnen verstanden werden. In jedem Leben gibt es einen Moment – er kommt unausweichlich –, in dem sich die Wahrheit dieses Lebens wie von selbst enthüllt. Er kommt unerwartet, aber er kommt. Das, was du immer verborgen hast, vor den anderen und vor dir selbst, tritt in einer einzigen Handlung zutage. Spucke ich wieder große Töne! Erinnerst du dich an Dantes Beschreibung von Luzifer, dem gefallenen Erzengel? Luzifer wurde aus dem Himmel verbannt, fiel und bohrte sich wie ein Geschoß, wie ein Meteor, in die Erde. Der Krater ist die Hölle. Luzifer befindet sich auf dem Boden der Hölle, in der Tiefe der Tiefen, festgefroren im Eis.«

»Du bist unbescheiden, Federico. Das erscheint mir zuviel der Ehre. Und du sprichst es viel zu gelassen aus: Ich habe dem Teufel meine Seele verkauft. Ich glaube dir nicht. Übrigens – aus dem Gestein, das Luzifer bei seinem Fall vor sich her schob, entstand auf der anderen Seite der Erde der Berg der Läuterung. Das hast du natürlich vergessen.«

»Du bist rührend, Andrea.«

»Ich bin nicht rührend.«

»Und du bist jung.«

»Dann will ich immer so jung bleiben.«

Unaufhörlich strömten Fragmente aus Gesprächen mit Zuccarelli durch Simonettis Kopf – eine manische Wiederholung erinnerter und erfundener Worte. Um sich von dieser Qual zu erlösen, rief er in Rom an. Er sprach mit Leda, die Distanz wahrte, sprach anschließend mit Kurhajec, der sich Sorgen machte und dem er sagte, daß er beunruhigt sei, da Hanna unauffindbar bleibe. Nach dem Ende der Telefongespräche wurden die Gespräche in seinem Kopf fortgesetzt.

»Geh unter die Dusche«, befahl Simonetti sich selbst. »Mach einen Spaziergang, Hände auf dem Rücken. Geh nach Ravello, zu Salvatore.«

Simonetti ging in die Bibliothek. Dort bildete er sich ein, er sei ein Tourist im Sterbehaus eines berühmten Mannes, der viele Antiquitäten gesammelt und die Überbleibsel aller Zeiten um sich herum aufgestapelt habe, von Artefakten aus der frühesten Steinzeit bis hin zu Zeichnungen von Morandi, von ägyptischen Papyrusrollen bis hin zu Briefen von Lord Grimthorpe. Der Parkettboden knarrte leise. Das mußte er oft gesehen haben, der illustre Tote: wie das Licht der tiefstehenden Sonne über den Boden auf das romanische Relief zukroch und nach oben glitt, um den Mayakopf mit seinem unbändigen Grinsen ins Licht zu tauchen. In der Stille hörte er dann und wann die Hupe eines Wagens, der auf der Küstenstraße fuhr. Die Pendeluhr tickte, wie sie es schon seit Hunderten von Jahren tat. Die Führerin, Signora Pozzo, erzählte, »il dottore« habe jahrelang nach einer Pendeluhr gesucht, einem Stein hinter Glas, der sich im Takt seines Herzens bewegte. Die Anekdote der Versteigerung in London. »Il dottore« fand es beruhigend, wenn er bei der Lektüre in der Bibliothek seinen Herzschlag hören konnte.

»Die Bücher bitte nicht berühren.«

Zur Entspannung pflegte »il dottore« gern in *De Rerum Italicarum* zu blättern, einer Sammlung von Chroniken aus dem Mittelalter, in denen er Cola Pesce entdeckt hatte, den Schwimmer von Messina. Anderthalb Meter *Country Life*, die gebundenen Ausgaben dieser Zeitschrift, die Lord Grimthorpe zurückgelassen hatte: Artikel über die vergangene Pracht eines hochherrschaftlichen Landlebens in England. Hunde, Pferde, Rennen, Jagdgesellschaften, Parks, Gewächshäuser, Verwalter, Wintergärten, Schlösser voller Kürasse, Porträts und knarrender Holzbalken. Die Epoche, in der der Herr noch gut und mild zu seinem Knecht sein konnte, da dieser ihm doch nicht widersprach.

»Setzen Sie sich bitte nicht auf diesen Stuhl. Ich danke Ihnen. Am liebsten saß ›il dottore‹ dort, vor seinem Triptychon.«

Es schien, als hätte er gestern noch dort gesessen, die müden Füße auf einem Kohlenbecken, eine glimmende Zigarre in der Hand, die Aussicht genießend, die sich ihm auf dem aus drei Teilen bestehenden Rahmen bot. Auf dem linken Flügel waren die Berge der Halbinsel gemalt, in der Mitte die Küste und einige Dörfer, auf dem rechten Flügel sah man unter und über der schwarzgrünen Krone einer Pinie lediglich Himmel und Meer. Sonne und Mond schoben sich auf den Bahnen der Jahreszeiten an den Rahmen vorbei.

»In diesem Stuhl wird man mich finden, Andrea; jedenfalls hoffe ich das. Hier wird man mich finden, mit ein wenig Asche auf dem Anzug.«

In der Tür zu Zuccarellis Schlafzimmer, das an die Bibliothek grenzte, würde sich der Besucher über eine rote Schnur beugen. Alles so belassen, wie es war. Das Bett war von Signora Pozzo ordentlich bezogen worden, der Augenschirm hing über dem Kopfende. Neben dem Bett stand der Stuhl, in dem Zuccarelli, in einem der Hefte lesend, in denen Nicola Mansi bisweilen Tagebuch geführt hatte, auf den Schlaf wartete. Simonetti erinnerte sich, wie er Zuccarelli einmal mitten in der Nacht dort gefunden hatte, im Schlafanzug, die Augen in Tränenflüssigkeit schwimmend, den Schatten des Mannes, der an diesem Morgen schwungvoll vor ihm her über die Bergpfade ausgeschritten war. Ich danke dir für deine Fürsorge. »Il dottore« liebte es, herauszufinden, wie weit die anderen in ihrer Fürsorge gingen; ihre Liebe wurde immer wieder auf die Probe gestellt. Simonetti meinte die Asche seiner Zigarren zu riechen, Asche, Asche, die ihm durch Mund und Nasenlöcher drang, unsichtbar, und sich im Gehirn niederließ. In den Hosentaschen fand er die Lederbänder des Maurers. Er band sie sich um die Hände und verließ das Haus.

In der Krypta strich eine Schwalbe dicht an den Gewölben entlang, als Simonetti die Hände um den Kopf einer Frau legte. Seine Fingerspitzen erkannten ihre Ohrmuscheln. Ihre leicht gewellten Haare waren in der Mitte gescheitelt und am Hinterkopf hochgebunden. Sie lächelte unbestimmt, und ihr Gesichtsausdruck war erhaben, auch wenn ihr die Nase fehlte.

Ehrfurchtsvoll löste Simonetti den Kopf vom Bolzen, nahm ihn in die Arme und ging langsam in den Garten. Der Frauenkopf war alt, er war zu jener Zeit aus dem Stein geschlagen worden, als die Griechen die Gebiete an der Mittelmeer- und der Schwarzmeerküste kolonisiert hatten. Das Blau um das Kap herum wurde bereits schwarz, doch ihr Gesichtsausdruck und ihr Lächeln waren noch deutlich zu erkennen. Wie unbestimmt ihr Lächeln war! Es war lediglich der Anflug eines Lächelns, und doch strahlte dadurch ihr ganzes Gesicht. Manche Archäologen, die Briten, hielten dieses Lächeln für einen Ausdruck der Lebensfreude in einer Periode, in der alljährlich neue Städte gegründet und neue Handelswege entdeckt wurden; andere, die Deutschen, gaben sich erst dann zufrieden, wenn sie eine tiefsinnige und philosophische Erklärung für dieses auf vielen Büsten zu findende Lächeln gefunden hatten. In Simonettis Augen war keine Erklärung der Altertumsforscher zufriedenstellend; seine Phantasie reichte viel weiter. Doch schließlich änderte auch seine Phantasie nichts mehr daran, da sie schon seit über zweitausendfünfhundert Jahren lächelte. Vielleicht hatte sie ihr Überleben dem Zufall zu verdanken. Vielleicht hatte sie es ihrem Lächeln zu verdanken, hatte sie es stets rechtzeitig verstanden, Bewunderung, Liebe oder Habsucht zu erwecken. Ihr Gesichtsausdruck erinnerte Simonetti an die Grabinschrift von Glafulos, dem Liebenswerten, der, ein ganz und gar freier Mann, auf der Insel Lipari gestorben war, nachdem er nach Westen und auch nach Osten gereist war.

Simonetti fühlte sich wie gehetzt und erregt, ging aber langsam, mit dem Kopf in den Armen, über den Gartenpfad. Das Alter des Kopfes schien ihn an sein eigenes Alter zu erinnern. Er ging schleppend und ehrfurchtsvoll, ebenso schleppend und ehrfurchtsvoll wie damals, als er mit der gerade erst geborenen Leda in den Armen durch die Wohnung gegangen war. Gab es noch ein Heute? Das Heute war dünner als die dünnste Mondsichel, und auch die schien dereinst verdunkelt zu werden.

»Siehst du die dunklen Bäume, Schönheit? Siehst du sie nicht? Dann hebe ich deinen Kopf hoch, so. Wie geht es Andrea? Ist er immer noch verwirrt? Ja, dieser Dummkopf, dieser blöde Hund, dieser saublöde Hund. Aber die Geschwindigkeit seiner Verwirrung läßt bereits etwas nach. Danke. Wie dunkel die Bäume um uns sind. Zuccarelli mag dich nicht: Er kann dein Lächeln nicht ausstehen. Eines Tages wird er dich die Felsen hinabwerfen – sagt er zumindest. Hab keine Angst, ich nehme dich mit. Du gehörst dem, der dich liebt. So lautet das Gesetz. Nun sehe ich ein paar Sterne. Das ist Zuccarellis Spott, sein funkelnder Spott in der Finsternis meiner Ehrfurcht. Er ist in mir, wie der Abgrund, wie das Sterben. Hörst du mein Seufzen, Schönheit? Hörst du mein Seufzen? Du bist aber auch so schwer, in mir, so ungeheuer schwer.«

Simonetti blieb unter der Kuppel der Laube stehen und spürte die Anziehungskraft des Raumes rings um das Belvedere. Die Marmorbüsten auf der Balustrade der Terrasse leuchteten im Dunkeln auf, Männer und Frauen ohne Rückseite, von Eisenkrampen festgehalten. Das Meer war leer: Die Fischer von Atrani waren noch nicht hinausgefahren. Kichernd schlurfte Simonetti über die Terrasse zur Steinbank, um sich dort hinzusetzen und den Kopf in den Schoß zu legen.

»Muß mal nachdenken, Schönheit. Komme gleich, komme gleich zu dir. Laß mich kurz nachdenken. Es hat keinen Sinn, das weiß ich, doch laß mich kurz hier sitzen und nachdenken.«

Er schloß die Augen und streichelte mit den Fingerspitzen über die steinernen Haare, behutsam, als wäre ihre Fontanelle noch nicht zugewachsen, langsam, behutsam und leicht, um seine Unruhe zu vertreiben. Zugleich sehnte sich Simonetti nach einer noch größeren Unruhe, nach einem Sturm, der ihn von seinen Ankern losreißen würde, obwohl er wußte, daß ein Sturm im Gemüt nichts anderes ist als eine vorübergehende Betäubung. Die Lederbänder des Maurers drückten ihn an den Händen, er fühlte sein Blut klopfen, und das gefiel ihm. Unbemerkt glitten seine Daumen über ihre Stirn bis zu der Stelle, an der sich einst ihre Nase befunden hatte, und rieben über den rauhen Stein. Unterdessen versuchte Simonetti, seine Gedanken zu ordnen, obwohl er wußte, wie unnatürlich, oberflächlich, illusorisch und vergänglich eine derartige Ordnung ist. Dennoch versuchte er, eine erlösende Erkenntnis zu konstruieren, wobei er sich fragte, warum er sich von klein auf hatte verführen lassen, Dinge zu tun, die er nicht tun wollte, wobei er sich fragte, warum er sich so häufig wissentlich selbst verleugnet hatte, wobei er sich fragte, welche Wahrheit hinter dem Wunsch nach Selbstquälerei verborgen lag.

Manchmal wunderte er sich über sein Durchhaltevermögen. Jahrelang hatte er sich von den Erinnerungen an Lucia Locantro verfolgen lassen – wie sie in stolzer Ablehnung die Arme übereinanderschlug. Er hatte sich von Zuccarelli eine Anstellung aufdrängen lassen, die er nicht wollte, um in Kreisen zu landen, in denen er sich nicht zu Hause fühlte. Seit zehn Jahren war er mit einem Mann befreundet, dessen Nähe nach anderthalb Tagen unerträglich wurde. Vor zwei Jahren hatte er sich – nachdem er ihm von Pacciale erzählt hatte – zwar von ihm gelöst, doch Zuccarelli beherrschte ihn noch immer. Nach dem Abschied von Marina hatten sich regelmäßig Frauen von ihm angezogen gefühlt, mit denen zusammenzuleben er nicht in der Lage oder sich nicht traute, die sich aus einiger Entfernung nach ihm verzehren mußten, damit er seine törichte Sehnsucht nach einer großen Liebe in sie projizieren konnte. Er hatte sich hinter Leda versteckt. Drei Jahre lang hatte er unaufhörlich Gedichte geschrieben und sie systematisch wieder vernichtet, während er sich die ganzen Jahre über sicher war, daß es besser wäre, nichts mehr zu schreiben, sondern zuerst die Quelle zu reinigen, indem er sein Leben änderte. Er hatte das lange Gedicht verfaßt, obwohl er wußte, daß er darin die Spuren eines kranken Geistes hinterlassen würde. Schließlich hatte er eine Ausländerin bei sich zu Hause aufgenommen, obwohl er wußte, daß ihre Charaktere miteinander unvereinbar waren, wie sehr sie sich auch voneinander angezogen fühlten.

Hanna Piccard tauchte vor seinem geistigen Auge auf. Simonetti sah ihren Kopf von schräg hinten, genau in dem Moment, da sie in der für sie typischen Weise auflachte: Ihr Kopf bewegte sich nach vorn, die Stupsnase nach oben, der Mund öffnete sich, und es sah aus, als wolle sie in irgend etwas hineinbeißen. Simonetti fand sie außergewöhnlich häßlich, wenn sie auf diese Weise auflachte, und es schmerzte ihn, sie so zu sehen. Doch immer wieder sah er sie, schräg von hinten, ihr Kopf bewegte sich nach vorn, die Stupsnase nach oben, der Mund öffnete sich weit, und es sah aus, als wolle sie sich in irgend etwas verbeißen – furchtbar häßlich. Simonetti ergötzte sich an seinem Schmerz, auch wenn er den Kopf schüttelte, um die Erinnerung an Hanna zu vertreiben. Dann mußte er daran denken, wie er als Kind bis spät in die Nacht an locker sitzenden Milchzähnen gewackelt hatte, den Schmerz genießend, vor Schmerz weinend. Der kleine Andrea war böse auf die Welt, auf die ganze Welt, denn diese Welt war nicht so, wie er sie sich ersehnte. Er wackelte an einem locker sitzenden Zahn, denn die Welt war sein Feind. In Blut badend wird man mich finden, und dann, ja dann werden sie mir endlich für immer ihre Liebe schenken. Dann müssen sie wohl, dann können sie nicht mehr anders, denn dann liege ich schließlich in einer Blutlache. Die Welt aber schenkte ihm nicht ihre Liebe. Er rannte jeden Tag mit dem Kopf gegen die Wand, der kleine Tyrann. Jeden Tag verletzte er sich an den Wänden, die er selbst errichtet hatte. Jeden Tag stolperte er über die Hindernisse, die er sich selbst in den Weg gelegt hatte – er war schließlich sein eigener Feind. Um den Schmerz zu ertragen, mußte er lernen, ihn zu lieben. Um sein eigener Feind bleiben zu können, mußte er lernen, Dinge zu tun, die er nicht tun wollte. Es war zur Gewohnheit geworden. Wackeln, immer wieder wackeln – bis spät in die Nacht. Auf die gleiche Weise quälte sich Zuccarelli mit seiner Schlaflosigkeit herum.

Simonetti beugte sich über den Frauenkopf in seinem Schoß. Ihr Lächeln war unbestimmt, und doch strahlte dadurch ihr ganzes Gesicht: Es strahlte, als sähe sie ihren Geliebten, der auf sie zukam. Ihr Lächeln glich dem des Miniaturbuddhas, der, in aller Ruhe am Kopfende seines Bettes sitzend, siebzehn Jahre lang alle Stürme überstanden hat. Während er über die steinernen Lippen streichelte, wurde Simonetti klar, warum er in allem, was er liebte, am Ende das Abstoßende und Unvollendete entdeckte: um sich davon distanzieren zu können. Systematisch distanzierte er sich von seiner Liebe. Auf Distanz zu gehen hieß, sich eine Grenze zu setzen. Die Grenzen wurden von einer als Vernunft vermummten Angst diktiert, und diese wiederum war nichts anderes als sein Widerwillen gegen die Tatsache, daß er am Leben war. Aus diesem Widerwillen erwuchs der Wunsch, sich von allem Lebenden zu distanzieren, um darüber zu stehen und sich davon zu befreien – und das war Hochmut.

»Du blöder Hund! Du saublöder Hund. Mir ist es ernst, und es tut mir gut, endlich zu spüren, daß es mir ernst ist. Du Feigling.«

Ja, es war reiner Hochmut, nicht zu allem Lebenden gehören zu wollen, nicht zum häßlichen Lachen seiner Geliebten gehören zu wollen. Außerdem war die Häßlichkeit von Hannas Lachen nicht die ihre. Sie lachte. Die Häßlichkeit ihres Lachens – das war er selbst. Ihr Lachen und alles, was es auslöste – das war er selbst, das war sein Geist. Alles, wovon seine Leidenschaft aufgewühlt wurde, das Angenehme und das Unangenehme – das war er selbst, das war sein Geist. Das bis zum Rand mit Wissen gefüllte Schleppnetz, durch das er sich nicht vom Fleck rühren konnte und das ihn allem Lebenden entfremdete – das war er selbst, das war sein Geist. Archäologen bahnten sich einen Weg zu den ältesten Schichten; prähistorische Landschaften wurden rekonstruiert, die kein Mensch je gesehen hatte: Es wurde gefunden, datiert, geklebt und konserviert; Museen und Bibliotheken platzten aus allen Nähten, die Fußböden bogen sich unter dem Gewicht der Vergangenheit durch, die Keller der Erinnerungen quollen über; der Archäologe, der Heimatlose, der Entwurzelte, der Bodenlose – das war er selbst, das war sein Geist. Das Reich der Angst, in dem die Herrscher lebten, um die Macht stritten und vereinsamten – das war er selbst, das war sein Geist. Das Reich der Angst, in dem ein Nachrichtendienst gegen den anderen eingesetzt wurde, in dem über ein Netz aus Sicherheitsvorkehrungen ein zweites Netz aus Sicherheitsvorkehrungen geworfen wurde, das Reich, in dem man sich schließlich in seinen eigenen Feind verwandelte und sich nach dem Untergang sehnte – das war er selbst, das war sein Geist. Dem Schritt von Herrn Wohlbehagen schloß sich unausweichlich der Schritt von Herrn Unbehagen an, da es zwei Beine desselben Körpers waren, und die Unruhe, die die Folge dieses Wechselspiels war und die im selben Maß zunahm wie die Laufgeschwindigkeit – das war er selbst, das war sein Geist. Derjenige, der sich selbst zu erhalten wünschte und der mit anderen und mit sich selbst in Konflikt geriet, derjenige, der ständig neue Gebiete eroberte und gleichzeitig von der Angst gequält wurde, sie wieder zu verlieren – das war er selbst, das war sein Geist. Derjenige, der sich selbst zu verlieren wünschte und der auswich, der Gebiete preisgab und ein Niemand sein wollte – das war er selbst, das war sein Geist. Die Zwangsjacke seines Lebens, die Zwangsjacke des Wahrnehmens und Empfindens, jedwede Restriktion – das war er selbst, das war sein Geist.

Die Welt war ohne eine Grenze. Die Grenze zog er. Die Welt existierte ohne einen Unterschied. Den Unterschied machte er. Die Welt war ohne einen Namen. Der Name war er. Die Welt war ungeboren. Er war es, der sie gebar, jede Sekunde, Namen gebend, Unterschiede machend, Grenzen ziehend, und er zeigte sich selbst eine Welt. Was war die Welt, was war sein Geist, waren beide aus demselben Stoff? Er war das Bestehende, ohne Namen, ohne Unterschied, ohne Grenze, ohne den alles erzeugenden Tod, ohne das alles vernichtende Leben, er war das Bestehende, ungeboren. Was war die Welt, was war sein Geist, waren beide aus demselben Stoff? Ein Stern am bleichen Morgenhimmel, eine Luftblase in einem Fluß, ein Blitzstrahl am Sommerhimmel, eine flackernde Lampe, eine Idee, ein Traum. Es schien am sichersten, einfach das zu tun, was getan werden mußte, ohne Eile, ohne Zögern und ohne Hoffnung. Eine neue Gestalt anzunehmen, ohne eine Gestalt besitzen zu wollen, von einem Spiel ins nächste zu gleiten, ohne dies zu bemerken, ohne sich an irgend etwas zu stören. So wie Pepe Kurhajec unsichtbar war und dies sichtlich genoß, ja, genau so.

»Aber wie weißt du denn, daß du mich siehst, Andrea? Wie ich das weiß, Pepe? Ja, Andrea. Das weiß ich nicht, Pepe. Dann weißt du aber auch nicht viel, Andrea. So ist es, Pepe. Ich weiß nicht, wie ich etwas weiß. Und jetzt gebe ich auf. Und du, Schönheit, herunter von meinem Schoß, du wirst mir viel zu schwer. Ich gebe auf.«

Nachdem er seine Hände von den drückenden Lederbändern befreit hatte, ging Simonetti eine Zeitlang auf der Terrasse auf und ab. Es bereitete ihm Vergnügen, die noch warmen Fliesen unter den Fußsohlen zu spüren. Er spürte jede Unebenheit. Seine Schultern, die er beim Denken unwillkürlich hochgezogen hatte, als müßten sie beim Tragen der ein oder anderen Bürde helfen, fielen herab. Er fühlte sich nun, da er es endlich aufgegeben hatte, wissen zu wollen, wie er etwas wisse, leicht und frei. Es kam ihm vor, als liefe er, nach einem mehrere Tage dauernden Segeltörn in aufgewühlter See, gegen Abend mit gestrichenen Segeln in einen Hafen ein, in dem die Wasseroberfläche spiegelglatt war.

Er ging auf der Terrasse auf und ab, wie er es nur ganz selten einmal an einem Samstagmorgen auf dem Markt auf dem Campo de' Fiori getan hatte: erschöpft nach einer Woche angestrengten Arbeitens, die Schultern an der richtigen Stelle, achtlos, ohne Urteil. Es gab nichts, was ihn verletzte. Er tat, was er tun mußte, ohne Eile, ohne Zögern und ohne nennenswerte Hoffnung, in einer fließenden Bewegung. Die Marktfrauen behandelten ihn genauso, wie er behandelt werden wollte. Er ging durch eine Welt ohne Namen. Sardinen auf zerstoßenem Eis waren Sardinen auf zerstoßenem Eis, und es waren keine Sardinen auf zerstoßenem Eis: Es war ein reines Sehen, ein reines und klares Sehen, klar und präzise wie das Klacken der Gewichte auf einer Waage. So ging Simonetti auf und ab, äußerst anwesend in seiner leichten Abwesenheit, und zuletzt kletterte er auf die Balustrade.

Früher hatte sich Simonetti oft dazu gezwungen, sich auf die Balustrade zu setzen, dreihundert Meter über dem regungslos daliegenden Meer, um den Grad seiner Höhenangst zu untersuchen und um zwischen Sehnsucht und Angst zu schweben, mit eingezogenem Bauch und gekrümmten Zehen.

O ewiges Zögern. Schweißgebadet hatte er gespürt, wie sich die Tentakel des Raums um seinen Oberkörper gewunden hatten, und er hatte erwartet, die Speere seiner Feinde im Rücken zu spüren. Seinen Fall, seinen Schrei des Bedauerns und die Sekunde seines Todes hatte er sich vorgestellt: Gummiumhüllte Hände kratzten die Reste seines Schädels und seines Hirns von den Felsen. Er hatte dort gesessen wie ein zweihundert Jahre alter Dichter zwischen den Büsten seit langem in Vergessenheit geratener Berühmtheiten. Er hatte dort gesessen wie der heimatlose und entwurzelte Mensch aus vielen Gedichten, verwandelt in einen machtlosen Selbstquäler, der sich danach sehnte, im Raum aufgenommen zu werden und das Getrenntsein aufzuheben.

An diesem Abend saß Simonetti zum erstenmal entspannt zwischen den Büsten, ohne daß er den Sog seines Verlangens spürte, geheilt, mit klarem Geist und ein wenig schlapp. Ganz und gar unerwartet war er in der neuen Zeit angekommen, nicht länger ein Sucher im Raum. Er sah das Licht eines Sterns, den es vielleicht schon gar nicht mehr gab, Ledas Sonnenhut, den ihr der Wind vom Kopf gerissen und zehn Meter unterhalb der Terrasse auf die Felsen geschleudert hatte. In den Kurven der Küstenstraße durchschnitten die Lichtkegel der Autos die Dunkelheit. Auf dem Meer schaukelten Lampen – die Fischer aus Atrani waren hinausgefahren. Es war ein reines Sehen, ohne Begierde, ein reines und klares Sehen, hell und präzise wie das Klacken der Gewichte auf einer Waage. Simonetti fühlte sich leicht und frei, befreit von seinem Hochmut und zum erstenmal wirklich intelligent.

EIN LUFTZUG IN DEN KATAKOMBEN

In den Tagen, die auf Aldo Moros Tod folgten, stellte Hanna Piccard fest, daß das chaotische politische Leben in Rom sie zu langweilen begann. Was sie zwei Jahre lang beschönigt hatte, begann sie nun zu ärgern: die prahlerische Leidenschaft der italienischen Männer, ihre Launenhaftigkeit, Unzuverlässigkeit, Feigheit, Oberflächlichkeit und ihr Egoismus. Selbst in den öffentlichen Toiletten der immer staubiger werdenden Stadt stieß sie auf die schwarz umrahmten Anschläge, in denen mit heroischen Ausdrücken gegen die Barbarei des Terrorismus protestiert wurde.

Schluchzend hatte Zaccagnini, Parteisekretär der Christdemokraten und verantwortlich für den Beschluß, nicht zu verhandeln, sowie für jene Erklärung, in der die Authentizität von Moros Briefen in Abrede gestellt worden war, einen ersten Kommentar abgegeben: »Ich glaube nicht, daß ich in diesem Moment die richtigen Worte finde. Es gibt sie nicht, ich finde sie nicht, ich kann sie nicht finden. Ich denke an seine Familie, an seine Lieben, an ihr nicht in Worte zu fassendes Leid. Ich denke daran, was Aldo Moro uns allen und der italienischen Demokratie bedeutet hat.« Aus seinem Käfig im Turiner Gerichtssaal heraus hatte Renato Curcio, einer der Gründer der Roten Brigaden, die folgenden Worte gesprochen: »Es ist die erhabenste Tat der Menschlichkeit, die in dieser in Klassen unterteilten Gesellschaft möglich ist.« Innenminister Cossiga, verantwortlich für die mißlungenen Suchaktionen, hatte die Rolle des Sündenbocks auf sich genommen und seinen Rücktritt erklärt. Es bestand kein Zweifel, daß er im Falle einer Regierungsumbildung erneut in das hohe Amt berufen werden würde.

Nach Moros Tod war die Einmütigkeit unter den Politikern

mit einem Schlag verschwunden. Die Neofaschisten machten den Kommunismus, den Kommunismus im allgemeinen, für die Entführung verantwortlich. Die Christdemokraten warfen den Kommunisten vor, den Terroristen den widerwärtigen Jargon beigebracht zu haben, mit dem diese über Kapitalismus, multinationale Konzerne und die Korruption unter den Christdemokraten sprachen. Die Kommunisten wiesen diesen Vorwurf höchst empört zurück und behaupteten, daß die Entführung, dieser Anschlag auf die Demokratie, Element einer reaktionären Verschwörung sei. Viele blieben dabei, daß die Entführung zu effizient organisiert gewesen sei, um das Werk von Italienern sein zu können. Klar, dachte Hanna, die Syphilis kommt schließlich auch aus Frankreich. Und sie lachte sich schlapp, als sie die Telegramme durchsah, die ausländische Regierungschefs geschickt hatten. Es wurde voller Abscheu, Widerwillen, Grauen, Empörung, Entsetzen, Bestürzung und auch mit Bedauern vom Tod des herausragenden Staatsmannes Kenntnis genommen.

Schließlich mußte sie auch noch Simonettis Kommentar zu dem Entführungsfall verdauen. Am Donnerstag morgen fand sie seinen Brief in ihrem Büro an der Piazza Colonna. Zwei Seesterne glitten aus den Papierbögen und beruhigten sie. Nachdem sie die Nase in den Umschlag gesteckt und dort vergeblich Simonettis Körpergeruch gesucht hatte, fing sie an zu lesen.

»Aktennotiz. Von. An. Namenszeichen. Guten Morgen, Hanna. Vermutlich bist du gerade dabei, einen großen Artikel für die Samstagsausgabe zu schreiben. Italien trauert um Aldo Moro. Emotionale Szenen. Welchen Standpunkt nimmst Du ein? Den der amüsierten Außenstehenden? Es gibt einige Gründe, dies nicht zu tun.

Die Affäre Moro war ein Spektakel der Massenmedien und in dieser Hinsicht auch für Außenstehende bedeutsam. Den Politikern war vor allem an ihrer Selbstdarstellung in der Öffentlichkeit gelegen. Sie graben sich ihr eigenes Grab: Um der Selbstdarstellung willen werden sie sich zu einer immer größeren Stumpfsinnigkeit verleiten lassen, und am Ende wird niemand mehr den Unterschied zwischen sich und einem Minister erkennen kön-

nen. Das Volk will regiert werden. Die Terroristen haben sich
ebenfalls der Medien bedient – und das sehr geschickt. Moro wäre
nicht entführt worden, wenn die Entführer nicht mit einer sich
bis in ihren Arsch erstreckenden Neugier der Presse hätten rechnen können – man hätte ihn in der Via Fani einfach erschossen.

Die Verhandlungen. Die Regierung hätte auf jeden Fall verhandeln müssen, junge Frau. Jetzt herrscht Krieg, hieß es sofort.
Nun denn, in Kriegszeiten ist es nicht unüblich, mit dem Feind
zu verhandeln, den man zur gleichen Zeit der schlimmsten Verbrechen bezichtigt. Wird denn nicht auch mit den Korrupten in
den eigenen Reihen verhandelt, mit ehemaligen Faschisten, mit
Geschäftsleuten aus der Unterwelt, mit inhaftierten Terroristen?
Was ist das Interesse des Staates? In erster Linie das Interesse der
Machthaber. Warum wollte man nicht verhandeln? Es ist das
Einfachste, sich ausgefeilte Verschwörungstheorien auszudenken,
es ist das Vernünftigste, möglichst einfach zu denken. Politiker
sind schließlich auch nur Menschen.

Diese spektakuläre Entführung ist der Höhepunkt eines schon
seit Jahren anhaltenden Terrors, den die Regierung nicht in den
Griff bekommt. Die Angst war groß und schlug um in Panik, als
der Machtapparat in seinem Kern getroffen wurde. Man fürchtete einen Staatsstreich. Rom war an jenem Tag eine verlassene
Stadt. Was tut der Mensch, wenn ihn die Angst überwältigt? Er
schließt alle Türen ab und verbarrikadiert sich hinter seinen
Hirngespinsten. Die Hirngespinste waren in diesem Fall der sogenannte demokratische Staat, die augenblicklich heiliggespro-
chene Verfassung und die alsbald vergötterten Institutionen der
Republik. Die Terroristen wurden als Barbaren bezeichnet. Die
Reihen schlossen sich, man übte den Schulterschluß gegen die
Barbarei. Was für ein Mut. Dennoch deuten viele Ereignisse in
dieser Angelegenheit auf mangelndes Selbstvertrauen der Regierung hin.

Bekanntlich haben Andreotti und Zaccagnini achtundvierzig
Stunden nach dem Bekanntwerden der Entführung ihren fatalen
Beschluß gefaßt. Der Chefredakteur der Parteizeitung wurde
daran gehindert, einen nicht mit diesem Beschluß übereinstim-
menden Kommentar zu veröffentlichen. Der Beschluß, nicht zu

verhandeln, kann kaum als wohlüberlegt bezeichnet werden. Man kannte noch nicht einmal die Forderungen der Entführer. Warum hat man derart hartnäckig an dieser Linie festgehalten, trotz der vielen kritischen Stimmen? Aus Angst, das Gesicht zu verlieren? Das Publikum schluckt alles, wenn es nur richtig bedient wird. Drei Tage Stimmungsmache und eine gut inszenierte Fernsehansprache hätten ausgereicht, um das Publikum von der absoluten Notwendigkeit von Verhandlungen zu überzeugen. Diese Regierung räumt der Menschlichkeit höchste Priorität ein. Und so weiter. Es ist anders gelaufen. Ich habe hinter der Maske des beherzten Auftretens nur Unsicherheit und Schwäche verspürt.

Die Terroristen hatten von Anfang an die Absicht, Moro zu töten. Sagst du. Im Blickpunkt der Öffentlichkeit zu stehen und möglichst große Verwirrung beim Gegner zu säen waren ihre einzigen Ziele. Sagst du. Moro wurde aber von einem Volksgericht verhört, und die Protokolle der Verhöre sollten dem Volk zugänglich gemacht werden. Moro selbst hat in seinen Briefen Verhandlungen angemahnt. Hätte er das getan, wenn er gewußt hätte, daß die Brigadisten nicht dazu bereit gewesen wären? Moro wurde zum Tode verurteilt. Urteil vollstreckt. Urteil nicht vollstreckt. Die Entführer machen das Angebot, Moro gegen dreizehn Gefangene auszutauschen. Ein Ultimatum. Noch ein Ultimatum. Auch im Verhalten der Terroristen ließen sich Anzeichen des Zögerns und der Unentschlossenheit wahrnehmen. Man wartete auf ein Gegenangebot. Doch die Regierung war nicht dazu bereit, für das Leben eines ihrer größten Nachkriegssöhne ein Angebot zu machen.

Der wahre Ablauf wird wohl nie bekannt werden. Zu viele Spiegel stehen um die Tatsachen herum. Im Moment tut es auch nicht viel zur Sache, wie es wirklich gelaufen ist. Es tut nichts zur Sache, ob die Regierung insgeheim vielleicht doch Kontakt zu den Roten Brigaden aufgenommen hat und schlichtweg zu spät gekommen ist. Es geht darum, was wir in den letzten fünfundfünfzig Tagen zu sehen bekommen haben. Wir haben das erbarmungslose Gesicht der Macht gesehen. Wir haben gesehen, wie Moro von seinen politischen Freunden, mit denen er über dreißig

Jahre zusammengearbeitet hatte, im Stich gelassen wurde. Er wurde im Stich gelassen. Darüber gibt es keinen Zweifel.

Überall wird das fehlende Vertrauen in die Politik beklagt. Gewiß, die Männer der Macht haben bestimmt alles getan, um das Vertrauen in die Politik wiederherzustellen. Die Rhetorik war lächerlich und beschämend zugleich. Moros Familie war zu verstehen gegeben worden, die Regierung tue das juristisch Mögliche, um Moro zu befreien. Das juristisch Mögliche. Als Moros Briefe allzu freimütig und boshaft wurden, zögerte man nicht, ihre Authentizität in Zweifel zu ziehen, und das, obwohl der Stil dieser Briefe unverwechselbar Moros langatmiger und verschleiernder Stil war. Und die Kommunisten schienen es für opportun zu halten, mit ihrem ewigen Feind gemeinsame Sache zu machen: Sie zeigten sich noch unnachgiebiger als die Christdemokraten, um ja einen vertrauenswürdigen Eindruck zu machen und um endlich in die Regierung einbezogen zu werden.

Die Andreottis, Cossigas und Zaccagninis – sie hatten einfach eine Heidenangst. Mehrere zehntausend Soldaten wurden eingesetzt, begleitet von Kamerateams und Kriegsberichterstattern, aber der verschwundene große Staatsmann wurde nicht gefunden. Am Ende hätte man ihn gegen dreizehn Gefangene austauschen können. Dieser Austausch wäre als Triumph der Roten Brigaden betrachtet worden – und das zu Recht. Die Regierung fühlte sich offensichtlich zu schwach, um eine solche Niederlage hinnehmen zu können, und versteckte sich hinter dem Recht und dem Interesse des Staates. Moro ist der Schwäche seiner eigenen Partei zum Opfer gefallen.

Noch ist zuwenig Zeit verstrichen, um etwas Endgültiges über die Bedeutung des italienischen und des deutschen Terrorismus sagen zu können. Es scheint mir deutlich zu sein, daß der Terrorismus die Krankheit eines bestimmten Gesellschaftstypus ist: Diese Bewegung hat ihre Wurzeln im romantischen Widerstand gegen die Konsumgesellschaft, der in den sechziger Jahren einen ersten Höhepunkt erlebte. Ein Aspekt des Terrorismus ist demnach die romantische Kulturkritik. Es ist der romantische, dekadente, bewaffnete, kriminelle und aussichtslose Widerstand gegen die industrialisierte Gesellschaft, in der die sogenannte

376

Freiheit des einzelnen, die wir dem Wohlstand zu verdanken haben, die Menschen einander entfremdet hat. Es ist der Widerstand gegen das Leben auf dem Millimeterpapier der Bürokratie.

Doch jedweder romantische Widerstand findet sein natürliches Ende in Schlägertrupps, schwarz oder rot, links oder rechts; im Aufkommen kleiner, straff organisierter Stämme, bis an die Zähne bewaffnet, als lebten sie wieder im Dschungel, mit einer Ideologie ausgestattet, die zur Diktatur führt. Es ist der verzweifelte Widerstand gegen die eigene Verzweiflung, der machtlose Widerstand gegen die eigene Machtlosigkeit. Es muß einen Zusammenhang zwischen den Selbstmordneigungen der perfektionierten zivilisierten Welt und diesen Selbstmordkommandos geben.

Die romantische Kulturkritik hat das Aufkommen der industrialisierten Gesellschaft begleitet und ist eine notwendige Begleiterscheinung dieser Entwicklung: Sie ist eigentlich die Selbstkritik des analysierenden, benennenden und begrenzenden Intellekts. Sie ist nichts anderes als das, und sie ist nicht mehr als das. Aus ihr ist eine aussichtslose Kritik geworden.

Bisweilen verspüren wir eine nostalgische Sehnsucht nach dem Zeitalter der Magie und der Naturreligion, nach dem Zeitalter der Konfessionen und der großen metaphysischen Systeme, sind diesen Bewußtseinsformen jedoch bereits entwachsen. Bisweilen sehnen wir uns nach einem Leben in einer fest zusammenhaltenden Gemeinschaft, sind aber nicht mehr imstande, ein Leben zu führen ohne ein deutliches Bewußtsein für Individualität. Wir erforschen die alten Rituale, weil wir nicht mehr daran teilhaben können. Unser Interesse an den antiken Kulturen, der antiken Kunst, den antiken Literaturen, der antiken Philosophie ist in erster Linie ein ästhetisches Interesse. Der Mangel an wirklicher Vitalität springt uns am deutlichsten bei den Künstlern ins Auge, die sich von den unterschiedlichsten Formen primitiver Kunst inspirieren lassen.

Auf der Stelle treten. Im westeuropäischen Kulturbetrieb lassen sich schon seit vielen Jahren jene Lähmungserscheinungen und Exzesse beobachten, die immer wieder mit der Dekadenz einhergehen. Wir befinden uns in einer Übergangsphase: Wir schaffen es nicht, uns von den althergebrachten romantischen Auffassungen zu lösen, und zögern die Herausbildung einer anderen Art von Ideenwelt, einer anderen Art von Bewußtsein hinaus. Wir stöhnen unter der Last der Vergangenheit, unter der Last unseres enzyklopädischen Wissens. Das Verhältnis zwischen dem Leben in der Gegenwart (das ist Ewigkeit) und dem Leben in der Vergangenheit (das ist Zeit) ist nachhaltig gestört. Dies ist Zuccarellis Schlaflosigkeit.

Durch den analysierenden, benennenden und begrenzenden Intellekt gewinnen wir den Eindruck – und es ist nicht mehr als ein Eindruck –, daß wir von der Welt und von uns selbst getrennt sind. Diesem Bewußtsein der Trennung, dieser Illusion, entspringt der Wunsch nach Einheit, der sich in den unterschiedlichsten Formen äußern kann – diejenigen, die die Zersplitterung unseres Weltbildes mit großem Eifer untermauert haben, bringen dies ebenfalls zum Ausdruck, wenn auch in negativer Form. Die Kulturkritik, die ihre Wurzeln in dieser Sehnsucht nach einem Fixpunkt oder einer allumfassenden Idee hat, stellt keine wirkliche Perspektive mehr dar, und der Terrorismus ist in meinen Augen der grausamste Beweis für diese These. Der vitale Todestrieb des Terroristen und der lebensmüde Zynismus des Machthabers haben eine gemeinsame Quelle: das Unvermögen, den Panzer des Intellekts aufzubrechen und das Gefühl des Getrenntseins zu beseitigen.

Ich nähere mich dem Ende meines Monologs von heute abend und dem Ende meiner Schlaflosigkeit. Ich drehe der Vergangenheit den Rücken zu und wage mich jetzt an einen utopischen Gedanken. Um mein außergewöhnliches Realitätsgefühl unter Beweis zu stellen, werde ich diesen Gedanken mit einer tatsächlichen Gegebenheit verknüpfen: der Bevölkerungsdichte auf unserem Planeten.

Die Prognosen gehen etwas auseinander, aber wir können trotzdem davon ausgehen, daß sich die Weltbevölkerung gegen Ende dieses Jahrhunderts verdoppelt haben wird. Dies ist das wichtigste Faktum für jeden utopischen Gedanken. Die voraussichtliche Verdoppelung oder gar Verdreifachung der Weltbevölkerung ist Anlaß zur Beunruhigung. Wird der Energievorrat ausreichen, um das Überleben aller zu gewährleisten? Wir könnten uns verhalten wie die Tiere und einander abschlachten und auffressen, um das natürliche Gleichgewicht zu wahren. Gehen wir mal davon aus, daß es der Weltregierung gelingt, das Tier im Menschen in Zaum zu halten und um ihrer Selbstdarstellung willen der Menschlichkeit höchste Priorität einzuräumen. Die Weltbevölkerung verdoppelt sich, zusammengepfercht in Großstädten. Es kommt zu Platzmangel, da ein Großteil dieses Planeten unbewohnbar ist und andere bewohnbare Planeten noch nicht entdeckt worden sind. Allein schon die Bevölkerungsdichte, das Leben unter dem Druck dieser Dichte, wird uns zwingen, unser Bewußtsein für einen inneren Raum besser zu entwickeln.

Das bedeutet, daß wir uns ein anderes Bild vom einzelnen und seiner Existenz machen müssen – ein Bild, das mehr Raum bietet. Oberflächlich betrachtet ist dein Körper in der Tat ein Körper, ein knackiger holländischer Körper mit einigen wunderbaren Wölbungen. Ui. Nach einigem Nachdenken kommt man zu dem Schluß, daß dieser Körper nichts anderes ist als eine zeitlich begrenzte Verdichtung von Materie in einem unermeßlichen Raum. Ui. Wir kennen diesen Raum, von Natur aus, da wir ihm entstammen und immer noch zu ihm gehören; wir vergessen dies jedoch, von dem überwältigenden Eindruck einer Erscheinungsform, des Körpers, der seinerseits zehntausend andere Erscheinungsformen hervorbringt, in die Irre geführt. Manchmal sind wir für einen Augenblick in der Lage, diese Erscheinungsform zu vergessen, uns und unsere Ziele aufzugeben, und dann werden wir uns des ursprünglichen Raums, der Leere, bewußt. In der Vergangenheit sind verschiedene Methoden entwickelt worden, um das Bewußtsein für die Wahrnehmung von Leere zu schulen. Warum sollten wir diese Methoden nicht anwenden? Es ist einen Versuch wert. Kurz, vielleicht ist uns im Hinblick auf die zunehmende Bevölkerungsdichte damit gedient, wenn die Idee der Individualität vagere Züge annimmt,

> Denn unser Intellekt, wenn seinem Ziele
> Er näherkommt, dringt dann in Tiefen ein,
> Wohin Erinnerung folgt nach seinem Kiele.

Frieden wird uns nicht von den Männern der Macht oder den Schlägertrupps gebracht werden, auf welcher Seite sie auch stehen mögen. Das ist gewiß. Sein Name war Glafulos, der Liebenswerte, und der paßte zu seinem Geist. Sechzig Jahre hat er gelebt, ein ganz und gar freier Mann. Er reiste nach Westen und auch nach Osten.

Ich breche nun nach Ravello auf und werde Badetücher für Dich mitnehmen.«

In einem schwarzen Kostüm erschien Hanna Piccard am nächsten Morgen in San Giovanni in Laterano, um dem Staatsbegräbnis für Aldo Moro beizuwohnen. Am Vortag waren Delegationen aus vielen Ländern auf dem Flughafen gelandet, wo sie alle ihrem Rang entsprechend begrüßt worden waren. Gepanzerte Limousinen rasten durch Rom, und Polizisten auf Motorrädern genossen es, die Anfahrtswege freizumachen: Wie Herolde fuhren sie über die Via dei Fori Imperiali. In den Hotels waren ganze Stockwerke auf Sprengladungen und Abhörgeräte untersucht worden. In der Nacht war die Kirche von San Giovanni durchkämmt worden. Hubschrauber patrouillierten über der Stadt. Über das Netz aus Sicherheitsvorkehrungen, das schon seit Monaten über Rom lag, wurde ein weiteres Netz aus Sicherheitsvorkehrungen geworfen. Die Demokratie hatte einen schweren Test gut bestanden, und mit einem großen Aufgebot an moderner Technologie reihte sich Italien in die Gruppe der zivilisiertesten Länder der Welt ein.

Es ärgerte Hanna Piccard, daß sie ein schwarzes Kostüm angezogen hatte und zur Kirche von San Giovanni gegangen war. Während sie zu einem der Fernsehgeräte hinaufsah, die in den Seitenschiffen der ersten Kirche der Christenheit angebracht worden waren, ärgerte sie sich über ihr Verlangen nach Anteilnahme und Kummer. Genausogut hätte sie ein Lokal aufsuchen können, um dieses Schauspiel zu genießen. Nackt auf ihrem Bett liegend und nach dem Schweiß der Nacht stinkend hätte sie sich ansehen können, wie die Kameras träge und ehrfurchtsvoll über die Gesichter der Staatshäupter, Minister, Staatssekretäre sowie der Mitglieder des praktisch vollzählig erschienenen diplomatischen

Korps glitten. Sie erkannte viele Hauptakteure der Weltbühne, alle in eschatologische Betrachtungen versunken, wie die Kamera suggerierte, die an Grabmalen entlangstrich, als suche sie das erhabene Antlitz eines Toten. Leider war dem Staat verwehrt worden, über Aldo Moros Leiche verfügen zu dürfen: Seine Familie hatte sie für sich beansprucht.

Die Familie Moro hatte ihren Kampf mit der folgenden Presseerklärung beendet: »Die Familie wünscht, daß Aldo Moros ausdrücklicher Wunsch von den Staatsorganen und von der Partei voll und ganz respektiert wird. Das bedeutet: keine einzige öffentliche Kundgebung, Feier oder Rede; keine Staatstrauer, kein Staatsbegräbnis und keine Gedenkmünze. Die Familie hüllt sich in Stille und sehnt sich nach Stille.«

Aldo Moro, der Mann, der als Abgeordneter, Minister, Ministerpräsident und Parteivorsitzender dreißig Jahre lang im Zentrum der Macht gestanden hatte, hatte in einem seiner letzten Briefe mit Blick auf sein Begräbnis geschrieben: »Noch einmal, ich wünsche nicht, daß die Männer der Macht anwesend sind. Ich möchte die um mich haben, die mich wirklich geliebt haben und weiter lieben und die für mich beten. Wenn dies alles vorbei ist, dann geschehe Gottes Wille. Doch möge sich kein einziger Verantwortlicher hinter der Erfüllung einer vermeintlichen Pflicht verstecken.«

Aldo Moro war in Torita Tiburina, einem Dorf im Norden Roms, zu Grabe getragen worden. Die Dorfbewohner hatten den Sarg auf den Schultern durch die Straßen getragen.

Der Regisseur der Fernsehübertragung meinte, dem trauernden Volk mit Bildern des jungen Lebens Mut machen zu müssen. Minutenlang rückte die Kamera dem Mädchen auf der Galerie zu Leibe, das für den Organisten die Notenblätter umschlug, und gab es den Blicken preis.

Hanna Piccard schloß die Augen und besuchte in Gedanken die Kirchen in Rom, die sie gemeinsam mit Andrea Simonetti besichtigt hatte: Santa Maria in Trastevere, San Luigi dei Francesi, Santa Maria del Popolo, San Clemente, San Carlo alle

Quattro Fontane, San Andrea al Quirinale, San Ivo, Santa Maria Maggiore, Santa Maria sopra Minerva, San Paolo fuori le Mura, San Pietro in Vincoli, Santa Susanna. Die Bilder dieser Kirchen überlagerten sich zu einer einzigen Architektur. Sie sah einen Platz, eine wellenförmig aufgebaute Fassade, schwarz von den Abgasen, übersät von Tauben, die mit ihren Flügeln schlugen. An Andreas Arm stieg sie die Treppen hinauf, ging sie durch das Portal mit den Flügeltüren, wo die entblößten Schultern bedeckt wurden, an der Marmormuschel vorbei, in der das Weihwasser verdunstet war. Dann lösten sie sich voneinander, wie üblich. Allein schlenderte sie durch das Mittelschiff, den Blick auf die Deckenmalerei gerichtet: eine schwankende und taumelnde Scheinarchitektur, eine himmlische Kirche über der irdischen. Kapellen, Grabmale, brennende Kerzen, Fresken, eine kniende alte Frau mit ihrer Enkelin, die Stimme eines Führers, Münzen im Lichtautomaten, die Lichtkegel der Abenddämmerung in der Kuppel. Und aus weiter Ferne hörte sie ab und zu das sanfte und lockende Pfeifen Andreas, das in den Gewölben widerhallte.

Über eine Wendeltreppe stieg sie in die Krypta hinunter, in der sie sich die Sarkophage ansah. Das Relief eines verstorbenen Ehepaares, in ein Medaillon gefaßt und von Pfauen flankiert, die die Ewigkeit symbolisierten, stimmte sie zärtlich: Der Mann hatte seiner Frau liebevoll einen Arm um den Rücken gelegt. Sie hörte das lockende Pfeifen, während sie zum Mithrasheiligtum hinunterstieg, in dem vor langer Zeit das Blut des Stieres die Gläubigen gereinigt hatte. Drückende Wärme. Tiefer und tiefer drang sie in den Felsen vor, zwanzig Meter unter der Stadt. Kurvenreiche Gänge, in denen Schädel aufgestapelt lagen, Katakomben, plötzlich die elegante Stuckarbeit eines römischen Gewölbes, lateinische Inschriften in der Felswand, flackernde Lampen, kühle Luft, ein unerklärlicher Luftzug, der ihr an den Beinen entlangströmte, schwitzendes Gestein.

Schließlich ging sie in einer dunklen Nische in die Hocke, unsichtbar, und lauschte voller Verlangen dem näherkommenden Pfeifen. Andrea ging an der Nische vorbei, ohne sie zu entdecken. Er verschwand, kehrte noch mehrmals zurück, fand sie aber nicht. Jedesmal wollte sie die Hand nach seinen Beinen ausstrecken, konnte es aber nicht.

Als Hanna Piccard San Giovanni verließ, hatte sie einen Beschluß gefaßt. Mit einem Schlag war das unerträgliche Gefühl der Beklemmung verschwunden, das eine Folge ihres Verlangens war, und erleichtert sprang sie über die Kabel der Fernsehkameras. Sie fühlte sich frei, zu tun und zu lassen, was sie wollte, und schien endlich wieder klar denken zu können.

Zwischen den Säulen des Portikus wurde sie von einem Soldaten angehalten. Der Lauf seines Karabiners zeigte achtlos auf ihren Unterleib.

»Wohin wollen Sie, Signora, wohin wollen Sie?«

»In diese Richtung«, antwortete Hanna und zeigte über seine Schulter zum Platz vor San Giovanni.

»Im Moment darf niemand San Giovanni verlassen. Sicherheitsvorkehrungen.«

»Aber ich will gehen.«

»Signora, machen Sie uns keine Schwierigkeiten.«

»*Sie* machen mir doch Schwierigkeiten.«

»Ich habe den Befehl, niemanden durchzulassen.«

»Was ist das für ein Wahnsinn?«

»Sicherheitsvorkehrungen.«

Es verwirrte sie, daß ihr gerade jetzt verwehrt wurde, eine Kirche, Rom und seine Kirchen, zu verlassen. Daß sie an dieser Stelle aufgehalten wurde, hatte für sie eine gewisse symbolische Bedeutung: Zwischen den Säulen eines Portikus hatte sie Andrea Simonetti zum erstenmal gesehen, und zwischen den Säulen eines Portikus wurde sie aufgehalten, nachdem sie gefühlt hatte, daß sie ihn nicht länger wollte. Der Soldat machte einen Schritt nach vorn und errötete, als er mit dem Lauf seines Karabiners für einen Moment ihre Hüfte berührte.

Sie probierte es bei einem ranghöheren Soldaten. Schließlich erklärte sich ein Hauptmann bereit, für sie eine Ausnahme zu machen, nachdem sie hatte anklingen lassen, daß ihre Eile auf eine komplizierte Liebesaffäre zurückzuführen sei. Schweigend überließ sie sich seinem persönlichen Schutz, und schweigend ließ sie sich von ihm durch die Absperrung begleiten. Nachdem sie dem Hauptmann für dessen Zuvorkommenheit gedankt hatte, eilte sie zu ihrem Wagen. Vorwärts. Von nun an war sie unterwegs nach Amsterdam.

DER ARM

Wie eine Kugel sauste der Wagen über die Autobahn nach Süden. Hanna Piccard saß schweigend am Steuer und spähte ab und zu aus den Augenwinkeln zu Leda hinüber, die sie vor einer Stunde vor dem Appartementhaus in Monte Mario angetroffen hatte. Das Mädchen, in Schwarz und Orange gekleidet – eine Farbkombination, die an ein tropisches Insekt erinnerte –, wollte mit nach Ravello.

»Du darfst mitfahren, wenn du mir vorher genau erklärst, warum du auf einmal nach Ravello willst.«

Leda hatte geschwiegen. Hanna war nach oben gegangen, um ihre Sachen zu packen. Sie hatte Ernesto angerufen und ihm gesagt, daß sie wahrscheinlich im Laufe des Sonntagabends in ihre Wohnung zurückkehren werde. Ernesto wußte über die Entwicklung Bescheid.

»Du brauchst nicht aufzuräumen. Nein, dein Lover auch nicht. Wenn ich nur gleich ins Bad kann. Was? Sehr gern. Du bist ein Schatz.«

Als sie nach unten gekommen war, hatte Leda noch immer neben ihrer Reisetasche im Hausflur gestanden.

»Wie hast du dich entschieden? Ich fahre in fünf Minuten.«

»Ich will nach Ravello, um Andrea zu sehen.«

»Dann fahre ich allein.«

»Warte.«

Leda hatte eine Zeitung auf die Motorhaube des Wagens gelegt und die Sportseite aufgeschlagen. Sie zeigte ihr einen Artikel über das Wettschwimmen Neapel–Capri–Neapel, bei dem sie zuschauen wolle. Du und Sport? Leda war rot geworden, als sie den unaussprechbaren Namen eines holländischen Schwimmers in den Mund genommen hatte, und hatte sich mit diesem Rotwerden einen Platz im Wagen erobert.

»Jan Zocher?«

»Ja, genau. Kennst du ihn zufällig? Ist er berühmt in Holland? Er wohnt in Amsterdam. Uiterwaardenstraat 135.«

»Uiterwaardenstraat?«

»Ja. Was bedeutet das?«

»Was ist das für ein Wahnsinn? Wir fahren.«

Der Wagen sauste über die Autobahn nach Süden. Leda hatte sich um Proviant gekümmert, Proviant für zwei Personen. Erst ließ sie die Papiertüten knistern. Maisfelder. Die verschwommenen Umrisse von Ortschaften auf Hügelrücken. Eine halbe Stunde später sagte sie auf eine entsprechende Frage hin, was in den Papiertüten sei. Maisfelder. Viadukte. Eine Stunde später gab Hanna endlich zu, daß sie Hunger habe.

»Und du, warum fährst du nach Ravello?« fragte Leda, als sie Hanna ein Brötchen gab. Hanna drehte die Scheibe an ihrer Seite hoch.

»Warum fährst du eigentlich nach Ravello?«

Leda drehte die Scheibe an ihrer Seite hoch.

»Um meine Angelegenheiten mit Andrea zu regeln.«

»Dafür bist du nicht sachlich genug.«

»Ich bin sehr sachlich.«

Hanna legte ihr Brötchen auf das Armaturenbrett, und wiederum flogen viele, viele Maisfelder vorbei.

»Andrea besitzt kein Glamour«, seufzte Leda schließlich.

»Dann hast du ihn dir noch nicht richtig angesehen.«

»Er trägt immer dieselben Klamotten. Immer und ewig dieses sandfarbene Sakko.«

»Das ist sein Glamour. Glamour, was für ein furchtbares Wort.«

»Seine Fingerspitzen sind braun vom Rauchen. Rauchen ist out. Ich habe keine Lust mehr, ihm zu sagen, er solle mit dem Rauchen aufhören. Und außerdem weiß man nie genau, was er denkt. Liebst du ihn noch?«

»Interessante Frage. Nächste Frage.«

»Er hat dich rausgeschmissen. Mitten in der Nacht. Ich kann mir nicht vorstellen, daß du ihn noch liebst.«

»Das kann ich mir auch nicht vorstellen.«

»Er besitzt kein Glamour.«

»Leda, du benutzt ein furchtbar dummes Wort.«

»Weiß ich. Darum benutze ich es ja. Glamour ist Oberfläche, und ich habe die Absicht, zur Abwechslung mal eine ganze Zeitlang oberflächlich zu leben. Ich will keinen Kunstunterricht mehr. Ich bin nicht mehr Andrea Simonettis Gefangene. Jahrelang hat er mich im Mezzanin gefangengehalten. Ich übertreibe nicht. Er hat mich im Mezzanin glatt gefangengehalten. Vor ein paar Monaten, es will mir nicht in den Kopf, aber vor ein paar Monaten habe ich seinen Geschichten noch geglaubt. Daß ein Schmetterling ihn geträumt hat und so.«

»Du bist kein Kind mehr.«

»Findest du?«

»Natürlich bist du kein Kind mehr. Du bist eine Schönheitskönigin mit unheimlich viel Glamour.«

Leda lehnte sich in ihrem Sitz zurück.

»Ich denke, es wird Zeit für einen Schönheitsschlaf.«

Maisfelder, Weingärten, ein winkender Junge, Sonne und Staub. Das Niemandsland einer Tankstelle. Die Eindrücke waren gestochen scharf. Der warme Wind, der an ihren Kleidern zerrte. Der Schweißgeruch der Kassiererin und das einschläfernde Summen der Fliegen. Der verirrte Klatschmohn an dem Wasserhahn, unter dem sie die Hände wusch. Und der warme Wind, der an ihren Kleidern zerrte. Die Freiheit, zu tun und zu lassen, was sie wollte. Wieder hinters Steuer, vorwärts, mit einer unheimlichen Angst vor dem, was vor ihr lag, und stark, genießend. Sie ließ Neapel hinter sich. Ihr Blick erhaschte das Meer und den schwarzen Strand. Weit entfernt lagen die mattblauen Berge der Halbinsel. Leda war fest eingeschlafen.

Salerno. Jetzt hatte sie nur noch vierzig Kilometer vor sich. Auf der Küstenstraße drehte sie das Fenster herunter, um das Meer, das tiefblaue Meer, riechen zu können. Es roch nach Gummi und Benzin und zuweilen nach den Blumen und Kräutern, die zwischen den Felsen blühten. Musikfetzen aus dem Fenster eines ihr entgegenkommenden Wagens. Nach jedem Tunnel, nach jeder Kurve bot sich ihr ein anderer Blick auf die Costa Amalfitana. Über den Bergen trieben kleine weiße Wolken dahin. Fischerdörfer quetschten sich in die Schluchten. Buchten, Grotten, in denen das Meer stieg und fiel, unerreichbare Strände voller Abfall. An den Ausläufern des Gebirges lagen Villen, halbversteckt unter blühenden Dachgärten. Treppen führten zu den Landungsstegen und den schaukelnden Jachten hinunter. Sie fühlte sich unbedeutend in dieser monumentalen Landschaft, und die üppige Schönheit der Küste tat ihr weh.

Unterdessen träumte sie von einem Tagesausflug an den Strand, von einem Kombi, vollgepackt mit Strandutensilien und mit den fünf Kindern, die sie zur Welt gebracht hatte. Neben ihr saß ein Mann. Sie waren unterwegs nach Hause. Die Kinder verbrannten sich die Oberschenkel an den glühend heißen Sitzen. Sie führten Fechtkämpfe mit ihren Schaufeln aus, und es stank nach faulenden Seesternen und Krabben. Quengeln und Zanken. Der Jüngste war auf dem Schoß des Mannes eingeschlafen. Ihre Augen waren müde geworden, weil sie in der glitzernden See ständig nach Köpfen hatte Ausschau halten müssen. Aber sie lachte über den Trubel und genoß es, den Mann zu beschimpfen, der viel zu nachgiebig war und die Rasselbande einfach gewähren ließ. Sag doch endlich auch mal was. Hab' keine Lust mehr, was zu sagen. Kann ich mir wieder was einfallen lassen.

Diese Schwärmerei. Her mit der Peitsche. Vor Kurven begann sie nun immer wilder zu hupen, und hinter jeder Kurve steigerte sie sich mehr in ihren Haß auf Andrea hinein. Aktennotizen schreiben. Gewichtige Aktennotizen schreiben. Mich im letzten Moment aus dem Gleichgewicht bringen, obwohl du weißt, wie schwer es mir fällt, lange Artikel zu schreiben. Eine Aktennotiz. Mich mal kurz massieren. Mich mal kurz von rechts nach links krempeln. Du windiger Politiker. Der Staat hat sich richtig verhalten, als er nicht mit Kriminellen verhandelte. Punkt. So sah es auch die *New York Times*. Und wenn es auch ein Provinzblatt wie der *Arnhemse Courant* gewesen wäre. Kann mir doch egal sein. Und deine ewiglangen Briefe. Daß du nicht beziehungsfähig bist und so. Okay, ich vergesse dreiundachtzig kurze, überschäumende, zärtliche Zettelchen. Dann aber deine ewiglangen, herrschsüchtigen, langweiligen Erklärungen. Die Individualität nimmt vagere Züge an! Du und vagere Züge. Du meinst wohl, daß deine eigene kolossale Individualität vagere Züge annimmt. Du und dein geistiges Streben. Man wird dich noch mal heiligsprechen. Erst eine Aktennotiz schreiben und dann zwei Seesterne und zehn Badetücher dazulegen. Immer nein sagen und ja meinen, verdammt noch mal. Immer nein sagen und ja meinen. Jetzt werde ich zur Abwechslung mal nein sagen. Übernimm du ruhig die Regie. Stell ruhig wieder unter Beweis, wie weit du über allem stehst. Ausfahrt. Und was diese Tochter von dir betrifft, diese Schönheitskönigin, der werde ich eines schönen Tages noch das Gesicht zerkratzen. Ausfahrt.

In Atrani nahm Hanna die Ausfahrt zum Tal der Drachen. Eine Schlucht, dann die grünen Hänge des Tals. Scala, uneinnehmbar auf seinem Felsen, die eingestürzte Brücke. Durch das Schiebedach sah sie die Mauern von Ravello.

Eine halbe Stunde später gingen sie über den Fußweg zur Villa Cimbrone. Hanna als erste, in dem schwarzen Kostüm schwitzend und einen Koffer schleppend, den sie von Zeit zu Zeit abstellen mußte, weil er so schwer war – immer nahm sie zu viele Kleider mit. Leda trottete in einigem Abstand hinter ihr her, gähnend, lustlos, die Reisetasche über der Schulter. Die Gittertür wurde von der Villa aus geöffnet.

Als sie über den Pfad lief, fühlte Hanna sich von Hunderten von Eidechsen beobachtet, bewegungslosen Eidechsen auf den niedrigen Mauern, hinter den Blumentöpfen und auf den Schultern der Standbilder. Das Wechselspiel von Licht und Schatten unter den wogenden Pinien machte sie schwindlig. Das Knirschen der Kieselsteine unter ihren Schuhen klang ihr viel zu laut.

»Da ist er«, zischte Leda.

»Mit seinen ausgebeulten Knien.«

»Kein Glamour. Doch was sehen meine Augen? Hanna! Er hat sich neue Kleider gekauft.«

»Halt die Klappe.«

Simonetti fühlte sich in den neuen Kleidern unbehaglich, vergaß sie jedoch, als er auf Hanna, die ihren Koffer mit gesenktem Kopf hinter sich herzog, zuging und von Ehrfurcht ergriffen wurde. Das Knirschen der Kieselsteine unter seinen Schuhen klang ihm viel zu laut. Sobald er vor ihr stand, zog Hanna eine kichernde Leda am Arm nach vorn.

»Deine Tochter.«

»So, junge Frau.«

»So, Vater.«

Als Simonetti die Hand ausstreckte, um sie an sich zu ziehen und zu umarmen, machte Leda sich frei und rannte winkend zur Villa, vor der mittlerweile Signora Pozzo erschienen war.

»So, Signore. Danke für die Aktennotiz. Lyrik liegt dir mehr.«

Simonetti sagte nichts und ließ eine Hand unter ihre Jacke gleiten, zu ihrem gekränkten Rücken. Hanna erstarrte.

»Finger weg. Mein Rücken ist klatschnaß, und ich stinke. Du hast dir neue Kleider gekauft.«

Simonetti nickte und löste ihr die schweißgetränkte Bluse vom Rücken.

»Laß uns reingehen, Andrea. Signora Pozzo liegt auf der Lauer.«

»Immer mit der Ruhe.«

»Ich bin es nicht mehr gewohnt, dich so nahe bei mir zu haben«, sagte Hanna und hielt seinen ausgestreckten Arm am Handgelenk umklammert. »Ich werde mich auch nicht mehr daran gewöhnen. Gehen wir.«

Simonetti legte ihre Hand auf eine Stelle etwas oberhalb seiner Hüfte und grinste, als sie ihm augenblicklich ins Fleisch kniff.

»Du hast zugenommen.«

»Hab' ich mir's doch gedacht.«

Simonettis strahlende Augen hatten sie in Verwirrung gestürzt; durch die Berührung seines Körpers nahm diese Verwirrung noch zu, da sie spürte, daß er sich endlich in einen entspannten und willigen Körper verwandelt hatte. Als Simonetti ihre Augen küßte und mit der Zungenspitze ihre zitternden Wimpern berührte, stieß Hanna ihn zurück. Zum erstenmal in anderthalb Jahren spürte sie, daß sie keine Jagd mehr auf ihn zu machen brauchte, und sie war überzeugt, daß er sie wollte. Ich

muß hier weg, dachte sie. Aber wie komme ich von hier weg?
Doch Simonetti hatte ihren Koffer bereits aufgehoben, mühelos,
als wäre er federleicht.

Federico Zuccarellis Koffer wurde von Maurizio getragen, einem
hageren taubstummen Jungen aus Ravello. Zuccarelli selbst ging
mit schnellen Schritten vor ihm her über den Pfad. Er trug an diesem Tag einen maßgeschneiderten hellgrauen Anzug, ein weißes,
beinahe leuchtendes Hemd, das frisch gestärkt zu sein schien, eine
hellrote Fliege und elegante Schuhe. Zuccarelli genoß beim
Gehen die Schuhe, das weiche Leder, und den warmen Wind, der
ihm durch die Haare fuhr. Er fühlte sich leicht nach seinen
Fastentagen, leicht, tatkräftig und konzentriert.
   In Neapel war Zuccarelli aus einem Flugzeug für Geschäfts-
reisende gestiegen und hatte sich von einem Taxi zum Hafen bringen lassen. Von dort aus war er in einem offenen Motorboot nach
Amalfi gefahren. Während dieser schnellen Fahrt an der Küste
entlang hatte er zum Bug des Motorboots gestarrt und sich gefragt, worauf dieses Gefühl der Tatkraft und Konzentration
zurückzuführen sei und zu was es führen würde. Zu nichts, hatte
er sich am Ende vorgehalten. Zu nichts, wie immer. Auf dem
Dorfplatz in Ravello war Maurizio auf ihn zugekommen, zaghaft,
aber erfreut, und das hatte ihn erschüttert. Ein Mensch ist auf
mich zugekommen! Verlegen, aber erfreut ist ein Mensch auf
mich zugekommen, ein lippenlesender Mensch. Um meinen
Koffer zu tragen und sich ein wenig Geld zu verdienen.

Signora Pozzo geriet ganz außer sich, als sie Zuccarellis Stimme
hörte. »Ich komme schon. Ich komme schon.«
   Sie eilte in die Diele, um ihn zu begrüßen.
   »Signore Zuccarelli. Großer Gott!«
   »Was ist denn los?«
   »Nichts, nichts. Ich freue mich nur, Sie zu sehen. Haben Sie
eine angenehme Reise gehabt?«
   »Was geht hier vor?«
   Signora Pozzo senkte den Kopf. »Sie stehen nicht auf der
Gästeliste, Signore Zuccarelli. Aber das geht schon in Ordnung.«

»Unmöglich.«

Signora Pozzos Kopf schoß in die Höhe. »Ich weiß, wovon ich rede. Ich habe Andrea erwartet. Seine Verlobte und seine Tochter sind ebenfalls gekommen. Nur Ihr Name steht nicht auf der Liste.«

»Und meinen Paß habe ich auch nicht bei mir. Außerdem kann ich Ihnen nicht sagen, wie viele Nächte ich hierzubleiben gedenke. Natürlich haben Sie meinen Namen eingetragen, Signora Pozzo. Natürlich haben Sie das nicht vergessen. Es war Gott persönlich, der meinen Namen von der Gästeliste gestrichen hat.«

»Das wär' aber das erste Mal! Ich meine: das wär' aber das erste Mal, daß ich vergesse, Ihren Namen einzutragen. Das ist mir noch nie passiert. Dieser Ehebrecher. Der bringt hier alles durcheinander mit seinen unglückseligen Liebesaffären. Großer Gott!«

»Laß jetzt dieses Geschnatter. Gib Maurizio etwas zu essen und zu trinken. Laß dieses Geschnatter und bete für mich.«

Zuccarelli drehte sich um. Zu nichts, zu leidigen Komplikationen, zu Unannehmlichkeiten, zu Zwang, zu Langeweile. Er fühlte sich von Simonettis Unverfrorenheit verletzt. Seine Tochter und seine frostige Verlobte einladen und mich vergessen. Stand ich denn nicht neben ihm, als er die Verabredung im Terminkalender notierte? Was hatte er aufgeschrieben? Ravello, Zuc, Wanderschuhe, Geduld. Etwas in der Art natürlich. Immer dasselbe Lied. Die Haare kämmen. Hat all seine Haare noch. Die edle weiße Mähne kämmen und eine entsprechende Miene aufsetzen.

Im Salon herrschte Schweigen. Zuccarelli gab sich angenehm überrascht. Leda und die stämmige Holländerin wurden auf das herzlichste begrüßt, Simonetti, der aufgestanden war, wurde mit einem durchdringenden Blick in die Schranken gewiesen.

»So. Ist noch ein Stuhl für mich da?«

Simonetti zeigte auf seinen Stuhl.

»Ah, ein warmer Stuhl.« Zuccarelli mochte es nicht, sich auf einen Stuhl setzen zu müssen, der vom Hintern eines anderen angewärmt worden war, doch er setzte sich und übernahm die Gesprächsleitung, soll heißen: Er führte das Wort.

»Signora Pozzo! Wären Sie bitte so gut und würden die Terrassentüren öffnen und Andrea ein Päckchen ägyptischer Zigaretten geben. Er mag ihren Geruch so gern, ich übrigens auch. Und wo ist Salvatore? Sag Salvatore, daß ich ihn gern begrüßen würde.«

»Ich habe ihn gerade eben nach Ravello geschickt, um Vorräte einzukaufen.«

»Vorräte einkaufen? Schau an. Dann laß ihn erst mal in aller Ruhe Vorräte einkaufen. Hanna, du siehst blühend aus, blühender als je zuvor, und herrlich streng in diesem schwarzen Kostüm.«

»Schwarz macht schlank.«

»Sagt man so? Macht schlank? Schwarz macht schlank. Schwarz. Schwarz. Und unterdessen fliegt die Zeit vorbei. War es nicht der Maler Kandinsky, der gesagt hat – mein Gott, was hat er auch wieder gesagt?«

»Seit 1914 scheint die Zeit schneller zu vergehen. Die inneren Spannungen erhöhen das Tempo in allen Lebensbereichen. Momentan ist ein einziges Jahr wie mindestens zehn Jahre in einer ruhigen, normalen Periode der Geschichte.«

«Das waren seine Worte. Genieß dein gutes Gedächtnis, Andrea. Genieß es. Und unterdessen fliegt die Zeit vorbei, soll heißen: wir fliegen. Vor über drei Stunden flog ich über Italien, mein in tiefe Trauer versunkenes Vaterland. Das Meer war schwarz, da alle Tintenfische auf Befehl der Regierung ihren Farbstoff ins Wasser gespritzt hatten. Und vor noch nicht mal acht Stunden habe ich dich, Hanna, dank der modernen Technik – als ob es nichts wäre – aus allernächster Nähe beobachten können, ohne daß du mich gesehen hast. Im Fernsehen.«

»Hanna? Im Fernsehen?« rief Leda.

»Fängst du endlich an, dich für mich zu interessieren?«

»Ich habe sie im Fernsehen gesehen, in San Giovanni. Sie saß in einem der Seitenschiffe, zwischen dem anderen Journalistenpack. Wie fandest du dieses Schauspiel, Hanna? Nun ja, die Antwort kenne ich schon, du bist schließlich eingenickt.«

»Ich habe vor mich hingeträumt.«

»Zu meinem Leidwesen mußte ich feststellen, daß die Regierung keinen Doppelgänger für Aldo Moro auftreiben konnte. Steht zur Zeit nicht allen wichtigen Politikern ein Doppelgänger zur Verfügung? Ein Doppelgänger, um die Presse in die Irre zu führen. Ein Doppelgänger, um Theaterstücken und Begräbnissen beizuwohnen. Für alle Ereignisse, bei denen lediglich die schweigende Anwesenheit erwünscht ist. Ein Doppelgänger, um zwei Stunden lang im Sarg zu liegen. Zu meinem Leidwesen mußte ich feststellen, daß man noch nicht einmal einen leeren Sarg auftreiben konnte. Einen leeren, aber geöffneten Sarg in einem Meer von Orchideen. Das wäre doch wohl das mindeste gewesen. Ach, Aldo Moro. Vor ein paar Monaten durfte ich ihm noch die Hand drücken. Doch bevor ich ihm die Hand drücken durfte, hatte ich ihn bereits gerochen, und das hat eigenlich einen viel tieferen Eindruck auf mich gemacht. Aus den Augenwinkeln hatte ich ihn hereinkommen sehen, und ich roch ihn, als er sich hinter meinem Stuhl vorbeischob. Ich roch Aldo Moro und dachte: Dieser Mann riecht nach hohem Alter. Ach, Aldo Moro. Wie friedlich er doch im Kofferraum des R 4 lag. Genau so, wie ich es in einem hellseherischen Moment vorhergesehen habe. Erinnerst du dich, Andrea? Wir waren unterwegs nach Sutri, als ich dir prophezeite, wie man ihn finden würde. Ach, er lag im Kofferraum. Im Kofferraum!«

Zuccarelli kniff die Lippen zusammen und sah einige Augenblicke durch die geöffneten Terrassentüren hinaus. Dann stand er auf, drehte sich zu Simonetti um, der die ganze Zeit über schräg hinter ihm stehengeblieben war, und bat diesen, ihn auf die Terrasse zu begleiten.

Als er hinausgetreten war, fühlte Zuccarelli, daß sich auf der Terrasse etwas verändert hatte. Er sah nach links und entdeckte in zehn Metern Entfernung den antiken Frauenkopf, der mit Sockel und allem aus der Krypta hierhergeschleppt worden war. Während er auf ihn zuging, sah er den hellgelben Kopf vor dem Blau in einer tiefen Gebirgsschlucht. Simonetti folgte ihm.

»Es war ein Impuls, gestern abend.«

»Oh, es gefällt mir ausgezeichnet. Diese Schlucht und dann dieser Kopf in der Schlucht. Was für ein Effekt.«

»Jahrelang habe ich ihn zwischen den Säulen im Halbdunkel in der Krypta stehen sehen, und auf einmal sehnte ich mich danach, ihn ins Freie zu bringen.«

»Du hast der Frau ein wenig Sonnenlicht gegönnt. Ist sie dem noch gewachsen? Was meinst du? Hast du ihr Gesicht schon mit Sonnenschutzmittel eingecremt?«

Sie schwiegen. Simonetti wagte nicht, sich auf die Balustrade zu setzen, er wagte noch nicht einmal, sich anzulehnen, so sehr war er von Zuccarellis Erscheinungsbild beeindruckt: von der Schärfe seines Blicks, dem weißen Haar und dem gebräunten Gesicht, dem Maßanzug, der ihm ein beinahe jugendliches Äußeres verlieh.

»Federico, es ist ein Mißverständnis«, sagte er schließlich.

»Natürlich ist es ein Mißverständnis.«

»Du hast mir das Haus angeboten, für dieses Wochenende, ohne mir zu sagen, daß du selbst auch hier erscheinen würdest.«

»Ich opfere mich gern.«

»Du hast dich nicht geopfert, du hast mir nämlich nicht gesagt, daß du kommst!«

»Andrea, ich habe keine Zweifel an deinem guten Gedächtnis. Ich weiß, daß du dich an alles erinnerst, was ich jemals gesagt habe. Ich weiß, daß du dich sogar an die Dinge erinnerst, die ich nicht gesagt habe. Es ist ein Mißverständnis. Belassen wir es dabei. Mach dir keine Sorgen. Ich nehme ein Hotelzimmer in Amalfi, ich will allein sein.«

»Es ist wohl besser, wenn *wir* gehen. Ich möchte dich nicht aus deinem Haus vertreiben.«

»Davon kann keine Rede sein. Das Haus steht zu deiner Verfügung. Ich will allein sein.«

»Ich kann hier nichts genießen, wenn ich weiß, daß du in irgendeinem Hotelzimmer vor dich hin brütest. Also gehen *wir*!«

»Während ich in einem Hotelzimmer auf meinen Fingernägel herumbeiße. Na gut, dann bleibe ich. Ich werde Hanna und Leda den Hof machen. Laß uns morgen I Galli besuchen. Auf einem der Felsblöcke soll eine Krokusart blühen, die es sonst nirgendwo mehr gibt.«

»Ich habe Leda bereits versprochen, daß wir morgen ein Boot mieten, um bei einem Wettschwimmen dabeisein zu können. Neapel–Capri–Neapel.«

»Laß uns dann eine Fahrt nach I Galli, eine Landung auf I

Galli, und die Anwesenheit bei diesem Wettschwimmen kombinieren. Ich werde ein Boot mieten. Ein großes Boot.«

Simonetti schwieg und fühlte, wie die Spannung zwischen seinem Körper und dem Zuccarellis zunahm. Auch nach zehn Jahren fühlte er sich in der körperlichen Nähe dieses Mannes nicht ganz wohl. Er war nicht der einzige, dem diese körperliche Nähe Schwierigkeiten bereitete: In vielen Räumen hatte er das schwerfällige und ruhelose Ballett der Füße um Zuccarelli herum beobachtet. Es war nicht möglich, denselben Rhythmus wie Zuccarellis Körper zu halten, in einer leichten und selbstverständlichen Bewegung aufzugehen. Zuccarelli erschrak, wenn ihm dies zu widerfahren drohte, und erlaubte es sich selbst nicht.

Zuccarelli schwieg und fühlte sich in einem Dreieck gefangen: Andrea, der Frauenkopf mit diesem unausstehlichen Lächeln und er. Er ging zur Balustrade, aber auf diese Weise entstand lediglich ein neues Dreieck.

»Stärke fünf«, hörte er Andrea sagen. »Der Wind. Ich fühle es an meinen Ohrmuscheln. Der Wind wird jetzt allmählich stärker.«

Ohne den Blick zu heben, spielte Zuccarelli mit dem Gummi, das um das Probeexemplar von Simonettis Gedicht gespannt gewesen war. Das Gummi kräuselte sich unter seinen Fingerspitzen auf der Balustrade.

»Letzte Woche habe ich dein Gedicht über den Kaiser und seinen Taucher mehrmals von neuem gelesen, Andrea. Ich habe die Satzfehler korrigiert und ein paar Bemerkungen an den Rand geschrieben. Mir ist aufgefallen, daß du am häufigsten das Meer und die Bäume zu Vergleichen herangezogen hast. Ich habe den Eindruck gewonnen, daß du dir das Meer viel besser angesehen hast als die Bäume.«

Simonetti war gerührt und sah sofort Zuccarellis schnelle und schöne Handschrift vor sich.

»Übrigens«, fuhr Zuccarelli fort, und seine Stimme nahm wieder Schärfe an, »übrigens finde ich es höchst unerfreulich, daß ich für deinen Kaiser, diesen aufgeklärten Despoten, Modell gestanden habe. Vielleicht sollte ich mich geehrt fühlen; aber dem ist nicht so, ich fühle mich lediglich mißbraucht.«

»Ich habe deine Augen verwendet, ein paar Ideen, die Bäume in deinem Garten.«

»Du hast mich mißbraucht.«

»Jeder benutzt die anderen.«

»Das ist mir auch klar, aber doch nicht so, wie du das getan hast: so sichtbar.«

»Hast *du* meine Augen denn nicht auch benutzt? Hast du meine Augen nicht auch benutzt, um Schönheit zu sehen? Hast du denn nicht auch meine Hände benutzt? Hast du nicht dank meiner Hände das Glas genossen, das dir gereicht wurde? Hast du nicht auch meine Ohren benutzt, in all den Stunden, in denen ich dir zugehört habe? Hast du denn etwa noch nie meine Arglosigkeit ausgenutzt? Wie oft bist du nicht über meine Ideen hergefallen? Und in deinen Erinnerungen, was hast du in deinen Erinnerungen mit mir getan?«

»In dieser Woche ist mir endlich klar geworden, daß du jahrelang gegen deinen Willen hierher gekommen bist.«

»Das ist meine Sache. Ich bin gekommen, und du hast mich immer wieder eingeladen.«

»Du hast dich zwingen müssen, mich zu ertragen. Das habe ich zwischen sehr vielen Zeilen gelesen. Doch ich kann nicht leugnen, daß ich eine gewisse Bewunderung für deine sich über Jahre erstreckende geduldige Beobachtungsgabe empfinde.«

»Ich habe mich jahrelang sehr für Tyrannen interessiert, Federico, und das hat dich nicht kalt gelassen. Ich habe dich liebevoll erforscht.«

»Liebevoll wurde das Insekt zerlegt, liebevoll wurden ihm die Flügel und die Beine ausgerissen.«

»Paß auf, daß du nicht scheinheilig wirst.«

»Liebevoll. Du wirst es nie schaffen, jemanden wirklich zu lieben, Andrea. Dafür bist du zu kritisch.«

»Doch, ich habe es geschafft.«

»Aber Andrea.«

»Ich habe es geschafft, jemanden wirklich zu lieben, Federico, und zwar diese widerspenstige Dame in deinem Salon.«

»Hanna befindet sich momentan im Schlafzimmer. Sie hat gerade eben die Fensterläden geöffnet.«

»Ich habe es geschafft. Ich bin frei.«

»In Ketten, ein Zwangsarbeiter, der Sklave eines gut gefüllten Kostüms.«

»Du siehst alles immer nur von außen. Ich weiß, wie das wirken muß. Ich bin mitten drin, und das ist ein himmelweiter Unterschied. Du sitzt als Zuschauer in einem Tanzsaal und siehst, wie ein Mann und eine Frau miteinander tanzen. Es sieht aus, als wären sie die Gefangenen des jeweils anderen. Die Bewegungen des einen Körpers beeinflussen die des anderen und umgekehrt. Doch für die Tanzenden ist der Begriff ›Freiheit‹ nicht von Bedeutung. Es gibt ihn nicht mehr.«

»Und das ist Freiheit. Ich weiß, ich weiß. Ich bleibe nur bei meiner Rolle.«

Zuccarelli spielte mit dem Gummi: Es schlängelte sich um seine Fingerspitzen, sprang weg, verdrehte sich. Er betrachtete die Figuren, die alle aus einem Kreis entstanden waren, als hätten sie ihm etwas über das Heute zu sagen.

»Die Dame dort muß dahin zurück, wo sie hingehört«, rief Zuccarelli. »In die Krypta.«

Augenblicklich löste Simonetti den Kopf vom Bolzen und setzte ihn auf der Balustrade ab. Da der Hals an der Unterseite schräg abgeschlagen war, stand der Kopf schief: Es schien, als neige die Frau den Kopf zur linken Schulter hin, wodurch sie noch verführerischer aussah.

Zuccarelli war vor Schreck ganz erstarrt, und als er seine Hände musterte, sah er, daß sich seine Finger verkrümmt hatten. Diese wieder zu strecken war mit einemmal eine schmerzhafte Bewegung geworden. Er konnte kaum glauben, daß es ihm weh tat, die Finger zu strecken, doch er fühlte wahrhaft Schmerz.

»Was hast du vor, Andrea?«

Simonetti schwieg, verwirrt, beschämt von seinem provokanten Vorgehen.

»Ich habe nicht das Recht, das zu tun, da sie mir von der Geschichte nur geliehen wurde, um es mal gewandt auszudrücken, um es mal ganz plump auszudrücken, um überhaupt mal wieder etwas zu sagen. Diese Dame da gehört mir nur vorübergehend, und ich muß sie unversehrt weitergeben. So ist das. Alles, was ich hier in der Villa zusammengetragen habe, gehört mir nur vorübergehend. Was für ein nobler Gedanke.«

Lächelnd zupfte Zuccarelli an seiner Fliege, und während er einen Schritt in Richtung Kopf machte, mußte er an Caravaggios *David und Goliath* denken: In der rechten Hand hält David das Schwert, mit der linken hebt er Goliaths Kopf an den Haaren in die Höhe; aus dessen Hals tropft Blut. Zuccarelli erinnerte sich an das Gesicht des Riesen: den Bart, den offenstehenden Mund und die schlechten Zähne, die Augen und vor allem die Falten über der Nasenwurzel, die Furchen unmittelbar unter der Stelle, an der ihm der Stein aus der Schleuder in die Stirn gedrungen ist. In diesen Furchen über der Nasenwurzel scheint sich der ganze Schmerz zu konzentrieren, der Schmerz der Wunde, der Schmerz des Denkens, der Schmerz des Lebens.

»Was willst du, Andrea? Du verspottest mich. Oder willst du mich immer noch heilen? Ich bin zu alt für deine Auftritte. Vor Wut schäumend hob der kranke, aber kerngesunde, der alte, aber junge Mann den Kopf hoch über sich in die Luft und warf ihn die Felsen hinunter. So hat er sich selbst erlöst. Wovon? Wovon hat er sich selbst erlöst? Großer Gott, ich kenne meinen Text nicht mehr. Wovon hat er sich gleich wieder erlöst? Von seiner Angst? Von seiner Schuld? Von seiner Hochachtung vor dem weiblichen Geschlecht, mit der er sich das Leben zerstört hatte? Von seiner Schlaflosigkeit? Etwas in der Art? Was hältst du davon? Doch sieh an, sein Aussatz war weg, als wäre er von einem Zauberstab berührt worden, von der Zuckerstange der Nachbarstochter. Jubelnd warf der Mann die Krücken weg, da ihn seine Beine wieder trugen. Die Krücken seines Wissens warf er weg. Er jubelte und sang ein Lied, da er schon sein ganzes Leben lang gebetet hatte: Mach mich gesund, mach mich doch wieder gesund. Und siehe an, er war genesen. Der Zuckerstange der Nachbarstochter sei Dank.«

Simonetti lächelte verkrampft, schwieg und musterte aus den Augenwinkeln die verkrümmten Hände Zuccarellis. Dann trat er auf ihn zu und ergriff seine Hände. Doch kaum hielt er sie fest, als er spürte, wie sie leblos wurden, schlaff und leer.

»Du willst mich noch immer heilen«, sagte Zuccarelli sarkastisch. »Wovon? Wovon willst du mich heilen? Und woher nimmst du dir das Recht, jemanden heilen zu wollen? Was soll dieser Hochmut?«

Simonetti fühlte, daß es nicht gut für ihn war, diese schlaffen und leeren Hände festzuhalten, und er ließ sie los. Er wußte ganz genau, wovon er Zuccarelli in den letzten beiden Jahren hatte heilen wollen: von dessen Feigheit, von dessen kühlem und ohnmächtigem Zurückschrecken im entscheidenden Augenblick. Doch woher er sich das Recht nahm, einen anderen heilen zu wollen? Hatte er sich selbst von seiner eigenen Feigheit und seinem eigenen Unvermögen heilen wollen? War es reiner Eigennutz gewesen? Aber es gab doch schließlich so etwas wie selbstverständliches Mitleid? In diesen zehn Jahren war er genau fünfmal in einer Türöffnung an Zuccarelli vorbeigegangen und hatte jedesmal in dessen Augen Panik aufflackern sehen. Von dieser Panik hatte er ihn heilen wollen. Das Recht, das Recht. Woher nimmt sich ein Baum das Recht zu wachsen? Das hatte er erreichen wollen: daß sie in einer Türöffnung aneinander vorbeigehen konnten, ohne zu erschrecken. Das hatte er erreichen wollen: daß er mit jemandem, der dafür nicht geeignet war, ungezwungen umgehen konnte. Doch woher er sich das Recht nahm, den letzten halben Meter überbrücken zu wollen, die Grenze, die sich ein anderer gesetzt hatte, überschreiten zu wollen? Das Recht, das Recht. Woher nimmt sich der eine das Recht, sich zu einem anderen hingezogen zu fühlen? Und wie oft hatte Zuccarelli nicht seine Nähe gesucht? Wie oft war er samstags vormittags nicht bei ihm hereingestürmt, gehetzt, ruhelos und abweisend? Wie oft hatte Zuccarelli ihn nicht gezwungen, sich sein Übelkeit erregendes Gefasel anzuhören?

Simonetti bedeckte das Gesicht mit den Händen und fing an zu weinen. Zuccarelli reagierte mit einem nervösen Lachen.

»Andrea. Was soll denn das? Laß das. Du weißt, daß ich das nicht ertrage. Was ist los mit dir? Nimm dich doch nicht so wichtig. Warum leistest du dir denn so viele Gefühle? Töte sie.«

Simonettis Fuß schoß in die Höhe, und er trat den Kopf von der Balustrade herunter. Die Zweige der Sträucher am Hang knackten, Schmetterlinge flogen auf, der Kopf verschwand. Zuccarelli verzog keine Miene und wartete, bis Simonetti nicht mehr weinte.

»So. Es ist der Wind, der uns derart aufpeitscht«, schloß Zuccarelli verärgert. »Der Wind. Man könnte meinen, wir wären Schulkinder. Laß uns diese Komödie möglichst schnell vergessen. Ich fahre nach Amalfi, wo ich dich morgen abend gegen zehn in unserem Gartenrestaurant erwarte. Zu einem würdigen Abschied.«

Dann wandte er Simonetti den Rücken zu und sah hinaus auf das unbewegt daliegende Meer. Es verstrichen noch ein paar Minuten, bevor Simonetti die Terrasse verlassen konnte. Während der ganzen Zeit erwartete Zuccarelli, der an seiner Fliege zupfte und vor Angst und Erregung keuchte, einen Dolch in seinem Rücken.

Nachdem er sich in Amalfi in einem Hotelzimmer umgezogen hatte, nahm Zuccarelli den Bus nach Concha dei Marini, ein Dörfchen mit fünfzehn übereinandergestapelten Häusern, ein ehemaliges Räubernest, verborgen hinter einer Landzunge in einer gigantischen Einbuchtung in den Felsen, von der oberhalb des Dorfes entlangführenden Küstenstraße aus nahezu unsichtbar. Über die Wände entlang den Treppen, die nach Concha hinunterführten, ergossen sich Kaskaden violetter und weißer Blumen. Zuccarelli genoß die liebliche Abendluft. In den überwölbten Gassen des Dörfchens hörte er Stimmen in den Küchen. Der Kiesstrand lag schon seit Stunden im Schatten und war verlassen. Zuccarelli versteckte seine Kleider in einer Höhle. Kurz darauf stand er am Meer, die Füße in Schwimmflossen, um die Hüfte einen Bleigürtel, an dem ein Messer befestigt war, auf dem Kopf eine Taucherbrille mit Schnorchel. Er watete durch das glasklare Wasser, stolperte über herumliegende Steine, fiel und ließ sich treiben.

Es wurde still. Zuccarelli hörte nur noch das Geräusch seines eigenen Atems, das im Schnorchel verstärkt wurde. Langsam bewegte er die Schwimmflossen im Wasser auf und ab. Eine Zeitlang ließ er sich in der Nähe des Ufers treiben und sah unter sich Hunderte von Fischen, die zwischen den Felsen herumschwammen und an den gelbbraunen Algen knabberten. Er tauchte und glitt, sich an den Algen festhaltend, an den Felsen entlang, die er mit der Scheibe seiner Taucherbrille beinahe berührte. Fische zum Greifen nahe. Die Algen bewegten sich wie im Wind, es waren Wälder, und er flog, gleich einem Flugzeug, über mit Bäumen bestandene Hügel, bis er gezwungen war, an die Oberfläche zurückzukehren. Erneut tauchte er, glitt zur Unterseite der Felsblöcke, wand sich wohlig durch Spalten, drehte sich auf den Rücken und betrachtete die Seeanemonen und die blutroten Seesterne. Ein paar Meter unter ihm schwamm ein Sardinenschwarm, Tausende silbriger Körper in einer Ellipse, die sich alle in derselben Richtung bewegten, sich alle zugleich drehten und wegschnellten, als er versuchte, sich ihnen zu nähern.

Zuccarelli begann zu vergessen: Er ließ sich treiben und fühlte sein Körpergewicht nicht mehr. Er ließ sich treiben, konnte Arme und Beine hängen lassen und brauchte nur noch Atem zu holen. Er hob eine Hand vor seine Taucherbrille. Es schien eine fremde Hand zu sein, die mit den Knöcheln an die Scheibe klopfte. Er musterte diese Hand und berührte sich mit ihr.

Summend schwamm Zuccarelli zu einer Felsspitze in rund zweihundert Meter Entfernung vor der Küste. Er kannte die verschiedenen Zonen auf dem Meeresboden. Die Zahl der Felsblöcke nahm ab, die Farbe der Algen änderte sich, und andere Fischarten machten ihre Aufwartung. Ein grobkörniger Sandboden, auf dem silbergraue Algen wuchsen. Schließlich hörte auch der Algenbewuchs auf, wonach sich tief unter ihm, gleich einer Wüste, kahler Meeresboden erstreckte, über den sich, mehr oder weniger parallel, Sandstreifen in verschiedenen Farbtönen schlängelten.

Zuccarelli hielt sich an den Felsen fest, wobei er sich von den Wellen wiegen ließ, und sah hinauf zu den Spitzen der Berge auf der Halbinsel, die noch im Sonnenlicht lagen. Als er sich ausgeruht hatte, schwamm er weiter aufs Meer hinaus, bis er in dem blauen Raum unter sich keinen Boden mehr sehen konnte. Wie ein Fallschirmspringer am Himmel schwebte er und wartete. Zehn Minuten später war er Zeuge eines Vorgangs, den er stets wieder als Wunder empfand. Aus dem blauen Nichts stieg ein

Schwarm großer Fische auf: silberne Fische mit schwarzen und gelben Bändern um Kopf und Schwanz. Sie waren auf einmal da. Zuccarelli stöhnte vor Entzücken. Der Schwarm trieb nun senkrecht unter ihm, ziellos, von niemandem beobachtet. Die Welt unter ihm kam ihm vor wie außerirdisch, und er achtete darauf, daß er seine Arme und Beine nicht sehen konnte. Schließlich tauchte Zuccarelli, schnell, mit Hilfe des Bleigürtels. Die Taucherbrille wurde immer fester gegen sein Gesicht gedrückt, die Ohren taten ihm weh. Doch es war gerade dieser Druck auf sein Gesicht, dieser Schmerz in seinen Ohren, die ihn dazu brachten, nicht aufzugeben und noch tiefer zu gehen. Er konnte die Fische nicht erreichen, wurde noch nicht einmal von ihnen bemerkt, und fühlte sich plötzlich allein in diesem Blau.

Wieder zurück bei der Felsspitze, ließ sich Zuccarelli von einer Welle überraschen: Er wurde emporgehoben und auf die Steine geschleudert, wobei er sich ein Knie aufschrammte. Es hatte den Anschein, als könne er jetzt, da er sich plötzlich allein fühlte, den Bewegungen des Meeres nicht mehr folgen. Als er mit dem Kopf unter Wasser ging, um Halt für seine Füße zu suchen, entdeckte er in der Tiefe einen Arm.

Zuccarelli klemmte sich das Mundstück des Schnorchels zwischen die Zähne und kreiste über dem Arm, einem überwachsenen Arm, der ab dem Ellbogen aus dem Sand ragte. Was er sah, kam ihm nicht wie eine optische Täuschung vor. Er erinnerte sich an den Zeitungsartikel über das leichte Beben, das vor kurzem im Großraum Neapel registriert worden war. Vielleicht war der Arm bei diesem leichten Beben freigelegt worden. Lag der Rest des Körpers noch immer verborgen im Sand? Oder gab es keinen Körper mehr? Zuccarelli dachte an eine Bronzestatue, eine Kopie eines griechischen Originals; er dachte an ein Schiff, beladen mit derartigen Statuen, die für die Gärten der Villen rings um die Bucht von Neapel gedacht waren, ein Schiff, das hier auf die Felsen gelaufen und gesunken war. Von einem vollbeladenen Schiff war vielleicht nur ein einziger Arm übriggeblieben.

Zuccarelli wußte, wie man Entfernungen unter Wasser schätzen mußte. Der Arm lag in ungefähr zehn Meter Tiefe. Zu tief für ihn. Doch während er seine Kreise über dem Arm zog, änderten sich seine Vorstellungen von der Kraft seiner Beine und seinem Lungeninhalt; ohne daß er es merkte, änderten sich seine Vorstellungen unter dem Einfluß einer massiven, alle Krusten aufbrechenden Leidenschaft. Er würde den Arm berühren, als erster.

Zuccarelli tauchte einmal, um sich auf die Probe zu stellen, und kehrte voller Selbstvertrauen zurück. Am Felsen hängend ruhte er aus und genoß die goldenen Ränder der Berge. Dann tauchte er, um den Arm zu berühren, so schnell wie möglich. Der Druck auf die Trommelfelle nahm zu, wurde beinahe unerträglich. Gerade deswegen gab er nicht auf. Er sah den Arm, ganz deutlich, muschelbedeckt, und erkannte schlaglichtartig eine menschliche Geste. Eine Sekunde später wurde die Scheibe im Gestell der Taucherbrille nach innen gedrückt und zersplitterte. Er kniff die Augen zusammen und öffnete den Mund. Das Mundstück des Schnorchels verschwand. Während das Wasser in ihn eindrang, fühlte er etwas an seiner Hand vorbeistreichen, etwas Rauhes, und griff danach. Die Schwimmflossen an seinen Füßen da oben schienen unermeßlich weit weg zu sein. Ihm war, als donnerten Hunderte von Pferden über eine ebene Fläche. Das Dröhnen kam näher. Zuccarelli hielt sich fest und riß seine verwundeten Augen auf.

Am Sonntag morgen mietete Simonetti in Amalfi das Boot, mit dem Zuccarelli seinen Gästen die Küste der Halbinsel zu zeigen pflegte. Es war ein bunt bemaltes Fischerboot, das von seinem Besitzer, einem ehemaligen Fischer, zu touristischen Zwecken umgebaut worden war. Die Ruderbänke waren entfernt, eine Kajüte war eingebaut worden. Der Mast war stehengeblieben; an ihm hing noch immer ein Lateinersegel, das bei einem Motorschaden oder zum Vergnügen der Passagiere gehißt werden konnte.

Simonetti fand den Skipper, nachdem er den Pier halb abgeschritten hatte. Erst tat der Mann, als erkenne er ihn nicht, doch als seine verwitterten Ohren ein paar Machtworte aufgeschnappt hatten, schien es ihm plötzlich zu dämmern.

»Signore Zuccarelli, die Villa Cimbrone. Aha, dann sind Sie natürlich Signore Simonetti. Oder verwechsle ich Sie jetzt mit jemand anderem?«

»Ich bin Simonetti.«

Es klang beinahe wie ein Geständnis – und in gewissem Sinne war es das ja auch. Zum erstenmal fühlte Simonetti sich wirklich in der Lage, das zu tun, was die meisten von Natur aus zu tun geneigt sind und wozu er sich, von seiner Verlegenheit und seinem Stolz gezügelt, immer hatte zwingen müssen: zu verhandeln und um einen guten Preis zu kämpfen. Der Skipper saß breitbeinig auf einem Klappstuhl, Simonetti stand und würdigte das begehrte Boot keines Blickes. Die Männer machten einander die Freude und feilschten hartnäckig. Sie ließen ihren Gefühlen freien Lauf und spürten, daß sie mitten im Leben standen, hier, im auffrischenden Wind, umringt von knatternden Außenbordmotoren und flappenden Segeln. Der Preis, den sie vereinbarten, stimmte sie beide zufrieden, da sie ihn gemeinsam gemacht hatten.

Grinsend kehrte Simonetti zu den Frauen zurück, er freute sich wie ein Kind über den sogenannten Freundschaftspreis und die Art, wie er dem Skipper einen Gefallen getan hatte. Er war überzeugt, daß der Preis zum großen Teil eine Folge der Art und Weise war, wie er auf den ihn gleichgültig beobachtenden Skipper zugegangen war, eine Folge der Gemütsruhe und des Selbstvertrauens, das in seinen Bewegungen zum Ausdruck gekommen war. Er gab den Frauen die Gelegenheit, seinen Sieg zu verspotten, und rundete derart sein Glück ab.

»Ich will noch einmal mit dir schwimmen.«

Das sagte Hanna Piccard, leise, dickköpfig, nicht unfreundlich, und richtete ihren Blick auf die noch diesigen Berge hinter Amalfi, um nicht länger von dem Anblick von Simonettis strahlendem Gesicht gequält zu werden.

»Ich gebe dir ein neues Abonnement, meine Kleine.«

Simonetti zog sie zu sich heran, so daß sie das Gleichgewicht verlor, und schubste sie dann vom Boot ins Wasser. Sie machte ein paar Züge im durchsichtigen Blau und tauchte wieder auf.

»Kalt?«

»Es ist herrlich. Komm rein.«

Während sie auf dem Rücken trieb, übersetzte sie Simonetti mit Handbewegungen, was sie sah: das Amphitheater der Berge um Amalfi, die Bucht und in dieser – ihre Hand zog eine graziöse Linie – ein Boot und auf diesem – mit dem Finger zog sie seine Umrisse nach – den Mann, der ihr letzte Nacht so nah gewesen war, daß sie mehrmals gesagt hatte: Ich erkenne dich nicht wieder, ich erkenne dich nicht wieder.

»Komm schon rein, Andrea.«

Zu faul zum Schwimmen, blieb Simonetti auf dem Bootsrand sitzen. Er sah zu seiner Geliebten und lächelte. Im Wasser traten ihr Gefühl der Ziellosigkeit und ihr Ordnungstrieb immer am stärksten zutage. Auch jetzt suchte sie augenblicklich zwei Fixpunkte; sie wählte zwei Jachten und zog anschließend brav ihre Bahnen. Simonetti lächelte. Eine Frau, die ziemlich verkrampft zwischen zwei Vordersteven ihre Bahnen zog: Etwas Schöneres konnte er sich in diesem Augenblick nicht vorstellen, nichts hätte ihn mehr rühren können.

Leda erschien an Deck. Die gefaßte Stimmung, in der sie sich umgezogen hatte, verschwand. Unter den Blicken der anderen wurde ihr bewußt, daß ihr Badeanzug – und nicht nur ihr Badeanzug – den Vergleich mit dem Hanna Piccards mit Leichtigkeit bestehen konnte. Die kaum verhohlenen Blicke des Skippers flößten ihr Ekel ein, und noch ekelhafter fand sie das neckende Pfeifen ihres Vaters. Sie verlor die Fassung, die sie sich selbst vorgeschrieben hatte, und sprang Simonetti an, um ihm eine Ohrfeige zu verabreichen. Einen Augenblick später schoß ihr Salzwasser in die Nasenlöcher.

»Kalt?«

»Du Idiot! Du kommst mir vor wie ein Schuljunge.«

Wütend schwamm sie vom Boot weg, in Richtung offenes Meer. Als sie am Rand der Bucht angekommen war, ließ sie sich auf dem Rücken treiben, um an den Mann denken zu können, der sich in Neapel auf den Wettkampf vorbereitete und vielleicht bereits seinen Körper eingefettet hatte. Sie wurde nervös und fragte sich, ob ihre Nervosität angebracht sei. Leda wollte die Fassung bewahren. Alle Verrichtungen möglichst vollendet ausführen, schweigen, keine bösen Gedanken aufkommen lassen, keine üblen Gefühle hegen – dies vergrößerte ihre Chance, dem Schwimmer noch einmal zu begegnen.

Als Simonetti sie rief und ihr zuwinkte, fühlte Leda, wie die Wut erneut in ihr aufstieg. Ihr war, als spritze ein Tintenfisch seinen Farbstoff ins Wasser. Ihre Wut kam ihr vor wie ein Makel, ein Schönheitsfehler. Was tun? Sie ging mit dem Kopf unter Wasser und stellte sich tot, wie sie es früher am Strand von Concha dei Marini getan hatte: Kopf, Arme und Beine sinken lassen, willenlos auf den Wellen treiben, die sie an die Küste spülten, atmen, wieder eine Leiche sein, so lange, bis ihr Oberkörper über die Kieselsteine scheuerte. Nachdem sie sich in der Bucht von Amalfi derart tot gestellt hatte, schien ihr der Makel ihrer Wut weggewischt zu sein, und sie meinte, sich dem Schwimmer und dessen Wettkampf voll und ganz gewidmet zu haben.

»Nein, Moment noch.«

Etwas gab es noch, das sie erledigen mußte. Sie schwamm mit kräftigen Zügen. Dagegen war nichts einzuwenden. Zum Boot zurückgekehrt, fragte sie Simonetti, ob er die Muschel noch habe. Dieser nickte sofort, als habe er die Frage erwartet, und zeigte ihr einige Minuten später auf der Handfläche die zerbrechliche Tellmuschel, die sie ihm gegeben hatte, vor Monaten, eines Montagmorgens, nachdem ihrem Körper Luftschlangen entströmt waren und sich über die Piazza Farnese verteilt hatten.

»Möchtest du sie wiederhaben?«

Simonetti ließ sich ins Wasser gleiten. Sie schwammen vom Boot weg. Kurz darauf sank die Muschel auf den Boden der Bucht hinunter.

Während der Fahrt entlang der Küste hatte Simonetti, der sich aufs Vordeck gesetzt hatte, anfänglich nicht das geringste Interesse an der Gegenwart gehabt. Erst jetzt, nach einem verärgerten Blick seiner Geliebten, schienen die Ereignisse eines Abends, einer Nacht und eines Morgens der Vergangenheit anzugehören. Er senkte den Kopf, hielt die Augen geschlossen, um nichts Neues mehr in sich aufzunehmen, und kehrte zu Hunderten von Sinneseindrücken zurück, weil er diese erneut genießen wollte.

Es hatte einen Anfang gegeben: ein Seil zwischen seinen Händen. Gegen acht hatte er das an der Balustrade der Terrasse befestigte Seil ergriffen und sich daran in die Tiefe gleiten lassen, um den Frauenkopf zu suchen. Ungefähr fünfzehn Meter unterhalb der Terrasse hatte er ihn gefunden, in einer Position, die ihm den Atem verschlagen hatte: Die Frau lag schaukelnd auf den blühenden Zweigen eines Strauches, und ein einziger Windstoß schien zu genügen, sie erneut – dieses Mal viel tiefer – hinabstürzen zu lassen. Es hatte ihm gut getan, sie mit einem Tritt von der Balustrade zu befördern, es hatte ihm gutgetan, sie wiederzufinden, und erst jetzt wurde ihm die symbolische Bedeutung seiner Expedition richtig bewußt. Salvatore hatte einen Korb hinabgelassen. Einen Stock. Woher kam dieser Stock? Der Stock hatte im Korb gelegen. Er hatte das Seil unter seinen Achseln durchgezogen und es verknotet. Endlich hatte er an einem steilen Hügel über der

Tiefe gehangen, wie die Olivenbäume in den Spalten der Felsenküste. Es war ihm gelungen, den Korb mit dem Stock unter den
Kopf zu schieben, ohne diesen oder die ihn tragenden Zweige zu
berühren. Der Frauenkopf war hinaufgezogen und mit Triumph-
geschrei begrüßt worden, das außergewöhnlich schnell ver-
stummt war: Es schien, als habe sie die Frau mit ihrem erhabenen
Lächeln wissen lassen, daß es keinen Grund für so viel Aufhebens
gebe. Schließlich war sie schon so oft von ihrem Podest gestoßen
worden, war gefallen und verschwunden, und immer wieder hatte
man sie gefunden und restauriert.

Wieder auf die Terrasse zurückgekehrt, hatte er kein Zögern
und Zaudern mehr verspürt. Er glaubte sich nicht länger von der
tyrannischen Leidenschaft einer Frau verfolgt. Die Welt schien
wie für ihn gemacht. Aufrichtigkeit. Wer vollkommen aufrichtig
ist, für den sind Mißerfolg und Erfolg bedeutungslos. Ein Körper
aus Gold, ein Körper aus Wahrheit. Welche Schuhe hatte sie an?
Die schwarzen. Um ihre glatte Wade eine Hand, die ihr den
Schuh abstreift, ein Blick über ihren Körper hinauf zu Nicola
Mansis Fresko. Ein heller Sternenhimmel im Fensterrahmen, einmalige Konstellation, das Rauschen der Sträucher im Nachtwind,
ein hupender Wagen auf der Küstenstraße. Ihre geprellten Rippen. Tief einatmen, lachen oder seufzen konnte sie nicht, ohne
daß ihr der Brustkorb wehtat. Öffne den Reißverschluß an ihrem
Hintern. Dieser törichte, trübe Ausdruck in ihren Augen. Liebende Frau nennt sie das. Nackt, zog sie ihre Unterwäsche wieder
an und einen Bademantel. Um noch ein wenig länger verführe-
risch zu sein, natürlich, doch sie sagt, daß sie sich noch an mich
gewöhnen müsse, daß sie mir noch nicht vergeben könne. Vor
einer halben Stunde hatte sie mir vergeben und gesagt: Ach, ein
Rausschmiß, das gehört einfach dazu. Nochmals auf Vergebung
warten, auf Vergebung warten. Du hast dich auf die Überredungskunst deiner Augen verlassen. Merk dir das endlich. Vergebung. Wann? Im Bruchteil einer Sekunde. Treibst du mich so
richtig in die Enge? Es gab nichts mehr in mir, das sich von ihr abwandte. Ich erkenne dich nicht wieder, hatte sie gesagt. Den
Schmerz in ihrem Brustkorb hatte sie vergessen, trotz der Seufzer,
trotz des Gewichts eines Mannes auf ihrer Brust. Seltsam, daß

man sich am Ende nur noch unaufhörlich beim Namen nennt, wie Kinder. Verschwanden die Namen. Seinem Ziel näherkommen, in Tiefen eindringen. Die göttliche Weichheit ihres Körpers. Der Schweiß ihrer Hingabe. Als sie kam, wußte sie nicht mehr, wo sie war, bei wem sie war. Wischte sie mir mit dem Finger den Schweiß von der Oberlippe. Warum fühlt sie sich derart davon angezogen: von dem Schweiß auf meiner Oberlippe? Ich erkenne dich nicht wieder. Heute mittag im Wagen habe ich dich gehaßt, ich habe dich immer noch gehaßt, als du dich an dem Seil hinuntergelassen hast; am liebsten hätte ich es gekappt. Zwei Stunden danach liege ich auf dem Altar und fühle dich in mir, wie ich dich noch nie in mir gefühlt habe. Und jetzt liege ich neben dir und sehe deine Augen und die dünne Haut unter deinen Augen. Das finde ich am schönsten an dir: diese ganz dünne Haut unter deinen Augen.

Fenster, sich ins Fenster setzen, um abzukühlen. Gedenke aller, die betrunken aus einem Fenster gefallen sind. Hanna unter der Bettdecke, die Beine angezogen, wie immer. Habe ich sie jemals lang ausgestreckt auf einem Bett liegen sehen? In Sutri. Auf dem Rücken lag sie, die Hände unter dem Kopf, ein Bein angezogen, Fußsohle am Knie. Nicht schamlos; vollkommen natürlich. Jetzt weißt du es noch, jetzt weißt du noch genau, wie sich ihre Haut anfühlt, jetzt lebst du noch in diesen Sinneseindrücken, als ob du dich an einen Traum kurz vor dem Aufwachen erinnerst. Gedenke des Mannes am Fenster, das Sonnenlicht zerplatzte auf dem Meer, in seinem Körper tobte die Angst. Jetzt weißt du noch, wie sich die Fliesen im Belvedere anfühlen, wie du dort im Dunkeln auf und ab gegangen bist, nachdem du endlich aufgegeben hattest, wissen zu wollen, wie man etwas weiß. Einen Tag danach gehst du ihr ohne Angst entgegen, über den Gartenweg, und du gehst langsamer, um die Begegnung hinauszuzögern. Das Glück eines Mannes: nichts anderes als befriedigter Ehrgeiz. Ich war nicht glücklich: Ich saß in einem Fenster und fühlte in allem das gleiche. Es wurde nicht mehr verglichen. Das eine konnte das andere nicht übertreffen. Es gab keine Schattenseite. Ich war weder gut noch schlecht, ich saß in einem Fenster und fühlte in allem das gleiche. Sie beugte sich übers Waschbecken. Jetzt weißt du

410

noch, wie es geklungen hat: das sanfte Scheuern einer Zahnbürste in ihrer Mundhöhle. Ausspucken, richtig ausspucken, das wird sie wohl nicht mehr lernen. Gestern abend hat es dich nicht gestört. Zum erstenmal hattest du das Gefühl, daß du zu ihr gehörst. Und zum erstenmal konnte sie in deiner Gegenwart pinkeln. Du hast sie aufgehoben, sie hat die Beine um dich gelegt und vor deinen Augen ins Waschbecken gepinkelt.

»Vor meinen Augen, vor meinen Augen«, rief Simonetti, den Rücken an den Mast pressend, in einem unbeschreiblichen Entzücken, in einem ebenso unbeschreiblichen Entsetzen, und er wäre beinahe in Tränen ausgebrochen. Mit denselben Augen hatte er Hanna Piccard an diesem Morgen vor sich durch die Hauptstraße von Amalfi gehen sehen, auf der Suche nach einem Laden, in dem es Augenschirme gab. Die Ungeduld, mit der sie vor ihm herging, gefiel ihm. Vor diesem Zeitpunkt war jedesmal ein leichtes Gefühl des Unbehagens, eine gewisse Unruhe in ihm aufgestiegen, wenn er sie derart vor sich hergehen sah, als hätte er Angst, daß sie ihn verlassen könnte. An diesem Morgen hatte Simonetti sich stark genug gefühlt, sie weit vor sich hergehen zu lassen, stark genug, das zu ertragen, was er an ihr am meisten fürchtete: die Hysterie, das Jüngste Gericht in ihrem Körper. Endlich dachte er von sich, fähig zu sein, sie im richtigen Moment und mit angemessener Härte zu treffen und sie auf diese Weise spüren zu lassen, daß er da sei. Selbstsicher schlenderte Simonetti durch die sonnige Hauptstraße des Lebens, ein Mann in seinem Element. Mühelos verbeugte er sich vor dem ewigen Gesetz, nicht daran denkend, daß jede Verbeugung zu Widerstand führen muß.

Ein Augenschirm wurde ihm auf den Kopf gesetzt, und er war aus ganzem Herzen dazu bereit, ihr elfjähriger Neffe zu sein. Es machte ihm Spaß, eine andere Gestalt anzunehmen, aus dem einen Spiel in das andere hinüberzuwechseln, die eine Realität gegen die andere einzutauschen, wie ein Kind das tut, ohne seine Wahrhaftigkeit, ohne seinen Glauben zu verlieren. Simonetti wußte, daß Hanna Piccard gekommen war, um noch ein letztes Mal mit ihm zu schwimmen, doch er lachte darüber, in seinem Übermut. Er hielt seine Liebe für vollkommen, er vertraute der

Überredungskunst seiner Augen. Ich werde sie lediglich ansehen, dachte er, ich sehe sie so lange an, bis sie bleibt, bis sie alles aufgibt und bleibt.

Als sie den Hafen verließen, hatte Hanna Piccard dem Mann mit dem Augenschirm plötzlich einen verärgerten Blick zugeworfen. Den Blick, der Simonetti hatte bewußt werden lassen, daß die Ereignisse eines Abends, einer Nacht und eines Morgens der Vergangenheit angehörten. Mit einem Blick hatte sie ihn aus seiner Ewigkeit vertrieben. Sein Glück nahm ihr den Atem, sein enorm verändertes Verhalten weckte ihr Mißtrauen. Hanna Piccard legte sich in ihrer Kajüte aufs Ohr und schlief ein.

In ihrem Traum sah sie Pittakos' Jacht, die Kajüte, in der sie zwei Nächte mit Simonetti verbracht hatte, ohne ihn berühren zu können. Vor über einem Jahr hatte sie dort den Geruch feuchter Jutesäcke wahrgenommen, und nun roch sie ihn wieder. Sie lag in einem Segel, so klein wie ein Insekt, sie hatte in diesem Segel überwintert. Das Geräusch dröhnender Schritte riß sie aus dem Schlaf. Eine Luke ging auf, Licht strömte herein, Metallverschlüsse klickten, um sie herum fing es an zu rascheln. Das Segel wurde gehißt, sie glitt mit ihm hinauf. Während das Segel sich entfaltete, wuchs sie, wurde sie größer und größer, glücklicher und voller, ebenso glücklich und voll, wie sie letzte Nacht in der Villa Cimbrone gewesen war. Sie sah die Jacht tief unter sich die Wellen durchschneiden und klammerte sich an den letzten noch verbliebenen Falten im Segel fest. Als der Wind das Segel füllte, verlor sie den Halt und fiel ins Meer. Sie schrie. Simonetti beugte sich über die Reling, streckte ihr die Hände entgegen, griff aber daneben. Sie versank.

Sobald sie aufgewacht war, schlug Hanna Piccard mit der Faust gegen das Deck über ihrem Kopf. Simonetti beantwortete ihre Klopfsignale. Beinah wäre sie zu ihm gegangen, um sich im Licht seiner Augen zu wärmen, um seine Faust zwischen die Zähne zu nehmen, wie ein verspielter Hund das tut. Doch sie hatte sich aufgetragen, noch einmal darüber nachzudenken, und blieb, wo sie war. Ein paar Minuten später beugte sich Simonetti über sie, ein Gott in ihren Augen, der gähnende Gott des Glücks, wie sie ihn an diesem Morgen genannt hatte. Er berührte ihr Gesicht mit den Lippen.

»Das ertrage ich nicht«, murmelte sie, als seine Zungenspitze über ihre ausgetrockneten Lippen glitt. Simonetti sah sie an. »Junge, Junge, du richtest mich noch zugrunde.«

»Hast du geschlafen?«

»Ja«, sagte sie leise und mit einer sehr kindlichen Stimme. »Wo sind wir?«

»Kurz vor Positano. Ich wundere mich über Leda. Sie ist mittlerweile in einer Art Trancezustand. Ich frage mich noch immer, ob sie diesen holländischen Schwimmer wirklich gesehen hat.«

»Schau mich doch nicht so an.«

Und mit einer sehr kindlichen Geste preßte sie die Hände vor die Augen. Junge, Junge, dachte sie, daß sich jemand so verändern kann. Seine Augen sind größer geworden. Jetzt weiß ich, wie es ist, einen Gott anzusehen. Ich weiß es, ich weiß es. In der Brust fühlte sie sengende Hitze, Hunger und Leere, die Angst, sie könnte auch nur einen halben Meter von dem Mann getrennt sein, den sie so tief in sich drin gefühlt hatte. Sie konnte die sengende Hitze nur lindern, indem sie sich steif gegen ihn drückte.

»Warum lachst du?« fragte Simonetti flüsternd.

»Dieser verdammte Schmerz zwischen meinen Rippen.«

»Du hast doch an etwas anderes gedacht. Dein ganzes Gesicht lacht. Es ist bestimmt etwas Witziges.«

»Ich kann es dir nicht sagen.«

»Sag's mir.«

Sie schluckte.

»Ich dachte an den Samen.«

»Welchen Samen?«

»Den Samen, den du heute nacht in mir zurückgelassen hast. So viel hast du noch nie in mir versprüht. Du bist bestimmt ein sehr fruchtbarer Mann. Laß mich los.«

Sie schwieg, sehr beschämt. Letzte Nacht hatte sie mehrere Male an ein Foto in Simonettis Arbeitszimmer gedacht, das Foto der gerade erst geborenen Leda: Sie lag nackt auf der nackten Brust ihres Vaters. Hanna Piccard bekam kaum noch Luft. Simonetti sah sie unablässig an, liebevoll, amüsiert über ihre Verwirrung.

»Junge, Junge, du richtest mich noch zugrunde.«

»Ich bringe dir etwas zu trinken, deine Lippen sind ja ganz trocken. Was darf es sein? Um dem Skipper einen Gefallen zu tun, werde ich sofort bezahlen und die Scheine ins Tiefkühlfach legen. Was mit dem Mann wohl los sein mag? Fühlt er sich ausgeschlossen? Du müßtest ihn mal sehen, wenn Zuccarelli an Bord ist, Signore Zuccarelli mit seinen ehrenwerten Gästen. Soll ich mal durchblicken lassen, daß du adliger Abstammung bist?«

»Verarmter Zweig.«

»Tu so, als hättest du einen steifen Nacken. Dann bist du adliger Abstammung.«

Der Wettkampf hatte begonnen, wie Leda wußte. Sie hatte sich auf eine Bank neben dem Ruder gesetzt, und zwar so, daß der Skipper ihrem Blickfeld entzogen war: Den gleichgültigen und sich langweilenden Mann sehen zu müssen hätte in ihren Augen die Chance auf ein Wiedersehen mit Jan Zocher verringert. In der Tasche auf ihrem Schoß verwahrte sie den schmalen Band über das Marathonschwimmen, die Sportseite mit einer Vorschau auf den Wettkampf, ein Fernglas und ein Transistorradio. Es wurde allmählich warm, der Wind legte sich. Sie saß reglos da.

In Gedanken nahm Leda einen Platz in Jan Zochers Begleitboot ein, um von Zeit zu Zeit eine Tafel in die Höhe zu halten, auf der die Zahl der Armschläge pro Minute angegeben wurde. Schräg hinter ihr pflügte der Schwimmer durch das Wasser: Er glitt hinauf, schob die Brust durch die weiße Krone einer Welle und glitt wieder hinab. Manchmal schlugen seine Füße über Wasser, wie eine Schiffsschraube. Hinauf und hinab, hinauf und hinab. Es war Leda, der es schlecht wurde, doch sie mußte bei ihm bleiben, sie durfte ihn keine Minute alleinlassen. Es schien, als hätte jedes Nachlassen ihrer Aufmerksamkeit ein Nachlassen seiner Körperkraft zur Folge.

»I Galli, die Inseln der Sirenen«, rief der Skipper laut und zeigte auf ein paar Felsbrocken im Meer, die allesamt die Überreste einer alten Kraterwand zu sein schienen. Sein Hinweis erregte nicht die Aufmerksamkeit, nach der er sich so sehnte. Leda reagierte nicht. Simonetti versank in Gedanken, da er auf einmal

414

an Zuccarellis Vorschlag denken mußte, eine dieser unbewohnten Inseln anzusteuern, um dort nach einer seltenen Krokusart zu suchen. Es war ein alljährlich wiederkehrender Vorschlag, der nie in die Tat umgesetzt wurde. Ohne Zweifel kannte Zuccarelli die Geschichte der Sirenen.

»Der Legende zufolge haben dort in der Tat die Sirenen gelebt«, sagte er zu Leda, als die Felsbrocken vorbeiglitten.

»Wer?«

»Die Sirenen, die bekanntesten Sängerinnen der Antike. An heißen und windstillen Nachmittagen lockten sie mit ihrem Gesang die Seeleute zu sich heran. Wer sich an Land wagte, wurde verschlungen. Die Inseln waren mit den herrlichsten Blumen bedeckt, zwischen denen die ausgebleichten Knochen lagen. Einst ist Odysseus hier vorbeigefahren. Er hatte seinen Gefährten Wachs in die Ohren gestopft und sich an den Mast binden lassen. Seine Gefährten durften die Knoten unter keinen Umständen lösen, selbst dann nicht, wenn er vor Sehnsucht außer sich geraten würde. Er war ein Schlaumeier, dieser Odysseus. Er hätte sich schließlich auch Wachs in die Ohren stopfen können, er hätte schließlich auch eine andere Route nehmen können; aber nein, er wollte diesen Gesang genießen, und vielleicht genoß er die Versuchung in noch höherem Maße, gerade weil er angebunden war.«

Leda nickte abwesend: Sie interessierte sich nicht für Odysseus und auch nicht für die Eßgewohnheiten dieser legendären Frauen. Die Sirenen. Dieser Name erinnerte sie an das Kunstwerk des Tattergreises, das sie in Amsterdam entdeckt hatte: *Der Wellensittich und die Sirene.* Diesem Werk hatte sie die Inspiration für ihr eigenes Kunstwerk zu verdanken, auf dem der Amsterdamer Schwimmer und auch sie selbst abgebildet waren. Amsterdam, Sirene, Schwimmer, I Galli, ehemaliger Wohnort der Sirenen. Genau, dachte sie, ich bin auf dem richtigen Weg, ich werde ihn wiedersehen. Wieso? Es entging ihr nicht, daß ihre Spekulationen allmählich immer haltloser wurden.

Leda erklärte sich selbst für verrückt. Kaum hatte sie das getan, als das Gefühl der Heiligkeit nachließ. Dieses Gefühl kam ihr auf einmal äußerst kindisch vor. Wie war es möglich, daß sie mit fünfzehn wieder in den Bann eines Gefühls geriet, das sie vor sieben oder acht Jahren zum bravsten Mädchen der Welt gemacht hatte? Bleiben Gefühle, egal, wie alt man wird, im Kern immer dieselben? Heiligkeit. In Hannas Geheimbriefen war zuweilen von einem himmlischen Geliebten die Rede gewesen, womit offenbar Andrea gemeint war. Symbolisch? Sehnte sich Hanna wirklich nach einem himmlischen Geliebten? Nach einem Mann auf einem fliegenden Pferd? War Hanna demnach eigentlich ein Kind? Aber sie schrieb doch für eine Zeitung! Sirenen. Die beiden verschlangen sich gegenseitig mit den Augen. Wie? Hatte sie sich in den letzten Monaten denn auch nur einmal vorgestellt, sie würde den Schwimmer verschlingen? Allein schon der Gedanke war ekelerregend. Sie hatte im Bad für ihn gesungen, sie hatte ihn auf einer Zeitung über der Menge in der Via del Corso fliegen sehen, doch sie wäre niemals auf den Gedanken gekommen, ihn verschlingen zu wollen. Bin ich mir ganz sicher. Ich bin keine Kannibalin. Was ist Kannibalismus? Wenn du jemand anderen aufißt. Warum machst du so etwas? Vor Hunger. Sie machen es auch, wenn es genug zu essen gibt. Kannibalismus. Heiligkeit, Liebe und Kannibalismus. Andrea? Kannst du mir eine Geschichte über Heiligkeit, Liebe und Kannibalismus erzählen? Eine witzige Geschichte. Und woher kommt solch eine Geschichte? Aus der Unterströmung, dem Reservoir, in dem die gesamte Geschichte der Menschheit gespeichert wird. Sagt Joe. Ihr macht mich noch ganz verrückt mit diesem Geschwätz. Ich sollte ein oberflächliches Leben führen. Aber heute weiß man alles schon, bevor man es erlebt. Von wem habe ich diese Weisheit? Was will ich eigentlich? Ein ruhiges und sanftes Gefühl. Will ich das? Dann kann ich ja gleich mit Pepe spazierengehen und mir vorstellen, er wäre mein Sohn. Wie? Pepe? Dieser Knirps mit Hasenscharte, Klumpfuß und Buckel? Dieser Knirps, der jede Frage mit ja beantwortet? Pepe, willst du eine Tracht Prügel? Jaa. Pepe, magst du mich wirklich nicht mehr? Ja, mein Schatz. Oh, Pepe! O popoi! Ach, es ist nur eine Phase. Es wird wohl auch noch eine andere Phase kommen. Und fertig, ganz fertig werde ich nie. Aber die Phase, in der ich einen Schwimmer, Typ sportlicher Lehrer, angehimmelt habe, ist jetzt vorbei, in diesem Moment!

Leda leugnete ihre Sehnsucht. Dieses Leugnen war wie ein Fächer, mit dem das Feuer angefacht wird.

Es war Mittag geworden. Das Boot lag in der Nähe der senkrecht aus dem Wasser steigenden Felswände der Insel Capri vor Anker. Man wartete auf die Schwimmer. Leda spähte zu den winkenden Algen, den Fischen und den blauroten Quallen im Wasser hinunter. Simonetti saß unter dem Zeltsegel, das über das Boot gespannt war, und fragte den Skipper über dessen Leben als Fischer aus. Der Mann wurde allmählich zugänglicher: Das Essen hatte ihm gut geschmeckt, der Wein aus Signore Zuccarellis Keller war – wie immer – vorzüglich, und Andreas schmeichelnde Aufmerksamkeit tat ein übriges.

Hanna Piccard war wieder in die enge Koje in der Kajüte gekrochen: um zur Besinnung zu kommen, um ihrer bis ins Unendliche ausufernden Leidenschaft Schranken zu setzen. Die Umstände waren zu ihrem Nachteil: Das Boot schaukelte leicht, Wellen leckten am Rumpf, ganz in der Nähe war Simonettis gedämpfte Stimme zu hören. Komm her, rief sie ihm in Gedanken zu, komm doch her mit deinem warmen Leib, auch wenn es nur für eine halbe Minute ist. In der Hölle schmoren. Ist das hier in der Hölle schmoren? Sie verfluchte sich. Disziplin, Ordnung, Besinnung. Gut. Ich kann das nicht mehr, Andrea, ich will das nicht mehr, ich muß nach Hause. Ende der Besinnung. Dieser gähnende Gott des Glücks hatte sie verzaubert. Jetzt, da sich herausgestellt hatte, daß Simonetti, ihr schüchterner Prinz, auf einmal mit launischen Skippern verhandeln konnte, war er vollkommen geworden, vollkommen in ihren Augen, und es war gerade diese Vollkommenheit, die in ihr ein Gefühl der Beklemmung aufkommen ließ.

Sie erinnerte sich an Simonettis Leichtfüßigkeit in der letzten Nacht. Leichtfüßig war er, der Herr des Unbewußten. Erst mußte sie ihn zwischen ihre Schenkel ziehen, immer mit der Ruhe, mein Junge, ihm das Blut in den Kopf jagen, ihn in den Wirbel hinabtauchen lassen, seinen Samen aus dem Körper spritzen lassen und ihn in sich aufnehmen – danach sah sie den Herrn des Unbewußten, wie er auf den Fußballen durchs Schlafzimmer hüpfte.

Handtuch. Daran werde ich immer wieder denken: wie er hundertmal am Rand meines Bettes stand, so treuherzig, mit seinem Handtuch. Ist es sauber, Andrea? Natürlich ist es sauber. Weißt du das genau? Sah sie da ein Zögern, einen Gedanken, eine Ausrede und noch eine Ausrede über sein Gesicht huschen? Er gestand. Hatte einmal, nun ja, zweimal das Gesicht damit abgetrocknet. Dann ist es in Ordnung. Das Handtuch für meine Möse und meine Schenkel darf nicht mehr ganz sauber sein, Andrea, schmierig, schmuddelig. Warum vergißt du das doch immer wieder? Daß das Handtuch, mit dem du mich abtrocknest, viel zu vorsichtig, immer, daß das schmuddelig sein und nach dir riechen muß. O du süßer, süßer Junge, mit deiner herrlichen Physis, komm schon her. Mit deinem Handtuch. Knie dich hin, setz dich auf mich und würg mich ganz sanft mit deinem Handtuch. Feßle meine Hände, komm in mich und würg mich dann ganz sanft.

»Schläfst du?«

Ihre Augen flogen auf.

»Was suchst du?«

»Papier und was zu schreiben. Er kennt den Text eines Volksliedes, nach dem Zuccarelli schon seit Jahren sucht.« Simonetti flüsterte. »Wo ist meine Tasche? Ich pinsle ihm ein wenig den Bauch, Hanna, es ist eine Schande. Aber er hat ein gutes Gedächtnis. Ich mache mich um die Welt verdient. Auch wenn ich niemandem einen Dienst erweise. Endlich kann ich der Welt dienen. Was meinst du? Kann ich jetzt der Welt dienen?«

»Meinen Segen hast du, Junge.«

»Papier, Papier. New Orleans, New Orleans. Erinnerst du dich noch an die kleine Matrosenhure, ihre glattrasierten Achseln? Fünfzehn Jahre war sie und spazierte schüchtern über die Kais entlang den Hafenbecken. Matrosen sahen ihr nach und fielen von den Rahen, aber sie achtete nicht auf sie. New Orleans, New Orleans, sie suchte den Mann aus New Orleans, sein Schiff, den Mann aus New Orleans, der der erste gewesen war. Und so weiter. Ich gehe.«

»Louis Armstrong, ein fetter Farbiger, der war der erste. Jetzt mußt du mir mal kurz dienen. Kannst du den Skipper nicht betrunken machen?«

»Und Leda?«

»Komm her zu mir, ganz kurz.«

»Bluse zu!«

»Prachtvolle, ganz normale Brüste. Gib mir schon deine Hand.«

»Heute abend, Hanna, heute abend werde ich dir dienen.«

»Heute abend fahre ich, mein Junge.«

Simonetti sah sie schweigend an. Innerhalb weniger Sekunden zitterte er am ganzen Körper.

»Wenn ich das Gedicht, das du für Joe geschrieben hast, bloß nie gelesen hätte, wenn ich mir das Bild mit dir und Pepe bloß nie angeschaut hätte, wenn ich deine Augen bloß nie gesehen hätte, wenn ich mir die Geschichte über das Musikstück, das man angeblich in diesem Sterbezimmer hören konnte, bloß nie angehört hätte!«

Die Wörter schossen ihr aus dem Mund, sie schlug sich mit den Fäusten gegen die Stirn, das Gesicht zu einer grauenhaften Grimasse verzerrt. Simonetti zitterte; er wartete, bis sie sich ein wenig beruhigt hatte, und ließ sie dann allein.

In der Nähe des Bootes waren mittlerweile etwa zehn Motorjachten vor Anker gegangen. Stimmengewirr erhob sich über dem stillen Wasser und schlug gegen die Felswände. Schlauchboote fuhren zum Strand, wo Leda in der flimmernden Luft die Schemen der Unglücklichen gesehen hatte, die während der Regierungszeit des Tiberius die Felsen hinuntergestürzt worden waren. Wie von selbst folgte sie dem Beispiel der anderen: Sie schaltete das Transistorradio ein. Plötzlich gehörten die Stunden einer grenzenlosen und tiefsinnigen Phantasie zu einem langweiligen Sonntagnachmittag, dem Sonntagnachmittag des Sports.

Nach einiger Zeit war der Reporter im Äther, der vom Schwimmwettkampf Neapel–Capri–Neapel berichtete. Ein Ägypter liege in Führung – ein Analphabet, wie es ergänzend hieß. Auf den Plätzen folgten ein Italiener und ein Argentinier; ein Holländer liege in vierter Position. Verschiedene Teilnehmer seien bereits dem Mann mit dem Hammer begegnet und hätten wegen Muskelkrampf, Darmstörungen, Kopfschmerzen oder totaler Erschöpfung aufgeben müssen. Nach diesen Mitteilungen folgte ein Live-Bericht. Der Reporter redete wie ein Wasserfall und sorgte innerhalb von fünf Minuten für einen Höhepunkt in der Geschichte des Schwimmsports. Ledas überhitzte Gefühle wurden von Klischees zermalmt: Sie lehnte sich zurück und hing gelangweilt an der Reling.

»Jetzt noch ein paar Haie«, murmelte sie schließlich und verurteilte den Reporter zum Schweigen. Erneut spähte sie durchs Fernglas hinaus in das Feuermeer der Bucht von Neapel. Manchmal meinte sie, Boote zu sehen, die kreuz und quer durcheinander fuhren. Nur ganz selten einmal erschien in aufspritzenden Lichttropfen der Arm eines Schwimmers. Immer wenn sie die übermüdeten Augen schloß, sah sie die Ankunftshalle auf dem Flughafen Fiumicino vor sich, das Gepäckband, das dunkle Loch mit der Gummiblende, aus dem die Koffer zum Vorschein gekommen waren.

Als der Wind wieder zunahm, wurde die Sicht besser. Leda lag auf dem Vordeck des Schiffes, genauso, wie sie vor drei Monaten auf dem Deich am Ijsselmeer gelegen hatte: flach auf dem Bauch, wie ein Kundschafter. Das erste Begleitboot tauchte auf, Werbetexte auf dem Rumpf, ein Sonnenschirm, zwei sitzende Männer, ein dritter, der sich aus dem Boot beugte, um dem Schwimmer etwas zuzurufen, Arme, eine Bademütze. Es befremdete sie, daß dort einfach so ein Ägypter näherkam, ein Mann, der im Nildelta aufgewachsen war, ein Körper, in dem wahrscheinlich Erinnerungen an Lehmhütten, Kanäle, ein Wasserrad, Palmen, die Kuppel einer Moschee lebten. Unter dieser Bademütze erklangen jetzt vielleicht arabische Wörter. Nicht aufgeben, rief er sich selbst zu. Nicht aufgeben! Auf arabisch. Unter dieser Bademütze schwebte vielleicht auch das Bild einer Frau, einer schönen, schielenden Frau. Er kam auf sie zugeschwommen. Zwei Arme, Schwimmbrille, Mund. Sie sah den Ägypter jetzt ganz deutlich und fragte sich plötzlich, ob es überhaupt erlaubt sei, jemanden zu beobachten, der nichts davon weiß. Es war, als würde sie ihm etwas wegnehmen, ohne ihm selbst etwas dafür zu geben.

»Der Ägypter kommt näher«, meldete Leda mit gedämpfter Stimme.

Eine halbe Stunde später wurde der Dieselmotor angelassen, und langsam fuhr das Boot näher an die Schwimmer heran. Das Fernglas verwandelte sich in eine Kamera. Leda filmte die Insel, das dunkelblaue Meer mit den Schaumkronen, Andreas andächtigen Gesichtsausdruck, den Schwarm der Motorjachten und den Ägypter – bis sie am Bug eines Begleitboots die holländische Flagge flattern sah. Sie schloß die Augen, doch sie hatte die hellblaue Bademütze mit dem weißen Streifen bereits erkannt.

»Der Holländer liegt noch immer in vierter Position«, meldete sie, als sie sich von ihrem Schreck erholt hatte. »Er ist müde.«

»Woher weißt du das?« fragte Simonetti.

»Seine Hände sind steif. Wenn jemand entspannt schwimmt, sieht man lockere, flatternde Hände. Seine Hände aber sind steif.«

Nachdem sie den Coach des Holländers, den Mann mit dem Käppi, erkannt hatte, hatte Leda kaum noch den Mut, sich zu rühren. Sie preßte das Fernglas an die Augen und sah den Schwimmer nun von so nahe, als säße sie in seinem Begleitboot. Die in die Höhe gehenden und klatschend wieder ins Meer eintauchenden Arme, nach Dutzenden Kilometern schwer geworden, die rotverbrannten Schultern, die Wassertropfen auf der Schwimmbrille, der Mund, immer und immer wieder der geöffnete und schiefe Mund unmittelbar über der Wasseroberfläche. Sie zählte seine Armschläge. Plötzlich fiel Hanna Piccards Schatten auf sie, und im selben Moment wußte sie genau, daß der Schwimmer aus dem Wasser gefischt werden und daß sie ihn berühren würde.

Leda kam zur Ruhe. Es war, als erkenne sie die Situation wieder. Es war kein Wiedererkennen. Es war, als würde sie sich an einen vergessenen Traum erinnern. Es war keine Erinnerung. Im Handumdrehen hatte sie, mit einer durch Sehnsucht und Entbehrung geschärften Intuition, das Kräftespiel zwischen Meer und Booten, Schwimmern und Zuschauern durchschaut. Sie fühlte, daß es einen Zusammenhang zwischen dem Körper des Schwimmers, dem Andreas und ihrem eigenen gab.

Manche Ereignisse konnte sie nun auch vorhersagen. Andrea – und niemand anders als Andrea – würde etwas rufen und auf einen Schwimmer zeigen, während er die Ärmel seines Hemdes aufrollte, als würde er sich, ohne es zu wissen, auf nasse Arme vorbereiten. Kurz danach streckte er wirklich die linke Hand aus – die rechte rollte inzwischen den linken Ärmel seines Hemdes auf. Er rief etwas und zeigte auf den italienischen Schwimmer, der plötzlich mit den Armen über dem Wasser schlenkerte und erschrocken ein paar Züge zur Seite machte.

»Leda! Was ist denn da los?«

Danach wußte sie, daß jemand, ein abstoßender Mann, in lautes Lachen ausbrechen würde.

»Quallen«, rief der Skipper lachend. »Die Quallen. Hab' ich es nicht gesagt?«

Leda verstand nun, wieso ihr Blick in den vergangenen Stunden immer wieder zu den blauroten Quallen abgeschweift war – es waren Tausende.

»Schau an, jetzt machen sie sich über diesen Holländer her«, rief der Skipper voller Schadenfreude. »O je, und gleich noch mal. Er liegt mittendrin.«

Der holländische Schwimmer machte die gleichen wilden Bewegungen wie der Italiener, eine Welle spülte über seinen Kopf, er unternahm noch einen letzten Versuch, weiterzuschwimmen, und lag dann reglos da. Das Begleitboot entfernte sich, der Mann mit dem Käppi schrie und gestikulierte. Für einen kurzen Moment meinte Leda, einen stechenden Schmerz unter ihrer linken Achsel zu spüren. Sie schloß die Augen, sah in ihrem Kopf einen Arm in die Höhe kommen und etwas wegwerfen. Dann schaute sie dem Schwimmer wieder direkt ins Gesicht.

»Er wirft seine Schwimmbrille weg«, meldete sie.

Alle konnten dies nun mühelos beobachten: Der Abstand zwischen dem Schwimmer und dem Fischerboot war auf fünfzehn Meter geschrumpft. Jetzt, da der Mann sich ganz seiner Erschöpfung überlassen hatte, schien er sich noch nicht einmal mehr treiben lassen zu können.

»Der ist ja total am Ende!«

Hanna Piccard war es, die dies rief, mit sich überschlagender Stimme. Das Begleitboot kehrte zurück. Es wurde laut geflucht. Der Schwimmer winkte zum Fischerboot herüber. Leda winkte zurück.

»Was sagen sie, Hanna?«

»Sie wollen ihn nicht rausholen. Er muß weiterschwimmen. Wir sollen verschwinden. Der Rest besteht aus Flüchen.«

»Wir holen ihn raus«, entschied Simonetti. »Näher an ihn ran!«

Er befehligte mit großer Autorität, der Skipper gehorchte blind. Ohne sich irgendwo festzuhalten, ging Leda mit der Sicherheit eines Schlafwandlers durch den Gang des schaukelnden Bootes nach hinten. Noch ein paar Meter. Sie schloß die Augen, wartete, bis in ihrem Kopf erneut ein Arm in die Höhe kam, und schaute: Die Hand des Schwimmers umklammerte das hellgrün gestrichene Treppchen. Simonetti und der Skipper hatten sich bereits hingekniet. Leda schlüpfte zwischen den Männern durch und berührte die Hand des Schwimmers, ohne zu merken, daß diese eiskalt war – sie spürte lediglich ihre eigene Glut. Kurz darauf stand sie in der Kajüte und fragte sich, was sie da zu suchen habe, bis ihr Blick auf die Flasche Ammoniak fiel, die sie in die Hand genommen hatte, bevor sie in der Bucht von Amalfi ins Wasser gegangen war.

»Leda! Ammoniak, Salbe!«

Simonettis vornübergebeugter Körper füllte die Öffnung der Kajütentür. Leda wurde zu ihm hingezogen, stand bereits auf der obersten Treppenstufe, schob mit der einen Hand seinen Augenschirm nach oben, legte ihm die andere mit einem klatschenden Geräusch, wie Ringer das tun, in den Nacken, und hängte sich, ihn nach unten ziehend, an ihn. Schlaglichtartig sah sie den feucht glänzenden Torso des Schwimmers, der sich im immensen tiefblauen Luftraum auf und ab bewegte, sah seine zerzausten strohblonden Haare, seine Augen, die sie anstarrten, eine Hand, die langsam die roten Striemen auf Brust und Schenkeln abtastete.

»Er heißt Jan«, sagte sie leise. »Er heißt Jan.«

Sie empfand dies als den schönsten, den erhabensten Satz, den sie jemals ausgesprochen hatte: Er heißt Jan. Ihr Körper glühte. Sie hing an Simonetti, nahm sein Hemd in ihre freie Hand, wie sie es Hanna oft hatte tun sehen: gebieterisch, den Stoff zerknitternd. Dann schlug sie, sich zu ihm bekennend, ihre Augen zu ihm auf. Das Schwarzblau seiner Augen war die Farbe des Meeres rings um das Boot. Sie sank. Sie hörte nicht das geringste Geräusch mehr, noch nicht einmal die Wörter, die ihr entschlüpften, Hannas Wörter, diese verhaßten Wörter.

»Nicht so lustlos«, murmelte sie, »nicht so lustlos, bitte.«

Es war, als wende sie ihr Gesicht der Sonne zu. Simonetti fühlte, wie ihm das Blut in den Kopf schoß, seine Lippen waren geschwollen, er zitterte am ganzen Körper, als er seine Tochter küßte, auf die Lider, auf den Mund, voller Lust. Leda sank, es war, als würde ihr Körper verschwinden, ihr Griff lockerte sich.

Als sie die Augen wieder aufschlug, lag sie auf einer Bank in der Kajüte.

Der Rundfunkreporter hatte getan, was von ihm erwartet werden durfte. Im Nu war bekannt geworden, daß ein holländischer Schwimmer aus dem Wasser gefischt worden sei, dem Anschein nach mehr tot als lebendig. Der Quallenschwarm erfreute sich internationaler Bekanntheit, ein Fachmann kommentierte die schockierende Nachricht, der Wettkampf wurde bereits als »das Quallenschwimmen« bezeichnet.

Mehr tot als lebendig. Dem Anschein nach. Um das Fischerboot drängelten sich Dutzende von Jachten; das Begleitboot und das Rennboot, auf dem die Fahne des Kampfgerichtes flatterte, hatten längsseits festgemacht. Man streckte die Hälse, um einen kurzen Blick auf das unter Handtüchern unsichtbare Opfer zu werfen. Motoren dröhnten, Abgase trieben in Wolken über das Wasser, junge Männer im Blazer warfen von einem Schlauchboot aus Zigarettenpäckchen ins Publikum, Segel knatterten, ein Schiffsrumpf aus glänzendem Polyester hatte auf einmal einen meterlangen Kratzer, es wurde geflucht, ein Bootshaken flog dicht über zwei Köpfe hinweg und zertrümmerte eine Scheibe, ein Kind schrie vor Schreck auf. Manche fühlten sich plötzlich genötigt, allerlei Abfälle über Bord zu werfen. Die Ankunft eines Hubschraubers schien zu beweisen, daß sich wirklich etwas Bemerkenswertes ereignet hatte.

Hanna hatte sich aufs Vordeck zurückgezogen, da das Theater, zu dessen Mittelpunkt sich das Fischerboot entwickelt hatte, sie anekelte. Sie fühlte sich schmutzig und müde, erschöpft von ihrer Unentschlossenheit. Da kam eine große Motorjacht, die kleineren Boote zur Seite drängend, langsam näher. Auf einer weißen Lederbank saßen zwei gutangezogene Frauen, ein Glas in der Hand, leicht benommen vor Langeweile. Hinter den Bullaugen befanden sich vermutlich kühle Kabinen mit allem Komfort. Auf der chromglänzenden Brücke stand ein Mann in einem weißen Anzug. Sein Gesicht war hinter einem Megaphon verborgen, als er sich zu ihr herüberbeugte, um zu fragen, ob er behilflich sein könne.

»Amalfi«, schrie sie. »Amalfi, nach Amalfi, fahren Sie nach Amalfi?«

Der Kapitän legte eine Hand hinter seine Ohrmuschel. Die Frauen hatten sie verstanden, nickten und erwachten zum Leben, überrascht durch den Anblick wahrhaftiger Verzweiflung. Hanna warf ihnen ihre Handtasche zu, wartete, bis eine Welle das Fischerboot emporhob, hielt sich dann an der Reling der Motorjacht fest und kletterte an Bord. Sie stolperte über eine Leine und fiel auf die Knie. Sobald die schweigsamen Frauen sie berührten, brach sie in Tränen aus.

Im Rückwärtsgang, langsam und würdevoll, zog sich die Jacht aus dem Gewühl zurück.

Zuccarellis Badezimmer war der einzige Raum in der Villa Cimbrone, der den Besuchern nie gezeigt wurde.

Als er das Haus zum erstenmal besichtigte, traf Zuccarelli das Badezimmer so an, wie der zweite Lord Grimthorpe es am Tage seiner Rückkehr nach England zurückgelassen hatte. Auf dem Fußboden lag ein römisches Mosaik aus weißen und schwarzen Steinchen: Fische, Muscheln und Fabeltiere. Die Wände waren mit Stuck verputzt und durch schlanke Pilaster gegliedert, die Fresken mit den badenden Männern und Frauen aber waren nie vollendet worden. Als sein Herr auszog, hatte Nicola Mansi gerade einmal ein Fresko fertig gehabt, und auch das nur zur Hälfte; in den Jahrzehnten danach hatte er offenbar nie mehr den Wunsch verspürt, sein Werk wiederaufzunehmen. Die Badewanne, ein Ungetüm aus weißem Marmor, war noch nicht installiert worden. Alles war mit einer dicken Staubschicht bedeckt.

Nachdem Hanna Piccard an diesem Sonntagnachmittag in die Villa Cimbrone zurückgekehrt war und die herbeigeeilte Signora Pozzo begrüßt und beruhigt hatte, begab sie sich geradewegs in Zuccarellis Badezimmer. An der Tür war kein Schloß. Nachdem sie sie hinter sich zugemacht hatte, blieb sie, überwältigt von der Atmosphäre des Badezimmers, minutenlang bewegungslos stehen.

Der Raum war nicht groß, wirkte aber dennoch wie ein kleiner Saal. Das Licht der tiefstehenden Sonne fiel durch zwei Fenster herein, die sich in den Ecken der Außenwand befanden und bis auf den Boden reichten. An den Stellen, an denen das Licht auf die in Grautönen gehaltenen Pilaster und das Sims fiel, schienen diese von Silber zu sein. In einer Linie mit dem rechten Fenster stand ein Diwan, in einer Linie mit dem linken, unmittelbar vor Hanna, stand die Badewanne auf einem Podest. Fuß- und Kopfende der Badewanne waren anmutig gewölbt, der Rand war umgebogen wie die Blätter eines Blütenkelchs. Zwischen den beiden Fenstern sah sie das zur Hälfte fertiggestellte Fresko von Nicola Mansi: zwei nackte Männer und eine nackte Frau, mit dem Rücken zum Betrachter. Der eine der beiden Männer stand am Strand, ganz nah; von dem anderen, in weiter Ferne, war lediglich der Kopf in den Wellen sichtbar. Zwischen ihnen befand sich die Frau, lediglich in Umrissen angedeutet; das Wasser reichte ihr bis zur Hüfte.

In der Mitte des Badezimmers fiel das Wasser eines kleinen Springbrunnens in ein im Fußboden eingelassenes Becken. Neben der Tür stand eine Kommode, auf der Signora Pozzo am Nachmittag zuvor in aller Eile, aber nicht ohne Ergebenheit, Zuccarellis Handtücher bereitgelegt hatte. Das Sonnenlicht erstreckte sich bis zu einem Jungenkopf, der dort in der Ecke auf ein Piedestal gesetzt worden war. Das Gesicht erkannte sie sogleich als das des zehnjährigen Federico, des anscheinend stets munteren und geistreichen Kindes, des Trösters eingeschnürter Erwachsener, des edelmütigen, zierlichen Jungen in der Blüte seines Lebens.

Die Absätze von Damenschuhen klickten auf dem Mosaik. Hanna Piccard verstieß gegen Zuccarellis Privileg: Er besaß das Monopol auf die Benutzung dieses Badezimmers; den Gästen standen zwei andere Badezimmer zur Verfügung. Sie drehte die Wasserhähne auf. Mit zwei Fingerspitzen schob sie die Fensterscheiben in den Schienen zur Seite und ließ sie zum größten Teil in der Wand verschwinden. Der Strahl, der aus dem Springbrunnen kam, wurde vom Wind gebeugt. Sie zog die Schuhe aus. Mit rhythmischen Schritten ging sie von dem Jungenkopf am Diwan vorbei zum Fenster und wieder zurück: nachdenklich, vollkommen aufgelöst, auf eine Schwalbe, eine über den Himmel streichende, abtauchende Schwalbe wartend und jedesmal, wenn sie an die Fahrt mit der Motorjacht, die Kajüte, die schönere der beiden Frauen zurückdachte, errötend – wie ein Kind hatte sie sich in ihre Arme geworfen. Fallendes, fallendes Wasser, das Geräusch fallenden Wassers beruhigte sie ein wenig. Wo kann man hier nur seine Kleider hinlegen? Ein Stapel Kleidungsstücke bei den drei Treppenstufen, die zur Badewanne hinaufführten. Verdammt, verdammt und noch mal verdammt.

Eine Zeitlang saß sie bewegungslos und mit verschränkten Armen in der Badewanne, wobei es sie vor Ekel kalt überlief, auch wenn sie kein Haar von Zuccarelli entdecken konnte. Wo bin ich? Aussicht aus dem Fenster. Wogende violettblaue Sträucher auf dem Hang unter einer Terrasse. Ein Gebirge. Badeorte am Fuß eines Gebirges. Eine Frau in der Badewanne. Sie riß sich zusammen und nahm einen Schwamm von Zuccarelli, ein Stück Badeseife, eine Bürste; sie massierte ihre Haut mit einem Frottierhandschuh, sich in Erinnerung rufend, daß Salvatore allmonatlich in seinem Arbeitsraum für Signore Zuccarelli solch einen Waschhandschuh knüpfte. Sie erwartete jeden Moment, die Stimme zu hören, die gestern nachmittag überraschend im Hausflur zu hören gewesen war.

Zuccarellis Handtücher waren klein, rührend klein. Ein Handtuch für das Gesicht, eins für Arme und Beine, eins für den Oberkörper, eins für die Haare. Hanna Piccard sehnte sich nach einer Verwünschung. Einem krachenden Himmelsgewölbe, abbrechenden Zweigen. Aber konnte eine Verwünschung sie wirklich noch treffen? Konnte eine Verwünschung in dieser Zeit noch ihr zerstörerisches Werk tun? Beim Abtrocknen mußte sie an eines von Simonettis Gedichten denken. Er hatte über eine von Sapphos Dienerinnen geschrieben, ein junges Mädchen; zum erstenmal in seinem Leben verwendete es verschiedene Parfums für verschiedene Körperteile, wie es damals bei wohlhabenden Frauen üblich war. Für ihre Haare, ihren Kopf und Hals, ihren Oberkörper, ihre Beine, ihre Füße. Fünf Parfums, die aus weit entfernten Gegenden stammten. Fünf Parfums legte sie auf, erregt, ohne zu verstehen, wozu sie und die Gefühle dienten, die sie in ihr hervorriefen. Hanna liebte dieses Gedicht.

Auf einmal fühlte sie sich schäbig. Dita van der Waals erwachte in ihr zum Leben. Mevrouw van der Waals, was für eine Schäbigkeit. Wo finden wir noch das von tanzenden Füßen niedergetretene Gras? Wo finden wir das noch, verdammt noch mal! Mein

Kind, wer wird denn gleich fluchen. Warum fühle ich mich gezwungen, meinen Geliebten zu verlassen? Keiner hat mich je mit seinem Blick derart zu erschüttern verstanden. Warum verlasse ich ihn? Wird es mir zuviel? Bin ich feige? Ich kann mich einfach in einen Wagen setzen und wegfahren. Keine Stadt, keine Verwandten, kein Gesetz, das mir das verbieten würde. Nichts, was mich zu einem Opfer zwingen würde. Ich steige in ein Flugzeug und kehre in ein sicheres Leben zurück. Seicht, immer seichter. Mein Kind, du übertreibst. Seicht, immer seichter, so will ich nicht leben. Mein Kind, du übertreibst. Du findest, daß ich übertreibe, du, eine andere? Niemand kann über mich urteilen, niemand. Mevrouw van der Waals, ich will nicht. Was willst du nicht? Das weiß ich nicht genau, aber ich sehe einen Speer in meiner Hand, und den ramme ich in den Boden. Was treibt mich nur weg? Mevrouw van der Waals, was soll ich machen? Mein Kind, ich würde mich erst mal anziehen. Hanna zog sich an. Fertig. Prima. Setz dich jetzt auf den Diwan, nimm dein Notizbuch und schreib einen Brief, um deine Gedanken zu ordnen.

»Grüß dich, Andrea. Ich sitze auf dem Diwan in Zuccarellis Badezimmer. Wahrscheinlich bist Du hier auch schon mal gewesen. Du hast mir nie darüber erzählt. Ich finde das Badezimmer wunderschön. Schattig und doch licht, hell und trübselig. Ja, die Atmosphäre einer hellen Trübsal. Das Licht der mediterranen Welt strömt herein, sanft und warm, jetzt am späten Nachmittag, es ist das Licht, in dem ich Dich immer gesehen habe. Deutlicher als jemals zuvor wird mir klar, daß ich mich über Dich immer mit etwas anderem verbunden gefühlt habe, mit einer nicht in Worte zu fassenden Größe, deren Abbild Du bist.

Heute abend gehe ich, wie ich bereits angekündigt habe. Es ist schrecklich. Ich sehne mich nach Dir, und ich weiß, daß ich Dich bald zum letztenmal umarme, daß ich morgen meine Sachen aus der Wohung an der Piazza Farnese hole, der Wohnung, in der ich derart gekämpft habe, der Wohnung, in der ich vollkommen glücklich sein kann. In anderthalb Monaten werden sie mir einen neuen Vertrag unter die Nase halten, mit einer Lohnerhöhung, weil sie wollen, daß ich in Rom bleibe. Ich werde nicht unterschreiben. Einem Minister, der darlegt, wie er eine mir völlig unbekannte Stahlindustrie vor dem Untergang retten will, zwei Stunden lang zuhören und in der Zwischenzeit nach dem wirklichen Leben schmachten – davon habe ich genug.

Rom wird zu einer Erinnerung werden, und eines Tages werde ich mich nicht mal mehr daran erinnern können, wie ich in Deine Arme gepaßt habe. Es ist einfach unmöglich, zu wissen, ob ich etwas falsch mache. Ich will meinem Leben eine feste Grundlage geben, ein Mensch muß irgendwo Wurzeln schlagen. Wofür ich den Rest meines Lebens nutzen will? Nutzen, was für ein häßliches Wort. Kinder kriegen? Ja, nein, ja, nein, Entscheidung hinausschieben, neununddreißig, kurz vor Toresschluß noch ein Kind. Wie schäbig. Dann lieber keinen Nachwuchs in die Welt setzen und mit voller Kraft arbeiten, um etwas aufzubauen. Es zur Direktorin eines Unternehmens bringen. Meine Herren, bitte Ruhe, wir haben nur wenig Zeit, die heutige Vorstandssitzung wird im Stehen abgehalten. Durch meine römischen Jahre bin ich zu der Einsicht gelangt, daß ich das kann. Lediglich in meinen schwächsten Momenten spüre ich noch die Neigung, meine Ambitionen in einen Mann zu projizieren, bequem zu sein und mich mit einem Posten zu begnügen, auf dem ich meine Fähigkeiten nicht voll zur Entwicklung bringen kann. Entwicklung, schon wieder so ein häßliches Wort. Am liebsten säße ich am Fenster und würde mir eine Rotbuche im Frühherbst anschauen.

Endlich bist Du wirklich zu mir gekommen, Andrea. Aber können wir wirklich miteinander leben und das Brot teilen? Ich könnte ja behaupten, daß es vollkommen unmöglich ist, schon allein aus dem Grund, daß wir uns beide zu sehr nach dem Glück sehnen. Der Tod auf dem elektrischen Stuhl und Lähmungen – das sind die Folgen einer allzu großen Leidenschaft. Wir treiben uns gegenseitig bis zum Äußersten. Alles oder nichts.

Ich könnte ja auch das Gegenteil behaupten. In anderthalb Jahren haben wir eine ganze Menge erreicht. Auf dem richtigen Weg, wir beide. Durch den Portikus sind wir in den Tempel der Liebe gelangt. Manchmal habe ich in meinen Terminkalender geschrieben: Sah meinen Helfer, meinen Tröster, meinen Mann. Weiter weiß ich nichts zu sagen. Ich lerne, damit umzugehen, mit der Selbstsucht eines begabten Mannes. Am meisten liebe ich Dich, wenn Du in Sutri bist und schuftest, um etwas Gutes zu tun. Mit List und Geduld könnte ich nach einiger Zeit die Eifersucht Deiner Tochter brechen. Wenn ich erst ein Kind von Dir kriege, dann noch eins und noch eins, wird sie mich akzeptieren müssen. Von Zeit zu Zeit ekelt Dich mein verehrter Körper, meine schleimige Möse an, wirst Du unsicher und sehnst Dich nach einem Mann. Am Ende wirst Du Dich doch einem Mann hingeben wollen, auch wenn Du die Männerliebe für unnatürlich, unproduktiv, sekundär und für einen Verstoß gegen Dein Gefühl für Harmonie hältst. Signore Simonetti, Harmonie ist dort, wo man sich wohl fühlt. Das könnte ich Dir beibringen. Von Zeit zu Zeit suchen wir uns einen gutaussehenden Jungen für Dich aus. Ich werde ihn waschen. Unser Geheimnis wird tiefer werden und größer. Was für ein Genuß wird es sein, unsere Geheimnisse, unser Leben vor den anderen zu verbergen.

Aber, schon wieder ein Aber. Aber ist Engstirnigkeit, aber ist Schäbigkeit. Du bist nicht bereit, Rom zu verlassen, weil Du die Sprache, in der Du schreibst, rings um Dich hören, die Stadt und die Geschichte, in der Dein Werk verwurzelt ist, täglich rings um Dich sehen und spüren willst. Ich kann hier keine Wurzeln schlagen. In drei Jahren kann Leda auf eigenen Beinen stehen, aber selbst dann wärst Du nicht bereit, mir in die Häuser zu folgen, die ich Dir in Amsterdam gezeigt habe. Rom hat mir keine Stelle zu bieten, die mich befriedigen kann. Ich habe die Möglichkeiten geprüft. Ich bleibe eine Außenstehende, sogar, wenn ich meine Bauernsprache vergessen würde. Und sogar, wenn Du meine Bauernsprache lernen würdest, würdest Du mir nie wirklich gehören.

Seinerzeit hast Du mich, damit ich mir einen Eindruck von Dir machen konnte, ein paar Passagen aus Deinem langen Gedicht lesen lassen. Ich habe Dich tatsächlich viel besser kennengelernt. Es hat mich erschüttert, wie Du die hartherzigsten und grausamsten Gestalten, jene, die kein Erbarmen kennen, darzustellen vermagst. Gnadenlos Dir und anderen gegenüber, so bist Du. Ich übertreibe. Letztlich aber verachtest Du den Körper, so wie er ist, verachtest Du das Leben, so wie es ist. Darum wirst Du niemals einem anderen gehören. In Sutri haben wir einmal über zwei Leben geredet: das Leben der Hingabe, das Leben der Verneinung. Das erste ist meins, das zweite ist Deins. Vielleicht *willst* Du sogar jemand anderem gehören, kannst es aber nicht. Du schleifst Deine optischen Gläser, genau wie Herr Spinoza.

In Widersprüche verstrickt, Piccard. Du schreibst nicht, was Du schreiben wolltest. Die Schatten, die auf Dich fallen. Das Licht und die Landschaft verspotten mich. Diese Engstirnigkeit. Warum mißtraue ich Andrea? Aufs äußerste, und noch größer die Angst. Was verkörpert ein Mann? Die Kraft, die mich zerstören und beseitigen kann. Schatten. Ich sehne mich nach Dir, Mann mit dem Augenschirm, und sobald ich mich nach Dir sehne, ist mir, als würde ich emporgehoben.«

Schritte, laute Schritte. Hanna konnte sich das Notizbuch gerade noch rechtzeitig unter den Hintern schieben – da betrat Simonetti das Badezimmer, ohne Augenschirm. Er sagte nichts. Minutenlang stand er an die geschlossene Tür gelehnt, seine Wut unterdrückend, was ihn dabei störte, wieder zu Atem zu kommen. Hanna starrte an ihren Füßen vorbei die schaukelnden Sträucher an. Sie haßte ihre bewegungslosen Füße.

»Wie du keuchst«, rief sie schließlich. »Du mußt mal wieder was für deine Kondition tun.«

»Halt's Maul.«

»Hör auf zu keuchen.«

»Du bist wohl verrückt. Wir haben schon gedacht, daß du über Bord gegangen und ertrunken bist, bis uns jemand erzählt hat, daß dieser Blondschopf an Bord einer Motorjacht geklettert ist. Ich hätte dich am liebsten umgebracht.«

Hanna weinte. Simonetti hatte sich vorgenommen, in Bewegung zu bleiben. Während er die Badewanne saubermachte und die nassen Handtücher zusammenlegte, liefen ihm Schauer den Rücken hinunter. Er war schon einmal hier gewesen. Vor Jahren hatte ihn Zuccarelli an einem heißen Sommernachmittag zur Seite genommen, ihm ohne jeden Anlaß das Badezimmer gezeigt und gesagt, er könne sich hierher zurückziehen, wann immer er wolle. Um zu arbeiten.

»Was hast du hier zu suchen, Hanna? Ich habe irgendwann

einmal zehn Minuten hier gesessen, auf einem mitgebrachten Stuhl. Was hast du hier zu suchen? Widerwillen? Haß?«

Hanna weinte und strich abwesend über den Stoffbezug des Diwans. Simonetti wurde von ihrer streichelnden Hand angezogen, ging, blieb am Rand des Lichtkegels stehen, in dem sie sich ausgestreckt hatte. Die goldene Farbe ihres Füllers glänzte.

»Was hast du geschrieben?«

»Ich habe nichts geschrieben«, wimmerte Hanna, schluchzend wie ein Kind.

»Ich kenn' dich doch. Heb deinen Hintern mal in die Höhe.«

»Kann ich nicht.«

Simonetti legte den linken Arm um ihre Taille, hob sie ein wenig hoch und fand mit der rechten Hand das Notizbuch. Er wollte sie loslassen, doch ihr Körper war warm und von einer überwältigenden Sanftheit. Reglose Lippen mußten von ihm zum Leben erweckt werden, Augen mußten auf ihn gerichtet werden, Arme mußten ihn umklammern.

»Ich hätte dich am liebsten umgebracht. Warum tust du so etwas? Spektakulärer Fluchtversuch. Fluchtversuche. Du kannst mir doch nicht entkommen. Du willst immer bei mir sein. Hier ist der Mann aus New Orleans.«

Simonetti zitterte am ganzen Körper. Während seine Lippen über ihre nassen Wangen glitten, dachte er an Lucia Locantro, die einzige Frau, die ihn genauso zu erschüttern verstanden hatte wie Hanna. Er mußte daran denken, wie die spröde Lucia ihm in ihrem Laden einen Arm um die Schultern, die Schultern ihres kleinen Kompagnons, gelegt hatte. Immer wenn sie ihn an sich gezogen hatte, hatte er angefangen zu beben.

»Mach's gut, mein Junge«, flüsterte Hanna. »Mach's gut.«

»Verabschiedest du dich schon?«

Sofort legte sie ihm die Arme um den Hals und hängte sich an ihn, während sie sich reckte und streckte, wie das Mädchen, das mit seinen beiden Freundinnen den Baum auf dem Landgut hatte umfassen wollen. Ich darf ihn genauso lange festhalten, wie ich die Luft anhalten kann, dachte Hanna. Ihr wurde schwindlig, ihr Griff lockerte sich. Simonetti löste sich aus ihren Armen und ging zum Fenster.

Nachdem er den Brief gelesen hatte, warf Simonetti das Notizbuch aus dem Fenster, machte noch einen Schritt nach vorn, beugte sich weit hinaus, wobei er sich an der Glasscheibe festhielt, und rief Signora Pozzo zu, daß er in einer halben Stunde zum Essen nach unten kommen werde. Während sein Blick über die Terrasse huschte, fühlte er, wie seine schweißfeuchten Fingerspitzen über die Scheibe glitten. Erschrocken zog er sich ins Zimmer zurück.

»Gut!«

Er dachte an den Palazzo Delmonte in Rom. Am liebsten hätte er jetzt eine Runde durch das Gebäude gemacht, um die Fenster zu schließen, das Licht auszumachen, die Türen zu schließen; er ging die Treppe hinab, ein etwas steifer Herr, und musterte beim Durchschreiten des Hofs die Skulpturen auf der Balustrade. Seine Schritte hallten in den Gewölben des Torbaus wider. Er blieb stehen, als hätte er doch noch etwas vergessen, und bog dann abrupt nach links ab.

»Gut, gut!«

»Stell dich nicht an«, sagte Hanna nüchtern, weil er sich anstellte.

»Nächster Akt.«

Simonetti kicherte, als er daran denken mußte, wie er an diesem Morgen in Amalfi durch die sonnige Hauptstraße geschlendert war: Er ließ das Leben unter seiner Hand hüpfen wie einen Ball; er konnte mit ihm machen, was er wollte. Nun lud der Rand der Badewanne dazu ein, sich an ihm den Schädel zu zerschmettern. Eitelkeit, Torheit – ein Schauspiel. Der Körper führt sich seine Erfahrung vor. Die eine Aufführung nenne ich Glück, die andere Kummer. Was für eine Torheit. Inzwischen hatte er die Stufen erreicht, die zur Wanne hinaufführten; er setzte sich, worauf wie von selbst der Gedanke an einen Sarkophag in ihm aufkam. Danach kam ihm die Wanne wie eine Ausstülpung seines Körpers, wie eine riesige Geschwulst vor.

»Gut.«

Simonetti kam sich verstoßen vor, für immer, und nicht nur von der Frau auf dem Diwan. Marina hatte zu ihm gesagt: Du wirst nie mehr ein Kind von einer anderen kriegen. Mitten in der Nacht, ein paar Tage vor seiner Abreise in die Vereinigten Staaten, hatte sie das zu ihm gesagt. Und Hanna hatte ihm geschrieben: Du wirst nie einer anderen gehören. An einem späten Nachmittag im Frühjahr, kurz vor ihrer Rückfahrt nach Rom, hatte sie das geschrieben. Man hatte über ihn geurteilt. Die Körper von Marina und Hanna waren es, die über ihn geurteilt hatten. All seine Eigenschaften, sogar jene, deren er sich nicht bewußt war, waren von diesen beiden Körpern in Tausenden von Umarmungen registriert worden. Das Urteil ließ sich in zwei Sätzen zusammenfassen: Du wirst nie mehr ein Kind von einer anderen kriegen, du wirst nie einer anderen gehören. Er schloß die Augen und spazierte weiter durch Rom, das Licht der Abendsonne auf dem Gesicht, ein etwas steifer Herr unterwegs zu seinem Restaurant.

Simonetti fühlte sich machtlos und stellte sich zum hundertstenmal die absurde Frage: wie die Welt erlebt werden würde, wie die Welt organisiert wäre, wenn nicht nur die Göttin Athene von Zeus, sondern das ganze Menschengeschlecht von Männern geboren worden wäre. Verstoßen. Er hätte dem Urteil seines eigenen Körpers vertraut, wenn er nicht gerade erst die Sanftheit des ihren gespürt hätte. Wenn eine Frau in der Nähe war, schien sein Gefühlsleben sich dem der Frau in Tiefe und Sensibilität annähern zu müssen. Simonetti wurde rebellisch. In Sutri vertraute er sich. Er war nicht in Sutri. Er saß in einem Badezimmer und kam sich verstoßen vor. Es machte ihn rasend, von den instinktiven Reaktionen eines Dreijährigen beherrscht zu werden. Verstoßen sein. Eine Gefühlsregung. In seinem Bewußtsein kamen die dazugehörenden Bilder hoch: ein Mann, eine Keule und viele abscheuliche Tiere, die niedergeknüppelt werden mußten.

Am Ende wurde ihm klar, daß eigentlich auch er aufstehen und weggehen könne, daß eigentlich auch er sie verstoßen könne. Prompt verließ Simonetti das Badezimmer. Während er über den Flur zum Schlafzimmer ging, um sich umzuziehen, legte sich sein Zerstörungstrieb, das Gefühl der Beklemmung ließ nach, seine Gesichtsmuskeln entspannten sich, und seine rechte Hand bewegte sich geschmeidig, als ließe er unter ihr einen Ball hüpfen.

Signora Pozzo hatte das Bett im Schlafzimmer gemacht. Als ehemalige Pensionsinhaberin kannte sie die Sprache der Bettücher, auf denen jemand geschlafen hatte. Sie hatte verstanden, daß Simonetti und seine Holländerin in dieser Nacht unter dem Fresko von Nicola Mansi sehr glücklich gewesen waren. Auf beide Kopfkissen hatte sie ein Sträußchen weißer Blumen gelegt, die unter der Bettdecke nicht zu sehen waren.

Simonetti war nicht mehr in der Lage, sich an seine Gefühle von letzter Nacht zu erinnern. Der Anblick des Schlafzimmers rief lediglich Widerwillen in ihm hervor, Widerwillen, Kummer und Gleichgültigkeit. Die Gezeiten der Leidenschaft hatten ebenfalls keine Spuren hinterlassen: Das Zimmer war von Signora Pozzo aufgeräumt worden.

Er wusch sich Gesicht, Arme und Oberkörper und redete dabei über das Wettschwimmen, den Schwimmer und den Skipper, der ihm auf dem Rückweg erlaubt hatte, das Segel zu hissen. Hanna stand vor dem Bett, wühlte in ihrem Koffer herum und schien vergessen zu haben, was sie suchte. Sie machte einen mutlosen Eindruck. Ihre Mutlosigkeit war ihm ein Genuß. Simonetti spürte, daß er durch das Verlassen des Badezimmers das Heft in die Hand genommen hatte. In Gedanken kämmte er ihre nassen Haare mit einem stählernen Kamm. Am liebsten hätte er keine Machtbegierde empfunden, am liebsten wäre er still gewesen, sanft und freundlich.

»Warum sagst du nichts zu meinem Brief, Andrea?«

»Ich warte auf eine Nagelschere.«

»Natürlich, danach habe ich gesucht.«

Wieder durchwühlte sie ihre Kleider, sklavisch, sich verachtend, ihre sklavische Unterwürfigkeit genießend. Und wieder hätte sie beinahe die Nagelschere vergessen, da sie an Carlo Borromini dachte, den Architekten, der in einem Wutanfall aus dem Fenster gesprungen war. Sie fand die Nagelschere und legte sie auf den Rand des Waschbeckens. Am liebsten wäre sie nun auf die Knie gefallen. Zertritt mich ruhig, Andrea. Ich werde alles tun, was du verlangst. Ich werde mich opfern. Vernichte mich, lösche mich aus. Ich sehne mich so nach Ruhe. Wie eine Bittstellerin hätte sie gerne seine Knie umarmt.

Sie kehrte zu dem Koffer zurück, mit dem sie vor sechzehn Jahren zum erstenmal nach Rom gekommen war. Als sie die Nagelschere in Simonettis Nasenloch verschwinden sah, überlief sie ein Schauer, als wäre es ihre Haut, die von dem kühlen Metall berührt wurde. Eine angsterfüllte Sehnsucht bewegte sich in ihrem Unterleib, sobald sie die sich bewegenden Muskeln seiner Arme und Schultern ansah. Simonetti schnitt ein paar Nasenhärchen ab und riß sich – in dem Wissen, daß dies sie erregte – zu guter Letzt noch ein paar mit den Fingern aus dem Fleisch.

»Hanna, wir werden erwartet. Signora Pozzo hat bereits gestern mit den Vorbereitungen für diese Mahlzeit angefangen.«

»Andrea, ich habe deine Geringschätzung nicht verdient.«

Schweigend behandelte Simonetti die Nagelhaut seiner Finger und Zehen. Die Spitze der Schere färbte sich rot; allerlei grausame Vorstellungen huschten ihm durch den Kopf. Am liebsten wäre er still gewesen, ohne seinen Körper, sein Leben zu verachten, still, sanft, biegsam, edelmütig.

»Hanna, was soll ich denn noch sagen? Solange du an deinem Entschluß festhältst, gibt's nichts mehr zu sagen. Du mußt konsequent sein. Du willst leben wie ein Mann. Leb dann auch wie ein Mann.«

Hanna schwieg, immer tiefer im Sumpf ihrer Unsicherheit versinkend. Simonetti wartete.

»Komm«, sagte er auf einmal, »vergessen wir den Brief. Zieh dich um. Diesen Sommer zeige ich dir Salina. Die Höhle, in der Tonni Locantro und ich Messer, Schrappeisen und Bohrer aus Obsidian gesucht haben. Das Haus. Lucia wird uns gern bewirten. Sie wird den Ofen benutzen wollen, den Tonni ihr auf der Terrasse gebaut hat. Die Frauen sorgen für das Essen, der Mann für das Feuer. Ich werde die Reisigbündel in den Ofen schieben. Mit einem Laubbesen werde ich die Asche aus ihm herauskehren. Wir werden glücklich sein. Glücklich. Wir, auf dem richtigen Weg. Und in der Nacht von San Lorenzo, in der Nacht der Sternschnuppen, machen wir einen Spaziergang zur Kirche von Malfa.«

Hanna weinte.

»Endlich weinst du wie ein Kind. Was für ein Glück. Gestern abend hast du vor meinen Augen ins Waschbecken gepißt, fröhlich, fröhlich, und jetzt weinst du wie ein Kind. Wir werden es schaffen.«

Simonetti nahm ein frisches Hemd aus der Reisetasche. Sie bleibt, dachte er, sie bleibt. Ich werde sie zu überzeugen wissen, ich werde sie brechen, ich werde sie ganz und gar auseinandernehmen und eine neue Frau aus ihr machen. Sie wird glücklich sein. Während er sich das Hemd anzog, betrachtete er durchs Fenster die untergehende Sonne. Die abendliche Stille war bereits zu spüren, der Wind legte sich, majestätische und farbenprächtige Wolken verliehen dem Himmel Tiefe. Auf einmal schämte er sich seiner Macht.

»Warum denkst du, daß ich nie einer anderen gehören werde?« fragte er, sich an Hanna wendend. »Woher willst du das wissen? Heute nacht habe ich dir gehört. In mir gab es nichts mehr, das sich von dir abgewandt hätte. In einer Woche wende ich mich wieder von dir ab. Gut. Ich kehre zurück. Ich bin wie die Sonne, in jeder Jahreszeit habe ich eine andere Bahn. Mal bin ich fahl und schwach, mal voll und stark und warm. Die Sonne. Ach du lieber Gott, ich greife zu allen möglichen Klischees, um dich zu überzeugen. Welches Kleid ziehst du an? Ich werde dir helfen.«

Wütend ging sie zum Waschbecken, um ihr verweintes Gesicht zu waschen, und wusch es nicht.

»Nie einer anderen gehören. So ein Blödsinn. Tausende Menschen, Tausende Gegenstände haben mir gehört, und ich habe ihnen in dem Moment gehört, in dem ich sie wahrgenommen habe, in dem Moment, in dem ich sie liebevoll wahrgenommen habe. Paarung, dafür lebe ich. Paarung, Paarung und nochmals Paarung. Mein ganzes Leben basiert auf diesem Bedürfnis. Die Eiche raschelt, und ich bin ihr Geliebter. Sie streichelt mich mit ihren Blättern, und ich antworte, ich antworte.«

»So ein Stuß!«

Im Spiegel sah sie einen Mann, der sich die Socken überstreifte, wie nur Andrea Simonetti es tat. Sie hätte ihm die Füße küssen können.

»Treu sein«, sagte sie daraufhin bedächtig. »Treu sein, das kannst du nicht. Du bist ausschließlich daran interessiert, verliebt zu sein. Mit jemandem zusammenzuwachsen, geben und nehmen, das kannst du nicht.«

»Du irrst dich. Der Engel ist gelandet.«

»Und fährt wieder gen Himmel.«

»Natürlich. Warum auch nicht? Von Zeit zu Zeit muß ich blind sein. Das brauche ich. Warum auch nicht? Treu sein. Ich bin dabei, es zu lernen.«

»Nervös.«

»Ja. Warum auch nicht? Warum auch nicht? Wir werden es schaffen, Hanna. Wir haben erst die Hälfte hinter uns. Unser Geheimnis wird tiefer werden und größer, wie du geschrieben hast, und es wird ein Genuß sein, es vor den anderen zu verbergen.«

»Gib mir erst mal ein Taschentuch, verdammt noch mal.«

Er reichte ihr eins der zehn weißen Taschentücher, die sie ihm gekauft hatte, und sie mußte an die Nachmittage denken, an denen sie sich mit einer Tasche voller Geschenke zu ihrem Liebhaber hatte fahren lassen.

»Treu sein«, wiederholte sie dickköpfig, »das kannst du nicht.«

Simonetti schlüpfte in das Sakko, das er sich vor kurzem ganz und gar selbständig gekauft hatte.

»Soll ich um deine Hand anhalten?« Simonetti schnappte nach Luft. »Ach du lieber Gott, ist es das? Ein Fisch im Netz. Ich zapple wie ein Fisch im Netz. Ist es das, Frau Direktorin? Beweis du doch erst einmal, daß du treu sein kannst, und bleib. Warum versuchst du es nicht? Wir spannen all unsere Bekannten ein, um eine Stelle zu finden, die dir gefällt. Zuccarelli wird uns helfen. Wir können eine Wohnung in Amsterdam mieten. Hin und her. Ich werde deine Bauernsprache lernen. Ach du lieber Gott, das gibt noch was. Warum auch nicht? Bleib hier!«

»Du willst mich doch nur heute nacht bei dir haben. Das ist alles.«

»Ja, das ist alles! Morgen, warum sollte ich mich um morgen kümmern? Heute nacht werde ich dir dienen, wie du es dir wünschst. Du mußt mir vertrauen. Morgen kehren wir nach Rom zurück, zur Piazza Farnese, und werden dort die vierundsechzig Stufen hinaufsteigen.«

»Andrea, ich kann das nicht mehr.«

»Das werden wir ja sehen.«

Simonetti erinnerte sich daran, daß er ständig in Bewegung bleiben wollte, und ging los, blieb in der geöffneten Schlafzimmertür allerdings gleich wieder stehen: Hinter ihm waren schnelle Schritte zu hören. Vergeblich wartete er auf die Frau, die sich so gern von hinten an seinen Körper drückte. Als er sich umdrehte, hatte Hanna die Bettdecke über dem Kopfkissen schon wieder glattgestrichen. In der Hand hatte sie einen kleinen Strauß weißer Blumen. Für einen Augenblick war Simonetti hoch und heilig davon überzeugt, daß eine Frau wie Hanna sich so leidenschaftlich nach einem Blumenstrauß sehnen konnte, daß dieser schlicht und einfach aus ihrer Handfläche in die Höhe schoß. Sie brauchte ihm noch nicht einmal zu winken. Er war bereits auf dem Weg zu ihr, errötend, von dieser Manifestation des Ewigweiblichen bezaubert, soll heißen: lammfromm. Sie steckte ihm das Sträußchen als Verzierung an das Revers seiner Anzugjacke.

Simonetti verstand, daß es keine Rettung mehr gab. Ernüchtert ließ er sich auf den Rand des Bettes ziehen und schaute zur Wand. Was für ein Theater, dachte er. Wie schaffen wir es nur, immer wieder darin aufzugehen? Was für ein Theater. Aber was wären wir ohne Theater, was wüßten wir? Nichts.

»Signore Simonetti, du läßt den Kopf hängen.«

»Ich betrachte meine Schuhe. Wie gefallen dir meine neuen Schuhe?«

»Das habe ich schon mal gesagt – sie gefallen mir.«

»Noch mal.«

»Du hast dir schöne neue Schuhe gekauft.«

Danach herrschte Schweigen. Hanna konnte sich nicht erklären, woher die Ruhe und die Kaltblütigkeit kamen, die sie plötzlich fühlte. Diese Ruhe schien auf einen Entschluß hinzudeuten. Sie hatte keinen Entschluß gefaßt. Langsam, um keinen Widerstand zu provozieren, legte sie den Arm um Simonettis Taille, wobei sie an einen Sarkophag in San Clemente denken mußte, an das Relief des verstorbenen Ehepaars im Medaillon: Der Mann hatte seiner Frau einen Arm um den Rücken gelegt.

Sie schloß die Augen und sah ein ungefähr zehnjähriges Mädchen, das, ein Buch unter dem Arm, auf dem Deich am Fluß entlangspazierte. Es suchte eine Stelle, an der es das Buch lesen konnte. Nirgendwo fand das Mädchen eine Stelle, die schön genug war. Es fühlte sich rastlos, ziellos, und ging immer weiter durch das Gras. Auf einmal sah es, wie der Schatten einer Wolke über den Fluß, über die Überschwemmungsräume, über den Deich näherkam. Das Herz klopfte ihm bis zum Hals. Da kommt er, da kommt er, er kommt, er kommt, dachte das Mädchen. Es blieb stehen. Er kam schnell näher. Als der Schatten über das Mädchen glitt, hob es den Kopf zu der Wolke empor, nach Luft schnappend, vor Entzücken bebend. Wenig später war das Mädchen wieder allein, und es fühlte sich wieder wie zuvor.

»Pack ein, Piccard«, sagte sie und ließ ihn los.

Das Essen war eine Qual. Niemand fühlte sich in Zuccarellis Abwesenheit wohl in diesem Salon, der mit antiken Gegenständen vollgestellt war, und an dem Tisch, der mit Kristall, Porzellan, Elfenbein und Silber überladen war. Niemand verstand, warum Signora Pozzo trotz der Bitte, in der Küche aufzutragen, im Salon gedeckt hatte – sie selbst auch nicht.

Signora Pozzo bediente ihre Gäste. Wenn es nichts mehr zu tun gab, stand sie schweigend hinter ihrem leeren Stuhl. Leda aß mit gesenktem Kopf und feuchtete ihre Nasenlöcher mit Essig an, als sie sich daran erinnerte, wie sie an diesem Nachmittag, auf dem Fischerboot, im ständigen Auf und Ab unter dem blauen Himmel, ihren Vater gezwungen hatte, sie zu küssen, als wäre sie seine Frau. Salvatore sprach mit gedämpfter Stimme über einen Autounfall, der sich auf einer Straße ereignet habe, die die Gemeinde Scala hätte instandhalten müssen. Simonetti hörte ihm zu, als einziger, allem Anschein nach ruhig; doch auf seiner Oberlippe glänzte der Schweiß, und er schloß die Terrassentüren, als kein Sonnenlicht mehr hereinfiel. Hanna trug ihr blaugraues Kleid, das Kleid, das sie sich nach dem Segeltörn mit Pittakos' Jacht gekauft hatte, und wurde von Signora Pozzo stets als letzte bedient. In Gedanken nannte Signora Pozzo sie bestimmt hundertmal »Geliebte«, und auf dem Weg in die Küche bewegten sich ihre Lippen lautlos, da sie wissen wollte, warum das Badezimmer gerade an diesem Tag entehrt worden war und warum sie trotz der Abwesenheit von Signore Zuccarelli im Salon gedeckt hatte. Am Ende war es Hanna, die ein Glas Wein umstieß. Schnell wurde der Rotweinfleck im Damast, im gierig saugenden Damast, größer. Stunden schienen zu verstreichen, ehe jemand ein wenig Salz darauf streute. Sie kam sich immer mehr wie eine Fremde in dieser Runde vor, am meisten, als Simonetti ihr einen Fuß zwischen die Waden schob.

Nach dem Essen packte sie sofort ihren Koffer, drückte ihn mit den Knien zu, setzte sich darauf, als sei er ein Tier, das gezähmt werden müsse, und zurrte den Lederriemen fest. In der Küche verabschiedete sie sich von Leda und Signora Pozzo – beide beließen es beim Händeschütteln und sagten kein Wort. Danach betrat sie den Garten: Die Fliegerjacke hing ihr locker um die Schultern.

Es war windstill geworden. Das Sonnenlicht lag auf den Marmorbüsten auf der Balustrade des Belvedere. Über dem Meer, über den Bergen und zwischen den schwarzgrünen Dolden der Pinien standen wie versteinert orangefarbene Wolken. Die Sprinkler ließen auf die Rasenflächen und die Blumenbeete kreisförmig Wassertropfen regnen. Simonetti saß unter einem Baum.

Um ihm aus dem Weg zu gehen, schritt Hanna im Marschtempo durch diesen süß und feucht duftenden Garten, der sich ihr nicht mehr öffnete. Bäume, Sträucher, Standbilder, mit Blumen überwucherte Amphoren, verfallene Bauten, nackter Fels – alles schien Teil einer Dekoration zu sein. Sie nahm die Kieswege, um die Steinchen unter ihren Stiefeln knirschen zu hören. In ihrem Kopf lebte nur ein einziger Gedanke: nicht der Schatten, sondern die Wolke, nicht der Schatten, sondern die Wolke. Über den Bergspitzen schwebten Raubvögel.

Am Ende erreichte sie – sich selbst zum Trotz – den Rand des Gartens und setzte sich dort eiligst auf das Mäuerchen. In fünfzig Schritt Entfernung bewegte sich Simonettis rechte Hand: Mit der Handfläche strich er über die Spitzen der Grashalme. Ganz in ihrer Nähe, auf dem Mäuerchen, saß auf einmal eine Eidechse im Sonnenlicht. Hallo, kleine Eidechse, sagte sie in Gedanken. Siehst du mich? Ich bin ein Mensch. Hallo, kleine glatte Eidechse. Soll ich dich töten? Ich bin ein Mensch. Während sie die Eidechse ansah, geriet ihr Oberkörper in eine wiegende Bewegung. Sie dachte nichts mehr. Als die Eidechse an der Mauer hinabglitt, sah Hanna ihr nach, und nachdem diese zwischen den

Steinen verschwunden war, stand sie auf. Kurz darauf schallte Salvatores heisere Stimme durch den Garten.

»Andrea, vor dem Haus steht ein Koffer. Will jemand abreisen?«

»Ja«, rief Simonetti. »Ja, Salvatore.«

Kurz vor dem Baum blieb sie stehen. Mit der rechten Hand strich Simonetti noch immer über die Spitzen der Grashalme, mit der linken streichelte er die Katze, die sich bei ihm auf den Schoß gelegt hatte. Hanna wollte ihn beschimpfen und mit dem Stein in ihrer Hand auf ihn einschlagen, konnte ihn aber weder beschimpfen noch auf ihn einschlagen, solange er die Katze streichelte. Simonetti löste die Hand vom Gras, ergriff damit eine Vorderpfote der Katze und drückte deren Zehen auseinander. Die Katze ließ ihn gewähren. Er betrachtete die Pfote auf seinen Fingerspitzen, wie er einst auf der Terrasse eines griechischen Lokals die kleine Hand Pepes betrachtet hatte, wandte ihr das Gesicht zu und lächelte, genauso, wie er an jenem Sonntagmorgen im Portikus gelächelt hatte: als wolle er seine Erfahrung mit ihr teilen. Sie fuhr ab.

In Ravello, während der Fahrt, sprangen ihr die Tränen in die Augen, als sie einen Mann um die Dreißig näherkommen sah. Er spazierte entspannt auf der Straße Richtung Dorfplatz, ein Kind auf dem Arm, stolz und glücklich. Sie fand Andreas weißes Taschentuch in ihrer Handtasche und auch das Taschentuch, mit dem sie einst die Blutung an seinem Hinterkopf gestillt hatte.

In der Dämmerung lenkte sie den Wagen durch die Haarnadelkurven der Straße, die ins Tal führte. Warme, warme Luft strömte an ihrem Kopf vorbei. Durch das geöffnete Schiebedach sah sie die Mauer neben dem Fußweg, die Wände des Klosters, die Zitronenplantagen auf den Terrassen. Sie kam ins Tal. Felswände. Ein unordentlicher Hof, eine Familie auf einer Bank unter einem Baum, in dem zwei brennende Lampions hingen. Fröhliche Jungs, die am Wegrand entlangrannten, ihr zuwinkten und etwas riefen. Sie fuhr weiter.

Hier unten im Tal war es bereits dunkel, und ihr wurde klar, daß sie nicht als einzige unterwegs war, als andere Autofahrer sie auf die alte Regel aufmerksam machten: Im Dunkeln macht man Licht.

Das Meer war leer und glatt. Die Laternen auf dem Pier von Amalfi brannten bereits, als eine Jacht mit heruntergeholten Segeln in die Bucht glitt. Die Besatzung stand an Deck und schwieg. Am Achtersteven schäumte das Wasser um einen menschlichen Körper. Eine Stunde zuvor hatte man in der Nähe einer Felsenspitze vor dem Strand von Concha dei Marini einen Mann willenlos im Meer treiben sehen. Mit Bootshaken, um deren Spitzen Segeltuchlappen gewickelt worden waren, hatte man den Leichnam an das Boot herangezogen. Ihn zu berühren hatte man sich nicht getraut. Er war mit Stricken eingefangen, in die Höhe gezogen und achtern, am Rumpf, festgezurrt worden.

Um Viertel vor zehn erschien Simonetti in der Halle des Hotels, in das Zuccarelli gezogen war. Er setzte sich und wartete, ohne sich zu bewegen. Er erinnerte sich an das Lied der Fischer, das der Skipper ihm diktiert hatte, und war gerade dabei, es säuberlich für Zuccarelli aufzuschreiben, als der Besitzer des Hotels ihm eine Hand auf die Schulter legte. Simonetti kannte ihn zwar, doch die Hand blieb länger als üblich oder nötig auf seiner Schulter liegen. Der Mann bat ihn, mit ihm zu kommen, brachte ihn schweigend in den dritten Stock und öffnete die Tür zu Zuccarellis Zimmer. Niemand hielt sich darin auf; die Luft war stickig. Auf dem Bett stand Zuccarellis Koffer, geöffnet; daneben lag der graue Anzug, den er gestern getragen hatte.

Simonetti schwieg, ging zu den Balkontüren, und während er sie öffnete, um frische Luft hereinzulassen, hatte er den Eindruck, daß am äußersten Rand seines Gesichtsfeldes etwas wegschlüpfte – die Zipfel eines Mantels. Er blieb stehen und wartete. Der Besitzer des Hotels trat auf ihn zu, legte ihm einen Arm um die Taille, deutete auf den verlassen daliegenden Pier, auf ein Segelboot, und sprach.

EIN KREIS IM GRAS

Noch sechs Wochen blieb Hanna Piccard in Rom, um ihren vertraglichen Verpflichtungen nachzukommen. Sie brauchte nur einen halben Tag, um ihre Besitztümer aus der Wohnung an der Piazza Farnese zu holen; sie vergaß nichts, sie ließ nichts zurück. Nachdem sie in den Zeitungen gelesen hatte, daß Zuccarelli ertrunken sei, ließ sie Simonetti eine Nachricht zukommen, in der sie ihn daran erinnerte, was Zuccarelli an jenem Freitagnachmittag bei seiner Ankunft in der Villa Cimbrone Signora Pozzo zugerufen hatte: daß Gott persönlich seinen Namen von der Gästeliste gestrichen habe. Simonetti leitete ihre Post an sie weiter. Bis zu ihrer Abreise teilte sie sich das Appartement in der Nähe von San Ivo mit Ernesto Canal. An manchen lauen Abenden lauschte sie dort dem Rascheln des Fliegenvorhangs, der das ganze Jahr über hängengeblieben war.

Sechs Wochen lang bewegte sie sich durch Rom, ohne Simonetti zu begegnen. Sie nahm die gleichen Wege wie früher, besuchte die bekannten Orte und mied lediglich die Piazza Farnese, doch sie sah ihn nicht ein einziges Mal, und allmählich ließ ihr Gefühl nach, sie bewege sich im Zusammenhang mit einem andern durch die alte Stadt. Gemeinsamen Freunden und Bekannten verschwieg sie den Bruch, als habe es diesen peinlichen Zwischenfall nicht gegeben. Die Erinnerungen an ihre Zeit in Rom wurden bereits geordnet, Tüten voller Papierkram der Müllabfuhr übergeben. Hanna fühlte sich erleichtert, wie von einem zu eng sitzenden Band befreit, erhaben. Ganz selten einmal wurde sie von Trübsal ergriffen.

Ein paar Tage vor ihrer Abreise nach Amsterdam gab sie ein großes Abschiedsfest. Ernesto hatte für zwei strahlende junge Typen gesorgt, die bedienten; die Nachbarin aus der Wohnung über ihr hatte die Gerichte zubereitet. Bei Einbruch der Dunkelheit kamen zwei Musikanten auf ihren Instrumenten spielend die Treppe herauf. Kurhajec brachte ihr eine kleine Büste aus Stein mit, provozierte sie mit seiner Umarmung und war eine halbe Stunde später urplötzlich verschwunden. Sie rief ihn an und bedankte sich nochmals bei ihm für das Geschenk. Sie war gerührt, daß alle Eingeladenen gekommen, alle da waren, und ging die Hälfte der Zeit mit Wimpern voller Tränen von einem Gast zum anderen. Sie lachte wenig, küßte und umarmte dafür um so häufiger und ließ sich vollaufen. Ihr zu Ehren wurde ein Lied angestimmt. Alle Fenster standen offen. Die ganze Zeit über trug sie den Bauernrock aus dem Kaukasus und wartete wider besseres Wissen bis tief in die Nacht auf Andrea Simonetti. Bei Anbruch der Morgendämmerung wurde sie von Ernesto in ein altmodisches und pompöses Hotelzimmer gebracht. Sie nahm ein Bad und schlüpfte unter die frische Bettdecke. Ernesto blieb bei ihr, bis sie eingeschlafen war.

Ihr neues Bürogebäude stand in Rotterdam. Eines Nachmittags im Frühherbst wurde sie dort von Dita van der Waals angerufen.

»Wie geht es dir, Hanna?«

»Gut. Zehn Schubschiffe in Fahrt.«

»Bist du im Streß, oder hast du ein paar Minuten?«

»Ich habe die Füße in den Papierkorb gestellt und schaue aus dem Fenster. Die Aussicht ist phantastisch.«

»Stell deine Füße lieber wieder auf den Boden.«

»Was hast du denn?«

»Ich habe hier einen Brief von deinem Italiener.«

»Nicht so geringschätzig, Mevrouw van der Waals, du weißt genau, wie er heißt.«

»Ich passe mich nur deiner Ausdrucksweise an, mein Kleines.«

Im Zug nach Amsterdam las Hanna zum erstenmal seit Wochen wieder eine italienische Zeitung, und aus der Straßenbahn heraus sah sie in der Menschenmenge ein Sakko, das einem der beiden, die Simonetti besaß, täuschend ähnlich war.

»Grüß Dich, Hanna. Hier in den Hügeln um Sutri ist es noch sehr warm. Nur unter den Eichen ist das Gras nicht verdorrt. Heute morgen habe ich zum erstenmal den Herbst gerochen.

Gestern abend sind die anderen weggefahren: Joe. Rosa. Joey. Leda. Laura. Pepe. Zwei Jungs. Der Galerist. Die Schildkröte. Jetzt kann ich mich endlich entspannen. Joe hielt sich für den Mittelpunkt der Runde und wurde erst erträglich, nachdem er das vergessen hatte. Rosa war (und ist) schwanger und legte sich meine Hand auf den Bauch. Joey war in einen der Jungs verliebt. Leda tat, als sei sie in den Freund dieses Jungen verliebt, schmuste aber am liebsten mit Pepe. Laura war zwei Wochen lang eifersüchtig auf ihre Schwester, ohne sich dessen bewußt zu sein. Pepe ging dem hölzernen Wächter zwischen den Eichen, den er früher voller Hingabe verehrt hatte, aus dem Weg. Die beiden Jungs wollten um jeden Preis den Eindruck erwecken, daß sie sich langweilten, und langweilten sich zu guter Letzt wirklich. Der Galerist vermißte sein Telefon, fünf Tage lang, jeden Tag. Die Schildkröte lag in der Sonne; sie war die einzige, die nichts hatte, mit dem sie sich hätte quälen können.

Diese beiden Wochen wären mir leichtergefallen, wenn ich ein wenig gleichgültiger hätte sein können.

Vor vier Monaten habe ich Dich zum letztenmal gesehen. Ich saß unter meinem Baum, schaute zur Seite und sah Dich da stehen: die Fliegerjacke locker um die Schultern, einen Stein in der Hand, vor dem Hintergrund der Pinien. Vor nahezu vier Monaten. Noch immer fühle ich meine Mundhöhle, wenn ich an Dich denke.

Was Zuccarelli unter Wasser zugestoßen ist und was die düsteren, geheimnisvollen beziehungsweise schockierenden Hintergründe seines Todes sein könnten, hast Du wahrscheinlich in der Zeitung gelesen. In der Tat, Gott persönlich hat seinen Namen von der Gästeliste gestrichen, worauf Zuccarelli schon seit Jahren gewartet hatte. Es war ein Unfall, es war Selbstmord. Dort, wo er getaucht hatte, wurde die Bronzeskulptur eines Mannes gefunden, antik, vollkommen unversehrt. Wahrscheinlich hatte Zuccarelli den Arm gesehen, der aus dem Sand herausragte. Neapel reklamiert diese Skulptur für sich, Amalfi hat sie in seinem Besitz und hält sie vor den Behörden verborgen. Eine Gerichtsverhandlung. Staub. Wird aufgewirbelt. Legt sich wieder. Ein paar Verwandte von Zuccarelli, die seinen Todestrieb weder akzeptieren noch respektieren können, haben den Fabrikanten seiner Taucherbrille verklagt. Die Scheibe der Taucherbrille hätte in vierzehn Metern Tiefe doch nicht zersplittern dürfen.

In der Nacht von Sonntag auf Montag bin ich bei der Leiche geblieben, Salvatore hat mir Gesellschaft geleistet. Zuccarelli lag mit geöffnetem Mund auf einem Tisch. Die ganze Nacht über tropfte Wasser auf den Fußboden. An der Wand standen siebenundfünfzig Klappstühle. Salvatore saß auf dem achtundfünfzigsten Stuhl, rauchte und schlief ein. Ich stand am Fenster und betrachtete die schwarzen Berge hinter Amalfi. Als es hell zu werden begann, wurde das Chaos der Gefühle in meinem Körper weniger überwältigend, erträglicher. Zu guter Letzt konnte ich die Gefühle und Gedanken, die in mir aufkamen, mit Abstand betrachten.

Zuccarellis Bruder hat mich gebeten, ihm beim Ordnen des Nachlasses und beim Regeln aller anfallenden Angelegenheiten zu helfen. Ich habe diese Prüfung auf mich genommen, ich wollte etwas tun. Es stellte sich heraus, daß ich von menschlicher Habsucht nur wenig wußte. Zwei Monate lang hart gearbeitet, in verschiedenen Häusern, schmerzhafte Entdeckungen gemacht, und jeden Abend sehnte ich mich nach Deiner Nähe. Die Villa Cimbrone und die Kunstsammlung sind in Staatseigentum übergegangen und werden in den Sommermonaten zu besichtigen sein. Signora Pozzo und Salvatore können sich jetzt folglich als Staatsdiener betrachten. Ich habe zwei Gemälde angenommen und verkauft, um die Reparaturarbeiten an dem Haus in der Nähe von Sutri fortsetzen zu können. Der archaische Frauenkopf, den ich auf den blühenden Zweigen gefunden habe, steht bei mir im Arbeitszimmer. Die Frau hat mir bereits gehört. Zuccarelli ist nach viel Gerangel wieder ausgegraben und im Familiengrab beigesetzt worden: einer Kopie, einer lächerlich kleinen Kopie eines römischen Tempels. Die Kapitelle der Säulen des Portikus befinden sich in Augenhöhe. Schwitzend, sittsam, sehr geil und gesenkten Hauptes stand ich in diesem Grabtempel und dachte an Groucho

Marx, an die Szene, in der er bei dem Liliputaner zu Besuch ist. Kennst Du diesen Film? Das Zimmer und die Möbel sind speziell für den Liliputaner angefertigt worden. Er hat sich also auf seiner kleinen Couch breitgemacht, während Groucho im Stehen seine Witze reißt, mit dem Kopf an der Decke, neben einem Sessel, der ihm gerade mal bis an die Knie reicht.

Gestern abend saß ich im Dunkeln auf der Terrasse, dem Rauschen der Olivenbäume lauschend, und dachte wieder an jenen Nachmittag, an dem wir uns unerwartet in der Wohnung begegnet und für eine Stunde ins Bett gekrochen waren. Leda war nach Hause gekommen, hatte durch einen Spalt zwischen den Schiebetüren gelugt und zwei Rücken gesehen, einen Körper, bewegungslos. Die Luke zum Mezzanin war mit einem Schlag zugefallen. Beim Essen sagtest Du damals zu ihr, verzückt, arglos, daß wir miteinander geschlafen hätten und wie schön es gewesen sei. Die Spannung war auf der Stelle verschwunden. Leda wurde rot, lachte, fühlte sich einbezogen und teilte unser Glück. Abends schlenderten wir langsam durch die Stadt. Sobald wir wieder zu Hause waren, setzte ich mich an den Tisch, und eine halbe Stunde lang floß mir eine Zeile nach der anderen aus der Hand. Ich kam kaum mit. Damals ist jene Passage entstanden, in der sich der Dichter mit dem Mittelmeer identifiziert und von den Toten spricht, die er in sich aufgenommen hat: den großen Pompejus, vor der Küste von Ägypten, einen Körper ohne Kopf; den englischen Piloten, dessen Fallschirm sich nicht geöffnet hatte; zwei Fischer, deren Boot von dem Walfisch zertrümmert worden war, den es in die Gewässer um Byzanz verschlagen hatte; die thrakische Sklavin, die in ihrer Verzweiflung über Bord gesprungen war, und natürlich Cola Pesce. Anfang September wird mein Gedicht erscheinen. In meiner zweiten Lebenshälfte werde ich blühen.

Rosa behauptet, daß mein Blick jetzt ein anderer sei, andere behaupten das auch. Aus der Art, in der ich mir zurede, und aus der Zuneigung der anderen leite ich ab, daß ich etwas sanfter geworden bin, freundlicher, weniger gnadenlos, wahrhaftiger. Eine Vorliebe für eine gewisse Grausamkeit und Härte werde ich immer behalten. Ich spüre es beim Holzhacken. Ich hacke das Holz und zwinge ihm meinen Willen auf, das Holz bricht mich auf und zwingt mir seinen Willen auf. Aus diesem Grund lieben wir einander, das Holz und ich. Mach's gut, Hanna. An manchen Tagen weiß ich, daß ich jetzt in einer größeren Tiefe lebe. Die Welt bewegt sich, ich bewege mich, es ist nach wie vor ein Wirbel, doch ich sehe die Ereignisse weniger in der Zeit, nehme sie weniger als Zeit wahr.

Dessen ungeachtet ist es nun Mittag geworden, Zeit, den Schreibkörper auf dem Bett auszustrecken. An der Wand gegenüber dem Bett hängt jetzt der große Bogen Papier, Ledas Kunstwerk, mit dem sie nach meinem Gefühl Abschied von ihrer Kindheit genommen hat und der Welt, in der ich ihr die Füße massiert habe. Die Farben stimmen und sind von einer überwältigenden Glut. Ich bin stolz auf sie. Sie schämt sich des Mädchens, das nackt unter einem Baum liegt und zu einem Kopf im Meer hinaussieht. Völlig zufrieden ist sie nur mit den Rissen im Weiß, hinter die sie Zeitungen geklebt hat, die Zeitungen von dem Tag, an dem Moros Leiche gefunden wurde. Auf die Fläche zwischen sich und dem Schwimmer hat sie schließlich noch ein paar Buchstaben geklebt, Wörter. Es ist ein kurzer Satz, ein Gruß. Es sind die Worte, mit denen ich von Dir Abschied nehme. Ich grüße Dich, Hanna. Hes ta ma la tai.«

»Hallo, Andrea. Auch in den Niederlanden ist es noch warm. Ich danke Dir für den Brief. Ich konnte Dir nicht schreiben. Ich hatte entweder nichts zu sagen oder so viel, daß ich nicht wußte, womit ich anfangen sollte. Außerdem hatte ich sehr viel am Hals. Zwei Tage nach meiner Rückkehr nach Amsterdam wurde ich krank. Dennoch habe ich innerhalb eines Monats alle meine Freunde und Bekannten wiedergetroffen. Alle finden sie, daß ich einen gereiften Eindruck mache.

Ich arbeite vorübergehend in Rotterdam im Büro der Schifffahrtsgesellschaft eines Onkels, des Onkels, der mich vor fünf Jahren am Schlafittchen packte, ohne Umschweife in sein Büro schleppte und mich da mit Arbeit überhäufte. Organisieren, das beruhigt mich. Ich trage Schuhe mit hohen Absätzen und gehe mit der für Sekretärinnen vorgeschriebenen Geschwindigkeit über den Flur. Vor kurzem habe ich meinen Onkel nach Basel begleitet, wo er einen lukrativen Vertrag abschließen wollte. Im letzten Moment wurden die Verhandlungen doch noch sehr spannend. Es ging um Millionen. Ich weiß jetzt alles über Schubschiffe. Und ich vermisse Dich. Manchmal ziehe ich eine Schreibtischschublade auf, um nachzusehen, ob Du drin liegst.

Mittlerweile habe ich mich auf diverse Führungsposten bei diversen Unternehmen und diversen Behörden beworben. Die Texte der Stellenanzeigen sind wirklich gräßlich. Ein Freund von mir macht mich schon mal mit der Ausdrucksweise und den Verhaltensregeln des Beamten vertraut. Wieviel Entscheidungsfreiheit ich habe. Manchmal beneide ich meinen kleinen Bruder in Australien.

Unterdessen suche ich ein Haus mit viel Licht. Ich teile das Brot mit Mijnheer Brest. Er hat drei Jahre lang auf mich gewartet und ist glücklich. Die Selbstverständlichkeit, mit der diese Wiedervereinigung zustande gekommen ist, scheint mir ein gutes Vorzeichen zu sein. Ich kenne ihn schon seit der Zeit, als in der Steinfabrik die Produktion noch lief. Ich bin dieselbe geblieben. Die Welt verändert sich, mein Leben verändert sich – nur ich bleibe dieselbe. Ich verstehe es selbst nicht, doch so ist es. Unterdessen (alles unterdessen) bin ich nicht dazu imstande gewesen, den Probedruck Deines Gedichtes zu lesen. Richtig zu lesen und zu erfassen, meine ich. Er liegt in der Schublade, die ich manchmal öffne. Eben hätte ich meinen Stift beinahe kaputtgedrückt. Muß mal kurz ein paar Schritte ums Karree machen.

Da bin ich wieder. Heute ist solch ein verträumter, ätherischer Herbsttag. Strahlend blauer Himmel, drückende Wärme, ein Schleier zwischen den Blättern der Bäume. Ich bin zum Mauritshuis gegangen, um mir ein Gemälde von Rembrandt anzusehen: *Saul und David*. Ich habe es mir bestimmt hundertmal angesehen. David spielt auf seiner Harfe; Saul wischt sich die Tränen aus dem Gesicht, auf seinem Oberschenkel und in seinem gekrümmten rechten Arm ruht der Speer. Schön. Weiter weiß ich nichts zu sagen. Auf dem Rückweg mußte ich wieder an Canettis Worte denken: ›Nur ein Bild kann einem ganz gefallen, aber nie ein Mensch. Der Ursprung der Engel.‹ Du hast diese Zeilen für mich aufgeschrieben, weil ich Dich so oft einen Engel genannt habe. In meinen Augen warst Du manchmal einfach ein Engel, mein himmlischer Prinz, derjenige, nach dem ich immer gesucht hatte. Philosophen. Noch nie hat jemand einen glücklichen Philosophen gesehen.

Ich werde mit jedem Absatz rebellischer. Wenn ich nur mal kurz bei Dir sitzen könnte, in der Küche des Bauernhauses, an dem unverwüstlichen Küchentisch, auf meinem Hocker, in der Stille dieses Nachmittags, und Dich ansehen könnte, während Du unter der Dusche stehst. Geht nicht mehr. Ich habe mein Hirn mit Fragen gequält, Andrea. Irdische und himmlische Liebe. Wie soll man diese beiden in der Liebe zu ein und derselben Person vereinen und erleben? Ist das nicht absolut unmöglich? Monatelang habe ich mein Hirn mit Fragen gequält. Es gibt nur eine Lösung: Ich werde dem Tod einen Platz in meinem Leben einräumen müssen.

In der Nacht nach der Lektüre Deines Briefes hatte ich einen Traum, den ich auch in Rom ein paarmal geträumt habe. Ich mag es nicht, anderen meine Träume zu erzählen. Ein Mensch muß schweigen können. Aber was macht es eigentlich noch aus?

Ich bin in dem Haus in der Nähe von Sutri. Auf Deine Ankunft wartend, öffne ich die Läden vor den Fenstern im großen Salon, voller Freude. Eine Schwalbe taucht auf, und ich rufe: Schwälbchen, Schwälbchen, hallo, Schwälbchen. Auf einen Zettel schreibe ich: beim hölzernen Wächter. Ich lege den Zettel aufs Bett und lasse das Zelt herunter. Als ich über den Hof gehe, trage ich sehr hohe Schuhe, wie die Schauspieler in griechischen Tragödien, wenn sie Götter darstellen. Ich begrüße die Sonne und das rostende landwirtschaftliche Gerät in den Schuppen. Zwischen den Eichen ziehe ich die Schuhe aus. Auf bloßen Füßen tanze ich um den hölzernen Wächter, wobei ich das Gras kreisförmig niedertrete. Das Gras schneidet mir in die Füße. Das muß so sein. Ich tanze, bis ich keine Luft mehr kriege, und lege mich dann vor die hölzerne Statue: auf die Seite, die Beine angezogen, die Hände zwischen den Oberschenkeln – genau so, wie ich gern auf dem Bett lag, wenn ich glücklich war und Dich ansah.

Endlich höre ich den Motor Deines Wagens. Du kommst auf mich zu. Ich stelle mich schlafend und fühle, wie Dein Blick über meinen Körper gleitet. Unter den Wimpern hervor sehe ich, daß Du Deine Schuhe ausziehst, bevor Du den Kreis betrittst. Du setzt dich, ohne mich zu berühren. Du sitzt unbeweglich da, den Blick gesenkt, und streichst mit der Handfläche über die Grasspitzen. Rings um uns liegen urplötzlich Seile und Holzstifte. Dann öffne ich die Augen. Sobald wir einander ansehen, sind wir nackt. Auf unseren Körpern bewegen sich Muster aus Licht und Schatten. Ich warte, in mir steigt Todesangst hoch, der Schweiß bricht mir aus; er ist schwarz, und schwarze Linien schlängeln sich über meinen Körper, ich schäme mich, noch nie habe ich in der Nähe eines Mannes derart schwitzen müssen. Meine Freude ist weg, ich hasse Dich, es ist schrecklich, wie sehr ich Dich hasse. Unterdessen spüre ich die Hitze, die Glut Deines Körpers, als läge ich unmittelbar neben einem Feuer. Ich warte, im kalten Schweiß badend, Du wartest, glühend heiß. Es ist nicht möglich, noch länger zu zweit im Kreis zu bleiben, dennoch bleiben wir. Ich weiß, daß Du mich mit einem Handtuch erwürgen wirst. Ich kann den Kreis verlassen, will es aber nicht. Ich weiß, daß ich erwachen kann, aber auch das will ich nicht. Den Rest erzähle ich nicht.

Wir hätten unsere Namen rufen sollen, Andrea, damals, in der Arena des etruskischen Theaters in der Nähe von Sutri. So wie die Kurhajecs es getan haben. Wir waren durch das Tor gegangen, standen mitten in der Arena – und schwiegen. Ich grüße Dich. Hacke Holz!«

Seite 5: Die Übertragung dieses Fragments aus einem Gedicht von Sappho stammt von Mary Barnard (*Sappho, a new translation*, Berkeley/Los Angeles 1958).

Seite 87: Diese Verszeilen sind dem Gedicht *Love's Progress* von John Donne entnommen; die nachfolgende Übertragung ist von Thomas Hauth.
> Wer wirklich liebt und wer nicht gleich begehrt
> Der Liebe einzig wahres Ziel, der fährt
> Auf hoher See doch nur, um krank zu sein.

Seite 110: Das früher in niederländischen Schulen gelehrte Lied aus Südafrika lautet in Afrikaans:
> Hier is ek weer, hier is ek weer
> Met my rooirok voor jou deur
> Ek wil jou hê
> Ek sal jou kry
> Al slaan my ma my driemaal op my kop
> Dan staan ek op
> En kom ek weer.
> En al slaan my ma my nog so pimpelblau
> Ek wil jou hê
> Ek hou van jou.

Seite 135: Das niederländische Verb »parlevinken« bedeutet »Hafen-, Bootshandel treiben«, aber auch »schwatzen, plappern«. Als Substantiv bezeichnet »parlevink« eine Finkenart, die man nur »par l'occasion«, selten und durch Zufall zu sehen bekommt.

Seite 379: Die hier in der Übertragung von Wilhelm G. Hertz (München 1957) wiedergegebenen Zeilen aus Dantes *Göttlicher Komödie* lauten im Original:

Perché appressando sé al suo desire
Nostre intelletto tanto si approfonda
Che retro la memoria non può ire.

Inhalt

456

PIPER

Melania G. Mazzucco
Der Kuß der Medusa

Roman. Aus dem Italienischen von Dora Winkler.
456 Seiten. Geb.

Als Norma frischverheiratet neben ihrem gräflichen Gatten
in einem eleganten Pariser Boudoir liegt, glaubt sie noch an
eine glänzende Zukunft. Doch bald muß sie erkennen, daß
ihre Ehe und ihr Alltag in Turin sie immer unglücklicher
werden lassen. Erst als die geheimnisvolle, stille Medusa in
ihre Dienste tritt, ändert sich für sie alles.
Wir sind am Anfang des Jahrhunderts, und auf Medusa,
die jahrelang wie eine Sklavin mit dem alten Pilu und seiner
Laterna magica durch die Berge gezogen war, wirkt Normas
Leben wie ein Märchen. Doch je näher sich die beiden
Frauen kommen, desto enger zieht sich die Schlinge um sie.
Das Glück kann in ihrer Zeit und ihrer Umgebung nicht un-
gestraft bleiben: Zutiefst in seinem Stolz verletzt, beschließt
Ehemann Felice, grausame Rache zu nehmen.

»Ein Roman, von dem man sich wünscht, er möge nie enden.
Aufwühlend, rührend, mit großem Atem geschrieben …
Ein wunderschönes Buch, mit einer modernen, ungestümen
Sprache, eine echte Entdeckung.«
Elle

PIPER

Alessandro Baricco
Seide

Roman. Aus dem Italienischen von Karin Krieger.
132 Seiten. Geb.

»Ich wollte eine Geschichte schreiben wie weiße Musik,
eine Geschichte, die klingt wie die Stille.«
Alessandro Baricco, in Italien schon seit Jahren gefeierter
Literaturstar, präsentiert sich erstmals dem deutschen Publikum mit einer poetisch-zarten Parabel auf die Liebe: Sie ist
leicht und elegant wie ein Seidenschal auf den Schultern
einer schönen Frau.

»Der Roman Alessandro Bariccos ist gewebt, wie der Stoff,
um den es geht: elegant und nahezu gewichtslos. Die
Geschichte ist komponiert wie ein Musikstück, jedes Wort
scheint mit Bedacht gewählt, jede Ausschmückung, jedes
überflüssige Wort ist fortgelassen. Das schmale Buch
bekommt durch diese Reduktion seine außergewöhnliche
Dichte, seine kühle, in manchen Passagen spöttische,
zugleich seltsam melancholische Stimmung.«
Sabine Schmidt, BücherPick

PIPER

Alessandro Baricco

Land aus Glas

Roman. Aus dem Italienischen von Karin Krieger.
272 Seiten. Geb.

Irgendwann im 19. Jahrhundert, irgendwo in Europa, in
dem Städtchen Quinnipak, das es eigentlich gar nicht gibt,
spielt die Geschichte dieses Romans. Sie handelt von Jun,
deren Lippen jeden, der sie ansieht, verrückt machen. Von
ihrem Mann Mr. Rail, Direktor einer Glasfabrik, der davon
träumt, eine schnurgerade, unendliche Eisenbahnlinie zu
bauen. Von Pekisch, dem Erfinder und Komponisten des
Ortes, der alle Töne in sich trägt und ein menschliches
Musikinstrument entwickelt, das aus den Bewohnern von
Quinnipak besteht. Zu diesen skurrilen Gestalten gesellt
sich eines Tages noch Horace, ein genialer Architekt aus
Paris, der ausgerechnet in Quinnipak einen Glaspalast von
noch nie dagewesenen Ausmaßen errichten will. Doch nicht
nur er muß schließlich erkennen, daß das Leben nicht nur
aus Luftschlössern bestehen kann.
Ein Buch voll Poesie, Witz und Weisheit. Ein Buch über die
Liebe und das Verlangen, über Zeit und Geschwindigkeit,
über Musik und Gefühle, über Technik und Fortschritt,
über Genies, Spinner und Erfinder.

PIPER

Abdelkader Benali
Hochzeit am Meer

Roman. Aus dem Niederländischen von Gregor Seferens.
160 Seiten. Geb.

Westlich erzogen, besinnt sich der Autor auf seine marokka-
nischen Wurzeln und erzählt mit überbordender Lust am
Fabulieren von Mosa und dem kleinen Dorf an der marok-
kanischen Küste: Eigentlich waren die Minars nach Touarirt
gekommen, um ihre Tochter Rebekka unter die Haube zu
bringen. Alles war abgesprochen, sie sollte ihren Onkel
Mosa heiraten. Am Tag der Hochzeit aber war Mosa unauffindbar, und alles sprach dafür, daß er sich in sein Lieblings-
bordell »Lolita« zurückgezogen hatte...

»So haben einst die orientalischen Geschichtenerzähler fa-
buliert, so launig und launisch, jedem Einfall nacheilend,
tausendundein Gedanke. Der Marokkaner Abdelkader
Benali (23) lebt zwar in Holland, doch seine »Hochzeit am
Meer« feiert er in der Heimat. Ein erstaunlicher, fremdarti-
ger Stil, ein tolles Debüt: Distanziert, ironisch und voller
Zuneigung erzählt Benali die unglaublichen Erlebnisse des
Taugenichts Mosa, seiner Braut und des naiven Lamarat
aus Mohnsamenstadt.«   *Elle*

PIPER

Stephan Wackwitz
Die Wahrheit über Sancho Pansa

Roman. 141 Seiten. Geb.

Heinrich Katz spürt, daß nicht mehr viel Zeit ist. Am Ende
seines Lebens läßt er sich auf das Wagnis ein, seine eigene,
verschlungene Geschichte zu erzählen. Tastend und unge-
ordnet legt er seine persönlichsten Erinnerungen frei, die
Treffen mit Dr. Leuchtenbrink ebenso wie das Londoner
Intermezzo nach dem Krieg. Immer wieder stößt er dabei
auf seine lebenslange Leidenschaft zu Büchern. Bis er
schließlich zum Kern seines Wesens vordringt – und dem
ungeheuerlichsten Ereignis seines Lebens: der Begegnung
mit dem Dunkel.
Stephan Wackwitz gelingt in seinem Roman die einfühlsame
Schilderung einer bewegten großbürgerlichen Kindheit aus
den ersten Jahrzehnten unseres Jahunderts ebenso überzeugend wie das Nachempfinden der heiteren Melancholie
eines alten Mannes. Sein leichthändiger Roman über das
Geheimnis des Heinrich Katz ist ein außergewöhnlich kurz-
weiliges Beispiel der deutschen Gegenwartsliteratur.